純真博物館的大門，將永遠為那些在伊斯坦堡找不到一個接吻場所的情侶們敞開。

好評與迴響

《純真博物館》的愛情令人心碎，在這個伊斯坦堡富有階層和貧窮階層交織的情愛關係裡，含蘊著西化文化與固有伊斯蘭文化的衝突與磨合，帕慕克雖寫愛的執迷，更是挖掘伊斯蘭社會對童貞觀念的堅守，致使真正的愛情磨難成為哀傷的幽魂。博物館紀念了愛情和摯愛，也紀念了伊斯蘭女性受制於童貞觀的悲傷命運。帕慕克如織細密畫般千絲萬縷密密鋪陳愛之憂傷與失落，無力違抗於社會文化下的愛情，如此美麗、淒迷、動人。

——自由時報副刊副主任・蔡素芬

這是帕慕克迄今最溫柔多情的書寫。他化身成為空間與時間的導遊，不僅帶領讀者飽覽伊斯坦堡的風光，更讓我們彷彿也與書中人一樣，在青春的純真年代中流連而忘返。

——知名作家・郝譽翔

世故自有醜陋，但這本書告訴我們，愛情可以是這樣：有一種最美最好的世故，得自真純的最初。

——知名作家・胡淑雯

《純真博物館》中的情愛纏綿悱惻，達到一種極致，可用「癖」來形容。

——文匯讀書週報・適存磊

小說極細膩綿密深沉地敘述著一場愛情，以第一人稱的手法，追溯主人公一生最幸福的時光。用非常繁複的細節，細緻拆分愛情的本來樣子，拆分到分子、原子……直至最小。

還不只是愛情的樣子，同時也呈現出日常生活的詩意。帕慕克一直喜歡普魯斯特，在小說中，他甚至點明了這一點，他以普魯斯特的方法，向著前輩致意。比如，作者甚至可以描寫四千多個菸頭，以這些菸頭來展現男女主人公，僅就菸頭都能寫上一章。

仔細讀下來，掩卷深思，就能明白，幸福是什麼。幸福是主人公建設的「純真博物館」，是他這些年悉心收集的關於戀人的一切，是他度過的這些仔細的時光。

這些時光，憂傷而明亮，所有的甜蜜都在憂傷中顯得更加珍貴，所有的憂傷也都因希望而變得像寶石一樣，可以再三把玩。

——南方都市報・西門媚

與帕慕克以前的作品不同，比如神祕難懂的諾貝爾獎作品《我的名字叫紅》、最受爭議的政治小說《雪》，《純真博物館》傾注了帕慕克最豐富、最細膩的情感。有人說，帕慕克用了「細密畫」式的筆法，將愛情刻畫得入木三分，淋漓盡致。「大作家筆下的愛情，不單感情是豐富、細膩的，他更願意剖析並與所有人分享五味雜陳的情感世界。讀者在書中可以找到許多能夠觸動內心最隱祕角落的東西。看到某一句話，眼淚就會掉下來。」譯者陳竹冰談到此處，用了一句最生動的話來形容。

帕慕克的其他小說雖然也涉及到愛情，但並沒有把愛情作為主題，《純真博物館》的主題則完完全全是愛情。有人評價，帕慕克在這本書裏，一方面寫的是愛情，另一方面也是寫他對伊斯坦堡的愛。對於帕慕克來說，他寫凱末爾對芙頌的愛，是在寫一段關於愛的永恆頌歌，一個人的愛情如何與另一個人在最純真的狀態下保持一生的鏈結。同時，凱末爾收集芙頌的所有東西，也是帕慕克對於日常的伊斯坦堡的收藏。

但陳竹冰個人認為，《純真博物館》所注入的更多成分仍然是愛情，這部小說是在描述「對逝去的愛的一種追憶」，帕慕克想告訴讀者，什麼是幸福；愛情如何守護，才是幸福；守護幸福的努力，就是作家向讀者展示的一種純真。

——深圳晚報・李福瑩

《純真博物館》執迷，至少有一部分是。凱末爾想掌握、占有芙頌的一切，他渴望她的身體，這點可能理所當然，但他也想要把她給吞併，或者說是成為她的一部分。芙頌在他的心目中是瑪丹娜，是性對象，是未來想娶的老婆，是分析師，是他的支柱，也是一位巨星，這些全集合在一個纖細美麗的身體裡。他改變自己生活的每一面，好配合芙頌表現出來的模樣，而芙頌這樣作態卻只是想讓凱末爾擁抱她，不論用心還是用身體。某一次邂逅她掉了一只有名字縮寫的耳環，凱末爾找到了卻沒還她，此後他便收藏許多與芙頌有關的物品，耳環是第一件，最終有成千上萬各色物件在他獻給她的博物館裡展覽，凱末爾的純真博物館。

然而帕慕克的作品從來不只有單層意涵。在《純真博物館》裡他帶我們一探伊斯坦堡的上流社會和文化，我們觀察、甚且體驗了文化的衝突：傳統對上現代、家庭對上個人、責任對上興趣。造就當年土耳其歷史的那些事件，影響了每個人的生活，政治的變動與經濟的變動牽起手來，密不可分，但那些手有時又成了拳頭。

寫純真博物館的書評實在不可能把整本書的味道都端上來，這本書的舞台太廣，結果太豐碩，成就太完整。不過，關鍵詞是執迷，帕慕克讓讀者一心嚮往進入凱末爾的精神世界，凱末爾個人的視野成了讀者的執迷。我們用他的眼睛看到了他的世界，感受他的感受，甚至產生共鳴。讀畢掩卷後回顧起來，純真博物館這本小說好比人生，數十載轉瞬即逝。

——Amazon 讀者菲立普・史拜爾斯

作者小傳

奧罕・帕慕克（Orhan Pamuk），二〇〇六年諾貝爾文學獎得主。出生於伊斯坦堡，就讀伊斯坦堡科技大學建築系，伊斯坦堡大學新聞研究所畢業，曾客居紐約三年。自一九七四年開始創作生涯，至今從未間斷。

帕慕克在文學家庭中成長，他的祖父在阿塔圖爾克*時代建造國有鐵路累積的財富，讓他父親可以盡情沉浸在文學的天地間，成為土耳其的法文詩翻譯家。

生長於文化交融之地，令他不對任何問題預設立場，一如他的學習過程。他在七歲與二十一歲時，兩度考慮成為畫家，並試著模仿鄂圖曼伊斯蘭的細密畫。他曾經在紐約生活三年，只為了在如同伊斯坦堡一般文化交會的西方城市漫步街頭。

約翰・厄普戴克將他與普魯斯特相提並論，而他的歷史小說被認為與湯瑪斯・曼的小說一樣富含音樂性；書評家也常拿他與卡爾維諾、安貝托・艾可、尤瑟娜等傑出名家相評比。帕慕克也說自己非常喜歡尤瑟娜。尤瑟娜在其傑出散文中所呈現的調性與語言，都是帕慕克作品的特質。

帕慕克時時關注政治、文化、社會等議題，一如他筆下的小說人物。近來，他關心政治上的激進主義，例如：二戰中，亞美尼亞人大屠殺事件的真相；庫德族的問題有沒有完美的解答。九一一之後，他積極參與「西方的」與「伊斯蘭的」相關討論；嚴厲反對「黑白問題」的激化。

二〇一〇年，獲「諾曼・米勒終身成就獎」。

---

*Mustafa Kemal Atatürk，土耳其國父，西元一九二三至一九三八年間任土耳其共和國總統。

純真博物館

獻給　魯雅（Rüya）

他們乃純真之人，純真至以為金錢能讓他們遺忘貧窮之罪。

——摘自耶拉・撒力克（Celâl Salik）手記

如果在夢裡，你去了天堂，還摘下一枝奇美的花朵，
如果當你醒來，那枝花就在你的手中，
啊！接下來將如何？

——摘自塞繆爾・泰勒・柯立芝（Samuel Taylor Coleridge）手記

首先，我瀏覽桌上她的那些小飾品、乳液與香水。我一一拿起，看了又看。我把玩了她那小巧的手表，接著看了她的衣櫃，所有那些層層疊疊的衣裙、配件。那些讓每個女人臻於完美的物品，在我內心激起痛苦而絕望的孤獨感；頓時覺得我屬於她，渴望為她所有。

——摘自阿赫邁特・哈姆迪・唐帕納爾（Ahmet Hamdi Tanpinar）手記

1 我一生中最幸福的時刻

那是我一生中最幸福的時刻，而我卻不知道。如果知道，我能夠守護這份幸福嗎？一切會變得完全不同嗎？是的，如果知道那是我一生中最幸福的時刻，我絕不會錯失那份幸福的。在那無與倫比的金色時刻裡，我被包圍在一種深切的安寧裡，也許僅僅持續了短短幾秒，但我卻年復一年感受著那份幸福。一九七五年五月二十六日星期一，兩點四十五分左右，就像我們掙脫了過失、罪孽、懲罰和後悔一樣，地球也彷彿擺脫了地心引力和時間法則。當我親吻著芙頌因天熱和做愛而汗水涔涔的肩膀，慢慢地從身後抱住她，進入她的身體，輕輕咬了一下她的左耳時，戴在她耳朵上的耳墜，在很長的一瞬間彷彿停在半空中，然後才慢慢墜落。我們是如此幸福，只顧吻著彼此，根本沒注意那只耳墜的墜落，我連它生得什麼模樣都不知道。

外面，是伊斯坦堡春天獨有的朗朗晴空。街上仍穿著冬衣的人熱出了汗，但屋子裡和商店內、椴樹下和栗子樹下還是涼爽的。我們躺在上面做愛的那張床墊也散發著一樣的涼爽，在那張微帶黴味的床墊上，我們像孩子玩耍一樣，把一切拋諸腦後地做愛。陽臺的窗戶敞開，窗外吹進一陣帶著海水味和椴樹花香的暖風，風掀起了窗紗，窗紗慢慢飄落在我們的背上，讓我們赤裸的身體為之一顫。從二樓公寓後面的臥房裡，我們躺著的床上，可以看見在後花園裡踢球的孩子，他們在五月的燠熱裡煩躁地罵著髒話，發現我們正在逐字逐句地做著髒話裡那些放肆的事情時，我們停頓了一下，相視一笑。然而我們的幸福是如此深切，如此巨大，就像那只耳墜一樣，我們立刻就無視於人生從後花園開來的玩笑。

第二天見面時，芙頌告訴我，她的一只耳墜丟了。其實在她走後，我在藍色的床單上看見了那只刻有她名字第一個字母的耳墜，我本來想隨手擱置，但頓時不知為什麼又本能地放進了口袋裡。「在這裡，親愛的。」我說。我伸手進搭在椅背上的外套右口袋裡。「啊，沒有。」剎那間，我彷彿感到大難臨頭、看到厄兆閃過，但我立刻想起，因為上午覺得天熱，我換了一件外套。「在我另外一件外套的口袋裡。」

「明天帶來吧，別忘了，」芙頌睜大眼睛說：「它對我很重要。」

「好的。」

十八歲的芙頌是我的遠房窮親戚，就在一個月前我幾乎忘記了她的存在。而我三十歲，正準備和人人都覺得我倆匹配的茜貝爾訂婚。

2 香榭麗舍精品店

改變我一生的那些事件和巧合是在一個月前，也就是一九七五年四月二十七日，我和茜貝爾在櫥窗裡看到一只珍妮．克隆品牌包時開始的，那時我和茜貝爾享受著春日夜晚的涼爽，漫步在瓦里科納大道（Valikonağı Caddesi）上，我們有些微醺但興致高昂。稍早我們才在尼相塔什（Nişantaşı）新開的高級餐廳「富爺大廳」吃了晚飯，吃飯時我們花了很長時間和我父母談了訂婚儀式的各種準備。為了能讓茜貝爾在法國女子高中和巴黎期間的同學努爾吉汗從巴黎過來參加我們的儀式，訂婚儀式定在六月中旬。茜貝爾很早就在伊斯坦堡當時最受歡迎也最昂貴的裁縫「絲綢王伊斯梅特」那裡訂製了禮服。我母親那晚和茜貝爾討論了如何將她送茜貝爾的珍珠縫在禮服上。我未來的丈人想為自己唯一的女兒舉辦一場像婚禮那樣隆重的訂婚儀式，而這正合我母親的心意。我父親也很滿意，因為他將有一個像茜貝爾那樣在索邦大學念過書的兒媳——那時伊斯坦堡的中產階級只要說起曾到巴黎讀書的女孩，無論讀的是什麼，都說是「在索邦念的」。

晚飯後送茜貝爾回家時，我摟著她堅實的肩膀，正當我得意地想到自己是何等幸福和幸運時，茜貝爾說：「啊，好美的手提包！」儘管葡萄酒讓我的腦袋發暈，但我還是立刻記下了那只包包和那家店，第二天中午就過去買了。其實，我不是那種不斷給女人買東西，總有理由沒事送花，天生細心、儒雅又花心的男人，但或許我也想成為那樣的一個男人。當時，生活在伊斯坦堡希什利（Şişli）、尼相塔什和貝貝克（Bebek）那些西化、富有、生活無聊的貴婦會開「精品店」，而不是「藝廊」，她們讓裁縫從ELLE和VOGUE那樣的進口雜誌上複製「時裝」，從巴黎、米蘭成箱成套地買回一些衣飾，然後以荒唐的價格賣給和她們一樣富有無聊的女人。很多年後，當我找到香榭麗舍精品店（店名正是取自傳說中的巴黎香榭麗舍大道）的老闆謝娜伊女士時，她告訴我，她和芙頌一樣，也是我母親的遠房親戚。多年以後，當謝娜伊女士不問我為何感興趣，就把香榭麗舍精品店招牌以及其他與芙頌有關的舊物送給我時，我感到她必然知道我們的故事，而且知道我們的故事的人遠比我原先以為的多。

第二天中午十二點半左右，當我走進香榭麗舍精品店時，一個掛在門上、裡面有兩個小球的小銅鈴響了兩聲，那聲響現在回想起來仍然讓我心跳加速。儘管在中午悶熱的時候，店裡卻還是陰暗而涼爽。一開始我以為店裡沒人，後來我看見了芙頌。當眼睛在努力適應店裡的陰暗時，我的心，卻不知為什麼，就像一個即將拍打到岸邊的巨浪那樣膨脹了起來。

「我想要櫥窗裡那只掛在模特兒身上的包包。」看著她，我不禁結巴起來，只能盡量設法把話說出口。

「是那個奶油色的珍妮．克隆包嗎？」

當我們的目光相遇時，我立刻記起她來了。

「櫥窗裡模特兒身上的。」我夢囈般地重覆道。

「我明白了。」她走到櫥窗前，一下脫掉了左腳上的黃色高跟鞋，露出精心塗了紅色指甲油的腳，踩進櫥窗的底座，向模特兒探過身去。我先看了一眼那只鞋，然後是那雙修長、非常漂亮的腿。不到五月份，這雙腿已經被太陽曬黑了。

她那滾著花邊的黃色碎花連身裙，因為修長的雙腿顯得更短了。她拿了包包，走到櫃檯後面，纖長的手指拉開拉鏈（裡面冒出一團半透明的紙），打開兩個隔層（裡面是空的），再打開裡面的暗袋，暗袋裡收著一張寫有珍妮・克隆字樣的紙和一本保養手冊。她的態度嚴肅又神祕，好像在向我展示一樣私人物品。一瞬間，我們的目光相遇了。

「你好，芙頌。轉眼就亭亭玉立了。你大概認不出我吧。」

「不，凱末爾大哥，我一眼就認出您了，但您沒說什麼，我也不好打擾您。」

一陣沉默。我又把包包裡裡外外看了一遍。她的美麗，她那條以當時而言短得過分的裙子，抑或是別的什麼讓我不安起來，我顯得有些不自然。

「你都在忙些什麼？」

「我在準備考大學。我也每天來這裡。我在店裡結識了很多人。」

「很好。這個包包多少錢？」

她皺起眉頭，看著包底一張手寫的標籤說道：「一千五里拉（這在當時相當於一個基層公務員半年的薪水），但我相信謝娜伊女士會給您一點折扣。她回家吃午飯了。大概在睡午覺，我沒法打電話問她。如果傍晚您再過來一趟的話……」

「沒關係。」我說，隨後從褲子後口袋掏出錢包，數了幾張潮濕的紙鈔給她。芙頌在後來我們祕密幽會的地方，曾無數次用極為誇張的方式，模仿過我的這個動作。芙頌認真但生疏地用一張紙把包包包好，放進了一個塑膠袋。她知道我在一邊無聲地注視著她那蜜色的手臂和優雅而迅速的動作。當她彬彬有禮地把包包遞給我時，我道了謝。我說：「請代我向內希貝姑媽和你父親（我一時沒想起塔勒克先生的名字）問好。」我停頓了一下，因為我看見自己的靈魂從身體裡走出來，正在天堂的一角抱著芙頌親吻。我快步走向門口。這是一個荒唐的念頭，再說芙頌其實也並沒有那麼漂亮。門上的小銅鈴響了，我聽到了一隻金絲雀的鳴叫。我走到街上，外面的暖陽曬得我很舒服。我對我的禮物很滿意，我愛茜貝爾。我決定忘掉這家小店，忘掉芙頌。

3 遠房親戚

吃晚飯時，我還是向母親提起了這件事，我告訴她，在給茜貝爾買包包時碰上了我們的遠房親戚芙頌。

「啊，是的，內希貝的女兒在謝娜伊的店裡幫忙。真可惜，逢年過節時她們也不來拜訪了。都是因為那個選美比賽。每天我都經過那家店，從沒想到要去和那個可憐的丫頭打招呼，但在她小時候我是很喜歡她的。內希貝來我們家做裁縫時，有時她也會跟來。我從櫃子裡拿出你們的玩具給她，她就會在一邊安安靜靜地玩。內希貝的母親、你們那過世的米赫利維爾姑婆也是個很好的人。」我母親說。

「她們到底是我們的什麼親戚？」

因為看電視的父親沒在聽我們說話，所以母親告訴我，她的父親（也就是我的外公埃特黑姆．凱末爾）是和國父阿塔圖爾克（Atatürk）同年出生的，他們還是謝姆希先生學校的小學同學，就像在我多年後找到的照片上看到的一樣，她父親在和我外婆結婚前很多年，不到二十三歲就急急忙忙地娶了第一個妻子。母親說，那個可憐的波士尼亞姑娘（也就是芙頌外婆的母親），是在巴爾幹戰爭期間，人們逃離埃迪爾內（Edirne）時去世的。儘管這個可憐的女人沒有和我外公埃特黑姆．凱末爾生有一男半女，但之前，用我母親的話說，還在「孩子時」她就嫁了一個貧窮的教長，生了一個名叫米赫利維爾的女兒。我母親以前一直說，米赫利維爾姑媽（芙頌的外婆）是由一幫奇怪的人養大的，她和她的女兒內希貝（芙頌的母親）並不是我們的親戚，最多只能算是遠房親戚。不知為什麼，她讓我們叫家族這個很遠分支上的女人們「姑婆、姑媽」。我母親在最近兩年的節日裡，對住在泰什維奇耶（Teşvikiye）小巷中的這家窮親戚極為冷淡，因此傷了他們的心。那是因為，兩年前芙頌去參加了一次選美比賽，那年她才十六歲，還在尼相塔什女子高中讀書，內希貝姑媽不僅默許，後來我們得知，她甚至還慫恿了女兒。母親對此很生氣。後來，母親還從一些傳聞中得出一個結論，那就是自己曾經喜歡、幫助過的內希貝姑媽竟然還為這件醜事沾沾自喜，於是就不理她們了。

而事實上，內希貝姑媽一直非常喜歡和尊重比她大二十歲的我母親。無疑地，這也是由於我母親對內希貝姑媽的幫助，內希貝姑媽年輕時在伊斯坦堡的富裕地區挨家挨戶找工作，到府為那些住在豪宅裡的女人做裁縫。

母親說：「她們特別、特別窮。」因為害怕被認為是誇大其詞，她接著說道：「但不僅僅是她們，那個時候整個土耳其都窮。」以前，我母親會說內希貝姑媽是「一個非常好的人，非常好的裁縫」，把她推薦給自己的朋友，每年請她來家裡吃一次飯（有時是兩次），遇上婚禮會找她去做禮服。

因為我多數時候在學校，所以不會在家裡碰到她。一九五六年夏末，因為要趕製一件出席婚禮的禮服，我母親把內希貝叫去我們在蘇阿迪耶（Suadiye）的避暑別墅。在二樓後面的房間裡，透過棕櫚樹樹葉可以看見小船、汽艇和從碼頭上跳進海裡嬉戲的孩子們。在小屋裡，內希貝姑媽從她那只畫有伊斯坦堡風景的針線盒裡拿出剪刀、大頭針、卷尺和頂針，她倆置身於剪好的布塊和花邊之中，一邊抱怨天熱、蚊子和趕工的辛苦，一邊像兩個好姊妹一樣，用我母親那台勝家牌縫紉機有說有笑地忙到半夜。我記得廚師貝寇里不斷地往那間又熱又充滿了天鵝絨味道的房間裡送檸檬水，因為懷有身孕的二十歲的內希貝總想喝檸檬水，而母親在我們一起吃午飯時，曾經半認真半玩笑地對廚師說：「不管懷孕的女人想吃什麼，你們都必須立刻滿足她，不然會生出個醜八怪的！」我還記得自己好奇地看過內希貝姑媽那微微隆起的肚子。我想，那就是我第一次體認到芙頌的存在，儘管當時誰也不知道那孩子是男孩還是女孩。

「內希貝也沒告訴她丈夫就把女兒的年齡多報了兩歲。」母親越說越氣憤，「真主保佑沒選上，這樣她們也就沒太丟臉。如果學校發現一定會把她退學的……現在她總算念完了高中，但我不認為她學到了什麼。過節她們不來了，也就不知道她們在幹什麼了……誰都知道那些參加選美比賽的人，是一些什麼樣的姑娘，什麼樣的女人。她是怎麼對你的？」

我母親在暗示芙頌已經和男人上床了。在芙頌和通過初賽的參賽者的照片在《民族報》登出後，類似的閒話我從尼相塔什的花花公子們那裡也聽到過，我不想顯得對這個令人羞恥的話題感興趣。當我們之間出現一陣沉默時，母親用一種神祕的語氣搖著手指說：「你要小心！你正要和一個非常特別、非常可愛、非常漂亮的姑娘訂婚！讓我看看你給她買的包包。穆姆塔茲（我父親的名字）！你看，凱末爾給茜貝爾買了包包！」

「是嗎？」我父親說，臉上露出由衷高興的表情，好像他看到包包，喜歡包包，並為兒子和他情人的幸福而幸福那樣，然而他的眼睛甚至沒離開過電視。

4 在辦公室做愛

我父親看的電視節目正在播一段廣告，那是我的朋友紮伊姆在全國推出的「土耳其的第一杯水果汽水『梅爾泰姆』」。我仔細看了那段自負的廣告，覺得很喜歡。他的大廠主父親在最近幾年像我父親那樣賺了很多錢，於是紮伊姆便用他父親的資金做一些新潮、前衛的嘗試。我希望他在這些我也幫他出了主意的事情上獲得成功。

在美國讀完商學院後，我回國，服完兵役。父親希望我也能和哥哥一樣，在他突飛猛進的事業中肩負管理職，所以就讓年紀輕輕的我擔任了沙特沙特的總經理，沙特沙特位於哈爾比耶（Harbiye），是一家從事物流與進出口貿易的公司。沙特沙特的經費很多，利潤也很高，但這並不是我的功勞，是會計耍手段把工廠和其他一些公司的利潤轉移到沙特沙特的結果。因為我是老闆的兒子，所以才做了他們的總經理，因此，面對比我大二、三十歲的老員工和與我母親同輩的大胸脯職工阿姨時，我都會擺出一副謙虛好學的樣子。

位於哈爾比耶那棟沙特沙特的老房子，每當有像老員工那樣疲憊、憔悴的公共汽車和有軌電車經過時，都會有搖搖欲墜的感覺。所有人都離開後，我會和傍晚來看我、不久後就要和我訂婚的茜貝爾在總經理辦公室做愛。儘管打扮時髦，也從歐洲學到了很多女權思想，但茜貝爾對於祕書的看法其實和我母親如出一轍，她有時會說：「我們別在這裡做愛了，我覺得自己像個祕書！」但是在辦公室真皮長沙發上做愛時，她心裡的顧忌就會很明顯，那個年頭的土耳其姑娘對於婚前性行為是很恐懼的。

漸漸地，在西化了的富裕家庭裡長大並見識過歐洲的世故女孩們，突破了童貞的禁錮，開始在婚前和男友上床。茜貝爾有時也會為自己是個「勇敢」的女孩而沾沾自喜，她是在十一個月前和我上床的，她認為這個狀態已經持續夠久了，是時候結婚了。

但多年之後，在我努力用全部的真誠來講述自己的故事時，我既不想誇大我情人的勇氣，也不想看輕女人在性這方面承受的壓力。因為茜貝爾是在認為「我是認真的」，相信我是「可以信賴的」，也就是說，確信我最終會娶她的情況下才把自己給我的。也因為我是個負責的人，便理所當然要和茜貝爾結婚。但即使我不想結婚，也因為她已「把童貞給了我」，我也就沒有了拋棄她的可能。這種責任感為我們所引以為豪的共同點和感情基礎投下了陰影，但也拉近了我們。而所謂的共同點和感情基礎，指的是因為婚前做愛而讓我們誤以為自己是「自由戀愛的現代男女」的錯覺。不過，當然，我們永遠不會用這樣的字眼來形容自己。

另一個陰影在我發現茜貝爾不斷暗示我們該盡早結婚時也感覺到了。但和茜貝爾在辦公室做愛也有很幸福的時候。我記得，當公共汽車和有軌電車的噪音從哈拉斯卡爾加齊大道（Halaskârgazi Caddesi）上傳來時，我在黑暗中摟著她，想到自己將幸福地度過一生，我很幸運。有一次，做愛後當我把菸灰彈到寫著沙特字樣的菸灰缸時，茜貝爾半裸著坐到祕書澤伊內普女士的椅子上，一邊敲打字機，一邊咯咯笑著模仿那些「沒大腦的金髮祕書」，這是當時那些幽默雜誌、漫畫和笑話裡不可或缺的主題。

5 富爺大廳

富爺大廳，在短時間裡成了富人們（如果用報紙娛樂專欄的調侃語言來說，就是「上流社會」）最喜歡的歐式（模仿法國的）餐廳之一，這些為數不多的富人，主要居住在像貝伊奧魯（Beyoğlu）、希什利和尼相塔什之類的區域。很多年後，我找到並在這裡展出它的一份手繪菜單、一則廣告、一盒火柴和一張餐巾紙。為了營造置身歐洲城市的感覺，但又不想顯得太刻意，這類餐廳不用像「大使」（Ambassador）、「王族」（Majestik）、「皇家」（Royal）那樣西方、自負的名字，而是選擇像「後臺」（Kulis）、「樓梯間」（Merdiven）和「大廳」（Fuaye）那樣的名字，讓人想起我們在西方的邊緣，在伊斯坦堡。爾後，下一代的有錢人則喜歡在富麗堂皇的地方吃家常菜，於是，許多像「王朝」（Hanedan）、「蘇丹」（Sultan）、「君主」（Hünkâr）、「帕夏」（Paşa）和「大臣」（Vezir）那樣，把傳統和榮耀集於一身的餐廳便應運而生，富爺大廳也就被遺忘了。

買珍妮．克隆包的那天晚上，當我們在富爺大廳吃晚飯時，我對茜貝爾說：「我母親在邁哈邁特大樓裡有一戶公寓，我們去那裡約會是不是更好？那邊還能俯瞰底下漂亮的後花園。」

「你是想延遲結婚後搬進我們自己的家的事嗎？」茜貝爾問。

「不，親愛的，沒這回事。」

「我不願意像情婦那樣，在隱密的小公寓裡，像個罪人一樣和你約會。」

「有道理。」

「你是怎麼突然想到要去那裡約會的？」

「算了。」我說。我朝富爺大廳裡興高采烈的人群看了一眼，拿出藏在塑膠袋裡的手提包。

「這是什麼？」茜貝爾問，多半已察覺到那是一件禮物。

「一個驚喜！打開看看。」

「真的嗎？」打開塑膠袋時，她臉上的喜悅先是轉為困惑，隨後又變成掩飾不住的失望。

我馬上說：「記得嗎？前天晚上送你回家時，你在櫥窗裡看見了這個包包。」

「是的。你很細心。」

「很高興你喜歡。訂婚儀式上，這個包包會顯得你很高雅。」

「遺憾的是，我早就想好訂婚儀式上用哪個包包了。啊，你別傷心！你費了很大的心思，買了一件非常漂亮的禮物給我……好吧，我這麼說是不想讓你傷心。老實說，我不會在訂婚儀式上用這個包包，因為它是假貨！」

「什麼？」

「親愛的凱末爾，這不是真的珍妮．克隆包，是仿造的。」

「你是怎麼知道的？」

「看就知道了，親愛的。你看牌子縫在包包上的做工，再來看看我從巴黎買回來的這個正牌的珍妮．克隆包的做工。珍妮．克隆不會徒有虛名地成為法國乃至全世界最昂貴的牌子。它絕不會使用這種廉價的縫線……」

看著正牌包的縫工，有那麼一刻我不禁覺得為什麼未婚妻的語氣彷彿一個勝利者般。她父親是一個把帕夏爺爺留下的最後一點土地賣光、如今已身無分文的退休大使，因此，從某種意義上來說，她只是一個「公務員的女兒」，而這常常會讓茜貝爾感到不安。在她陷入這種不安的情緒時，茜貝爾會談起她那會彈鋼琴的奶奶，或者是為解放戰爭做出貢獻的爺爺，抑或是身為阿卜杜勒哈米德二世（Abdülhamit II）親信的外公，而我則會被茜貝爾的窘迫所打動，會更加愛她。二十世紀七〇年代初，隨著紡織和外貿的增長，伊斯坦堡的人口增加了三倍，這使得城裡，特別是我們居住的這個區域的地皮價格成倍上漲。最近十年，隨著父親的公司不斷擴大，家族的資產增加了五倍，但從巴斯瑪姫這個姓氏上可以看出，我們已是三代紡織大戶了。但是儘管有三代人的努力，這個假冒的歐洲名牌包還是讓我不自在。

見我不開心，茜貝爾摸了摸我的手，問道：「你花了多少錢？」

我說：「一千五百里拉。如果你不要，明天我去換別的東西。」

「親愛的，別換，把你的錢要回來。因為他們狠狠地削了你一筆。」

「老闆謝娜伊女士可是我們的遠方親戚！」好像非常詫異那樣，我高高地挑起了眉頭。

茜貝爾拿回了那只我在若有所思翻看的包。她帶著憐愛，笑著說道：「親愛的，你是個那麼有知識、有文化的聰明人，但你卻一點也不知道女人會如何騙你。」

6 芙頌的眼淚

第二天中午，我拿著原來的塑膠袋和包包去了香榭麗舍精品店。鈴鐺響後，一開始我還是以為依然讓我感覺十分昏暗和陰涼的店裡沒人。昏暗的小店沉浸在一種神祕的寂靜中，金絲雀卻嘰嘰喳喳叫了起來。我透過一座屏風和一大盆仙客來的葉子看到了芙頌的身影。她在試衣間陪一個胖女人試穿衣服。這次，她穿著一件非常適合她，印著風信子、野花和樹葉圖案的襯衫。看見我，她甜美地笑了一下。

「你大概很忙。」我瞟了一下試衣間。

「快好了。」她說，彷彿在暗示她們現在只是在閒聊。

金絲雀在鳥籠裡上下跳著，我看見了幾樣從歐洲進口的小玩意兒和擺在角落裡的幾本雜誌，但是我無法將注意力集中到任何一樣東西上。我想要忘卻，想用平常心對待，但還是無法否認當我看著她時，我有一種強烈的似曾相識之感，彷彿眼前是一個非常熟悉的人。她很像我。我的頭髮小時候也是捲捲的，顏色也和她小時候一樣是棕色的，但隨著年齡的增長也和芙頌的一樣變直了。彷彿我能夠很容易把自己當成她，深刻地理解她。她身上那件印花襯衫把她那自然的膚色、頭髮染上的金色襯得更加醒目了。我痛苦地想起朋友們對她的議論，他們說她周旋於花花公子之間。她已經和他們上床了嗎？我對自己說「把包包退掉，拿錢走人。你馬上就要和一個很棒的對象訂婚了」。我看著外面的尼相塔什廣場（Nişantaşı Meydanı），但沒過多久，芙頌那夢幻般的身影，像幽靈般映照在霧濛濛的櫥窗上。試衣服的女人什麼也沒買，長吁短嘆地離開了小店，芙頌開始疊起裙子來。她噘起了那張迷人的嘴說道：「昨天晚上，我在人行道上看見你們了。」當她甜美地微笑時，我發現她的嘴唇上抹了一層淡粉色的口紅。雖然是普通的國產密斯靈牌口紅，但在她的嘴唇上卻性感撩人極了。

我問道：「你是什麼時候看見我們的？」

「傍晚。您和西貝爾女士在一起。我在對面的人行道上。你們是去吃晚飯嗎？」

「是的。」

「你們倆很登對！」她說，就像那些喜歡看見年輕人幸福的老人那樣。

我沒問她怎麼會認得西貝爾。我說：「我們有個小小的請求。」拿出包包時，我感到了一種羞愧和慌亂。「我想把這個退掉。」

「當然。我們可以換別的東西。換這副時尚的手套，或者這個剛從巴黎採買來的帽子。西貝爾女士不喜歡這個包包嗎？」

我羞愧地說：「不用換了，我們想退錢。」

我在她臉上看到了一種驚訝、近乎恐懼的表情。「為什麼？」她問道。

我輕聲說：「這不是一個正牌的珍妮・克隆包，是假的。」

「什麼！」

我無奈地說：「我也不懂。」

「這樣的事情是不可能在這裡發生的！您想馬上要回您的錢嗎？」她尖銳地說道。

「是的！」

她的臉上出現了一種痛苦的表情。我的真主，我想，我為什麼沒想到把包包扔進垃圾桶，然後告訴茜貝爾我把錢要回來了！我勉強笑著說道：「這件事和您，或者和謝娜伊女士沒有關係，無論歐洲流行什麼，我們土耳其人都可以馬上把它們仿造出來。對於我來說——我是不是該說，對於我們來說——一個包包只要派上用場，能夠和一個女人的手搭配就足夠了。它的牌子、誰做的、是不是真貨不重要。」但她也像我一樣不相信我說的這些話。

她嚴肅地說：「不，我要把錢退給您。」我為自己的粗野感到羞愧，低下頭不說話了。

儘管態度堅決，我卻感覺到芙頌無法去做她該做的事情。在那尷尬的一刻，氣氛怪異而緊張。芙頌像看著一個裡面裝著魔鬼、有魔力的東西那樣看著錢櫃，無論如何也無法靠近它。看見她的臉脹得通紅，兩眼充滿了淚水，我六神無主地向她走近了兩步。

她啜泣了起來。我始終都不明白事情怎會如此發展，我摟住了她，她把頭靠在我的胸口繼續哭。我輕聲說道：「對不起，芙頌。」我摸了摸她那柔軟的頭髮和額頭。「請你把它忘了。不就是一個冒牌包嘛。」

她像一個孩子那樣深吸一口氣，抽泣了一兩聲，然後又號啕大哭起來。觸碰著她那細長、美麗的手臂和身體，感覺著她的乳房，就這樣突然擁抱她讓我一陣暈眩。也許是因為要對自己隱藏每次觸摸到她時內心裡升騰起來的欲望，內心裡立刻產生了一種很多年前就認識她，其實我們倆原本就很親近的錯覺。讓她高興起來很難，她是我可愛、憂傷和漂亮的妹妹！有那麼一刻，也許是因為知道我們是遠房親戚的緣故，我覺得她那長長的手臂和雙腿、纖細的骨架和脆弱的肩膀與我的很相似。如果我是一個女孩，再年輕十二歲，那麼我的身材也會是這樣的。我撫摸著她那長長的金髮說：「沒什麼好難過的。」

她解釋道：「我沒法打開錢櫃把錢給您。因為謝娜伊女士中午回家時把錢櫃鎖上了，鑰匙她也帶走了。這讓我很傷心。」她把頭靠在我的胸前又哭起來。我小心、憐愛地摸著她的頭髮。她抽泣地說道：「我來這裡工作是為了認識人和消磨時間，不是為了錢。」

我傻乎乎、沒心沒肺地說：「人也可以為了錢而工作的。」

「是的，我爸爸是個退休教師……兩個星期前我剛滿十八歲，我也不想成為他們的負擔。」她說，像個悲傷的孩子。

我對身體裡膨脹起來的性欲感到了恐懼，我放下摸著她頭髮的手。她也立刻察覺到不對勁，振作了起來。我們放開了彼此。

她揉著眼睛說：「請您不要告訴任何人我哭了。」

我說：「好的。我發誓，芙頌，這是我們之間的祕密。」

看見她笑了，於是我說：「我把包包留下，錢以後再來拿。」

她說：「如果您願意就把包包留在這裡，但您別過來拿錢。謝娜伊女士會堅持說『這不是假貨』，她會讓您後悔這麼做的。」

「那麼我們就換點別的東西吧。」

她用一個高傲、敏感女孩的口吻說：「現在我是不會同意的。」

我說：「沒關係，不重要了。」

她態度堅決地說：「但對我來說很重要。等謝娜伊女士回到店裡，我會向她要錢的。」

我說：「我不想讓那個女人讓你更傷心。」

「不會的，我已經想到了一個好辦法，我對她說，茜貝爾女士已經有了一個相同的包，所以你們來退貨。可以嗎？」她笑著說。

「好主意。我也可以這麼跟謝娜伊女士說。」

「不，您什麼也別對她說。因為她馬上會來套您的話。您也別再來了。我會把錢交給維吉黑姨媽的。」芙頌堅決地說。

「千萬別讓我母親插手這件事，她是個很好奇的人。」

「那麼我把錢送到哪裡去呢？」芙頌皺著眉頭說。

「泰什維奇耶大道（Teşvikiye Caddesi）一三一號是邁哈邁特大樓，那裡有我母親的一戶公寓。去美國之前，我把自己關在房間裡看書，聽音樂。那裡是一個面對後花園特別漂亮的地方……現在每天下午兩點到四點我也在那裡看書。」

「好吧，那我就把錢送到那裡去吧。哪一戶公寓？」

我耳語似的說：「四號公寓。」從我嘴裡又冒出了聲音越來越小的四個字：「二樓。再見。」

因為我的心立刻明白是怎麼回事了，它像個瘋子那樣狂跳起來。離開小店之前，我聚集起全身的力氣，像一切正常那樣最後看了她一眼。走到大街上，當羞愧和後悔和幸福的幻想混合在一起時，尼相塔什的人行道在我眼裡彷彿抹上了一層充滿魔力的金色。正當雙腳讓我走在樹蔭、屋簷和那些為了保護櫥窗支起的藍白色粗條子的涼棚下時，我在一個櫥窗裡看到了一隻金色的帶柄水壺，出於一種本能，我走進去買下了它。和那些隨便買來的東西的命運相反，這只金色的水壺先在母親和父親，而後是母親和我的餐桌上待了將近二十年，其間誰也沒談起過它的來由。每當握起金色水壺的把手，我就會想起人生推我走入的，以及母親無聲地用半責備、半憂傷的眼神暗示的那些不幸的日子。

看見我中午回家，母親既高興又驚訝。我親了親母親的臉頰，告訴她水壺是突發奇想買來的，隨後我接著說道：「把邁哈邁特大樓的房子鑰匙給我。有時辦公室裡人太多，我沒法做事。讓我去看看那裡是否合適。年輕時我關在那裡念書效果很好。」

「那裡滿是灰塵。」儘管母親那麼說，但還是馬上從臥室拿來了用一根紅繩子綁著的鑰匙。給我鑰匙前她說：「你還記得那個屈塔希亞（Kütahya）的紅花瓶嗎？我在家裡沒找到，你去看看，是不是我把它放到那裡去了。你也別太累了……你們的爸爸已經忙了一輩子，就是為了讓你們享受，讓你們幸福。和茜貝爾一起出去玩玩，享受一下春天的美好。」把鑰匙放到我手上時，她用一種神祕莫測的眼神看著我說：「小心點。」在我們兒時，母親會用這樣的一種眼神，暗示人生處處是陷阱，比隨意交出鑰匙更險惡、更深不可測的危險。

7 邁哈邁特大樓

母親是在二十年前買下邁哈邁特大樓裡的那戶公寓的，買房的目的一是為了投資，二是為了有個放鬆的去處，但沒過多久，她就把那兒當成了儲藏室，她把一些認為過時的舊物或是買來不久就膩了的東西收到那裡。兒時，我很喜歡後面那個花園，花園裡長著巨大的柏樹和栗子樹，孩子們在裡面踢足球。我覺得樓名很有趣，母親喜歡講樓名的故事，而我也百聽不厭。

阿塔圖爾克（Atatürk）在一九三四年要求所有土耳其人冠上姓氏後，許多在伊斯坦堡新蓋的樓房開始被賦予了家族的名字。這麼做是有道理的，因為那時伊斯坦堡街道的名字和號碼沒有一個系統，同時也因為，像在鄂圖曼帝國時期一樣，那些富裕的大家庭喜歡整個家族同住在一個屋簷下（我的故事裡會提到許多富裕的家庭，他們都有一棟用自己的姓氏命名的大樓）。在同一個時期還有另外一種傾向，那就是給樓房取一些具有崇高道德價值的名字。然而我母親說，把樓房命名為「自由」、「善良」和「美德」的那些人其實一生都在踐踏這些美德。她說，一個在第一次世界大戰期間壟斷糖市的有錢老頭，因為良心發現雇人蓋了邁哈邁特[1]大樓。老頭的兩個兒子（他們其中一個女兒曾是我的小學同學），明白父親要將邁哈邁特大樓作為慈善機構，並把全部所得分給窮人後，就用醫生出具的報告證明他們的父親神智不清。哥倆把老頭扔進了救濟院，隨後扣押了房子。但他們並沒有更換那個兒時我覺得奇怪的樓名。

第二天，也就是一九七五年四月三十日，星期三，下午兩點到四點之間，我在邁哈邁特大樓的那戶公寓裡等芙頌，但她沒來。我的心碎了，腦子亂了。回辦公室的路上我感到深切的不安。接下來的那天我又去了那裡，彷彿是為了平息內心的慌亂。但是芙頌仍然沒有來。在令人窒息的房間裡，在那些被我母親閒置並遺忘的舊花瓶、衣裙、滿是灰塵的舊家具中，許多兒時記憶在翻看父親拍的那些老照片時一一浮現，物品的這種力量彷彿在平息我的不安。

第二天，我在貝伊奧魯的哈基．阿里夫餐廳，請沙特沙特在開塞利（Kayseri）的銷售商（同時是我服兵役時的朋友）阿卜杜勒凱利姆吃午飯，吃飯時，我羞愧地想起，為了芙頌我已連著兩天都去那戶公寓。我決定忘記芙頌、那個假名牌包和所有的一切。然而二十分鐘後我再次看了看手表，幻想著，也許芙頌當時為了退還冒牌包的錢正在往邁哈邁特大樓走去。我對阿卜杜勒凱利姆編了一個謊話，匆忙結束午餐，一路向邁哈邁特大樓跑去。

進屋後二十分鐘，芙頌摁了電鈴，或者說摁電鈴的人一定是芙頌。走向房門時，我想起昨夜夢見自己為她開門。

她拿著一把傘，頭髮是濕的，身上穿著一條黃色圓點的裙子。

「啊，我以為你把我忘了。快進來。」

「我就不打擾您了。我把錢給您就走。」她手上拿著一個寫有「資優補習班」字樣的舊信封，但我沒

---

1 Merhamet，仁慈的意思。

接。我抓著她的肩膀把她拉進門，然後關上了房門。

「雨下得很大。」我說，儘管我自己並不覺得雨下得多大。「你先坐一會兒，別出去淋雨。我在燒茶，喝了茶你就暖和了。」我走進廚房。

回到房間時，我看見芙頌正在看我母親的那些舊家具、古董、擺飾、鐘表、帽盒和別的一些小玩意兒。為了讓她放鬆，我邊開玩笑邊告訴她，母親的這些東西，有些是從帕夏們的老宅邸、被火燒毀一半的海邊別墅，甚至是人去樓空的伊斯蘭苦行僧人的寺院裡搜來的，有些則是從尼相塔什和貝伊奧魯最時尚的店家、古玩店和去歐洲旅行時在各種商店一時興起買來，用過一段時間後被遺棄在這裡的。我邊說，邊打開了那些滿是樟腦丸和灰塵味道的櫃子，給她看了裡面的一團團布料、兒時我倆都騎過的三輪車（我母親經常把我們用過的一些東西送給窮親戚）、一個便壺、一些放在盒子裡的帽子，還有我母親說「你去看看是不是在那裡」的那個屈塔希亞紅花瓶。

一個水晶糖罐，讓我們想起了從前過節時吃的一些東西。兒時，節日的上午，當芙頌和她的父母來作客時，我們就會用這個水晶糖罐裡的冰糖、杏仁糖、杏仁蛋白軟糖、椰子糖和土耳其軟糖來招待他們。

「有一年過宰牲節，我和您一起上街，還坐車在外面轉了一圈。」芙頌兩眼發光地說道。

我想起了那次出遊。我說：「那時你還是個小孩。現在成了一個非常漂亮、非常迷人的年輕姑娘。」

「謝謝。我要走了。」

「你還沒喝茶呢。再說雨也沒停。」我把她拉到陽臺前，微微掀開了一些窗紗。

就像那些到了一個新地方的孩子，或者是因為還沒經受過任何生活的磨難，因此仍然可以對所有東西感興趣的年輕人一樣，她興致勃勃地看著窗外的一切。有那麼一刻，我用充滿欲望的眼神看了看她的後腦勺、頸項、讓她的臉頰變得無比迷人的皮膚、皮膚上那些遠處無法發現的小雀斑。（母親臉上的這個地方不也長著一顆大肉痣嗎？）我的手，就像不是我的手一樣，不由自主地伸過去抓住了夾在她頭髮上的髮夾。髮夾上有四朵馬鞭草花。

「你的頭髮很濕。」

「我在店裡哭的事您跟別人說過嗎？」

「沒有。但我很好奇你為什麼要哭。」

「為什麼？」

「我想了你很久。你漂亮，與眾不同。我還清楚地記得你小時候的模樣，那時你是個皮膚黝黑的可愛小女孩。但是我怎麼也沒想到你會出落得如此標緻。」

她很有分寸地笑了笑，還疑惑地皺了一下眉頭，就像那些對恭維習以為常的漂亮、有教養的女孩那樣。一陣沉默。她後退了一步。

「謝娜伊女士說什麼了嗎？」我馬上換了話題：「她承認那個包包是假的了嗎？」

「她生氣了。但當她明白您要退貨後也就不吭聲了，她不想把事情鬧大。她也要我忘掉這件事。我想她知道包包是假的。她不知道我來這裡。我告訴她中午您已經把錢拿走了。現在我真的要走了。」

「沒喝茶不能走！」

我去廚房端來了茶。我懷著一種既仰慕又羞愧、既憐愛又喜悅的情感，看著她輕吹茶水，然後一口一口小心、著急喝茶的樣子……我情不自禁地伸出手，摸了摸她的頭髮。我湊過去，見她沒有退縮便在她的唇邊吻了一下。她滿臉通紅。因為手上拿著熱茶，她沒能對我的這個舉動做出反應。她生氣了，同時她的腦子也亂了，這點我感覺到了。

她驕傲地說：「我很喜歡接吻。但是現在，和您當然是不行的。」

「你接過很多吻嗎？」我笨拙地說道，裝出一副天真的樣子。

「我當然接吻過。但不多。」

她用一種讓我感覺其實男人全都是一路貨色的眼神，朝房間、家具、我不懷好意打開了一半的那張鋪著藍色床單的床上看了最後一眼。我知道她在評估情勢，但我想不出任何繼續遊戲的辦法，也許是因為羞愧。

剛到這裡時，我在櫃子裡發現了一個那種專門賣給觀光客的土耳其氈帽，我故意把它放到了茶几上。她把那個裝滿錢的信封放到氈帽邊。儘管她知道我看見了，但仍然說道：「我把信封放那兒了。」

「沒喝完茶你不能走。」

「我要遲到了。」她說，但她並沒有走。

我們一邊喝茶，一邊談起了親戚、兒時和一些共同的記憶。儘管她母親對我母親非常敬重，但其實她們都怕我母親，然而在她兒時，我母親比任何人都關心她。當她和母親來我們家做裁縫時，母親拿出我們的玩具給她玩，比如說芙頌喜歡但又怕弄壞的發條小狗和小雞。直到她去參加選美比賽，每逢她的生日，母親都會讓司機切廷給她送禮物，比如那個她仍然珍藏著的萬花筒……如果母親要送她裙子，一般都會買大幾號的。因此，她有一條過了一年才能穿的蘇格蘭裙子，裙子上有個大別針。她非常喜歡那條裙子，後來儘管過時了，她仍然拿它當迷你裙來穿。我說，有一次我在尼相塔什看見她，她正穿著那條裙子。因為話題涉及她纖細的腰和漂亮的腿，我們立刻換了一個話題。我們說起了腦子有點問題的蘇雷亞舅舅，每次從德國回來他都會勞師動眾地拜訪家族裡的每戶人家，那些原本少有往來的人家也因此重新有了彼此的消息。

芙頌激動地說：「我們一起坐車出去玩的那個宰牲節的早上，蘇雷亞舅舅就在我們家。」說完她快速穿上雨衣，開始找她的雨傘。她是找不到的，因為剛才進廚房時，我把她的雨傘扔進了門口那個鏡櫃裡。

「你不記得把傘放在哪裡了嗎？」我一邊幫她找，一邊問道。

「剛才我就放在這裡的。」她指著鏡櫃說。

在我們滿屋子找傘時，我問了她一個娛樂雜誌上最常出現的問題，那就是空閒時做什麼。她說，去年因為沒達到報考大學的分數，沒能念大學。現在除了去香榭麗舍精品店，剩下的時間就去「資優補習班」上課。因為一個半月之後就要大考了，所以她很用功。

「你想念什麼系？」

她有點害羞地說：「我也不知道。其實我想進藝術學院，日後當演員。」

我說：「上補習班完全就是浪費時間，因為他們只知道賺錢。如果有不明白的問題，特別是數學，你可以來這裡問我。我每天下午都在這裡工作一段時間。我可以很快教會你的。」

「你也教別的女孩數學嗎？」她皺著眉頭用一種嘲諷的語氣問道。

「沒有別的女孩。」

「茜貝爾女士經常來光顧我們的小店。她是一位非常漂亮、非常迷人的女士。你們什麼時候結婚？」

「我們一個半月後訂婚。這把傘可以嗎？」

我給她看一把母親在納愛斯店裡買的夏季陽傘。她說自己當然是不可能拿著那把傘回到店裡去的。再說她想馬上離開這裡，至於能否找到她的傘已經不重要了。「雨停了。」她高興地說道。走到門口時，我恐慌地感到自己將再也看不到她。

我說：「請你下次再來，我們只喝茶。」

「您別生氣，凱末爾哥哥，但我不想再來了。您也知道我是不會來的。別擔心，您吻我的事我不會告訴別人的。」

「傘怎麼辦？」

「傘是謝娜伊女士的，但沒關係。」臨走前，她匆匆地在我臉頰上親了一下。

8 第一個土耳其水果汽水品牌

我在這裡展出土耳其第一個水果汽水品牌「梅爾泰姆」的平面廣告、電視廣告，草莓、桃子、柳丁和櫻桃口味的瓶子，它們讓我想起那些日子裡的幸福、快樂和輕鬆以及我們樂觀的心態。那天晚上，為了慶祝梅爾泰姆汽水的誕生，紮伊姆要在阿亞斯帕薩（Ayaspaşa）的景觀豪宅裡舉辦盛大的派對。我們那幫朋友又將歡聚一堂了。茜貝爾很滿意我和一幫富有、年輕的朋友交往，她也喜歡乘遊艇遊博斯普魯斯海峽、參加生日派對、半夜一幫人離開俱樂部後開著車在伊斯坦堡的大街小巷兜風。她喜歡我的大部分朋友，唯獨不喜歡紮伊姆。她說，紮伊姆是一個過分喜歡炫耀、過分風流和「低俗」的人，比如在他舉辦的聚會上為了所謂的「驚喜」叫人來跳肚皮舞，用印有花花公子圖案的打火機給女士們點菸。茜貝爾更厭惡紮伊姆和那些演員、模特兒（那時在土耳其新出現的一種令人懷疑的職業）胡來卻絕不會娶她們為妻，因為大家都知道她們已不是處女。當然，她也不能忍受他讓那些正經女孩以為他們的關係會有未來。但是，當我打電話告訴她，我有點不舒服，晚上不去參加聚會時，茜貝爾卻很失望，這讓我很驚訝。

「聽說那個為梅爾泰姆汽水拍廣告的德國模特兒也會去！」茜貝爾說。

「你不是總說紮伊姆會把我帶壞……」

「如果你連紮伊姆的派對都不能去，那麼你是真的病了，這倒讓我擔心了。要我去看看你嗎？」

「不用了。我母親和法特瑪女士會照顧我。明天就好了。」

我和衣躺在床上想芙頌，我決定忘記她，永遠不再見她。

9F

第二天，一九七五年五月三日下午兩點半，芙頌來了邁哈邁特大樓，有生以來第一次做了愛。那天我並沒有帶著和她見面的幻想去那裡。多年以後，當我把自己經歷的一切寫成故事時，我也想過前面的那句話不可能是對的，但那天我真的沒想到芙頌會來……我想到的是芙頌前一天說的那些話、兒時的玩具、我母親的古董、舊的鐘表、三輪車、昏暗的房間裡奇怪的光線、灰塵和舊物的氣味以及看著後花園一個人獨自待著……一定是它們把我再次吸引過去的。另外我還想去回味一下前一天的會面，洗掉芙頌用過的茶杯，收拾我母親的東西並忘記我的羞恥……收拾東西時，我找到了父親在後面房間拍的一張照片，照片上可以看見床、窗戶和後花園。看著照片，我發現這個房間多年來一直沒變……我記得聽見敲門聲時，我心想那一定是我母親。

「我來拿雨傘。」芙頌說。

她站在門口，沒有要進來的意思。「你進來啊。」我說。她猶豫了一下。也許是因為覺得站在門口不禮貌，她走了進來。我關上了門。她繫著一條讓她的腰顯得更加纖細的白色皮帶，穿著一件非常適合她的深粉色、白鈕釦連身裙。十幾歲時我有一個弱點，就是在我覺得漂亮和神祕的女孩面前會變得心神不寧。我以為三十歲的自己已經擺脫了這種直接而純真的反應，但我錯了。

我馬上說：「你的傘在這裡。」我探身到鏡櫃後，從裡面拿出了傘。我甚至沒問自己之前為什麼不把它從那裡拿出來。

「怎麼會掉進這裡的？」

「其實不是它自己掉進去的。昨天為了不讓你馬上走，我把它藏起來了。」

剎那間，她不知道是該笑還是該皺眉頭。我拉著她的手，以煮茶為藉口把她拉進了廚房。昏暗的廚房裡滿是灰塵的味道。在那裡，一切發展得很迅速，我們不由自主地開始接吻。過了一會兒，我們開始長久而貪婪地吻著對方。她閉著雙眼，緊緊摟著我的脖子，她是那樣投入，以至於我覺得我可以一路直達終點。

但她是一個處女，這是不可能的。接吻時，有那麼一刻，我感覺芙頌已經做出了她人生中這個重大的決定，她是來這裡和我「直達終點」的。但是這樣的事情只可能在外國電影裡發生。在這裡，一個女孩這麼做會讓我起疑。也許，她本來就不是處女……

我們擁吻著走出廚房，坐到了床邊。沒有太多的扭捏，但也沒有四目相視，我們脫掉了大部分衣服鑽進了毛毯。毛毯不但太厚，還像兒時那樣紮痛了我。過了一會兒，我掀掉毯子，露出了半裸的我們。我倆滿身是汗，但不知為什麼這讓我們輕鬆了許多。從窗簾的縫隙透進來一縷橘黃色的陽光，讓她那滿是汗水的身體顯現出一種迷人的古銅色。就像我看著她的身體一樣，現在芙頌也可以看著我的身體了，她鎮定、不過分好奇，甚至帶著欲望和一種模糊的憐愛，靜靜地看著我身體上那因膨脹而變得明顯的不知羞恥的部位，這讓我嫉妒地覺得，之前她在別的床上、長沙發上，或是汽車的座椅上也這樣看過別的男人。

很快地，我們臉上擔憂的神色洩漏了我倆對於眼前艱難的任務有多麼畏懼。芙頌取下那對耳墜，仔細地把它們放到旁邊的茶几上。我在這裡展出其中的一個耳墜，作為我們博物館的第一件收藏品。她小心翼翼地摘下耳墜，就像一個深度近視的女孩下水游泳前謹慎地摘下眼鏡一樣，我再一次感覺到她的決心。那些年，年輕人喜歡佩戴刻有他們名字頭一個字母的手鏈、項鏈和手鐲，我根本沒去注意那對耳墜。把衣服一件件脫掉後，芙頌又同樣堅決地脫掉了她的小內褲，我毫無疑問地確定她真的打定主意要做了。在那個年頭，還不想「直達終點」的女孩會繼續穿著內褲，就像西方女孩在做日光浴時那樣。

我親吻了她帶著杏仁味的肩膀，舔了她那天鵝絨般細滑、汗涔涔的脖子，看見她的乳房在日光浴季節還未開始前就變成了一種比健康的地中海膚色淺一點的蜜色，我的心不禁顫抖了一下。讓學生讀這本小說的高中老師，如果有顧慮可以建議學生跳過這一頁。參觀博物館的人，請去看那些擺設，就會明白我所做的事情首先是為了那個以憂傷和恐懼的眼神看著我的芙頌而做的，其次是為了我們倆好，最後才是為了我自己的樂趣。彷彿我倆都在努力用一種樂觀的態度克服一個人生強加給我們的困難。因此，在我困難地進入她的身體，在甜言蜜語之間不斷問她「親愛的，你疼嗎」而她直視著我的眼睛卻不作任何回答時，我並不覺得不安。因為當我們合而為一時，我深切地感覺到她的顫抖（請你們想一下向日葵在若有若無的微風中顫抖的樣子），彷彿我也和她一樣痛。

她逃避我的目光，不時用一種醫生的專注看著自己的下半身，我從她的眼神裡明白，她在傾聽自己的聲音，她要獨自一人體驗一生中這第一次，也是僅此一次的經歷。為了結束我正在做的事情，為了能夠從這艱難的旅途中輕鬆地走出來，我也應該自私地想想自己的樂趣。因此，憑著我們的本能我倆都發現了這樣一個事實，那就是，為了更深切地感受將讓我們彼此依賴的樂趣，我們應該各自去體驗。於是我們開始一邊不顧一切、毫無保留、貪婪地摟著對方，一邊完全為了自己的樂趣使用著對方的身體。芙頌的十指緊扣在我背上，我感到了一種對於死亡的恐懼，就像那個近視的純真女孩在大海裡學游泳時，在認為自己快要淹死的瞬間，使出全身力氣去摟抱趕來營救的父親那樣。十天後，當她閉著眼睛摟著我時，我問她腦子裡出現了什麼畫面，她說：「我看見了一大片向日葵。」

在往後也將一直用快樂的叫罵聲來陪伴我們做愛的孩子們，那天，在我們第一次做愛時，仍然在哈伊雷廷帕薩（Hayrettin Paşa）的破舊宅邸的花園裡喊著、罵著踢球。在孩子們的叫喊聲戛然而止的那一刻，除了芙頌的幾聲害羞的叫聲，我假裝投入地發出的一兩聲幸福的呻吟外，整個房間沉浸在一種異常的寂靜中。遠處傳來尼相塔什廣場上員警的哨聲、汽車的喇叭聲和錘子敲擊釘子的聲音。一個孩子在踢一個空罐頭，一隻海燕在鳴叫，一個茶杯打碎了，楓樹葉在若有若無的風中發出了沙沙的聲響。

就在這樣的寂靜中，我們互相摟著躺在床上，試著不要去想染上血跡的床單、脫在一邊的衣服和我們還不習慣的赤裸的身體——全都是人類學家熱衷於分析的原始社會儀式和令人害臊的細節。芙頌無聲地哭了一會兒。她也不聽我說的那些安慰話。她說，她永遠不會忘記這件事，接著又哭了一陣，隨後就不出聲了。

由於多年後我也成為了我自己的人類學家，我一點也不想鄙視那些試圖藉由展出他們從國外帶回的鍋碗瓢盆、手工藝品和器具為他們和我們的人生賦予意義的人。但是考慮到人們對於「第一次做愛」的痕跡和紀念品將會給予過多關注，可能會阻礙理解我和芙頌之間的深切愛憐和感激之情，因此，我在這裡展出那天在芙頌的包包裡一直未被拿出來，但精心疊好的這塊小花手帕，以展示當我們無聲地摟著對方躺在床上時，我十八歲的情人對我三十歲肌膚的細緻愛撫。讓這個芙頌後來抽菸時在桌上找到並把玩過的我母親的水晶墨水瓶，來代表我們之間那種細膩和脆弱的憐愛。還有這條當時很時髦的男士寬皮帶，那天我懷著罪惡感以一種男人的狂妄自大繫上它，就讓它來告訴讀者，離開那種從天堂裡出來的赤裸狀態重新穿上衣服，甚至僅僅看一眼那個原來的骯髒世界，對於我倆來說都是何等的艱難！

臨走前，我對芙頌說，如果想上大學，那麼在最後的這一個半月裡她必須非常用功。

她笑著問道：「難道你害怕我會做一輩子店員嗎？」

「當然不是……但是我想在考試前輔導你。我們可以在這裡念書。你們都學些什麼？是現代數學，還是古典數學？」

「高中我們學了古典數學，但是補習班裡兩個都上，因為試卷上兩種都考，兩種都讓我頭疼。」

我和芙頌說好明天在這裡補習數學。她一走，我就去了尼相塔什的一家書店，買了高中和補習班用的參考書，在辦公室抽著菸稍微翻了一下後，我明白自己真的可以幫她。可以輔導她的幻想立刻緩減了那天我感到的心理壓力，剩下的就是一種極端的幸福和一種奇特的驕傲。我的脖子、鼻子和肌膚幸福得都疼了起來，那是一種掩不住的狂喜。一方面我在不斷地想著自己將會和芙頌一直在邁哈邁特大樓裡幽會做愛，另一方面我也意識到，只有裝做什麼不尋常的事都沒有發生，我才能繼續這個美夢。

10 城市的燈光和幸福

晚上，茜貝爾的高中女同學葉希姆在佩拉・帕拉斯飯店訂婚，所有人都會在那裡，我去了。茜貝爾很開心，她穿了一條亮銀色的連身裙，外罩一件編織披肩。因為想作為我們的訂婚儀式的參考，所以她關心所有細節，接近所有人，不停微笑。

蘇雷亞舅舅那個我總是記不住他名字的兒子，介紹為梅爾泰姆汽水拍廣告的德國模特兒英格給我認識時，我已經喝了兩杯拉克酒，放鬆了許多。

「您覺得土耳其怎麼樣？」我用英語問道。

英格說：「我只到過伊斯坦堡。我很驚訝，沒想到會是這樣的。」

「您想像的是什麼樣的？」

我們無聲地對視了一會兒。她是個聰明女人，立刻明白說錯話很容易傷土耳其人的心的，她嫣然一笑，用糟糕的土耳其語說道：「你們值得擁有一切。」

「在一個星期之內，全土耳其都認識了您，感覺如何？」

她像個孩子似地笑著說道：「員警、計程車司機、路上的孩子們都認識我。一個賣氣球的人甚至送我一個氣球，還說『您值得擁有一切』。如果整個國家只有一個電視頻道，成名就很容易了。」

不知道她是想表示謙虛但卻流露了蔑視嗎？「德國有幾個頻道？」我問道。她意識到自己說錯話了，很是羞愧，但想想我也實在沒必要讓她難堪，便又改口說：「每天上班時，我都會看見您的巨幅海報，它占滿了大樓的一整面牆，拍得很不錯。」

「啊，是的，你們土耳其人在廣告方面比歐洲先進多了。」

瞬間，我因為這句話感到萬分開心，竟然忘了她是出於禮貌才這麼說的。我用目光在嘰嘰喳喳、興高采烈的人群裡找了找紮伊姆。我看見他正在和茜貝爾說話。他們將能成為朋友的想法讓我很開心。甚至在多年後的現在，我還記得當時的那種喜悅。茜貝爾給紮伊姆起了個外號，叫他「您值得擁有一切的紮伊姆」。她覺得梅爾泰姆的這個廣告詞很冷漠，很自私。茜貝爾認為，在許多年輕人因左右紛爭彼此殘殺、像土耳其這樣的一個貧窮和麻煩的國家裡，這樣的廣告詞很醜惡。

一種夾帶著椴樹花香的春天氣息，從那些敞開的陽臺門外面傳進來。下面，城市的燈光倒映在哈利奇灣（Haliç）的水面上，就連卡瑟姆帕薩（Kasımpaşa）的一夜屋[2]和貧民窟也顯得格外美麗。我心裡感到自己擁有一個非常幸福的人生，而我今後的生活將會更加幸福。儘管白天和芙頌經歷的一切讓我感覺沉重，也攪亂了我的思緒，但我想每個人都會有自己的祕密、不安和恐懼。在這些穿著講究的賓客裡，不知有多少人內心裡隱藏著一樣的不安和不為人知的傷痛，但是在人群中，在親朋好友之間，只要喝下兩杯酒，你就會發現那些困擾著我們的東西其實是那麼無關緊要和轉瞬即逝。

茜貝爾說：「你看到那邊那個脾氣暴躁的人，就是無人不知無人不曉的『冷酷蘇蒲賽』。他會拿走看到的所有火柴盒。聽說他們家有滿屋子的火柴盒。他們說，自從被老婆拋棄，他就變成這樣了。在我們的訂婚儀式上，可不能讓服務生穿這麼奇怪的衣服，對吧？今晚你為什麼要喝這麼多酒？聽著，我有話要說。」

「什麼？」

「麥赫麥特很喜歡那個德國模特兒，一刻也不離開她，而紮伊姆在嫉妒他。啊，還有那個男人，據說是你那個蘇雷亞舅舅的兒子……他也是葉希姆的親戚……有什麼讓你不開心？有什麼我該知道的事情嗎？」

「沒有，什麼事都沒有。我覺得很幸福。」

多年之後的今天，我甚至還記得當時茜貝爾說了很多好聽的話。茜貝爾風趣，聰明，富有同情心，我知道有她在身邊不僅是在那些日子，在整個一生一切都會很好。夜裡送她回家後，我在無人的黑暗街道上想著芙頌，獨自走了很久。讓我無法釋懷、感到極端不安的是，芙頌第一次和我上床以及她的堅定。她沒有半點扭捏，甚至在脫衣服時都沒表現出一絲猶豫……

家裡的客廳裡沒人，有時我會看見失眠的父親穿著睡衣坐在客廳裡，我喜歡上床前和他聊會兒天。但現在他和我母親都睡了，臥室裡傳來了母親的呼嚕聲和父親的嘆息聲。上床前我又喝了一杯拉克酒，抽了一根菸，但躺下後還是沒能馬上睡著。我的眼前浮現和芙頌做愛時的畫面，這些畫面又和訂婚儀式上的一些情景混在一起……

11 宰牲節

半睡半醒之間，我想到了遠房親戚蘇雷亞舅舅和他那個我總是記不住名字的兒子。我和芙頌在很久以前的一個宰牲節裡曾經一起坐車出去玩，那天蘇雷亞舅舅也在我們家。一些關於那個寒冷、陰沉的宰牲節上午的畫面，就像我不時看見的某些夢境一般浮現眼前，彷彿是一個既熟悉又陌生的記憶。我想起了三輪車，我和芙頌一起上街，我們無聲地看一隻正在被宰殺的羊，然後坐車出去遊玩。第二天，當我們在邁哈邁特大樓裡見面時我問了她這些事情。

「車是我和媽媽從家裡帶來還給你們的。」所有的事芙頌都記得比我清楚，「你哥和你用完後，你母親在很多年前把車送給了我。但我也沒法騎了，因為我長大了。所以我媽媽在過節那天把車帶來了。」

我說：「然後一定是我母親又把車拿到這裡來了。現在我也想起來了，那天蘇雷亞舅舅也在……」

「因為要利口酒的人是他。」芙頌說。

2 土耳其的窮人一般在山坡上用一夜時間蓋起的房子。

那次出人意料的坐車兜風，芙頌也比我記得更清楚。我想在這裡敘述一下經她提醒後我想起的那次出遊。那年，芙頌十二歲，我二十四歲。一九六九年二月二十七日，宰牲節的第一天。就像在每個節日的上午那樣，我們都會在尼相塔什的家裡請那些穿西裝打領帶、衣著講究的親戚們吃午飯。房門不時被敲響，新的客人，比如說我的小阿姨和禿頭的姨父，還有他們好奇的孩子來了，所有人都站起來和新來的客人一一握手、親吻。正當我和法特瑪女士拿糖招待客人時，父親過來把我和哥哥叫到一邊說：「孩子們，蘇雷亞舅舅又在說『為什麼沒有利口酒』，你們誰去阿拉丁的店裡買一瓶薄荷利口酒、一瓶草莓利口酒回來？」

甚至在那些年裡，因為父親有時會喝多，所以母親在過節時禁止了用銀托盤和水晶酒杯招待客人喝利口酒的習俗。母親是為了父親的健康做出這個決定的。但是兩年前，還是在這樣的一個節日裡，當蘇雷亞舅舅又堅持要喝利口酒時，母親為了讓他放棄這個念頭便說：「宗教節日怎麼可以喝酒！」而這又在我們那極端擁護阿塔圖爾克的世俗主義舅舅和我母親之間，引發了一場關於宗教、文明、歐洲和共和國的無休止的爭論。

父親從他那個裝滿十里拉的錢袋裡拿出一個硬幣說：「你們兩個誰要去？」每次過節前父親都會特意去銀行換一些十里拉的硬幣，為的是發給過節時來吻他手的那些孩子、警衛和管理員。

我哥哥說：「凱末爾去！」

我說：「奧斯曼去！」

父親對我說：「親愛的，還是你去吧，別告訴你媽媽……」

出門時我看見了芙頌。

「走，跟我去趟雜貨店。」

那年她十二歲，只是一個雙腿像火柴般的遠房親戚的瘦弱女孩。除了那個綁在烏黑髮辮上的白蝴蝶結和一身乾淨衣服，她身上就沒其他引人注目的地方了。我在電梯裡問了那個小女孩幾個尋常的問題，這些也是多年後芙頌讓我想起的：你上幾年級？（中學一年級。）上哪個學校？（尼相塔什女子高中。）以後想做什麼？（無聲！）

出門沒走幾步，我就看見在旁邊那片空曠的泥地裡，就在前面的那棵椴樹下圍了很多人，正要宰殺一頭羊。如果當時像現在般懂事，我就會想到，眼睜睜地看著羊被殺掉會對小女孩產生不良影響，那樣我就絕不會帶芙頌去看。

但是，因為好奇和沒腦子，我走了過去。我們的廚師貝寇里和管理員薩伊姆捲起袖管，把一頭腿被綁起來的羊推倒在地。羊的旁邊站著一個圍著圍裙、拿著一把大屠刀的男人，但是因為羊一直掙扎，所以那人無從下手。嘴裡哈著氣的廚師和管理員忙半天終於讓那頭羊乖乖就範了。屠夫抓著羊的口鼻，粗魯地把牠的頭扭到一邊，然後把長長的屠刀架到牠的脖子上。一片寂靜。屠夫念道：「真主至上，真主至上。」他比畫了兩下，隨即快速將刀捅進羊的喉嚨，抽刀時一股鮮紅的血從羊的喉嚨裡噴湧而出。羊還在掙扎，但人們知道牠快要死了。一切彷彿靜止了。突然吹來一陣風，風在椴樹光禿禿的枝條上發出了嗚嗚的聲響。屠夫把羊頭轉到一邊，讓羊血流到事先挖好的一個坑裡。

我在人群中看見了幾個表情扭曲的孩子、司機切廷和一個正在禱告的老人。芙頌一語不發地拽著我的袖管。羊還在不時抽動，但那已是最後的掙扎了。用圍裙把刀擦乾淨的屠夫，原來是那個在警察局旁邊開肉店的卡澤姆，剛才我沒認出他來。在和廚師貝寇里的目光相遇時，我明白那是我們那頭節前買來、在後花園裡拴了一個星期的羊。

我對芙頌說：「走吧。」

我們沉默著走回街上。難道我是因為讓一個小女孩看到了這樣的一幕而惴惴不安嗎？不太清楚是為了什麼，我產生一種罪惡感。

母親與父親都不是虔誠的信徒，我從沒見過他們膜拜或齋戒。就像許多在共和國頭幾年出生的夫妻一樣，他們不是不尊重宗教，只是漠不關心。就像他們的許多朋友一樣，他們把這種漠不關心解釋為對阿塔圖爾克的熱愛和世俗主義。儘管這樣，就像尼相塔什的許多不拜神的中產階級家庭一樣，我的父母也會在每個宰牲節裡派人殺一頭羊並把羊肉分送給窮人。但無論是我父親，還是家裡的任何一個人，都不會去管宰牲的事，給窮人送羊肉和羊皮的事也由廚師和管理員負責。像他們一樣，我也一直遠離節日上午在旁邊空地上舉行的這個宰殺儀式。

當我和芙頌一聲不響地朝著阿拉丁的雜貨店走去時，從泰什維奇耶清真寺（Teşvikiye Camii）前面吹來了一陣涼風，我的不安讓我打了個寒戰。

「剛才有沒有嚇到你？」我問道，「要是我們沒看就好了……」

「可憐的羊……」她說。

「你知道為什麼要宰羊吧？」

「有一天當我們去天堂時，那隻羊會帶我們過沙拉特橋[3]……」

這是不懂事的孩子和沒讀過書的人對宰牲的解釋。

我用一種老師的口吻說：「故事不只如此，你知道它的起源嗎？」

「不知道。」

「先知亞伯拉罕一直沒有孩子。他總是祈禱說：『我的真主，讓我有個孩子吧，你讓我做什麼都行。』最後他如願以償，一天他的兒子伊斯瑪義降生了。先知亞伯拉罕欣喜若狂。他很愛兒子，每天親吻他，每天也都會感謝真主。一天夜裡他夢見真主對自己說：『現在你要為我把兒子當祭品殺掉。』」

「為什麼？」

「先聽我說……先知亞伯拉罕遵從了真主的命令。他拿出刀，正準備要殺兒子時，邊上突然出現了一頭羊。」

「為什麼？」

「真主憐憫先知亞伯拉罕，為了不讓他殺心愛的兒子，真主送了羊去給他。因為真主已經看到了先知亞伯拉罕對祂的忠誠。」

「如果真主沒送羊給他，先知亞伯拉罕就真的要把兒子殺掉嗎？」芙頌問道。

「是的。」我不安地說：「因為確信他會那樣做，所以真主疼惜他，為了不讓他傷心就把羊派去了。」

我意識到自己說故事的方式無法讓一個十二歲女孩明白為什麼一個深愛兒子的父親會試圖殺掉兒子。我先前的不安現在又因為解釋不清楚而變成懊惱。

「啊，阿拉丁的雜貨店沒開！我們去廣場上的小店看看。」

我們走到了尼相塔什廣場。在十字路口賣香菸和報紙的努雷廷小店也歇業。我們開始往回走。路上我想到了一個芙頌可能會喜歡的關於先知亞伯拉罕的解釋。

我說：「先知亞伯拉罕一開始當然不知道能用羊來代替兒子。但他是那麼地信奉真主，那麼地敬愛真主，所以他覺得真主最終是不會害自己的……如果我們非常、非常地愛一個人，如果我們為了他可以獻出我們最寶貴的東西，那麼我們就會知道他是不會對我們造成任何傷害的。犧牲就是這個意思。你最愛誰呢？」

「我媽，我爸……」

我們在人行道上遇到了司機切廷。

我說：「切廷，我父親要利口酒。尼相塔什的店都不開門，你帶我們去塔克西姆（Taksim）吧。然後我們也許還要去別的地方轉轉。」

芙頌問道：「我也去，是嗎？」

---

3 根據伊斯蘭教義，大審判日那天每個穆斯林必須經過沙拉特橋。此橋建在地獄的上面，正義的人過橋進天堂，非正義的人跌入地獄。

我和芙頌坐上了父親那輛櫻桃色的雪佛蘭。切廷開車走上了坑坑窪窪的鵝卵石路。芙頌看著窗外。車經過馬奇卡（Maçka）後開到了道爾馬巴赫切（Dolmabahçe）。街上很空，只有三五個穿著節日盛裝的人。但是經過道爾馬巴赫切體育場（Dolmabahçe Stadyumu）後，我們在路邊看見了一群宰牲的人。

「切廷，看在真主的分上，你就給孩子說說我們為什麼要宰牲吧。我沒能講明白。」

司機說：「您太客氣了，凱末爾先生。」但是他也不想放棄這種展示自己對宗教比我們更虔誠的機會。「為了表示我們也像先知亞伯拉罕那樣信奉真主，所以我們宰牲……犧牲意味著，為了真主，我們可以獻出自己最寶貴的東西。我們是那麼地熱愛真主，小女士，為了真主我們甚至能獻出我們最愛的東西，而且不求回報。」

我狡猾地說：「最終可以去天堂嗎？」

「如果真主這麼說的話……那要到審判日才知道。但是，我們不是為了進天堂才宰牲的。那是不求回報的，是因為敬愛真主才那麼做的。」

「切廷，沒看出來你對宗教的事情懂得那麼多。」

「您過獎了，凱末爾先生。您讀了那麼多書，您知道的更多，再說這種道理並不需要信教和去清真寺就能明白。我們把自己最珍視的東西不求回報地給一個人，完全是因為我們非常地愛他。」

我說：「但是，那樣的話，那個我們為他做出犧牲的人就會感到不安，他會以為我們有求於他。」

切廷說：「真主是偉大的。真主可以看見一切，明白一切……他會明白我們對他的愛也是不求回報的。誰都不能欺騙真主。」

我說：「那裡有家店開著。切廷你停車，我知道他們賣利口酒。」

我和芙頌只花一分鐘就買好了被公賣局壟斷的利口酒，薄荷和草莓的各一瓶。我們回到了車上。

我說：「切廷，還有時間，你帶我們到處逛逛。」

一路上我們交談的內容，都是多年後芙頌幫助我想起來的。而那個寒冷、陰沉的節日在我腦海裡留下了一個異常清晰的印象，那就是，伊斯坦堡宰牲節上午的樣子就像是一個屠宰場。不僅僅是在邊緣區域和窄小街道的空地上和那些被燒毀的樓房中間，在主要街道上和最富裕的區域裡，從一早開始就有幾萬頭羊被宰殺。有些地方的人行道邊上和鵝卵石路面上全都是血。在我們的車下坡、過橋、穿行在彎彎曲曲的小路上時，我們看到了一些被扒了皮、一些剛剛被殺掉，或是已經被分解了的羊。我們穿過阿塔圖爾克橋（Atatürk Köprüsü）來到了哈利奇灣。儘管是在過節，儘管到處掛著旗子，儘管人們都穿著節日的盛裝，然而城市是疲憊和憂傷的。穿過包茲多安高架引水渠（Bozdoğan Kemeri），我們拐進了法提赫（Fatih）。在那裡的一片空地上，正在出售供宰牲用的羊。

芙頌問：「這些羊也要殺掉嗎？」

切廷說：「也許不是全部，小女士。因為馬上就要到中午了，牠們還沒被賣掉……也許直到過完節也沒人來買，那麼這些可憐的動物就解脫了……但那時牠們就會被賣給屠夫，小女士。」

芙頌說：「我們會趕在屠夫之前把牠們買下，把牠們救出來。」芙頌穿了一件漂亮的紅大衣。她笑著勇敢地對我眨了眨眼睛，「我們會去把羊從那個要殺自己孩子的人那裡劫持出來，是吧？」

我說：「會的。」

切廷說：「小女士您很聰明，其實先知亞伯拉罕根本不想殺自己的兒子。但命令，是真主的命令。如果我們不遵從真主說的每句話，那麼世界就會亂了，世界末日就不遠了……世界的根本是愛。愛的根本是對真主的愛。」

我說：「但是要被父親殺掉的孩子怎麼能理解？」

我和切廷的目光瞬間在後視鏡裡相遇了。

「凱末爾先生，我知道您也和您父親一樣，是為了和我開玩笑才這麼說的。您父親非常愛我們，我們也很敬重他，所以從來不會因為他的玩笑而生氣。我也不會對您開的玩笑生氣。我將用一個例子來回答您的問題。您看過電影《先知亞伯拉罕》嗎？」

「沒有。」

「您當然不會去看這類電影，但是您一定要去看這一部，把小女士也帶去。你們一定會喜歡的……艾克雷姆・居齊魯在電影裡扮演先知亞伯拉罕。我是和老婆、丈母娘、孩子們一起去看的，我們都哭了。當先知亞伯拉罕拿起刀、看著兒子時我們哭了……當他的兒子伊斯瑪義就像《古蘭經》裡寫到的那樣，說『親愛的爸爸，你就按照真主的旨意來做吧』時，我們也哭了……當代替兒子的羊出現時，我們和所有觀眾一起喜極而泣。如果我們把自己最珍貴的東西，不求回報地獻給我們深愛的人，那樣的話世界就會美好了。小女士，我們就是因為這個而哭的。」

我清楚地記得，我們從法提赫去了埃迪爾內卡帕（Edirnekapı），然後右拐沿著城牆來到了哈利奇灣。在經過窮人區時，在沿著破損的城牆一路前行時，我們一路沉默著。在城牆當中的那些果園裡，在滿是垃圾、空桶和廢物的空地上，在廢棄的工廠和作坊裡，我們看見了一些已被殺掉的羊，羊皮、羊內臟和羊角放在一邊。但不知為什麼在那些貧窮的區域，在那些油漆剝落的木房子之間，殺生的氛圍較淡，節慶的氣息較濃。我記得，當我和芙頌看到為了慶祝宰牲節而架設的旋轉木馬和鞦韆、用節日裡拿到的錢買糖果的孩子，以及掛在公共汽車頭上的土耳其小國旗時，我們覺得很愉快。多年以後，我癡迷地收集了許多和這些場景有關的明信片和照片。

車開上希什哈內大坡（Şişhane Yokuşu）時，我們在路當中看見了一群人，路被堵住了。有那麼一刻，我以為是另外一場節日活動，但當人群退開來讓我們的車通過時，我們看見了剛剛相撞的車輛和奄奄一息的遇難者。幾分鐘前，一輛卡車剎車失靈，衝進對向車道，無情地輾過一輛私家車。

切廷說：「我的真主！小女士，您千萬別看。」

我們瞥見車頭全毀的車裡有個人扭著頭，彷彿在做垂死的掙扎。我一直沒忘記我們的車壓在玻璃碎片上時發出的聲音以及我們隨後的沉默。就像逃離死亡那樣，我們爬上坡穿過小街從塔克西姆急急忙忙地回到了尼相塔什。

「你們去哪兒了？我們都擔心了。買到利口酒了嗎？」父親問。

「在廚房裡！」我說。客廳裡瀰漫著香水、古龍水和地毯的味道。我走進客人當中，忘記了小芙頌。

12 接吻

六年前的那次出遊，第二天下午我和芙頌再次見面時，我們又重新回憶了一遍。然後我們忘記一切地接吻、做愛。一陣瀰漫著椴樹花香的春風從窗紗和窗簾的縫隙吹進來，吹得她那蜜色的肌膚起了雞皮疙瘩，她緊閉著雙眼，像在大海裡拚命抱著救生圈的人那樣抱緊我的樣子讓我暈眩，我無法思考自己經歷的事情所包含的更深意涵。我的結論是，為了不沉迷於罪惡感和猜疑心只會讓人愛得更加無法自拔的危險地帶，我應該多多和男人為伍才是。

和芙頌又約會了三次後，星期六上午，哥哥打電話來要我和他一起去看費內爾巴赫切隊（Fenerbahçe）對上吉雷松隊（Giresunspor）[4]的球賽，他說費內爾巴赫切隊很有可能在下午的比賽裡奪冠，我們於是去了伊諾努體育場（İnönü Stadyumu）。伊諾努體育場從前叫做道爾馬巴赫切體育場，我很高興看到它除了名字以外一切都和二十年前一樣。唯一真正的改變是他們學歐洲的作法，嘗試在場地裡種草，但是因為只有場地的邊緣長得出草來，於是球場就像一個只剩太陽穴和後腦勺還有少許頭髮的禿頭男。那些花錢坐在對號席上

4 皆為土耳其足球隊。

的觀眾，一如在一九五〇年代中期的觀眾般，當那些大汗淋漓的球員，尤其是一些沒沒無聞的後衛球員跑到邊線上時，會像決鬥場看臺上的羅馬貴族那樣辱罵他們（快跑呀，沒種的娘兒們）。坐在開放席的那些由失業者、窮人和學生組成的觀眾，則異口同聲放聲怒罵，故意要讓球員聽個清楚。就像第二天報紙的體育專欄上說的那樣，那是一群吵鬧不休的烏合之眾。當費內爾巴赫切隊將球踢進球門時，我也和所有人一樣站起來狂呼亂叫。在這種節日和團結的氣氛裡，在那些在球場裡和看臺上不停親吻互祝勝利的男人們當中，有一種把我心裡的罪惡感隱藏起來、把我的恐懼轉變成驕傲的東西。但是在球賽過程中那些安靜的時刻，在三萬人同時都能聽到球員將球踢進球門時，我把目光轉向了看臺後面的海峽和一艘正從道爾馬巴赫切皇宮（Dolmabahçe Sarayı）前經過的蘇聯船隻，我在想芙頌。她在對我並不熟悉的情況下選擇我並毫不猶豫地把自己給了我，這讓我深受感動。我的眼前不停閃現她細長的頸子、獨一無二的肚臍、眼中有時同時出現的懷疑和真誠、躺在床上看著我時眼神裡那憂傷的誠實，以及我們的熱吻。

「你看起來心不在焉的，大概是在想訂婚的事情。」哥哥說。

「是的。」

「你很愛她嗎？」

「當然。」

帶著一種半是憐愛，半是見多識廣的微笑，哥哥把目光轉向了進入中場的球賽上。兩年前他開始抽他認為有個性的雪茄，他的手上拿著一支馬爾馬拉牌的國產雪茄，球賽期間從貞女塔（Kız Kulesi）方向吹來一陣微風，不僅吹起球隊的巨幅旗幟和球場邊的小紅旗，也把雪茄的煙霧吹進了我的雙眼，就像有段時間父親的香菸那樣痛得我流眼淚。

「結婚對你有好處。」哥哥的目光還盯在球上，「你們馬上生孩子，別拖太久，這樣你們的孩子就可以和我們的孩子做朋友了。茜貝爾是個腳踏實地的女孩，可以平衡你的浮躁。我希望你不要磨光了茜貝爾的耐性，就像你讓其他女孩受不了一樣。喂，裁判，犯規了！」

當費內爾巴赫切隊踢進第二個球時，我們一起站起來大叫「進球了」，還擁抱親吻了一下。球賽結束後，父親當兵時的朋友「水桶卡德里」和幾個喜歡足球的商人、律師和我們一起跟著叫嚷的人群，爬坡來到了迪萬酒店，我們喝著拉克酒，談起了足球和政治。我依然在想芙頌。

「凱末爾先生，你在想什麼呀。你大概不像你哥哥那樣喜歡足球。」卡德里先生對我說。

「其實我是喜歡的，但最近幾年……」

「凱末爾很喜歡足球，卡德里先生，只是大家不愛把球傳給他。」哥哥嘲諷地說。

「是時尚，我可以背出一九五九年費內爾巴赫切球隊裡所有球員的名字。厄茲江、內迪姆、巴斯里、阿克君、納吉、阿弗尼、小個子穆斯塔法、阿江、余克塞爾、萊夫泰爾、埃爾袞。」我說。

「塞拉傑廷也在那支球隊……你忘了。」水桶卡德里說。

「不，他不在那支球隊。」

討論繼續下去便成了爭論，接著就像在這種情況下總要發生的那樣，我們打起賭來。水桶卡德里賭塞拉傑廷一九五九年在費內爾巴赫切隊，我賭他不是，賭輸的人要請這些在迪萬酒店喝酒的人吃晚餐。

走回尼相塔什時，我和那群男人分開了。在邁哈邁特大樓的那戶公寓裡有個盒子，裡面藏著有段時間我從口香糖包裝盒收集來的球員照片。母親把包括我們的舊玩具在內的所有東西都遣送去了那裡。我知道，如果我能找到那個盒子，找到兒時和哥哥一起收藏的球員和演員的照片，我就能贏過水桶卡德里。

但是一走進那戶公寓，我明白到自己是為了回憶和芙頌度過的時光而來的。我盯著和芙頌做愛的床、床頭櫃上裝滿菸頭的菸灰缸和茶杯看了一會兒。母親堆放在房間裡的舊家具、盒子、不走的鐘表、器皿、鋪在地上的油印布、灰塵的味道和房間裡的陰影，在我的幻想裡交織在一起，在我靈魂的某個地方變成了一個天堂裡的幸福角落。天已經黑了，但是外面依然傳來踢球孩子的叫罵聲。

那天，一九七五年五月的第十天，我在邁哈邁特大樓的房子裡，找到了那個我用來收集明星照片的錫盒，但是盒子是空的。博物館參觀者將要看到的明星照片，是多年後我從赫夫澤先生那裡拿來的，我是在和那些生活在伊斯坦堡的不幸收藏家們交朋友時認識他的，這些人住在堆滿雜物的房間裡凍得瑟瑟發抖。更有甚者，多年後我在藝人常常出沒的酒吧結交了照片上的一些明星，比如飾演先知亞伯拉罕的演員艾克雷姆．居齊魯。我的故事，就像我展出的這些東西一樣，將經過所有的這些時期。即使是在那天，我就已經預感到那個充滿舊物與熱吻的神祕房間，將在我往後的人生占據一個重要的位置。

就和當時世界上大多數人一樣，我第一次看到兩個人嘴對嘴接吻是在電影院裡，我深受震撼。這絕對是一件在往後的人生中我一定要和一個美麗女孩做的事情。除了在美國的一兩次偶遇，三十年來我不曾在銀幕以外的地方看見過一對接吻的人。電影院，不僅僅是在童年，在那些年對我來說也彷彿是為了看別人接吻而去的一個地方。而電影劇情，對於接吻來說只是一個藉口。我感覺，芙頌和我接吻時也在模仿她從電影裡看來的那些鏡頭。

現在，我想說一點有關我和芙頌接吻的事情。一方面我想讓讀者真實地感受到故事中關於性和欲望的嚴肅認真，另一方面又擔心被人認為輕浮和庸俗。我認為芙頌嘴裡那糖粉的味道來自於她愛嚼的藏寶口香糖。我和芙頌的吻，已不像我們頭幾次約會時那樣是一種彼此試探或表達情意的挑逗行為，而成為一種我們很享受的樂趣。更有甚者，在做愛時，我們驚異地發現了愛的本質。互相交纏的不只有我們的嘴巴和舌頭，還有我們各自的回憶。接吻時我先是在吻她，然後吻記憶中的她，然後瞬間我睜開眼再閉上眼吻那個我剛剛看見的她和我記憶中的她，但是過了一會兒，有些和她相似的人也混進了這個記憶，於是我也吻了她們，因為同時和一群人接吻，我覺得自己更像男人了，也覺得自己像是成為另外一個人來吻她。我從她稚嫩的嘴巴、寬嘴唇和頑皮的舌頭得到的快感擾亂了我的思緒，激起我許多新的想法（一個想法說：「這是一個孩子。」另外一個想法說：「是的，但卻是一個非常有女人味的孩子。」）漸漸地，這份歡愉將我在吻她時扮演的各種角色，以及她在吻我時讓我想起的一個個不同的芙頌，都融為一體。

從這些長久的接吻，以及隨之而來的做愛儀式以及它們的細節裡，我發現了一種新的認知的方式，一種為我輕輕開啟一扇門的幸福，門後是這世上鮮有人知的天堂。伴隨著我們的吻，在我們面前打開的，彷彿不僅僅是肌膚相親的快感之門和逐漸膨脹的性欲之門，還有讓我們從當下那個春日午後走出去的浩瀚的時光之門。

我能愛上她嗎？在感受著巨大幸福的同時，我也在擔憂。因為腦子的混亂，我意識到自己的靈魂可能會在認真對待這種幸福而導致的危險和玩弄這種幸福而產生的卑劣之間掙扎。那天晚上，奧斯曼、他的妻子貝玲和他們的孩子來看望父母，我們一起吃了晚飯。我記得吃飯時我又想起了芙頌以及我們的吻。

第二天中午我獨自一人去了電影院。我壓根沒想要看電影，只是想一個人獨處，因為我感覺自己無法在潘加爾特（Pangaltı）的員工餐廳與公司的老會計們和喜歡說我兒時有多可愛的和藹胖祕書們一起吃飯。和他們在一起我同時扮演著朋友和「謙虛的經理」兩個角色，我不可能一邊和他們大聲說笑著吃飯，一邊想著芙頌和我們的吻，並期盼兩點鐘盡早到來。

在奧斯曼貝伊（Osmanbey）的共和國大道（Cumhuriyet Caddesi）上看著櫥窗恍惚地溜達時，我看到了「希區考克週」的海報，這部電影裡有一個格雷斯．凱利的接吻鏡頭。我把我在電影中場抽的菸、帶位員的手電筒以及阿拉斯加福高冰淇淋（應該能勾起看過午場電影的家庭婦女和蹺課學生的回憶）放進博物館，讓這幾樣東西來展示我在年輕時的寂寞和欲望。我喜歡電影院的陰涼和散發著黴味的滯悶空氣；喜歡聽電影愛好者興奮的輕聲交談；喜歡看著厚重的天鵝絨幕邊緣的陰影和黑暗的角落沉浸在幻想裡。馬上就要見到芙頌的想法將幸福的感受一波一波傳遍我的整個身體。走出電影院，穿行在奧斯曼貝伊蜿蜒的小巷裡，經過服飾店、咖啡館、五金行、幫顧客把襯衫上漿燙平的店家，朝我們位於泰什維奇耶大道的約會地點徑直走去時，我記得自己想過那應該是我們的最後一次約會。

一開始我設法認真教她數學。她的頭髮散落在紙上，她的手撫過桌面，她像吸著乳頭般咬著鉛筆頭上的橡皮，她裸露的手臂不時碰到我裸露的手臂，這些都讓我魂不守舍，但我還是控制住自己。開始解方程式時，芙頌的臉上露出一種驕傲的神情，得意忘形地對著面前的書（有時對著我的臉）把嘴裡的煙吐出來，從眼角瞟我一眼，彷彿在說：你看到我是多快解開這道題目了嗎？卻又因為一個加法的錯誤而前功盡棄。當得出的結果和a、b、c、d、e答案上任何一個都不相符時，她先憂傷，繼而慌亂，隨後說「不是因為笨，而是因為粗心」來為自己開脫。為了讓她不再出錯，我自負地對她說，細心也是智慧的一部分。開始解一道新題時，她那聰明的鉛筆尖，就像一隻饑餓麻雀的著急小嘴那樣在紙上跳躍著前行，我欣賞著那鉛筆尖，被她那一邊玩頭髮，一邊安靜、幹練地簡化等式的模樣打動。同時我也在擔憂地關注著內心裡升騰起來的迫不及待和不安。就在那時，我們開始接吻，久久地接吻，然後我們做愛。做愛時我們感到像童貞、羞恥和罪過一類東西的沉重，這是我們從彼此的動作裡發現的。但是我也從芙頌的眼睛裡看到，她從性愛裡得到了樂趣，陶醉在最終發現這些多年好奇的樂趣的興奮裡。就像一個穿越波濤洶湧的大洋，忍受千辛萬苦最終到達一片夢想多年、傳說中的遠方大陸的遊客，在他剛踏上那片新大陸時是如何帶著好奇和陶醉面對每棵樹、每塊石頭、每處泉水的，又是如何既興奮又小心翼翼地將每朵鮮花、每個果實放進嘴裡品嘗的，芙頌也是在用同樣的好奇和暈眩慢慢地發現一切。

撇開男人的傢伙不談，最讓芙頌感興趣的既不是我的身體，也不是廣義上的「男人的身體」。她真正好奇和興奮的是她自己的身體和快感。我的身體、手臂、手指和嘴巴對於挖掘出她那天鵝絨肌膚表面和裡面的那些興奮點是必須的。當這些新滋味在我的引導下從她的身體裡被挖掘出來時，芙頌驚喜萬分。她陶醉地閉著雙眼，感受著身體裡一陣陣新鮮的快感，就像是在血管、後腦勺和腦袋裡愈發強烈的顫抖那樣，她會驚異地隨著感覺走，有時幸福地叫出聲來，然後再次希望得到我的幫助。有幾次她輕聲說：「請你再做一次，再那樣做一次！」

我太幸福了。但這不是一種用腦袋來衡量、理解的幸福，是我的肌膚體驗著的一種幸福，也是後來在日常生活中，打電話時在我的後腦勺裡，急速爬樓梯時在我的尾骨裡，抑或是和四週後準備訂婚的西貝爾在塔克西姆的一家餐廳裡點菜時，在我心頭感覺到的一種幸福。

有時我會忘記一整天就像我身上的香水那樣伴隨著我的這種情感是芙頌給我的——就像有那麼幾次——趁著沒人和西貝爾在辦公室急急忙忙做愛時，我彷彿也會感覺自己是在體驗同樣巨大、唯一、全心全意的幸福。

13 愛情、勇氣和現代

在我們去富爺大廳的一天晚上，西貝爾送給我這瓶她在巴黎買的、我在這裡展出的香水，香水名字叫「憂鬱」。儘管我一點也不喜歡用香水，但一天上午出於好奇我在脖子上抹了一點，做愛後芙頌發現了。

「這香水是西貝爾女士送你的嗎？」

「不是。我自己買的。」

「是為了討西貝爾女士的歡心嗎？」

「不，親愛的，是為了討你的歡心。」

「你當然也和西貝爾女士做愛，是嗎？」

「不。」

芙頌說：「請你別撒謊。」她滿是汗水的臉上出現了一種憂慮的表情。「我不會見怪的。你當然也和她做愛。」她直視著我的眼睛，就像一個要說謊的孩子講出真話的慈母。

「不。」

「請你相信，謊言更會讓我心碎。請你說真話。那麼為什麼你們不做愛呢？」

「我和西貝爾是去年夏天在蘇阿迪耶認識的。」我摟著芙頌說：「夏天我父母住在別墅，我們就去了尼相塔什的家裡。秋天她就回巴黎了。冬天我去看了她幾次。」

「坐飛機去的嗎？」

「是的。去年十二月西貝爾大學畢業後，為了和我結婚回到土耳其，冬天我們開始在蘇阿迪耶的別墅約會。但是蘇阿迪耶的別墅太冷，過了一段時間後就沒做愛的興趣了。」

「找到暖和的房子之前你們就暫停做愛了嗎？」

「兩個月前，也就是三月初，有天夜裡我們又去了蘇阿迪耶的別墅。那天很冷。生壁爐時一陣濃煙瀰漫整個房子，我們還吵了一架。後來西貝爾得重感冒，發燒躺了一個星期。我們也就再沒想去那裡做愛了。」

芙頌問：「你們倆是誰不想的？是你，還是她？」一種「請說謊話，別讓我傷心」的哀求眼神出現在她那因為好奇而看似痛苦的臉上，取代了「請說真話」的憐愛表情。

「我想，西貝爾認為如果婚前少和我做愛，那麼我就會更看重訂婚和結婚，也會更珍視她。」

「但你說之前你們做愛了。」

「你不明白，問題不在於是不是第一次做愛。」

「對，不是。」芙頌壓低了聲音說。

「它表示西貝爾有多愛我，多信任我。但是婚前做愛的想法依然讓她感到不安……對此我也理解。儘管她在歐洲讀過書，但卻沒有你那麼勇敢和現代……」

一段很長的沉默。多年來我一直在想這段沉默的含義，我想現在我能夠客觀地來概括這個問題了：我對芙頌說的最後那句話還有另外一層含義。那就是西貝爾婚前和我做愛是因為愛情和信任，而芙頌做同樣的事情卻是因為勇氣和現代。由此得出的結論就是，芙頌因為「勇氣和現代」和我做愛，所以我將不會對她產生一種特別的責任和依賴感。因為她「現代」，所以婚前和一個男人上床，或者新婚之夜不是處女，對她來說不會成為負擔……就像幻想中的歐洲女人，或是在伊斯坦堡大街上溜達的那些傳說中的女人一樣……因為這句話日後我後悔了很多年，而當時我是以為芙頌喜歡聽那樣的話才說的。

儘管沒有現在那麼清晰，但在那片寂靜裡我也想到了這些。我一邊想，一邊看著後花園裡在風中慢慢舞動的樹葉。做愛後我們經常這樣躺在床上，一邊聊天，一邊看著窗外的樹、樹中間的大樓和在它們之間飛來飛去的烏鴉。

過了很久，芙頌說：「其實我不勇敢，也不現代！」

我以為那個沉重的話題讓她不安了，她這麼說是因為不安，甚至是謙虛，我沒在意。

隨後，芙頌小心翼翼地說道：「一個女人可以瘋狂地愛一個男人很多年，但是從不和他做愛……」

我說：「當然。」又是一陣沉默。

「也就是說這段時間你們沒有做愛，是嗎？你為什麼不帶茜貝爾女士來這裡？」

「我們沒想到。」我也很奇怪以前我們為什麼從沒想到來這裡，「不知道為什麼，因為你我才想起了這個以前我閉關讀書、和朋友聽音樂的地方。」

芙頌機靈地說：「我相信你沒想到。但是你說的另外一些話裡有謊言。有嗎？我希望你不要對我說謊。我不相信這段時間你仍然沒和她做愛。請你發誓。」

「我發誓這段時間沒和她做愛。」說著我摟緊了芙頌。

「那麼你們準備什麼時候再開始做愛？等到夏天你母親去了蘇阿迪耶別墅嗎？他們什麼時候去？跟我說實話，我不再問別的問題。」

我羞愧地嘟囔道：「訂婚儀式後他們去蘇阿迪耶別墅。」

「你沒騙我吧？」

「沒有。」

「你想好了再說。」

我做出一副思考的樣子又想了一會兒。那時，芙頌從我的西裝口袋裡拿出了我的駕照。

「艾特黑姆先生，我也有個中間名。那麼，你想好了嗎？」

「是的，想好了。我從沒跟你說過謊。」

「是現在，還是這些天？」

「任何時候……因為我們之間根本不需要說謊。」

「怎麼說？」

我說，我們之間不存在任何利害關係，儘管背著所有人，但我們在用一種不需要謊言的真誠體驗人類最純潔、最根本的情感。

芙頌說：「我確定你對我說了謊。」

「你這麼快就不信任我了。」

「其實我希望你對我說謊……因為人只有在害怕失去時才會說謊。」

「顯然，我是為了你才說謊的，但我沒對你說謊。如果你要，以後我也可以那麼做。明天我們見面好嗎？」

芙頌說：「好！」

我使勁摟著她，聞了聞她脖子上的味道。每次聞到這種混合著海水、焦糖和小孩吃的餅乾的味道，一股樂觀的感受就會在我心裡擴散，但和芙頌一起度過的時光一點也沒改變我的人生軌道。也許這是因為我把這種幸福視為理所當然，但我也沒有像所有土耳其男人那樣總認為自己是對的，甚至總覺得自己受了委屈。我只是好像還沒完全意識到自己所經歷的一切。

但在那些日子裡，我開始感覺到彷彿有裂縫正慢慢地在我的靈魂裡裂開，那是一種會讓人一輩子陷入深切而黑暗的孤獨的傷口。每天夜裡臨睡前，我都會打開冰箱拿出拉克酒，倒上一杯，看著窗外，靜靜地自斟自飲。我們家在泰什維奇耶清真寺對面的一棟高樓的頂層，臥室窗戶對著許多別人家的臥室窗戶，從兒時起，當我在黑暗中走進自己的房間，看到別人家亮著的燈光時，我會感到一種內心的安寧。

那些夜裡，當我望著閃爍在尼相塔什的點點燈光時，我不時想到，為了能繼續自己美好和幸福的生活，我不應該愛上芙頌，我應該要能抗拒芙頌的情誼，避免對她的煩惱、玩笑和本性產生迷戀。其實要做到這樣並不很難，因為除了解數學題和做愛，時間本就所剩無幾。我還開始覺得，每當做愛後匆忙穿上衣服離開那戶公寓時，有時芙頌也在用同樣的小心避免對我產生依賴。我想，了解我們在這異常甜蜜的時光裡得到的樂趣、體會到的幸福，是懂得欣賞我這個故事的先決條件。

當然，重新將那些濃情密意的時刻再活過一次的渴望，以及我對那些激情享樂的迷戀，是在我這個故事中心燃燒著的火焰。多年來，每當我為了釐清我倆之間的情感而去回想那些片刻時，歷歷在目的畫面就會將我的理性趕走。比如說，我把坐在我懷裡的芙頌豐滿的左乳含在嘴裡……或者當汗珠從我的額頭、下巴滴到芙頌美麗的脖子上時，我仰慕地看著她的後背……或者是發出一聲快意的叫喊後她睜開眼睛的那個瞬間……抑或是在我們進入高潮時，芙頌臉上的表情……

但是就像我後來發現的那樣，這些畫面，並不是我獲得快感和幸福的原因，它們僅僅是一幅幅煽情的畫面……多年以後，當我努力想弄清楚自己為什麼會那麼愛她時，除了做愛本身，我也會努力去回憶做愛的房間、周圍的環境和一些其他的普通東西。有時從後花園裡飛來的一隻烏鴉會落在陽臺的圍欄上，靜悄悄地注視我們。這和兒時落在我們家陽臺上的烏鴉是一樣的。兒時母親總對我說「快點睡吧，你看烏鴉在看你呢」，而這會讓我感到害怕。芙頌也有一隻讓她這樣害怕的烏鴉。

有時是房間的陰冷和灰塵，有時是床單的污濁和我們身體的疲憊，抑或是馬路上的嘈雜聲、無休止的建築噪音和小販的叫賣聲，這會讓我們覺得，我們的雲雨之歡不是夢幻國度而是現實世界的一部分。有時我們聽到從道爾馬巴赫切，或是貝西克塔什（Beşiktaş）方向傳來的一聲汽笛，我們會一起猜那是什麼船，就像小孩那樣。每次約會時，當我們越來越投入、越來越放縱地做愛時，我明白自己不僅僅把這個真實的世界和那些極端迷人的性愛細節，也把芙頌身上的傷疤、青春痘、汗毛和雀斑等小瑕疵看成了幸福的泉源。

除了我們那不顧一切、無可限量的做愛外，讓我如此迷戀她的是什麼？或者說為什麼我可以如此投入地和她做愛？孕育愛情的東西，是做愛的樂趣和不斷產生的欲望，還是孕育和培養這種欲望的其他什麼東西？在那些和芙頌偷偷幽會做愛的幸福日子裡，我從未問過自己這些問題，就像一個走進糖果店的孩子一樣，我只是不停貪婪地將糖果囫圇吞下。

14 伊斯坦堡的街道、橋樑、山丘和廣場

有一次聊天，談到她喜歡的一個高中老師時，芙頌說：「他不像別的那些男人！」為此我問她這話的含義，但她沒回答我。兩天後，我再次問她「不像別的男人」究竟是什麼意思。

芙頌說：「我知道你很嚴肅地在問這個問題。我也想給你一個嚴肅的答案。要我說嗎？」

「當然……你為什麼起來了？」

「因為我不想光著身子說。」

「我也把衣服穿起來嗎？」沒得到回答，我也穿上了衣服。

我在這裡展出的幾個香菸盒、一個我從櫃子裡拿到臥室的屈塔希亞手繪菸灰缸、茶杯（芙頌的）、玻璃杯、講故事時芙頌不時拿在手上緊張地把玩的海螺殼，反映出當時房間裡那種沉重、令人疲憊和壓抑的氣氛。芙頌的這些稚氣的髮夾，則是用來提醒大家這些故事發生在一個孩子身上。

芙頌先講了一個和一位小店老闆有關的故事，那人在庫于魯．鮑斯坦街（Kuyulu Bostan Sokak）開了一

家賣香菸、玩具和文具的小店。這個卑鄙大叔是她父親的一個朋友，他們經常會在一起玩十五子棋[5]。八歲到十二歲時，特別是在夏天，每當父親派芙頌去小店買汽水、香菸或是啤酒時，卑鄙大叔就會用類似「沒有零錢，你等一下，給你一瓶汽水喝」的藉口，把她留在店裡，在沒有旁人的空隙找一個藉口（等等，你出汗了）摸她。

後來，在她十歲到十二歲時，有個小鬍子狗屎鄰居，他每星期有一兩個晚上會帶著肥胖的老婆去芙頌家作客。在大家一起聽收音機、聊天、喝茶、吃甜點時，父親很喜歡的這個高個子男人，在無人察覺而芙頌也不明白怎麼回事的情況下，會把手放到芙頌的腰上、肩上、屁股上，抑或是大腿上。有時那人的手會像一個從樹枝上直接落入筐中的水果那樣，啪一聲「不小心」落進芙頌的懷裡，當那隻汗濕的手在那裡微微顫抖著摸索時，芙頌會不知所措地愣住，就像是兩腿間有一隻螃蟹那樣，而那男人則會用另外一隻手拿起茶杯，若無其事地加入別人的聊天。

十歲時，當她想坐在和朋友玩牌的父親懷裡遭拒絕時（等等，孩子，你看我正忙著呢），父親的牌友醜八怪先生會說「過來，帶點好運氣給我」，他把芙頌抱在懷裡，然後不清不白地撫摸她。

在伊斯坦堡的街道、橋樑、山丘、電影院、公共汽車、擁擠的廣場和無人的角落裡，到處都是那些卑鄙大叔、醜八怪先生和小鬍子狗屎鄰居黑暗的影子，他們就像是幽靈出現在她的夢中，但她也沒有特別憎恨過他們中的任何一個（「也許是因為沒有人真正嚇到我」）。讓芙頌感到詫異的是，父親竟然對此毫無所覺，那些來家裡的客人，每兩個人當中就會有一個在很短的時間裡變成卑鄙大叔或是小鬍子狗屎鄰居，在走廊上、廚房裡堵住她，對她動手動腳。十三歲時她開始想，身為一個乖女孩，她只能對那些陰險、卑鄙和醜惡的男人對自己的猥褻忍氣吞聲。那些年，當一個愛她的（這是芙頌沒有抱怨的一段愛情）高中「男孩」，在他們

5 十五子棋（Tavla），雙方各持十五子，擲骰行棋。

家窗戶對面的馬路上寫下「我愛你」時，父親揪著她的耳朵把她拖到窗前，讓她看地上的字，然後打了她一記耳光。因為各種各樣的卑鄙大叔會在公園、空地、暗巷突然對她裸露下體，所以她像所有漂亮的伊斯坦堡女孩那樣學會了不去那些地方。

這些猥褻之所以沒有玷污她對生活抱有的樂觀態度，原因之一就是，這些壞人儘管都有一樣下流的表現，但他們同時也都暴露出了自己的弱點。在街上、學校門口、電影院入口、公共汽車上看見她而後尾隨她的人多得像支軍隊。有些人會連續幾個月跟著她，而她會裝做什麼也沒看見，絕不會同情他們中的任何一個（是我問她會不會同情他們的）。一些尾隨她的人也不是那麼有耐心、有禮貌或是愛慕她，因為過了一段時間後，他們就會開始過來搭話（您很漂亮，我們可以一起走走嗎；我想問一件事；對不起，您是聾子嗎……），再後來他們就會動怒、說髒話和詛咒她。有些人會兩人做伴；有些人會帶來朋友，目的是為了向他們展示自己尾隨了幾天的女孩；有些人會一邊跟著走，一邊互相竊笑；有些人會寫信、送禮物；有些人則會為此哭泣。自從尾隨者中有一人企圖強吻她之後，她就不再像以前那樣不時挑釁他們了。十四歲時，在她明白了男人們的所有詭計和用意後，她不再讓人對自己動手動腳，也不再輕易地落入圈套。儘管這樣，城市的街道上充滿了每天都能找到新式猥褻法的人，有些人坐在車裡伸出手來摸路上的行人，有些人在樓梯上假裝跌倒乘勢靠在別人身上，有些人在電梯上企圖強吻，有些人找零時故意摸摸小手，而她對這樣的事情也不再大驚小怪了。

和一個漂亮女人有祕密關係的每個男人，不得不有時帶著嫉妒、多數時候帶著微笑、常常帶著憐憫和鄙視聽那些試圖接近自己情人的各種男人的各種故事。資優補習班裡有一個和她同年，英俊、可愛、溫順的男孩。這個男孩不斷向芙頌提出看電影、喝下午茶的邀請，在剛看見芙頌的頭幾分鐘裡，他總會激動得說不出話來。有一天，他看見芙頌沒有帶筆，就送了一支原子筆給她，看到芙頌上課時用那支筆作筆記，他開心得不得了。

補習班裡還有一個三十來歲、頭上抹著髮蠟、不愛說話、神經質的「負責人」。他會用諸如「你的身分材料不全」、「你的試卷缺一張」的藉口把芙頌叫去辦公室，和她談論類似生活的意義、伊斯坦堡的美麗、他那尚未出版的詩集之類的話題，在沒能從芙頌那裡得到任何積極的反應後，他會背對她，看著窗外用一種低沉的聲音罵人似地說：「你可以走了。」

芙頌不願意說那些去香榭麗舍精品店購物時對她一見鍾情的人，當中還包括一個女人，謝娜伊女士把很多衣服、飾品和禮品賣給了他們。在我的一再堅持下，她說了其中一個「最可笑」的：五十來歲、又矮又胖、留著小鬍子、穿著時尚的有錢人。他會不時從他那張小嘴吐出一些很長的法語句子和謝娜伊女士交談，他在店裡留下的香水味，會讓芙頌的那隻名叫檸檬的金絲雀焦躁不安！

在所謂芙頌不知情的情況下，她母親安排她去見很多女婿候選人，芙頌和其中一位約會過幾次，她喜歡上這個其實只想和她玩玩的與眾不同的人，還和他接了吻。去年在體育展覽館觀看高中音樂比賽時，她認識了一個在羅伯特私立高中讀書的男孩，對她一見鍾情的這個男孩每天會到校門口去等她，芙頌和他也接吻過兩三次。是的，有一陣子她和私生子希爾米也往來過，但從沒和他接吻，因為他一心只想著上床。她對選美比賽的主持人哈康．塞林康產生過好感，不是因為他有名，而是因為當所有人都在後臺搞陰謀、眼睜睜地看著自己遭遇不公平時，他對她表示了關心和同情，甚至還把那些要在臺上提問、讓其他女孩們簌簌發抖的文化和機智題（和答案）事先告訴了她。後來這個老式風格的歌手曾一再打電話給她，她卻從來沒回過，她母親也不讓她回電話。因為她合理地把我臉上的表情解釋為嫉妒，並用依然讓我驚訝的推理認為這種嫉妒僅僅來自於著名主持人，所以她充滿憐愛，但也不失喜悅地說，十六歲後再也沒愛上過什麼人。儘管她喜歡愛情不斷地出現在雜誌、電視和歌曲中，但她覺得時時刻刻把愛掛在嘴邊並不恰當，因為她認為許多人誇大渲染他們的愛情故事只是為了顯得高人一等。愛情對於她來說，是一種為了一個人可以付出她整個一生、可以付出一切代價的情感。但愛情一生也只會有一次。

我躺在她身邊，問道：「你有過接近於這種情感的感受嗎？」

「不多。」說完她又想了想，隨後用一個努力要誠實的人的謹慎談起了一個人。那人癡迷地愛上芙頌，因此她也覺得能給他對等的愛。對方是一個英俊、富有和「已婚，當然了」的商人。傍晚他會開著他的福特野馬在阿克卡瓦科街（Akkavak Sokak）轉角接芙頌下班。道爾馬巴赫切鐘樓（Dolmabahçe Saat Kulesi）旁有一塊地方，人們會把車停在那兒，喝茶遠望博斯普魯斯海峽，他們會到那裡去，或是到體育展覽館前面的空地，坐在一片黑暗裡，有時天還下著雨，而他們只顧忘情長吻，這個三十五歲充滿激情的男人甚至會忘記自己的婚姻向芙頌求婚。也許我可以像芙頌希望的那樣，對這個男人報以理解的微笑，克制我內心的嫉妒，但在芙頌說出了他轎車的牌子、他做的生意、他的綠眼睛和名字後，一種令人暈眩的嫉妒立刻淹沒了我。芙頌說的這個圖爾蓋，是一個與父親、哥哥和我都經常見面的紡織品商人，他不僅是我們生意上的朋友也是我們家的朋友。很多次，在尼相塔什的街道上，我看見這個高大、英俊、健美、熱情的人，和他的妻子和孩子們一起沉浸在家庭的幸福之中。我曾經因為圖爾蓋先生對家庭的付出、他在工作上的勤奮以及他為人的誠實而敬重他，難道是因為這種敬重讓我陷入了如此強烈的嫉妒嗎？芙頌說，這個男人一開始為了「得到」她，曾經連續幾個月幾乎每天都去香榭麗舍精品店，為了賄賂對此有所察覺的謝娜伊女士，他買了很多東西。

因為謝娜伊女士說「不要讓我的好客人傷心」來逼迫她，因此她接受了他的禮物，後來，在確定這個男人對自己的愛意後，她因為「好奇」開始和他約會，甚至還「很奇怪地覺得和他很親近」。一個下雪天，謝娜伊女士堅持讓這個男人送芙頌去她朋友在貝貝克的精品店「幫忙」，回來的路上，他們在奧爾塔柯伊（Ortaköy）的一家餐館吃了飯，飯後這位「好色大廠主圖爾蓋先生」，因為喝多了拉克酒，用「我們去喝咖啡」的藉口，執意邀請她去希什利暗巷中他為了和情婦約會買的房子。芙頌拒絕後，「那個深情而文雅」的男人開始有失分寸地說「你要什麼，我會統統買給你」。遭到拒絕的他把車開到空地和暗巷中，想像之前那樣親吻芙頌，芙頌不依，他又想強行「擁有」她。芙頌說：「他還說要給我錢。第二天下班後我沒去見他。第三天他來店裡找我，要嘛就是忘了自己昨天做過什麼，要嘛就是裝作什麼也沒發生。他一直苦苦哀求，還買了一輛福特野馬的玩具車讓謝娜伊女士轉交給我。但是我再也沒坐過他的福特野馬。其實我應該叫他別再來的。但是因為他像個孩子那樣天真地愛我，我沒能說出口。我不知道，也許是因為我可憐他。他還是每天來店裡，不是買很多東西，就是給他的妻子訂購一些物品，如果在角落裡撞見我，他就兩眼淚汪汪地哀求道『讓我們回到從前吧，還是讓我每天晚上來接你，我們開車出去兜兜風，其他的我什麼也不要』。遇到你以後，他一來店裡，我就逃到後面房間去。他也來得更少了。」

「去年冬天，在車上和他接吻時，你為什麼沒有和他更進一步？」

芙頌嚴肅地皺起眉頭說：「那時我還沒十八歲。我是在店裡遇見你兩個星期後，四月十二日過的十八歲生日。」

如果某個人或某件物品讓你魂牽夢縈就證明了你發自內心的愛，那麼我是真的要愛上芙頌了。然而我內心裡那個理智、冷靜的人在說，我不斷想著芙頌是因為別的那些男人。我又想到，嫉妒是愛一個人更明確的證據，但我的理智（儘管狂亂）告訴我，這種嫉妒只是暫時的。確實如此，一、兩天過後，我就能接受那些和芙頌接過吻的男人了，甚至會鄙視他們，因為除了接吻，他們沒能更進一步。但是那天和她做愛時，我驚訝地發現，不同於往常那種混合著玩鬧和好奇的幼稚性愛，我出於所謂的「占有她」的動機，在用粗暴的動作專橫地讓她感覺到我的欲望。

15 一些討厭的人類學事實

鑒於我提到了「占有」這個詞，那麼就讓我重新回到我的故事最根本的基礎，也是我的一些讀者和博物館參觀者早已熟知的話題。但幾個世代以後的人們，比如二一〇〇年以後來我們博物館參觀的遊客，或許就不太能理解，因此我必須現在不怕重複地來為你們傳授一些被稱之為「人類學」的討厭知識。

一九七五年以後，在以伊斯坦堡為中心的巴爾幹、中東以及地中海以南和以西的地方，年輕女孩的「童貞」仍然是婚前必須保護的珍貴寶藏。在西化和現代化的潮流中，特別是城市化的結果，女孩們將結婚的年齡延遲成為普遍的現象，這個寶藏的實際價值開始在伊斯坦堡的某些區域逐漸降低。那些擁護西化的人們，隨著文明和現代化的深入，樂觀地相信此一美德，甚至是此一概念將會被遺忘。但是在那些年裡，即使在伊斯坦堡最西化和富有的階層，一個年輕女孩在婚前獻出貞操，依然會受到某些異樣的眼光，或者導致一些嚴重的後果：

一、已決定結婚的年輕人（就像我故事中的情況）要承擔的後果最輕微。在西化的上流社會中，例如像我和茜貝爾這樣，未婚男女只要能證明他們是「認真的」，無論是透過訂婚或其他方式表現出他們「註定要結婚」，大致上就能被寬容地接受。那些接受過良好教育的上流社會年輕女子，喜歡把這種和未來的丈夫人選婚前上床的行為，一方面解釋為對他們的信任，另一方面解釋為忽視傳統的現代和自由。

二、在這種信任尚未建立或旁人尚未認定他們是一對的情況下，如果一個年輕女孩因為男人的強迫，或因為她陷入熱戀，又或者因為酒精、魯莽、愚蠢的緣故，「不由自主」地將童貞交給了一個男人，那麼傳統上應該重視榮譽的這個男人，為了維護女孩的名譽就必須和她結婚。我年輕時的朋友麥赫麥特的弟弟阿赫邁特，儘管現在他和妻子塞夫達過得很幸福，當初就是在這種恐怕以後會後悔的情況下結婚的。

三、如果男人不願意結婚，女孩又不滿十八歲，那麼憤怒的父親有時為了能夠把女兒嫁給這個花心男子會去法院打官司。有時媒體也會去關注這樣的官司，報上登出照片時，「被玷汙」的女孩眼睛會畫上一條粗黑線遮蓋起來，以免她們被認出來。因為那些粗黑線條也會用在被員警逮到的妓女、通姦者或是被強姦的女人的照片上，所以那個年代在土耳其看報紙，就像漫步在一個化裝舞會，舞會裡的女人眼睛都蒙上黑布條。

反正除了那些被認為「輕浮」的歌手、演員和參加選美比賽的人，報紙上很少有眼睛不被蒙上的土耳其女人照片，廣告也會選擇非穆斯林的外國女人圖片。

四、因為無法想像一個頭腦清醒的處女會獻身給一個無意與自己結婚的男人，所以婚前和一個與自己沒有婚約的男人上床的女孩一般被認為是神智不清所致。那些年最賣座的土耳其電影裡經常可以看見這種具有警示作用的可悲故事——年輕女孩在舞會上喝了加有安眠藥的檸檬水，昏迷不醒之後就被「玷污」，喪失了她們「最珍貴的寶藏」。在這類電影裡那些好女孩最後都會死，而壞女孩一律會變成妓女。

五、當然，一般也認為讓女孩失去理智的東西可能是性欲。然而一個女孩若是可以為了性慾不顧傳統禮教，做出這麼幼稚、衝動、不懂得為自己打算的行為，則會被認為是個荒唐的女人，甚至會讓她未來的丈夫備感威脅，因為她有可能基於一樣的理由紅杏出牆。我有一個服兵役時的朋友，這個極端保守的人有一次羞愧、悔恨地對我說，因為「婚前太常做愛」（儘管只和彼此，並沒有和別人），他還是和情人分開了。

六、儘管有這些嚴格的戒律，儘管對於敢踐踏這些戒律的年輕女孩的懲罰輕者被驅逐、重者失去生命，但年輕男人們普遍相信，城市裡有無數只為樂趣和男人上床的女人，這種信仰流行到令人驚訝的程度。被社會學家稱之為「城市傳說」的這種信仰，特別是在從小城市遷徙到伊斯坦堡的外來人口、窮人和小資產階級中間——就像西方孩子相信聖誕老人那樣——廣泛流行並被普遍接受。生活在較為富裕的塔克西姆、貝伊奧魯、希什利、尼相塔什和貝貝克地區的那些西化現代的年輕男人們，特別是在性飢渴時，會沉迷在這個城市的傳說中。其中一個看似被所有人接受的傳說則是，婚前就像「歐洲的女人那樣」，能夠完全基於樂趣和男人上床的這些女人生活在類似尼相塔什的一些地方，她們不戴頭巾，穿迷你短裙。我的朋友中，像私生子希爾米那樣的大廠主的孩子們，則把這些傳說中的女孩想成貪婪拜金的人物，她們為了能夠接近像他們那樣的富家子弟，為了能夠坐上他們的賓士轎車，什麼也做得出來。星期六晚上，當他們喝了點啤酒熱血沸騰時，為了能遇到這種女孩，他們會開車跑遍伊斯坦堡的大街小巷。十年前我二十歲時，在一個冬天的晚上，為了找到這樣的一個女孩，我們開著希爾米父親的賓士車在伊斯坦堡兜了好幾個小時，但卻沒能遇到任何一個穿短裙或是長裙的女人。後來我們在貝貝克的一家高級飯店裡，給了皮條客很多錢，在飯店樓上的房間和兩個為遊客和富人跳肚皮舞的女郎上了床。我不介意未來生於更幸福的年代的讀者譴責我，但我想為我的朋友希爾米辯護一下：儘管他是個粗暴的男人，但他並沒有把每個穿迷你裙的姑娘都當成是傳說中的那種女孩，反而還會去保護那些因為穿了迷你裙、染了金髮、化了妝而被人尾隨的姑娘，必要時甚至和那些貧困潦倒、蓬頭垢面、不務正業、蓄著小鬍子的年輕人大打出手，「為了讓他們知道應該如何對待女人、什麼叫做文明」。

細心的讀者已經感覺到，我在這裡講這些人類學的知識，是為了遠離芙頌那些戀愛經歷在我內心喚醒的嫉妒。最讓我嫉妒的是圖爾蓋先生。我想原因就是，他也像我一樣是一個生活在尼相塔什的大廠主。但無論如何，我相信這種嫉妒是很自然的，而且是會過去的。

16 嫉妒

就在芙頌誇張地提到圖爾蓋先生對她的迷戀的那個晚上，我和父母在茜貝爾父母夏天居住的位於阿納多盧希薩爾（Anadoluhisarı）的老別墅裡和他們一起吃了晚飯，晚飯後有一會兒我坐到了茜貝爾的身邊。茜貝爾說：「親愛的，今晚你喝得太多了。訂婚儀式的準備上有什麼你不滿意的地方嗎？」

「其實我很滿意，因為訂婚儀式將在希爾頓舉行。你知道，最希望把訂婚儀式搞得那麼隆重的人是我母親。所以她也很滿意……」

「那麼你還有什麼煩惱呢？」

「沒有……讓我看看賓客的名單……」

「你母親剛把名單給了我母親。」

我站起身，邁了三步坐到未來丈母娘的身邊，每邁出一步，不僅地板發出嘎吱聲，那座破舊的樓房也在隨之顫抖。「夫人，我可以看一下賓客的名單嗎？」

「當然，我的孩子……」

儘管拉克酒已經讓我暈眩，但我還是立刻找到了圖爾蓋的名字並用母親留下的原子筆塗掉，同時出於一股甜蜜的衝動，寫下了芙頌和她父母的名字以及他們家的地址，隨後我把名單還給未來丈母娘並輕聲說：「夫人，我母親不知道這件事。被我劃掉的這位先生儘管是我們家的一個朋友，但不久前他在一件棉線生意上因為野心太大為我們造成巨額損失。」

「凱末爾先生，現在這種年代，友情已經不值錢了，人性也沒有價值。」我的準丈母娘邊說邊眨了眨眼睛，一副見多識廣的神情。「我希望您新添上的人不會為你帶來一樣的災難。他們有幾個人？」

「他們是我母親的遠房親戚，一個歷史老師，還有他那做了很多年裁縫的夫人和他們十八歲的漂亮女兒。」

我未來的丈母娘說：「太好了。來賓裡有很多年輕男士，我們正在為沒有漂亮姑娘和他們跳舞而發愁呢。」

回家的路上，切廷開著我父親的雪佛蘭，我在車上打著盹兒，斷斷續續睜開眼看著夜晚城市街道上的混亂，看著滿是政治標語、裂縫、黴菌和青苔但仍然獨具美感的老城牆，看著被渡船探照燈照亮的碼頭，看著車子後視鏡裡百年楓樹高大的枝條，同時又聽著後座父親輕微的鼾聲。隨著車身在鵝卵石路面上的顛簸，父親已經睡著了。

母親因為心想事成，所以心滿意足。就像每次到人家家中拜訪完坐車回家時那樣，她立刻發表起對這次的拜訪和對於主人的看法。

「是的，一切都很好，他們都是好人。他們的謙遜和文雅的確沒話可說。但那棟別墅的狀況也太糟糕了！難道他們連維修一下的能力也沒有嗎？我不相信。但是兒子，你別誤會，我也不相信你在伊斯坦堡還能找到一位比茜貝爾更可愛、更優雅、更有頭腦的小姐了。」

父母在家門口下車後，我想稍微在外面走一走。我心想去阿拉丁的小店看看，兒時我和哥哥還有母親在那裡買過便宜的國產玩具、巧克力、球、玩具手槍、彈珠、紙牌、裡面有圖片的口香糖、漫畫書和別的很多東西。小店還開著。阿拉丁已經把掛在小店前面栗子樹上展示用的報紙拿下來，正準備要關掉店裡的燈。看見我後，他用一種出乎我意料的客氣將我讓進店裡。他一面整理那堆明早五點新報紙送到時要退還的舊報紙，一面耐著性子等我。我在店裡東看西看，最後選了個便宜的玩具娃娃。想到離我把這個禮物給芙頌、抱住她並拋開嫉妒的那一刻還有十五個小時，想到我不能打電話給她，我第一次感到了一種痛楚。

那是一種在內心深處燒灼著的痛楚。現在她在做什麼？我的兩條腿不是把我帶回家，而是帶去了完全相反的方向。走到庫于魯．鮑斯坦街後，我經過了以前和朋友們坐在裡面聽收音機、玩紙牌的茶館和我們踢足球的學校操場。儘管已經醉了，但我內心裡那個理智的人並沒有死去，他告訴我，芙頌的父親會來開門，那樣場面就會很難堪。我一直往前走，直到遠遠地看見了他們家和亮著燈的窗戶。望著二樓靠近栗子樹的那幾扇窗，我的心越跳越快。

多年以後為了在博物館展現這個景致，我讓畫家按照所有細節畫了一幅畫，細膩地再現了芙頌他們家幾扇透著橘黃色燈光的窗戶、窗後樹枝上灑滿月光的栗子樹、煙囪和屋頂組成的尼相塔什天際線上空那片靛藍的深邃天空，但我不知道它是否能把我看著這個景致時感到的嫉妒傳達給參觀者？

看著眼前的一切，被酒精麻痺得有些混沌的腦袋誠實地告訴我，我來這裡既是為了在這樣一個有皎潔月光的夜晚能夠看見她，吻她，和她說說話，也是為了確信她沒有和別人在一起。因為既然她已經「直達終點」，那麼她也可能會好奇和她那天告訴我的其中一個仰慕者做愛會如何。芙頌像一個得到了新奇玩具的孩子那樣，欣喜若狂地擁抱性愛的歡愉，我很少在女人身上看到做愛時這麼盡情享受的，這又雪上加霜地讓我更為嫉妒了。我不記得自己對著他們家的窗戶看了多久，但我知道回到家時已經很晚了，而那個玩具娃娃仍在我手上。

早上去上班時，我想著夜裡做的那些事情，想著我的嫉妒。墮入情網對於那時的我來說是可怕的。喝著梅爾泰姆汽水的模特兒英格，在一棟大樓的牆面上傲慢地看著我，警告我要謹慎一點。為了不讓我對芙頌的迷戀陷入更嚴重的地步，我想過把這個祕密玩笑似地告訴像紮伊姆、麥赫麥特和希爾米那樣的朋友。然而我根本不認為這些最親近的朋友能夠給我什麼幫助，因為一來我感覺他們原本就很喜歡茜貝爾，還認為我很幸運，二來我知道他們覺得芙頌很迷人，他們會嫉妒我和芙頌。更有甚者，我感覺一旦談起這個話題，自己將無法掩飾對芙頌的癡迷。過不了多久，我會用一種像芙頌般真誠的態度來談這個問題，而我的朋友們則會明白我已經深深地愛上了芙頌。於是，當兒時的我和哥哥、母親從土內爾（Tünel）回家時乘坐的行駛於馬奇卡與萊萬特之間的公共汽車自辦公室窗前經過時，我明白如果不想讓自己對芙頌的激情破壞我所希冀的幸福婚姻，我就沒太多事可做了。最好的辦法就是順其自然，不慌不忙地享受降臨在我身上的樂趣和好運。

17 我的人生全看你了

然而當芙頌過了十分鐘還沒到邁哈邁特大樓時，我立刻就忘了自己得出的那些結論。我一邊不停地看著茜貝爾送的手表和芙頌喜歡搖晃著讓它發出聲響的納卡牌鬧鐘，一邊透過窗簾向泰什維奇耶大道張望，踩在嘎吱作響的地板上來回走動，滿腦子都是圖爾蓋先生。過了一會兒，我衝到街上。

為了不錯過芙頌，我注意著馬路兩邊的人行道，從泰什維奇耶大道一直走到香榭麗舍精品店。然而芙頌也不在店裡。

謝娜伊女士說：「凱末爾先生，請進。」

我說：「我和茜貝爾女士最後還是決定買下那個珍妮．克隆包。」

謝娜伊女士說：「這麼說你們改變主意了。」她的嘴角露出了一絲嘲諷的微笑，但稍縱即逝。因為如果我為了芙頌感到尷尬的話，那麼她也有故意賣假貨的羞愧。我們倆都不說話了。她慢條斯理地從櫥窗裡模特兒的手上取下那只假包，以一種經驗老到的店鋪老闆的謹慎擦拭著上面的灰塵，就這麼磨蹭了老半天，對我來說彷彿是一種折磨。我只好在一邊逗著那天不太開心的檸檬。

付完錢拿著包正要走時，謝娜伊女士一語雙關地說：「既然您已經信任我們，那麼以後請您經常來光顧我們的小店。」

「當然。」

如果我消費得不夠多，她是否會向不時來逛小店的茜貝爾暗示些什麼？我頓時感到很悲哀，不只因為慢慢落入了這女人的圈套，也因為我竟算計著這些小事。在店裡時，我想像芙頌到了邁哈邁特大樓沒看見我而走掉的情形。在那個春光明媚的日子，熙熙攘攘的街上滿是購物的家庭主婦，身穿短裙、腳踏時髦「恨天高」的年輕女孩和等著放暑假的學生。在人群中搜尋芙頌時，我看見了賣花的吉卜賽女人、賣走私美國菸的小販（大家都說他是便衣警察）和尼相塔什的其他居民。

就在這時，一輛車身上寫著「生命—潔淨水」的水罐車從我面前疾駛而過，隨即我看見了芙頌。

「你去哪兒了？」我倆同時問道並幸福地相視一笑。

「巫婆中午沒回家，她派我去了一趟她朋友的小店。我遲到了，但你也沒在那裡。」

「我有點擔心，去了店裡，買了這個包包留作紀念。」

芙頌戴著一對耳墜，我在博物館入口處展出了其中一個。我們從瓦里科納大道拐進了人更少的埃姆拉克大道（Emlak Caddesi）。那條街上有個兒時母親帶我去看的牙醫，我永遠不會忘記那個醫生和他粗暴地塞進我嘴裡的冰冷的勺子。當我們剛從那個牙醫診所所在的大樓前走過時，我們看見坡下聚攏了一群人，還有很多人在往那裡跑，而一些被眼前景象嚇得變了臉色的人正朝我們走來。

發生了一起車禍，路堵住了。我看見剛才經過的水罐車下坡時開進了左車道並撞上了一輛計程車。計程車司機縮在角落裡，兩手發抖地抽菸。這輛一九四〇年份的普利茅斯長長的車頭已經被水罐車壓扁，只剩計費器完好無損。在越聚越多的人群中，我看見碎玻璃中一個滿身是血的女人被卡在前座，我想起這是我剛才從香榭麗舍精品店出來時看見的那個黑髮女人。路面上全是碎玻璃。我拽著芙頌的手臂說：「走吧。」但她沒理我。她無聲地盯著那個被卡在車裡的女人看了很久。

當圍觀的人越來越多時，不僅是卡在車裡死去的那個女人（是的，她肯定已經死了），可能撞見熟人的擔憂也讓我不安，我們離開了那裡。一輛警車終於開過來。當我們沉默地沿著警察局所在的街道一路上坡朝邁哈邁特大樓走去時，我們也在快速地接近我在書的開頭提到的那個「我一生中最幸福的時刻」。

在邁哈邁特大樓陰涼的樓梯上，我摟著芙頌吻她的嘴。走進房間後我又吻了她，但在她那頑皮的嘴唇上有一種羞怯，身上有一種僵硬。

她說：「我要跟你說一件事。」

「你說。」

「我怕你不會足夠認真或是完全錯誤地看待我說的事情。」

「相信我。」

她說：「我就是不能確定這點，但我還是要說。」她臉上出現堅決的表情，就像一個知道箭已離弦，從此再也無法掩飾內心感受的人那樣。「如果你不好好對我，我會死的。」

「忘記那起車禍，親愛的，快說吧。」

她開始無聲地抽泣，就像在香榭麗舍精品店因為沒能把名牌包的錢退還給我時那樣。隨後，抽泣聲變成一個受了委屈而氣惱的孩子耍脾氣的聲音。

「我愛上你了。我不可救藥地愛上你了！」

她的聲音帶著責怪，又帶著出人意料的憐愛。「一整天我都在想你。從早到晚我都在想你。」

她捂著臉哭起來。

我承認當時自己的第一個反應是想咧嘴傻笑。但我沒那麼做，反而還皺了皺眉頭，裝出一臉愁容。這是我一生中最真誠和激動的時刻之一，而我卻一副矯揉造作的樣子。

「我也很愛你。」

儘管我是真誠的，但我的這句話沒有她的那麼有力和真實。是她先表白的。因為我是在芙頌之後說的，所以我那真實的愛情表白裡摻雜著一種安慰、禮貌和模仿。不僅如此，那個時刻，即使我愛她勝過她愛我，但因為是芙頌先承認她對我的感情已發展到這種可怕的地步，所以是她輸了。我內在的「愛情大師」（不知哪來的世故經驗）陰險地向我報喜說，芙頌因為比我更誠實，所以輸掉了這場「遊戲」。由此，我能夠得出一個結論，就是我那些嫉妒的煩惱和困擾將就此結束。

又哭起來時，她從口袋裡拿出了一塊皺巴巴的、孩子氣的手帕。我摟著她，一邊撫摸著她脖子和肩膀上天鵝絨般的肌膚，一邊告訴她，沒什麼比像她這樣一個人人都會愛上的漂亮女孩因為愛上一個人而哭泣更荒唐的了。

她含著眼淚說：「也就是說漂亮女孩就不會愛上人嗎？既然你什麼都知道，那麼你說……」

「什麼？」

「以後會怎麼樣？」

她看著我，她的眼神告訴我，這才是真正的問題，我的那些關於愛情和美麗的言語是無法搪塞她的，我現在的回答才是最重要的。

我無言以對。但現在，多年後回憶起來，她提起這種問題讓當時的我深感焦慮，因此在內心裡對她有所責怪。我開始吻她。

她充滿欲望又無可奈何地回吻了我。她問這就是問題的答案嗎。我說：「是的，是的。」她問：「我們不先複習數學了嗎？」我沒有回答只是繼續吻她，她也開始吻我。與我們深陷其中的死胡同相比，擁抱和接吻更加真實，也充滿了「此刻」那無法抗拒的力量。把裙子和其他衣物一件件脫去後，芙頌不再是一個因為愛情而煩惱悲觀的女孩，她變成了一個準備在愛情和性愛的幸福中融化，健康又活潑的女人。於是我們開始經歷我所說的一生中最幸福的時刻。

其實任何人在當下都不會知道自己正在經歷一生中最幸福的時刻。也許一些人在某些欣喜若狂的時刻會由衷相信「此刻」他們正在經歷一生中那個金色的時刻，但是他們依然會認為將在以後經歷比這還要美好和幸福的時刻。因為特別是在青年時期，就像沒人一邊想著今後的一切將會更糟糕，一邊來繼續他們的生活那樣，如果一個人幸福到能夠幻想自己正在經歷一生中最幸福的時刻，那麼他也會樂觀到認為將來也會很美好。

但是，在我們感覺人生就像一本小說那樣快要有結局時，我們才能夠感知並選擇那個我們最幸福的時刻，就像我現在做的一樣。要解釋我們為什麼從經歷過的所有時刻當中選出了那個時刻，那就需要把我們的故事像小說那樣重新敘述一遍。但是，當我們指出最幸福的時刻時，我們也會知道它早已過去並將不會再來，因此它為我們帶來了痛苦。能夠讓這份痛苦變得可以承受的唯一東西，就是擁有那金色時刻留下的一個物品。那些幸福時刻留下的物品，會比讓我們體驗到那份幸福的人更忠誠地珍藏那些幸福時刻的記憶、顏色、觸覺和視覺。

我們做愛做了很久，如癡如醉氣喘吁吁。我吻著她浸滿汗水的肩膀，從後面輕輕地摟住她進入了她的身體。我先是咬她的頸子，接著咬她的左耳，就在此時，這個我一生中最幸福的時刻，我一點沒注意過它形狀的那只耳墜，從芙頌美麗的耳朵上掉在藍色的床單上。

每個對文明有點興趣的人都知道，博物館是西方文明的知識寶庫，讓西方文明得以主宰世界。為這些博物館提供展示品的收藏家在收集他們的第一件收藏品時，多數時候根本不會想到他們所做的事情將會有怎樣的一個結果。這些真正的第一批收藏家，在他們得到後來被展出、分類、編目（第一批目錄就好比第一套百科全書）的收藏品時，多數時候甚至根本沒發現它們的價值。

結束了我一生中最幸福的時刻所做的事，準備離開時，當那只耳墜藏在床單的皺褶裡時，芙頌看著我的眼睛低聲說：「現在，我的人生全看你了。」

這句話既讓我高興，也讓我有所警覺。

第二天依然很熱。我們在邁哈邁特大樓約會時，我在芙頌的眼裡看到了期待，也看到了恐懼。吻我後她說：「昨天我戴的那對耳墜掉了一個。」

我說：「在這裡，親愛的。」我把手伸進搭在椅背上的西裝外套右口袋裡。「啊，沒有。」瞬間我似乎有種不祥的預感，但我立刻想起因為早上發現天熱我換了一件外套。「在我另外一件外套口袋裡。」

芙頌睜大眼睛說：「請你明天帶來，別忘了。它對我很重要。」

18 貝爾琪絲的故事

所有報紙都在重要版面報導了車禍的消息。儘管芙頌沒看到那些報紙，但因為謝娜伊女士整個上午說了太多那個死去女人的事情，因此芙頌覺得，尼相塔什的一些女人彷彿也完全是為了談論這件事才像路過那樣跑來店裡的。芙頌說：「謝娜伊女士為了讓我也去參加明天的葬禮，中午要把店關掉。弄得好像我們都喜歡那個女人一樣，但其實並不是那樣的……」

「是怎麼樣的？」

「是的，這個女人常來精品店。但是，她會說句『讓我試試看再說』就帶走一些最昂貴的進口服飾，就是那種剛從義大利、巴黎進貨的。她穿去出席一些重要活動之後就來退貨說『不合適』。謝娜伊女士對她很生氣，因為人人都看見她穿過的那些衣服就不容易再賣出去了。另外謝娜伊女士還因為她對我們不友好、殺價殺得太兇而討厭她，在背後說她壞話。但是謝娜伊女士因為她人脈很廣而不敢得罪她。你認識她嗎？」

「不認識。但她有段時間曾經是我的一個朋友的情人。」我覺得自己很虛偽，因為我準備和茜貝爾分享談論這件事的樂趣，原因是我認為和她談論這件事將會有更多的樂趣。而就在一個星期前，別說向芙頌隱瞞一件事，就是對她撒謊也不會讓我難過的，因為我覺得，謊言就像是這類風流韻事的另外一個有趣且不可或缺的結果。當我想是否可以把故事掐頭去尾地講給芙頌聽時，我再次意識到那是不可能的。因為她已經感覺到我隱瞞了什麼，於是我說：「那是個很傷感的故事。因為和許多男人上過床，所以那個可憐的女人被人鄙視。」

這甚至不是我的真實想法，而我卻不負責任地脫口說了出來。一陣沉默。

芙頌耳語似地說：「別擔心。除了你我不會和別的男人上床。」

回到位於沙特沙特的辦公室，我內心深處感到了一種安寧，很久以來我第一次全心投入工作，享受著賺錢的樂趣。我和比自己年輕一點的自負新員工肯南一起，不時說上一兩句玩笑，逐一檢視債務人名單上近百人的情況。

肯南高興地挑起眉頭笑著問道：「凱末爾先生，我們怎麼處理慷慨大方先生？」

「我們要讓他更大方。怎麼辦，誰叫他有這種外號呢。」

傍晚，回家的路上，我聞著從那些還沒被燒毀的老帕夏宅邸花園傳來的椴樹花香，漫步在已經轉綠的楓樹樹蔭下。看到在堵塞的馬路上氣惱地按響喇叭的男人，我覺得，我對自己的生活是滿意的，前一天的愛情和嫉妒危機已經結束，一切都走上了正軌。到家後，我沖了澡。從衣櫃裡拿出洗淨、熨好的襯衫時，我想起了那只耳墜。當我沒能在昨天以為放在那裡的西裝口袋找到耳墜時，我翻了抽屜和櫃子，還去法特瑪女士撿到掉落的鈕釦、衣領裡掉出來的襯片、我口袋裡掉出來的硬幣和打火機時收這些東西用的瓦罐找了找，但還是沒有。

「法特瑪女士，」我輕聲叫道，「你在家裡撿到過一隻耳墜嗎？」

結婚前我哥哥用的那間明亮、寬敞的房間裡，滿是熨斗的水蒸氣和薰衣草的香味。法特瑪女士一邊把下午熨好的我和父親的手帕、襯衫和毛巾收到衣櫃裡，一邊說沒看見過什麼耳墜。她從籃子裡那堆還未配對的襪子裡，像拎一隻犯錯的小貓那樣拿出一隻襪子對我說：「聽著，鋼鐵腳，」她喊著兒時給我起的一個外號說：「再不好好剪腳趾甲，你就沒有一雙沒破洞的襪子可穿了。我再也不給你補襪子了，看著辦吧。」

「好的。」

父親坐在客廳朝向泰什維奇耶清真寺的那個角落裡，身上圍著一塊雪白的圍裙，理髮師巴斯里正在幫他理髮，母親像往常那樣坐在他的斜對面說著什麼。

看到我後，母親說：「你過來，我正在說最新的傳聞。」

板著面孔好像沒聽我母親說話的巴斯里，聽到「傳聞」兩字頓時停下手上的剪刀，露出他的大牙傻笑了一下。

「有些什麼傳聞？」

「賴爾詹他們家的大兒子想當汽車拉力賽選手，但因為他父親不同意，所以……」

「我知道，他把他父親的賓士撞爛了，然後告訴警察說車被偷了。」

「那麼夏奇曼特為了把女兒嫁給卡拉罕的兒子做了什麼，你聽說了嗎？等等，你要去哪裡？」

「我不在家吃晚飯。我要和茜貝爾去參加一個聚會。」

「那你去跟貝寇里說，晚上別炸紅鯔魚了。今天他為了你專門跑了一趟貝伊奧魯的魚市。那麼你答應我明天在家吃午飯。」

「沒問題！」

因為怕把地毯弄髒，所以父親腳下的一角地毯被捲了起來，父親的一縷縷白髮落在地板上。

我把車從車庫裡開了出來，沿著鵝卵石路面前行。我打開收音機，手指在方向盤上和著歌聲打節拍，一小時後我經過海峽大橋來到阿納多盧希薩爾。茜貝爾一聽到汽車喇叭聲就從別墅裡跑出來。路上我告訴她，前天在埃姆拉克大道上出車禍死去的女人是紮伊姆以前的情人（茜貝爾笑著說：「是那個您值得擁有一切的紮伊姆嗎？」），接著我告訴她那個女人的故事。

「女人名叫貝爾琪絲。比我大幾歲，大概是三十二、三歲。是個窮人家的姑娘。進入上流社會後，她的那些敵人為了羞辱她，就說她母親是個不包頭巾的女人。這女孩在一九五〇年代末上高中時，在五月十九日的青年體育節運動會上認識了一個同齡男孩，他們倆一見鍾情。男孩是那時伊斯坦堡首富之一的船主卡普坦奧烏拉爾的小兒子法利斯。像土耳其電影般的這個窮女孩和富男孩的戀情持續了很多年。也許因為他們愛得太濃烈，也許是因為他們太沒頭腦，這對高中戀人不僅在婚前做了愛，還讓周圍的人都知道了這件事。當然結婚是他們最合適的選擇，但是男孩的家庭認為，窮女孩是為了讓他們的兒子上鉤才獻出貞操的，而且這事眾所周知，因此他們堅決反對這門婚事。男孩也不具備鬧家庭革命、堅持和女孩結婚的能力和金錢。於是，作為一種解決方式，男孩的家庭出錢把他們送去了歐洲。三年後男孩在巴黎，不知道是因為吸毒，還是因為絕望客死他鄉。貝爾琪絲在這種情況下沒有像人們通常選擇的那樣和一個法國人私奔徹底忘記土耳其，而是回到了伊斯坦堡，展開讓所有上流社會女人羨慕不已的豐富多彩的愛情生活。她的第二個情人是『狗熊薩比赫』，離開他之後，她和德米爾巴拉爾他們家被情所傷的大兒子好了一陣。她之後的情人是里夫科，因為里夫科也是一個為情所傷的人，因此有段時間上流社會的男人們會笑著叫她『安慰天使』，並幻想和她親熱。那些已婚的貴婦除了丈夫沒和其他男人上過床，或是躲躲藏藏地和情夫暗通款曲，但又因為恐懼而無法完全盡興。她們因而對光明正大地和所有受歡迎的單身男人往來、我認為她還有許多已婚和祕密情人的貝爾琪絲嫉妒萬分，只要有機會一定會用一匙水把她嗆死。但是沒有必要，因為艱困的生活在貝爾琪絲的外貌上留下了痕跡，而且她沒有足夠的錢來打扮自己，反正她沒落的日子也不遠了。你可以說，車禍其實讓她獲得了解脫。」

茜貝爾說：「我很詫異，那麼多男人裡面竟然沒一個和她結婚的。也就是說，沒一個人愛到要和她結婚的程度。」

「男人其實會瘋狂愛上像她那樣的女人，但結婚是另外一碼事。如果她和卡普坦奧烏拉爾的兒子法利斯沒上床就立刻結婚，那麼她家的貧窮也會很快被忘記。或者如果貝爾琪絲出生在一個非常富有的家庭，那麼即使結婚時她不是處女也不成問題。因為她沒能去做人人都會的這些事情，也因為她有豐富的愛情經歷，所以上流社會的女人多年來一直叫她『安慰婊子』。因為年輕時不顧一切地投入出現在面前的第一份愛情，不顧一切地將自己交給了情人，也許我們應該對貝爾琪絲表示敬意。」

茜貝爾問：「你敬重她嗎？」

「不，她令我反感。」

現在我想不起來是以什麼名義舉辦的派對，是在蘇阿迪耶海邊一個人家的水泥露臺上舉行的。那天去了六、七十人，大家手拿酒杯輕聲交談，彼此都在看有誰來了。大多數女人似乎很擔心她們裙子的長度，尤其穿短裙的女人彷彿很怕自己的小腿太短太粗，因此乍看之下她們個個都像笨拙的陪酒女郎。就在露臺一旁的碼頭那兒，廢水正從下水道排往海裡，臭氣籠罩住人群，戴著白手套的服務生不停穿梭其間。

一個新近從美國回來開了診所的「心理醫生」，一認識就給了我他新印的名片，在一個中年女人的一再追問下，他對聚攏在自己周圍的人群提出了愛情的定義：一個人儘管有別的機會，但拒絕這些機會只想不斷地和同一個人做愛，那麼這種讓人感覺幸福的情感就叫做「愛情」。談完愛情，一位夫人介紹她十八歲的漂亮女兒給我認識，隨後，我和這位母親討論到除了不斷因為政治因素而被「抵制」的土耳其大學，還可以讓她女兒去哪裡讀書。這個話題是由刊登在今天報紙上的一條新聞引起的，新聞上說，為了防止入學考試的試卷被盜，印考卷的工人們開始了一段長期的監禁生活。

過了很久，個子高高、下巴線條立體、有一雙電眼的俊男紮伊姆和幾乎像他一樣高大苗條的德國模特兒英格出現在碼頭上。金髮碧眼、有一雙修長美腿與白皙肌膚的英格，最讓人感到內心一陣刺痛的是她的存在無情地提醒著伊斯坦堡上流社會的女人，即使她們染了頭髮、修了眉毛、從精品店買來歐式服裝，再怎麼努力也彌補不了她們的深色皮膚和豐滿身材。不過令我震撼的倒不是她北方血統的外貌，而是她那我每天在報紙廣告及哈爾比耶那棟大樓牆面上總會看到的熟悉笑容。英格的周圍又一下聚攏了很多人。

回家的路上，茜貝爾打破車上的沉默說：「您值得擁有一切的紮伊姆確實是個好人。但是，那個德國女人不過是一個和阿拉伯酋長上床水準的四等模特兒，你的朋友好像嫌拍了廣告還不夠，非得這樣到處帶著她，讓大家都知道他們上床了嗎？」

「不過我很欣賞紮伊姆自創了新的汽水品牌。我記得他對我說過，如果土耳其人看到西方人也喜歡一個現代的土耳其產品，那麼他們就會更喜愛這個產品的風味……你知道的，很有可能這個模特兒只是很友善罷了，她對待我們和對待阿拉伯酋長並無不同。」

「我在理髮店裡看見的，《週末》雜誌在中間的版面登了那女人和紮伊姆的照片，此外還有一篇採訪以及她的一張半裸照片，庸俗透了。」

我們沉默了很長一段時間。過了很久我笑著說：「你還記得有個高大的害羞男人嗎？他用蹩腳的德語對英格說，她在廣告上看起來很優雅，為了不讓自己的眼睛盯在女人袒露的前胸上，他只好一直看著她的頭髮……他就是貝爾琪絲的第二個情人『狗熊薩比赫』。」

但是，當車在薄霧中從海峽大橋下面疾馳而過時，茜貝爾已經睡著了。

19 葬禮

第二天就像約定的那樣，中午我離開沙特沙特回家和母親一起吃了油煎紅鯔魚。我和母親一邊像勤奮的外科醫生那樣仔細地剔除盤子裡紅鯔魚那粉色、薄膜般的魚皮和半透明、纖細的魚刺，一邊說一些關於訂婚儀式的事情和「最新傳聞」（母親的說法）。包括那些暗示要我們邀請他們，以及一些母親「不忍讓他們心碎」的熟人，賓客人數多達兩百三十人。因此希爾頓飯店的領班，為了不讓那天的「洋酒」（一個讓人覺得是高檔貨的用詞）供應出現問題，已經開始和其他同行以及熟悉的洋酒進口商進行協調。像絲綢王伊斯梅特、夏齊耶、左撇子謝爾敏和穆阿拉夫人那樣，曾經既是芙頌母親的朋友又是競爭對手的著名裁縫們，因為那些為儀式預定的衣裙開始忙得不亦樂乎，而小工們則在通宵達旦地趕工。母親認為因為倦怠在後面房間打盹兒的父親，這陣子不是因為健康而是因為不開心而煩惱，但是她也不知道在兒子即將訂婚的日子裡是什麼讓他父親這麼不開心，她試圖從我這裡得到答案。當廚師貝寇里把抓飯端上餐桌時——吃完魚就要吃抓飯以助消化，他從我們兒時起就這麼做，這是一條從未改變的法則——母親突然變得很憂傷，就好像她開心的原因是魚一樣。

她悲傷地說：「我為那可憐的女人難過。她受了很多苦，也經歷了很多事，她還受到很多人嫉妒。其實她是一個大好人。」

母親甚至沒解釋自己在說誰，她說幾年前他們和「她」在烏魯達山上成了朋友。她當時的情人是德米爾巴拉爾的大兒子德米爾，父親和貝爾琪絲的情人德米爾賭博時，母親就和貝爾琪絲坐在「飯店簡陋的酒吧」裡，邊喝茶邊織毛衣一直聊到半夜。

「可憐的女人受了很多罪，先是貧窮，後是男人。很多，很多。」母親轉身對法特瑪女士說：「把我的咖啡拿到陽臺上去，我們要在那裡看葬禮。」

除了在美國的那幾年，我一直住在這棟從客廳和陽臺能俯瞰泰什維奇耶清真寺的大樓，而清真寺裡每天總要舉辦一、兩場葬禮。兒時，在陽臺上觀看葬禮是我們認識神祕的死亡的一項不可或缺的有趣遊戲。從伊斯坦堡的富人到著名政治家、帕夏、記者、歌手和藝術家都在清真寺舉行葬禮，那兒也被當成是「最後一段路」的莊嚴起點，在軍樂隊或是市政府樂隊演奏的蕭邦《葬禮進行曲》中，靈柩被眾人扛在肩上慢慢抬到尼相塔什廣場。小時候我和哥哥會把一個又長又重的枕頭扛在肩上，讓廚師貝寇里、法特瑪女士、司機切廷和其他人跟在我們身後，唱著《葬禮進行曲》，像眾人那樣慢慢地搖晃著身子走在走廊上。在總理、著名富豪和藝術家的葬禮前，往往會有一些說「我經過這裡，過來看看你們」的不速之客來家裡拜訪，母親從來不會對他們不客氣，但等他們走後，母親會說：「他們不是來看我們的，是來看葬禮的。」母親的話讓我們覺得，葬禮不是為了吸取死亡的教訓，抑或是對死者表示最後的敬意，而是為了讓人看熱鬧而舉行的。

一坐到陽臺上的小桌兩邊，母親就對我說：「要不你到我這邊來，這裡看得更清楚。」但當她看見我的臉一下變得煞白，表情完全沒有一絲看熱鬧的樂趣時，她誤會了我的反應，說：「親愛的，你知道，我不去參加那個可憐女人的葬禮，不是因為你爸爸不讓我去。我是覺得自己無法忍受像里夫科和薩米那樣的傢伙擺出的悲傷樣兒，他們不是為了遮掩眼淚，而是為了遮掩無淚而戴上墨鏡。再說這裡看得更清楚。你怎麼了？」

「沒什麼。我很好。」

在通往清真寺庭院的大門底下，女人們本能地聚集到太陽曬不到的陰影裡，在那些全身裹得密不透風的女人和圍著五顏六色時髦頭巾的上流社會女人當中，我看到了芙頌，心臟隨即荒唐地狂跳起來。她戴了一條橘黃色的頭巾。我們之間大概有七、八十公尺的距離。但是我站在陽臺上不僅能看見她呼吸的樣子、皺眉頭的樣子、在炎熱的中午皮膚微微出汗的樣子、因為被擠在人群中間心煩而輕咬下唇的樣子、不停換著腳站的樣子，還能在內心裡感受到這所有的一舉一動。就像在夢裡一樣，我想喊她、向她招手，但是我無法出聲，我的心在繼續快速地跳著。

「媽媽，我要走了。」

「你怎麼了？你的臉色像死人一樣白。」

我下樓站在遠處看芙頌。她站在謝娜伊女士身邊，一邊聽謝娜伊女士和一個矮胖的時髦女人交談，一邊若有所思地用手指繞著她笨拙地綁在脖子上的頭巾。頭巾給了她一種高傲和神聖的美麗。從揚聲器裡傳來了主麻日佈道的聲音，因為音效太差，所以除了一些有關死亡是生命終點的詞語以及似乎想讓所有人畏懼而常常重複的真主字眼以外，什麼也聽不清。不時有人像出席一個遲到了的聚會那樣，慌慌張張地加入人群，當人們不約而同地扭頭看他們時，他們的胸前立刻被別上一張印有貝爾琪絲黑白照片的紙片。芙頌專注地看著所有那些問好、招手、親吻、擁抱和寒暄的人們。

和所有人一樣，芙頌的胸前也別著一張印著貝爾琪絲照片的紙片。人們在胸前別上死者照片的習慣，是在那些天經常發生的政治謀殺後舉行的葬禮上形成的，但這個習慣在短時間內也被伊斯坦堡的資產階級採納了。戴著墨鏡、表現出悲痛而事實上高興的上流社會人士，就像左派和右派武裝分子那樣在胸前別上的（和多年後我找到並在這裡展出的）這些照片，為一個在聚會氛圍裡舉辦的普通上流社會的葬禮，賦予一種為一個崇高目標和理想而犧牲的莊嚴氣氛。仿照西方的作法圈在粗黑框裡的照片，也給報紙上貝爾琪絲的訃告增添了一份凝重。

沒和任何人的目光相遇，我離開那裡，去了邁哈邁特大樓，迫不及待地等著芙頌。我不時看一下手表。過了很久，我什麼也沒想，憑著一種本能，稍稍拉開了一點掛在面向泰什維奇耶大道窗戶上那沾滿灰塵的窗簾，我看見載著貝爾琪絲靈柩的靈車慢慢地從我面前開了過去。

一些人因為貧窮、糊塗和被人鄙視等不幸痛苦地度過了一生的想法，就像靈車那樣在我的腦海裡慢慢經過並消失。從二十歲開始，我覺得自己身上有一個可以保護我免受各種災難和不幸的無形盔甲。這種感覺還告訴我，過分關心他人的不幸也可能讓我變得不快樂，如此一來，我的盔甲就瓦解了。

20 芙頌的兩個條件

芙頌遲到了。這讓我不安，而她更為不安。不像致歉，倒像是埋怨，她說碰到了她的朋友潔依達。她的身上還留著潔依達的香水味。她和潔依達是在選美比賽認識的。潔依達也很冤，只得了第三名，然而現在她很幸福，因為她在和塞迪爾基他們家的兒子談戀愛，男孩是認真的，他們想結婚。芙頌直視我的眼睛，以一種很有感染力的真誠說：「太好了，是吧？」

正當我要點頭表示同意時，她說有一個問題。塞迪爾基他們家的兒子因為非常「認真」，所以不讓潔依達做模特兒。

「比如，現在正在為夏天拍鞦韆廣告。她的情人很保守，態度也很強硬。別說是去拍覃泰公司的雙人鞦韆廣告，他甚至不同意她穿迷你裙上街。然而潔依達上過模特兒培訓班，她的照片還上了報。覃泰公司願意用土耳其模特兒，但男孩不同意。」

「告訴她，那傢伙很快會要她穿得更保守。」

「潔依達早就準備結婚後做家庭主婦了。她只是擔心男孩不認真。我們要見面談這些問題。你認為怎樣才能知道一個男人是認真的？」芙頌對我的曲解感到驚訝和生氣。

「我不知道。」

「你一定知道這種男人……」

「我不認識那些從鄉下來的保守有錢人。我們還是來看看你的作業吧。」

「我什麼作業也沒做，可以嗎？你找到我的耳墜了嗎？」

我的第一個反應差點就要像一個被警察攔下、清楚自己沒有駕照，但仍然裝模作樣翻口袋、置物箱和皮夾的狡猾醉酒司機了。但我還是控制住了自己。

「沒有，親愛的，我在家裡沒找到你的耳墜。但總會找到的，別擔心。」

「夠了，我要走了，再也不來了！」

我從她收拾東西準備離開時臉上露出的悲傷表情和手足無措的樣子明白，她的態度是堅決的。我站在門前哀求她別走。我像一個酒吧的保鏢那樣巴著門不停地說，我從她嘴角漸漸變深的笑意以及為了掩飾內心的憐愛而皺起的眉頭知道，我說自己是如何愛她的那些話（所有的話都是真的），讓她慢慢地平靜下來了。

她說：「好吧，我不走了。但是我有兩個條件。首先你告訴我，你最愛的人是誰？」

她立刻明白我的腦子一下亂了，我既不能說是茜貝爾，也不能說是芙頌。她說：「你說一個男人吧……」

「我父親。」

「很好。我的第一個條件是，用你父親的腦袋發誓，你將永不對我說謊。」

「我發誓。」

「這樣不行。你要整句說出來。」

「我用我父親的腦袋發誓，我將永不對你說謊。」

「你連眼睛都沒眨一下。」

「你的第二個條件是什麼？」

然而沒等她開口我們就接吻，隨後開始幸福地做愛了。當我們全身心地投入做愛時，我們倆都感到愛情的沉醉帶我們來到一個夢幻國度，這個國度彷彿是一顆新的星球，在我的幻想裡，這兒有著陌生的地表、無人的荒島，我眼前像是看到了來自月球表面的第一批照片。之後，芙頌則形容說，她眼前閃現的是一個綠樹成蔭的花園、一扇面向那個花園和花園後面大海的窗戶、一個滿是在風中搖曳的向日葵的金黃色山坡。這些畫面，在做愛過程中我們彼此最貼近的時候，例如芙頌的乳房和堅挺的乳頭將我的嘴巴塞滿時，或者芙頌把鼻子埋在我的頸窩緊緊抱著我時，在我們的眼前閃現。從彼此的眼睛裡我們也看到，我倆之間這種驚人的親近讓我們感覺到了迄今為止從未認識的一樣東西。

「好，現在來說我的第二個條件。」芙頌帶著做愛後的愉悅說道：「你帶著那個耳墜和我小時候騎的三輪車去見我的父母，去我們家吃晚飯。」

「當然，我會去的。」我也帶著做愛後的輕鬆脫口說道：「只是我們跟他們說什麼呢？」

「在街上遇到一個親戚，你就不能問起她的父母嗎？她就不能邀請你去她家嗎？或者有一天你來店裡看見我，你就不能也想見我的父母嗎？大考前你就不能每天幫一個親戚補習一下數學嗎？」

「我一定會帶著那個耳墜去你們家吃晚飯的。我答應你。但是我們別跟任何人提補習數學的事情。」

「為什麼？」

「你很漂亮。他們會立刻明白我們是情人的。」

「也就是說，一個男人和一個女孩，就不能像歐洲人那樣不做愛在一個房間裡獨處嗎？」

「當然是可以的……但因為這裡是土耳其，所以所有人會想他們不是在解數學題，而是在做別的事情。因為他們知道所有人都這麼想，所以他們也會那樣想。一開始，為了不讓自己的名聲受到玷污，女孩會說『我們別把門關上』之類的話，但無論如何，如果孤男寡女共處一室久了，男人會覺得女人是在給他暗示，而如果他還無所作為，那麼他的男子氣概會受到質疑。過了一段時間他們的腦袋會被所有人認為他們做了的那些事玷污，於是他們會想去做那件事。即使沒有做愛，也會開始有一種罪惡感，感覺不做愛就無法待在房間裡。」

一陣沉默。我們的頭在枕頭上，眼睛看著暖氣管、煙囪口、窗簷、窗簾、牆壁和天花板的接縫、牆上的裂縫、剝落的油漆和灰塵。為了讓參觀者也感受到那個寂靜的時刻，多年後我用所有真實的細節在博物館裡重現了這個畫面。

21 父親的故事：一對珍珠耳墜

六月初，一個陽光明媚的星期四，離訂婚儀式還有九天，我和父親在埃米爾崗（Emirgân）的阿卜杜拉赫先生餐廳吃了一頓午飯，那頓午飯我永遠不會忘記，這點我當時就明白了。那些天因為心情不好讓母親擔憂的父親對我說：「你訂婚前，我們倆單獨吃頓飯，我要給你一些忠告。」在我兒時起就給父親當司機的切廷所駕駛的雪佛蘭車上，父親給了我一些關於人生的忠告（絕對不能把生意上的夥伴當成朋友云云），我一邊帶著誠意將這些忠告當作訂婚的一種準備儀式來聽，一邊欣賞著窗外流動的海峽風景、那些隨著激流歪斜著前行的老市內渡船、在中午也顯得陰暗的岸邊小樹林的陰影。更有甚者，父親沒有像兒時那樣告誡我不要偷懶、放蕩和幻想，要牢記自己的任務和責任，當海水的腥味和松樹的清香飄進車窗時，他告訴我，人生是一段真主賜予的、必須活出滋味的短暫時間。我在這裡展出的父親的石膏頭像，那是十年前，我們靠紡織品出口一下變得很富裕的那些年裡，父親在一個朋友的影響下，請在美術學院任教的雕塑家邵姆塔什・雍通齊（他的姓是阿塔圖爾克賦予的）塑的。為了讓父親看起來更像一個西方人，雕塑家故意把父親的鬍子縮小了，帶著對我們這位學院派雕塑家的憤怒，我在塑像上加上了這撮塑膠鬍子。兒時父親因為我的懶散責罵我時，我會一直看著他嘴邊越說越顫抖的鬍子。父親說由於我的過分勤奮，我有可能會錯過人生中許多美好的東西，我想他這麼說，是因為他很滿意我在沙特沙特和其他公司裡做的那些創新之舉。父親問到我是否願意承擔一些哥哥近來表示了興趣的業務時，我迫不及待地同意了，還補充說哥哥因為行事太過保守讓我們所有人都蒙受了很大的損失，我看見不僅是父親，司機切廷也滿意地笑了。

阿卜杜拉赫先生的餐廳，以前在貝伊奧魯的主街上，就在阿加清真寺（Ağa Camii）的旁邊。曾經所有去貝伊奧魯看電影的名人和富人都到這家餐廳吃午飯，幾年前在大部分顧客一個個有了車之後，餐廳搬到了埃米爾崗山坡上一個可以遠眺海峽的小農莊裡。父親一走進餐廳就擺出一副快樂的樣子，他和那些以前在別的餐廳，或是老的阿卜杜拉赫餐廳裡認識的服務生一一打招呼。為了看看客人中是否有熟人，他還朝大廳裡張望了一下。領班帶我們去入座時，父親在一桌客人前停了一下，遠遠地和另外一桌人打了招呼，還和一個與漂亮女兒坐在一起的年紀稍大的女人稍微調了調情，那女人說我那麼快就長大了，那麼像父親，那麼英俊。父親向那個兒時叫我「小紳士」、後來在不知不覺中改口叫我「凱末爾先生」的領班點了酥派、燻魚等小菜，還要了拉克酒。

父親問道：「你也喝點酒吧？」隨後他又說：「如果你要抽菸就抽吧。」好像我當著他面抽菸的問題在我從美國回來以後沒有解決掉一樣。

他對一個服務生說：「拿個菸灰缸給凱末爾先生。」

當父親拿起餐廳在自家栽種的小番茄聞了聞、大口喝著拉克酒時，我感覺他想跟我說什麼，只是還沒決定該如何開口。有那麼一刻我倆都朝窗外望去，看見切廷站在遠處正和其他那些在門口等候的司機聊天。

父親用一種囑咐遺囑的口吻說：「你也要懂得切廷的價值。」

「我懂。」

「我不知道你是否知道……你也別再取笑他動不動就講的那些宗教故事。切廷是個非常正直的人，有禮貌，脾氣、秉性都很好，二十年如一日。如果有一天我出了什麼事，你絕對不能讓他走。你也別像那些暴發戶那樣不停地換車。雪佛蘭也還好用……這裡是土耳其，自從國家禁止進口新車後，整個伊斯坦堡在十年前就變成了一個老美國車的博物館，但也無所謂了，你看最好的修車師傅也在我們這裡。」

我說：「親愛的爸爸，我是在那輛車裡長大的，你別擔心。」

父親說：「很好。」因為他的樣子像是在囑咐遺囑，所以現在可以切入主題了。「茜貝爾是個很漂亮、很可愛的姑娘。」但沒有，這也不是主題。「你也清楚她是打著燈籠也找不到的姑娘，是吧？你任何時候都不應傷害一個女人，更別說是像她這樣的一朵稀有花朵了，你要永遠把她捧在手心裡。」突然他的臉上出現了一種奇怪的羞怯表情。他像對什麼事生氣一樣不耐煩地說：「你還記得那個漂亮的女孩嗎？有一次你在貝西克塔什看見我們……看見她時你首先想到了什麼？」

「哪個女孩？」

父親生氣了。「親愛的，十年前有一天，你不是在貝西克塔什的巴爾巴羅斯公園（Barbaros Parkı）裡看見我和一個非常漂亮的女孩坐在一起嗎？」

「不，親愛的爸爸，我不記得了。」

「兒子，你怎麼不記得了？我們都看見了彼此。那時我身邊坐著一個非常漂亮的女孩。」

「後來呢？」

「後來為了不讓你的父親難堪，你禮貌地移開了目光。想起來了嗎？」

「我不記得了。」

「不，你看見我們了！」

我不記得這樣的一次偶遇了，同時我也很難向父親證實這一點。經過了很長一段時間讓我不安的爭論之後，我們想也許是我想忘記看見他們的事實，並且我做到了這點，也或許是他們慌亂中認為我看見了他們，就這樣我們進入了主題。

「那個女孩做了我十一年的情人，非常美好的一段往事。」父親驕傲地用一句話指出兩個最重要的事實。

讓父親有些掃興的是，我不曾親眼見證父親很久以來想跟我談論的這個女人的美麗，或者更糟糕的是我忘記了自己曾經見證過的美麗。父親突然從口袋裡拿出一張黑白小照片，背景是市內渡船後甲板上，當中有一個憂鬱、棕色皮膚、非常年輕的女人。

「這就是她。照片是我們認識的那年拍的。很遺憾她很悲傷，顯不出她的美麗。你現在想起來了嗎？」

我什麼話也沒說。無論是多久以前的事，父親對我提及他的任何一個情人都會惹惱我。但那時我搞不清到底是什麼讓我惱火的。

父親一邊把照片塞進口袋，一邊說：「絕對不要告訴你哥哥我說的這些話。他很古板，不會明白的。你在美國待過，我也不會講什麼讓你感到不安的事情。明白嗎？」

「當然，親愛的爸爸。」

父親慢慢地喝著拉克酒說：「你聽著。」

他和那個漂亮的女孩是在「十七年半前，一九五八年一月的一個下雪天」認識的，她那清純的美深深打動了他。女孩在父親剛剛建立的沙特沙特公司裡工作。剛開始他們只是工作上的同事，但後來儘管他倆的年齡相差二十七歲，他們的關係還是變得更加「認真和熱情」了。女孩和英俊的老闆（我立刻算出當時父親四十七歲）發生關係一年後，在我父親的逼迫下辭去工作，離開了沙特沙特。也是在我父親的逼迫下她沒去別的地方找工作，而是在我父親給她在貝西克塔什買的一戶公寓裡，帶著「有一天我們會結婚」的幻想過起無聲無息的生活。

父親說：「她是一個非常善良、非常仁慈、非常聰明、非常特別的人。她一點不像別的女人。之前我也有過幾次出軌，但從來沒像愛她那樣愛過別人。兒子，我也很想跟她結婚，但你母親怎麼辦？你們怎麼辦？」

我們沉默了一會兒。

「別誤會，孩子。我並不是說為了你們的幸福我犧牲了自己。其實，比我更想結婚的是她。我敷衍了她很多年。我無法想像沒有她的生活，看不到她時我很痛苦。這種痛苦我無法跟你或任何人說。然後有一天她對我說『你作個選擇吧』，也就是說要麼我離開你母親和她結婚，要麼她拋棄我。你跟服務生再要一杯拉克酒吧。」

「後來怎麼樣了？」

一陣沉默後，父親說：「因為我沒有離開你母親和你們，她拋棄了我。」說這個話題讓他疲憊，但同時也讓他輕鬆。當他看著我的臉明白能繼續這個話題時，他顯得更輕鬆了。

「我非常、非常痛苦。那時你哥哥已經結婚，你在美國。但是當然在你母親面前我努力掩飾，然而像個小偷一樣躲在一邊偷偷地忍受痛苦又是另外一種痛苦。你母親像察覺到其他情婦那樣也察覺到了她的存在，她明白這次事態嚴重，但她沒出聲。在家裡我和你母親、貝寇里和法特瑪，就像一群演員裝成一個幸福家庭那樣生活著。我明白痛苦不會停止，這樣下去我會瘋掉，但我又不能去做我應該做的事情。在那些日子裡，她（父親向我隱瞞了那女人的名字）也很悲傷。她跟我說，有一個工程師向她求婚，如果我下不了決心，她就要和別人結婚。但我沒當真……她的第一次是和我在一起的。我想她是不會要別人的，她只是想嚇唬我。再說，即使不這麼想我也做不了什麼，因此我努力不去想。有一年夏天我們不是一起去伊茲密爾（İzmir）參觀博覽會嗎？切廷開車去的……回來以後我聽說她和別人結婚了，我無法相信。我想她是為了引起我的注意，讓我痛苦才散布這個假消息的。她拒絕了我所有約會和談話的請求，也不再接我的電話，還賣掉了我給她的房子，搬到一個我不知道的地方。她真的結婚了嗎？她的那個工程師丈夫是誰？他們有孩子嗎？她過得怎麼樣？這些問題四年裡我沒能問任何人。我害怕自己知道了會更痛苦，但一無所知也是可怕的。我幻想著她生活在伊斯坦堡的某個地方，打開報紙她在讀我讀的新聞，在看我看的電視節目，沒有她的任何消息讓我很傷心。我開始覺得整個人生都毫無意義。千萬別誤會，兒子，我當然為你們、工廠和你母親感到驕傲，但這種痛苦超乎想像。」

因為他用的是過去式，所以我感到故事已經有了結果，父親也因此輕鬆了，但不知為什麼我並不高興。

「最後有一天中午，我又陷入焦慮，我打了電話給她母親。她母親當然知道我是誰，但她不認識我的聲音。我謊稱自己是她一個高中同學的丈夫。為了讓她女兒來接電話，我想說『我生病的妻子希望她去醫院探視』。她母親卻說『我女兒死了』，說完就哭了起來。她已經得癌症死了！為了不哭出來，我馬上掛了電話。我怎麼也沒想到會是這個結果，但我立刻明白這是千真萬確的。她也沒和什麼工程師結婚……人生太可怕了，一切都是那麼的空無！」

看見父親眼裡流出的眼淚，一時我覺得很無奈。我既理解他又對他感到憤怒。越是努力去想他講的這個故事，我的腦子就越亂，心裡就越痛苦。我是那種人類學家會以「原始」來形容的部落民，對於部落的禁忌連想都不敢想。

「沒關係。」一段沉默後父親恢復了平靜。「兒子，今天找你來不是為了講我的痛苦讓你傷心的。你馬上就要訂婚了，我當然希望你了解這個痛苦的故事，更認識你的爸爸，但是我還想說一件別的事情。你明白嗎？」

「什麼事？」

「現在我非常後悔，後悔沒有好好待她，沒有千百次地對她說，她有多甜美、多可愛、多珍貴。她是一個謙卑、聰明還很漂亮的姑娘，她有一顆金子般的心……在她身上我沒有看到一點漂亮女人所會有的驕傲，好像美麗是她們自己造就的一樣，她也沒有被嬌寵、希望不斷被誇獎的要求……因為我痛失了她，也因為我沒有好好待她，所以今天我依然陷在痛苦之中。兒子，一定要懂得及時善待一個女人。」

父親說最後一句話時的神情很嚴肅，隨後他從口袋裡拿出了一個舊的天鵝絨珠寶盒。「我們一起去伊茲密爾博覽會時，我買了這個給她，希望回去後她不要生我的氣，原諒我，但沒有機會給她。」父親打開盒子。「她戴耳墜很美。這對珍貴的珍珠耳墜，多年來我一直藏在一個角落裡。我也不希望你母親在我死後找到它們。拿著吧。我想了很久，這對耳墜茜貝爾戴會很合適。」

「親愛的爸爸，茜貝爾又不是我的祕密情人，她將做我的妻子。」但我還是朝父親遞過來的盒子裡看了一眼。

「別說這種蠢話。你不要告訴茜貝爾這對耳墜的故事不就好了。看見她戴這副耳墜，你就會想起我。別忘了今天我給你的忠告。你要好好對待那個漂亮的姑娘……一些男人總不善待女人，然後還狡猾地讓所有人相信自己並沒有犯錯。你千萬不能像他們那樣。你一定要牢記我說的話。」

他關上盒子，像一個奧圖曼時期高高在上的帕夏般，像是給小費那樣把盒子塞進我的手裡。然後他對服務生說：「孩子，再給我們來點拉克酒和冰塊。」他轉身對我說：「今天的天氣太好了。這裡的花園也很漂亮，滿是春天的氣息和椴樹的花香。」

接下來的一個小時，我忙著跟父親講自己有一個非去不可的會議，父親作為大老闆打電話去沙特沙特取消我的會議將會非常不合適。

父親說：「也就是說你在美國學會了這些。很好。」

我一邊為了給父親面子又喝了一杯拉克酒，一邊不停地看手表，我不想——尤其是那天——和芙頌的約會遲到。

父親說：「等等，兒子，讓我們再坐一會兒。你看我們父子談得多盡興。你馬上就要結婚，要忘記我們了。」

我站起身說：「親愛的爸爸，我理解你的痛苦，我永遠不會忘記你給我的寶貴忠告。」

老了以後，父親的嘴角在非常激動的時候會顫抖。他伸手抓住我的手使勁地握了握。當我同樣使勁地握住他的手時，就像我擠壓到藏在他臉頰下面的一塊海綿那樣，突然他老淚縱橫。

但父親立刻恢復了平靜，他叫來服務生要了帳單。回去的路上，父親在切廷平穩駕駛的車裡睡著了。

在邁哈邁特大樓裡，我沒有太多的猶豫。和芙頌接過吻、告訴她因為和父親吃了午飯所以嘴裡有酒味後，我從口袋裡拿出了天鵝絨盒子。

「打開看看。」

芙頌小心地打開盒子。

「這不是我的耳墜。這是珍珠，很貴的。」

「喜歡嗎？」

「我的耳墜在哪裡？」

「你的耳墜消失了，然後有天早上我一看，它來到了我的床前，還帶來了另外一只。我把它們放進了這個天鵝絨盒子，帶來給它們真正的主人。」
「我不是小孩子。這不是我的耳墜。」
「親愛的，從精神上來說，我認為是你的耳墜。」
「我要我的耳墜。」
「這是給你的一份禮物……」
「我根本沒法戴這副耳墜……所有人都會問那是從哪裡來的……」
「那就別戴。但你不能拒絕我的禮物。」
「但這是你為了取代我的耳墜才給我的一樣東西……如果你沒把那只耳墜弄丟，你就不會拿這個過來。」
你真的弄丟了嗎？你做了什麼？我很好奇。」
「總有一天它會從家裡的櫃子裡跑出來的。」
「總有一天……你說的好輕鬆……你太不負責了。什麼時候？我還要等多久？」
我只求緩一時之急，慌亂地說：「不會很久。到那天我把三輪車也帶著，去拜訪你的父母。」
芙頌說：「我等著。」隨後我們接吻。「你嘴裡的酒味很難聞。」
但是我繼續吻她，開始做愛後所有這些煩惱全給忘了。至於父親買給他情人的耳墜，我就留在那戶公寓裡了。

22 拉赫米的手

越接近訂婚的日子，就有越多需要處理的事情讓我忙碌，我忙得連為愛情煩惱的時間也沒有了。我記得在俱樂部裡，我向那些兒時的夥伴（他們的父親是我父親的朋友）諮詢了我們怎麼才能弄到希爾頓宴席上需要的香檳酒和其他「歐洲」酒，我們談論了很長時間。我一定要提醒多年後來參觀我博物館的人們，那些年洋酒的進口在國家嚴格或說出於嫉妒的控制之下，再加上國家也沒有足夠的外匯可支付給進口商，所以只有極少量的香檳、威士忌或任何洋酒能以合法途徑進入土耳其。然而在富人居住區的熟食店裡、出售逃稅商品的店家裡、豪華飯店的酒吧裡、街上的黑市小販手裡，從來不缺香檳、威士忌和美國菸。每個像我這樣大擺宴席的人，不得不自己去籌集招待客人必用的「歐洲」酒。飯店裡那些彼此是朋友的首席調酒師，在這種情況下也會互相幫助，他們調貨給彼此以確保大型宴席能順利舉辦。宴席後，報紙上那些撰寫名流軼事的作家也會提到這個問題，他們會寫多少酒是「真正的洋酒」，多少是本地的安卡拉威士忌。所以我必須注意。

在我被這些事情弄得疲憊不堪時，我們會因為茜貝爾的一個電話，到貝貝克或是阿爾納烏特柯伊（Arnavutköy）的山坡上，抑或是那時新開發的艾提賴爾（Etiler）的某個地方，去看一些新落成的景觀豪宅。我也像茜貝爾那樣，開始幻想在那些尚未完工、充滿石灰和水泥味的房子裡生活，設想把在尼相塔什的家具店裡看見的長沙發放在哪裡可以看見海峽風景。在我們晚上出席的那些派對上，茜貝爾喜歡把我們看的那些房子的優缺點告訴我們的朋友，和別人討論我們的人生計畫。而我會懷著一種奇怪的羞愧，轉而與紮伊姆討論起梅爾泰姆汽水的成功、足球比賽，或今夏新開張的一些酒吧、俱樂部和餐廳。和芙頌體驗的祕密幸福讓我在朋友的聚會上變得更加沉默了，我越來越喜歡坐在一邊當個旁觀者。憂傷慢慢襲來，但那些天我並沒有十分明顯地感覺到這點，在我的故事發生了這麼多年以後，現在我能夠清楚地看到了。那些天，我最多也就是發現自己「變沉默了」。

一天半夜，當我開車送茜貝爾回家時，她說：「最近這些天你很少說話。」

「是嗎？」

「我們已經有半小時沒說話了。」

「前些天我和父親吃了一頓午飯……我一直回想。他像一個準備要死的人那樣給我一些囑咐。」

六月六日，星期五，也就是訂婚前八天，大考前九天，父親、哥哥和我坐著切廷開的雪佛蘭去一戶人家弔唁，那家人住在貝伊奧魯和托普哈內（Tophane）之間、蘇庫爾庫瑪浴池（Çukurcuma Hamamı）稍微往下一點的地方。去世的是一個來自馬拉特亞省（Malatya）的老員工，父親剛起步時他就在父親身邊了。這個高大、可愛的人已經成為公司歷史的一部分，從他在父親辦公室跑腿時我就認識他。他的一隻手是假的，因為那隻手在工廠被機器卡到粉碎了。事故發生後，父親把這個他十分喜愛的勤奮工人調去辦公室，我們就這樣認識了他。剛開始讓我和哥哥感到恐懼的那隻假手，因為拉赫米的友善和可愛，後來變成我們的玩具。兒時有段時間，每次去父親的辦公室，我們都會去玩他的假手。有一次，在辦公室的一個空房間裡，我和哥哥看到拉赫米鋪上小地毯，把假手放到一邊，隨後跪在地上做禮拜。

拉赫米有兩個和他一樣可愛、高大的兒子。他倆都親吻了父親的手。他那膚色微紅、體態豐滿、疲憊憔悴的妻子，一看見父親就用頭巾的一角擦拭著眼淚哭起來。父親用一種我和哥哥都無法表現出來的真誠安慰那女人，擁抱並親吻了兩個孩子，還迅速和屋裡其他客人建立起一種精神和心靈上的聯繫。而我和哥哥的心頭卻湧起了一種深切的罪惡感。當哥哥說教似地講著什麼時，我則談起了往事。

在這樣的情況下，重要的不是我們的語言、態度、悲痛的真實和深切，而是我們和周圍環境保持和諧的能力。有時我會想，人們之所以那麼喜歡香菸，不是因為尼古丁的力量，而是在這個虛空和毫無意義的世界裡，它能輕易地給人一種做了一件有意義的事情的感覺。父親、哥哥和我都從拉赫米的大兒子遞過來的馬爾泰派菸盒裡拿了一根菸，又用他點燃的火柴點著了菸，三人不約而同蹺起二郎腿一起抽菸，像是在舉行某個意義重大的儀式似的。

牆上，像歐洲人掛油畫那樣掛著一塊繡毯。大概是因為不習慣馬爾泰派香菸陌生的味道，我飄飄然地陷入思考人生課題的思緒中。人生最根本的問題是幸福。有些人是幸福的，有些人不會幸福。當然多數人處在兩者之間。那些天，我非常幸福，但我不想去發現它。現在，多年以後，我想沒發現也許是守護幸福最好的方法。但是我沒發現自己的幸福，不是為了守護它，而是因為我害怕一種正在一步步向我走來的不幸，我害怕失去芙頌。那些天難道就是這種恐懼讓我變得既沉默又敏感的嗎？

看著那個窄小、破舊但一塵不染的房間（牆上有一個一九五〇年代流行的精巧的溫度計、一塊寫著「以真主之名」的木牌），有那麼一刻，我覺得自己也要像拉赫米的妻子一樣哭出來了。電視上鋪著一塊手工鉤花的墊子，墊子上放著一個小狗造型的瓷器擺設，小狗看起來也快哭了似的。我記得，不知為什麼，看到小狗我感覺好多了，然後，我又想起了芙頌。

23 沉默

越是接近訂婚的日子，我和芙頌之間的沉默也變得越來越長，這種沉默毒藥般滲透到我們每天至少兩小時的約會和越來越激情的性愛裡。

有一次她說：「我媽收到了請帖。我媽很高興，我爸說我們應該去，他們要我也去。感謝真主，第二天就要大考，就沒必要裝病在家了。」

我說：「請帖是我媽發的。你千萬別去。其實我也根本不想去。」

我希望芙頌附和地說「那你就別去」，但她什麼也沒說。隨著訂婚日子的接近，我們將彼此抱得更緊，甚至流汗流得更兇，手腳互相交纏，像老情人再度重逢時一般難分難捨，不容一絲縫隙。有時我們不說話，只是一動不動地躺在床上看著隨風輕輕擺動的窗紗。

直到訂婚那天，我們每天同一時間在邁哈邁特大樓約會做愛，從不談起我們的處境、我的訂婚、今後將怎樣，也盡量避開那些會讓我們想起這些問題的事情。這就讓我們陷入了沉默。窗外依然會傳來踢足球的孩子的叫罵聲。儘管剛開始做愛的那些天我們也沒有談起今後的問題，但我們依然可以談笑風生地說起我們共同的親戚、尼相塔什的一些傳聞和邪惡的男人。那樣無憂無慮的日子匆匆結束了，現在我們心情沉重，我們感覺失落，感覺說不出地悲哀。但這種壞情緒沒有讓我們彼此遠離，反而很奇怪地把我們緊緊連在一起。

有時我發現自己在幻想著訂婚後繼續和芙頌約會。一切都將維持原狀的這個天堂，慢慢地從一種幻想變成了合理的假設。在我們如此熱烈和真誠地做愛時，我認為芙頌是不會離開我的。事實上，這不是一種合理的推論，而是我內心的渴望，我甚至不能向自己承認。另方面，我又試圖從芙頌的言行中明白她在想什麼。因為芙頌清楚地意識到了這點，因此她不給我任何線索，於是沉默的時間變得更多了。同時，芙頌也在注意著我，絕望地猜想著。有時我們像間諜一樣注視著彼此，想要看透對方的祕密。我在這裡展出芙頌穿過的白色內褲、孩子氣的白色襪子和骯髒的白色運動鞋，它們標記著我們那些憂傷、沉默的時刻。

轉眼間訂婚的日子到了，所有的猜測也都落空了。那天，我先解決了威士忌和香檳的危機（一個買主因為沒收到現金拒絕出貨），然後去了塔克西姆，在我兒時常去的大西洋速食店吃了漢堡，喝了阿伊讓[6]，隨後去了兒時的理髮師「長舌傑瓦特」那裡。一九六〇年代末，傑瓦特把理髮店從尼相塔什搬到了塔克西姆。父親和我們就在尼相塔什為我們找到了另外一個理髮師巴斯里。但是在我路過那裡，想聽他開的玩笑高興一下時，我就會去在阿加清真寺街上的傑瓦特理髮店。那天傑瓦特知道我要訂婚非常高興，用進口的刮鬍泡為我做了「新郎刮臉」，仔細地剃掉了我臉上所有的鬍子，還給我抹了他說是沒有香味的潤膚液。從理髮店出來，我走回尼相塔什，去了邁哈邁特大樓。

芙頌按時到了。幾天前，我有意無意地說，星期六我們不該約會，因為第二天就要大考了。而芙頌卻說複習了那麼長時間，最後一天她想讓腦子休息一下。藉口準備考試，她已經兩天沒去香榭麗舍精品店了。芙

6 ayran，一種用優酪乳和水加上鹽做成的飲料。

頌一進房間就坐下，點上了一根菸。

「我的腦子裡全是你，數學什麼的已經裝不進去了。」她說完自嘲地笑了，彷彿她說的話沒有意義，彷彿那是電影裡的一句俗套臺詞，但笑完她又滿臉通紅。

如果她的臉不那麼紅，如果她沒那麼憂傷，我也可以試著輕鬆一些的。我們可以裝做根本沒想到今天我要訂婚，但情況並非如此。我們倆都感到一種強烈、無法承受的憂傷。我們明白只有做愛才能從這種無法用玩笑來敷衍、不會因談話而減少、也不會因為分擔而減輕的憂傷裡逃脫出來。但是憂傷也減慢、毒害了我們的性愛。有一會兒，芙頌像一個專心品嘗著自身痛苦的病人那樣躺在床上，彷彿在凝望頭頂上的一片愁雲。我躺到她身邊，和她一起仰望天花板。踢足球的孩子也不出聲了，我們只聽到球被踢來踢去。隨後鳥兒也停止了鳴叫，一陣深沉的靜默開始了。我們聽到從遠處傳來的輪船汽笛聲，隨後又是另一艘船的汽笛聲。

我們用我外公艾特黑姆・凱末爾（也就是她外曾祖母的第二任丈夫）留下的一個杯子分享了一杯威士忌，喝完又接起吻來。寫這些時，我覺得自己應該注意一下，不要讓那些對我的故事感興趣的讀者太過傷心，就算故事中的人物很憂傷，也並不表示這個故事就要很憂傷。像往常一樣，我們把屋裡的東西翻出來把玩——我母親不要的禮服、帽子和瓷娃娃。像往常一樣，我們的吻很美妙，因為我們的技巧都有了進步。與其用我們的憂傷來讓你們傷心，不如讓我來告訴你們，芙頌的嘴在我的嘴裡彷彿溶化了一般。在我們越來越長的接吻過程中，在我們合而為一的嘴構成的巨大溶洞裡，溫熱的口水匯聚成一池甜蜜，有時溢出來沿著嘴角流到下巴。而我們的眼前浮現出一個天真爛漫的天堂國度，就好像透過萬花筒看到的畫面般繽紛。有時我倆中的一個，像一隻小心翼翼將無花果咬在嘴上、沉溺於享樂的鳥兒一樣，把另外一個人的上嘴唇或是下嘴唇輕輕吸吮進自己的嘴裡，隨後一邊把這片被監禁的嘴唇咬在自己的牙齒之間，一邊對另外那人說：「你要任我擺布了！」享受過嘴唇的探險以及任由情人擺布的刺激，不只嘴唇，而是全身都完全臣服，我們體認到激情和臣服之間的鴻溝是愛的領域裡最深沉、最黑暗的地帶。

做愛後我倆都睡著了。當陽臺外面吹來的一陣甜美、夾帶著椴樹花香的風，突然將窗紗撩起又像絲綢那樣落到我們臉上時，我倆同時驚醒。

「我夢見自己在一片向日葵花田裡。向日葵在微風中怪異地搖擺著。不知為什麼讓我覺得很可怕，我想尖叫，但沒能叫出聲來。」芙頌說。

「別怕。我在這裡。」我說。

我就不說我們是如何下床，如何穿上衣服，走到門口的。我叮嚀她考試時要冷靜，別忘了帶准考證，她會成功的，隨後我努力讓自己自然地說出了幾天來我想了上千遍的一句話。

「明天我們還在老時間見面，好嗎？」

芙頌逃避著我的目光說：「好的！」

我用充滿愛戀的目光看著她離去，立刻明白訂婚儀式會很圓滿。

24 訂婚

展示伊斯坦堡希爾頓飯店的這些明信片，是在這個故事發生了二十幾年後，為了籌建純真博物館，我在和伊斯坦堡的那些著名收藏家交朋友、在城裡和歐洲的跳蚤市場上（還有小博物館裡）收集來的。經過長時間的討價還價之後，著名收藏家「跛子哈利特先生」才同意我摸一摸，湊近看其中的一張明信片。這個熟悉的現代國際風格飯店，不僅讓我想起了訂婚的那個晚上，還讓我想起了自己的童年。我十歲那年，父母和今天早已被遺忘的美國影星特麗．摩爾一起，激動地參加了伊斯坦堡整個上流社會出席的飯店開幕典禮。在以後的那些年裡，父母很快習慣了這個從我們家窗戶也看得見、與伊斯坦堡那陳舊和疲憊的輪廓格格不入的地方，他們一有機會就去。父親的客戶、那些喜歡肚皮舞的外國公司代表會在希爾頓下榻。星期天晚上，全家人會去飯店吃那個叫「漢堡」的美妙東西，因為它們還沒有出現在土耳其其他任何一家飯店裡。留著兩撇翹鬍子的門衛，穿著配有金色飾帶、亮晶晶鈕釦肩章的石榴色制服，我和哥哥看了很著迷。那些年許多「西方」的新事物首先會在希爾頓面世，各大報紙甚至派駐記者在那裡。若是母親非常喜歡的一件衣服沾到污漬，她會派人送去希爾頓的乾洗店，她自己則喜歡和朋友們在大廳的蛋糕店裡喝茶。我許多親戚和朋友的婚禮也是在飯店樓下的宴會廳舉辦的。當明白訂婚儀式不適合在我未來丈母娘的破舊別墅舉辦後，我們一起決定了就在希爾頓。另外，自從開業，希爾頓一直是伊斯坦堡少有的幾家文明飯店之一，因為它從不向那些富有、優雅的先生和勇敢的女士討結婚證書便讓他們開房間。

切廷把我父母和我早早送到了旋轉門前。旋轉門上方還有個像飛毯似的遮雨篷。

每次踏進這家飯店都會變得興高采烈的父親說：「還有半個小時，我們去那邊喝點東西。」

我們找了一個看得見大廳的角落坐下，父親向他認識的老服務生問好後為我倆要了拉克酒，為母親要了茶。我們聊著過去的回憶，興致勃勃地看著傍晚時分飯店裡的人群和紛至沓來的賓客。當打扮得光鮮亮麗的親戚朋友和其他賓客隨著快樂的人群一個個在我們前方經過時，他們誰都沒看見我們，因為我們坐在仙客來盆栽寬大的葉子後面。

母親說：「啊，雷詹的女兒長這麼大了，好可愛。」她看著另外一個客人皺著眉頭說：「應該禁止那些腿不好看的人穿迷你裙。」回答父親的一個問題時母親說：「不是我們，是他們讓帕慕克一家坐在後面的，真可惜！」隨後母親又指著別的客人說：「可惜啊，法澤拉女士怎麼變成這樣了，真是人老珠黃……要是他們在家裡待著就好了，我也就看不到她這副可憐的樣子了……那些包著頭巾的女人是茜貝爾母親那邊的親戚……我看希賈比先生是完了，扔下玫瑰般的老婆和孩子跟這麼一個庸俗的女人結婚……看這個理髮師內夫紮特，好像要跟我過不去，把祖姆魯特的頭髮弄得跟我的一模一樣。他們是誰？夫妻倆的鼻子、站相，甚至是他們的衣服難道不像狐狸嗎？兒子，你帶錢了嗎？」

父親說：「怎麼想起問這個問題？」

「他急急忙忙跑回家，換了衣服就過來了，不像是來參加自己的訂婚儀式，倒像是去俱樂部。親愛的凱末爾，你身上帶錢了嗎？」

「帶了。」

「好。把背挺起來，好嗎？所有人的眼睛都會盯在你身上……好了，我們過去吧。」

父親向服務生打了個「一杯」的手勢，然後看著我的眼睛，明白到我也需要再來一杯，便又打了個一樣的手勢，並且指指我。

母親對父親說：「你的抑鬱和煩惱不都已經過去了嗎？又怎麼了？」

父親說：「難道我不能在兒子的訂婚儀式上喝點酒高興一下嗎？」

「啊，她多美啊！」看見茜貝爾時母親說道：「還有她的禮服，那些珍珠太完美了。新娘本來就很出色，所以穿什麼都好看。這畫面太迷人了，那身禮服穿在她身上更顯優雅，不是嗎？兒子啊，你知道自己有多幸運嗎？」

茜貝爾和剛剛從我們面前經過的兩個漂亮朋友擁抱了一下。小姐們小心翼翼地舉著剛剛點燃的細長香菸，動作誇張地努力不去破壞彼此的妝容、頭髮和衣裙，她們互相親吻但沒讓抹了口紅的嘴唇碰到任何地方，隨後她們欣賞著彼此的衣服，說笑著互相展示了一下自己的項鏈和手鐲。

父親看著三個漂亮的女孩說：「每個聰明人都知道人生是美好的，人生的目的是獲得幸福，但最後只有傻瓜才會幸福。這該作何解釋？」

母親說：「今天是孩子一生中最幸福的日子之一，穆姆塔茲，你為什麼要對他說這種話？」母親轉身對我說：「好了，兒子，你還待在這裡幹麼？快到茜貝爾的身邊去……你要時時刻刻都和她在一起，和她分享所有的快樂！」

我放下酒杯，當我從花盆後面徑直朝小姐們走去時，我看見茜貝爾的臉上閃現出一種幸福的笑容。親她時我說：「你去哪兒了？怎麼現在才來？」

茜貝爾把我介紹給她的朋友後，我們一起轉身朝飯店的大轉門看去。

我在她耳邊輕聲說：「親愛的，你很美。」

「你也很帥……但我們別站在這裡。」

我們還是站在那裡，不是因為我的堅持，而是因為茜貝爾喜歡人們投射過來的羨慕眼神，從飯店的旋轉門裡走進來的熟人、陌生人、來賓和站在大廳裡的一兩個穿著講究的遊客都在看著我們。

那些年，伊斯坦堡西化的有錢人其實只是一個很小的圈子，大家彼此認識，知道彼此的傳聞。多年後的今天，我都還記得從旋轉門裡走進來的那些人：靠著產自艾瓦勒克（Ayvalık）的橄欖油和肥皂發跡致富的哈里斯家，兒子娶了個和他們家族一樣都有突下巴的媳婦（「近親通婚！」我母親激動地說），我們是從兒時母親帶我們去馬奇卡公園（Maçka Parkı）玩沙子就認識了；之前是守門員、現在是汽車進口商的「水桶卡德里」，戴著他那幾個渾身戴滿耳墜、手鐲、項鏈和戒指的女兒出現，他是父親服兵役時的朋友，和我則是踢足球比賽時的朋友；前總統虎背熊腰的兒子曾因經商涉嫌不法，伴著他優雅的妻子；巴爾布特醫生拿掉了整個伊斯坦堡上流社會人士的扁桃腺，因為以前盛行這種手術，不僅是我，幾百個孩子一看見他的手提包和駝色大衣便會驚恐萬狀……

我對慈愛地擁抱我的醫生說：「茜貝爾的扁桃腺還在。」

「現在有更新的醫療手段可以嚇唬漂亮小姐們了！」醫生重複著這句也經常和別人說的玩笑話。

當帥氣的西門子土耳其代表哈倫先生經過時，我希望母親看見他不要大動肝火。因為母親用「無恥之徒」等字眼形容的這個外表斯文穩重的人，無視整個上流社會發出的「變態！骯髒！」的叫喊，和第二任妻子的女兒（也就是他的繼女）結了婚。他用自信、冷靜的姿態和可愛的笑容在短時間裡讓整個上流社會接受了這個事實。得知居內伊特先生和他妻子費伊贊的大兒子阿爾普泰金和我是小學同學，而小女兒阿塞娜和茜貝爾是小學同學時，我們都很驚喜，並決定近期一起聚聚。二戰期間，許多猶太人和希臘人因為沒有繳納國家對少數民族實施的稅收而被送進了集中營，居內伊特先生用低價收購了這些人的工廠和財產，於是便從一個高利貸者變成了實業家。父親因為一種衛道士的憤怒十分嫉妒他，然而又對他的友情十分鍾愛。

我說：「我們該下去了吧？」

「你很帥，但把背挺起來。」茜比爾不知不覺中重複了母親說過的話。

廚師貝寇里、法特瑪女士、管理員薩伊姆、他的妻子和孩子們，全都穿著時髦的衣服，害羞、拘束地走進門來和茜貝爾握了手。法特瑪女士和管理員薩伊姆的妻子瑪姬黛，把母親從巴黎買來的時髦方巾當頭巾包在頭上。管理員的兒子們穿著西裝打著領帶，臉上長滿了青春痘，他們仰慕地用餘光看了茜貝爾一眼。然後，我們看見了父親的共濟會會員朋友法希赫．法西爾和他的妻子紮利菲。儘管父親很喜歡這個朋友，但卻討厭他共濟會會員的身分，父親會在家裡數落共濟會，說他們的商業世界裡有一個祕密的「後門和特權公司」。他會一邊說「好啊，好啊」，一邊仔細閱讀反猶太主義出版社出版的土耳其共濟會會員名單。法希赫來我們家作客前，他會從書架上取下那些名叫《共濟會會員的內幕》、《我曾經是一個共濟會會員》的書，把它們藏起來。

隨後是整個上流社會認識的、伊斯坦堡的（可能也是伊斯蘭世界的）唯一老鴇「奢華女子謝爾敏」，看到她那張熟悉的臉，我一時把他當做了我們的客人。她的脖子上圍著一條彷彿是她的註冊商標的紫色絲巾（為了遮掩一道疤痕，她從不解下絲巾），身邊跟著一個漂亮的「小姐」，腳上的高跟鞋鞋跟高得不可思議。她們直奔飯店裡的蛋糕店去了。隨後進來的是戴著一副奇怪眼鏡的「老鼠法魯克」，因為他母親和我母親是朋友，兒時我們會去彼此的生日派對。法魯克後面是菸草富商馬魯夫的兒子們，因為我們的保母是朋友，所以小時候我們經常在公園裡碰到。茜貝爾跟他們也很熟，因為他們都是東方俱樂部的會員。

將要為我們戴訂婚戒指的前外交部長、又老又胖的麥利克罕和我未來的丈人一起從旋轉門走進來，從茜貝爾兒時起他就認識她，於是一見面就擁抱並親吻了她。他審視我一番後對茜貝爾說：「願真主保佑，他還挺帥的！」他握著我的手說：「小夥子，很高興認識你。」

茜貝爾的女朋友們笑著走了過來。前部長一副花花公子的風流樣，誇張地讚美著小姐們的禮服、珠寶和髮型，親吻了她們的臉頰，隨後志得意滿地下樓了。

父親下樓時說：「我從沒喜歡過那個混蛋。」

母親說：「好了，看在真主的分上，我們走吧，注意臺階！」

父親說：「我看到臺階了，感謝真主我還沒瞎。」從花園可以看到的景色躍入父親眼簾——道爾馬巴赫切宮以及過去一點的博斯普魯斯海峽、于斯屈達爾（Üsküdar）、貞女塔和萬頭攢動的人群，父親立刻高興起來。我挽著父親的手臂，走在用托盤為客人送各色點心的服務生中間，和來賓們親吻，問好。

「穆姆塔茲先生，您的兒子跟您年輕時一模一樣……我好像又看到了您年輕時的樣子。」

父親說：「我還年輕呢，夫人。但我不記得您了……」然後他輕聲對我說：「別挽著我的手臂，好像我是個殘廢。」

我乖乖地放開了他。花園裡燈火通明，到處都是漂亮的姑娘。她們大都穿著時髦的魚口高跟鞋，露出紅色的腳趾甲，身上的禮服要嘛無袖，要嘛露背，要嘛低胸。不像平常時候穿迷你裙的尷尬，她們看起來都很悠然自得，也讓我感覺賞心悅目。就像茜貝爾那樣，很多年輕女人都拿著有金屬扣的小巧閃亮的晚宴包。

後來，茜貝爾拉著我的手，把我介紹給她的親戚、兒時的朋友、同學，以及一些我根本不認識的人。

「凱末爾，現在我要給你介紹一位我很要好的朋友。」每次她都會笑容滿面地這麼說，緊接著將那位朋友稱讚一番。儘管她的語氣充滿喜悅與真誠，卻還是帶有一種職責所在的意味。那份喜悅自然是來自於人生一如她所希望和計畫的那樣。就像她精心安排裙子上每顆珍珠、每個皺褶、每個蝴蝶結的位置，讓它們與她身體的每一條曲線完美搭配。現在，這個夜晚順暢地進行著，她相信往後的人生也將如此順暢。因此，就像是迎接新的幸福那樣，茜貝爾欣喜地迎接著夜晚的每個時刻、每張面孔、每個擁抱和親吻她的人。有時她緊緊地依偎著我，用一種保護者的姿態，伸出手指仔細地拿走掉落在我肩上的想像中的一根頭髮或是一粒灰塵。

在不斷和來賓握手、親吻、開玩笑的空檔，我抬頭看見服務生依然穿梭在客人中間，為他們送去各色點心，賓客也輕鬆了許多，酒精讓他們慢慢放鬆，笑聲此起彼伏。所有女人都化了濃妝，而且衣著時尚。很多女人因為穿著縮腰、袒胸的薄裙，所以看起來彷彿在瑟瑟發抖。大多數男人像穿著節日盛裝的孩子們一樣，都身穿一套扣上所有鈕釦的白色西裝，戴著對於土耳其平均水準來說過於多彩的領帶，這些領帶讓人想起三、四年前風靡一時的大圖案嬉皮領帶。顯然，土耳其的很多富有的中年男士，沒有聽說或是不相信，幾年前風靡全球的長鬢角、高跟鞋和長頭髮已經過時。因「時尚」而過度留長的鬢角、傳統的黑鬍子和長頭髮讓那些年輕男人的臉顯得特別黑。也許正是這個原因，四十歲以上的男人幾乎全都在稀疏的頭髮上抹了髮蠟。當髮蠟和各種古龍水味、香水味、香菸煙霧、廚房裡飄來的油煙味和一陣若有若無的春風混合在一起時，我想起了兒時父母在家裡辦的派對。管絃樂隊「銀色葉子」在儀式前為營造現場氣氛演奏的曲子，彷彿帶著嘲諷在輕聲告訴我，我是幸福的。

賓客站累了，尤其是長者們。饑腸轆轆的人們開始找桌位入座，小孩跑在他們前面（「奶奶，我找到我們的桌子了！」「在哪兒？別跑，你會摔跤的！」）。就在這時，前外交部長從身後抓住我的手臂，使出一流的外交技巧把我拉到一邊，提醒我他從茜貝爾小時候就認識她了，還不厭其煩地一再說著茜貝爾是多麼優雅，她的家庭是多麼有修養，並且從他的回憶中搜尋例子出來予以佐證。

他說：「凱末爾先生，像這樣見多識廣的老式家庭已經沒有了。您是個生意人，比我更清楚，現在到處都是無知的暴發戶，他們的老婆、女兒都是包著頭巾的鄉下人。前不久，我看見一個男人像阿拉伯人那樣，跟在兩個裹著黑色長袍的老婆後面去貝伊奧魯，請她們吃了冰淇淋……告訴我，你確定要和這位小姐白頭偕老嗎？」

我回答道：「是的，先生。」我注意到老部長對於我語調的平淡很是失望。

「婚約是不能毀的。也就是說，這位小姐的名字將永遠和你聯繫在一起，你想好了嗎？」

「想好了。」

「讓我馬上來給你們訂婚，這樣我們就可以吃飯了。你過來……」

儘管知道他不喜歡我，但一點也沒影響我的情緒。部長對聚攏在我們周圍的來賓先說起了一段服兵役時的回憶。從中他得出四十年前土耳其以及他本人非常貧困的結論，然後他又真誠地敘述了那時自己和過世的夫人是如何儉樸訂婚的故事。他又當著來賓的面誇讚了茜貝爾和她的家庭。儘管他的言談並不幽默，但包括手上拿著托盤、站在遠處的服務生在內，所有人都在笑著，甚至是快樂地聽著，彷彿他在說一個非常有趣的故事。當茜貝爾十分喜愛、長著一對大門牙的十歲女孩胡爾雅，用銀托盤把我在這裡展出的訂婚戒指端上來時，人們立刻安靜了下來。茜貝爾和我因為激動，部長因為糊塗竟然一時搞不清應該把戒指戴到哪隻手的哪個手指上了。一些本來就準備笑的來賓高聲叫道：「不是那個手指，是另外那隻手。」當一陣像一群學生發出的歡呼聲響起時，我們終於戴好了戒指。部長剪斷了綁在戒指上的紅絲帶，大廳裡瞬間響起一片掌聲，就像放飛的鴿群發出的噪音。儘管我對此早有準備，但這麼多我認識的人為我們歡欣鼓舞，依然讓我興起一種幼稚的激動。但這並不是讓我心跳加速的原因。

在人群中，在大廳後面，我看見芙頌站在她父母身旁。一股強烈的喜悅湧上我的心頭。當我親吻茜貝爾的臉頰時，當我和立刻過來親吻我們的母親、父親與哥哥擁抱時，我明白了自己興奮的原因，但我以為能夠掩飾，不僅對人群，也對我自己。我們的桌子就在舞池邊。入座前，我看見芙頌和她父母坐在最後面的一張桌子旁，他們的旁邊是沙特沙特的員工們。

哥哥的妻子貝玲說：「你們倆看起來都很幸福。」

「但我們也很累……訂婚儀式就這樣的話，還不知道婚禮會多累人呢……」茜貝爾說。

「那天你們也會很幸福。」貝玲說。

「貝玲，你認為幸福是什麼？」我問道。

「看你在說什麼呀。」貝玲表現出好像在思考自己的幸福的模樣，但這樣的問題還是讓她不自在，因此她尷尬地笑了笑。在終於吃到飯的人群發出的快樂聲響、叫喊聲、刀叉的碰撞聲和樂隊的演奏聲中，我倆同時聽到哥哥在用刺耳、尖細的聲音和一個人說著什麼。

「家庭和孩子們。即使你不幸福，甚至在你最壞的日子裡（她瞟了哥哥一眼），你也要裝做幸福地生活。所有的煩惱會在這樣的家庭氛圍中消散。你們馬上也要生孩子了。生很多孩子，就像農民那樣。」貝玲說。

「什麼？你們在聊什麼？」哥哥問。

「我叫他們生孩子。他們生幾個好？」貝玲說。

誰也沒注意到，我一下喝掉了半杯拉克酒。

過了一會兒，貝玲在我耳邊問道：「坐在那邊的那個男人和可愛的姑娘是什麼人？」

「她是茜貝爾在高中和法國讀書時最好的朋友努爾吉汗。茜貝爾故意讓她和我的朋友麥赫麥特坐在一起。她想讓他們交朋友。」

「到目前為止沒太多進展！」貝玲說。

我告訴貝玲，茜貝爾帶著一種介於仰慕和憐愛之間的情感依賴著努爾吉汗，她們一起在巴黎讀書時，努爾吉汗不僅和法國男人談情說愛，還大膽地和這些男人做愛（這些都是茜貝爾羨慕不已告訴我的故事），她還瞞著伊斯坦堡富有的家人和他們同居。但因為最後一次的愛情經歷讓她身心俱疲，另外也受了茜貝爾的影響，她決定回到伊斯坦堡。我補充道：「然而，這當然需要她去結識一個自己欣賞、門當戶對、不介意她在法國的經歷和她那些舊情人的人，並愛上這個人。」

貝玲笑著輕聲說：「還沒看出有這樣一種愛情的跡象。麥赫麥特他們家是做什麼的？」

「他們家很有錢。他父親是有名的建築承包商。」

看見貝玲懷疑地皺起眉頭，我告訴她，麥赫麥特是我在羅伯特私立高中時非常信任的朋友，他是一個很正直的人，儘管他的家人很虔誠也很保守，但多年來他一直反對媒人介紹結婚，甚至反對習慣包頭巾的母親為他安排相親，即使對方是一個受過教育的伊斯坦堡女孩，他希望自己是自由戀愛結婚的。「但到目前為止，他和自己找的那些前衛女孩都沒有結果。」

貝玲用一種見多識廣的口氣說：「當然沒有結果。」

「為什麼？」

「你看他的樣子，他的德行……和像他這樣一個從阿納多盧（Anadolu）內陸來的人……小姐們寧願是經媒人介紹結婚吧。因為她們知道如果自己成天和他在外鬼混，像他這種人心裡一定會開始覺得她們就跟婊子一樣。」

「麥赫麥特不是那種人。」

「但是他的家庭，他給人的感覺是那樣的。聰明的女孩不會去看男人的思想，而會去看他的家庭和他的言行舉止，不是嗎？」

「你說的不無道理。我看過這種聰明女孩，名字就不提了，即使麥赫麥特表明他是認真的，她們還是對他敬而遠之。但當她們和別的男人在一起時，儘管不確定對方要不要娶她們，她們還是放鬆多了，也比較能夠讓事情繼續進展下去。」

貝玲驕傲地說：「是不是？在這個國家，很多男人因為婚前走得太近，婚後就鄙視他們的妻子。我還要告訴你一件事，你的朋友麥赫麥特其實沒有愛上任何一個他沒能接近的女孩。如果他愛上了，女孩會明白的，她們也會用不同的方式對待他的。當然我沒說他們會上床，但她們會接近他到能夠結婚的程度。」

「然而麥赫麥特也因為那些女孩保守、懦弱、不願和他接近而沒愛上她們。就像到底是先有雞，還是先有蛋一樣……」

「這不對。愛上一個人不需要上床，也不需要性。愛情是雷拉和麥吉努[7]。」

我「嗯」了一聲。

坐在桌子另一頭的哥哥說：「怎麼了，我們也要聽，誰跟誰上床了？」

貝玲用「孩子們在」的眼神看了丈夫一眼。她湊到我耳邊說：「所以真正要搞清楚的是，你這個看起來像小綿羊的麥赫麥特為什麼沒能愛上任何一個他帶著誠意去結識並想接近的女孩。」

我很敬佩貝玲的智慧，一時間我想對她說，麥赫麥特是妓院的大戶。在沙拉塞爾維（Siraselviler）、吉汗基爾（Cihangir）、貝貝克和尼相塔什的四、五個私人招待所有他經常去拜訪的「小姐們」。一方面他試圖和那些在公司裡結識的二十幾歲的高中女畢業生建立一種任何時候都不可能實現的情感關係，另一方面，每天夜裡，他會在這些豪華的妓院，和那些模仿西方影星的小姐們度過瘋狂的夜晚。喝多時，他會不經意地說出錢不夠用或者累得腦子發昏一類的話。但是半夜，當我們結束聚會時，他會說要回到那個和手拿念珠的父親與包著頭巾的母親以及妹妹們一起居住、齋月裡和他們一起齋戒的家裡，但離開我們之後，他會去吉汗基爾或者貝貝克的妓院。

「今晚你喝得太多了，別喝了。那麼多客人，所有人的目光都集中在你們身上……」貝玲說。

「好的。」我說，微笑著向她舉起了酒杯。

「看看奧斯曼那種負責的樣子，再看看你這種頑皮的樣子……你們兄弟倆怎麼會這麼不一樣？」

「才不呢。我們很像。而且今後我將比奧斯曼更有責任感，更嚴肅。」

7 雷拉和麥吉努，一個中東地區流傳的著名愛情傳說。兩個戀人儘管沒能在活著時在一起，卻終於在死後相聚。

「其實我一點也不喜歡嚴肅……」貝玲脫口而出，但旋即又改口：「你沒在聽我講話。」

「什麼？我在聽。」

「那麼你倒是說說看我說了些什麼！」

「你說『愛情應該像那些古老神話，應該像雷拉和麥吉努那樣』。」

「你沒在聽。」貝玲笑著說，但她臉上還有一種為我擔心的表情。為了確認茜貝爾是否也察覺到了，她扭頭看一眼茜貝爾，但茜貝爾正在和麥赫麥特和努爾吉汗說著什麼。

我的腦子一直停留在芙頌的身上，在和貝玲說話時，我一直在暗中注意著坐在我背後某個地方的芙頌，我一直在想她，我不僅試圖對讀者，也羞愧地試圖對自己隱藏這一點。但是夠了！反正你們也看見了，我做不到。至少從此以後讓我誠實地來對待讀者吧。

我找個藉口起身離開了桌子，想去看一看芙頌。我忘了自己的藉口。我朝身後望去，但沒能看到芙頌。人太多了，所有人同時嚷嚷著。在人群中捉迷藏的孩子也在叫喊。音樂、刀叉、盤子的噪音也加入其中，形成了一片巨大的嘈雜聲。在這巨大的嘈雜聲裡，我懷著看見芙頌的希望徑直朝後面走去。

一個聲音說：「親愛的凱末爾，恭喜你。待會兒是不是還有肚皮舞？」

說話的是坐在紮伊姆桌邊的「勢利眼塞利姆」，我笑了笑，彷彿他開了一個十分有趣的玩笑。

一位和善的夫人說：「凱末爾先生，您作了一個非常好的選擇。您不會記得我。我是您母親的……」

沒等她說是如何認識我母親的，一個手拿托盤的服務生撞到了我。待我站穩後，那女人已經離得很遠了。

「讓我看看你的訂婚戒指！」一個孩子說著一把抓住了我的手。

孩子肥胖的母親用勁拽著他的手臂說：「放手，太不像話了！」她對孩子做了一個打耳光的動作，但經驗老道的孩子立刻笑著逃脫了。孩子的母親叫道：「過來，坐好！您別見怪，恭喜您。」

一個我不認識的中年婦女滿臉通紅地大笑著，當她的目光和我相遇時，她立刻變得嚴肅起來。她的丈夫為自己作了介紹，說是茜貝爾的親戚，但他服兵役的地方和我一樣是在阿馬斯亞省（Amasya），而且我們顯然是同一期的。他邀我和他們坐一會兒。我仔細地把後面的桌子掃視了一遍，還是沒看到芙頌。她消失了。我一陣心痛。一種我從未體驗過的痛楚瀰漫我的全身。

「您在找人嗎？」

「我在等未婚妻，但讓我先來和你們喝一杯……」

他們高興壞了，立刻為我騰出了椅子。「我不要刀叉，再給我來點酒。」

「親愛的凱末爾，你認識埃爾切廷帕夏嗎？」

「啊，是的。」其實我不記得了。

帕夏謙虛地說道：「小夥子，我是茜貝爾父親的姨媽的女婿！恭喜你。」

「帕夏，別介意，因為您穿著便服，所以沒能認出您來。茜貝爾總滿懷敬意地說起您。」

其實茜貝爾說過，很久以前她的一個遠房表姑，去黑伊貝里阿達島（Heybeliada）的別墅度假時，迷上了一個英俊的海軍軍官。而我當時並沒有好好地聽她講那個故事，我只覺得在每個富人家庭，海軍上將對於處理和國家的關係、兵役延緩問題以及其他一些後門關係是必須的，因此是一個應該好好對待的重要人物。現在出於一種莫名的討好本能我想對他說：「帕夏，軍隊什麼時候干預政治，左派分子和極端保守分子從兩個方向把國家拖向災難……」然而儘管我已經醉了，但我感覺如果這麼說，他們一定會認為我失禮、喝醉了。突然，像在夢裡一樣，我情不自禁地站了起來，因為我看見了遠處的芙頌。

我對在座的人說：「對不起，我要走了！」

就像喝多時那樣，我邊走邊感覺自己是個幽靈。

芙頌坐回到自己的桌位。她穿了一件細肩帶小禮服，裸露的肩膀看起來很健美。她做了頭髮，非常漂亮。即使這麼遠遠地看著她，我內心也立刻滿溢幸福和激動。

她裝做沒看見我。我們之間隔著七張桌子，第四張桌子旁坐著不安的帕慕克一家。我往那裡走去，和曾經跟父親做過生意的帕慕克兄弟說了兩句話，心思卻在芙頌那一桌，我看見沙特沙特員工們坐在她隔壁桌，年輕、自負的肯南像所有人那樣兩眼盯著芙頌，正在和她攀談。

就像那些曾經富裕而後又無能地失去財產的許多家庭一樣，帕慕克一家人縮進自己的殼裡，他們在那些新貴面前顯得很不安。我看見二十三歲、不停抽菸的奧罕和他漂亮的母親、父親、哥哥、叔叔和堂兄弟坐在一起，在他身上除了暴躁、不耐煩和譏諷的微笑，我沒看到其他值得一說的東西了。

離開帕慕克一家，我徑直朝芙頌走去。當她發現自己將不能對我視而不見，我正滿懷愛戀、大膽地向她走去時，她臉上出現的幸福表情該如何來描述？瞬間，她滿臉通紅，而那種深粉色賦予了她的肌膚一種美妙的生動。從內希貝姑媽的眼神裡我感覺到，芙頌已經把一切告訴她。我先握了握她母親乾癟的手，然後又握了握她父親那隻和女兒一樣有著纖長手指和細手腕的手，她父親看起來一無所知。輪到我的美人時，我握住她的手然後彎腰親吻她的兩頰，我內心充滿欲望地感受到她脖子上、耳朵下面的敏感地帶的幸福回憶。不斷在我內心重複著的「你為什麼要來？」立刻變成「你來了真好！」。她畫了淡淡的眼線，抹了粉色的口紅。這些就像她用的香水一樣，把她變得陌生和更加有女人味了。當我看見她眼裡的血絲和眼睛下面稚氣的水腫，正要得出她離開我後晚上在家哭過的結論時，她的臉上出現了一種自信、堅決的表情。

她充滿勇氣地說：「凱末爾先生，我認識茜貝爾女士，非常明智的一個決定，恭喜你們。」

「啊，謝謝。」

她母親同時說道：「凱末爾先生，謝謝您在百忙之中幫我女兒補習數學，願真主保佑您！」

我說：「考試在明天吧？今晚她早點回去會更好。」

她母親說：「您幫了她很大的忙，當然應該聽您的話。但您幫她補習數學的這段時間裡她也沒少傷心。

您就允許她玩一個晚上吧。」

我帶著一種老師的和藹對芙頌笑了笑。因為人群和音樂的嘈雜聲——像在夢裡一樣——彷彿誰也聽不到我們的聲音。在芙頌看著她母親的眼神裡，我看到了有時她在邁哈邁特大樓裡表現出來的憤怒，我朝她那半露的胸脯、美妙的肩膀和稚氣的手臂看了最後一眼。離開他們往回走時，我深深地感到，幸福就像拍向岸邊的一個巨浪，慢慢地在我內心裡膨脹，拍向我的整個未來。

「銀色葉子」演奏著由〈時機不再〉改編的〈海峽邊的一個夜晚〉。如果我不堅信這個世界上純粹的幸福只有在「現在」擁抱另外一個人時才能獲得，我願意將這個時刻當做「我一生中最幸福的時刻」。因為從她母親的言語和芙頌哀怨的眼神裡，我得出了一個結論，那就是她將不會結束我們的關係，甚至她母親也帶著某些期待同意了這件事。我明白，如果我小心行事並能夠讓她感覺到我有多麼愛她，那麼今生芙頌將永遠不會離開我！對於一些像我父親和叔叔那樣特殊的人，在他們五十多歲、經歷了許多磨難後，真主才稍微施捨給他們一點不道德的男人的幸福，也就是說一方面和一個受過教育、理性而漂亮的女人分享著所有家庭的幸福和樂趣，另一方面和一個漂亮、迷人和野性的姑娘保持一種祕密和深切的愛情關係。而現在真主在我三十歲、沒經受太多痛苦時，幾乎無償地就把這種好運賜予了我。儘管我一點也不虔誠，但那個時刻聚集在希爾頓花園裡的快樂人群、各種彩燈、透過楓葉閃現的海峽燈光以及後面深藍色的夜空，就像真主發來的一張幸福明信片，永不消逝地印刻在我的腦海裡。

「你去哪兒了？」茜貝爾來找我了。「貝玲說你喝多了，親愛的，你還好嗎？」

「是的，稍微多喝了點，但我很好，親愛的。我唯一的麻煩就是太過幸福了。」

「我也很幸福，但我們有一個麻煩。」

「什麼？」

「努爾吉汗和麥赫麥特談不攏。」

「不行就算了。我們幸福就可以了。」

「不，不，其實他倆都有意思。如果他們能稍微熟悉一下，我甚至確定他們會立刻結婚。但他們現在在原地打轉，我怕他們會失去機會。」

我遠遠地朝麥赫麥特看了一眼。我看見他無法拉近和努爾吉汗的距離，他越是覺得自己笨拙，越是對自己生氣，就越不知所措。我看見邊上有一張堆滿空盤子的備餐桌。

「我們去那裡坐著說。也許對於麥赫麥特來說，我們已經行動得太晚了……也許他已經沒有和一個正經姑娘結婚的可能了！」我說。

「為什麼？」

等我們坐下後，我對帶著好奇和恐懼的表情睜大雙眼的茜貝爾說，麥赫麥特只有在充滿了香水味、亮著紅燈的房間裡才能找到幸福。我向走過來的服務生要了拉克酒。

「你很清楚那些地方！沒認識我之前你是不是也會和他一起去？」

「我很愛你。」我把手放到她的手上，也沒去在意瞬間將目光聚焦在我們戴著訂婚戒指的手上的服務生。

「但是，麥赫麥特一定感到自己不會和任何一個好姑娘相愛了。他為此而慌亂。」

「唉，太可惜了！都因為那些怕他的姑娘……」

「他要是不去嚇唬那些女孩就好了……女孩們是對的……如果和她上床的男人不跟她結婚呢？名聲壞了，沒人要了，女孩怎麼辦？」

「人家會明白的。」茜貝爾小心翼翼地說。

「明白什麼？」

「一個男人是否可靠。」

「沒那麼容易就能明白的。很多女孩在這個問題上因為無法決斷而沮喪，或者做愛時因為恐懼甚至沒能得到任何樂趣……我不知道，是否有對什麼都無所謂的人？如果麥赫麥特不曾流著口水聽到歐洲的那些關於性自由的故事，很可能他壓根不會因為想要現代和文明而老想著婚前和女孩做愛。那樣的話，他大概就會和一個愛自己的正經姑娘結成一段美滿姻緣了。而現在呢，他在努爾吉汗的面前不知所措……」

「他知道努爾吉汗在歐洲和男人上床的事情……這既吸引他，又讓他害怕……我們還是幫幫他吧。」茜貝爾說。

銀色葉子奏響了他們自己作曲的〈幸福〉。深情的音樂深深打動了我。我帶著痛苦和幸福感到了自己在血液裡對芙頌的愛戀。我用一種和藹的口吻告訴茜貝爾，一百年之後土耳其也許會變得現代了，到那時所有人將擺脫童貞的擔憂和恐懼，像在天堂裡承諾的那樣幸福做愛，但在之前，仍會有很多人將忍受愛情和性欲的痛苦。

我那善良、漂亮的未婚妻抓著我的手說：「不，不。就像我們今天這麼幸福一樣，他們也會很快得到幸福的。因為我們一定要讓麥赫麥特和努爾吉汗結婚。」

「行啊，但我們該怎麼做呢？」

「難道剛訂婚就開始躲在一邊說悄悄話了嗎？」說話的是一個我們不認識的肥胖男人，「凱末爾先生，我也可以坐一會兒嗎？」沒等我們回答，他就從旁邊拉過一把椅子坐到我們旁邊。這人四十多歲，領子上別著一朵白色康乃馨，身上散發出一種甜膩得令人窒息的濃烈香水味。「如果新郎新娘躲在這樣的一個角落竊竊私語，那麼整個婚禮就會掃興了。」

「我們還不是新郎新娘，我們只訂了婚。」我說。

「但是，凱末爾先生，所有人都在說，這個訂婚儀式比最炫耀的婚禮還要豪華。婚禮除了希爾頓你們還想過別的地方嗎？」

「請您原諒，可以告訴我您是誰嗎？」

「凱末爾先生，其實要請您原諒我。我們作家會認為所有人都認識我們。我的名字叫蘇雷亞・薩比爾。您可能看過我在《晚報》上用筆名『白色康乃馨』寫的文章。」

「整個伊斯坦堡都在看您寫的上流社會傳聞。我還以為您是個女人，因為您對時尚和服裝很精通。」茜貝爾說。

「是誰邀請您的？」我無動於衷地問道。

「非常感謝，茜貝爾女士。但是在歐洲，人人都知道傑出的男人對時尚也是敏感的。凱末爾先生，根據土耳其新聞法，只要向有關負責人出示了您看見的這個記者證，我們就有權利參加對公眾開放的任何聚會。依據法規條例，印發了請柬的所有聚會也就是『對公眾開放的』。但是儘管如此，多少年來，我一次也沒去參加過未受邀請的聚會。邀請我來這個美妙夜晚的人不是別人，正是您的母親。作為一個現代人，您的母親非常重視你們所說的上流社會傳聞，也就是社會新聞，她會經常邀請我去出席各種聚會。我們彼此極為信任，一些我沒能參加的聚會，她會打電話告訴我，她怎麼說我就怎麼寫。因為夫人就像您一樣，會去注意所有的事情，所以從不會給我錯誤的資訊。凱末爾先生，我寫的那些社會新聞裡沒有一處錯誤，也不可能有。」

「您誤解凱末爾了……」茜貝爾嘟囔道。

「就在剛才，一些不懷好意的人說『伊斯坦堡所有的走私威士忌和香檳都在這裡』……我們的國家缺乏外匯，我們甚至沒有外匯來讓我們的工廠開工、購買柴油！凱末爾先生，一些人出於嫉妒和對財富的仇恨，可能會在報上寫『走私酒是從哪兒來的』，來給這個美好的夜晚抹上陰影。如果您對他們也像對我這樣不友善的話，請相信，他們會寫得更糟糕……不，我是絕不會讓您傷心的。我將立刻永遠忘記您說的那句話。因為土耳其的新聞是自由的。但也請您誠實回答我的一個問題。」

「當然，蘇雷亞先生，請說。」

「剛才你倆，兩個剛訂婚的人在那樣投入地談論一個十分有趣、十分嚴肅的話題……我非常好奇。你們在說什麼？」

「我們在擔心客人們是否滿意餐點。」我說。

白色康乃馨高興地說：「茜貝爾女士，我有一個好消息要告訴您。您未來的丈夫一點也不擅長撒謊！」

「凱末爾是個非常善良的人。我們在說，在這麼多人裡面，不知道有多少人，在為愛情、婚姻，甚至是性忍受痛苦。」茜貝爾說。

「啊，是的。」小報記者說。面對新近流行並被神聖化了的「性」這個詞，因為不知道該擺出一副看待一個醜聞的樣子，還是該做出深刻理解人類痛苦的樣子，白色康乃馨一時語塞。隨後他說：「你們當然是超越了這些痛苦的現代幸福佳偶。」他不是帶著嘲諷，而是帶著輕鬆說了這句話，因為他深知擺脫困境的最好辦法就是拍馬屁。隨後他用一種杞人憂天的口吻開始說，誰家的女兒絕望地愛上了誰家的兒子，哪個女孩因為「太自由」，被好人家排斥的同時卻讓所有男人垂涎三尺，哪個母親希望把女兒嫁給哪個富人的風流兒子，哪家的邋遢兒子儘管訂了親卻還愛上了別人。像茜貝爾那樣，我也津津有味地聽著，看見我們這樣，白色康乃馨也就更加興致高昂了。舞曲開始時，正當他說這些「醜聞」都會一一暴露時，母親走了過來。她說我們很失禮，當所有客人看著我們時，我們坐在一邊自顧自地說閒話，她要我們回到自己的桌位去。

一坐回貝玲身邊，就像插上電的電器一樣，芙頌的幻影又開始在我內心裡閃動。但這次幻影的光亮閃射出的不是不安，而是幸福，它不僅照亮了那個夜晚，也照亮了我的整個未來。在很短的一個瞬間，我感到，像那些真正的幸福泉源不是妻子和家庭而是祕密情人的男人那樣，我也擺出彷彿因為有了茜貝爾而幸福的樣子。

母親和小報記者聊了一會兒後來到我們身邊。她說：「你們可要當心那些記者，他們會寫各種謠言。然後會要脅你爸爸做更多的廣告。現在你們可以去跳舞了，大家都等著你們呢。」她對茜貝爾說：「樂隊開始奏舞曲了。啊，你是那麼可愛，那麼美麗。」

在銀色葉子演奏的探戈舞曲聲中，我和茜貝爾跳了舞。所有賓客的目光都聚焦在我們身上，讓我們的幸福顯得很深刻似的。茜貝爾勾著我的脖子，把頭緊緊貼在我的胸前，好像在一個迪斯可舞廳偏僻的角落裡只有我倆一樣。她不時笑著跟我說些什麼，轉了幾圈後我開始看那些她叫我看的東西——一個服務生端著滿滿的托盤站在那裡微笑地看著我們；她母親喜極而泣的樣子；一個把頭髮做成鳥巢形狀的女人；因為我們不在而幾乎背對背坐著的努爾吉汗和麥赫麥特；一個九十來歲、靠戰爭（第一次世界大戰）發財的老先生在僕人幫助下吃飯。但是我沒朝芙頌坐的地方看一眼。當茜貝爾不停興高采烈地告訴我她看到的那些東西時，芙頌沒看見我們會更好。

突然響起了一陣短暫的掌聲，但我們就像什麼也沒發生那樣繼續跳著。後來，當其他人也開始跳舞時，我們回到了自己的座位上。

貝玲說：「你們跳得真好，你倆太登對了。」我想那個時候芙頌還沒去跳舞。努爾吉汗和麥赫麥特之間沒有任何進展讓茜貝爾很煩惱，她要我去跟麥赫麥特談談。她說：「你叫他去纏著努爾吉汗。」但我什麼也沒做。貝玲也輕聲加入了我們的談話，她說，強摘的瓜不甜，她坐在那裡仔細觀察過了，不僅是麥赫麥特，他倆看上去都很驕傲、懦弱，如果他們互相不喜歡就不該強求了。茜貝爾說：「不，婚禮有一種神奇的力量。很多人是在婚禮上找到另一半的。不僅是女孩，男孩們在婚禮上也會裝模作樣。但是需要幫忙……」「你們在說什麼?也跟我說說。」哥哥也加入了談話。他說教似地說，媒人介紹的方式已經過時，但是因為土耳其沒有很多像在歐洲那樣讓年輕人彼此認識的環境，因此現在好心的媒人就更有事做了。似乎忘記了因為他們才說的這個話題，他轉向努爾吉汗，問道：「比如說，您就不會經媒人介紹結婚，是吧？」

努爾吉汗咯咯笑著說：「奧斯曼先生，如果男人可愛的話，如何找到的一點也不重要。」

我們都哈哈大笑起來，好像聽到了一句肆無忌憚的話，也好像這只可能是句玩笑話。但是麥赫麥特卻滿臉通紅，他避開了我們的目光。

茜貝爾後來在我耳邊說：「你看見了吧，她把他嚇著了。他以為她在取笑他。」

我根本不去看那些跳舞的人。但多年後，在籌建博物館那陣子，我見到的奧罕．帕慕克先生告訴我，大概就在那時芙頌和兩個人跳了舞。他不認識，也不記得第一個和芙頌跳舞的人了，但我知道他是沙特沙特的職員肯南。而第二個請芙頌跳舞的人，從他那驕傲的語氣來看，正是我在帕慕克一家的桌子上剛才與之對視過的奧罕先生本人。本書的作者，二十五年後兩眼放光地和我說起了那次跳舞的經歷。讀者若想知道奧罕先生和芙頌跳舞時的感受，請去看題為「幸福」的最後一章，作者會親口告訴你們的。

當奧罕先生和芙頌跳舞時，麥赫麥特再也無法忍受我們那些關於愛情、婚姻、媒人和「現代生活」的具有言外之意的談話，起身離開了。一時間大家都覺得很掃興。

「我們都很差勁，讓他難堪了。」茜貝爾說。

「不要看著我說這話。我沒做什麼。你們都喝了酒，都在不停地笑。只有麥赫麥特一個人不高興。」努爾吉汗說。

「努爾吉汗，如果凱末爾去把他叫回來，你會好好對他嗎？我知道你能夠讓他很幸福，他也會讓你幸福。但你必須好好對待他。」茜貝爾說。

茜貝爾當著所有人的面執意要撮合努爾吉汗和麥赫麥特，這讓努爾吉汗很高興。「我們不需要馬上結婚。他已經認識我了，至少可以說一兩句好聽的話。」她說。

「他說了，但和你這樣一個有個性的人在一起他有點不知如何是好。」茜貝爾說，接著她又笑著湊到努爾吉汗的耳朵旁說了些什麼。

哥哥說：「孩子們，你們知道為什麼姑娘們和小夥子們不知道怎麼談情說愛嗎？」他臉上出現了一種喝了酒後才會有的可愛表情，「因為連談情說愛的地方都沒有。談情說愛這個詞自然也沒有。」

「在你的字典裡，談情說愛的意思就是在我們訂婚前的那個週六下午帶我去看電影……為了知道費內爾球隊的比賽結果，你還帶了可攜式收音機。」貝玲說。

「其實我帶收音機不是為了聽球賽，而是為了讓你印象深刻。我會為自己是第一個把電晶體可攜式收音機帶到伊斯坦堡的人而自豪。」哥哥說。

努爾吉汗也說，她母親為自己是土耳其第一個使用食品攪拌器的人而自豪過。她說，在雜貨店開始賣罐裝番茄汁之前很多年，也就是一九五〇年代末期，她母親招待去家裡打橋牌的朋友們喝番茄、芹菜、甜菜和蘿蔔汁，然後習慣地把這些上流社會的女士請去廚房，向她們展示進入土耳其的第一個食品攪拌器。於是，伴隨著那個年代留下的一段動聽的音樂，大家說起了那些卓越的伊斯坦堡資產階級人士，帶著在土耳其第一次使用的渴望，是如何因為電動剃鬚刀、切肉刀、電動開罐器和其他許多奇怪、令人恐懼的用具，而讓他們的手和臉鮮血直流的。我們還說到了那些因為捨不得扔，一直被藏在家裡某個布滿灰塵的角落裡的電器，比如說，激動地從歐洲買回來、多數只用了一次就壞掉的答錄機，一開就跳電的吹風機，讓傭人害怕的電動咖啡研磨機，在土耳其找不到配件的沙拉醬機。說笑間，我們看見，您值得擁有一切的紮伊姆一屁股坐到努爾吉汗旁邊、麥赫麥特留下的空椅子上。他把握時機、興高采烈地加入了我們的談話，三、五分鐘後就貼在努爾吉汗的耳邊說起讓她咯咯發笑的話來。

茜貝爾問紮伊姆：「你的德國模特兒去哪兒了？你把她也立刻拋棄了嗎？」

「英格不是我的情人，她回德國了。」紮伊姆依然很開心，「我們只是工作夥伴，為了讓她見識一下伊斯坦堡的夜生活，我才帶她出來的。」

「也就是說你們只是朋友！」茜貝爾引用了那些年剛剛興起的在八卦小報中經常出現的一句話。

「我今天看到她了，在電影院的大銀幕上。她還那樣笑著喝汽水。」貝玲看著丈夫說：「理髮店停電後，中午我就出去了。我去了希泰，看了蘇菲亞・羅蘭和尚・嘉賓演的電影。」她又對紮伊姆說：「我在所有地方、所有的速食店裡都看見了你們的廣告。不單單是孩子們，所有人都在喝汽水。恭喜啊……」

「我們的時機掌握得比較好，我們很幸運。」紮伊姆說。

看到努爾吉汗困惑的眼神，感覺紮伊姆希望由我來說，於是我簡短地告訴努爾吉汗，我的朋友是生產梅爾泰姆汽水的謝克塔什公司的老闆，也是他介紹我們認識了廣告上的可愛德國女孩英格。

「您喝過我們的水果汽水嗎？」紮伊姆問努爾吉汗。

「當然。我特別喜歡草莓口味的。這麼好的一樣東西，甚至連法國人也做不出來。」努爾吉汗說。

紮伊姆問道：「您住在法國嗎？」隨後他邀請我們大家週末去參觀工廠，遊海峽，去貝爾格萊德森林（Belgrad Ormanı）野餐。一桌人都在看著他和努爾吉汗。過了一會兒他們去跳舞了。

「你去把麥赫麥特找來，你要把努爾吉汗從紮伊姆的手裡解救出來。」茜貝爾說。

「還不知道努爾吉汗願不願意被解救呢。」

「這個自以為是大情聖的人，一心只想著和女孩上床，我不願意我的朋友成為他的獵物。」

「紮伊姆很善良，很誠實，只是比較風流。再說努爾吉汗就不能像在法國那樣在這裡再體驗一次冒險嗎？非要結婚嗎？」

「法國男人不會因為一個女人婚前和別人上過床而鄙視她。在這裡就不行了。更重要的是，我不想讓麥赫麥特傷心。」

「我也不想。但我也不希望這些煩惱給我們的訂婚儀式投下陰影。」

「你不會享受做媒的樂趣。你想想，如果他們結婚，那麼努爾吉汗和麥赫麥特將一直是我們最好的朋友。」

「我不認為麥赫麥特今晚可以從紮伊姆手上把努爾吉汗搶回來。他害怕在聚會、派對上和別的男人競爭。」

「你去找他談，叫他別怕。我保證，我會去勸努爾吉汗的。你快去把他找來。」看見我站起來，她對我甜甜地笑了笑說：「你真帥。你千萬不要在別人那裡耽擱，快去快回，然後請我跳舞。」

我只想順便看見芙頌。我一邊在那些半醉人群的叫喊聲和大笑聲中一桌桌尋找麥赫麥特，一邊不停地和人握手。兒時每個星期三下午來家裡和母親玩牌的三個女人，好像說好了一樣，都把頭髮染成了同樣的淺棕色，依然像說好了一樣，她們又同時和她們的丈夫一起向我招手，彷彿叫一個孩子似地喊道：「凱——末爾。」我和父親的一個進口商朋友握了手，手上留下了他的香水味。這個身穿白色燕尾服，戴著金色袖釦，做過美甲的人，十年後被報紙稱為「讓部長下臺的商人」，因為他公布了那個向自己索討巨額賄賂的海關部長的受賄醜聞。他事先把一疊疊美元裝在一個上面印有安泰普（Antep）風景的巴克拉瓦千層派甜點盒裡，然後一邊招待部長享用「甜點」，一邊把他們的親密談話用一個綁在沙發下面的答錄機錄了下來，隨後公布了錄音。父親這個朋友的樣子立刻混入了我的記憶中。一些面孔就像母親精心貼在相簿上的某些面孔一樣，一方面讓我覺得很熟悉，很親近，一方面又像往常那樣因為一種奇怪的不安，讓我搞不清誰是誰的丈夫，或者誰是誰的妹妹。

正在那時，一個和藹的中年婦女說：「親愛的凱末爾，你還記得六歲時向我求婚的事嗎？」當我看到她十八歲的漂亮女兒時才想起她是誰。「啊，美拉爾姨媽，您女兒長得和您一模一樣！」我對母親大姨的這個小女兒說。當這位母親說因為明天女兒要去參加大考，所以他們將提前離開時，我想到這位可愛的女士和我，以及我和她的漂亮女兒之間也正好相差十二歲，我情不自禁地朝那個方向看了一眼，但我既沒有在舞池裡，也沒有在後面的桌子旁看見芙頌。人太多了。這裡有一張父親年輕時的保險商朋友「沉船者居萬」的照片，照片上沒有我的臉，只有我的一隻手，那是多年後我從一個收集希爾頓宴會照片、家裡堆滿雜物的收藏家那裡買來的。在這張三秒鐘後拍的照片的背景裡還可以看見一個銀行家，隨後我和他也握了手，當得知他是茜貝爾父親的一個熟人時，我驚訝地想起，每次去倫敦的哈洛氏百貨（兩次），我都看見這位銀行家若有所思地在為自己挑選深色的西裝。

我邊走邊和客人們合影留念。一方面我看見周圍有那麼多把頭髮染成金色的深膚色女人，那麼多極為自負和富裕的男人，那麼多彼此相似的領帶、手表、高跟鞋和手鐲，而男人們幾乎留著同樣的鬢角和鬍子；另一方面我發現自己和這些人很熟悉並和他們共享許多回憶。我幸福地感受著面前的美好人生，享受著這個瀰漫合歡花香的無比美麗的夏日夜晚。我和土耳其的第一位歐洲小姐親了親臉頰。經歷了兩次失敗婚姻的這位歐洲小姐，四十歲以後開始投身於對窮人、殘障人士和孤兒的救助中，她熱心參與慈善協會舉辦的各種募捐活動（母親會說：「親愛的，什麼理想主義？她在拿回扣。」），也因為這個原因她每隔兩個月去辦公室拜訪父親一次。我和一個船主的遺孀聊了聊夜晚的美麗，她的丈夫在家庭內部的一次爭吵中被子彈打中眼睛而去世，從此這個女人每次都哭著去出席家庭會議。我看見了那些日子在土耳其最受歡迎、最怪異和最大膽的專欄作家傑拉爾．薩利克（我在這裡展出他寫的一篇專欄文章），我懷著真誠的敬意握了握他那隻柔軟的手。我和伊斯坦堡第一批穆斯林富商中故世的傑夫代特先生的兩個兒子、一個女兒和孫子們一起坐著拍了一張照片。在茜貝爾的客人們的桌子旁，大家正在談論那些天所有土耳其人都在看的、星期三晚上即將結束的連續劇《亡命天涯》（李察．金布林醫生涉嫌殺人被追捕，因為無法證明自己的清白，他一直在逃、逃、逃！）。我和大家一起為連續劇的結局打了賭。

最後，我在大廳旁邊的酒吧找到麥赫麥特，他坐在高腳椅上，正在和塔伊豐喝拉克酒，塔伊豐是我們在羅伯特私立高中時的另外一個同學。

看見我也坐下後，塔伊豐便說：「好啊，所有的新郎都在這裡了……」不僅是因為重逢的喜悅，也因為「新郎」這個詞所勾起的許多幸福回憶，我們三人的臉上流露出一種充滿留戀的微笑。高中最後一年，有段時間我們三人在午休時間會開著塔伊豐父親給他上學用的賓士車，去埃米爾崗山坡上一棟老帕夏宅邸裡的豪華妓院，每次我們都會和相同的三個漂亮、可愛的小姐上床。我們帶著一種極力掩飾的強烈情感迷戀著她們，我們開車帶她們出去玩了幾次，相對於晚上和她們上床的高利貸商和喝醉的商人，小姐們也會向我們收更少的錢。妓院老闆是個年華老去的高級妓女，總是很有禮貌地接待我們，彷彿是在一個東方俱樂部舉辦的上流社會舞會上那樣。但是在小姐們晚上穿著迷你裙抽菸翻著寫真書等候顧客的大廳裡，每次在中午看見穿著校服的我們時，她都會發自內心地哈哈大笑起來，然後大聲叫道：「小姐們，上學的新郎來了！」因為感覺到這會讓麥赫麥特開心，所以我把話題引到這些可愛的回憶上。我說起一次遲到的經歷。有一天，在被透過百葉窗縫隙射進來的陽光照暖的房間裡，因為做愛後睡過頭，我們錯過了下午的第一節課。當我們在第二節課的當中走進教室時，那個年老的女地理老師問我們：「你們為什麼遲到？」我們回答說：「老師，我們只顧複習生物，忘了時間。」從此，「複習生物」的意思在我們之間就成了去妓院。我們還想起那棟老宅邸的名字叫「新月大酒店」，裡面的小姐們都用花兒、葉子、月桂、玫瑰之類的假名。關於這個的原因，我們又閒聊了一陣。有一次我們是晚上去的，正當我們要和小姐們進房間時，來了一個有名的富人和他的德國生意夥伴，為了讓小姐們表演肚皮舞給外國客人看，他們敲我們的房門催著要小姐們下去。然後為了安慰我們，他們讓我們坐在酒店一個僻靜的角落看她們跳舞。我們帶著無限懷念說起了當時的感受。當她們穿著閃閃發亮的亮片裝轉著圈圈時，我們知道她們其實是跳給我們看，而不是跳給那些有錢老頭看的。暑假我從美國回到伊斯坦堡的那些時候，麥赫麥特和塔伊豐會告訴我他們在這些豪華妓院裡看到的怪事，因為隨著每個新上任的警察局長的到來，這些妓院都會被弄成另外一個樣子。比如說，在沙拉塞爾維大道（Sıraselviler Caddesi）上，有一棟七層樓的希臘式建築，員警每天去突襲，封了某一層樓，於是小姐們會在布置著同樣家具的另外一層樓等候客人……在尼相塔什的某條暗巷中有一棟豪宅，門口的保鏢會驅趕那些他們認為不夠富裕的顧客和好奇路人。剛才我看見走進酒店的那個「奢華女子謝爾敏」，十二年前會開著一輛裝有側翼的一九六二年份普利茅斯，晚上在百樂酒店、塔克西姆廣場（Taksim Meydanı）和迪萬酒店附近一會兒轉幾圈，一會兒停停車，為車上的兩三個保養得很好又十分乾淨的小姐招攬顧客。如果事先打了電話，他們甚至還會提供「到府服務」。從朋友們滿懷留戀的話語中，不難看出他們在這些地方和這些小姐在一起可以體驗到更多的幸福，而這是那些因為對「貞操」的擔憂而瑟瑟發抖的「正經」姑娘所無法給予的。

我沒能看到芙頌，但我知道他們還沒走，因為她的父母還坐在那裡。我又要了一杯拉克酒，然後向麥赫麥特打聽了最新的妓院和那裡的情況。塔伊豐用同樣嘲諷的口吻說，他可以給我許多新開的豪華妓院的地址，隨後他氣憤地列了一串有趣的名單，比如，一些在掃黃行動中被逮到的議員；幾個結了婚的熟人，他們在候客大廳裡會迴避他的目光看著窗外；想要當上總理的將軍在能俯瞰博斯普魯斯海峽的豪宅大床上，心臟病突發死在一個二十歲索卡西亞女孩的懷裡，但隨後卻宣布說他死在家中妻子的懷裡。樂隊奏起一曲充滿回憶的柔美音樂。我發現塔伊豐那種怨恨的態度讓麥赫麥特有點畏縮。我改變話題，提醒他說努爾吉汗是為了結婚才回土耳其的，另外我還告訴他，努爾吉汗跟茜貝爾說她喜歡他。

「她在和汽水商紮伊姆跳舞。」麥赫麥特說。

「那是為了讓你嫉妒。」我壓根沒朝那個方向看一眼。

稍微扭捏了一會，麥赫麥特誠實地說，其實他覺得努爾吉汗很可愛，如果她也是「認真」的，他當然能夠坐到她身邊，對她說些動聽的話，如果這事能成，他將終生對我感激不盡。

「那你為什麼不從一開始就好好對她呢？」

「我不知道，我就是辦不到。」

「走，我們回去吧，別讓別人坐了你的椅子。」

在我一路往回走一路和人擁抱親吻時，為了知道努爾吉汗和紮伊姆的舞跳到什麼程度了，我往舞池裡看了一眼，我看見芙頌在跳舞……和沙特沙特公司年輕、英俊的新職員肯南……他們貼得很近……一陣痛楚在我的腹部蔓延開來。我坐回自己的椅子上。

「怎麼樣了？不行嗎？努爾吉汗也不行了，因為她迷上了紮伊姆。你看他們是怎麼跳舞的。算了，別傷心了。」茜貝爾說。

「不。不是。麥赫麥特同意了。」

「那你為什麼還板著臉？」

「我沒板著臉。」

「親愛的，你很明顯不開心。怎麼了？好吧，別再喝了。」茜貝爾笑著說。

一曲終了，下一支曲子隨即響起。這是一支更緩慢也更感性的舞曲。桌上出現了一陣很長的沉默，我感到一股令人痛苦的嫉妒正在混進我的血液裡，但我又不願意承認這種感覺。舞伴們彼此貼得更近，我也能夠從看著舞池的人們那種嚴肅和略帶嫉妒的眼神裡看到這一點。無論是我，還是麥赫麥特，都不去看那些跳舞的人。哥哥說了些什麼，多年後儘管我完全忘了他說的那些話，但我記得，好像是一個非常重要的話題似地，我努力去加入談話。正在那時，一段更加悠長和「浪漫」的舞曲開始了，不僅是哥哥、貝玲、茜貝爾，所有人都開始用餘光去注視那些跳舞的人、他們的摟抱。我的腦子一片混亂。

我問茜貝爾：「你說什麼？」

「什麼？我什麼也沒說。你還好嗎？」

「我們要不要給銀色葉子遞個紙條讓他們歇一會兒？」

「為什麼？隨他們去，讓客人跳個過癮吧。你看，那些最害羞的小夥子也去請女孩們跳舞了。最後他們中的一半會和那些女孩結婚。」

我沒看，也沒和麥赫麥特四目相視。

茜貝爾說：「看，他們過來了。」

一時間因為以為是芙頌和肯南過來了，我的心快速跳了起來。原來是努爾吉汗和紮伊姆，他們正朝桌子走來。我的心依然在快速地跳著。我一下子從座位上跳起來，一把拉住了紮伊姆的手臂。

「走，我請你去酒吧喝點特別的東西。」我拉著他向酒吧走去。當我在人群中依然不斷地和客人擁抱親吻時，紮伊姆忙著和兩個對他感興趣的女孩調笑。高個子、黑頭髮的第二個女孩長著一個鷹鉤鼻，從這個女孩絕望的眼神裡，我想起幾年前她曾經瘋狂地愛上紮伊姆，甚至還傳出她企圖自殺的消息。

一到酒吧坐下，我就對紮伊姆說：「所有女孩都喜歡你，祕訣是什麼？」

「請相信我沒做什麼特別的事情。」

「和德國模特兒也沒發生什麼特別的事情嗎？」

紮伊姆用一種掩飾真相的神情冷靜地笑了笑。隨後他說：「我不喜歡人家說我風流。如果找到一個像茜貝爾那樣出色的女孩，其實我也會非常願意結婚的。所以我要恭喜你。茜貝爾的確是一個完美的女孩。我也能從你的眼睛裡看到你的幸福。」

「現在我並沒有那麼幸福。我要告訴你一件事。你會幫我的，是嗎？」

他看著我的眼睛說：「你知道，我會為你做任何事。相信我，快說吧。」

當酒吧服務生為我們準備拉克酒時，我朝舞池看了一眼，我想知道在柔情的樂曲聲中，芙頌有沒有把頭靠在肯南的肩上。舞池的那個角落很暗，無論我怎麼強迫自己，都無法做到毫無痛苦地看著那裡。

我看著舞池說：「有個女孩是我母親的遠房親戚，名字叫芙頌。」

「是那個去參加選美比賽的嗎？她在跳舞。」

「你怎麼知道的？」

「她太漂亮了。每次經過尼相塔什的那家精品店，我都會看見她。像所有人那樣，經過那裡時我會放慢腳步往裡看。她的美麗讓人過目不忘，這點所有人都知道。」

因為擔心紮伊姆接下來會說什麼不該說的話，因此我立刻說：「她是我的情人。」我在朋友的臉上看到了一絲嫉妒。「現在看見她和別人跳舞都讓我覺得痛苦。大概我是瘋狂地愛上她了。我想自己會從這種糟糕的狀況裡走出來的，說實話我也不想讓這樣的事情長期繼續下去。」

「是的，女孩很漂亮，但情況很糟糕。好在這種事也無法長久。」

我沒問為什麼無法長久，也沒去在意紮伊姆臉上是否有一種鄙視或是嫉妒的陰影。但我也明白自己無法立刻告訴他希望他去做什麼。首先我希望他了解、尊重我和芙頌之間那種深切和真誠的情感。然而我醉了，在我開始訴說自己對芙頌的感受後不久，我感到自己將只能講一些平常的事情，如果我開始講情感方面的事情，紮伊姆可能會覺得我軟弱或是可笑，甚至儘管他自己有很多風流韻事，他也可能會責備我。其實我並不指望他理解我的真誠情感，只是希望他明白我有多幸運，多幸福。多年後在訴說這個故事時，我能夠更加清晰地看到自己的這個願望，但那時我不想去意識到這一點。於是，當我們看著跳舞的芙頌時，我把和她經歷的事情告訴了紮伊姆。當我不時在紮伊姆的臉上看到嫉妒的痕跡時，我努力讓自己相信，我希望從他那裡得到的是理解而不是嫉妒。我告訴了他，自己是第一個和芙頌上床的男人，我們做愛的幸福，我們的爭吵以及那個時刻閃現在我腦海裡的一些奇怪想法。我說：「簡言之，現在我最大的願望是，永遠不失去這個女孩。」

「我明白。」

沒有指責我的自私，也沒有審判我的幸福，他用一種男子漢的理解接受了這些，我輕鬆了許多。

「現在讓我煩惱的是，和她跳舞的人是年輕、勤奮的肯南，他在沙特沙特工作。為了讓我嫉妒，她在利用那孩子……當然，我也害怕她對他認真。其實肯南對她來說也可以是一個理想的丈夫。」

「我明白。」

「待會兒我會邀請肯南去我父親那裡。我要你做的是，馬上過去關照芙頌。就像一個好的足球隊員那樣，你要跟緊她，別讓我今晚嫉妒死，也別讓我想開除肯南，讓我平平安安地結束這個幸福的夜晚。明天有大考，所以芙頌他們過一會兒就會走。這不該發生的愛情也會很快結束。」

「不知道你的姑娘今晚會不會對我感興趣。另外還有一個問題。」

「什麼？」

「我看茜貝爾不想讓努爾吉汗接近我。她覺得麥赫麥特更適合努爾吉汗。但是努爾吉汗大概喜歡上我了，我也很喜歡她。我也希望你幫幫我。麥赫麥特是我們的朋友，我希望是一次公平的競爭。」

「我能做什麼？」

「今晚茜貝爾和麥赫麥特都在，我也做不了太多的事情，但現在因為你的情人我就不能去關照努爾吉汗了。你要補償一下。你現在就答應我下週日你們要帶努爾吉汗一起去我們的野餐。」

「好的，我答應。」

「茜貝爾為什麼不讓努爾吉汗接近我？」

「還不是因為你風流，德國模特兒，肚皮舞娘……茜貝爾不喜歡。她要讓她的朋友跟一個她信任的人結婚。」

「請你告訴茜貝爾，我不壞。」

站起來時我說：「我一直試圖跟她說。」一陣沉默。我說：「非常感謝你為我犧牲。但是關照芙頌時你要小心，千萬別讓自己迷上她，因為她太可愛了。」

我在紮伊姆的臉上看到了一種十分理解的表情，因此我沒因為自己的嫉妒感到絲毫羞愧，即使是一段很短的時間，我的內心也舒坦了許多。

回去後我坐到母親他們身旁。我對半醉的父親說，沙特沙特員工那桌有一位非常聰明和勤奮的年輕職員叫肯南，我想讓父親認識他一下。為了不讓其他職員嫉妒，我用父親的口吻寫了一張紙條，交給那個自飯店開業就認識的服務生麥赫麥特·阿里，請他在舞曲空檔把紙條交給肯南。那時因為母親一邊說「別再喝了，夠了」一邊試圖去拿父親的酒杯，因此父親的領帶上灑了點酒。舞曲空檔，服務生用高腳杯送來了冰淇淋。我覺得麵包碎片、染上口紅的杯子、用過的餐巾紙、塞滿了菸頭的菸灰缸、打火機、髒的空杯子、揉皺的香菸盒就像是自己混亂腦子的影像，同時我也痛苦地感到夜晚已接近尾聲。剛開始時，每上一道菜之前，我們都會幸福地抽上一根菸。有那麼一會兒，一個六、七歲的小男孩坐到我的腿上，茜貝爾看見孩子也跑了過來，坐在我的身邊和孩子玩起來。看著茜貝爾懷裡的孩子，母親說「她很適合做母親」，舞曲還在繼續。過了一會兒，年輕英俊的肯南興高采烈地坐到我們這桌，那時前部長正起身準備離開，肯南說，認識部長和我父親他感到非常榮幸。當部長搖搖晃晃地離開後，我對父親說，肯南先生對沙特沙特開發伊斯坦堡之外的市場，特別是對在伊茲密爾開店的事情很清楚。我用一種包括父親在內所有人都能聽到的聲音誇讚了肯南。父親像對招進公司的所有新職員那樣，也問了他同樣的一些問題。「孩子，您懂什麼外語？平時您會看書嗎？您有什麼愛好？您結婚了嗎？」母親說：「他沒結婚，剛才在和內希貝的女兒芙頌跳舞。」父親說：「真主保佑，那個女孩出落得很標緻。」母親說：「肯南先生，他們父子倆談工作不會讓您煩吧。您現在一定想去和年輕朋友們玩。」「不，夫人，能榮幸地和你們、和穆姆塔茲先生認識比什麼都重要。」母親輕聲說道：「非常禮貌、非常文雅的一個小夥子。找個晚上我請他去家裡怎麼樣？」

但母親是用一種肯南聽不見的聲音來說這句話的。當母親用好像只對我們說的樣子來表達對一個人的喜愛和讚賞時，她會希望那個人也聽到了這些讚美，她會笑著把那人的害羞看做是一種對自己力量的驗證。當母親用同樣的方式微笑時，銀色葉子開始演奏一首抒情慢歌。我看見紮伊姆請芙頌跳舞了。我說：「趁我父親也在這裡，讓我們來談一談沙特沙特和分公司的事情吧。」母親說：「兒子，難道你要在自己的訂婚儀式上談論工作嗎？」肯南對我母親說：「夫人，也許您不知道，每週有三、四個晚上，您兒子等大家回家後會繼續留在辦公室裡工作到深夜。」我補充道：「有時我會和肯南一起加班。」肯南說：「是的，有時我們會通宵工作，但做得很開心，還會用那些債主的名字編一些好玩的句子。」父親問道：「你們怎麼處理那些沒有支付的支票？」我說：「親愛的爸爸，我準備和沙特沙特以及各經銷商一起來談這個問題。」

當樂隊奏起緩慢、抒情的樂曲時，我們談起了沙特沙特的創新計劃、父親在肯南那個年紀時貝伊奧魯有些什麼娛樂場所、為父親工作的第一個會計伊紮克先生的那些手法（我們還一起轉身遠遠朝他舉了舉杯）、夜晚和父親年輕時代的美好……父親還用玩笑的口吻談到「愛情」。儘管父親一再追問，但肯南還是沒說他是否戀愛了。母親試探了一下肯南的家庭情況。當得知肯南的父親是個市政府公務員，開了很多年有軌電車後，母親感嘆道：「唉，那些舊的有軌電車多好啊，是吧孩子們？」

一大半的客人早就走了。父親也不時閉起眼睛。

當母親與父親起身和我們一一親吻道別時，她沒有看著我，而是看著茜貝爾的眼睛說：「你們也別待到太晚，好嗎？兒子。」

肯南想回到沙特沙特員工的桌位去，但我沒放他走。我說：「讓我們也和我哥哥談談在伊茲密爾開店的事情吧。我們三個人不容易聚在一起。」

當我把肯南領到我們那桌，要把他介紹給我哥哥時（早就認識了），哥哥一臉疑惑地皺了皺眉頭，他說我的腦袋糊塗了。隨後他使眼色向貝玲和茜貝爾示意了一下我手裡的酒杯。是的，那時我一口氣喝掉兩杯拉克酒。因為每當我看見紮伊姆和芙頌跳舞的樣子，我都感到一種荒唐的嫉妒，我要借酒澆愁。我嫉妒他們很荒唐，但是當哥哥跟肯南說討債的難處時，包括肯南在內，我們那桌的所有人都在看紮伊姆和芙頌跳舞。甚至背對他們坐著的努爾吉汗都感到了紮伊姆對另外一個女人的興趣，她變得很不安。有那麼一會兒，我對自己說：「我很幸福。」儘管我已經醉了，但我依然覺得一切都還在我的掌控之中。我在肯南的臉上，也看到了和我相似的不安，我的這位雄心勃勃卻又毫無經驗的朋友，因為想得到老闆的垂青而錯過了剛才被他摟在懷裡的姑娘，我用這個細長的杯子——跟我的那個一樣——倒了一杯拉克酒放到他的面前。就在同一個時間，麥赫麥特終於邀請努爾吉汗跳舞了，茜貝爾高興地對我眨了眨眼睛。隨後她甜美地對我說：「夠了，親愛的，別再喝了。」

因為茜貝爾的甜美，我請她跳舞了。但是當我們一走進跳舞的人群，我立刻明白這是一個多麼錯誤的決定。因為銀色葉子奏的〈那年夏天的一個回憶〉，就好像我一直希望自己博物館裡的物品做到的那樣，強烈地喚醒了我和茜貝爾去年夏天度過的那些美好時光的記憶，茜貝爾也因此滿懷愛戀地抱著我。我多麼想用同樣的真誠擁抱那晚我已經十分明確將和她共度此生的未婚妻，但是我在想著芙頌。在跳舞的人群裡，我既試圖看見她，又不想讓她看見我和茜貝爾幸福的樣子。於是，我開始和那些跳舞的人們開起玩笑來。他們則像對待喝醉的新郎那樣，對我報以寬容的微笑。

有那麼一會兒，我們跳到備受歡迎的專欄作家身邊，他正在和一個可愛的深膚色女人跳舞。我對他說：「傑拉爾先生，愛情不像報紙的文章，是吧？」跳到努爾吉汗和麥赫麥特身邊時，我做得就像他們早就是情人那樣。看見祖姆魯特女士，我用法語和她說了幾句話，因為每次來看母親，她都會以不要讓傭人聽懂為藉口不時說上幾句法語。但是讓人們發笑的並不是我的幽默，而是我的醉意。茜貝爾也不想和我跳一段難忘的舞了，她輕聲告訴我，她是多麼地愛我，喝醉的我是多麼可愛，如果做媒的事讓我不開心，她向我道歉，但她這麼做完全是為了我們朋友的幸福，不可信的紮伊姆扔下努爾吉汗，又纏上了我那遠房親戚的女兒。我皺著眉頭告訴她，其實紮伊姆是個非常好、非常值得信賴的朋友。另外我還告訴她，紮伊姆好奇她為什麼不喜歡他。

茜貝爾說：「你和紮伊姆談起我了嗎？他說什麼了？」在兩段音樂的空檔，我們又碰到了剛才我和他開玩笑的記者傑拉爾．薩利克。他說：「凱末爾先生，我找到把一篇好的專欄文章和愛情聯繫在一起的東西了。」「是什麼？」「無論是愛情，還是專欄文章，當然都必須讓我們現在幸福。但是衡量兩者的標準，則是能否永誌不忘。」我說：「大師，請您找一天寫寫這個主題吧。」但他並沒聽我說話，而是在聽和他跳舞的那個深膚色女人說話。就在那時，芙頌和紮伊姆出現在我身邊。芙頌把頭靠近他的脖子正在輕聲說著什麼，而紮伊姆在開心地笑著。我覺得不僅是芙頌，紮伊姆也看到了我們，但他們跟著舞曲旋轉做出一副視而不見的樣子。

沒有太過破壞我們的舞步，我拖著茜貝爾徑直朝他們跳去，就像一艘追趕上商船的海盜船那樣，我們從旁邊快速地撞上了芙頌和紮伊姆。

我說：「啊，真對不起。哈，哈，你們好嗎？」芙頌那幸福和複雜的表情讓我清醒了不少，我立刻感到醉態將是一個好藉口。我一邊放下茜貝爾的手，一邊和她一起轉向了紮伊姆。我說：「你們倆跳一會兒吧。」紮伊姆放開了放在芙頌腰上的手。我對紮伊姆和茜貝爾說：「你認為茜貝爾對你有誤解。你也一定有問題要問紮伊姆。」我用一種彷彿為了他們的友誼而做出犧牲的姿態從背後把他們推到一起。當茜貝爾和紮伊姆板著臉開始跳舞時，我和芙頌互相看了一眼。隨後，我把手放到她的腰上，和著舞曲的節奏用一種帶女孩私奔的戀人的激動把她帶離了那裡。

該怎麼形容我將她擁入懷中時感到的安寧呢？不斷在我腦海縈繞的人群嘈雜聲、樂曲喧鬧聲、餐具碰撞聲、城市的喧譁聲，原來只是遠離她而產生的不安。就像只有被抱在懷裡才會停止啼哭的嬰兒一樣，我的內心一下子被一種深切、溫柔的幸福靜謐包圍了。從她的眼神裡我明白，芙頌也感到了同樣的幸福，我覺得我們的沉默意味著我們都感覺到了互相給予的幸福，我希望舞曲永遠不要結束。但隨後，我慌亂地發現，我們之間的沉默對於她來說有一種完全不同的含義。芙頌的沉默意味著，現在我必須回答那個一直以來我用玩笑敷衍的真正問題（我們將怎麼樣？）。我明白了她就是為此來這裡的。訂婚儀式上，男人們對她表現出來的興趣，甚至我在孩子們的眼神裡看到的仰慕給了她信心，也減輕了她的痛苦。她也可能把我當做「一個一時的消遣」。在醉醺醺的狀態中，我開始體認到這個夜晚即將結束，而我內心充滿了害怕失去芙頌的恐懼。

「如果有兩個人像我們這樣彼此相愛，那麼任何人都不能插足其中，任何人。」連我自己都對這句不假思索說出的話感到驚訝，「像我們這樣的戀人，因為知道任何東西都無法結束他們的愛情，所以即便在最壞的日子裡，甚至在他們不情願地對彼此做了最無情和錯誤的事情時，內心仍有一份不可動搖的篤定。但是請你相信，以後不會這樣了，我會把問題解決的。你在聽我說嗎？」

「我在聽。」

當確定周圍跳舞的那些人沒看著我們時，我說：「我們在非常不幸的一個時間相遇了。我們無法在一開始就確定我們將經歷一段多麼真實的愛情，但從此以後我將讓一切走上正軌。現在我們的第一個煩惱就是你明天的考試。今晚你不該想太多我們的事。」
「你說，今後會怎麼樣？」
「明天，像往常一樣（我的聲音突然顫抖了），下午兩點，你考完試後，我們還是在邁哈邁特大樓見面好嗎？到時我再慢慢地告訴你今後我將怎麼做。如果你不信任我，你將永遠看不到我。」
「不，如果你現在說，我就會去。」
觸碰著她那美妙的肩膀和蜜色的手臂，用我混沌的腦袋想到，明天下午兩點她會去找我，我們將像往常那樣做愛，今生我將永遠不離開她，真是太美妙了，那一刻我明白自己應該為她做一切。
「我們之間不會再有別人。」
「好吧，明天考完試我去找你，但願你不會食言，你要告訴我你打算怎麼做。」
依然保持著我們筆直的身姿，我懷著愛戀使勁按著放在她臀部的手，試圖借著音樂的節奏讓她貼近我。她抗拒著不靠上我，而這更加刺激了我。然而，當我感到當眾抱她的企圖會讓她認為那是我的醉態時，我恢復了平靜。
就在同時，她說：「我們該下去了。大家都在看我們。」她掙脫開我的手臂。我輕聲說道：「趕快回去睡覺。考試時也要想著我有多愛你。」
走回我們的桌位時，我發現那裡只剩下板著臉爭吵的貝玲和奧斯曼了。貝玲問道：「你還好嗎？」
「我很好。」我朝雜亂的桌子和那些空椅子看了一眼。
「茜貝爾不跳舞了，肯南先生領她去了沙特沙特員工的那張桌子，他們大概在玩什麼遊戲。」
奧斯曼說：「你請芙頌跳舞很好。母親對他們的冷淡是錯誤的。應該讓她，也讓所有人知道，我們全家都很關心芙頌，我們已經忘記了那荒唐的選美比賽，但我們依然關心她。我為這女孩擔憂，因為她認為自己太漂亮了，她的衣著過於開放。六個月裡她從一個女孩一下變成了一個女人，就像南瓜花那樣開放了。如果她不快點和一個正經男人結婚，她會被人議論，以後會不幸福的。她說什麼了？」

「明天她要去參加大考。」

「那她怎麼還在跳舞？都快十二點了。」他看見她正朝後面走去，「我真的很喜歡你的那個肯南。就讓她和他結婚吧。」

我在遠處喊道：「要我去跟他們說嗎？」因為從我們兒時起，我就愛跟哥哥作對，比如他一開始說話，我不會待在那裡認真聽，而是慢慢朝花園另一頭走去。

多年來我一直記得，在夜晚的那個時刻，當我從我們的桌子向沙特沙特員工和芙頌他們一家坐的桌子走去時，自己是那麼的幸福和快樂。因為從現在起我已經讓一切走上了正軌，十三小時四十五分鐘之後我將在邁哈邁特大樓見到芙頌。就像對面燈光閃爍的海峽夜晚一樣，一段美好的人生帶著幸福的承諾在我面前展開。我一邊和那些跳累了衣服鬆散開來的漂亮姑娘、留到最後的客人、我兒時的朋友以及我認識了三十年的慈愛阿姨們說笑著，一邊想著，如果事情發展到了那一步，最終我將不是和茜貝爾，而是和芙頌結婚。

茜貝爾加入了一場在沙特沙特員工混亂的桌子上進行的招魂「遊戲」。當「被招的靈魂」沒有顯現時，桌旁的人都散去了。茜貝爾於是走到旁邊的空桌，坐到芙頌和肯南的旁邊。看到他們交談，我走了過去。但當肯南一看見我朝他們走去時，他立刻要請芙頌跳舞。我的芙頌藉口鞋子磨腳拒絕了他。好像重點不是芙頌而是跳舞一樣，為了和別人跳一曲快舞，肯南起身離開了桌子。於是，在幾乎無人的沙特沙特員工桌子的邊上，芙頌和茜貝爾當中的那把椅子就為我留下了。我坐到芙頌和茜貝爾中間。我多想有人在那時為我們拍張照片，好讓我多年後在這裡展出。

一坐到她倆中間，我欣喜地發現，芙頌和茜貝爾就像兩個結交多年、彼此遠遠珍視的尼相塔什貴婦那樣，正在用一種極為尊重和半正式的語言爭論著招魂的事情。我以為芙頌沒有太多宗教方面的知識，但芙頌說，靈魂「就像我們的宗教裡說的那樣」確實是存在的，但在這個世界上生活的我們試圖和他們交談，既違背我們的教義，也是罪過的。她說這是她父親的觀點，她看了一眼隔壁桌的父親。

芙頌說：「三年前有一次我沒聽爸爸的話，因為好奇和高中同學玩了一場招魂遊戲，我隨便在紙上寫下了一個我非常喜歡但不知下落的兒時玩伴的名字，但是我只是為了好玩寫下的那個人的靈魂顯現了，我後悔極了。」

「為什麼？」

「因為顫抖的茶杯立刻讓我明白，我那杳無音訊的朋友內吉代特受了很多苦。隨著茶杯掙扎似的抖動，我感到內吉代特想對我說些什麼。然後茶杯突然安靜了下來……所有人都說，那個人在那個時刻死去了……他們是怎麼知道的？」

茜貝爾也追問道：「他們是怎麼知道的？」

「同一天晚上，當我在櫃子裡尋找一隻手套時，我在抽屜的最下面，找到了內吉代特很多年前送給我的一塊手帕。也許這只是一個巧合，但我不那麼認為。我從中得到了一個教訓。那就是，當我們失去了我們所愛的人，我們不該在招魂遊戲裡褻瀆他們的名字，取而代之的應該是一個可以讓我們想起他們的物件，比如說即便是一隻耳墜，也能夠安慰我們。」

內希貝姑媽叫道：「親愛的芙頌，我們趕快回家吧。明天早上你還有考試，你看，你爸爸的眼睛快閉上了。」

芙頌堅決地說：「媽媽，等一會兒！」

茜貝爾說：「我也根本不相信招魂術。但是如果受邀的話，我不會錯過人們為了看見他們懼怕的東西而玩的那些遊戲。」

芙頌問道：「如果非常想念一個您愛的人，您會選擇哪種方式？是召集朋友過來招他的魂，還是去找一個他的舊物件，比如說一個香菸盒？」

當茜貝爾還在尋找一個禮貌的回答時，芙頌突然站起來，從旁邊的桌上拿來一個包包放在我們面前。她說：「這個包包讓我想起自己的難堪，賣一件假貨給你們的羞愧。」

我竟然沒在第一眼認出芙頌手臂上掛著的就是「那個」包包。但是，我難道沒有在一生中最幸福的那個時刻之前，去香榭麗舍精品店，從謝娜伊女士那裡買下「那個」包包，然後在路上碰到芙頌，把它拿回邁哈邁特大樓嗎？珍妮．克隆包昨天還在那裡的。怎麼一下就跑到這裡來了？就像面對一個魔術師那樣，我的腦子一片混亂。

茜貝爾說：「那個包包很適合您，它和您橘黃色的裙子和帽子配在一起非常漂亮，一看見我就嫉妒了。我後悔把它退掉。您真漂亮。」

我明白了謝娜伊女士那裡一定還有很多假冒的珍妮．克隆包。賣給我之後，她可能又在香榭麗舍精品店的櫥窗擺上一個新的，也有可能她借芙頌一個讓她今晚用一下。

「自從明白包包是假的以後，您就沒再來過店裡。」芙頌對茜貝爾甜美地笑著說：「這讓我傷心，但您一點也沒做錯。」她打開包包，讓我們看了看裡面。「在真主的幫助下，我們的師傅能夠以假亂真地仿製歐洲的產品，但是像您這樣的明眼人當然還是可以分辨真假的。但現在我要說一件事。」她突然哽咽了一下，我以為她會哭出來。但她很快鎮定下來，開始皺著眉頭說那些我認為她在家裡認真準備過的話。「對我來說，一件東西是不是歐洲貨一點也不重要……是真的還是假的也不重要……我認為人們之所以不願意用一件仿造的東西，不是因為它是假的，而是因為『怕被認為買了便宜貨』。我認為不好的是，不看重物品的本身，只看重它的品牌。不是有很多人不在意自己的感情，而在意別人說什麼嗎（瞬間，她看了我一眼）？我將用這個包包記住今夜。恭喜你們，一個難忘的夜晚。」我心愛的人站起來，握了我倆的手，親吻我們的臉頰。正要走時，她看見正朝我們走來的紮伊姆，她轉身問茜貝爾：「紮伊姆先生和您的未婚夫是非常好的朋友，是嗎？」

茜貝爾說：「是的，他們是好朋友。」芙頌挽著父親的手臂正要離開時，茜貝爾問道：「她為什麼問我這個問題？」但她一點也沒有鄙視芙頌的樣子，甚至可以說對芙頌充滿了好感。

當走在父母中間的芙頌慢慢離開時，我滿懷愛戀和仰慕看了看她的背影。

紮伊姆坐到我身邊，他說：「你公司裡的人一個晚上都在開你和茜貝爾的玩笑。作為朋友，我要警告你。」

「別那麼認真，都是些什麼玩笑？」

「是肯南告訴芙頌的，她又告訴了我……芙頌的心碎了。因為沙特沙特所有人都知道，每晚你和茜貝爾在那裡約會，等人走後你們在老闆辦公室裡的沙發上做愛……玩笑也就是這方面的。」

茜貝爾扭頭問我們：「又怎麼了？又是什麼讓你不開心了？」

25 等待的痛苦

那晚我整夜沒睡。事實上，茜貝爾和我最近很少在沙特沙特約會，但這不足以為我辯白什麼，我還是很怕因此失去芙頌。天快亮時，我稍微睡了一會兒。醒來後，我立刻起床刮鬍子，然後上街走了很久。往回走時，我繞道去了芙頌參加考試的技術大學，來到那棟具有一百一十五年歷史的石頭軍營樓房的前面。在過去戴著圓筒紅帽、留著小鬍子的奧斯曼軍人進出的大門周圍，現在坐滿了一排排包著頭巾的母親和抽著菸的父親。我在那些看報、聊天、看著天發呆的父親母親當中徒勞地找著內希貝姑媽。在石頭房子那些挑高的窗戶之間，還可以看見一些子彈的彈痕，那是六十六年前把阿卜杜勒哈米特二世從王位上拉下來的行動軍留下的。我看著其中的一扇窗戶，祈求真主幫助在裡面答題的芙頌，祈求真主考試結束後把她蹦蹦跳跳地送到我面前。

但是芙頌那天沒來邁哈邁特大樓。我想她只不過是暫時生我的氣。當灼熱的六月驕陽透過窗簾將房間曬得很熱時，距離我們往常的約會時間已經過去了兩個小時。看著空蕩蕩的床，我感覺萬分痛苦，於是我又出門亂轉。看到那些星期天下午在公園裡消磨時間的軍人、大人帶著小孩一起餵鴿子的幸福家庭、坐在海邊長凳上看輪船和讀報的人，我努力讓自己相信，芙頌第二天會來赴約的。但到了第二天，乃至於接下來的四天，她都沒有來。

我每天都在以往約會的時間到邁哈邁特大樓去等待。當我明白去早了會徒增等待的痛苦時，我決定不要在兩點前過去，哪怕只是提早五分鐘。我會因為迫不及待而顫抖地走進房間。在最初的十到十五分鐘裡，滿懷期待的感覺會稍微淡化痛苦，即使心在痛、胃在絞，一種莫名的興奮會沿著我的額頭一直傳到鼻尖。我會不時透過窗簾向街上張望，目光停留在門前生銹的路燈上，我也會稍微收拾一下房間，或者側耳傾聽從樓下街上傳來的腳步聲，有時我會把一個女人鞋跟發出的堅定聲響當成是她的。然而，腳步聲會很快過去，我會痛苦地明白，那個也像她那樣輕輕關上樓門的是另外一個走出大樓的人。

在這裡展出的鐘、火柴和火柴盒最能夠代表我是如何度過那十到十五分鐘的，在那段時間裡我會開始慢慢接受芙頌那天不會來的事實。我會不停地在幾個房間裡踱來踱去，不時看看窗外，有時我會一動不動地站在一個角落，傾聽內心痛苦的漣漪。當房間裡的鐘表滴答作響時，我的注意力會集中在每分每秒的時間本身，藉此讓自己不要沉溺在痛苦裡。在接近我們約會時間的那些分分秒秒裡，「今天，是的，她馬上就會來」的感覺，會像春天的花朵那樣在我心裡綻放。在那些時刻裡，為了能夠盡早和我心愛的人相聚，我會希望時間過得更快些，但時間卻偏偏過得很慢。瞬間，我會清楚地意識到，其實我在騙自己，其實我根本不想讓時間過去，因為也許芙頌不會來了。當兩點到來時，我不知道自己是應該高興，因為約會的時間到了，還是應該傷心，因為此後的每一刻都在減少芙頌到來的可能。就像一艘慢慢駛離碼頭的輪船上的乘客一樣，因為知道每一秒都在讓我更加遠離留在身後的情人，因此我會努力讓自己相信，已經經過的時間並沒那麼多，為了達到這個目的，我會把那些時刻和分鐘分割成許多小段，讓自己每五分鐘傷心一次就好，而不要每分每秒都痛苦萬分！用這種方法，我把五個一分鐘的痛苦推遲到了最後的那個一分鐘。當無法再否認的第一個五分鐘已經過去，也就是遲到已成事實時，痛苦就會像釘子一樣紮在我的心上；我會說服自己芙頌總是要遲到五至十分鐘的（是嗎？我不確定）。在接下來那個五分鐘的第一分鐘，我會感到較少的痛苦，因為我會滿懷希望地幻想等一下她就會敲門，等一下她就會像我們第二次約會時那樣突然現身。我會想像當她敲門時我要作何反應——要因為她前幾天沒來而表示生氣，或者一看見她我就會原諒她。這些轉瞬即逝的幻想裡也會混合著回憶，當我的目光落到芙頌在我們第一次約會時用過的杯子上，或是她在房間裡不耐煩地走動時漫不經心拿在手中的舊花瓶上，當時情景就會浮現。為了讓自己接受第四個和第五個五分鐘也過去了的事實，我會和絕望稍微抵抗一下，但最終我的理智還是不得不接受芙頌那天也不會來的事實。在這樣的一刻，我內心的痛苦會瞬間爆發，而我除了像一個病人那樣一頭倒在床上，什麼也不能做。

26 愛情之痛的解剖圖

那些天，伊斯坦堡的藥局櫥窗裡有一樣東西引起了我的注意，那是帕拉迪松止痛錠廣告上的人體圖，為了能夠向博物館參觀者展示我的愛情之痛在那些天出現、加劇和蔓延的地方，我在圖上做了標記。我在這裡要告訴沒能參觀博物館的讀者，疼痛最劇烈的起點位於胃的左上方。疼痛加劇時，就像在圖片上看到的那樣，會立刻蔓延到胸口和胃之間的地方。那時，疼痛不只停留在身體的左邊，還會蔓延到右邊。我會感到一陣絞痛，就像心裡被插進一把螺絲起子或者一根滾燙的鐵棍那樣。彷彿一股燒心的酸水正在整個腹腔積聚，彷彿一些灼熱、黏糊的小海星正在往我的內臟上黏附。不斷加劇的疼痛，會衝擊到我的額頭、脖頸、後背、全身，讓我感覺窒息。就像我在圖片上標出來的那樣，有時疼痛會在我的肚子上，就在肚臍眼周圍積聚成一顆星星的模樣，有時像一股強烈的酸水，會噎塞在我的喉嚨和嘴巴裡，彷彿要讓我窒息而死那樣恐嚇我，然後在那裡讓我的整個身體因為疼痛顫動，讓我呻吟。我拍打牆面，做一些體操動作，像運動員那樣伸展身體，這會暫時讓我忘記疼痛，但即使在疼痛最微弱的時候，就像是從一個無法完全扭緊的水龍頭裡滴出的水滴一樣，我會一直感到疼痛在混入我的血液。疼痛有時湧上我的喉嚨，讓我吞嚥困難，有時蔓延到我的背部、肩膀和手臂。但任何時候真正的痛點都在我的胃部。

儘管肉體的疼痛很真實，但我也知道這份痛楚來自於我的心、我的靈魂。即使如此，我還是無法把內心打掃得乾乾淨淨，讓自己從中抽離。因為從未經歷過這樣的事情，就像一個第一次遇上突襲的驕傲指揮官一樣，我的腦子一片混亂。更糟的是，我仍舊懷著希望，隨著新的一天到來，我就又對芙頌即將出現在邁哈邁特大樓產生新的幻想與新的理由，這一方面讓痛苦變得可以忍受，一方面又讓痛苦持續得更久。

在思緒比較清晰的時刻，我會想，芙頌生氣了，她在懲罰我，因為我對她隱瞞了和茜貝爾在辦公室約會的事情，因為訂婚儀式上出於嫉妒設法讓她遠離了肯南，當然還因為我一直沒能找到的耳墜。然而同時我也強烈地感到，失去那無與倫比的做愛的幸福，對於芙頌來說也同樣是一種懲罰，她也會像我這樣對此無法忍受。所以現在我必須忍受疼痛，必須耐心地面對疼痛在我全身蔓延，必須咬緊牙關，這樣，等到我們見面時，她也必須接受我已經訂婚的事實。一想到這我就會後悔，會感到痛苦，因為我出於嫉妒給他們發了訂婚儀式的請帖，因為我沒找到那只丟失的耳墜，因為我沒能花更多的時間幫她認真地補習數學，因為我沒帶著那輛三輪車去見她和她的家人。悔恨的疼痛是一種更內在也更瞬間的疼痛，它會衝擊到我腿的後面和肺部，會神奇地耗盡我的體力。那時我就會無法站立，我會帶著「悔恨」一頭倒在床上。

有時我也會想到，問題出在入學考試沒有考好。隨後帶著悔恨我會幻想，自己認真地幫她補習了數學，那時這些幻想就會減輕我的疼痛，我還會幻想補習後我們會做愛。我們一起度過的那些幸福時光也會來陪伴我頭腦裡的這些畫面，但也就是在那時我會開始對她生氣，因為她沒有兌現和我跳舞時的承諾，也就是考試結束後馬上來見我，她甚至沒給我一個不來的理由。像訂婚儀式上讓我嫉妒的小動作、聽沙特沙特員工說我的笑話那樣的小錯誤也讓我感到氣惱，我試圖用這些負面情緒來讓自己遠離她，讓自己能夠無聲地面對她對我的懲罰。

儘管有這些小氣惱、大希望和我欺騙自己玩的那些鬼把戲，但星期五下午快到兩點半時，當明白她依然不會來時，我被擊垮了。那時，痛苦是致命和殘忍的，它就像一隻殘暴的野獸那樣吞噬我。我死人一般躺在床上，當我聞著她在床單上留下的氣味，想起六天前我們在這張床上的幸福性愛，想著沒有她我將如何活下去時，一種我無法抵禦的嫉妒開始和憤怒混合在一起升騰起來。我想，芙頌一定是立刻為自己找到了一個新情人。從我腦袋裡開始的嫉妒之痛，觸發了胃裡的愛情之痛，把我拖入一種毀滅的境地。這些令人感到恥辱的幻想其他時候也在我的腦海中出現過，但現在我無法阻止它們，我想她在我的競爭對手肯南、圖爾蓋先生，甚至是紮伊姆，或是她眾多的仰慕者之中立刻找到了一個人。那麼喜歡性愛的一個人，現在自然會想和其他人做這件事。更何況，對我的憤怒也會讓她去採取報復。儘管我還能用腦袋裡僅存的一小塊理智的角落想到，那只是我的嫉妒，但我還是眼睜睜地向這種強烈的羞辱感屈服了。我感到，如果不立刻去香榭麗舍精品店見到她，我會因為嫉妒和憤怒發瘋，我隨即從家裡跑了出去。

我記得，自己是帶著一種讓我心跳加速的希望一路小跑在泰什維奇耶大道上的。過一會兒將見到她的想法占據我整個腦袋，我甚至沒去想將對她說什麼。因為我知道，一見到她我所有的疼痛至少在一段時間裡會消失。我有話要跟她講，她必須聽我說，難道我們跳舞時是這麼說的嗎？我們必須去一家蛋糕店好好談談。

當香榭麗舍精品店門上的鈴鐺叮噹作響時，我的心一下子涼了，因為金絲雀不在那裡。儘管我早就明白芙頌不在那裡，但我試圖讓自己相信，她是因為害怕和絕望躲到後面去了。

「凱末爾先生，請進。」謝娜伊女士的臉上露出一種詭詐的笑容。

「我想看看櫥窗裡那個白色繡花的晚宴包。」我輕聲說。

「啊，那是一件好東西。您非常細心。只要我們店裡一有好東西，您都會第一個發現，第一個購買。晚宴包是新近從巴黎拿來的，夾子上鑲嵌著寶石，裡面有小錢包和鏡子。是手工製作的。」她一邊不慌不忙地走去櫥窗拿下包包，一邊對包包讚不絕口。

我朝拉著布簾的後面房間看了一眼，芙頌不在那裡。我裝出有興趣的樣子把包包看了一遍，對那女人說出的驚人價錢也沒表示任何意見。巫婆一邊把晚宴包包起來，一邊說所有人都在說訂婚儀式辦得多好。完全是為了再買一件昂貴的東西，我還讓她包了一副袖釦。看到女人喜形於色的樣子，我壯著膽子問道：「我們的親戚女孩怎麼了，今天沒來嗎？」

「啊，您不知道嗎？芙頌突然不幹了。」

「是嗎？」

她立刻明白我是來找芙頌的，從中她也得出這段時間我們沒有見面的結論，她認真地看著我，試圖想明白是怎麼一回事。

我克制住自己，什麼也沒問。儘管我心很痛，但我還是冷靜地把右手放進了口袋，因為我不想讓她看見我沒戴訂婚戒指的手。付錢時我在女人的眼神裡看見憐憫，因為我倆都失去了芙頌，所以彷彿可以同病相憐了。我依然無法相信她不在店裡，於是我又朝後面看了一眼。

「就是這樣的。現在的年輕人不願意努力賺錢，喜歡走捷徑。」特別是這句話的後半部分，不僅讓我的愛情之痛，也讓我的嫉妒達到無法忍受的地步。

但我成功地對茜貝爾掩飾了自己的痛苦。可以敏感地察覺到我的每個表情、每個動作的未婚妻，頭幾天裡什麼也沒問，但是在訂婚後的第三天，當我在晚餐時因為疼痛坐立不安，她非常溫柔地提醒我酒喝得太快了，隨即她問道：「親愛的，怎麼了？」我告訴她和哥哥在生意上發生的衝突讓我很傷神。星期五晚上，我一邊帶著一種從腹部向上和從脖頸向兩腿雙向發展的疼痛想著芙頌在做什麼，一邊瞬間對茜貝爾編出了一堆和哥哥之間發生的所謂衝突的細節。（真主有眼，我編出來的所有這些話在多年後全得到了驗證。）茜貝爾笑著說：「算了，別去管他了。讓我來告訴你為了星期天接近努爾吉汗，紮伊姆和麥赫麥特搞的那些詭計好嗎？」

27 不要那樣向後仰，你會掉下去的

為了展示那次週日的出遊，也為了讓博物館參觀者從室內和我的疼痛的窒息氛圍中走出來，我從茜貝爾和努爾吉汗閱讀的法國園藝和家庭裝飾的雜誌中得到靈感，在這裡展出反映傳統樂趣的這個野餐籃、裡面裝滿茶水的熱水壺、裝在塑膠盒子裡的葡萄葉包飯、水煮蛋、梅爾泰姆汽水瓶和紮伊姆外婆留下的一塊精美的桌布。但是，無論是讀者，還是博物館的參觀者，千萬別認為我能夠忘記自己的痛苦，哪怕只是一剎那。

星期天的上午，我們先去了博斯普魯斯海峽附近梅爾泰姆汽水在比于克代雷（Büyükdere）的工廠。廠房的外牆上，除了英格的巨幅照片，還有被塗掉了的左派口號。我們在廠房裡看見了繫著藍色圍裙、包著頭巾、靜悄悄工作的女工以及大聲說話的快樂工頭，當紮伊姆領著我們參觀清洗、裝瓶的生產線時（儘管廣告貼滿全伊斯坦堡，但在梅爾泰姆汽水工廠的工人只有六十二個），我對努爾吉汗和茜貝爾腳蹬皮靴、腰繫皮帶、身穿牛仔服的過分西式打扮和她們的自由風格感到一些厭煩，我努力要讓自己那喊著「芙頌，芙頌，芙頌」的心臟平靜下來。

隨後我們開了兩輛車，去了貝爾格萊德森林裡一片能俯瞰班特賴爾（Bentler）的草原，眼前景色一如一百七十年前歐洲畫家梅林[8]筆下的作品，我們就在這兒開始了我們的草地上的午餐。記得快到中午時，我躺在草地上一邊看著湛藍的天空，一邊驚訝於茜貝爾的美麗和優雅，她正在和紮伊姆用新買來的繩子做一個古代波斯花園裡的鞦韆。有一會兒，我和努爾吉汗、麥赫麥特玩了九石遊戲。泥土散發出一股清香，從班特賴

爾後面的湖面上吹來一陣夾帶著松樹和玫瑰花香的涼風，我一邊深呼吸，一邊想到，我面前的美好人生是真主對我的恩賜，而讓所有這些無償給予我的美好，遭受從血液裡像死亡那樣向我全身蔓延的愛情之痛的毒害，是一件多麼愚蠢的事情，甚至是一種罪孽。讓見不到芙頌的痛苦壓得喘不過氣來，對我來說是一種恥辱，這種恥辱減弱了我的自信，因此我又陷入了嫉妒。當身穿白襯衫、吊帶褲、繫著領帶的麥赫麥特在準備午餐時，紮伊姆藉口去採黑莓和努爾吉汗走開了。看到紮伊姆在這裡我很高興，因為這意味著他沒和芙頌約會。但這當然不意味著芙頌沒有和肯南或是別的什麼人約會。我發現和朋友們聊天、玩球、為茜貝爾推鞦韆，或者試用一款新罐頭刀時把我戴著訂婚戒指的手指拉得鮮血直流，分散了我的注意力，在那些時刻我能夠做到不去想她。拉傷的手指一直出血，難道這是因為我血液裡的愛情之毒嗎？有那麼一會兒，我帶著愛得頭暈目眩的腦袋坐上鞦韆，開始竭盡全力地盪鞦韆。當鞦韆快速下降時，我腹部的疼痛會稍微減輕一些。鞦韆的長繩子嘎吱作響，當我在空中畫出一個巨大的弧形時，如果我把頭向後仰、垂向地面，那麼我的愛情之痛就會略微減少一些。

茜貝爾大聲叫道：「凱末爾，停下來。不要那樣向後仰，你會掉下去的！」

當中午的太陽把樹下的蔭涼地也烤得灼熱時，我對茜貝爾說，手上的血一直沒止住，我有點不舒服，我要去美國醫院縫合傷口。她驚訝地睜大眼睛說，就不能等到晚上嗎？她試圖讓我手指上的血止住。我要向讀者們坦白：為了不讓血止住，給她看之前我偷偷地弄開了傷口。我說：「不行。親愛的，不要讓我破壞了大家野餐的興致，如果你也跟我回去，別人會很掃興。他們晚上會送你回去的。」當我徑直向車子走去時，我仍然羞愧地在未婚妻那充滿理解和淚水的眼裡看到了那種疑惑的眼神：「你怎麼了？」她感到背後的問題比

8 Antoine Ignace Melling，一七六三—一八三一，畫家和旅行家，精通建築和繪畫。一七九五年被任命為哈提傑蘇丹的建築師。在隨後的十八年裡他畫了許多蘇丹宮殿、奧斯曼社會、君士坦丁堡及其周圍地區的油畫。

流出的血更為嚴重。那時我多想擁抱她來忘記我的痛苦和癡迷，多想至少能夠告訴她我的感受！然而我沒對茜貝爾說上一、兩句好聽的話，只是帶著一種心跳的慌亂，昏昏沉沉、搖搖晃晃地上了車。和努爾吉汗去採黑莓的紮伊姆察覺到了什麼，他正在朝這邊走來。我確信，如果我和紮伊姆四目相視，他會立刻明白我要去哪裡的。發動汽車時，我用餘光看了一眼我的未婚妻，為了不讓讀者認為我是一個沒心沒肺的人，我就不描述她那擔心和悲傷的表情了。

在那個炎熱的午後，我只用了四十七分鐘就一路狂奔地把車從班特賴爾開回了尼相塔什。因為我的腳越是踩油門，我的心就越是相信芙頌最終今天會去邁哈邁特大樓。第一次見面她不也是在約定的日子過了幾天後才去的嗎？離約會時間還有十四分鐘（我拉傷手指的時機很好），當我停好車向邁哈邁特大樓跑去時，一個中年婦女在後面喊住了我。

「凱末爾先生，凱末爾先生，您很幸運。」

我轉身問道：「為什麼？」我試圖想起這個女人。

「訂婚儀式上您去了我們那桌，我們不是為《亡命天涯》的結局打了賭嗎？凱末爾先生，您贏了！金布林醫生最終證明自己是無罪的了！」

「是嗎？」

「您什麼時候來拿您的獎品？」

「以後吧。」說著我跑進樓裡。

我當然把女人說的這個圓滿結局，看成是芙頌今天會來的一個吉兆。我狂熱地相信十到十五分鐘後我們將開始做愛，我用顫抖的手拿出鑰匙，開門走了進去。

28 物件給予的安慰

四十五分鐘過後，芙頌還是沒來。我像個死人那樣躺在床上，傾聽著從腹部向整個身體蔓延開來的疼痛，如同一隻奄奄一息的動物無助地傾聽自己的最後一絲氣息。疼痛達到了此前我從未有過的深度和強度，俘虜了我的整個身軀。我覺得應該從床上爬起來，找別的事情來打發時間，應該從這種狀態，至少從這個房間，從滿是芙頌氣味的床單和枕頭上逃離出去，但我一點力氣也沒有了。

因為沒和他們繼續野餐，現在我很後悔。由於我們已經有一個星期沒做愛了，所以茜貝爾查覺到有點不太對勁，但她搞不清我煩惱的原因，因此也無從問起。而事實上，我是需要茜貝爾的理解和關愛的，我幻想著未婚妻能夠轉移我的注意力。但別說是開車回去，我連動一動的力氣都沒有。疼痛正在用一種令我窒息的力量從我的胃部、後背、雙腿向各個方向蔓延，我沒有力氣逃離，也沒有力氣做些什麼來減輕。發現這點又增加了我內心的挫敗感，而這又引發了一種像愛情之痛那樣強烈和來自內心的悔恨之痛。帶著一種奇怪的本能，我感到，如果我能夠沉浸在這種痛苦裡，能夠深切地去感受這種撕心裂肺的痛，我將能夠靠近芙頌。儘管我也想到這可能是一種錯覺，但我還是不能不讓自己去相信它。（如果我現在離開，她來就可能找不到我了。）

當我完全沉浸在痛苦之中時，也就是那些鹽酸手榴彈在我的血液和骨頭裡炸開時，一大堆記憶中的每一個，先是在很短的一段時間裡，有時是十到十五秒，有時是一到兩秒轉移了我的注意力，隨後便在現在的時間空隙裡留下了一種更加濃重的痛苦，而一陣新的劇痛在啃噬我的後背和胸口、讓我雙腿無力的同時也在填滿這些空隙。為了擺脫這新一輪的疼痛，我本能地拿起一件充滿我們共同回憶的物件，或是把它放進嘴裡品味，我發現這樣可以緩減我的痛苦。比如，那時在尼相塔什的蛋糕店裡常見的堅果葡萄乾麵包捲，因為芙頌喜歡，我會在約會時買來給她吃，當我把麵包捲放到嘴上時，我會想起我們一起吃麵包捲時談笑的一些事情（邁哈邁特大樓管理員的妻子哈尼菲女士，依然以為芙頌是去樓上看牙醫），而這會讓我開心；她從我母親櫃子裡找出來的一把手拿鏡，讓我想起她用來當麥克風模仿名歌手哈康・塞林康的樣子；兒時的她和當裁縫的母親來我們家時，我母親拿給她玩的我的玩具安卡拉特快列車，讓我想起她玩火車時像個孩子的樣子；那把我兒時的太空手槍，則讓我想起每次射擊後，我們在雜亂的房間裡笑著尋找手槍飛盤的樣子。當我把這些物品一件件拿到手上時，我就會想起和它們有關的記憶並得到安慰。儘管在一起時我們很幸福，但有時也會出現讓我們黯然神傷的愁雲帶來的沉默時刻，我想起，有一次芙頌拿起我在這裡展出的糖罐，突然扭頭問我：「你願意在茜貝爾女士之前和我相遇嗎？」當所有這些回憶帶給我的安慰過去後，因為知道隨後而來的疼痛是我無法站立著承受的，於是我越想越無法從床上爬起來，而越是在床上躺著，我身邊的每樣東西就越讓我一一想起我們的回憶。

第一次做愛前，她小心翼翼把手表放在上面的茶几就在我的床邊。一個星期以來，我都看見茶几上面的菸灰缸裡有一個芙頌留下的菸頭。有那麼一會兒，我拿起菸頭聞了聞它的焦臭味，然後把它放到了嘴邊，差點要去點燃它（也許帶著愛戀，一時間我差點認為自己就是她），但想到菸頭會燒盡，於是我放棄了。就像一個仔細包紮傷口的護士那樣，我拿她嘴唇碰過的菸頭輕輕地觸碰我的臉頰、眼睛的下面、額頭和脖子。我的眼前隨即閃現出承諾幸福的遠方大陸、天堂裡的景象、兒時母親對我的愛憐、法特瑪女士抱著我去泰什維奇耶清真寺的情景。但隨後，痛苦就像一片因為漲潮而波濤洶湧的海水那樣重新把我拽了進去。

快到五點時，我依然在床上躺著，我想起奶奶在爺爺去世後，為了減輕痛苦她不僅換掉了床，還換了房間。我拿出全部的意志力告訴自己，我必須從這張床，這個房間，這些散發出一種極為特別的陳舊和幸福愛情味道的、每個都會自己劈啪作響的物件裡擺脫出來，但我的內心卻恰恰相反地想去擁抱它們。這或許是因為我發現了物件所具有的安慰力量，或許是因為我比奶奶還要脆弱。我躺在床上聽著後花園裡踢球的孩子快樂的叫罵聲直到天黑。晚上回到家喝下三杯拉克酒，等到茜貝爾打電話來詢問時，我發現手指上的傷口早就癒合了。

就這樣，一直到七月中旬，每天下午兩點我都去邁哈邁特大樓。深信芙頌不會來後，看到自己的痛苦一天天減少，有時我會認為自己已經慢慢習慣了她的不在，但這完全是錯誤的。我只是在用物件給予的幸福打發時間。訂婚一週後，芙頌仍占據我每個思緒，儘管有時情況不是那麼迫切，有時我能將這些思緒拋諸腦後，但如果能夠加加減減計算一下，我的痛苦的總和並沒有減少。事實上，我的痛苦違背我的希望持續增長著。我持續前往邁哈邁特大樓，彷彿是為了不要喪失這個習慣，也不要喪失見到她的希望。

每天我要在那裡度過兩個小時，大多數時間我會躺在我們的床上幻想，我會拿起一件帶著幸福回憶而閃閃發光的魔幻物件，貼在我的臉上、額頭上和脖子上，試圖以此來平息我的痛苦。比如這把胡桃鉗，這只有個芭蕾舞者、表帶帶有芙頌氣味的手表。兩小時後——也就是我們從天鵝絨般柔軟的做愛後小睡中醒來時——我會因為悲傷和疼痛而疲憊，我會努力讓自己回到日常生活中去。

我的生活已經沒有了光采。我依然沒和茜貝爾做愛（我藉口說沙特沙特的員工知道我們在辦公室做愛，這樣很難堪），她認為我那莫名的反常表現是男人的婚前恐懼症，是某種醫學上還沒有定論也無藥可醫的憂鬱症。她用一種讓我驚訝的鎮靜接受了我的憂鬱，甚至還因為無法讓我從這種煩惱裡擺脫出來而責怪自己，因此她對我很好。我對她也很好，我和她還有一些我新結交的朋友一起去一些以前從未去過的餐廳，繼續去那些伊斯坦堡的資產階級為了能夠向彼此展示幸福和富有而去的海峽餐廳和俱樂部，參加各種聚會。儘管我和她一起取笑夾在麥赫麥特和紮伊姆之間的努爾吉汗，我卻能體會她的為難。幸福，對於我來說，已不再是一樣與生俱來、真主賜予、唾手可得的權利，它變成一種只有最幸運、最聰明、最謹慎的人靠著努力不懈才能達到的境地。一天夜裡我們去了一家新開的餐廳，餐廳門口站滿保鏢。當我獨自一人（茜貝爾和其他人說笑著）在碼頭邊的酒吧喝著葡萄酒時，我的目光和圖爾蓋先生不期而遇了，我的心就像見到芙頌那樣快速地跳起來，嫉妒的浪潮洶湧襲來。

29 我無時無刻不在想她

圖爾蓋先生沒有用一種優雅、紳士的態度對我微笑，他扭開了頭，這既出乎我的意料，也深深地傷害了我。一方面我理智地認為，他有理由生氣，因為我們沒邀請他參加訂婚儀式，但另一方面一個更強的想法，也就是芙頌為了報復我重新回去找他的想法，把我給氣昏了。我很想跑去問他為什麼要扭頭。也可能是今天下午他在希什利的那處和情人約會的私宅裡跟芙頌做愛了。他見到芙頌、和她交談了就足以激怒我。他在我之前愛上芙頌，因為芙頌，有段時間他也承受過我現在承受的痛苦，但這些想法非但沒有減輕反而更加劇了我對他的憤怒，以及我在內心感到的屈辱。我在酒吧裡喝了很多酒。在派皮諾．迪．卡普演唱的《憂鬱》樂曲聲裡，我摟著充滿耐心、溫柔體貼的茜貝爾跳了舞。

當發現只能用酒精才能平息的嫉妒第二天早上伴隨著頭痛發作時，我慌亂地意識到，痛苦沒有減少，而絕望卻在與日俱增。那天上午當我走去沙特沙特時（英格依然在梅爾泰姆汽水廣告上衝著我笑），當我在辦公室努力用各種文件打發時間時，我不得不承認，我的痛苦與日俱增，隨著時間的流逝，我非但沒有忘記芙頌，反而以一種更加偏執的形式想她。

流逝的時間，並沒有像我向真主祈求的那樣削弱我的記憶，減輕我的痛苦。每天我都希望第二天會更好，我能忘記她一點點，但到了第二天，我發現腹部的疼痛一點沒改變，疼痛就像一盞黑色的燈那樣在我內心亮著，持續放出絕望的光芒。我多麼希望自己能夠少想她一些，隨著時間的流逝能夠相信自己已經成功地忘記她！我不想她的時間很少，更準確地說是一點也沒有。也許有些短暫的瞬間，也就這麼多了。這些「幸福」的時刻也持續得很短，一、兩秒鐘的遺忘期過後，黑色的燈就像大樓裡會自然熄滅的走道燈一樣又自然亮起，毒害我的腹腔、鼻竅和肺臟，破壞我的呼吸，讓活著本身就成為一種折磨。

一如我想擺脫這種折磨，我也想找個人傾訴，請這個人去幫我找到芙頌、和她談談，當這些渴望都無法實現時，我又想找個人打一架，任何人都行，只要能讓我發洩這份可惡的、狂躁的怨恨。每次在辦公室看見肯南，儘管我竭力控制自己，但我依然會陷入一種讓我暈眩的嫉妒。即使我知道芙頌和肯南沒有什麼關係，但肯南在訂婚儀式上對芙頌的糾纏，芙頌為了讓我嫉妒而盡情享受他的追求的可能，已經足以讓我恨他了。快到中午時，我發現自己在尋找開除他的各種藉口。是的，他是一個陰險的人，這點已經再清楚不過了。想到午休時我要去邁哈邁特大樓，帶著一個微弱的希望等待芙頌，讓我輕鬆了許多。但當她那天下午也沒來時，我恐懼地意識到，等待將讓我無法承受痛苦，第二天她也不會來，一切將變得更糟糕。

那陣子讓我百思不得其解的另外一個問題就是，如果我這麼痛苦，芙頌又是如何能夠忍受的？即使她的痛苦只有我的一半？她必定是立刻找到了另外一個人，否則她是無法忍受的。芙頌現在一定在和另外一個人分享七十四天前她初嘗的雲雨之歡，而我卻每天沉浸在痛苦中，像個死人那樣愚蠢地躺在床上等她。不，我不是傻子，她要了我。我們在一起經歷了無邊無際的幸福，儘管訂婚儀式上我們的關係是那麼緊張、尷尬，我們還是一起跳了舞，跳舞時她也承諾第二天考完試要去見我的。如果我訂婚讓她心碎了，因而做出離開我的決定，這是完全合理的，但她為什麼要對我撒謊？內心的痛苦變成了想向她提出抗議的憤怒，一種想指責她的渴望。於是我會幻想著與她爭吵，在爭吵當中我會平靜下來，腦海中轉而浮現我和她度過的那些難忘時光天堂般的景象，以及一旦她出現就會讓我投降的力量，但隨後我又一件件地想起了要和她理論的事情。她必須當面告訴我，她拋棄了我。如果考試考砸了，責任不在我。如果她要拋棄我，我必須知道。難道她沒說過往後的人生都還是會和我見面嗎？她應該給我最後一次機會，我會找到耳墜立刻還給她的。難道她以為別的男人會像我這樣愛她嗎？我跳下床，帶著和她把一切說清楚的渴望飛快地跑上了街。

30 芙頌不住這裡了

我快步朝他們家走去。還沒到阿拉丁小店的轉角，我心裡就升起一股巨大的喜悅。當我對著一隻在炎熱的七月天躲在陰涼角落裡打盹兒的貓微笑時，我問自己為什麼之前沒想到直接去他們家。肚子左上角的疼痛緩和了許多，雙腿乏力和後背疲乏的感覺也消失了。然而越接近他們家，在那裡見不到她的恐懼也就越大，我的心因此跳得更快了。我要對她說什麼？如果碰上她的母親我要說什麼？一時間我想回去拿我們的三輪車，但一見到彼此我倆都會明白無需找什麼藉口。我像一個幽靈那樣走進了庫于魯・鮑斯坦街上的那棟小公寓，夢遊似地走上二樓，摁響了門鈴。請好奇的參觀者也摁響你們面前的門鈴，這個發出鳥鳴聲的門鈴那些年在土耳其極為流行。請你們想像一下我也聽到了鈴聲，同時我的心在掙扎，就像一隻卡在喉嚨裡的小鳥那樣。

開門的是她母親，門廊很暗，起初她看著眼前這個疲憊的陌生人皺了皺眉頭，彷彿以為我是個煩人的推銷員，隨後她認出了我，臉上露出了笑容。從她的笑容裡我得到希望，腹部的疼痛也因此稍微減輕一些。

「啊，凱末爾先生，請進！」

「內希貝姑媽，我路過這裡來看看。」我像廣播劇裡那種率直的鄰居小夥子那樣說道：「前些天我發現芙頌不在精品店了。她也一直沒去找我，我在想不知道她大學考得怎麼樣？」

「唉，凱末爾先生，我親愛的孩子，進來我們好好聊聊。」

我甚至沒能理解這句話的含義，就一步步走進屋裡。儘管她們是親戚，儘管她們之間還有那麼多裁縫和雇主的交情，但母親連一次都沒有來過這間陰暗的房子。我看見罩上套子的沙發、桌子、餐具櫃、餐具櫃裡的糖罐和一套水晶茶具、電視機上面一隻睡覺的小狗瓷器……所有這些物件都是美好的，因為畢竟它們為那個叫芙頌的人做出過貢獻。在房間的一角我看見一把裁縫剪刀、一些碎布、各種顏色的線團、大頭針和一件正在縫製的衣服，可見內希貝姑媽正在忙。芙頌在家嗎？大概不在，然而女人那種期待一個東西時的善於討價還價和精明的樣子給了我希望。

「凱末爾先生，請坐。我去給你煮一杯咖啡。你的臉色很蒼白，你稍微歇一下。你要冰水嗎？」

卡在我喉嚨裡的那隻急躁的鳥兒問道：「芙頌不在嗎？」我感覺口乾舌燥。

她帶著欲言又止的樣子說道：「她不在，不在。」她把「你」變成「您」問道：「您的咖啡要多甜？」

「不要太甜。」

現在，多年以後我明白，內希貝姑媽去廚房不單單是為了煮咖啡，還要去準備和我說的話。但那時即使我所有的感覺器官全部打開，我都無法想到這點，因為我已經被房間裡芙頌留下的味道和見到她的希望沖昏了頭。我在香榭麗舍精品店裡認識的金絲雀檸檬在鳥籠裡翻飛跳躍，對於我的愛情之痛來說牠就像是藥膏，但把我的腦子弄得更亂了。在我面前的茶几上，放著一把一邊是白色的三十公分長的國產木尺，那是我送給她（後來根據我的估算，那是在我們第七次約會的時候），讓她在幾何課上用的。很明顯，她母親做裁縫活時借用了芙頌的這把尺。我拿起尺聞了聞，想起芙頌手上的味道，眼前閃現她的模樣。我的眼淚會流出來嗎？沒等內希貝姑媽從廚房出來，我把尺塞進了西裝口袋裡。

她把咖啡放在我面前，坐到我的對面，用一個讓我想起她是芙頌母親的動作點燃香菸。隨後她說道：「凱末爾先生，芙頌考得很差。」她也做出了如何稱呼我的決定。「她很傷心。考到一半她就哭著跑出來，所以我們甚至不關心考試的結果。她受了很大的刺激。我可憐的女兒上不了大學了。她難過得辭掉工作。您幫她補習數學也讓她受到很大的傷害。您傷了她的心。您訂婚的那天晚上她也很傷心。這些您一定都知道……所有的事情加在一起……當然這不全是您的責任……但她還是個孩子，剛滿十八歲。她爸爸帶著她去了很遠的地方。很遠，很遠。您就把她忘了吧。她也會把您忘記的。」

二十分鐘後，當我躺在我們的床上看著天花板，不時感到眼裡慢慢流出的淚水在臉上滑過時，我想起了那把尺。兒時我也曾經用過一把類似的尺，也許是因此我才買來送給芙頌的。是的，這把尺其實是我們博物館裡的第一件真正的物品。這是一件讓我想起她，我帶著痛苦從她的世界裡拿出來的物品。我把尺上顯示三十公分的那一頭慢慢塞進嘴裡，嚐到一種苦澀的味道，但我仍舊含著尺，含了很久。為了想起她用尺的那些時光，我拿著尺在床上躺了兩個小時。這對我幫助太大了，我感覺自己很幸福，就像見到了芙頌。

31 讓我想起她的那些街道

我明白如果不訂出一個忘記她的計畫，原來的日常生活也將無法繼續。就連最粗心的沙特沙特員工也發現了滲透他們老闆的黑色憂傷。母親以為我和茜貝爾出了問題，不時探問我，在我們難得一起吃飯時，她開始像對父親那樣也勸我要少喝酒。茜貝爾的擔心和憂傷也隨著我的痛苦增加，正在接近我所害怕的一個爆發點。為了走出危機，我非常需要茜貝爾的幫助，我害怕失去這種幫助，害怕陷入一種完全的崩潰。

我禁止自己去邁哈邁特大樓等待芙頌，用那裡的物件來想她。之前我也對自己下過這種禁令，為了控制自己耗盡所有的意志，但結果還是又為自己找了藉口規避掉，例如藉口去那裡給茜貝爾買花，而其實是從香榭麗舍精品店的櫥窗往裡面看一眼。因此現在我決定採取一連串更強硬的措施，把一些街道和地方從我腦中的地圖裡清除出去，儘管我在這些地方度過了一生中大部分的時間。

我在這裡展出那些天我費盡九牛二虎之力重新調整過的尼相塔什地圖。我嚴禁自己走進那些標上紅色的街道和地方。靠近瓦里科納大道和泰什維奇耶大道交會處的香榭麗舍精品店、警察局和阿拉丁小店的轉角，在我腦子裡就像這地圖上一樣是紅色的。那時的名字不是阿布迪・伊佩克奇大道（Abdi İpekçi Caddesi）而是埃姆拉克大道，後來又被改成傑拉爾・薩利克街（Celâl Salik Sokak），但尼相塔什人稱之為「警察局街」的街道，芙頌他們居住的庫于魯・鮑斯坦街和通向這些紅色街道的所有小街也是禁止進入的。橙色的這些地方，如果非去不可，如果我沒喝酒，為了抄一些絕對不能超過一分鐘的小徑，在跑著去和立刻離開的情況下，我可以進去。我們家和泰什維奇耶清真寺，就像許多小街道那樣，是一些我一不注意就會陷入痛苦的橙色街道。在那些黃色的街道上我也必須小心。就像為了和她約會，每天我從沙特沙特走去邁哈邁特大樓的路、芙頌從香榭麗舍精品店走回家的路（我總在幻想著這條路），充滿了許多加深我痛苦的危險回憶和陷阱。我可以走進那些路，但一定要小心。一些與我和芙頌那段短暫關係有關的其他地方，我也在地圖上做了標記，比如說宰羊的空地，她在清真寺天井時我遠遠地看著她的那個角落。這張地圖一直在我的腦海裡，紅色的那些街道我真的一次也沒進去過，我相信只有這樣小心行事，自己的病才能慢慢好起來。

32 我以為是芙頌的影子和幽靈

遺憾的是，用禁令縮小活動範圍，遠離那些讓我想起她的物件，根本沒讓我忘記芙頌。因為，我開始在街上擁擠的人群裡，在各種聚會上像看見幽靈那樣看見了芙頌。

最驚人的第一次相遇，發生在七月底的一個傍晚，當時我在客運渡船上，準備去看望搬到蘇阿迪耶別墅的父母。從卡巴塔什（Kabataş）開往于斯屈達爾的渡船靠岸了，正當我像船上其他迫不及待的司機那樣發動了汽車時，我看見芙頌正在從旁邊為步行乘客開啟的那扇門走出去。儘管那時汽車的下船門還未打開，如果我跳下車跑去追她是可以追上的，但那樣我的車就會把出口堵住。我的心狂跳起來，我一步跨到了車外。當我正要出聲叫她時，我痛苦地發現那人的下半身遠比我情人那可愛的身軀粗壯，而那張臉也變成了完全不相干的一個人。儘管這種幸福的激動只持續了短短的八到十秒鐘，但在以後的日子裡，我一次又一次地重新感受它，我開始真誠地相信自己將以這種形式和她相遇。

幾天以後的一個中午，為了打發時間，我去了考納克電影院，當我慢慢地走在出口通向大街那段又長又寬的臺階上時，我在前面的八到十級臺階上看見了她。她那染成金色的長髮和纖細的身軀，先讓我的心，隨後讓我的腿行動了起來。我跑上前去要叫她，但我沒出聲，因為在最後一剎那我發現那不是她。

因為在貝伊奧魯讓我想起她的可能很小，所以我開始經常去那裡，但有一次我在一面櫥窗的玻璃上看見了她的影子，因此又激動了一番。還有一次，我在貝伊奧魯那些去逛街、看電影的人群中又看見了她，她邁著自己特有的步伐，輕快地走著。我跑去追她，但沒等我追上，她就消失了。因為無法知道那人是我的痛苦造成的一個幻影，還是一個真實的人，因此在隨後幾天相同的時間裡，我徒勞地在阿加清真寺和薩拉伊電影院（Saray Sineması）之間徘徊。然後我坐在一家啤酒館的窗邊，一邊喝酒，一邊看著街道和路上的行人。

這些宛如置身天堂的相遇時刻，有時轉瞬即逝。比如塔克西姆廣場上這張顯示芙頌白色影子的照片，就是我那僅僅持續了一兩秒鐘錯覺的例證。

在那些日子裡，我發現竟然有那麼多年輕女孩和女人模仿芙頌的頭髮和模樣，有那麼多棕色皮膚的土耳其女孩把頭髮染成了金色。伊斯坦堡的大街小巷裡充滿了芙頌那稍縱即逝的幽靈。但只要稍微仔細看一下這些幽靈，我便會發現她們其實一點也不像我的芙頌。一次，我和紮伊姆在登山俱樂部打網球，我在旁邊的一張桌子看見她和另外兩個女孩笑著在喝梅爾泰姆汽水，但首先讓我驚訝的不是在那裡看見她，而是她去了俱樂部。還有一次，她的幽靈隨著從卡拉柯伊渡船上下來的人群走到了加拉塔橋（Galata Köprüsü），她站在橋邊向經過的計程車招手。一段時間過後，不僅是我的心，我的腦子也習慣了這些幻影。當我在薩拉伊電影院兩場電影中間休息的時候，在我前面四排的座位上，看見她和兩個妹妹津津有味地舔著巧克力冰淇淋時，我沒立刻去想芙頌沒有妹妹的事實，而是充分享受了錯覺產生的止痛效果，我努力不去想這個女孩其實不是芙頌，甚至她壓根就不像芙頌。

我在道爾馬巴赫切皇宮旁邊的鐘樓前、在貝西克塔什的商場裡也看見過她。最震驚的一次發生在居穆蘇尤（Gümüşsuyu）的一棟大樓前。我看見她站在三樓的一扇窗前看著街道，當她發現我在人行道上看她時，窗前的幽靈芙頌也開始朝我看過來。那時我就朝她揮了揮手，她也揮了揮手。但從她揮手的動作上，我立刻明白她不是芙頌，隨即我羞愧地離開了那裡。儘管這樣，後來我還是幻想著，也許是為了忘記我，她父親很快讓她嫁了人，她在那裡展開新生活，但依然希望看見我。

其實我一直很清楚，只有第一次的相遇給了我一種真正的安慰，除此之外，所有那些幽靈都是我那不幸的靈魂妄想出來的。然而和她不期而遇的感覺是如此甜美，以至於我漸漸習慣去那些可以遇見她幽靈的地方。我彷彿也在腦子裡的那張伊斯坦堡地圖上標出了這些地方。我總想去芙頌的幻影會出現的地方。整個城市對於我來說，變成了一個讓我想起她的標記世界。

因為都是在我看著遠方、若有所思走路時遇見她的幽靈的，因此我會看著遠方、若有所思地走路。在我和西貝爾一起去的夜總會和一些晚宴上，每當我喝多時都會遇見身著不同服裝的芙頌的幽靈，但是一想到自己已經訂婚，一旦做出什麼過激反應一切都將曝光，我會立刻清醒，隨即明白眼前的女人不是芙頌。我在這裡展出奇利奧斯（Kilyos）和希萊海水浴場（Şile Plajları）的這些照片，是因為我經常會在中午，在我的腦子因為炎熱和疲乏最放鬆時，在那些穿著泳衣和比基尼的害羞的年輕女孩和女人中看見她。儘管共和國建立以及阿塔圖爾克的改革至今已經過去了四、五十年，然而穿著泳衣、比基尼的土耳其人依然沒能學會在海水浴場坦然面對別人的目光。那時，我會覺得，土耳其人在海水浴場的尷尬和芙頌的敏感之間，有一種讓我感觸很深的相似之處。

在這些思念無法承受的時刻，我會離開和紮伊姆玩水球的西貝爾，躺在遠處的沙灘上，讓因為失去愛情而變得僵硬的身軀在陽光下暴曬，當我用餘光看著沙灘和碼頭時，我會以為向自己跑來的女孩就是她。為什麼她那麼想來，而我卻一次也沒和她來過奇利奧斯海水浴場？為什麼我不懂得珍惜真主賜予我的這份大禮？我什麼時候才能見到她？躺在陽光下的沙灘上，我想哭泣，但因為知道自己錯了，所以我還不能哭，我只能傷心欲絕地把頭埋進沙裡。

33 粗俗的消遣

生活彷彿遠離了我，它失去了所有的味道和色彩，物品也失去了它們曾經讓我感到的力量和真實。多年後當我潛心讀書時，我在法國詩人奈瓦爾的一本書上，讀到了最能詮釋我在那些日子感到的平庸和低俗的詩句。最終因為無法忍受愛情痛苦而上吊的詩人，在明白永遠失去了一生的愛後，在《奧雷莉婭》一書中說，從此生活留給他的僅僅是一些「粗俗的消遣」。我也是這麼認為的，我覺得沒有芙頌的日子裡所做的一切都是粗俗、平庸和毫無意義的，我無法擺脫這種感覺，我對造成所有這些粗俗的人和事感到憤怒。但我始終沒有失去最終找到芙頌，甚至擁抱她的信念。這種信念既讓我姑且活下去，又延長我的痛苦，就像後來我帶著悔恨想到的那樣。

在那些最糟糕的日子裡，在一個極為炎熱的七月早上，哥哥打電話來說，和我們做過很多生意的圖爾蓋先生因為訂婚儀式沒被邀請而生我們的氣了，他甚至想放棄和我們一起標中的一筆床單出口生意。當哥哥有理由氣憤地說著這些時（奧斯曼從母親那裡得知，是我從賓客名單裡畫掉了我們的合作夥伴的），我告訴他，我會立刻去妥善處理這件事情，我會讓圖爾蓋先生回心轉意的。

隨即，我打電話和圖爾蓋先生約見面時間。他的大工廠位於巴赫切利埃夫賴爾（Bahçelievler），第二天近午，天氣酷熱，當我坐在車上看著城市裡這些被日益變醜的新大樓、倉庫、小工廠和垃圾場占據的街區時，愛情之痛沒有讓我覺得無法忍受。究其原因，當然是我要去見一個我認為能夠從他那裡得到芙頌消息，或是能夠和他談起她的人。但是，就像在其他類似情況下一樣（和肯南講話時，或是在塔克西姆碰到謝娜伊女士時），我向自己隱藏了心裡的這種美好激動，努力相信自己去那裡只是為了「工作」。如果我沒有那麼欺騙自己，我和圖爾蓋先生的「工作」會面也許會更成功的。

為了道歉，我大老遠從伊斯坦堡跑來，這本來就給足了面子，他客氣地接待我，友好地向我展示有上百個女工的織布車間、在紡織機旁工作的年輕女孩（在一台紡織機的後面，背對我坐著的一個芙頌的幽靈，瞬間讓我的心跳加速，也讓我對真正的問題作好了準備）、新蓋的「現代」辦公樓和「衛生」的自助餐廳，他這麼做是為了讓我覺得和他做生意對我們也是有益的。圖爾蓋先生本想跟往常一樣和工人們一起在自助餐廳請我吃午飯，但我讓自己相信這不足以表達我的歉意，於是我說，為了談論一些「重要課題」，我們需要喝點酒。在他那張留著小鬍子、長相一般的臉上，沒有流露出一絲明白了我在暗示芙頌的表情，因為我也還沒有提起訂婚儀式的事情，所以他驕傲地說：「總免不了有疏忽的時候，讓我們忘了那件事吧。」但我裝糊塗，讓這個一心想著工作的勤奮、誠實的人，不得不請我去巴克爾柯伊（Bakırköy）的一家魚餐廳吃午飯。

一坐進他的野馬牌轎車，我立刻想到，他和芙頌曾經在這些座位上無數次接吻，他們親熱的樣子反射在儀表板和鏡子上，在她還不滿十八歲時，他就逼迫過她，撫摸過她。我想芙頌可能已經回到他的身邊，儘管我對所有這些幻想感到恥辱，儘管我想他很有可能甚至對此一無所知，但我還是不能控制自己。

當我和圖爾蓋先生像兩個糟糕的男人那樣在飯店面對面坐下時，當我看見他用滿是汗毛的手把餐巾鋪在大腿上時，當我從近處看著他那鼻孔碩大的鼻子和無恥的嘴巴時，我感到一切都會向不好的方向發展，我的靈魂因為痛苦和嫉妒正在抽搐，我將無法控制自己。他對服務生說「你聽著」，他拿起餐巾，用好萊塢電影裡的動作，像包紮傷口那樣仔細地擦嘴巴。我還是控制住了自己，直到用餐到一半的時候。我為了擺脫心裡的邪惡喝下的拉克酒，釋放了我心裡的邪惡。當圖爾蓋先生用一種十分文雅的語言說，床單生意上的摩擦已經解決，合作夥伴之間不存在任何問題，我們的生意會越做越好時，我說：「我們的生意好不好並不重要，重要的是我們是不是好人。」

他看著我手上的酒杯說：「凱末爾先生，我非常尊重您、您的父親和您的家人。我們每個人都有過不順心的日子。在這個美麗而貧窮的國家裡，我們有幸得到了真主只賜予少數人的富裕，我們應該感謝。讓我們別驕傲，讓我們來祈禱，只有這樣我們才能更好。」

我嘲諷地說：「我不知道您竟然如此虔誠。」

「凱末爾先生，我犯了什麼錯？」

「圖爾蓋先生，您傷了我家裡一個年輕女孩的心，您粗暴地對待她，甚至企圖用錢來得到她。在香榭麗舍精品店工作的芙頌，是我母親那邊一個很近的親戚。」

他的臉色煞白，隨即低下頭。那時我明白，我之所以嫉妒圖爾蓋先生，不是因為他在我之前做了芙頌的情人，而是因為在這段愛情之後，他淡忘了痛苦，成功地回到正常的生活。

「我不知道她是你們的親戚，」他用一種令人驚訝的意志說：「現在我很愧疚。如果你們一家人都不願意看見我，如果你們因此沒有邀請我去參加訂婚儀式，我無話可說。您父親、您哥哥也這麼想嗎？怎麼辦？放棄我們的合作嗎？」

「放棄。」一說出這句話我就後悔了。

「那樣的話，違約的就是你們了。」說著他點燃一根紅色的萬寶路。

愛情的痛苦又加上我犯錯的羞愧。回去的路上儘管我已酩酊大醉，但還是自己開車。在伊斯坦堡，尤其是在海濱大道上，沿著城牆開車，從十八歲起對我來說就是一種莫大的樂趣，現在由於我心裡的災難感，這種樂趣變成一種折磨。城市也彷彿失去它的美麗，一路上我猛踩油門只為逃避它。在埃米諾努（Eminönü），當車從新清真寺前面的行人天橋下穿過時，我差點壓到路上的一個行人。

回到辦公室後，我決定要讓自己和奧斯曼相信，和圖爾蓋先生解除合作也不見得是一件多麼可怕的事情。我叫來肯南，因為他對這次得標的事情很清楚，我告訴他發生的一切，他表現出極端的擔憂。我把發生的一切總結為「圖爾蓋先生因為個人原因對我們失禮了」。我問他我們能否獨立按時做出這批床單。他說那是不可能的，他問我真正的問題是什麼。我再次告訴他，我們不得不和圖爾蓋先生分道揚鑣了。

肯南說：「凱末爾先生，如果可能，我們別那麼做。您和您哥哥談過了嗎？」他說，這不僅僅是對沙特，對其他公司也會是一個打擊，如果我們沒有依約按時出貨，紐約的法院會對我們做出很重的處罰。他再次問道：「令兄知道這件事嗎？」我認為他是因為聞到了我滿嘴的酒味，所以覺得自己有權擺出一副不僅為公司，也為我擔憂的樣子。我說：「箭已離弦。怎麼辦？沒有圖爾蓋先生我們就自己做。」即使肯南不說，我也知道這是不可能的。但我已失去理智，變成一個想惹是生非的魔鬼。而肯南一再強調我應該和哥哥談談此事。

當然我沒用在這裡展出的這個有沙特沙特標識的菸灰缸和釘書機砸肯南的腦袋，儘管我很想。我還記得，自己驚奇地發現他那可笑的領帶上面，竟然有和菸灰缸一樣顏色和形狀的圖案。我對著他嚷道：「肯南先生，您不在我哥哥的公司，您是我的手下。」

「凱末爾先生，對不起，這點我當然清楚。」他自以為是地說：「但是在訂婚儀式上是您介紹我認識您哥哥的，從那以後我就一直和他保持著聯繫。在這個重要問題上如果您不立刻和他溝通，他會很傷心的。令兄知道您最近的煩惱，像所有人一樣，他想幫助您。」

這句「像所有人一樣」差點讓我氣瘋。剎那間我想立刻開除他，但我害怕他的魯莽。我感到腦子的一部分已經完全無法轉動了，因為愛情，因為嫉妒，不管是因為什麼，我已經無法正確評估發生的一切了。當我像一個被卡在陷阱裡的動物那樣忍受巨大痛苦時，我極其清楚地意識到，唯獨看見芙頌我才能好起來。我什麼也不在乎，因為反正一切都是極其多餘和粗俗的。

34 像外太空的一條狗

但是我見到的不是芙頌，而是茜貝爾。我完全被自己的痛苦俘虜了，當公司裡的人全都走掉之後，我立刻明白如果獨處太久，我會覺得自己像一隻被送進外太空那無盡黑暗裡的小狗一般孤獨。我於是打電話叫茜貝爾來辦公室，這多半會讓她有所期待，以為我們將恢復訂婚前的性生活吧。我的未婚妻出於好意灑上了我一直很喜歡的西爾維香水，穿了她非常清楚能夠挑逗我的網襪和高跟鞋。她以為我度過了危機而洋溢著幸福，所以我沒能告訴她其實情況完全相反，我喊她來只是為了能夠稍微擺脫一下心裡的災難感，能夠像兒時抱住我母親那樣抱住她。於是，茜貝爾像以前那樣，先讓我坐到沙發上，然後饒有興致地模仿一個假想的愚蠢祕書，慢慢脫掉身上的衣服，甜甜地笑著坐進我懷裡。我就不說她的頭髮、脖子、她身上那種讓我感覺完全在家的味道、她那讓人信賴的親密讓我有多放鬆了，因為明智的讀者和好奇的參觀者，會以為接下來我們要幸福做愛而大失所望了。茜貝爾也失望了。而我，抱著她時感覺是那麼好，以至於沒過多久就進入輕鬆而幸福的夢鄉，在夢裡看見了芙頌。

當我滿身是汗醒來時，我們依然抱著躺在一起。我們倆誰也沒說話，她若有所思，我滿是羞愧地在黑暗中穿上衣服。街上的車燈和有軌電車不時閃現的紫色電光，像以前那樣照亮辦公室。

沒有任何爭論，我們去了富爺大廳。當我們在幸福的人群中坐到我們的桌邊時，我再次想到，茜貝爾是多麼可愛，多麼漂亮，多麼善解人意。我記得，我們東拉西扯地聊了一小時，不斷和來我們桌邊小坐的喝醉的朋友說笑，還從服務生那裡得知努爾吉汗和麥赫麥特已早一步離開餐廳。但我倆始終都在想著那無法逃避的問題，這從我們的沉默裡也察覺得出來。我讓服務生開了第二瓶安卡拉白酒。茜貝爾也開始喝得很多。

最終她說：「好了，你說吧，是什麼問題？快說……」

「如果我知道就好了。我的腦子好像不願意知道、明白這個問題。」

「也就是說你也不知道，是嗎？」

「是的。」

茜貝爾笑著說：「我認為，你比我清楚得多。」

「你認為我清楚什麼？」

「你擔心我會怎麼看待你的煩惱嗎？」

「我害怕因為不能解決這個問題而失去你。」

「別怕。我有耐心，也很愛你。如果你不想說就別說了。也別擔心，我不會胡思亂想。你不要因此不安。我們來日方長。」

「什麼樣的胡思亂想？」

她有意讓我放心地笑著說：「例如我不會懷疑你是不是同性戀之類的。」

「喔，謝了。還有呢？」

「我也不認為你有性方面的疾病或是小時候受了什麼刺激。但我認為心理醫生會對你有幫助的。看心理醫生也不是什麼難為情的事，在歐洲、美國，所有人都會去的……當然你需要告訴他不能告訴我的事情……快，親愛的，告訴我吧，別怕，我會原諒你的。」

「我怕你無法原諒。」我笑著說：「我們跳舞好嗎？」

「那麼你承認有什麼事是你知道而我不知道的。」

「小姐，請別拒絕我的邀請。」

「啊，先生，我和一個有煩惱的男人訂了婚。」說著我們起身跳舞了。

在那些炎熱的七月夜晚，我們去夜總會、餐廳，出席各種聚會，我們之間產生了一種奇怪的親近、特殊的語言和——我不知道是否用對了詞——濃厚的愛。這些細節就是它們的例證。我在這裡展出的菜單和杯子也來自於那些地方。這種不是用性愛，而是用一種非常強烈的憐愛培養出來的愛，也並不完全遠離肌膚和身體的吸引，那些帶著嫉妒的眼神看我倆跳舞的人們也見證了這點。當樂隊奏響的《玫瑰和嘴唇》，或是電臺音樂節目主持人播放的音樂，在潮濕的夜晚穿行在無聲無息的樹葉之間時，就像在辦公室的沙發上抱著她那樣，我會用一種發自內心的保護欲、一種分享的樂趣和友情的力量，擁抱我親愛的未婚妻。當我聞著她脖子和頭髮上那種讓我安心的味道時，我會明白，感覺自己孤獨得像一隻被送進外太空的狗是錯誤的，茜貝爾任何時候都會陪著我。在其他那些像我們那樣浪漫的情侶的注視下，有時我們會在舞池裡踉蹌，甚至會因為喝醉幾乎滾倒在地。茜貝爾喜歡我們這種遠離日常生活的醺醺然的狀態。當左派分子和民族主義者在伊斯坦堡的街道上互相槍殺、銀行被搶劫和被炸、茶館被機關槍掃射時，我們卻因為一種神祕的痛苦忘卻了整個世界，這會讓茜貝爾感覺深刻。

隨後，當我們坐回桌邊，茜貝爾在酩酊大醉的情況下會重新提起那個神祕莫測的話題，但說著說著她會把它變成一件可以接受的事情。於是，在茜貝爾的努力下，我的怪異、憂傷和無法與她做愛，被簡化成未婚妻在婚前對我的依賴和憐愛經受的一次考驗，在這次考驗過程中經歷的一次輕微的痛苦、一段不久後就會被遺忘的小悲劇。在那些開著快艇和我們一起遊玩的粗俗、膚淺的朋友裡，彷彿是因為我的痛苦，我們可以有別於他們。在派對接近尾聲時，我們也不必和那些醉鬼一起從別墅的碼頭跳進海裡，由於我的痛苦和怪異，我們原本就「與眾不同」。看到茜貝爾用一種如此真誠、嚴肅的態度來對待我的痛苦，我感到幸福，這同時也讓我們彼此更加依賴。但即使在醉醺醺的狀態下，在夜晚的某個時刻，當我聽見從遠處的渡船上傳來的憂傷汽笛聲時，或者在人群裡、在最意外的一個地方，當我以為某個人是芙頌時，茜貝爾會痛苦地發現我臉上浮現的奇怪表情，她會感到黑暗的危險遠比她認為的要可怕得多。

如此這般，到了七月底，茜貝爾之前提出的看心理醫生的建議變成了必要條件，我為了不想失去她的憐愛和陪伴也接受了。細心的讀者應該還記得那個給愛情下過定義的心理醫生，這個著名的土耳其心理醫生那陣子剛從美國回來，正在用他的領結和菸斗，試圖讓伊斯坦堡窄小的上流社會接受他所從事的職業。多年以後，在籌建我們的博物館時，為了去問他關於那個日子的記憶，也為了請求他把這個領結和菸斗捐給我們的博物館，我去找了他。那時我明白，他早已忘記了我那天的煩惱，更有甚者，他甚至對我的悲淒故事一無所知，而這是伊斯坦堡上流社會人盡皆知的。就像那些日子去找他的許多顧客一樣，他也把我當做一個完全出於好奇而去找他的健康人。而我，根本無法忘記茜貝爾像個帶兒子去看醫生的母親那樣，堅持要和我一起去的請求以及她說的那句話——「親愛的，我會在外面等你」。但我不想讓她去。茜貝爾，帶著非西方國家，特別是伊斯蘭國家資產階級們固有的觀念認為，心理治療是為那些西方人發明的一種「科學地說出祕密」的儀式，因為他們沒有用家庭團結和分享祕密的手段來治療的習慣。隨便聊了幾句，認真填好表格之後，醫生問到了「我的問題」，我一時很想告訴醫生，因為失去了我的情人，我感覺自己孤獨得像一隻被送進外太空的小狗。但我真正說出口的是，我和心愛、漂亮、迷人的未婚妻訂婚後就無法做愛了。他問我為什麼沒了性欲（我認為這是他應該告訴我的），我靈機一動脫口而出說：「大概是人生讓我畏懼，醫生。」多年後，再次想起這次看診的經驗時，我依然想笑，但這樣的答覆其實也不無道理。

心理醫生說的最後一句話是：「凱末爾先生，人生沒什麼好怕的。」說完他就讓我走了，而我也沒再去找過他。

35 收藏之始

帶著心理醫生給予的勇氣，我欺騙了自己，愚蠢地認定自己已經在朝康復邁進，我躍躍欲試地想去那些很久以來禁止自己走入的紅色街道走走。經過阿拉丁的小店，聞著兒時和母親去購物時走過的街道和商店的氣味，頭幾分鐘裡讓我感覺那麼好，以至於我認為自己真的不再畏懼人生了，我的病況減輕了。帶著這種樂觀的情緒，我錯誤地認為，自己也可以在不感到任何愛情之痛的情況下從香榭麗舍精品店前走過，一切都已恢復正常。然而僅僅遠遠地看見精品店就足以讓我的腦子一片混亂了。

原本就一觸即發的痛苦，瞬間讓我的靈魂一片漆黑。帶著立刻找到一個緩解辦法的希望，我想到芙頌可能會在店裡，我的心狂跳起來。腦子一亂自信心減弱後，我穿過馬路，朝櫥窗裡看了一眼：芙頌在那裡！瞬間我差點要暈倒，我朝門口跑去。正當要進門時，我明白自己看到的不是她，而是她的一個幽靈。有人接替她在那裡工作了！瞬間我感到無法站立。我在夜總會、派對上跳舞度過的人生，現在讓我感覺到難以置信的虛假和庸俗。在這個世界上我應該和她在一起，應該擁抱的人只有一個，我人生唯一的中心在另外一個地方，用那些粗俗的消遣徒勞地欺騙自己，對我、對她都是不敬的。訂婚後我所感到的悔恨和複雜的罪惡感，現在到了一種無法承受的地步。我背叛了芙頌！我必須只想她。我必須盡早去那個我能夠最接近她的地方。

八到十分鐘後，我躺在邁哈邁特大樓裡我們的床上，試圖找到芙頌留在床單上的味道，我想在自己的身體裡感覺她，我想變成她。她留在床上的味道少了，淡了。我緊緊摟著床單。當痛苦無法忍受時，我伸手從茶几上拿起了玻璃紙鎮。芙頌的手、肌膚和脖子上那種特殊的味道留在玻璃表面，那味道美妙地撞擊到我的嘴裡、鼻子裡和肺裡。聞著這種味道，把玩著紙鎮，我就這樣在床上待了很長一段時間。據我後來的推算，紙鎮是我在六月二日那天送給她的，為了不讓她的母親起疑，就像我送給她的許多禮物那樣，她也沒把紙鎮拿回家去。

我告訴茜貝爾，我的心理諮詢花了很長時間，我沒坦白任何事情，醫生不能給我任何幫助，我不會再去找他，但我感覺自己稍微好了一點。

去邁哈邁特大樓，躺在床上，找一件物品消磨時間，對我還是有所幫助的。但過了一天半，我的痛苦又回到原來的狀態。三天後我又去了那裡，躺在床上，就像把一件新奇的東西塞進嘴裡的孩子那樣，拿起芙頌觸摸過的另外一樣東西，比如一把沾滿了各色油彩的油畫刷，輕輕地貼著我的嘴巴和肌膚。我的痛苦平息了一段時間。而另一方面我在想，自己已經對此習以為常了，就像一種毒品，我對於那些可以給我安慰的物件產生了依賴，而這種依賴對我淡忘芙頌沒有任何好處。

但因為我不僅對茜貝爾，彷彿對我自己也隱瞞了去邁哈邁特大樓的事，因為我裝出一副從未兩、三天去一次，每次在那裡待上兩小時的樣子，所以我感覺病況正在慢慢減輕到一種可以忍受的程度。剛開始我看這些物件的眼神，不像是一個收藏家，而像是一個看著藥的病人，比如說我外公留下的帽架、芙頌戴在頭上扮演小丑的圓筒紅帽，或者她穿過的母親的舊鞋子（她的腳和母親一樣大，都是三十八號）。因為這些讓我想起芙頌的物件可以緩解痛苦，因此我需要它們，但同時當我的痛苦緩解時，它們又會讓我想起自己的病況，因此我想逃離這些物件，逃離那個家，我樂觀地認為自己的病況已經減輕了。這種樂觀給了我勇氣，我帶著喜悅，也帶著痛苦幻想著，我將重新回到原有的生活，不久我將能夠開始和茜貝爾做愛，然後和她結婚，開始一種正常而幸福的婚姻生活。

但是，這些樂觀的時刻不會持續很久，不到一天，思念就會變成痛苦，兩天後則會變成無法忍受的煎熬，那時我又需要去邁哈邁特大樓了。一走進房間，我會去找一樣讓我想起和她並排而坐的樂趣的東西，比如茶杯，一個被遺忘的髮夾，尺，梳子，橡皮，原子筆，或者在母親扔在這裡的物件裡找到的一些芙頌曾經撫摸過、把玩過、留下她手上味道的東西，我會讓和它們有關的記憶一一重現在眼前，我的收藏品就這麼越來越多了。

36 一個為了平息愛情傷痛的小希望

我在這裡展出的信，是在我收集第一部分展示品的那些重要日子裡寫的。因為不想讓故事拖得太長，同時也因為甚至在二十年後籌建純真博物館時我依然感到的羞愧，信一直留在信封裡。如果讀者或者博物館參觀者能夠讀到此信的話，他們會看到我完全是在向芙頌哀求。我在信裡寫道，我沒有好好待她，我很後悔，我承受著巨大的痛苦，愛情是一種極為神聖的情感，如果她回來，我將離開茜貝爾。寫完最後這句話我又後悔了，因為我應該寫自己已經毫無條件地離開了茜貝爾。但因為那天晚上喝了太多的酒，我除了去茜貝爾那裡尋求安慰外沒有別的出路，所以我無法寫下那樣的話。十年後，當我在芙頌的櫃子裡找到這封它的存在比內容更重要的信時，我驚訝地發現在寫信的那些日子裡我是如何欺騙自己的。一方面，我試圖向自己隱藏對芙頌的強烈愛情和自己的無奈，尋找一些不久將與她重逢的荒唐線索來欺騙自己，另一方面我又無法放棄對日後將和茜貝爾組成的幸福家庭的幻想。難道我該和茜貝爾解除婚約，在這封信中向芙頌求婚嗎？這樣的想法從未閃過我的腦海，直到與潔依達見面時才突然浮現——芙頌參加選美比賽時結識的朋友潔依達，成為幫我送信的信差。

我在這裡為那些早已對我的愛情痛苦感到厭煩的參觀者展出一張剪報。剪報上有潔依達為選美比賽拍的一張照片和她接受的一個採訪，她說，人生的目的是和夢中的「理想男人」建立一個幸福家庭……我要感謝潔依達女士，她從一開始就知道我這悲淒故事的所有細節，她尊重我的愛情，還慷慨地為我的博物館捐出這張年輕時的照片。為了不讓我帶著痛苦寫下的這封信落到芙頌母親的手裡，我決定讓潔依達來轉交，在我的祕書澤伊內普女士的幫助下我找到了她。因為芙頌從一開始就把和我的關係全部告訴了她，因此當我提出要和她談一件重要的事情時，她爽快地答應了。在馬奇卡見面時，我完全沒有因為把愛情的痛苦告訴潔依達而害羞。這也許是因為我感覺她成熟地理解了一切，也許是因為我看見潔依達那時非常、非常幸福。她懷孕了，所以塞迪爾基他們家的兒子，她那個有錢、保守的情人決定要和她結婚。就像她沒跟我隱瞞這些事情一樣，她還說不久將舉辦婚禮。我能夠在那裡遇見芙頌嗎？芙頌究竟在哪裡？潔依達敷衍地回答了我的問題。我想一定是芙頌不讓她說的。當我們徑直朝塔什勒克公園（Taşlık Parkı）走去時，她說了很多關於愛情的深刻和嚴肅的話。聽她說話時，我望著遠處像在夢裡一般閃閃發光的道爾馬巴赫切清真寺，思緒回到兒時。

我甚至沒能堅持問出芙頌現在過得好不好。我感覺潔依達在滿懷希望地幻想，最終我將離開茜貝爾和芙頌結婚，那樣我們兩家人就可以經常見面了，而當她暗示出她有這樣的期望時，我發現自己也懷著一樣的夢想。七月的一個下午，我們所在的塔什勒克公園的風景，海峽入口處的美麗，我們面前的桑樹，坐在露天茶館的桌邊喝著梅爾泰姆汽水的情侶，推著嬰兒車的母親，在前面沙坑裡玩沙子的孩子，吃著瓜子和埃及豆談笑的大學生，啄食瓜子殼的一隻鴿子和兩隻麻雀，所有這些都讓我想起了正在被自己遺忘的一個東西，那就是生活的平凡之美。因此，當潔依達睜大眼睛說要把信交給芙頌，她相信芙頌也一定會給我回信時，我看到了希望。

但是沒有任何回音。

八月初的一個早上，儘管採取了所有措施和撫慰的方法，我還是不得不承認自己的痛苦一點也沒減輕，反而依然在持續增長。在辦公室工作或講電話時，儘管我的腦子並不在想芙頌，然而胃裡的疼痛卻會變成某種偏執的思緒，電流一般在我腦海裡無聲地奔馳，直到我再也無法思考為止。為了稍微平息痛苦、轉移注意力，我試盡一切辦法為自己燃起一點小小的希望，但很快的一切就又是徒勞。

我對那些能夠帶來好運的東西、神祕的符號和報紙上的星座預言產生了興趣。我最相信《最新郵報》上的「占星，您的每日運勢」和《生活》雜誌上的那些星座觀察。聰明的專家，會對我們讀者，特別總對我說「今天您將從您愛的人那裡得到一個信號！」。儘管他們對其他星座的人也經常這麼寫，但還是很有道理和令人信服的。我會仔細閱讀報上的占星內容，但我根本不相信星座和占星術，我也不可能像那些無聊的家庭婦女那樣為占星花費幾個小時的時間。我的問題必須立刻得到解決，於是我發展出自己的一套預言法——我會對自己說：「下一個走進那扇門的如果是女人，我終將和芙頌團聚，如果是男人，事情就不會成。」

為了能讓人在每個時刻算命，真主為我們傳遞來各種信號，世界、人生、一切都與這些信號融合在一起。我會說：「街上開過的第一輛紅色轎車如果是從左邊過來的話，我將得到芙頌的消息，如果是從右邊過來的話，我還要繼續等待。」我會站在沙特沙特的窗前，數那些過往的車輛，對自己說：「如果第一個從船上跳上碼頭的人是我，那麼不久我將見到芙頌。」於是，不等纜繩扔出去我就會跳上碼頭。而工人會在我身後喊道：「第一個跳的是驢！」隨後我會聽到一艘輪船的汽笛聲，我會認為這是一個吉兆，我會想像那是一艘什麼樣的船。我會對自己說：「過天橋的臺階數目如果是單數，不久我將見到芙頌。」實際的結果若是雙數，我的痛苦便會加劇，若是單數則會讓我瞬間輕鬆很多。

最糟糕的是半夜從痛苦中醒來並且無法再入睡。那時我會起來喝拉克酒，因為絕望我會再灌下幾杯威士忌或是葡萄酒，我會想麻痺自己的意識，就像關掉一個讓我不安、無休止發出噪音的收音機一樣。有幾次，半夜裡我拿著拉克酒杯，用母親的舊紙牌算了命。有幾個夜裡則是拿父親很少用的骰子擲上千遍，每次都想這是最後一次。酩酊大醉時，我會從自己的痛苦裡得到一種奇怪的樂趣，帶著一種愚蠢的驕傲，我感覺自己的境遇可以寫成小說、拍成電影、演成歌劇。

住在蘇阿迪耶別墅的一天夜裡，離天亮還有幾個小時，當我明白又將無法入睡時，我在黑暗中躡手躡腳地走到面向大海的露臺，躺在一張躺椅上，聞著松樹的香味，看著王子群島（Adalar）閃爍的燈光試圖睡著。

「你也睡不著嗎？」父親輕聲說。黑暗中我竟然沒發現他躺在旁邊的躺椅上。

我內疚地輕聲回答道：「這陣子有些夜裡睡不著。」

他和藹地說：「別擔心，會過去的。你還年輕。因為痛苦而失眠還太早，不用怕。但到了我這個年紀，如果人生有什麼後悔的事情，那麼你就要數著星星熬到天亮了。千萬別做讓自己後悔的事。」

我輕聲應道：「知道了，爸爸。」我明白過一會兒自己將能稍微忘記一點痛苦慢慢睡去。我在這裡展出那夜父親穿的睡衣的領子，一隻總讓我感到傷心的拖鞋。

也許是因為我認為不重要，也許是因為不想讓讀者和博物館參觀者更加鄙視我，我向你們隱瞞了那陣子我習慣做的一、兩件事，但是為了讓讀者更能理解我的故事，現在我簡短地來坦白其中的一件事。午休時間，當我的祕書澤伊內普女士和大家一起出去吃午飯時，有時我會打電話到芙頌他們家。芙頌從沒接過電話，這說明她還沒有從外地回來，她父親也不在。每次都是內希貝姑媽接電話，這說明她在家裡做針線活，但我總盼望有一天芙頌會來聽電話。我會滿懷希望地等待從內希貝姑媽的嘴裡說漏一些關於芙頌的事情，又或者如果我一語不發地一直等下去，說不定就會聽到芙頌在一旁開口說話的聲音。打電話一開始不說話還容易，但沉默的時間一長，內希貝姑媽說得越多，我就越難控制自己了。因為內希貝姑媽會非常慌張，她會立刻顯出恐懼、憤怒和慌亂，她會用讓一個打騷擾電話的人非常喜歡的方式不停地說道：「喂，喂，您是誰？誰啊？您找誰？看在真主的分上，你說話呀，喂，喂，你是誰？打來做什麼？」她會把這些話無數遍地說下去，表達出她的恐懼、慌亂和憤怒，她從來不會想到要一接起來就立刻把電話掛掉，或是在我掛掉之前先掛掉。時間一長，我會開始為這個表現得彷彿困獸一般的遠房親戚感到難過，甚至焦急。我最終還是因此戒掉了這個習慣。

沒有任何芙頌的蹤跡。

37 空房子

八月底，也就是在白鶴成群結隊地從海峽、蘇阿迪耶的別墅、王子群島的上空經過歐洲飛向東南和非洲的那些日子裡，應朋友的強烈要求，我們決定像往年那樣，在父母從別墅回來之前，在我們位於泰什維奇耶的家裡辦一次夏末派對。在茜貝爾興致勃勃地去買東西、變換桌子的位置、把放了樟腦丸收起來的地毯重新展開鋪在地板上時，我沒回家去幫她，而是又打了電話到芙頌他們家。因為連著幾天鈴聲響很久都沒人接電話，因此我很不安。這次，當我聽到電話停機特有的間斷聲響時，腹部的疼痛瞬間攫住我的整個身體和頭腦。

十二分鐘後，我走進了長久以來我成功遠離的橙色街道，在中午的烈日下，我像個影子那樣向位於庫于魯．鮑斯坦街上的芙頌他們家走去。當我從遠處朝他們家的窗戶望時，我發現窗簾沒了。我敲門，沒人來開門。我拍門，搥門，依然沒人來開門。我急得簡直快死了。「誰啊？」年老的看門女人從地下室黑暗的房子裡叫道，「啊，他們啊，三號的人家，他們搬走了。」

我編了一個謊話，說自己「想租房子」。我往那女人的手裡塞了二十里拉，請她用備用鑰匙打開了門。

我的真主！悲涼寂寞的空房間，破損的廚房，掉落的瓷磚，我那失蹤的情人在裡面洗了一輩子澡的破舊浴缸，讓她害怕的熱水器，釘在牆上的釘子，曾經掛在那裡的鏡子和畫框二十年來留下的痕跡，所有這些讓我如何形容？我帶著愛戀把芙頌留在這些房間裡的氣味，她的影子，使她成為芙頌、讓她在其中度過整個一生的這個家的佈局、牆壁和剝落的油漆一一鐫刻在腦海裡。一面牆上貼著壁紙，我從邊上撕下一大塊帶走。有個小房間我認為是芙頌的，我把那個房間的門把也裝進口袋，因為這個門把她摸了十八年。當我觸碰到抽水馬桶鏈條上面的陶瓷圓頭時，它掉落在我的手裡。

在一堆扔在角落的廢紙、垃圾裡，我找到芙頌的一個洋娃娃的手臂，一個玻璃球，她的幾個髮夾，我把它們也扔進口袋。想到獨自一人時可以從它們那裡得到一些安慰，我感覺輕鬆許多，我問看門女人為什麼他們住了那麼多年後會搬走。她說他們為了房租已經和房東吵了很多年。我說：「難道在其他區域房租會更低嗎？」我還說，錢越來越不值錢，物價越來越高了。「他們搬到哪裡去了？」看門女人說：「不知道。他們怨恨我們，怨恨房東就走掉了。」經過二十年，他們和房東的關係破裂了。」內心的絕望幾乎要讓我窒息。我明白，我心裡一直希望有一天來這裡，敲他們的房門，隨後哀求著走進去見到芙頌。而現在這最後的希望和與她重見的幻想也被剝奪了，我無法承受這個事實。

十八分鐘後，我躺到邁哈邁特大樓裡我們的床上，我試圖用從空房子裡拿來的物件減輕自己的痛苦。我拿著這些芙頌曾經觸摸過、使她成為芙頌的東西，撫摸、欣賞它們，讓它們貼著我的脖子、肩膀、袒露的胸膛和肚子，這些物件把沉澱在其中的許多記憶，帶著一種安撫的力量釋放到我的靈魂裡。

38 夏末派對

過了很久，我沒去辦公室，直接回泰什維奇耶的家裡。在家裡作準備的茜貝爾說：「我想問你香檳酒的事，打了幾次電話到辦公室，但每次他們都說你不在。」

我沒能給她任何回答，悄悄溜進了自己的房間。我記得，我躺在床上，絕望地想到自己竟是如此不幸，今晚會過得很糟糕。痛苦地幻想芙頌，把玩她的物件尋求安慰，讓我看不起自己，但這也為我打開了我想進一步走入的另外一個世界的大門。茜貝爾興致勃勃地準備著的這個派對需要一個富有、機智、愉快、健康的男主人，一個知道如何盡情享受的男主人，而我無法扮演那樣一個角色。更何況我也清楚，在自家舉辦的派對上，我無法擺出一副二十歲憤青苦著臉的模樣。茜貝爾知道我那莫名的隱疾，她能夠寬容我，來夏末派對上尋歡作樂的客人們就不會像她那樣對待我了。

晚上七點，當第一批客人到達時，我像一個好客的主人那樣，向他們展示了伊斯坦堡的酒吧和熟食店裡地下出售的所有走私洋酒，並用這些洋酒招待他們。我記得自己在音樂中沉浸了一陣子，放了佩珀軍士（我喜歡唱片封面）、西蒙和加豐科的歌曲，說笑著和茜貝爾、努爾吉汗跳了舞。努爾吉汗最終選擇了麥赫麥特，但紮伊姆看來並沒有不高興。當茜貝爾皺著眉頭告訴我，她認為努爾吉汗和紮伊姆上床了，我不懂我的未婚妻為什麼要為此憂傷，不過我也懶得去弄懂。世界是這樣一個美麗的地方，夏天的夜晚從海峽吹來的東北風，讓泰什維奇耶清真寺天井裡的楓樹葉，發出了從我兒時起就熟悉的可愛而溫柔的沙沙聲；天色漸暗時，燕子們在一九三〇年代蓋的大樓和清真寺的上空鳴叫著飛過；沒去別墅的尼相塔什人家裡的電視光亮隨著夜幕降臨而變得更加明顯；一個無聊的年輕女孩出現在陽臺上，隨後一個不開心的父親出現在另外一個陽臺上，他們茫然地盯著街上來往的車輛看了一會兒。而我，就像欣賞自己的情感一樣，欣賞著所有這些景致，我害怕自己將永遠無法忘記芙頌。我坐在自家陽臺的陰暗處，一邊靜靜地聽別人閒聊，一邊不停地喝酒。

紮伊姆這次帶來了一個可愛的女孩，因為大學入學考拿了高分，因此女孩看起來很高興，我和這個名叫阿伊謝的女孩聊了一會兒。陪我喝酒的是茜貝爾的一個朋友的男友，這個酒量很大的害羞男人是做皮革進口生意的。當天空被一種天鵝絨般的黑暗淹沒後，茜貝爾出來說：「你這樣可不好，進去一會兒吧。」我們依然緊緊摟著對方，跳了那並不幸福卻看似浪漫的舞。因為有些燈關上了，因此在半暗的客廳裡，在這戶我度過了整個童年和大半人生的公寓裡，有了一種完全不同的氛圍和色彩，一股我的整個世界都被剝奪了的感受伴隨著這副景象油然而生，因此和茜貝爾跳舞時我緊摟著她。因為我的憂鬱持續了整個夏天，因為我的酗酒習慣在夏末也傳給了她，因此我親愛的未婚妻也像我那樣搖搖晃晃。

用當時小報記者的話來說，「夜深後在酒精的作用下」，派對慢慢變了調。杯子和酒瓶被打碎，四十五轉和三十三轉的唱片被破壞，有些情侶受歐洲雜誌的影響公然接起吻來，有些人則躲進我或我哥哥的房間裡，據稱是去做愛，但依我看是呼呼大睡去了。派對的氣氛裡還有一種集體的慌亂，彷彿這群富家子弟害怕他們的青春以及對現代化的渴望就快要逝去了。八、九年前，我開始舉辦夏末派對時，這件事帶有一種無政府主義的精神，彷彿是基於對父母的憤怒才故意這麼做的。當我的朋友們粗暴地玩弄、打碎廚房裡那些昂貴的器具時，當他們醉醺醺、嬉笑地從父母櫃子裡翻出那些舊帽子、香水瓶、電動鞋拔、領帶、禮服互相展示時，他們深信這股毀滅的力量是帶有政治意味的，而因此更樂在其中。

在以後的那些年裡，這群人裡只有兩個人參與了政治。他們中的一個在一九七一年的軍事政變後被關進了監獄，直到一九七四年大赦時才放出來。他們倆大概都因為覺得我們這些人「沒有責任感、放縱和平庸」，所以遠離了我們。

而現在，在接近黎明的時刻，努爾吉汗也在翻我母親的櫃子，但她那麼做並不是因為一種無政府主義的憤怒，而是出於女人的好奇心。她口吻非常嚴肅地說：「我們要去奇利奧斯游泳，我在看你母親是否有泳衣。」儘管芙頌那麼想去，但我卻沒能帶她去奇利奧斯游泳，痛苦和悔恨瞬間將我緊緊抓住，為了能夠承受，我不得不一頭倒在父母的床上。我在床上也能看見醉醺醺的努爾吉汗以找泳衣為藉口，亂翻母親那些一九五〇年代的繡花襪子、高雅的赭色綁帶馬甲、沒被流放到邁哈邁特大樓的帽子和圍巾。努爾吉汗從母親放尼龍襪子的抽屜裡翻出了一個包包。因為母親不相信銀行的保險櫃，因此把房產證、地契都藏在這個包包裡，裡面還有一串串因為賣掉或是出租而無用的房門鑰匙、一張三十六年前從娛樂版上剪下的登有父母結婚消息的剪報、二十四年前從《生活》雜誌社會版上剪下的一張母親的照片，照片上母親在人群中顯得時尚而迷人。努爾吉汗把這些東西全都看了一遍。她說：「你母親是個很可愛、很有趣的女人。」我仍舊像死人般躺在床上說：「她活得很瀟灑。」當我想著和芙頌在這個房間裡度過一生該有多好時，努爾吉汗甜美、快樂地哈哈大笑起來。大概是受到這種神經質的笑聲吸引，茜貝爾和麥赫麥特先後走進了房間。茜貝爾和努爾吉汗一起醉醺醺地翻著母親的櫃子，麥赫麥特坐在床邊（就坐在父親早上穿上拖鞋前，坐在那裡茫然地看著腳趾頭的地方），含情脈脈地看著努爾吉汗。他是那麼幸福，因為這麼多年來他第一次那麼快地找到了一個瘋狂愛上並能和她結婚的戀人。我感覺他對自己的幸福很是驚訝，甚至因為太幸福而感到害羞。但我並不嫉妒他，因為我覺得他十分害怕被欺騙，害怕一個蒙羞、糟糕的結局，害怕自己會後悔。

我在這裡展出茜貝爾和努爾吉汗小心翼翼地從母親櫃子裡翻出來的東西。她們不時笑鬧著，又互相提醒對方她們是為了去游泳而在這裡找泳衣的。

尋找泳衣和「我們去海邊游泳」的談話一直持續到天邊露出第一縷晨光。其實誰都沒有清醒到可以開車的程度。我知道和酒精、失眠混在一起的愛情傷痛在奇利奧斯海水浴場將會是我無法承受的，因此我不打算和他們一起去。我說我和茜貝爾隨後會過去，但我一直在拖延。天亮時，我走到母親坐在那裡喝著咖啡看葬禮的陽臺上，揮手喊了樓下的朋友們。大街上，紮伊姆和他的新情人阿伊謝、努爾吉汗和麥赫麥特以及其他幾個人在醉醺醺叫嚷著，他們互相扔著一個閃亮的紅色塑膠球，喧鬧聲足以吵醒整個泰什維奇耶。當麥赫麥特最終關上車門時，我看見幾個去做早拜的老人正在泰什維奇耶清真寺裡慢慢地走著，當中有對面大樓的管理員，他總在年前穿上聖誕老人的衣服去街上賣新年彩券。就在這時，我看見麥赫麥特的車子突然一個緊急剎車停了下來，車慢慢後退著停穩了。車門打開後，努爾吉汗走了出來，她扯開嗓門朝著六樓的我們喊道她忘了自己的絲巾。茜貝爾跑進去拿來絲巾，從陽臺上把它扔了下去。紫色的絲巾在若有若無的風中彷彿一隻搖搖擺擺的風箏，一下子被吹得膨起來，一下子被吹得扭來扭去，一張一合地慢慢飄落下去。我永遠不會忘記我和茜貝爾在陽臺上看絲巾飄落時的樣子，因為這是我和未婚妻最後的幸福記憶。

39 坦白

我們來到坦白這一幕了。我本能地希望博物館這部分的框架、背景、所有東西都是一種冷冷的黃色。而事實上，等朋友們走後不久，當我依然躺在父母的床上時，從群山背後升起的巨大太陽讓寬敞的臥室染上一層深深的橘黃色。遠處一艘大客船，鳴響汽笛穿過海峽向這邊駛來。「快點，」茜貝爾說，儘管她察覺到了我的不情願，「別遲到了，讓我們去追他們吧。」但是，當她看見我躺在床上的樣子時，她不僅明白我不會去海邊（她根本沒想到我醉成那樣是無法開車的），還感到由於我那憂鬱的毛病，我們已經走到一個無法回頭的境地。從她逃避我的目光裡，我明白她想迴避問題。但就像人們有時會沒有經過深思熟慮就去面對心裡的恐懼一般（有些人說這是勇氣），還是她主動提起了這個話題。

她質問道：「昨天下午你到底去了哪裡？」但她立刻又後悔了，趕緊甜美地接著說道：「如果你覺得以後會因此難堪，如果你不想說，就別說了。」

她躺到我身邊。就像一隻乖巧的貓，她用那麼真誠的一種憐愛和恐懼擁抱我，以至於我感到自己要做一件傷害她的事了。我為此羞愧，然而愛情的魔鬼已經從阿拉丁的神燈裡跑出來，它震盪著我的身軀，讓我感到那將不再僅僅是我的祕密了。

「親愛的，你還記得我們開春時去富爺大廳的那個晚上嗎？」我小心翼翼地開始回溯，「你在一個櫥窗裡看見了一隻珍妮．克隆包，因為你喜歡，我們還走回去看了一眼。」

我親愛的未婚妻立刻明白重點不在於那個包包，我即將說出來的事情嚴重多了，她瞪大雙眼。我把讀者和博物館參觀者從第一件物品開始就知道的故事告訴了她。為了幫助參觀者記住我的故事，我在這裡依次為那些最重要的物件各展出一張小照片。

我也試圖依次小心謹慎地告訴茜貝爾一切。在這個我和芙頌相遇以及隨後發生的一切的悲淒故事裡，我立刻感到一種贖罪和悔恨，就像多年前因我們的過錯造成的車禍，或是犯下的罪過那樣無法逃避的沉重。但這種感覺也可能是我把它加到故事裡去的，目的是為了減輕我那平常的過錯，讓人感覺一切都早已過去。因為我當然不能講那些幸福的性愛細節，儘管它們是我所經歷的事情中不可或缺的部分，我努力將這一切說成是一個土耳其男人婚前的放縱。當我看見茜貝爾的眼淚時，就像我放棄了將自己的故事原原本本告訴她的意圖一樣，我也因為跟她說了這件事而後悔。

「你太噁心了。」茜貝爾說。她拿起母親的一個裡面裝滿了硬幣的玫瑰印花舊包包丟了過來，接著又拿父親的一隻牛津鞋向我砸來。兩樣東西都沒擊中目標。硬幣就像打碎的玻璃那樣四處飛濺。茜貝爾的眼裡流出了眼淚。

我說：「這段關係早就結束了。只是我做的事情讓我感覺身心疲憊……問題不在那個女孩，也跟別人無關……」

「是那個訂婚儀式上坐到我們那桌的女孩嗎？」茜貝爾沒勇氣說出她的名字。

「是的。」

「不過就是精品店裡的一個小妹，噁心！你還在和她見面嗎？」

「當然沒有，和你訂婚後我就拋棄了她。她也失蹤了。她已經和別人結婚了（甚至現在我都驚訝自己是如何編出這個謊話的）。訂婚後你在我身上看見的沉悶就是因為這個原因，但已經過去了。」

茜貝爾哭了一會兒，洗了臉，恢復了平靜，又問起問題來。

「也就是說你無法忘記她，是嗎？」我聰明的未婚妻一下子就用自己的語言精練地概括了事情的真相。

哪個心軟的男人能說「是」呢？我不情願地說：「不是。你誤解了。因為讓一個女孩受到傷害，也因為欺騙你，讓我們的關係受到玷污，讓我感到了責任的壓力，這讓我疲憊，也帶走了我生活的樂趣。」

我們倆都不再相信我說的這些話了。

「昨天吃完午飯後，你在哪裡？」

我多麼渴望能夠告訴除了茜貝爾以外任何一個善解人意的人，我是怎麼拿起那些讓我想起她的物件，放進嘴裡，讓它們貼著我的肌膚摩擦，想著一幕幕有她的畫面，流下眼淚來。但另一方面，我也感到如果茜貝爾離我而去，我將無法繼續生活，我會瘋掉。其實我應該對她說「我們立刻結婚吧」。許多支撐我們社會的牢固婚姻，就是為了要忘記這種熱烈卻不幸的愛情而締結的。

「我想在結婚前去玩玩我的那些玩具，比如說我有一把太空手槍，竟然還能打……就是一種奇怪的懷舊情結，所以我才去那裡。」

「你從一開始就根本不應該去！你一直和她在那裡約會吧？」

不等我回答，她已哭了起來。我摟住她安撫她，她卻哭得更厲害了。我帶著一種比愛情更為深切的感情擁抱我的未婚妻，我對她充滿一種深切的感激之情。茜貝爾哭了很久後在我懷裡睡著了，我也睡著了。

快到中午醒來時，我發現茜貝爾早就起來了，她已梳洗完畢化好妝，甚至在廚房為我準備了早餐。她冷靜地說：「如果你願意就去對面店裡買一個新鮮麵包，但如果你懶得去，我就切點老麵包炸一下。」

「不，我去。」

在派對後變成了戰場的客廳裡，在父母三十六年來面對面坐著吃飯的餐桌上，我們用了早餐。我在這裡展出和我在對面雜貨店裡買來的麵包一模一樣的模型，一方面是為了感懷，一方面是為了忠實地記錄，此外也是一種提醒——在伊斯坦堡，就算分量有些變化，數以百萬的人在半個世紀裡只吃這種麵包。我還想藉此表示生活是一連串的重複事件，而一切的一切爾後都將被無情地遺忘。

那天早晨，茜貝爾表現出一種現在都讓我感到驚訝的堅強和果決。

「你認為是愛情的東西只是一種暫時的癡迷，很快就會過去的。我會幫你走出來。我會把你從這荒唐的情感裡拯救出來的。」她說。

為了掩飾哭腫的雙眼，她在眼睛下面塗了厚厚一層粉。看見她儘管痛苦卻仍努力避免說一些會傷害我的話，感受到她的憐愛，大大地增加了我對她的信任，以至於我感到唯一能把我從痛苦裡解救出來的東西就是茜貝爾的堅決，我決定乖乖地去做她說的每一件事。於是，當我們就著白乳酪、橄欖、草莓醬吃新鮮麵包時，我們立刻達成協議，那就是我必須離開這個家，必須很長一段時間不來尼相塔什，不走進這裡的街道。我們宣布，絕對禁止走入那些紅色和橙色的街道……

茜貝爾的父母已經回到了過冬的安卡拉家裡，因此阿納多盧希薩爾的別墅空了出來。茜貝爾說，因為我們已經訂婚，所以她的父母會對我們一起入住別墅視而不見的。我應該立刻搬去她那裡住，屏棄那些讓我陷入癡迷的習慣。我記得，就像那些為了擺脫愛情的痛苦而被送去歐洲的年輕女孩一樣，當我帶著憂傷和治癒的希望收拾箱子時，茜貝爾一邊說「把這些也帶去」，一邊把我的厚襪子塞進了箱子，她的這個舉動讓我痛苦地想到，我的治療可能會持續很長一段時間。

40 別墅生活給予的安慰

懷著開始一種新生活的興致勃勃的心情，我立刻接受了別墅生活給予的安慰，這些安慰在頭幾天裡讓我相信自己正在快速地好起來。無論晚上我們去了哪裡，幾點回到家，喝得多醉，早上，當反射在海峽波浪上的粼光透過百葉窗的縫隙在房間天花板上舞動時，我就會立刻起床，推開百葉窗，每每對躍入眼簾的美麗景象感到驚訝，驚訝裡還夾雜著歡喜，因為我重新發現了人生中已被我遺忘的美好，或說我想要相信我重新發現了人生的美好。有時，茜貝爾也會細心地察覺到我的感受，她會穿著真絲睡袍，光腳踩在嘎吱作響的地板上走到我身邊，我們會一起欣賞海峽的美麗——一條在波浪中搖擺前行的紅色漁船，對面岸邊陽光下小樹林上空的薄霧，帶著早上幽靈般的寂靜、在激流中歪斜著、嘩嘩駛向城裡的第一艘客船。

就像我一樣，茜貝爾也懷著興致勃勃的心情，像面對一劑能治癒我疾病的良藥那樣，享受著別墅生活的樂趣。像那些滿足於他們愛情的情侶那樣，當我們在面向海峽的凸窗前吃晚飯時，從阿納多盧希薩爾碼頭駛出的卡蘭代爾渡船，像要撞上別墅那樣從我們面前經過，船長室裡戴著帽子、留著小鬍子的船長和我們的距離近到能看見餐桌上煎得酥脆的青花魚、茄子沙拉、油炸茄子、白乳酪、哈密瓜和拉克酒，他會對我們大喊「用餐愉快」，而茜貝爾會把這看做是一件能讓我好一點的樂事。早上一醒來我就會和未婚妻跳入涼爽的海水裡，隨後一起去碼頭茶館一邊喝茶、吃麵包圈，一邊看報，回來在花園裡種番茄和辣椒，快到中午時跑到漁夫的船上挑選灰鯔魚或是海鯛，在樹葉紋風不動、飛蛾一隻接著一隻撲向亮燈的九月的炎熱夜晚，划水進入閃爍著波光的海裡……茜貝爾樂觀地相信所有這些樂趣能將我治癒，夜晚，當她在床上用曼妙、芳香的身體輕輕摟抱我時，我會明白這一點。然而，當我因為腹部左邊那像一種無止境的焦慮般依然隱隱發作的愛情之痛而無法和茜貝爾做愛時，我會開玩笑地說「親愛的，我們還沒有結婚呢」。我親愛的未婚妻也會遷就我，用玩笑來敷衍問題。

有時，當我夜晚在碼頭的躺椅上獨自一人正要睡著時，或者狼吞虎嚥地吃著從小販的船上買來的煮玉米時，抑或是早上上班前，我像一個年輕而幸福的丈夫親吻她臉頰時，我會從她的眼睛裡看到，茜貝爾的靈魂裡有一種對於我的鄙視和仇恨正在發芽。這當然是因為我們一直沒能做愛，然而更可怕的原因是，茜貝爾意識到，她用一種超常的意志和愛戀所作的「治癒我」的努力沒有任何效果，或者更糟糕的是，「即使我痊癒了」，將來我也會在她和芙頌之間徘徊。在我感覺最糟糕的時候，我也會願意去相信這個最後的可能，我會幻想，有一天我將得到芙頌的消息，瞬間我們將回到以前的那些幸福日子裡，每天在邁哈邁特大樓約會，當我從愛情的痛苦中這樣擺脫出來後，我當然也將能和茜貝爾做愛，我們將能夠結婚生子，開始一種幸福、正常的家庭生活。

然而，只有酩酊大醉時，或是美麗的早晨給了我樂觀的心情時，我才能偶爾發自內心地相信這些幻想。多數時間我還是無論如何也不能忘記她，讓我的愛情之痛生根的東西，不再是芙頌的消失，而是無論如何看不到終點的痛苦。

41 仰泳

儘管黑暗，九月裡那些痛苦的日子自有美好的一面，而且隨著時間過去，我找到了一個讓一切可堪忍受的新方法——仰泳。當我仰面往後游時，我把頭埋進水裡，仰頭看著水底，憋氣划水。當我在激流和波浪中睜開雙眼時，我倒著看到了海峽水中那越變越深的黑暗，它在我的內心喚醒了一種和愛情之痛截然不同的無限的感覺。

因為海水在岸邊突然變深，所以我有時能、有時不能看見海底，但是我仰面看見的這個色彩斑斕、神祕浩瀚的世界，既讓我的內心充滿生存的快樂，也讓我感到自己的渺小。有時我會看見生銹的空罐頭、瓶蓋、張開的蚌殼，甚至是古時候留下的船隻的幽靈，我會想起歷史和時間的寬廣以及自己的微不足道。在那樣的時候，我會發現自己能夠享受思緒集中在愛情上的滋味，讓自己全神貫注地投入其中，陷入更深沉的痛苦，我的心靈反倒因此得到了淨化。

重要的不是我的痛苦，而是我和這個在我下方閃爍著的神祕的無垠世界之間的聯結。當博斯普魯斯海峽的海水灌進我的嘴巴、鼻子和耳朵時，我感覺得出來我內心那個負責掌管平靜與喜悅的精靈覺得很滿意。當我一下接著一下往後划著水時，某種類似暈船的感受會占據我整個人，直到腹部的疼痛消失得無影無蹤。同時，一股對芙頌的憐愛會在我內心膨脹，而這又讓我想起自己對她有多氣憤和惱怒。

看見我正在以最快的速度倒著游向一艘慌亂拉響汽笛的蘇聯油輪或是市內渡船時，茜貝爾會在碼頭上又蹦又跳地叫喊，但多數時間我是聽不見的。每天有很多市內渡船、國際油輪、運煤貨船，以及給海峽邊上的飯店運送啤酒、梅爾泰姆汽水的駁船和快艇從海面經過，而我總是冒著危險、甚至有意挑戰一般地靠近它們，因此茜貝爾想禁止我在別墅旁邊的水裡仰泳，但又因為知道這能減輕我的痛苦，所以她也無法堅持。聽茜貝爾的建議，有些日子我會獨自去安靜的海水浴場，風平浪靜的日子裡則會去黑海邊的希萊，有時我會和她一起去貝伊考茲區（Beykoz）再過去一點的無人小海灣，我會把頭埋進水裡，讓思緒帶著我一直游到很遠、很遠的地方。當我上岸躺在陽光下，閉上眼睛時，我會樂觀地想到，自己所經歷的一切其實是每個帶著激情戀愛的認真、有尊嚴的男人都會碰上的。

唯一奇怪的是，時間沒有像對所有人那樣讓我的愛情之痛停止。和茜貝爾在寂靜的夜裡（只能聽見遠處一艘駁船發出的甜美的拍水聲）為了安慰我所說的那些話相反，我的痛苦就是沒有漸漸煙消雲散，這讓我倆都很沮喪。有時如果我把這種狀況看做是大腦結構或是精神殘缺的一個產物，我就會認為自己終將擺脫痛苦，但因為我像個弱者般無助地依賴著茜貝爾的仁慈，因此我也無法永遠堅持這種觀點。於是，多數時間為了不陷入絕望，我會努力相信自己可以用仰泳來戰勝痛苦，但我也非常清楚我在欺騙自己。

九月裡，我不僅瞞著茜貝爾，某方面而言也是瞞著我自己，到邁哈邁特大樓去了三次，躺在床上拿起芙頌曾經觸摸過的東西，用讀者已經知道的方式尋求安慰。我就是無法忘記她。

42 秋愁

十月初發生了一次東北風暴後，湍急的博斯普魯斯海峽海水冷到無法游泳，我的憂愁也沉重到想藏都藏不住了。早早變暗的天色，早早飄落在後花園和碼頭上的樹葉，人去樓空的避暑別墅，停靠在碼頭的划艇，雨季開始幾天後剎那間變得空曠的街道和那些被推倒在街上的自行車，原本就給我倆一種難以忍受的濃濃的秋愁。與此同時，我慌亂地感到，茜貝爾不再能夠忍受我的無所作為、我無法隱藏的憂傷和每夜的酩酊大醉。

十月底，茜貝爾已經厭倦了從生鏽的舊水龍頭裡流出來的鏽水，廚房的破舊、潮濕、陰冷，還有別墅的破洞和裂縫以及刺骨的東北風。那些在炎熱的九月夜晚，不請自來、喝醉後在黑暗中大笑著從碼頭跳入水中的朋友也不再來了，他們讓我們感到城裡已經開始了一種更加有趣的秋日生活。為了呈現出冬天逃離別墅生活的那些新貴，也為了讓參觀者感受到濃濃的秋愁，我在這裡展出後花園裡的一些潮濕、破裂的石塊，石塊上面的鼻涕蟲，下雨時銷聲匿跡的蜥蜴。

那些天我益發感到，為了能夠和茜貝爾在別墅度過冬天，我必須用性愛來向她證明自己已經忘了芙頌，而這讓我們在臥室裡的相處變得更加彆扭和不愉快，像從前那樣能夠相擁而眠的夜晚也越來越少了。一方面我和茜貝爾會一起鄙視那些在木造別墅裡使用電暖氣的人、那些讓歷史建築物處於危險之中的不負責任的無知者，另一方面每天夜裡當我們感到寒冷時，我們會把電暖氣的插頭插進致命的插座裡。十一月初開始供暖後，對於在城裡舉辦的、我們可能錯過了的秋日派對、夜店開幕酒會、重新裝潢的老地方和聚集在電影院外的人群，我們感到越來越好奇，於是開始尋找各種藉口去貝伊奧魯，甚至還去尼相塔什和那些禁止我走入的街道。

一天晚上，沒有什麼特定的目的，我們來到尼相塔什，去了富爺大廳，一邊空腹喝著拉克酒，一邊和熟悉的領班薩迪和哈伊達爾問了好，還像所有人那樣抱怨在街上互相射殺、四處扔炸彈、讓國家陷入災難的極端民族主義者和左派武裝分子。在談論政治時，那些年老的服務生像以往那樣表現得比我們更加謹慎。儘管我們用邀請的目光看著那些走進飯店的熟人，但誰也沒過來找我們，於是茜貝爾用調侃的口吻問我為什麼又不開心了。我簡單地告訴她，哥哥和圖爾蓋先生達成了協議，他們要成立一個新公司，還把那個我一直未能決定是否要開除、而現在讓我後悔的肯南也拉了過去，這樣他們就用一個非常賺錢的床單生意為藉口把我排擠了出去。

茜貝爾問：「肯南，是那個訂婚儀式上舞跳得很好的肯南嗎？」當然，茜貝爾是為了不提芙頌的名字才選擇「舞跳得很好」這個說法的。我們倆都還痛苦地記得訂婚儀式上的所有細節。因為沒能找到一個可以改變話題的藉口，於是我們沉默了一陣子。而事實上，在「我的疾病」剛發作的那些日子裡，即使在最糟糕的時刻，茜貝爾都可以帶著一種充滿生命的力量找到全新的話題。

茜貝爾用最近常用的嘲諷口吻問道：「那麼現在這個肯南是不是要成為新公司的經理了？」當我憂傷地看著她那微微顫抖的雙手和化了濃妝的臉時，我不禁想到，因為和一個有煩惱的富人訂婚，茜貝爾從一個在法國讀過書、有文化、幸福的土耳其女孩，變成一個酗酒、煩惱和愛嘲弄的土耳其家庭婦女。

她這麼譏諷我，會是因為她知道為了芙頌我也嫉妒肯南嗎？這樣的一種懷疑在一個月前我是想也不會想到的。

「不過就是為了多賺三、五分里拉，他們見風轉舵了。沒什麼大不了的。」我說。

「你知道這裡的盈利不是三、五分里拉，而是一大筆錢。你不應該允許他們將你排擠在外，搶你面前的麵包。你應該挺身而出跟他們鬥。」

「我不在乎。」

「我不喜歡你這種樣子。你在放棄一切，遠離生活，你好像喜歡失敗。你應該更堅強些。」

我舉起酒杯笑著問：「再來一杯酒，好嗎？」

我們又各要了一杯酒，等酒來時我們又沉默了。茜貝爾的眉宇間又出現了在她不高興時會有的像問號一樣的皺紋。

「你找一下努爾吉汗他們吧，也許他們會過來。」我說。
茜貝爾氣呼呼地回答道：「剛才我去看過了，裡面的電話不能用，說是故障了。」
「讓我們來看看你今天都做了些什麼，買了些什麼？打開袋子來看看，我們輕鬆一下。」
但茜貝爾根本沒興趣打開袋子。
隨後，她以一種完全出乎我意料的語氣說：「我確定你不可能還那麼愛她。你的問題不是愛上了別的女人，而是無法愛我。」
我握著她的手說：「那麼我為什麼還這麼黏著你呢？為什麼我一天也離不開你呢？」
這樣的話我們已經不止說過一遍了。但這次我在茜貝爾的眼裡看到一種奇怪的光亮，我害怕她會這麼說：因為你知道，如果獨自一人，你將無法忍受失去芙頌的痛苦，也許你會因為痛苦而死去。但是感謝真主，茜貝爾還沒意識到情況有那麼糟糕。
「你黏著我不是因為愛我，而是這樣做能讓你相信自己已經走出了那場災難。」
「我為什麼需要這樣？」
「你已經變得很享受這種持續處於痛苦中、對什麼都嗤之以鼻的狀態，但親愛的，你該清醒過來了。」
我對她說，這些糟糕的日子總會過去的，除了兩個兒子，我還想要三個長得像她的女兒。我們會擁有一個幸福、快樂的大家庭，我們會說笑著度過一生。我還告訴她，看見她神采奕奕的臉龐，聽她說妙趣橫生的話語，聽見她在廚房裡忙的聲音，給了我一種無限的生活喜悅。我說：「你別哭啊。」
「我感覺這些沒一個能夠實現。」茜貝爾說著哭得更厲害了。她放開我的手，拿出手帕擦了擦鼻子和臉。隨後又拿出粉餅盒，在臉上和眼睛下面抹了很多粉。
「你為什麼對我沒信心了？」我問道。
「也許是因為我對自己沒信心了。有時我在想，我不再漂亮了。」她說。

正當我握住她的手，告訴她她是多麼漂亮時……

「嗨，浪漫的情侶，」塔伊豐叫道：「所有人都在談論你們，你們知道嗎？啊，怎麼了？」

「大家說我們什麼？」

塔伊豐在九月裡去了別墅很多次。看見茜貝爾在哭，他立刻覺得很掃興。他想馬上離開，但因為看到茜貝爾臉上的表情他沒有立刻走掉。

「一個親戚的女兒出車禍死了。」茜貝爾說。

我帶著嘲諷的口吻再次問道：「大家說我們什麼？」

「節哀順變。」為了能馬上離開，塔伊豐開始左右張望，他誇張地跟剛進門的一個人打了招呼。離開前他說：「他們說，你們是那麼相愛，就像一些歐洲人那樣，因為害怕婚姻會扼殺愛情，所以你們不結婚。我認為你們還是結婚吧，因為所有人都嫉妒你們，還有人說那棟別墅不吉利。」

等他一走，我們向年輕可愛的服務生又各要了一杯拉克酒。儘管茜貝爾編造了各種藉口，為我那整個夏天引起了朋友們注意的沉悶作了掩飾。但我們知道，包括婚前同居，外面流傳著很多關於我們的閒話，人們記住了茜貝爾說的很多嘲諷我的笑話，而我那老是泡在海裡仰泳的習慣以及我的沮喪則成了人們談笑的話題。

「我們還要叫努爾吉汗他們來吃飯嗎？還是我們現在就吃？」

茜貝爾幾乎慌亂地說：「讓我們再在這裡待一會兒。你出去打電話，找到他們。你有打電話的硬幣嗎？」

因為我不想讓五十年後對我故事感興趣的新世代幸福的人們，嘲笑一九七五年時斷水（因此用水車往富人居住區送水）、無法打公用電話的伊斯坦堡，所以我在這裡展出那些年在菸草店出售的邊緣有鋸齒的電話代幣。在我故事開始的那些年裡，伊斯坦堡街道上有限的電話亭裡的多數電話，要麼被野蠻地砸壞了，要麼本來就是壞的。我不記得在那些年裡自己在土耳其郵電總局的任何一個電話亭裡打成過一次電話（這件事，在西方電影的影響下，只有土耳其電影裡的那些主人公們能夠做到）。不過，一名精明的業主把計費電話賣給了雜貨店、咖啡館及其他商行，這才滿足了我們的需求。說這些細節，是為了告訴大家，我為什麼要在尼相塔什的店鋪一家家尋覓。我在一個賣體育彩券的小亭子裡找到了一部空電話。努爾吉汗家的電話一直占線，而店主不允許我打第二通電話。過了很久我在一家花店打了電話給麥赫麥特。他說他和努爾吉汗在家裡，半小時之內可以到富爺大廳。

因為逐一在店鋪找電話，我來到了尼相塔什的中心地帶。我對自己說，既然這麼近了，如果我去一趟邁哈邁特大樓，去看看那裡的東西可能會很好。正好我帶了鑰匙。

一走進我們的公寓，我就去洗了臉，像一個準備動手術的醫生那樣，小心翼翼地脫下西裝和襯衫，坐到和芙頌做了四十四次愛的床邊。我從周圍那些充滿了回憶的物件當中，拿出我在這裡展出的三件物品，撫摸著它們度過了幸福的一個半小時。

等我回到富爺大廳，我發現，除了麥赫麥特和努爾吉汗，紮伊姆也在那裡。我記得，看著堆滿瓶子、菸灰缸、盤子和杯子的桌子，聽著伊斯坦堡上流社會的嘈雜聲，我想到自己是幸福的，也是熱愛生活的。

「別介意，朋友們，我來晚了，但你們不知道我都遇到什麼事情了。」說著，我試圖編一個謊話。

「沒關係。」紮伊姆體貼地說：「坐吧。忘記一切，和我們一起開心吧。」

「我本來就很開心。」

當我和茜貝爾的目光相遇時，我立刻看見，酩酊大醉的未婚妻已經明白，我在消失的這段時間裡做了什麼，她斷定我不可能好起來了。茜貝爾很生氣，但她已經醉到無法鬧事的地步了。等到酒醒後，她也不會鬧事，因為她非常愛我，或者因為想到失去我和解除婚約將會是一個可怕的挫敗。我也會因為這些原因，或是我還沒能明白的其他原因，對她產生更強的依賴。我的這種依賴也許依然會給茜貝爾希望，她依然會樂觀地相信總有一天我會痊癒的。但那夜我感覺這種樂觀已走到了盡頭。

有一陣子，我和努爾吉汗跳了舞。

「你讓茜貝爾傷心、生氣了。不要把她一個人留在餐廳裡。她很愛你。也變得很敏感。」她說。

「如果沒有一點刺，你就無法聞到愛情玫瑰的芳香。你們什麼時候結婚？」

「麥赫麥特想馬上結婚。但我想先訂婚，然後像你們那樣在婚前竭盡全力體驗我們的愛情。」努爾吉汗說。

「別拿我們當榜樣……」

「難道有什麼我們不知道的事情嗎？」努爾吉汗想用假笑來掩飾她的好奇。

但她的話甚至沒讓我擔心。因為拉克酒，把我的癡迷從一種持續、強烈的痛苦變成一種時隱時現的幻影。我記得，在和茜貝爾跳舞時，我像高中戀人那樣要她發誓永不拋棄我，她也在我一再的堅持下，努力平息了我內心的憂慮。很多熟人過來和我們坐在一起，他們說待會兒要去別的地方。有人提議去海峽坐在車裡喝茶，有人說去卡瑟姆帕薩的一家餐廳喝羊肚湯，也有人說去夜總會聽土耳其音樂。有一會兒，麥赫麥特和努爾吉汗抱在一起，可笑地搖擺著模仿我和茜貝爾在浪漫氛圍中跳舞的樣子，大家都被他們逗樂了。天亮時，我們離開富爺大廳，儘管朋友們反對，但我還是開了車。因為我在路上橫衝直撞，茜貝爾不時發出尖叫聲，於是我們開車上了去海峽對面的渡船。當船要在于斯屈達爾靠岸時，我們倆都睡著了。因為我們的車把卡車和公共汽車的出口堵住了，所以我們是被慌忙跑來敲車窗的船員叫醒的。海峽沿岸的路上鋪滿了從幽靈般的楓樹上飄落下來的紅葉，我們的車壓在紅葉上，蹣跚著順利回到了別墅。就像往常在這樣的徹夜玩樂結束時所做的那樣，我們互相緊緊地摟著睡著了。

43 寒冷而孤獨的十一月

接下來的幾天，茜貝爾甚至沒問我在尼相塔什消失的一個半小時裡去做了什麼。那天夜裡，我們毫無疑問地體認到，我根本不可能從癡迷中擺脫出來，因為禁令起不了任何作用。而另一方面，我倆對在這棟不再富麗堂皇的舊別墅裡的同居生活是滿意的。不管我們的狀況是多麼不幸，在那棟老朽的房屋裡有一種讓我們彼此依賴並使痛苦變得能夠忍受的東西。海濱別墅的生活用一種挫敗、命運和同盟的情感加深我們那不會復甦的愛情，奧圖曼文化的殘跡為我們人生的缺憾平添一份深刻，甚至把我們從無法做愛的痛苦中解救出來。

即使在傍晚當我們面向大海，把手臂靠在陽臺的鐵欄杆上，面對面坐著開心地喝拉克酒時，我也會從茜貝爾的眼神裡感到，沒有性愛卻還能讓我們彼此相依的唯一東西就是結婚。很多夫妻——不僅僅是父母那一代人，還有我們的同輩——儘管他們之間沒有任何性愛，但還不是一副一切正常的樣子，非常幸福地生活在一起嗎？喝下三、四杯酒後，無論遠近，也不管年輕還是年老，我們會說起那些熟悉的夫妻，問彼此「你認為他們還會做愛嗎」。我們會半開玩笑、半認真地尋找答案。現在讓我感覺很悲涼的這種調侃，當然是因為我們相信直到不久前我們還過著十分幸福的性生活。在我們微妙的同盟關係裡，在讓我們暫時得以把世界阻絕在外的這些談話中，隱藏著一個目的，那就是我們想說服自己在這樣的情況下我倆仍能結婚，並且只要耐心靜候，假以時日我們曾經引以為豪的性生活將重新回來。至少茜貝爾，即使在最悲觀的日子裡，在我的調侃、玩笑和對她的憐愛下會相信這一點，她會對此抱有希望，會因此感到幸福，甚至有時會立刻付諸行動地坐進我的懷裡。在我樂觀的時候，我也會有和茜貝爾同樣的感覺，我會想跟她說我們該結婚了，但同時我又害怕茜貝爾會因為一個突然的決定拒絕我的求婚並拋棄我，因為我還感到，為了用一種可以重新贏得自尊的報復行為來結束我們的關係，茜貝爾正在尋找機會。四個月前，擺在我們面前的是一段幸福的婚姻，是一種有孩子、有朋友、有娛樂、人人嫉妒的完美無缺的生活，而現在因為還無法接受失去它的事實，所以她還沒能付諸行動。我們倆都在努力用對彼此的那種奇怪的愛意和依賴來擺脫窘境，我們只能借助酒精的力量勉強入睡，然而半夜當我們從睡夢中醒來時，我們擁抱彼此只是為了忘卻痛苦。

從十一月中開始，在那些風平浪靜的日子，半夜裡當我們因為這種不幸的驚嚇或是酒精造成的口渴醒來時，我們經常在關起的百葉窗外面，聽到一艘小漁船在平靜的水中撒網、行進的聲音。從他們的對話裡我們知道，在我們臥室外面停靠的小船上，有一個經驗豐富的漁夫和一個對他言聽計從、說話細聲細氣的兒子。他們在船上點燃的漁燈會透過百葉窗的縫隙，在我們的天花板上投射出美麗的光線，我們在寂靜的夜色裡會聽到船槳在水裡發出的划水聲、從拉起的漁網上落下的滴水聲、默默幹活的父子倆的咳嗽聲。半夜醒來發覺他們到來時，我和茜貝爾會抱在一起，側耳傾聽離我們只有五、六米遠的漁船上傳來的聲音。對我們的存在一無所知的這對父子，為了讓魚兒游起來並落入網裡，他們會往海裡扔石子，然後收網，我們會傾聽他們的喘息聲和難得的對話。有時漁夫會說：「兒子，抓緊點。」或是「把魚筐抬起來。」抑或是「現在往後划。」過了很久，寂靜中兒子會用那可愛的聲音說道：「那裡還有一個！」當我和茜貝爾互擁著躺在床上時，我們會對孩子所指的東西感到好奇。是一條魚，還是一個危險的魚鉤，抑或是我們在床上努力幻想的一個怪物？在半睡半醒之間，當我們不斷幻想著漁夫和他的兒子時，我們要麼會重新進入夢鄉，要麼會發現漁船已悄悄離開。我不記得白天曾經和茜貝爾說起過漁夫和他兒子的事情。但到了夜晚，當漁船到來時，我從茜貝爾對我的擁抱裡明白，她也像我一樣在半睡半醒之間因為聽到了漁夫和他兒子的聲音而感到一種深切的安寧，甚至我會感覺到在睡著時，她也像我一樣在等待他們的到來。彷彿只要聽到漁夫和他兒子的聲音，我們就不會分手一樣。

而事實上我記得，茜貝爾對我的怨恨日益加深，也更加痛苦地懷疑自己的美貌，更常流淚，與此同時我們也開始了更加不愉快的口角。最常見的情況是，對於茜貝爾的一個讓我們高興的努力，比如說她烤的一個蛋糕或是費了很多周折買回家的一個茶几，因為我手拿酒杯、幻想著芙頌而沒能給予一個足夠真心的回應，茜貝爾會生氣地摔門出去，而我儘管在裡面的房間很傷心，但卻因為羞愧和怯懦，就是無法去向她道歉，或者去了卻看見她因為痛苦而自閉的樣子。

如果解除婚約，上流社會會因為「我們婚前長時間同居」而鄙視茜貝爾。茜貝爾知道，無論她怎麼去保全面子，也不管她的朋友們有多麼「歐化」，如果我們不結婚，人們不會把這當做一個愛情故事，而是當做一個女人名譽被玷污的故事來說嘴。當然我們從沒有談論過這些事情，但我們在一起每多過一天對茜貝爾都是不利的。

因為我不時去一趟邁哈邁特大樓，躺在床上把玩芙頌觸摸過的物件，因此有時我會覺得自己比以前更好了，我會陷入痛苦正在消退的錯覺中，我還認為這對於茜貝爾來說也是一個希望。我感到晚上去城裡的娛樂場所、出席朋友們的聚會和邀請，也能讓茜貝爾稍微輕鬆些，但所有這些都無法掩蓋我們的糟糕狀況，掩蓋我們的不快樂。那些日子裡，為了知道芙頌在哪裡、過得怎麼樣，我向快要生孩子的潔依達苦苦哀求，還試圖賄賂她，但我所能得知的只是她生活在伊斯坦堡的某個地方。難道我要一條條街道地去找遍整座城市嗎？

在冬季一個寒冷而憂鬱的日子裡，茜貝爾說她想和努爾吉汗一起去巴黎。在和麥赫麥特訂婚前，努爾吉汗為了購物和處理一些未了的事情本打算在耶誕節去巴黎的。當茜貝爾說想和她一起去時，我鼓勵了她。我打算趁茜貝爾在巴黎時竭盡全力地去尋找芙頌，要把伊斯坦堡找個底朝天，如果還是無疾而終，那麼我將擺脫消磨意志的這種悔恨和痛苦，等茜貝爾回來後和她結婚。茜貝爾對我的鼓勵表示懷疑，我告訴她，換換空氣對我們倆都有好處，等她回來我們將一起從原來的地方繼續走下去，儘管沒有過多強調，但我也還是提到了一、兩次結婚這個字眼。

茜貝爾希望，遠離我一段時間，從巴黎回來後可以發現她自己和我都變健康了，而我也是真心打算和茜貝爾結婚的。我們和麥赫麥特和努爾吉汗一起去機場，因為時間還早，我們在新候機大樓的一張小桌旁坐下，喝了英格在牆上一張圖片上向我們推薦的梅爾泰姆汽水。當我最後一次擁抱茜貝爾，看見她眼裡的淚水時，我恐懼地感到，從此我們將無法回到從前，我會很長時間看不到她，隨後我又覺得這是一個過於悲觀的想法。回去的路上，幾個月來第一次遠離努爾吉汗的麥赫麥特在車裡沉默了很久後說：「好兄弟，現在真離不開她們了。」

夜晚，別墅空曠、憂鬱得讓我無法忍受。除了嘎吱作響的地板外，獨自一人時我還發現，大海在用一種不斷變換旋律的呻吟在舊別墅裡遊蕩。海浪用一種完全有別於拍打在岩石上的聲音拍打在碼頭的水泥地面上，而水流的嘈雜聲在船庫前也變成了一種完全不同的沙沙聲。當東北風暴讓別墅的每個角落嘎吱作響時，在夜晚我酩酊大醉後躺倒的床上，黎明時分，我發現漁夫和他兒子的漁船已經很久沒來了。我用腦子裡任何時候都能夠保持真實和誠實的那部分感到，我人生中的一個時期已經結束，然而我那害怕孤獨、慌亂的一面卻阻止我去完全接受這個事實。

44 法提赫飯店

第二天我和潔依達見了面。她為我傳信，而我則讓她的一個親戚進了沙特沙特的財會部門。我以為在索討芙頌地址的問題上如果我稍微再強硬一點，她就無法抗拒了。潔依達在我的一再堅持下，露出了一種非常神祕的神情。她暗示，我不會因為見到芙頌而幸福；生命、愛情、幸福，這些都是來之不易的東西；為了保全自己，為了在這短暫的一生獲得幸福，每個人都在竭盡所能。說話時她不時幸福地摸一下自己那日益變大的肚子，她有一個對她百依百順的丈夫。

我沒能逼迫潔依達。當時的伊斯坦堡也還沒有像美國電影裡那樣的私家偵探社（三十年後才有），因此我也無法派人跟蹤她。之前，為了找到芙頌、她父親和內希貝姑媽，我編了一個調查一樁偷竊案的謊言，偷偷派那個幫父親處理地下事務，還為父親當過一段時間保鏢的拉米茲去找過他們，但他也一無所獲。當沙特沙特在海關、財務上遇到麻煩，幫助過我們、一生都在追捕罪犯的退休警官塞拉米先生，去人口管理處、警察局、街道辦事處都調查過之後說，我尋找的這個人——芙頌的父親——因為沒有犯罪記錄，因此想找到他難如登天。我也曾經裝做一個有良心、去學校感激老師的學生，到芙頌父親退休前當過歷史老師的維法高中和哈伊達爾帕薩高中去過，然而我的拜訪也以失敗告終。找到她母親的一個辦法，就是打聽她到尼相塔什、希什利的哪些女士家做了裁縫。當然我是不能問母親的。紮伊姆從他母親那裡得知，現在很少有人做那種裁縫活了。為了找到裁縫內希貝，他找了中間人，但還是沒能找到。這些失望的結果增加了我的痛苦。我整天在辦公室工作，午休時去邁哈邁特大樓，躺在和芙頌一起睡過的床上，抱著她的舊物讓自己得到滿足。離開那裡後，有時我會回辦公室，有時會立刻開車，帶著也許能碰上芙頌的希望在伊斯坦堡的大街小巷亂轉。

我根本不會想到，在伊斯坦堡的一個個區域和一條條街道上的那些遊歷，多年後想起來竟是一段非常幸福的時光。因為芙頌的幽靈開始在維法（Vefa）、澤伊雷克（Zeyrek）、法提赫、考賈穆斯塔法帕薩（Kocamustafapaşa）那樣邊遠和貧窮的區域出現，所以我去哈利奇灣的另一邊，去城裡的那些老街區。當我一手拿著菸，一手握著方向盤在坑坑窪窪、鵝卵石路面的窄小街道上慢慢搖晃著前行時，當芙頌的幽靈突然從一個角落出現在我面前時，我會立刻停車，我會對她生活的這個美麗而貧窮的區域產生濃濃的愛意。戴著頭巾的疲憊阿姨們、打量著尾隨幽靈而來的陌生人的小夥子們、在咖啡館瀰漫著煤煙味的空氣裡邊看報邊打瞌睡的無業遊民和老人，會因為我的愛戀而變得神聖。當我發現從遠處跟隨的任何一個影子不像芙頌時，我不會立刻離開，有鑒於她的幽靈出現在這裡，那麼我堅信芙頌本人也應該在附近的某個地方，因此我會繼續在這些街道晃蕩。廣場上被貓兒們舔過的廢棄飲水池那有著兩百二十年歷史的大理石上，眼睛所能看見的所有平面和牆壁上，密密麻麻地寫著那時被稱之為「小集團」的各種右翼和左翼黨派的口號和威脅，但我對此從未感到過不安。我會全心全意地相信，不久前芙頌就在這裡的某個地方，而這會給這些街道賦予一種神話般的幸福光環。我會想到，自己應該更常來她的幽靈出沒的這些街道，應該在這一區的咖啡館裡邊喝茶邊看著窗外，應該等待她從這條街道上經過。我還想到，為了能夠接近她和她的家人，我應該過像她的家庭那樣的生活。

在短時間裡，我不再去以前每晚我們都去參加的上流社會的娛樂活動，也不再去開在尼相塔什和貝貝克的那些新餐廳。麥赫麥特把每晚和我的見面變成一種同病相憐的習慣，而我早已厭煩了他不厭其煩說的那些「我們的女人」在巴黎購物的事情。就算我擺脫了他，麥赫麥特也會在我去的俱樂部裡找到我，他會兩眼放光、津津樂道地跟我說他和努爾吉汗通的電話。而我會因為每次給茜貝爾打電話時無話可說而慌亂。有時我也想擁抱茜貝爾來尋求一些安慰，但我對她的內疚以及虛偽帶來的負面感受已經讓我身心疲憊，因此我會因為她的不在而感到安寧。因為我從我們的狀況需要的矯揉造作中擺脫了出來，因此我相信自己已經回到從前的自然狀態。當我在邊遠的區域尋找芙頌時，這種自然狀態會給予我希望，我會為以前沒來這些親愛的街道和老舊地區而對自己生氣。我記得，走在那些街道上時，我時常因為自己沒在最後一刻放棄訂婚、遲遲沒能做出悔婚的決定而後悔不已。

茜貝爾從巴黎回來前兩星期，也就是一月中旬，我收拾行李從別墅搬出來，開始住在法提赫和卡拉居姆呂克（Karagümrük）之間的一家飯店裡。我在這裡展出飯店的一把帶有徽章的鑰匙、印有抬頭的信箋和多年後我得到的一塊複製招牌。我是在住進飯店的前一天，為了尋找芙頌，在法提赫的下面，哈利奇灣方向的那些區域，走遍了所有街道和商店，因為傍晚突然下起的一陣雨而走進這家飯店的。在那個一月的下午，我透過窗戶挨家挨戶地窺視生活在希臘人留下的舊石頭房子、像要垮掉的木造宅邸裡的那些人家，因為他們的貧窮、擁擠、嘈雜、幸福和不幸，我覺得疲憊不堪。天很早就黑了，為了能夠不過海灣立刻開始喝酒，我走上一個大坡，走進了大街旁邊新開的一家啤酒屋。喝了伏特加和啤酒後，我早早地——不到九點鐘——就在那群邊喝酒邊看電視的男人中酩酊大醉了。離開啤酒屋時，我忘了停車的地方。我記得，在雨中，除了車，我滿腦子想著芙頌和我自己的人生，我在街上走了很久，在這些黑暗、泥濘的街道，即便是痛苦地幻想她也讓我感到幸福。快到半夜時，我走進了出現在我面前的法提赫飯店，一進房間就立刻睡著了。

幾個月來，我第一次沉沉地睡了一覺。隨後的幾天夜裡我也在同一家飯店安寧地睡著了。對此我很驚訝。有時，天快亮時，我會夢見童年和青少年時某個幸福回憶，就像我聽到漁夫和他兒子對話時那樣，我會突然驚醒，為了重新回到同一個幸福的夢境，我在飯店的床上會想立刻再度入睡。

我回別墅拿了日用品和衣物。為了遠離父母那擔心的眼神和詢問，我沒把箱子拿回家，而是拿去了飯店。像往常那樣，每天早上我會很早就去沙特沙特，然後早早離開辦公室跑向伊斯坦堡的大街小巷。我帶著一種無窮無盡的激情尋找我的情人。晚上在啤酒屋喝酒時，我會努力去忘記雙腿的疲勞。就像我一生中的許多階段那樣，當時讓我感覺痛苦的法提赫飯店生活，多年後才發現其實是一段非常幸福的時光。每天午休時，我會離開辦公室去邁哈邁特大樓。因為有不斷找到和想起的新物件，所以我的收藏日益增加，我會把玩那些被我精心保存的物件，以此來平息內心的愛情之痛。晚上喝完酒，我會頂著昏昏沉沉的腦子，在法提赫、卡拉居姆呂克、巴拉特（Balat）的巷弄走上好幾個小時，我會透過窗簾的縫隙，欣賞那些正在吃晚飯的幸福人家。我時常會覺得芙頌就在這裡的某個地方，並從這樣的想法當中得到安慰。

有時我會覺得，我之所以得到安慰不是因為芙頌可能就在附近，而是因為其他更具體的原因。在這些邊緣的地區、鋪著鵝卵石坑坑窪窪的街道上，在汽車、垃圾桶和人行道之間，在灰暗的街燈下，在那些踢著半癟的足球的孩子們身上，我覺得彷彿能夠看見生活的本質。父親越做越大的生意、工廠、致富以及為了適應這種富裕必須過的一種「歐化」生活，彷彿讓我遠離了生活裡那些簡單而根本的東西，而走在這些大街小巷當中之時，我彷彿在尋找著自己人生中那消失的重心。當我頂著因酒精而昏昏沉沉的大腦，在窄小的街道、泥濘的山坡小徑、被樓梯切斷的蜿蜒小路上隨意行走時，我會突然驚恐地發現，街上除了幾隻狗外沒有別人，我會驚奇地看著窗簾縫隙間的黃色燈光，煙囪裡飄出的藍色輕煙，電視反射在櫥窗和窗戶上的亮光。第二天晚上，當我和紮伊姆在貝西克塔什的一家啤酒屋一邊吃魚一邊喝拉克酒時，我的眼前會閃現出那些黑暗巷道中的一幅景象，它彷彿會保護我不受紮伊姆口中的那個世界打擾。

因我的詢問，紮伊姆會談起最近在一些派對、舞會、俱樂部裡流傳的閒話和梅爾泰姆汽水的成功，他還會簡要地提到發生在上流社會的所有重大事件。儘管他知道我離開了別墅，晚上也不住在尼相塔什的父母家，但也許是因為不想讓我傷心，他既沒有問起芙頌，也沒有問到我的愛情之痛。有時我會試探他，看他是否知道一些關於芙頌過去的事情。有時我會擺出一副自信、篤定的樣子，讓他覺得每天我都在辦公室努力工作。

一月底下雪的一天，茜貝爾從巴黎打了電話到辦公室，慌亂地說從鄰居和園丁那裡得知我搬出了別墅。我們已經很久沒通電話了，這當然是我們之間冷淡和疏遠的一個表現，但那時打國際長途也不是一件容易的事情。打電話的人拿起電話在奇怪的嗡嗡聲中，必須竭盡全力地喊叫。越是想到需要我叫喊著說出的甜言蜜語會被沙特沙特員工聽見，我就越是拖延著不打電話。

「聽說你從別墅搬出去了，但晚上並沒有住在你父母家。」她說。

「是的。」

我說，不回家，不去尼相塔什，不用回憶來「加劇我的疾病」，是我倆共同的決定。我沒問她是怎麼知道我晚上沒回家的。我的祕書澤伊內普女士為了方便我和未婚妻說話，立刻走開並關上了門，但為了讓茜貝爾明白我說的話，依然需要大聲叫喊。

「你還好嗎？你住在哪裡？」她問道。

那時我想起來，我住在飯店的事只有紮伊姆知道。但當公司裡所有人都在聽我講話時，我也不想大聲說出飯店的名字。

「你又回去找她了，是嗎？凱末爾，老實告訴我。」茜貝爾說。

「沒有。」但我沒能像需要的那樣大聲叫喊。

「我聽不見，凱末爾，再說一遍。」

「沒有！」這次我提高了音量。那些年裡，從國際長途電話裡，總會傳來一種悶悶的嗡嗡聲，就像把耳朵貼在海螺上聽到的那樣。

「凱末爾，凱末爾……我聽不見，請……」西貝爾大喊。

「我在！」我盡全力大聲喊道。

「老實告訴我。」

「沒什麼可說的。」我又更大聲地說。

「我明白了！」西貝爾說。

電話線路淹沒在一片奇怪的大海嘈雜聲裡，隨後傳來一陣劈啪聲，電話斷了。正在這時，我聽到了電話公司總機一個女工作人員的聲音。

「先生，巴黎長途斷了，如果您需要，我可以幫您重新接上。」

「不用了，小姐，謝謝。」不管她們的年齡有多大，對女職員稱「小姐」是我父親的習慣。我很驚訝自己竟然這麼快就承襲了父親的習慣。西貝爾聽起來態度斷然，這也讓我很驚訝……但我已厭倦了說謊。西貝爾再也沒有從巴黎打電話給我。

45 烏魯達山（Uludağ）度假

我是在二月份得知西貝爾回到伊斯坦堡了的，那是在十五天的寒假開始前、大家準備去烏魯達山滑雪的時候。紫伊姆也要和侄兒們去烏魯達山，臨走前他打了電話到辦公室，我們約好一起在富爺大廳吃午飯。當我倆面對面坐著喝扁豆湯時，紫伊姆關切地注視著我。

「我覺得你在逃避生活，你變得越來越悲傷、越來越煩惱，我很擔心你。」

「別擔心，一切都很好。」我說。

「但你看起來並不快樂。你要讓自己快樂起來。」

「對我來說，生活的目的不是快樂。因此你認為我不快樂，在逃避生活……我正站在讓我感覺安寧的另外一種生活的門檻上……」

「好啊，那麼也跟我們說說那種生活，我們真的很好奇。」

「你們是誰？」

「別這樣，凱末爾。我有什麼錯？我難道不是你最好的朋友嗎？」

「是的。」

「我們，我、麥赫麥特、努爾吉汗和茜貝爾，三天後我們要去烏魯達山，你也去吧，據說努爾吉汗是為了去照顧她的侄兒，我們也決定一起去了。」

「所以說茜貝爾回來了。」

「回來十天了吧，上週一回來的。她也希望你去烏魯達山。」紮伊姆眼神充滿善意地笑了笑，「但她不想讓你知道，她不知道我跟你說，你千萬別在烏魯達山做錯什麼。」

「不會的，我不去。」

「去吧，你可以彌補的，這件事會被遺忘，會過去的。」

「誰知道？努爾吉汗和麥赫麥特知道嗎？」

「當然，茜貝爾知道。我和她談了這個問題。茜貝爾很愛你，凱末爾。她很能理解你為什麼會陷入這種狀態，她想把你解救出來。」

「是嗎？」

「你誤入歧途了，凱末爾。我們都會喜歡最不該喜歡的人，誰都會癡迷地墜入愛河，但最終也都會在沒把生活搞砸的情況下及時清醒過來。」

「那麼，怎麼會有那些愛情小說和文藝片？」

「我很喜歡文藝片，但我沒有在任何一部電影裡看見像你這樣的……六個月前，你舉辦了一場炫耀的訂婚儀式，那晚多美好啊！結婚前你們開始在別墅同居，還在家裡辦了派對。大家覺得這些都很文明。因為你們最終要結婚，因此沒人講閒話。我甚至還聽說有人要以你們為榜樣。但你現在自顧自地離開了別墅。你要拋棄茜貝爾嗎？你為什麼要逃避她？你現在的行為像個幼稚的小孩。」

「茜貝爾知道……」

「她不知道。她根本不知道該如何去向別人解釋。她怎麼見人？難道讓她說『我的未婚夫愛上了一個售貨員，所以我們分手了』嗎？她對你很不滿、很生氣，你們應該好好談談。你們會在烏魯達山忘記一切的。我保證，茜貝爾會表現得像什麼也沒發生過那樣。在旅館，努爾吉汗和茜貝爾會住一個房間。我和麥赫麥特訂好了二樓角落的房間。你知道，面向霧濛濛山頂的那個房間裡還有第三張床。如果你去，就像年輕時那樣，我們可以通宵達旦地狂歡。麥赫麥特現在對努爾吉汗是如癡如醉，我們可以開他的玩笑。」

「真正要被開玩笑的人是我。不管怎麼樣，麥赫麥特和努爾吉汗還在一起。」

紮伊姆天真地說：「我不會開你玩笑，我也不會讓任何人開你玩笑。」

從他的這句話裡我明白，我的癡迷在上流社會或者至少在我們那個圈子已經成為人們談笑的話題。不過，這點早在我意料之中。

我欽佩紮伊姆細心到為了幫助我提議去烏魯達山度假。在我童年和少年時，像父親的很多生意上和俱樂部的朋友、許多有錢的尼相塔什人那樣，我們也會去烏魯達山滑雪度假。在那裡既可以和老朋友相聚，也可以結交新朋友，還有人在那裡定下終身，夜晚即使最害羞的女孩也會和大家一起翩翩起舞。我是那麼喜歡那些度假的日子，以至於多年後，當我在某個櫃子裡發現父親的一隻舊滑雪手套或是我在哥哥之後用過的滑雪眼鏡時，我的心還會顫抖。每次看見母親寄去美國的旅館明信片，我的心裡都會湧起一股幸福和思念的暖流。我謝過紮伊姆，說：「但我不能去。對我來說也許會很痛苦。但你說得沒錯，我應該和茜貝爾好好談談。」

「她在努爾吉汗他們家，沒住在別墅。」紮伊姆轉頭看了看富爺大廳裡其他用餐的客人，這些人心情愉快、興致高昂，而且都像她一樣越來越有錢了。紮伊姆暫時忘記了我的煩惱，放鬆地笑了笑。

46 悔婚正常嗎？

直到二月底，茜貝爾從烏魯達山回來我才打了電話給她。因為我非常害怕一個以不愉快、憤怒、眼淚和悔恨告終的結局，所以我根本不想找她談，我希望她找一個藉口把訂婚戒指退還給我。在我對這種緊張無法忍受的一天，我打電話到努爾吉汗家找她，我們約好在富爺大廳吃晚飯。

我想，在富爺大廳這樣一個滿是熟人的地方，我倆都不會太感情用事。事實上，剛開始時也是這樣的。另外幾桌坐著私生子希爾米和他的新婚妻子奈斯麗汗，沉船者居萬和他的家人，塔伊豐，還有耶希姆一家。希爾米和他妻子還專門跑來說見到我們很高興。

在我們吃涼菜、喝雅庫特葡萄酒時，茜貝爾談起了在巴黎度過的日子、努爾吉汗的法國朋友、耶誕節裡城市的美麗。

「你父母他們還好嗎？」我問道。

「他們很好。他們還不知道我們的情況。」

「算了，我們還是別跟別人說吧。」

「我沒說……」茜貝爾說著無聲地用「那麼以後怎麼辦」的眼神看了看我。

為了轉變話題，我說起父親對生活的日益倦怠。茜貝爾則說起她母親新近開始收藏舊衣服、舊物品的癖好。我說我母親恰好相反，她把所有舊東西送到另外一個地方。但這是一個危險的話題，我們都沉默了。茜貝爾的眼神告訴我，我是在沒話找話說。另外，看我逃避正題，茜貝爾其實也明白了我沒什麼話要對她說。

「我看你習慣了自己的毛病。」她切入正題。

「怎麼說？」

「幾個月來我們一直在希望你能好起來。忍耐了那麼久，看見你非但沒好起來反而深陷其中不能自拔，太令人傷心了，凱末爾。在巴黎時我一直祈禱你能好起來。」

「我不是病人。」我瞥了一眼餐廳裡興高采烈、嘰嘰喳喳的人群。「這些人可以認為我的這種狀態是病態，但我不希望你這麼看我。」

「難道我們在別墅時沒有達成這是一種疾病的共識嗎？」

「有的。」

「那麼現在怎麼了？難道把未婚妻撇下正常嗎？」

「什麼意思？」

「和一個售貨小妹……」

「你何必要把這些事混在一起？這和售貨小妹，和富有、貧窮沒關係。」

「問題完全就在這裡。」茜貝爾用一種想了很久最終痛苦得出這個結論的堅決態度說：「就因為她是一個又窮又有野心的人，所以你才能那麼容易地和她發生關係。如果她不是一個售貨小妹，也許你就會不在乎任何人的看法而和她結婚了。讓你不舒服的就是這些事情，沒法和她結婚，沒法有那麼大的勇氣。」

因為相信她說這些話是為了氣我，同時也因為我覺得她說的這些話是對的，我生氣了。

「像你這樣的一個人，為一個售貨小妹做出這樣怪異的舉動，住在法提赫飯店是不正常的。親愛的，如果你想好起來，首先你要承認問題。」

「我當然沒有像你認為的那樣愛上那個女孩，但我必須要說，難道一個人就不能愛上比自己窮的人嗎？

富人和窮人之間就不能有愛情嗎？」

「像我們那樣的愛情，是一種絕配的藝術。除了在土耳其電影裡，你在別處看見過一個富有的年輕女孩因為英俊而愛上、嫁給管理員阿赫邁特，或是建築工人哈桑的嗎？」

富爺大廳的領班薩迪，臉上掛著看見我們十分開心的表情正要向我們走來，但當他發現我們談得很投入時猶豫了一下。我對薩迪做了一個等一下的手勢。

我脫口而出說：「我很欣賞土耳其電影。」

「凱末爾，這些年我沒見你去看過一次土耳其電影。即使為了好玩你也不會和朋友們去夏天的露天電影院。」

「法提赫飯店裡的生活就像土耳其電影裡那樣。夜晚臨睡前我會去那些無人、僻靜的小街散步。那對我很好。」

茜貝爾態度堅決地說：「剛開始，我以為這個售貨小妹的故事起因完全是棻伊姆。我想，那只是你結婚前羨慕他和舞娘、女服務生、德國模特兒過的那種仿效《甜蜜生活》[9]的生活。我和棻伊姆也談過了。現在我知道你的煩惱是一種和在窮國裡當富人有關的情結（這是那時的一個時髦辭彙）。而這當然是比對一個賣東西的女孩產生暫時好感更為嚴重的事情。」

「也許是這樣的吧……」

「在歐洲，有錢人禮貌地裝出他們並不富有的樣子，這就是文明。我認為文明的表現並不是人人平等自由，而是每個人禮貌地裝出彼此都平等自由的樣子。那樣的話誰都沒必要有罪惡感了。」

「嗯，看來你沒白在索邦念書。我們該點餐了吧？」

等薩迪走過來，我們問了他的情況（感謝真主，一切都很好）、生意（凱末爾先生，我們是一家人，每晚都是同樣的客人）、市場（因為左右兩派的恐怖分子，老百姓都不敢上街了）、有誰常來（所有人都從烏魯達山回來了）。我從小就認識薩迪，那時他在父親常去的開在貝伊奧魯的阿卜杜拉赫先生餐廳裡當服務生。他是在三十年前十九歲到伊斯坦堡時才第一次看見大海的，在希臘人開的酒館裡，他從著名的希臘服務生那裡，學到了在伊斯坦堡挑選和料理魚的本事。他用一個托盤端來了早上他親自從魚店買來的幾條紅鯔魚、一條肥碩的竹莢魚和一條海鱸魚。我們聞了聞魚的味道，看了看魚兒明亮的眼珠和鮮紅的魚鰓，確認了魚的新鮮。隨後我們開始抱怨被污染的馬爾馬拉海。薩迪說，他們讓一家私人公司每天送一車水來應付斷水問題。至於斷電，他們還沒能買一台發電機，但有些晚上，顧客們也喜歡黑暗中蠟燭和煤油燈製造出來的氛圍。薩迪為我們斟滿葡萄酒，然後就走開了。

「在別墅住的那些夜裡，我們不是聽到過一個漁夫和他兒子的聲音嗎？你去巴黎後不久他們也消失了。那時別墅更冷了，變成一個孤獨的地方，讓我無法忍受。」我說。

茜貝爾只對我這些話裡的道歉成分感興趣。為了轉換話題，我說自己經常想到漁夫和他的兒子（父親給我的那對珍珠耳墜閃過我的腦海）。我說：「漁夫和他的兒子也許去追趕鰹魚和竹莢魚群去了。」我告訴她，今年鰹魚和竹莢魚都很多，我甚至在法提赫的巷弄間看見小販們在趕著馬車賣鰹魚。我們吃魚時，薩迪說，盾牌魚的價格漲了很多，因為俄羅斯人和保加利亞人把進入他們水域追趕盾牌魚群的土耳其漁民抓起來了。越是說這些，我看見茜貝爾越不開心。茜貝爾也發現，我既沒什麼話要對她說，也不會給她什麼希望。她明白，我說這些只是為了不談正事。其實我也想用一種輕鬆的態度來談談我們的情況，但我想不出任何話來。當我看著她那憂傷的面孔時，我知道自己將無法再對茜貝爾撒謊，為此我不知所措。

「你看，希爾米他們要走了，喊他們過來坐一會兒好嗎？剛才他們對我們很熱情。」沒等茜貝爾開口，我就向希爾米和他的妻子招了招手，但他們沒看見。

9 La Dolce Vita，義大利著名導演費德里科・費里尼一九六〇年執導的一部電影。

「別喊他們……」茜貝爾說。
「為什麼？希爾米人很好。再說你不是也喜歡他的妻子嗎？她叫什麼名字來著？」
「我們怎麼辦？」
「我不知道。」
「在巴黎時我找勒克萊克（茜貝爾崇拜的一個經濟學教授）談了。他贊成我寫論文。」
「你要去巴黎嗎？」
「我在這裡不幸福。」
「我也去嗎？但我在這裡有很多事情要做。」
茜貝爾沒有回答。我感到，不單單是這次見面，關於我們的未來她也已經做出了決定，但她腦子裡還有最後一個問題。
「你去巴黎吧。」我表現出對這個話題的厭煩，「我調整一下情緒，隨後過去。」
「我還有最後一個問題……我很抱歉談這個問題……但是，凱末爾，童貞……並不是讓你的這些行為變得合情合理的一個重點。」
「什麼意思？」
「如果我們很現代，如果我們是歐洲人，這不是件重要的事情。但如果我們很傳統，如果一個女孩的童貞也是你所看重，也是所有人希望表示尊重的一樣珍貴的東西，那麼在這個問題上，你應該平等地對待每個人！」
因為剛開始我沒能明白茜貝爾想說什麼，因此我皺起了眉頭。隨後我想到，她也是除了我沒和別人「抵達終點」的。我很想說：這個壓力對你與對她是不同的，你富有並且現代。但我羞愧地低下了頭。
「凱末爾，我永遠不會原諒你的另外一件事情是，既然你無法離開她，那麼我們為什麼要訂婚？隨後你為什麼不立即解除婚約？」她的語氣是那麼憤怒，聲音幾乎在顫抖，「如果是這樣的結果，我們為什麼要搬去別墅？為什麼要辦派對？為什麼要當著所有人的面，在這個國家，在婚前像一對夫妻那樣生活？」

「在別墅裡和你分享的祕密、真誠和感情，此生我沒和別人經歷過。」

我看得出來茜貝爾對我說的話非常生氣。因為憤怒和悲傷，她的眼淚快要流出來了。

「對不起，非常抱歉……」我說。

一陣可怕的沉默。為了不讓茜貝爾哭出來，為了不讓這種情況繼續，我堅持向還未入座的塔伊豐和他的妻子招了招手。看見我們後，他們高興地走過來，在我的一再堅持下坐到我們的桌邊。

「你們知道嗎？我現在就開始想念別墅了。」塔伊豐說。

夏天他們經常去別墅。塔伊豐在碼頭上、別墅裡就像在自己家那樣自由來去，他會打開冰箱為自己、為別人準備飲料和食物，有時他很興奮，會在廚房花很多時間做飯，他還會鉅細靡遺地為我們講解蘇聯和羅馬尼亞油輪的特點。

「有天夜裡我不是在花園裡睡著，讓大家擔心了嗎？」他開始講一個夏天留下的故事。茜貝爾不露聲色地聽塔伊豐講話，若無其事地開玩笑，讓我對她產生了一種近乎崇拜的敬仰。

塔伊豐的妻子斐甘問道：「你們什麼時候結婚？」

難道她沒聽說那些關於我們的傳聞嗎？

茜貝爾說：「五月份，一樣是在希爾頓。你們都要答應我像《大亨小傳》電影裡那樣穿白色的衣服來。你們看過那部電影嗎？」她突然看看手表說：「啊，五分鐘後我要和母親在尼相塔什碰頭。」而事實上她母親和她父親在安卡拉。

她急急忙忙地先親吻了塔伊豐和斐甘的臉頰，隨後在我的臉頰上親一下就走掉了。陪塔伊豐和斐甘坐了一會兒後，我也離開富爺大廳，去了邁哈邁特大樓，努力用芙頌留下的物件尋求安慰。茜貝爾，一個星期後請紮伊姆代為退還了訂婚戒指。儘管我從別人那裡得到過一些她的消息，但在此後的三十一年裡我再也沒有見過她。

47 父親的辭世

婚約解除的消息迅速傳開，奧斯曼有一天來辦公室罵了我一頓，還說準備去為我和茜貝爾說和。我從別人那裡聽到了有關我的各種傳聞，有說我瘋的，有說我沉迷於夜生活的，有說我在法提赫加入了一個祕密宗教組織的，甚至還有說我當了共產黨像民兵那樣生活在貧民窟的，但我對這些傳聞並不十分在意。相反的，我在幻想，芙頌聽到這些消息後會從她藏匿的地方捎來消息給我。我也不再希望自己能夠好起來，與其好起來還不如盡情享受我的痛苦，我也不再有任何顧忌地在尼相塔什的那些橙色街道徘徊，每週去邁哈邁特大樓四次，在那裡從物件和對芙頌的回憶尋求安慰。因為重新回到了認識茜貝爾之前的單身生活，我也就能夠回到尼相塔什的家裡，住進自己的房間了。但因為母親始終無法接受我解除婚約的事實，向她認為「無精打采、虛弱」的父親隱瞞這個壞消息，也從不和我談論這個幾乎被她當做禁忌的話題，因此我經常只在中午回去和他們一起吃午飯，但晚上不住家裡。因為在尼相塔什的家裡，我腹部的疼痛會加劇，因此晚上我不願意睡在那裡。

但三月初，父親去世後我搬回了家裡。噩耗是奧斯曼開著父親的雪佛蘭來法提赫飯店告訴我的。我本來不願意讓奧斯曼進我房間，免得他看見我在邊遠地區散步時從舊貨店、雜貨鋪和文具店買來的那些奇怪物品。但他只是憂傷地看著我，非但沒有鄙視我，反而還關切地擁抱我。我在半小時內收拾好行李，結完賬就離開飯店了。車上，當我看見切廷淚汪汪的眼睛和他那不知所措的樣子時，我想起父親不僅把他、也把車留給了我。那是一個陰沉、灰色的冬日。我記得，切廷開車經過阿塔圖爾克橋時，我看了看哈利奇灣，海灣裡那介於藍綠色和深咖啡色之間的冰冷海水讓我內心湧起一陣孤獨。

父親是在早禱吟唱時，七點過一點兒，在半睡半醒之間因心臟衰竭去世的。母親早上醒來時以為身邊的丈夫還在熟睡，等明白過來時她急瘋了，他們給她服了鎮定劑。現在，母親坐在客廳裡她一向坐的沙發上，對面是父親坐的沙發，她不時滿臉淚痕指著父親的那個空沙發。一見到我，她立刻振作起來。我們緊緊地擁抱彼此，誰也沒說話。

我進去看了父親。在和我母親分享了近四十年的那張核桃木大床上，他穿著睡衣，熟睡似地躺在那裡，但在他那僵硬的睡姿、慘白的膚色和臉上的表情裡，有一種不是一個熟睡的人、而是一個極為不安的人的樣子。我猜想，那是因為清醒時他看見了死亡，因此他慌亂地睜開了眼睛，就像一個面對一場車禍想要保全自己的人那樣，他的臉上出現驚恐的表情，而這種表情僵硬地留在他的臉上。他那雙滿是皺紋的手緊緊抓著被子，我對他手上古龍水的味道、皺紋、斑點和汗毛非常熟悉，兒時這雙手曾無數次撫摸過我的頭髮、後背和手臂，這是我熟悉的一雙手。但它們的顏色變得那樣慘白，我害怕了，沒能親吻它們。我想掀開被子，看看他穿著藍色絲綢睡衣的身體，但被子卡住了，我沒能掀開。

在我拉扯著被子時，他的左腳露了出來，我仔細看了看他的大拇趾。父親的大拇趾和我的一模一樣，就像在這張我放大的黑白老照片上看到的那樣，它們有一種任何人都沒有的奇怪形狀。父親的老朋友居內伊特，十二年前在我們穿著泳褲坐在蘇阿迪耶別墅的碼頭上時，發現了我們父子身上這奇怪的相似之處，以後每次看見我們，他都會用同樣的笑聲問道：「大拇趾們還好嗎？」

有一會兒，我想鎖上房門想著父親，為芙頌痛快地哭一場，但我沒能哭出來。我用完全不同的眼光看了看父母生活了大半輩子的房間；那個依然散發著古龍水、地毯、地板蠟、木頭和母親香水味的我童年的私密中心；父親把我抱在懷裡時給我看的氣壓計和窗簾。彷彿我生活的中心瓦解了，我的過去被埋葬了。我打開父親的衣櫃，撫摸父親那些過時的領帶和皮帶，拿起他的一隻儘管多年不穿但依然不時上油打蠟的舊皮鞋。

當我聽到走廊裡的腳步聲時，我感到了和兒時翻這個櫃子時感到的同樣的罪惡感，於是我立刻嘎吱作響地關上櫃門。父親的床頭櫃上放著藥瓶、折疊起來的報紙、一張他非常喜歡的服兵役時和軍官們喝拉克酒的老照片、老花眼鏡和放在杯中的假牙。我用手帕包起假牙放進口袋裡。回到客廳時，我坐在母親對面父親的沙發上。

「親愛的媽媽，我拿了爸爸的假牙。」我說。

母親點了點頭。中午，親戚、熟人、朋友、鄰居都來了。所有人都親吻了母親的手，擁抱了她。大門一直敞開著，電梯不停上上下下。沒過多久，家裡聚了一群人，他們讓人想起從前的那些宰牲節和節日派對。我感到自己是喜歡這些人的，是喜歡大家庭的嘈雜和溫暖的，和長著肉鼻頭、寬額頭、彼此相似的叔伯們在一起時，我是幸福的。有一會兒，我和貝玲坐在長沙發上，聊著我的那些堂兄弟。我很欣賞貝玲對每個人的關注，欣賞她比我更熟悉這個大家庭。我也和所有人一起不時輕聲地開一些玩笑，還談起在法提赫飯店大廳的電視上看到的最新足球賽（費內爾巴赫切對上博盧體育，二比零）。儘管很悲傷，但貝寇里還是在廚房炸了春捲，我坐到他準備好的餐桌邊，不時跑去後面房間端詳父親以不變的姿態躺在那裡的軀體。是的，他一動也不動。我不時打開房間裡的櫃子和抽屜，撫摸那些每件都帶有許多兒時回憶的東西。父親的死，讓這些大多數我從小就非常熟悉的物件，變成了一些滿載著一個消逝的過去的珍貴東西。我拉開床頭櫃的抽屜，聞著抽屜裡那混合著咳嗽藥水和木頭的味道，像看一幅畫那樣久久地看著裡面的舊電話帳單、電報、父親的阿司匹林和別的藥瓶。我記得，為處理喪葬事宜與切廷出門前，我站在陽臺上，想著兒時的記憶朝泰什維奇耶大道看了很久。父親的死，不僅讓我生活中的這些日常用品，也讓最平常的街景變成了一個過去世界的不可或缺的回憶。因為回家，意味著回到那個世界的中心，我感到一種無法向自己隱藏的幸福，同時我也感到一種比任何一個失去父親的男人所能感到的更深的罪惡感。我在冰箱裡找到父親去世前夜喝剩的一小瓶拉克酒，等所有客人走後，當我和母親、哥哥坐在一起時，我喝光了瓶裡剩下的酒。

「看見你們的爸爸是怎麼對我的了吧，甚至在死的時候都不告訴我一聲。」母親說。

下午，父親的遺體送去了貝西克塔什的希南帕薩清真寺（Sinan Paşa Camii）的太平間。因為母親要聞著父親的味道睡覺，因此她不讓人更換床單和枕套。夜晚，我和哥哥給母親吃了安眠藥後送她上床。母親聞著父親留在床單和枕頭上的味道，哭了一會兒就睡著了。等奧斯曼走後，我躺在自己的床上想到，像兒時總是希望也經常夢想的那樣，最終我和母親單獨留在這個家裡了。

但這並不是讓我內心激動的原因，而是芙頌也會去參加葬禮的可能性。完全因為這個原因，我讓人在各大報紙的訃聞上也寫了家族那個遠房分支的名字。我不停地想，在伊斯坦堡的某個地方，芙頌和她父母看到報上的訃聞後便會來出席葬禮。他們看哪份報紙呢？當然，他們也能夠從訃聞名單上的其他親戚那裡得到消息。母親也在吃早飯時看了登在所有報紙上的訃聞。她不時埋怨道：「瑟德卡和薩菲特不僅是你們去世父親的親戚，也是我的親戚，因此要把他們的名字排在佩蘭和她丈夫的後面。敘克魯帕夏的女兒尼甘、圖爾康和敘柯蘭的順序也排錯了。根本沒必要提到你們澤凱利亞姨父的前妻，那個阿拉伯人梅麗凱和你們的姨父頂多只做了三個月的夫妻。你們內希梅大姑媽的那個兩個月就夭折的可憐嬰兒也不叫居爾，叫阿伊謝居爾。你們都問誰了就讓人把這些名字全寫上去？」

「親愛的媽媽，這是排版的錯誤，你知道那些報紙……」奧斯曼說。

早上母親不時站在窗前向泰什維奇耶清真寺張望，她在琢磨該穿什麼衣服去出席葬禮。我們對母親說，在這樣一個下著雪的日子裡她是不應該出去的。「但是如果您像去出席希爾頓的派對那樣穿上裘皮大衣也是不合適的。」

「就算凍死我也不能待在家裡。」母親說。

靈車把父親的棺材從太平間運到了舉行葬禮的泰什維奇耶清真寺，當母親在家裡看見父親的棺材被抬上停棺石時，她大哭起來，於是大家明白她是不可能走下樓梯穿過街道去參加葬禮的。後來當擁擠的人群在清真寺的天井裡做葬禮禮拜時，身穿阿斯特拉罕裘皮大衣的母親在法特瑪女士和貝寇里先生的攙扶下走到陽臺上，儘管吃了很多鎮定劑，當棺材被放進靈車時，母親還是暈倒了。那天颳著刺骨的東北風，風將洋洋灑灑飄落的雪花吹進大家的眼睛裡。天井的人群中只有幾個發現了陽臺上的母親。等貝寇里和法特瑪把母親攙扶進去後，我才把注意力集中到人群上。這和去希爾頓參加我們訂婚儀式的人是同一批。就像冬天我在伊斯坦堡的街道上總是感到的那樣，夏天我發現的那些漂亮姑娘全都消失了，女人們變醜了，男人們也都換上一副陰暗的神情。就像在訂婚儀式上一樣，我和上百個人握手，還擁抱了很多人。每當我在人群中遇見一個新影子時，就像我們要埋葬父親那樣，因為那人不是芙頌而感到了痛苦。當我清楚地意識到，不管是芙頌還是她父母都沒來參加葬禮也不會來時，我感覺好像自己和父親的棺材一起被埋進了冰冷的土裡。

也因為寒冷，葬禮上變得彼此更加親近的親戚們，葬禮結束後也不願意分開，但我逃離了他們，坐上計程車去邁哈邁特大樓。即便是公寓裡的味道都能讓我感到安寧，我深深地吸了一口房間裡的空氣，憑經驗拿了我知道最具安慰力的芙頌的鉛筆、她消失後我一直沒洗過的茶杯，躺到了我們的床上。撫摸它們，讓它們在我的肌膚上游走，短暫地減輕了我的痛苦，讓我放鬆很多。

對於那些問我那天是因為父親，還是因為芙頌沒來而痛苦的讀者和博物館參觀者，我想說的是，愛情的痛苦是一個整體。真正的愛情之痛，會紮根於我們生命的根本上，會從我們最脆弱的地方緊緊抓住我們，會和其他所有痛苦緊緊地連在一起，以一種無法停止的形式蔓延到我們的全身和整個一生。如果我們無望地愛上了一個人，那麼從失去父親的痛苦到像丟失鑰匙那樣普通的倒楣事，其他所有的痛苦、煩惱和不安，都會成為我們那隨時準備重新膨脹的主要痛苦的導火線。像我這樣一個為了愛情把生活搞得一團糟的人，因為認為其他所有煩惱只有在愛情的痛苦結束時才有可能得到解決，所以這又進一步加深了內心的創傷。

坐計程車去埋葬父親的那天，我清楚地體認到這些，但很可惜，我根本沒能按照這些想法去做。因為愛情的痛苦一方面在磨煉我的靈魂，讓我變成一個更加成熟的男人，但另一方面在整個地占有我的思緒，不允許我去使用成熟賦予的理智。像我這樣一個長時間以一種毀滅性的形式墜入愛河的人，在知道結局將會是痛苦的情況下，依然會繼續堅持明知是錯誤的想法和行為，隨著時間的流逝更加清楚地看到自己所做的一切是錯誤的。在這種情況下，人們不會去注意的一件趣事就是，即使在最糟糕的日子裡，我們的理智從不會沉默，即便是無法和癡迷的力量抗衡，它也會誠實而無情地輕聲告訴我們，我們所做的大多數事情其實除了增加我們的愛情和痛苦，不會有任何別的結果。在失去芙頌的九個月裡，理智的這個低語不斷地強大起來，它也給了我一個希望，那就是總有一天它會控制我的全部思緒，把我從這種痛苦裡解救出來。然而實現愛情美夢的希望（即使這是一個總有一天我們將擺脫疾病的希望），因為給了我帶著痛苦生活的力量，因此它除了延長我的痛苦也不會有任何別的結果。

在邁哈邁特大樓的床上，我一邊用芙頌的物品來減輕我的那些痛苦（失去父親和失去情人的痛苦，現在全都變成了一種孤獨和不被愛的痛苦），一邊在想芙頌和她的父母為什麼沒來參加葬禮。但不管怎樣，我無法接受一直重視我母親以及他們和我們家的關係的內希貝姑媽和她丈夫沒來父親葬禮的事實，也無法接受這是由我造成的事實。這意味著芙頌和她的家人將會一直逃避我。那樣的話此生我將永遠不能再見到芙頌。這個想法是如此無法忍受，以至於我不能再去想它，我開始尋找一個不久我將能夠見到芙頌的希望。

48 人生最重要的事情就是幸福

有天晚上，奧斯曼湊在我的耳邊說：「聽說你因為沙特沙特的無規劃在責怪肯南！」奧斯曼經常晚上一個人過來看母親，我們三人一起吃晚飯，有時他也會帶貝玲和孩子們。

「你從哪兒聽來的？」

「總會聽到的。」奧斯曼說。母親在後面房裡，他朝那個方向看了一眼。他無情地說道：「你自己在上流社會（而事實上他一點也不喜歡『上流社會』這個詞）丟了臉，最好不要讓公司裡的人難堪了。丟掉床單生意完全是因為你自己的錯。」

「怎麼了？你們在說什麼？別再吵架了！」母親說。

「我們沒吵架。我在說凱未爾回家住很好，不是嗎，媽媽？」奧斯曼說。

「啊，我的兒子，真的很好。不管別人怎麼說，人生最重要的事情就是幸福。你們去世的父親也總這麼說。這個城市裡滿是漂亮的女孩，我們會找到更漂亮、更善良、更懂事的女孩。一個不喜歡貓的女人本來就不能讓男人幸福。誰也別再為這件事傷心了。你要答應我不再去住飯店。」

「有一個條件。」我像孩子那樣重複了芙頌九個月前說過的話，「要把爸爸的車和切廷留給我……」

「可以。如果切廷願意，我也沒意見。但你也不要去管肯南和新的生意，不要去誹謗任何人。」奧斯曼說。

「你們千萬別當著外人的面吵架。」母親說。

離開茜貝爾讓我遠離了努爾吉汗，遠離努爾吉汗又導致我更難得見到瘋狂愛上她的麥赫麥特。紮伊姆也因為更常和他們一起出去，所以我只能單獨和他見面，這樣一來，我就慢慢地遠離了這幫朋友。我的一些像私生子希爾米和塔伊豐那樣的朋友，他們不在乎自己是否已經結婚或是訂婚，依然對夜生活那黑暗面有所需求，他們知道伊斯坦堡最貴的妓院，也清楚那些被戲稱為「大學生」、稍微有些文化、有教養的女孩出入的酒店。帶著讓自己好起來的希望，我和他們出去玩了幾個晚上。然而我對芙頌的愛，已經從靈魂的那個黑暗角落全面擴散開來。儘管朋友的交談讓我享有一些愉快時光，但也沒到讓我忘記煩惱的地步。晚上多數時候我都待在家裡，坐在母親身旁，一邊喝拉克酒，一邊不管唯一的國家電視臺播什麼就看什麼。

母親就像父親健在時那樣，無論在電視上看見什麼都會無情地批判，就像對父親那樣，每晚她都會對我說一遍別喝得太多，過不了多久她又會在沙發上睡著。那時，我就會和法特瑪女士輕聲談論電視節目。不像我們在西方電影裡看見的那些有錢人家的傭人，法特瑪女士的房間裡沒有電視。自從四年前開始有電視節目，家裡買了一台電視機後，法特瑪女士每晚會在離客廳最遠的酒吧椅上——那已經成為「她的椅子」——坐著，遠遠地看電視，看到感人的畫面會激動地扯著頭巾結，有時還會參與聊天。因為父親去世後，回答母親那無休止獨白的任務落到她的頭上，因此她的話也就更多了。

一天夜裡，當母親在沙發上睡著後，我和法特瑪女士就像所有土耳其人那樣在不懂任何滑冰比賽規則的情況下，看了電視裡實況轉播的滑冰比賽，我們一邊看著那些雙腿修長的挪威和蘇聯美女，一邊聊起了母親的近況、轉暖的天氣、大街上的謀殺、各種政治上的邪惡。我們還談起她的兒子，他在我父親身邊工作後移民去了德國的杜伊斯堡，在那裡開了一家烤羊肉店。隨後她把話題轉向我。

「鋼鐵腳，你的襪子都沒破，真棒。親愛的凱末爾，前天我一看，你已經會乖乖剪腳趾甲了。那麼我就送你一個禮物吧。」

「指甲刀嗎？」

「不是，你已經有兩把指甲刀了。現在你父親又留下一把，加起來就有三把了。是別的東西。」

「什麼？」

「你進來。」

從她的神情裡，我感到情況的特殊，我跟她走了進去。她從自己的小房間裡拿了一樣東西，隨後走進我的房間，開了燈，像逗孩子那樣對我笑著打開了手掌。

「這是什麼？」我先問道。隨後我的心怦怦地跳起來。

「這是一只耳墜，是你的吧？這是一隻蝴蝶和一個字母嗎？真奇怪。」

「是我的……」

「這是幾個月前我在你的口袋裡找到的。為了找機會拿給你，我把它收了起來，但是你母親看見後拿走了。很顯然，她以為是你去世的父親要給人的一樣東西，她很不高興。她有一個祕密的天鵝絨口袋，她把從你父親那裡偷來的東西藏在裡面，這個耳墜也放進了那個口袋。你父親去世後，她把袋子裡的東西拿出來攤在你父親的書桌上，這樣我就看見了，因為知道是你的東西，所以我立刻把它收了起來。還有這張放在你父親口袋裡的照片，在你母親沒看見之前你也拿去吧。我這麼做好嗎？」

「你做得非常、非常好，法特瑪女士。你很聰明，很細心，你簡直是太棒了。」

她掛著幸福的微笑把耳墜和照片交給了我。照片是在阿卜杜拉赫先生餐廳吃飯時父親給我看過的那張。剎那間，我在這個憂傷的姑娘身上，在她身後的那些船上和海面上，看見了讓我想起芙頌的一些東西。

第二天，我打了電話給潔依達。兩天後我們依然在馬奇卡碰頭，然後一起走到塔什勒克公園。她梳起了髮髻，時尚，優雅。我在她身上看到一種初為人母的女人特有的幸福、成熟與自信。我在兩天之內一口氣寫了四、五封信給芙頌，把其中最理智和冷靜的一封放進一個沙特沙特的黃色信封裡。就像事先計畫好的那樣，我皺起眉頭告訴潔依達，有一個非常重要的進展，她務必把這封信交到芙頌的手裡。我的意圖是，不告訴潔依達任何信裡的內容，用一種神祕的氣氛讓她明白事情的嚴重性，以確保她把信交給芙頌。但是，當我看見潔依達臉上的表情是那麼理智時，我沒能控制住自己，我帶著一種通報好消息的激動告訴她，導致芙頌對我生氣的問題已經解決，當芙頌聽到我告訴她的這個消息時她也會像我一樣開心，除了為我們失去的時間傷心以外，我們不再有別的任何煩惱。潔依達急著要趕回去餵奶，跟她告別時我對她說，一旦和芙頌結婚，我們也會馬上生一個孩子，我們的孩子將成為朋友，這些煩惱的日子今後將成為比蜜還甜的回憶被我們談起。我問了她孩子的名字。

潔依達說：「奧馬爾。」她驕傲地看了一眼孩子。「但是，凱末爾先生，人生一點也不像我們希望的那樣。」

當連著幾個星期沒得到芙頌的回信後，我便經常想起潔依達說的這句話。但我確信芙頌這次一定會回信。因為潔依達證實芙頌已經知道了婚約解除的事情。我在給芙頌的信裡寫道，那個耳墜找到了，我要帶著父親給我的珍珠耳墜和三輪車去送還她的耳墜。就像我們以前計畫好的那樣，她、她的父母和我一起吃晚飯的時間已經來到了。

五月中旬忙碌的一天，我在辦公室看那些從城外的銷售點寄來的信件以及其他一些私人郵件，多數是手寫的，或者是聯繫友誼，或者是表達感謝、抱怨、致歉和威脅，有些字跡難以辨認，突然之間，我讀到一封很短的信，我的心也隨之越跳越快。信上寫著：

凱末爾大哥：

我們也很想見你。我們五月十九日等你來吃晚飯。我們的電話還沒裝。如果你不能來，請派切廷先生傳個話。

芙頌

地址：達爾戈奇·契柯瑪澤街24號，蘇庫爾庫瑪

信上沒有日期，我從郵戳上看出，信是五月十日從加拉塔薩拉伊郵局寄出的。還有兩天多的時間，我很想立刻就去蘇庫爾庫瑪的那個地方，但我還是控制住自己。我想到，如果最終我想和芙頌結婚，想讓她義無反顧地跟著我，那麼我不該表現出過分的激動。

49 我是要向她求婚的

一九七六年五月十九日晚上七點半，為了去芙頌他們在蘇庫爾庫瑪的家，我和切廷出發了。我對切廷

說，我們要去內希貝姑媽他們家還一輛三輪車，告訴他地址後，我靠在座椅上欣賞起傾盆大雨之下的街景。一年來在我眼前閃現過的上千個重聚畫面裡，既沒有這樣的一場傾盆大雨，也沒有任何一場零星小雨。

在邁哈邁特大樓前，當我把三輪車和父親給我的珍珠耳墜拿上車時，我被雨淋透了。真正和我的期望完全相反的是我心裡感到的深切的安寧。從我最後一次在希爾頓飯店看見她到現在已經過了三百三十九天，我彷彿完全忘記了自己在這麼長時間裡忍受的所有痛苦。我記得，因為有這樣一個幸福的結局，我甚至感激自己經歷過的每分每秒的煎熬，我也沒有去責怪任何事、任何人。

就像故事剛開始時那樣，現在我又認為自己的面前是一段完美的人生。我讓車在沙拉塞爾維大道的一家花店停下，請他們用紅玫瑰做了一大捧像我面前的人生一樣美好的花束。為了讓自己鎮定一點，出門前我喝了半杯拉克酒。我是不是該在去貝伊奧魯的路上到酒吧再喝一杯？但迫不及待的心情就像愛情之痛那樣把我吞噬了。同時，內心裡一個謹慎的聲音說：「小心，這次別再犯錯了！」當蘇庫爾庫瑪浴池在大雨中夢幻般地在我眼前閃過時，我突然清楚地認識到，三百三十九天裡我所忍受的痛苦是芙頌給我的一個教訓，因為她贏了。為了不再受到見不到她的懲罰，我願意對她百依百順。等到見了她，確信芙頌真的在我面前後，我就要向她求婚。

當切廷在雨中努力分辨門牌號碼時，我的眼前浮現之前幻想過但盡量不要去想的求婚場面：走進她家、交還三輪車、說笑著坐定（我做得到嗎？），喝著芙頌端來的咖啡時，我要立刻勇敢地看著芙頌父親的眼睛說，我是為了請他們允許我和芙頌結婚才來這裡的。兒時的三輪車只是一個藉口。我們會為此開玩笑，但不會去說曾經的痛苦，也不會去回顧以往的憂傷。坐上餐桌，喝著她父親倒的拉克酒時，我將帶著做出這個決定的幸福盡情地看芙頌的眼睛。

車子在一棟舊房子前停了下來，因為下雨我沒能看清它的樣子。我的心在狂跳，我敲了門。過了一會兒，內希貝姑媽來開了門。我記得，她被在我身後為我打傘的切廷和我手裡的玫瑰花感動了。她的臉上有一種不安的神情，但我沒在意，因為我走在樓梯上，正一個臺階、一個臺階地靠近芙頌。

「歡迎你，凱末爾先生。」他父親在樓梯口迎接我。我忘記了最後是在一年前的訂婚儀式上見到塔勒克先生的，還以為自從最後一次的宰牲節家族聚會就再也沒見過他。我覺得衰老不僅讓他變醜，也讓他變得不起眼了。

然後我想著芙頌一定還有一個姊姊，因為我在門口看見她父親身後有個很像芙頌但卻是別人的黑髮女孩。就在這麼想時，我突然明白那個人就是芙頌。太令人震驚了，她的頭髮是黑的。「當然，這是她頭髮的本來顏色！」我在心裡邊對自己說，邊努力讓自己鎮定下來。我走進屋裡。就像之前想好的那樣，我打算無視於她父母的存在，把玫瑰花給她後就抱住她，但我從她的眼神、她的慌亂、她的姿態明白，芙頌並不想和我擁抱。

我們握了握手。

「好漂亮的玫瑰花！」她說，但並沒把花接過去。

是的，當然，她很美，變成熟了。她知道我很不安，因為眼前的場面和我想像中的不一樣。

「是不是很漂亮？」她對著屋裡的另外一個人說。

我和那人的目光相遇了。我快速想到，難道他們就不能找另外一個晚上請這個肥胖、可愛的鄰居小夥子吃飯嗎？但當我還在這麼想時，我明白了這是一個錯誤想法。

「凱末爾大哥，我來介紹一下，這是我的丈夫費利敦。」她努力裝做像是在提起一個不重要的細節。

我看著她叫他費利敦的那個人，不像是在看一個真實的人，而像是在看一個我沒能完全想起的記憶。

「我們五個月前結的婚。」說著芙頌用希望得到理解的眼神皺了皺眉頭。

我從和我握手的肥胖男人的眼神裡明白，他對一切毫無所知。我看著他和躲在他身後的芙頌笑著說：

「啊，認識你我非常、非常高興！費利敦先生，您的運氣真好。您不但和一個出色的女孩結了婚，這個女孩還有一輛漂亮的三輪車。」

她母親說：「凱末爾先生，我們很想請你們參加婚禮，但是我們聽說您父親病了。我的女兒，你不要再躲在丈夫身後了，趕快從凱末爾先生的手裡接過那束漂亮的玫瑰花。」

當一年來讓我夢牽魂縈的情人，用一個優雅的動作從我手中接過玫瑰花時，她那玫瑰般的臉頰，充滿渴望的嘴唇，天鵝絨般的肌膚，還有我痛苦地知道此生為了靠近它們我可以付出一切的頸子以及芳香的酥胸，一下靠近了我，又隨即遠離了我。我驚訝地看著她，就像一個對她的真實和世界的存在感到驚訝的人。

「親愛的，去把花放花瓶裡。」她母親說。

「凱末爾先生，您喝拉克酒吧？」她父親說。

「啣——啣——啣。」她的金絲雀說。

「啊，當然，當然，拉克酒，我喝，我喝拉克酒……」

為了立刻喝醉，我空腹喝下兩杯加冰塊的拉克酒。我記得，沒坐上餐桌前，我們聊了一會兒我拿來的三輪車和我們兒時的回憶。但我的意識還是清醒的，足以明白因為她已嫁人，所以三輪車所代表的那種迷人的兄妹情誼已不復存在。

讓人感覺這只是一個巧合（她問了母親她該坐在哪裡），芙頌在餐桌旁坐到了我的對面，但她一直在逃避我的目光。在前幾分鐘裡，我驚訝到認為她對我漠不關心。我也努力做出一副對她冷漠的樣子，希望自己像一個來給窮親戚送結婚禮物、腦子卻在想著更重要的事情、善意的有錢人。

「什麼時候生孩子？」我用一種輕鬆的口吻，盯著費利敦的眼睛問道，但我沒能用同樣的眼神去看芙頌。

「現在還不考慮。也許要等到我們搬出去住……」費利敦先生說。

「費利敦還很年輕，但他已經是當今伊斯坦堡最受歡迎的劇作家了。《賣麵包圈的阿姨》就是他寫的。」

內希貝姑媽說。

整個晚上我都在強迫自己去做俗話叫做「接受事實」的事情。我不時滿懷希望地幻想，這個結婚的故事只是一個玩笑，為了逗我、嚇唬我，他們才讓這個肥胖的鄰居孩子扮成芙頌青梅竹馬的情人和丈夫的，過一會兒他們就會承認這只是一個拙劣的玩笑。當我知道了他們夫妻的一些事情後，我接受了這個事實，但這樣一來我又覺得自己知道的這一切是無法接受和令人震驚的。入贅女婿費利敦先生二十二歲，喜歡電影和文學，儘管還沒功成名就，但他不僅為綠松塢[10]寫劇本，另外還寫詩。因為是父親那方的親戚，小時候就和芙頌玩在一起，甚至我拿來的三輪車他也和芙頌一起騎過。當我得知這些後，同時也在塔勒克先生真心誠意為我倒的拉克酒的幫助下，我的靈魂彷彿退縮到了自己的殼裡。我的頭腦一直是不安的，直到我問清楚房子裡還有幾個房間，後陽臺對著哪條街，桌子為什麼要放在這裡。而現在它彷彿也還是不安的，因為它對這些問題根本不感興趣。

唯一的安慰就是能夠坐在她的對面，能夠像欣賞一幅畫那樣盡情地欣賞她。她的手還是像以前那樣不停動著。儘管她已經結婚，但因為還沒當著她父親的面抽菸，因此很遺憾我沒能看見她點菸時那些我很喜歡的動作。但有兩次，她像以前那樣抓抓頭髮，有三次為了要插嘴——像在我們爭論時她會做的那樣——她吸了一口氣，微微抬起了肩膀。每次看見她的笑容，一種無法抗拒的幸福感和樂觀情緒，依然會用同樣的力量在我心裡像向日葵那樣一下綻放開來。一種從她的美麗、她的肌膚和她那些讓我感覺非常親近的動作裡散發出來的光芒在告訴我，那個我應該去的世界中心就是她的身旁。剩下的那些地方、人和事僅僅只是一些「無聊的消遣」。不止是我的腦子，連我的身體也明白這個道理，所以當我人在這裡、在她的對面時，一心想站起

10 Yeşilçam，可謂為土耳其的好萊塢，起源於伊斯坦堡貝伊奧魯的綠松街，一九八〇年代以前，大多數電影公司開在這裡，形成一座電影城。

來一把抱住她。然而當我試圖去想自己的處境、今後會怎樣時，我感到一種巨大的痛苦，以至於我無法繼續想下去，我開始不僅對桌旁的人，也對自己擺出了一副我只是一個來這裡祝賀一對新人的親戚的樣子。儘管吃飯時我們的目光很少相遇，但芙頌還是立刻意會過來了。我繼續演戲，而她也像一個幸福的新婚妻子對待一個帶著司機來串門子的有錢遠房親戚那樣對待我。她和丈夫開玩笑，用勺子又給他舀了一勺蠶豆。這一切更加深了我腦袋裡那奇怪的寂靜。

我來時越下越大的雨一直沒停。塔勒克先生吃飯前就告訴我，蘇庫爾庫瑪是一個低矮的區域，去年夏天買下這屋子後，他們才知道這裡以前經常淹水。我和他一起離開餐桌走到窗前，看了看那些從坡上傾瀉而下的雨水。街上那些捲起褲管、光著腳的人，正在用手上的鉛桶和塑膠洗衣盆，從人行道的邊緣把流進家裡的水潑出去，或是用石堆和布塊改變水流的方向。當兩個赤腳男人用鐵棍忙著弄開一個堵住的下水道人孔蓋時，一個包紫色頭巾和一個包綠色頭巾的女人執著地指著水裡的一樣東西大喊著。坐回桌邊時，塔勒克先生用一種神祕的語氣說，下水道是奧斯曼帝國時期留下的，已經不夠用了。每當雨越下越大時，總會有人說著「天堂破洞了」、「諾亞大洪水」、「真主保佑」之類的話，離開餐桌，站到面向大坡的窗前，焦慮地看著在灰暗的路燈下顯得怪異的街道和流水。我也應該站起來走到他們身邊，和他們分擔對洪水的恐懼的，但我害怕自己因為喝醉站不穩而把沙發和茶几踢翻。

內希貝姑媽看著窗外說：「不知道你的司機在外面怎麼樣了。」

女婿先生說：「我們去給他送點吃的怎麼樣？」

芙頌說：「我去送。」

但是內希貝姑媽察覺到我可能會對此不高興而轉變了話題。頓時，我感覺到那站在窗前的一家人正疑惑地打量著我這個孤獨的酒鬼，於是轉身朝他們笑了笑。正在那時，街上傳來了一個打翻的油罐發出的聲響和一聲驚叫。我和芙頌的目光相遇了，但她立刻移開了目光。

她怎能如此麻木不仁？我想問問她。但我又不想像那種因為被拋棄而變得神智不清的人那樣，當人們問他為什麼無法不去糾纏心上人時，他會說：「我只是想問她一個問題！」唉，好吧，我就是那種人。

既然看見我一個人坐在這裡，她為什麼不到我的身邊來？為什麼不利用這個機會來跟我說明一切？我們的目光再次相遇了，但她又迴避開來。

心裡一個樂觀的聲音說：現在芙頌就會來到你的身邊。如果她過來，那麼這將會是一個信號，這個信號就是總有一天她會放棄這段錯誤的婚姻，離開她的丈夫成為我的女人。

打雷了。芙頌離開窗前，像羽毛一樣輕輕地走了五步，無聲無息地坐到我的對面。

她用一種打動我內心的耳語般的聲音說：「請你原諒，我沒能去參加你父親的葬禮。」

一道藍色的閃電，像風中飄落的一塊絲綢在我們之間劃過。

「我等了你很久。」我說。

「我猜到了，但我不能去。」她說。

「雜貨店的違章遮陽棚被掀翻了，你們看見了嗎？」她的丈夫費利敦說著回到桌邊。

「我們看見了，很難過。」我說。

「沒什麼可難過的。」她父親從窗前走回餐桌時說。

他看見女兒像在哭泣那樣捂著臉，他憂慮地先看了女婿一眼，又看了我一眼。

芙頌壓抑著顫抖的聲音說：「我一直在為沒能去參加穆姆塔茲姑父的葬禮而傷心。我很愛他，我真的很傷心。」

「您的父親一直很喜歡芙頌。」塔勒克先生說。經過女兒身邊時他親吻了一下她的頭髮。坐回餐桌邊後，他皺起眉頭，笑著又倒一杯拉克酒給我，然後遞過來一些櫻桃。

我醉醺醺地幻想著從口袋裡拿出父親給我的珍珠耳墜和芙頌的那只耳墜，然而我卻怎麼也無法完成這個動作。我的內心翻攪著，情不自禁地站了起來。但是給她耳墜是不需要站起來的，相反地，我應該要坐定在位子上。從父女倆的眼神裡，我明白到他們也在等著。也許他們希望我馬上就走，但不是，因為房間裡有一種深切的等待。然而，儘管幻想了很久，我始終無法拿出耳墜。因為在我的幻想裡，芙頌沒結婚，而在我送禮物之前，是要請求她的父母把她嫁給我的。在現在的情況下，我醉醺醺的腦袋根本無法決定該如何處理耳墜。

我告訴自己，是因為我的手被櫻桃弄髒了，所以無法把盒子拿出來。於是我說：「我可以去洗一下手嗎？」芙頌無法再假裝不知道我內心裡的風暴了。也因為父親那「女兒，給客人帶路」的眼神，她慌亂地站了起來。一看見她站在我面前，一年前我們約會時的所有記憶都回來了。

我想抱住她。

眾所周知，喝醉時我們的腦子彷彿分處兩個時空。在第一個時空中，就像我們在一個我幻想中的地方相遇那樣，我正抱著芙頌。然而在第二個時空中，我們在蘇庫爾庫瑪的這棟房子裡，在餐桌旁，內心裡有一個聲音叫我不該擁抱她，因為那將是一件丟臉的事。但因為拉克酒的緣故，這第二個聲音來得晚了，這聲音遲到了五、六秒鐘，沒和擁抱她的那個幻想同時到達。因此我在那五、六秒鐘裡是自由的，但正因如此，我沒有慌亂，只和她並排走著，跟著她走上了樓梯。

我們靠得如此之近、我們一起爬樓梯的樣子，都好像是在一個幻境裡，多年來這一幕也始終刻在我的記憶裡。我在她看我的眼神裡看見了理解和擔憂，因為她在用眼神表達她的情感，因此我感激她。看，這再次證明了我和芙頌是天生的一對。因為知道這點，我忍受了所有的痛苦，她有沒有結婚一點也不重要，就像現在這樣，為了和她一起爬樓梯的幸福，我願意去忍受更多的痛苦。博物館參觀者已經看見了這棟房子的窄小，發現餐桌和樓上浴室之間的距離只有四步半外加一個十七級臺階的樓梯，我要對那些認為應該「忠實呈現實況」而無法對此會心一笑的參觀者說，為了我在那短暫時間裡感到的幸福，我願意奉獻出自己的一生。

我走進樓上窄小的廁所，關上了門。我感到自己的人生已不在我的掌控之中，由於我對芙頌的依戀，它變成了一樣在我的意願之外的東西。只有相信它，我才能夠感到幸福，才能夠繼續生活下去。我在鏡子下方的小隔板上，在芙頌、塔勒克先生和內希貝姑媽的牙刷、肥皂和刮鬍刀當中，看見了芙頌的口紅。我拿起它聞了聞，然後放進了口袋裡。為了想起她的味道，我匆忙聞了聞掛在那裡的每條毛巾，但什麼也沒聞到，因為我的到來，它們全換成新的了。當我在窄小的廁所裡尋找另外一樣能在日後艱難的日子裡給我安慰的東西時，我在鏡子裡看見了自己，我從自己的表情裡發現了身體和靈魂之間那驚人的分裂。當我的臉因為挫敗和驚訝顯得疲憊不堪時，我的腦海裡卻存在著一個完全不同的世界。我人在這裡，我的身體裡有一個靈魂，一個由欲望、觸摸和愛情造就的意義，也因為這一切我才會這麼痛苦。在雨聲和水管發出的聲響之間，我聽到了一首土耳其老歌，小時候奶奶聽到這首歌總是很開心；附近一定有個收音機。伴隨著烏德琴低沉的呻吟和卡儂歡快的彈撥聲，一個疲憊然而滿懷希望的女人的歌聲，從浴室那半開的小窗外傳了進來，女人唱道：「那就是愛情，世上的一切都源自愛情。」借助這憂傷的歌聲，我在浴室的鏡子前撐過了一生中最沉痛的一個時刻。宇宙萬物都是一體的，從我面前的這些牙刷，到餐桌上裝櫻桃的盤子，從那個瞬間被我發現並裝進口袋的芙頌的髮夾，到我在這裡展出的浴室門栓，不止所有的物件，所有人也是一個整體。人生的意義，就是憑藉愛情的力量去感受這個整體。

懷著這種正面的情緒，我先從口袋裡拿出了芙頌當初掉落的那個耳墜，把它放到原來放口紅的地方。拿出父親的那對珍珠耳墜前，同樣的音樂讓我想起了從前的伊斯坦堡街道、在木房子裡聽著收音機細數昔日熱戀回憶的老夫老妻，還有那些因為衝動毀了一生的無畏的戀人。憂傷的歌聲讓我恍然明白，芙頌這麼做完全是合情合理的，我和另外一個女人訂婚了，芙頌為了保護自己，除了結婚沒有別的出路。看著鏡子想著這些時，我發現自己自言自語地說出了這些話，我在自己的眼裡看到兒時的頑皮和單純。而當我對著鏡子擠眉弄眼地模仿芙頌時，我驚訝地發現，我是能夠和自己分離的，借助於愛的力量，我能夠感到她的心聲和想法，能夠替她說話，能夠明白她的感受，我就是她。

此一發現帶來的震驚勢必讓我在浴室裡待了很久，因為有人在門口故意咳了幾聲，或者敲了門，我記不清了，因為「電影中斷了」——年輕時，當我們因為喝醉忘記後來的事情時，都會用這個說法來表示。此後發生的一切我全忘了，我不知道自己是怎麼離開廁所、怎麼坐回餐桌的，也不知道切廷是用什麼藉口上來接我（因為我絕對不可能自己走下樓梯），又是怎麼把我弄上車送回家的。我只記得餐桌邊的人都沉默著。我不知道他們為什麼不說話了，是因為雨聲越來越小了，還是因為他們無法再對我那無法隱藏的羞愧、讓我沮喪萬分的挫敗感和顯而易見的痛苦視而不見了。

女婿先生並沒有對這種沉默產生懷疑，他沉浸在他對電影工業的熱情裡，這倒很適合我說的那句「電影中斷了」。他愛恨交加地談著土耳其電影。他說，儘管綠松塢拍出來的電影蹩腳透頂，但土耳其人還是很愛看電影。這樣的看法在當時可謂稀鬆平常。事情總是這樣的，若能找到一個認真、有決心又不太貪心的贊助人，就能拍出了不起的好電影。他寫了一部打算讓芙頌來主演的劇本，但很可惜還沒能找到人來製作。我倒是不在乎芙頌的丈夫需要錢，而且毫不羞於開口；我在乎的是芙頌日後將成為一個「土耳其電影明星」。

我記得，回家的路上，當我昏昏沉沉地坐在汽車後座時，我幻想著芙頌成了一個著名的演員。不管醉到什麼程度，烏雲般的痛苦和迷茫總有短暫消散的時刻。在那樣的時刻，我們會看見我們相信或懷疑旁人都已看清的現實——當我在黑暗中看著城市裡被水淹沒的街道時，我的腦子一下子清醒了，我明白了芙頌和她丈夫之所以請我去吃晚飯，是因為把我當成一個可以為他們的電影夢提供資助的有錢親戚。但在拉克酒的麻痺之下，我並沒有產生怨恨的情緒。相反的，我沉浸在芙頌將成為一個土耳其人人皆知的女演員的幻想裡，不是個一般的演員，而是個光芒四射的電影紅星。她的第一部電影將在薩拉伊電影院舉行首映，芙頌在掌聲中將挽著我的手臂走上舞臺。這時，我的座車也正好從貝伊奧魯的薩拉伊電影院前面經過！

50 這是我最後一次見她

早上，我看清了真相。昨晚我的自尊受傷，我成了笑柄，甚至被人鄙視。但因為爛醉如泥，我和主人們一起羞辱了自己。明知我那麼愛他們的女兒，為了滿足女婿那天真愚蠢的電影夢，他們竟然縱容了對我的邀請。我不會再見這些人了。摸到口袋裡父親給我的珍珠耳墜，我很高興。芙頌的耳墜我還給她了，但我沒讓這些為錢找我的人得到父親的這對珍貴耳墜。忍受了一年的痛苦，最後見一次芙頌也好，因為我發現自己對芙頌的愛，不是由於她的美麗或是個性，而只是一種我對我和茜貝爾的婚事產生的下意識反應。我記得，儘管到那天為止我還沒讀過任何佛洛伊德的書，但為了能夠解釋那段時間發生在我身上的事情，我已經很多次用過自己從報上看來或是從別人那裡聽來的「下意識」這個詞了。從前有魔鬼，它們進入我們祖先的身體，讓他們去做一些他們不願意做的事情。而我呢，我有「下意識」，它除了讓我為芙頌忍受了所有這些痛苦，還讓我做了那些不該做的可恥的事情。我不該被她愚弄，我應該為自己的人生掀開嶄新的一頁，我應該忘記和芙頌有關的一切。

這樣一想，我立刻從上衣口袋裡拿出她寄來的邀請信，連同信封撕成碎片。第二天我在床上一直躺到中午，決定要「從此」遠離下意識讓我深陷其中的癡迷，用這個新詞來解釋我的痛苦和羞辱，給了我一種和她戰鬥的新力量。母親見我昨夜爛醉如泥，現在甚至不願意起床，便請法特瑪女士去潘加爾特買了蝦，做了我喜歡的蒜蓉蝦和朝鮮薊佐橄欖油檸檬汁當午餐。做出不再見芙頌一家人的決定，我愜意地慢慢享用午餐，和母親一起喝著白葡萄酒。母親告訴我，靠建鐵路發跡的達代蘭家的小女兒碧露爾在瑞士讀完了高中，上個月剛過十八歲生日。母親還說，繼續在做承包生意的這家人，因為無力償還先前不知用什麼關係還是賄賂手段從銀行借來的錢，所以陷入了困境。在困境——據說會破產——還未顯現之前，他們急著要把女兒嫁出去。

母親用一種神祕的口吻說：「據說女孩很漂亮，如果你願意，我去幫你看看。我可不願意看見你像在野外的軍官那樣每晚和你的哥兒們一起喝酒。」

「親愛的媽媽，你去看看那女孩吧。和我自己找的現代女孩沒有結果。現在就讓我們來試試媒人介紹的方式吧。」我的臉上沒有一絲笑容。

「啊，我親愛的兒子，你不知道我對你的這個決定有多高興。當然你們要先認識一下，一起出去玩玩。眼前正好是一個美好的夏天，多好啊，你們都還年輕。你要好好對她。想聽我說你為什麼和茜貝爾沒有結果嗎？」

那一刻，我明白母親對芙頌的事心知肚明，但是就像進入我們祖先身體裡的那些魔鬼一樣，她要為一件令人痛苦的事情找到一個完全不同的解釋，為此我對她萬分感激。

母親看著我的眼睛說：「她是一個非常貪婪、非常驕傲、非常自負的女孩。」她又用一種透露祕密的口吻說：「知道她不喜歡貓時，我就開始懷疑了。」

我根本不記得茜貝爾是討厭貓的，但這是母親第二次以這一點挑剔茜貝爾，我趕緊轉移話題。我們一起坐在陽臺上，邊喝咖啡邊看著一小群參加葬禮的人。儘管母親不時說「啊，你那可憐的爸爸」，流下幾滴眼淚，但她的健康和精神狀態還不錯。她說，躺在棺材裡面的人，是貝伊奧魯有名的貝萊凱特大樓的房東之一。當她為了描述那棟樓的位置，說到隔兩棟樓就是阿特拉斯電影院（Atlas Sineması）時，我意識到自己在幻想一場於阿特拉斯舉辦的由芙頌擔任主角的電影首映。午飯後我去了沙特沙特，為了讓自己相信我已經回到愛上芙頌和茜貝爾之前的「正常」生活，我全心投入工作。

見芙頌一面，帶走了一大部分持續幾個月的痛苦。在辦公室工作時，因為不時想到自己已經擺脫愛情的病痛，我輕鬆了許多。當我在工作空檔檢查自己時，我欣喜地發現心裡已沒有任何見她的欲望。我不會再去蘇庫爾庫瑪的那棟破房子，那個淹沒在雨水和爛泥裡的老鼠窩。我之所以還在想這個問題，除了對芙頌的愛，更多是因為對那一家人的憤怒。我對自己生氣，因為我覺得對那個還是孩子的女婿生氣是荒唐的，我為自己的愚蠢憤怒，因為為了這段戀情，我在痛苦中度過了整整一年。但這又不是一種真正的憤怒，因為我想讓自己相信，我已經展開全新的人生，我的愛情之痛已經結束，同時我也把這種嶄新、強烈的情感看做是人生正在改變的一個證據。因此，我還決定去拜訪那些被我忽略的老朋友，和他們一起玩樂，出席各種派對。（但我還是遠離了麥赫麥特和紮伊姆一段時間，因為擔心他們會重新點燃那些我想忘記的和芙頌、茜貝爾有關的記憶。）在夜晚的玩樂、派對上喝了很多酒後，我會明白，心裡的憤怒其實並非針對上流社會的紙醉金迷和無聊，也並非針對自己或是任何一個其他人，而是完全針對芙頌的。我會恐懼地感到，在腦海中那被抑制的角落，我一直努力抗拒她。我會發現自己在偷偷地想，不能過我過的這種多采多姿的生活，卻要住在一個被雨水浸泡的老鼠窩是她自己的選擇和錯誤，我不可能去認真對待一個把自己埋葬在一段荒唐婚姻中的人。

父親是一個大地主的開塞利人阿卜杜勒凱利姆，是我服兵役時的朋友，退役後他會在新年和節日裡從家鄉給我寄來賀卡，賀卡上都有他精心寫下的花俏簽名，我請他做沙特沙特在開塞利的經銷商。因為感覺茜貝爾會覺得他「太土氣」，因此最近幾年他來伊斯坦堡時我都沒能太關照他。去芙頌家四天後，我帶阿卜杜勒凱利姆去加拉齊餐廳，儘管這是一家新開的餐廳，但立刻就被上流社會接受了。彷彿是為了從他的眼睛裡看到我過的生活，讓自己感覺良好，我跟他講了那些坐在餐廳裡、有些專門過來和我們禮貌友好握手的富人的故事。但沒過多久我發現，對於這些他並不熟悉的伊斯坦堡有錢人，阿卜杜勒凱利姆感興趣的不是他們的優缺點或他們曾面臨的困境，而是他們的性生活和醜聞，他還一一打聽了婚前——甚至是訂婚前——和人上床的女士們的情況，這讓我覺得很掃興。也許就是因為這個原因，在晚飯快結束時，我產生了一股反其道而行的衝動，把自己的故事、我對芙頌的迷戀，當做一個別人的故事告訴阿卜杜勒凱利姆。當我說著上流社會的這個年輕富人對那個最終嫁給別人的「售貨小妹」的情感時，為了不讓阿卜杜勒凱利姆懷疑故事裡的「他」是我，我告訴他，遠處桌邊的那個年輕人就是「他」，我還指給他看。

阿卜杜勒凱利姆說：「不管怎麼樣，放縱的女孩結婚了，這個可憐的傢伙也就解脫了。」

我說：「其實我敬佩他為愛情冒的險，據說他還為女孩取消了婚約……」

阿卜杜勒凱利姆的臉上瞬間出現一種溫柔的理解表情，但隨即他開始興致勃勃地欣賞起菸草商希吉裡先生、他的老婆和兩個漂亮女兒慢慢走向門口的樣子。他看也不看我地問道：「他們是誰？」希吉里先生那個子高高、皮膚黝黑的小女兒——名字大概叫奈斯麗夏赫——把頭髮染成了金色。我討厭阿卜杜勒凱利姆看著他們時那又是鄙視、又是仰慕的眼神。

我說：「不早了，我們走吧。」

我結了賬。走上馬路直到道別，我們沒再說什麼。

我沒往家裡的方向走，卻走向塔克西姆。儘管我把耳墜還給了芙頌，但不是光明正大的，而是我帶著醉意忘在浴室裡的。這對他們、對我都是難堪的。為了挽回我的面子，我該讓他們感覺到這不是不小心，而是我有意那麼做的。然後我要向她道歉，我要帶著確信此生將不再見她的輕鬆，笑著對芙頌說最後一聲「再見」。芙頌也許會驚慌失措，因為當我走出門時，她將明白那是她最後一次看見我，而我，將會沉浸在那種這一年來她讓我感受到的沉默裡。或者，我根本不說從此不再見面的話，但我會為她的餘生好好祝福，那樣她就會驚慌失措，因為她明白那是我們最後一次見面。

當我從貝伊奧魯的暗巷一路下坡慢慢朝蘇庫爾庫瑪走去時，我也想到芙頌可能並不會驚慌失措，因為也許她在那個家裡和她的丈夫是幸福的。那樣的話，也就是說，如果她能夠愛她那普普通通的丈夫，能夠心甘情願地生活在那棟破舊的房子裡、艱苦的環境下，那麼那晚之後我也不會願意再見到她。當我在窄小的巷弄間走在彎曲的人行道和臺階上時，從窗簾的縫隙裡，我看見了那些關掉電視準備睡覺的家庭，臨睡前面對面抽最後一根菸的貧窮老夫妻，我相信在春天的夜晚，在昏暗的路燈下，生活在這些寂靜和偏遠地區的人們是幸福的。

我揿響了門鈴。二樓的凸窗打開了。芙頌的父親對著黑暗叫道：「誰啊？」

「是我。」

「誰？」

儘管想到要逃走，但我還是直直地站在那裡，她母親下來開了門。

「內希貝姑媽，我不想在這麼晚打擾你們的。」

「沒關係，凱末爾先生，快請進。」

就像我第一次來時那樣，當她在前、我在後爬上樓梯時，我對自己說：「別不好意思！這是你最後一次見芙頌！」帶著以後不會再被羞辱的輕鬆，我走進了他們家。但一看見她，我的心立刻狂跳起來。她和她父親正在看電視。他倆看見我雙雙驚訝地站了起來，當他們發現我煩惱的樣子和嘴裡的酒味時，又雙雙擺出一副愧疚的表情。在那現在我一點也不願意想起的頭三、五分鐘裡，我艱難地說，我正好路過這裡，很抱歉來打擾他們，因為我想到一件事，我想過來談談。我得知她丈夫不在家（「費利敦去找他那些拍電影的朋友了。」），但我始終沒能進入正題。她母親去廚房燒茶了。當她父親沒說任何理由走開時，客廳裡就剩下我們倆了。

我倆的眼睛盯著電視，我說：「非常抱歉。那天不是因為惡意，而是因為喝醉了，我把你的耳墜留在放牙刷的地方，而事實上我想親自還給你。」

她皺起眉頭說：「放牙刷的地方沒有我的耳墜。」

當我們互相疑惑地看著對方時，她父親從裡面拿來了一碗點心。我才吃第一口就讚不絕口。一剎那，我們都沉默了，彷彿半夜三更我是為這點心而來的。那時，即便是醉醺醺的，我也明白，耳墜只是一個藉口，我當然是為了見芙頌才來的。而現在，芙頌卻說沒看到耳墜來折磨我。在那陣沉默裡，我立刻提醒自己，見不到芙頌的痛苦遠比我為了見她而承受的這種難堪更加難以忍受。我也已經明白，為了不再忍受見不到她的痛苦，我情願承受更多的難堪。只是我對於難堪還沒有防備，我不知道在被羞辱的恐懼和見不到芙頌的痛苦之間如何選擇。我站了起來。

我看見了老朋友金絲雀。我徑直朝鳥籠邁了一步。我和金絲雀四目相視。看我站起來，芙頌和她的父母也站了起來。我清楚地意識到，即使我再來這裡，也無法說服已經結婚、只對我的錢感興趣的芙頌了。我對自己說「這是我最後一次見她」，我不會再去那裡。

正在那時，門鈴響了。這裡有一幅油畫，是表現那個瞬間的，也就是我看著金絲雀，芙頌和她的父母在後面看著我們，門鈴響了，我們一起轉頭看著房門。油畫是多年後我請畫家畫的。那幅畫是以金絲雀檸檬的角度來畫的，因此看不到我們任何一個人的臉。每當看見這幅畫，我都會熱淚盈眶，因為它完全像記憶中那樣，描繪了我一生愛情的背視圖。讓我自豪地告訴你們，畫家就像我逐字逐句敘述的那樣，分毫不差地畫出半開的窗簾外面的夜晚、黑暗中的蘇庫爾庫瑪和房間的內部。

正在那時，芙頌的父親看了一眼凸窗對面樓上的鏡子，他說摁門鈴的是一個鄰居孩子，隨即下樓去開門了。

接著又是一片沉默。我向門口走去。穿風衣時我默默地低下頭。我打開了門，那個瞬間我覺得這可能就是一年來我偷偷想過的「報復」場景。我說：「再見了。」

內希貝姑媽說：「凱末爾先生，您不知道我們見到您有多高興。」她看了芙頌一眼。「您別看她板著臉，那是因為她怕她的父親，要不然因為看見您，她至少也會像我們這樣高興的。」

「媽媽，您說什麼呢……」我的美人說。

儘管我想用「我對她的黑頭髮早就忍無可忍」之類的話來開始告別儀式，但我知道這話是言不由衷的，因為為了她，我將能夠去忍受世上的一切痛苦，而這將耗盡我的生命。

我看著她的眼睛說：「不，不，我覺得芙頌很好。看見你這麼幸福，我也覺得很幸福。」

內希貝姑媽說：「見到您我們也很高興。現在您也認得路了，可以經常來了。」

我說：「內希貝姑媽，這是我最後一次來這裡。」

「為什麼？您不喜歡這裡嗎？」

我用一種矯揉造作的口吻說：「該輪到你們了。我跟母親說，讓她邀請你們。」當我頭也不回地走下樓梯時，我表現出無所謂的樣子。

「晚安，我的孩子。」塔勒克先生在門口輕聲說。鄰居孩子一邊說「我媽叫我來的」，一邊遞給他一包東西。

當外面潔淨的空氣讓我感到一種怡人的涼爽時，我想到，此生我將不會再見芙頌。剎那間我相信，面前是一段無憂無慮的幸福人生。我幻想母親將為我去看的碧露爾是個可愛的女孩。但每走一步我都感到自己在遠離芙頌，心裡有塊東西在剝離。從蘇庫爾庫瑪的大坡往上爬時，我感到自己的靈魂為了重新回到它離開的地方正在骨頭裡掙扎，但我想我將默默忍受這個痛苦來結束這件事情。

我走了很長的一段路。現在我需要做的是，找到排遣的管道，變得堅強起來。我走進一家馬上要關門的酒館，在濃重的藍色煙霧裡，配著一塊哈密瓜喝下兩杯拉克酒。走出酒館時，我的靈魂和身體讓我感到自己還沒有遠離芙頌他們家。那時我大概迷路了。在一條窄小的街道上，我遇見一個熟悉的影子，瞬間一股電流從我心裡穿過。

「噢，你好。」打招呼的人是芙頌的丈夫費利敦先生。

「怎麼這麼巧？我剛從你們家出來。」

「是嗎？」

我依然對他的青春——難道我該說童真嗎——感到驚訝。

「自從上次去你們家，我一直在想電影的事情。您是對的。土耳其也應該像歐洲那樣拍藝術片。因為今晚您不在家，所以我沒跟芙頌說這件事。找個晚上談談怎麼樣？」

他至少和我一樣醉，我看見他聽到這個建議時有點不知所措。

「星期二晚上七點，我來接你們怎麼樣？」

「芙頌一起去嗎？」

「當然，我們不但要拍像歐洲那樣的藝術片，還要讓芙頌飾演主角。」

就像兩個經歷許多煩惱、面前終於出現了致富幻想，既是同學又是戰友的老朋友那樣，瞬間我們相視一笑。我仔細看了一眼路燈下我能夠看見的費利敦先生那幼稚的眼睛，我們默默地走開了。

51 幸福就是靠近所愛的人

記得走到貝伊奧魯時，商店的櫥窗都是亮閃閃的，我很喜歡走在從電影院出來的人群裡。我的內心被一種無法向自己隱藏的快樂和幸福包圍。想到芙頌和她的丈夫請我去他們家，只是為了讓我投資他們那荒唐的電影夢，也許現在我應該覺得自己的境遇是羞辱的，應該為此氣憤，然而我心裡的幸福感是如此強烈，以至於我一點也不為自己的羞辱煩惱。那天夜裡我的腦海一直有這樣一幅畫面：在我們電影的首映式上，芙頌拿著麥克風，在薩拉伊電影院的舞臺上——還是在新天使電影院會更好？——對著崇拜她的人群講話時，她會表示對我的感激。當我以製片人的身分走上舞臺時，聽說了傳聞的人們會輕聲議論著年輕的明星在拍攝過程中因為愛上製片人而離開丈夫，而芙頌親吻我的臉頰時拍下的照片將會刊登在所有報紙上。

那些日子裡，就像會分泌麻醉液體來催眠自己的稀有品種撒夫薩花一樣，我的腦子也在不斷地分泌這些幻想。如同任何和我陷入相同處境的土耳其男人一樣，我從不曾停下來想一想，這個我所瘋狂愛上的女人的想法是什麼，她的夢想又是什麼，我只是自顧自地幻想著。兩天後，我坐著切廷開的車去接他們了，當我和芙頌的目光相遇時，我立刻明白，現實絕不會像那些不停閃現在腦子裡的幻想一樣，但我並沒有因此沮喪，因為看見她我感到了莫大的幸福。

我請年輕夫妻坐在後座，自己坐到切廷旁邊。當車子經過籠罩在城市陰影裡的街道，經過灰濛濛、亂糟糟的廣場時，我不時轉身說一兩句玩笑話，努力讓氣氛活躍起來。芙頌穿著一條血橙和火焰色的連身裙。為了讓肌膚敞開在從海峽吹來的芬芳微風裡，她沒有扣最上面的三顆釦子。我記得，當車沿著海峽在鵝卵石路面顛簸前行時，每次轉身說話，一種幸福感就會在我心裡燃燒。我很快明白，在我們去比于克代雷的安東餐廳的第一天晚上——就像為了討論拍片事宜，在後來見面的其他晚上一樣——我們當中最興奮的其實就是我自己。

年老的希臘服務生用托盤端來涼菜讓我們挑選，剛剛選好涼菜，我對他的自信有些羨慕的女婿費利敦先生立刻開始說：「凱末爾先生，對我來說，電影就是一切。這麼說是希望您不要看我年輕就不信任我。很幸運，三年來我一直在綠松塢工作。我認識所有人。我搬過燈具、道具，也做過導演助理，還寫了十一個劇本。」

「所有劇本都拍成了電影，而且票房還不錯。」芙頌說。

「費利敦先生，我很想看看那些電影。」

「我們當然要去看，凱末爾先生。多數在夏天的露天電影院，一些則還在貝伊奧魯的電影院裡放映。但我對那些電影並不滿意。如果我願意拍那樣的電影，考納克電影公司的人說我都可以當導演了。但我不想拍那種電影。」

「都是些什麼樣的電影？」

「濫情，商業化，媚俗的電影。您去看過土耳其電影嗎？」

「很少。」

「那些去過歐洲的有錢人，是為了嘲弄才去看土耳其電影的。我在二十歲時也那麼想。但我已不再像以前那樣鄙視土耳其電影了。芙頌現在也很喜歡土耳其電影。」

「看在真主的分上，您也教教我如何欣賞吧。」我說。

女婿先生真誠地笑著說：「我會教您的。但您別擔心，我們拍出來的電影不會是那樣的。比如說，我們不會去拍一部農村姑娘芙頌進城後在法國保母的培養下三天變成淑女的電影。」

「就算你讓我拍，我也會從頭到尾都和保母吵架。」芙頌說。

「我們的電影裡也不會有因為貧窮而被有錢親戚鄙視的灰姑娘。」費利敦接著說。

「其實我願意演被鄙視的窮親戚。」芙頌說。

儘管我不認為她在調侃我，她輕鬆愉快的語氣仍令我感到痛苦。

就在這種輕鬆愉快的氣氛裡，我們談起了共同的家族回憶：多年前那次我和芙頌坐著切廷開的雪佛蘭出去遊玩；那些住在邊遠街區、窄小街道上，有的死了、有的快要死了的遠房親戚和許多其他事情。我們還討論起貽貝鑲飯要怎麼做，聊到後來，一個膚色蒼白的希臘廚師都從廚房裡笑著出來，告訴我們說還要放肉桂。我開始喜歡他的淳樸和樂觀的女婿先生也沒試圖堅持談他的劇本和電影夢。把他們送到家時，我們說好四天後再見面。

一九七六年的整個夏天，為了談論電影，我們一起去了很多博斯普魯斯海峽邊的餐廳吃晚飯。甚至在多年後，每當我坐在這些餐廳靠海的窗前遙望海峽時，我依然會沉浸於坐在芙頌對面時感到的極端幸福和為了重新得到她而必須保持的冷靜裡，我的腦子依然會混亂。在那些晚飯席間，我會帶著敬意和對自己隱藏的懷疑，聽她丈夫說那些電影的主題和幻想，以及對於綠松塢和土耳其觀眾的結構分析。因為我的煩惱其實不是向土耳其觀眾「奉獻一部西方意義上的藝術電影」，因此我會謹慎地製造困難，比如說我要求看劇本，但沒等劇本放到我面前，我又會關切別的問題。

我發現費利敦比許多沙特沙特員工更聰明也更能幹，有一次和他「認真」地談了一部土耳其電影的成本後，我得知，要讓芙頌成為明星，需要相當於買下尼相塔什半戶公寓的錢，然而之所以我們始終未能開始行動，並不是因為這筆錢的多少，而是因為我明白，一星期兩次用拍電影的藉口見到芙頌暫時緩解了我的痛苦。經歷了那麼多痛苦之後，我認為在那些日子裡這對我來說應該是夠了。我不敢再要更多的東西。在所有這些愛情的折磨後，彷彿現在我該稍微休息一下了。

晚飯後，坐著切廷開的車到伊斯廷耶（İstinye）去吃撒了厚厚一層肉桂粉的雞胸肉布丁，或者在埃米爾崗一邊說笑著吃三明治冰淇淋，一邊看著海峽漆黑的海水散步，對我來說彷彿就是一個人在這個世界上能夠找到的最大的幸福。我還記得，有天晚上，當我在一個名叫雅尼的餐廳裡，正覺得坐在芙頌對面所感到的安寧擺平了心裡的那些愛情魔鬼時，我發現了幸福那簡單、人人都應該知道的藥方，我對自己嘟囔道：幸福，僅僅就是靠近所愛的人。（我們不需要立刻就擁有她。）在想到這個神奇的藥方之前，我朝海峽的對岸看了一眼，當看見去年我和茜貝爾度過整個秋天的別墅的顫抖燈光時，我發現腹部那可怕的愛情之痛消失了。

當我和芙頌坐在同一張桌邊時，不僅是那無法忍受的愛情之痛在剎那間消失了，而且我還一下子忘記了不久前因為這種疼痛而有過的自殺念頭。於是，當痛苦消失時，我忘記痛苦對我的折磨，以為自己又回到了從前「正常」的日子裡；我陷入了認為自己是堅強、堅決，甚至是自由的錯覺裡。但和她出去過三次之後，我發現這種振奮的心情不可避免地會演變成我已經很熟悉了的失望。當我在那些海峽邊的餐廳裡坐在她對面時，想到以後思念她的痛苦，我拿了桌上的一些東西收藏起來，希望它們能讓我想起面對她時的幸福，並在我孤獨的時候給我力量。比如這把錫湯匙。在耶尼柯伊（Yeniköy）的阿萊考餐廳裡，當我和她的丈夫談論一場足球比賽時——幸好我倆都是費內爾巴赫切的球迷，才不會起衝突——芙頌因為無聊，把湯匙含在嘴裡玩了很久。比如這個鹽瓶。當她正準備用時，一艘鏽跡斑斑的蘇聯大船正好從窗前經過，螺旋槳的轉動把桌上的瓶子和杯子震得叮噹作響，她盯著船看了很久，而鹽瓶一直被她拿在手裡。第四次見面時，我們在伊斯廷耶的澤伊內爾（Zeynel）買了甜筒冰淇淋，吃完後芙頌把邊緣被她咬過的甜筒杯扔到地上，走在她身後的我旋即撿起來放進口袋。回到家，在自己的房間裡，我會癡迷地看著它們，為了不引起母親的懷疑，一兩天後我會把它們拿去邁哈邁特大樓，把它們和其他珍貴的物品放在一起。我會用它們來平息內心湧起的愛情之痛。

在春天和夏天的那些日子，我和母親因為一種以前我們從未感到過的同病相憐而親近起來。這當然是因為她失去了我父親，而我失去了芙頌。這種失去也讓我們變得更加成熟、更加寬容了。但母親對我的失去又知道多少？如果她看見我拿回家的甜筒杯或是湯匙會怎麼想？她從切廷那裡能打探出多少我去了哪裡的消息？在心情沮喪的時候，我會為這些事擔心，我不希望母親為我傷心，也不希望她認為我因為一份無法被接受的情感，犯了以她的話來說就是「讓你後悔一輩子的錯誤」。

有時，在她面前我會表現得很幸福，很開心，隻字不提——即便是開玩笑——媒人介紹的荒唐，我會仔細、認真地聽母親說那些她為我去看過的女孩的特點和故事。母親為我去看了達代蘭家的小女兒碧露爾，她看見他們儘管面臨破產但依然和廚師、傭人過著「揮霍的生活」，她承認女孩長得很漂亮，但因為個子太矮，她說我不會和一個侏儒結婚而結束了這個話題。（母親從我剛進入青春期就說：「我不要一米六五以下的女孩，你千萬別和侏儒結婚。」）去年夏初，母親去看了曼格爾利家的二女兒，這個女孩是我和茜貝爾還有紮伊姆在大島上的大俱樂部裡認識的，母親認為我和這個女孩也不合適，因為她剛得知，女孩不久前被瘋狂愛上並以為要結婚的阿馮杜克的大兒子殘忍地拋棄了，全上流社會都在議論這件事。整個夏天我一直支持母親去為我相親，一是因為我心想這或許能得到一個讓我滿意的結果，二是因為忙這件事可以讓母親從父親死後的隱居生活裡走出來。有時母親會在中午從蘇阿迪耶的別墅打電話到辦公室給我，她會用一個告訴獵人山雞掉在哪裡的農婦的認真來告訴我她非常想讓我見一個女孩，這女孩最近幾天傍晚都會坐著厄謝克基家的快艇去鄰居艾薩特先生的碼頭，如果那天晚上天黑之前我能回到別墅，那麼我就能在自家碼頭上看見那個女孩，如果願意還可以去和她認識一下。

母親每天用各種藉口至少打兩次電話來辦公室，她會告訴我，那天她在蘇阿迪耶別墅又找到了父親的一件遺物，比如她在一個櫃子下面找到了父親的一雙黑白雙色牛津鞋，她為此哭了很久，隨後她說：「別把我一個人留在那裡！」她叫我不要一個人住在尼相塔什，她說孤獨對我也沒有好處，要我晚上一定要回蘇阿迪耶吃晚飯。我在這裡滿懷敬意地展出父親的一隻黑白雙色牛津鞋。

有時，哥哥也會帶著妻子和孩子們來吃晚飯。晚飯後，當母親和貝玲談論孩子、親戚、老習慣、不停上漲的物價、新開的店家、衣服和最新的傳聞時，我和奧斯曼會在棕櫚樹下，坐在以前父親獨自躺在躺椅上、看著對面的王子群島和天上的星星幻想他那些祕密情人的地方，說一些關於公司和父親身後的事情。哥哥像那些天一直做的那樣，會並不十分堅持地說，我也應該成為他和圖爾蓋先生成立的新公司的合夥人。他會再三地說讓肯南當經理是一個非常正確的決定，沒和肯南打好關係是我的錯，現在我不和他們合夥，又是另一個錯誤。他會不情願地接著說，這是我放棄錯誤決定的最後機會，那樣以後我就不會後悔了。他還會說，我不僅在生意上，在社交上也彷彿在逃避他，逃避我們共同的朋友，逃避成功和幸福。他會皺著眉頭問道：

「你有什麼問題？」

而我會對他說，父親的去世以及和茜貝爾解除婚約讓我感覺疲憊，因此有點自閉。在七月份一個非常炎熱的夜晚，我還告訴他我很煩惱，所以渴望獨處，我從他的表情裡明白，我的這句話在奧斯曼的腦海裡被描繪成一種癲狂。我還感到，哥哥覺得我的這種怪異現在還可以接受，但如果繼續加劇，那麼他將陷入兩難的局面——一方面，他自然會覺得蒙羞；另方面，他又很得意能因為我的無能而獨攬父親的生意。但我只會在見到芙頌後的幾天裡，在我感覺良好時想到這種憂慮，過了幾天，當我開始痛苦地思念芙頌時，我的眼裡除了她就看不到別的東西。而母親一方面會立刻對我的癡迷或是心裡的黑暗有所察覺並為之擔心，但另一方面又不想真正知道。我也完全像她那樣，會對她知道的事情感到好奇，但又不希望得知她已過多地知道了我對芙頌的愛情。就像每次見到芙頌後，我天真地想讓自己相信對她的愛情已不那麼重要一樣，我也試圖用從來不談論這個問題來說服母親我的癡迷是無足輕重的。帶著這個目的，為了向母親證明我在這個問題上是「沒有情結」的，我在談話中不經意說到，有一次我帶著裁縫內希貝姑媽的女兒芙頌和她的丈夫去海峽邊吃了晚飯，還有一次在年輕女婿的堅持下，我們一起去看了一場以他寫的劇本拍的電影。

母親說：「但願他們都好。我聽說那個孩子總跟那些拍電影的人混在一起，我很傷心。你還能對一個參加過選美的女孩有什麼指望呢！但如果你說他們好的話……」

「她像是一個頭腦清醒的孩子……」

「你和他們去看電影了嗎？還是要小心點，內希貝心很好，很風趣，但也很有心機。對了，我要告訴你，艾薩特先生的碼頭上今晚有聚會，他也派人來請我們了。你去吧，我會請人把沙發放在無花果樹下，遠遠地看你們的。」

52 一部關於人生和痛苦的電影必須是真誠的

從一九七六年六月中旬到十月初，我們在露天電影院看了五十多部電影，我在這裡展出電影票、一些多年後從收藏家那裡找到的電影院大廳的照片和宣傳單。就像我們去海峽邊的酒館的那些晚上一樣，在天即將變黑的時分，我坐著切廷開的車在蘇庫爾庫瑪他們家門口接芙頌和她丈夫，費利敦會事先從他認識的發行人那裡打聽到電影放映的地方，寫在一張紙上，然後我們會根據他的描述一路找過去。伊斯坦堡在最近幾年裡不僅變得越來越大，還因火災和新蓋的樓房發生了巨大的變化，不斷增加的外來人口又讓窄小的街道益發擁擠，因此我們常常迷路，只好一路走一路問，我們往往在最後一分鐘才趕到，有時必須摸黑走進花園，只有到五分鐘的中場休息時才會知道我們身處一個什麼樣的地方。

這些大露天電影院花園裡的桑樹和楓樹多年後都被砍掉了，它們上面要麼豎起了一棟棟大樓，要麼改建成停車場或是鋪著塑膠草皮的小足球場。電影院被四周塗著石灰的圍牆、工廠、即將倒塌的木造老宅邸、兩到三層高的公寓和無數的陽臺和窗戶包圍其中，每次我都會對這種擁擠的狀況感到驚訝。多數時候，我們觀看的劇情片的憂傷、坐在椅子上嗑瓜子的上千人那躁動的活力，以及所有那些挨挨蹭蹭的家庭、戴著頭巾的母親、不停抽菸的父親、喝汽水的孩子、單身的男人們，會在我的腦海裡和電影場景混在一起。

我就是在這樣一個巨大的露天電影院的銀幕上，第一次遇見了那些日子用他的歌曲、電影、唱片和廣告走進土耳其人民生活的電影和音樂之王奧爾罕．甘傑巴伊的。電影院在潘迪克（Pendik）和卡爾塔爾（Kartal）之間新的一夜屋區域的後面，一個面向馬爾馬拉海與晶瑩剔透的王子群島、牆上寫著各種左派口號的作坊和工廠的坡頂上。卡爾塔爾有一座尤努斯水泥廠，從那高聳的煙囪裡冒出來的像棉花一樣的濃煙，在夜色裡會顯得益發蒼白，濃煙不僅將我們的四周染上一層雪白的石灰色，還像神話裡的白雪一樣飄落在觀眾的身上。

在電影裡奧爾罕．甘傑巴伊飾演一個名叫奧爾罕的年輕窮漁夫。電影裡有一個庇護他、對他有恩的惡霸有錢人，有錢人則有一個更加無恥和放縱的兒子。女主角由才第一次拍電影的穆吉黛．阿爾[11]扮演。當富人的兒子和他的朋友們扯開穆吉黛．阿爾的衣服，慘無人道地強姦她時，電影院裡變得鴉雀無聲。因為惡霸的命令，也因為他是個有良心的人，奧爾罕不得不去掩蓋強姦事件，和穆吉黛．阿爾結婚。這時，甘傑巴伊悲痛而憤怒地唱起了讓他在整個土耳其出名的歌曲——《讓這個世界沉沒吧！》。

當電影裡出現感人情節時，幾百人坐在椅子上嗑瓜子發出的聲響（剛開始我以為是附近一家工廠的噪音）會戛然而止，所有人彷彿都在獨自面對我們那長久以來累積的痛苦。然而，電影的氣氛、為娛樂而來的

11 Müjde Ar，一九五四—，土耳其著名女影星。

觀眾的活力、坐在男人席前排的那些快樂年輕人的談笑，當然還有故事情節的不可信，阻礙了我對電影的投入，也阻礙了我去盡情享受那被壓抑的恐懼。但當甘傑巴伊憤怒地說道「一切皆是黑暗，哪裡還有人性」時，我在綠樹和星星之間的電影院裡是心滿意足的，因為芙頌就坐在我身邊。當我的一隻眼睛在看銀幕時，我的另一隻眼睛則盯著芙頌的身體在窄小木椅上的扭動和她呼吸的樣子。當奧爾罕・甘傑巴伊唱起《悲慘命運》時，我看見她蹺起二郎腿和抽菸的樣子，我試圖去猜測她從電影裡分享了多少情感而自得其樂。當奧爾罕被迫要娶穆吉黛・阿爾，他憤怒地唱起抗議之歌時，我轉頭對芙頌流露出既熱切又淘氣的微笑。而她是那麼地投入，甚至沒看我一眼。

漁夫奧爾罕，因為妻子被人強姦過，因此從不和她做愛，總遠遠地躲著她。當明白和奧爾罕的婚姻不能解決她的痛苦時，穆吉黛・阿爾選擇了自殺，奧爾罕把她送去醫院，救回一條命。出院回家的路上，當他讓妻子挽著自己的手臂時，穆吉黛在電影這最感人的一刻問道：「我讓你覺得很可恥嗎？」我感覺這句話彷彿直指深埋在我內心的羞恥感。電影院裡頓時鴉雀無聲，和一個被姦污、失去了童貞的女孩結婚、挽著手臂走在一起的恥辱，讓觀眾震懾得啞口無言了。

而我內心的羞恥感，還混雜著憤怒。是因為如此公然地碰觸到童貞和貞操這個議題讓我感到羞恥，還是和芙頌一起看這樣一部電影讓我感到羞恥？我想著這個問題時，察覺到一旁的芙頌也坐立不安了起來。坐在母親大腿上看電影的孩子們睡著了，坐在前排的青少年不再說笑了。坐在我身旁的芙頌將右手繞到腦後靠在椅背上，我是多麼想去握住她的手！

第二部電影又讓我內心的恥辱有了新的樣貌，轉變成折磨著這整個國家甚至天上每一顆星星的痛苦——愛情之痛。這次在奧爾罕・甘傑巴伊身邊的是膚色黝黑、甜美可人的裴麗漢・薩瓦什[12]。面臨到令人無法忍受的痛苦，奧爾罕沒有憤怒，反而表現出謙遜和忍耐。以下這首博物館參觀者可以聽到的歌曲，總結了他的心情，以及該電影的精髓：

你曾經是我的情人
即使在我身邊你也是我的思念
現在你找到了另外一段愛情
幸福是你的
煩惱是我的
痛苦是我的
美好的人生是你的，你的

難道是因為時間長了，坐在父母大腿上的孩子們都睡著了，前排喝著汽水互相扔埃及豆吵吵鬧鬧的青少年累了、沉默了，觀眾才那麼安靜地看電影的嗎？還是因為他們對奧爾罕·甘傑巴伊把愛情之痛轉化成犧牲精神的尊重？我也能這麼做嗎？我能夠不讓自己更難堪和不幸，只求芙頌能幸福嗎？我能夠為了讓她去演電影做我該做的事而釋懷嗎？

芙頌的手從椅背上拿開了，離得我遠遠的。當奧爾罕·甘傑巴伊對情人說「幸福是你的，回憶是我的」時，坐在前排的一個人叫道：「傻瓜！」但幾乎沒有人附和他。所有人陷入沉默。那時我想到，紳士般地接受挫敗，是我們整個民族學得最好、也最想學的睿智和美德。也許因為電影是在博斯普魯斯海峽邊的一棟別墅拍攝的，也許因為喚醒了去年夏天和秋天的一些回憶，有一會兒我的喉嚨哽咽了。德拉戈斯水域（Dragos）上一艘閃亮的白船，正慢慢地向在王子群島上避暑的幸福人們駛去。我點燃一根菸，蹺起二郎腿，仰頭欣賞天上的繁星，驚訝於世界的美麗。我感到，電影裡打動我的東西是夜深人靜時陷入沉默的觀眾。在家裡，獨

12 Perihan Sava，一九五五—，土耳其著名女影星。

自看電視時，這部電影是不會那麼打動我的，我也不可能和母親坐在一起把電影看完。坐在芙頌的身邊，我明白自己和觀眾之間存在著一種手足般的情誼。

電影結束，燈光亮起時，我們和那些抱著熟睡的孩子的父母一起，沉默地離開了電影院，這種沉默甚至在回家的路上也沒被打破。當芙頌把頭靠在丈夫的胸前睡著時，我抽著菸，欣賞窗外那些黑暗的街道、工廠、一夜屋、往牆上塗鴉的年輕人、黑暗中顯得益發蒼老的樹木、流浪狗和準備關門的茶館。費利敦好意地向我耳語著他對這部電影的分析，而我連轉頭去看他一眼都沒有。

在一個炎熱的夜晚，我們去了在一個細長花園裡的新絲綢電影院，花園擠在尼相塔什的暗巷和厄赫拉莫爾城堡（Ihlamur Kasrı）一帶的一夜屋之間。我們坐在桑樹下，看了《愛情的磨難至死方休》和童星帕派特亞演出的《請聽我內心的吶喊》。中場休息喝汽水時，費利敦說，在第一部電影裡扮演背信忘義的會計那個人是他的朋友，那人留著細長鬍子，看起來很粗魯。當他說那人願意在我們即將拍攝的電影裡扮演一個類似的角色時，我明白，僅僅為了接近芙頌而踏入綠松塢，對我來說會很難。

幾乎在同時，我閃躲的雙眼注意到其中一座俯瞰電影院花園的陽台。從那塊遮掩住陽台門的黑色窗簾，我發現到這棟老舊的木造屋是尼相塔什兩家最隱密的妓院其中的一家。夏日的夜晚，在裡面和小姐們做愛的有錢紳士發出的歡快聲，常常會和電影的配樂、音效和演員說台詞的聲音混在一起，而這往往就成為小姐們談笑的話題。這棟舊木屋以前是一個有名的猶太商人的房子，改成妓院後，客廳成了候客的大廳，穿著迷你裙在那裡等候的小姐們沒事時，就跑到樓上後面的一個空房間裡，趴在陽臺上看電影。

位於謝赫紮代巴什（Şehzadebaşı）的那個星星花園的電影院，就像斯卡拉歌劇院裡的包廂那樣被周圍密密麻麻的陽臺包圍著，陽臺離觀眾很近，以至於在放映《我的愛情和尊嚴》時，有錢的爸爸責罵了兒子後不久（「如果你和那個一無是處的售貨小妹結婚，我就把你從我的遺囑上除名，和你斷絕父子關係！」），有些觀眾把從其中一個陽臺裡傳來的吵架聲當成電影裡的爭吵。在卡拉居姆呂克的鮮花電影院旁邊的花園裡，我們看了劇本出自女婿先生費利敦之手的《賣麵包圈的阿姨》，他告訴我們那是根據蒙特班的小說《麵包運送女工》改編的。這次女主角不是圖爾康．蕭拉伊[13]，而是法特瑪．吉麗克[14]。就在我們上方的一個陽臺上，一個正在和家人喝拉克酒、身穿背心的肥胖父親，為了表示他的不滿，不時地說「圖爾康絕不會演成這樣，絕對不會！模仿得也太拙劣了！」。更糟的是，這位父親昨晚已看過這部電影，他以嘲諷的口吻揭露了接下來的劇情，嗓門還大到全體觀眾都聽得見，甚至在陽臺上和對他說「噓，閉嘴，讓我們好好看」的觀眾互嗆起來，更顯出對這部電影的不敬。當芙頌因為想到所有這一切會讓丈夫傷心而靠在費利敦身上時，我的內心一陣灼痛。

回家的路上，我不想看見芙頌打盹兒或說話時握著丈夫的手，或是把頭靠在他肩上的樣子。當切廷小心翼翼、慢慢開著的車，在潮濕和炎熱的夜晚，在蟋蟀的鳴叫聲中前行時，我會聞著從車窗外飄進來的金銀花、鐵銹和灰塵的味道，欣賞窗外的黑暗。但在電影院裡，當我發覺他們倆依偎在一起，例如在巴克爾柯伊的無花果電影院看靈感來自美國片但背景是伊斯坦堡街道的兩部驚悚片時，我的內心會頓時變得一片漆黑。有時我會像電影《交叉火力》裡那個將痛苦深埋心底的堅強男主角那樣，把嘴巴閉得緊緊的。有時我會想到，芙頌是為了讓我嫉妒才靠在丈夫肩頭的，我會在自己的幻想裡和她進行一場嫉妒的決鬥。那時，我會裝出一副沒有注意到他們之間的耳語和說笑，自顧自對電影感興趣的樣子，為了證明這點，我會為了只有最呆的觀眾才會覺得好笑的橋段哈哈大笑。抑或是，我會像那些既去看土耳其電影，又會因為自己在那裡而感到不安的知識分子那樣，低聲竊笑，就像我發現了一個任何人都沒發現的奇怪細節，忍不住要取笑這樣的荒唐。但我並不喜歡自己這種玩世不恭的樣子。我不會因為費利敦在一個感人的時刻把手搭到芙頌的肩膀

---

13 Türkân Şoray，一九四五—，土耳其著名女影星。

14 Fatma Girik，一九四二—，土耳其著名女影星。

上——他很少這麼做——而不安，但當芙頌就勢輕輕地把頭靠到費利敦的肩上時，我會感到心碎。我會覺得芙頌是為了讓我傷心才這麼做的，她太沒心沒肺了，我會因此而憤怒。

八月底，當第一批從巴爾幹向非洲飛去的白鶴（我甚至沒想起去年此時我和茜貝爾辦了一個夏末舞會）從伊斯坦堡的上空飛過後，在一個涼爽的雨天，在貝西克塔什的大花園裡（頑皮小子電影院）看《我愛上了一個窮女孩》時，我察覺到他們夫妻倆的手在芙頌蓋在大腿上的毛衣底下握在一起。就像在別的時候、在別的電影院裡陷入嫉妒時那樣，我會蹺起二郎腿，趁點菸的機會，看清楚在芙頌腿上的毛衣底下，這對幸福夫妻的手是否真的握在一起。他們是夫妻，他們共享一張床，他們有很多機會觸摸彼此，為什麼要當著我的面這麼做？

因嫉妒而情緒低落時，不僅僅是銀幕上正在放映的電影，幾個星期以來我們看過的所有電影，都會讓我覺得缺德得莫名其妙、膚淺到荒謬的地步又可悲地脫離現實。我厭倦了所有那些動不動就唱歌的愚蠢戀人，厭倦了那些一夜之間從佣人變成歌星、包著頭巾卻濃妝豔抹的鄉下女孩。我也非常討厭費利敦笑著說全都是從大仲馬的《三劍客》抄襲來的士兵電影，以及在馬路上厚顏無恥地戲弄女孩的流氓電影。我們在費利柯伊（Feriköy）的阿爾祖電影院看了《卡瑟姆帕薩三兄弟》和裡面的英雄都穿著黑衣的《三個無畏的保鏢》，因為競爭，電影院不得不每天晚上放映三部被剪到不知所云的電影。所有勇於犧牲的戀人們（「住手，唐吉是無罪的，你們要找的是我！」胡爾雅・考奇伊特[15]在《洋槐樹下》裡說，那部片因為下雨只放了一半）；為了失明孩子的手術費，心甘情願犧牲一切的母親們（我們在于斯屈達爾的人民花園電影院看了《破碎的心》，兩場電影中間還有雜技表演）；說「你快跑我的勇士，我來對付他們！」的鐵漢們（費利敦宣稱也答應在我們的電影裡演出的艾勞爾・塔什）；說著「但你是我朋友的情人」，拒絕幸福的無私男孩們；所有這些人都讓我感到疲憊。在這種憂傷和鬱鬱寡歡的時刻，那些說「我是一個賣東西的窮女孩，而您是一個大廠主的兒子」的女孩，甚至是那些將愛情的痛苦深藏心底，以拜訪親戚為藉口，坐著司機開的車去拜訪情人的憂傷男人也無法讓我同情了。

坐在芙頌身邊的喜悅和身為電影觀眾之一的愉快情緒，會因為一陣嫉妒的狂風，立刻變成一種詛咒全世界的漆黑的沮喪。但有時，在某個神奇的時刻，我的整個世界也會閃閃發光。例如，當失明的主角那悲慘世界的黑暗深深地滲透進我的靈魂時，我的手臂會輕輕掃過她手臂天鵝絨般的肌膚。為了不失去這種接觸帶來的美好感覺，我的手會保持不動，繼續不知所云地看著電影，直到我敢確定她也在任由自己觸碰到我，我會幸福得幾乎暈過去。夏末，當我們在阿爾納烏特柯伊的松樹公園電影院看《小淑女》時，我們的手臂又像那樣貼在一起，當她火熱的肌膚將我的肌膚點燃時，我的身體起了意想不到的反應。正當我無視這個不知羞恥的反應，任由自己去品味那種令人暈眩的滋味時，燈突然亮了，五分鐘的中場休息開始了。為了掩飾我那令人羞愧的激動，我把深藍色的毛衣蓋在腿上。

芙頌說：「我們去買汽水好嗎？」中場休息時，多數時候她會和丈夫一起去買汽水和瓜子。

我說：「好的，但稍微等一下，我在想一件事情。」

就像高中時為了向同學們隱藏身體的這種不知羞恥的反應時所做的那樣，我想著外婆的死，還把兒時那些真實和幻想的葬禮、父親對我的責罵、我自己的葬禮、黑暗的墓穴和我那被泥土填滿的雙眼快速在腦海裡過了一遍。

半分鐘後，等到好像能站起來時，我說：「好了，我們走吧。」

一起向前走時，我彷彿第一次注意到她纖細的脖子和搖曳的身姿。在人群、座椅和跑來跑去的孩子們之間，不用擔心被人看見地和她走在一起多好啊……我喜歡電影院裡的人群看著她，我幸福地幻想著他們把我們當成一對情侶、一對夫妻。那時，就在我經歷那幸福的時刻時，我立刻明白，為她忍受的一切痛苦換來那

15 Hülya Koçyiğit，一九四七—，土耳其著名女影星。

一段短暫的路途是值得的，那是無與倫比的一刻，那段路途是我一生中最幸福的時刻之一。

賣汽水的地方就像往常一樣，大家沒有排成一隊，而是成年人和孩子全都擠成一團又叫又嚷的。我們於是站到他們後面，等候著。

芙頌問道：「剛才你那麼認真在想什麼事情？」

我說：「我喜歡這部電影。我在想自己為什麼會那麼喜歡所有這些以前我鄙視、不感興趣的電影。你叫我的時候，我幾乎就要想出答案來了。」

「你真的喜歡這些電影嗎？還是因為和我們一起來看你才這麼說的？」

「絕對不是。我真的很開心。今年夏天我們看的多數電影裡都有讓我感動的部分，彷彿道出了我內心的失落，也安慰了我。」

像是為我的太過陶醉感到憂心似地，芙頌說：「其實人生並不像這些電影那麼簡單。但我很開心。我很高興你和我們一起來看電影。」

一時間我們都沉默了。我想說「坐在你身邊我就心滿意足了」。難道我們的手臂一直貼在一起只是巧合嗎？我痛苦地感到，我很想說出那些藏在心裡的話，但電影院裡的人群和我們所處的世界不允許我那麼做。從掛在樹上的喇叭裡傳來了甘傑巴伊的歌聲，那首歌出自兩個月前我們在潘迪克山脊上看的那部電影。「曾經你是我的情人……」歌詞和音樂勾起我整個夏天的回憶，那些回憶像圖畫般一一閃現在我的眼前。在海峽邊的酒館裡，我昏沉地、驚奇地看著月光下的海面和芙頌的那些無與倫比的時刻，也在我心裡重現了。

我說：「這個夏天我很幸福。這些電影教育了我。其實重要的並不是成為富人……很可惜，人生裡還有痛苦……磨難……不是嗎？」

她說：「一部關於人生和痛苦的電影必須是真誠的。」我在她的臉上看到了一抹陰影。

一個朝著別人噴汽水的孩子撞到了芙頌，我托住她的腰，把她拉向自己。一些汽水潑到了她的身上。

一位大叔說：「你們這些畜生。」說完他朝其中一個孩子的脖子上打了一巴掌。他用一種等待肯定的眼神轉向我們，但他的目光停在我那隻放在芙頌腰間的手上。

在電影院的花園裡，不僅僅是我們的身體，我們的靈魂也那麼靠近！懼怕我目光的芙頌走開了，她走到孩子們中間，向放在洗衣盆裡的汽水瓶探過身去，她傷了我的心。

芙頌說：「我們也給切廷買一瓶汽水吧。」她請賣汽水的小弟開了兩瓶汽水。

我付了錢，把汽水送去給切廷。切廷沒和我們一起坐在「家庭」席，而是獨自一人坐在單身男人席。

他笑著說：「麻煩您了，凱末爾先生。」

回去時，我看見一個小孩正在驚訝地看著喝汽水的芙頌。小孩鼓足勇氣走到我們身邊。

「姊姊，您是演員嗎？」

「不是。」

讓我來提醒讀者一下，這樣的一句問話是那些年在好色之徒間極為流行的一個接近女孩的台詞，如今這種說法已經被遺忘了。他們會對一個化了妝、保養良好、穿著略微開放，但又不屬於上層社會的女孩說「您很漂亮」。但是對於一個十幾歲的孩子來說，這句問話裡絕不會有這樣的含義。他堅持說道：

「但我在一部電影裡看過您。」

芙頌問：「哪部電影？」

「您在《秋天的蝴蝶》裡不是也穿這條裙子嗎？」

芙頌笑著問：「我演哪個角色？」

但孩子已經明白自己搞錯，不再說話了。

「現在我去問我丈夫，他知道所有的電影。」

你們大概明白，她說「丈夫」，並用目光在那些坐在椅子上的人群中找尋他，孩子明白我不是芙頌的丈夫，讓我傷心了。但我依然壓抑住自己的悲傷，帶著能夠這麼靠近她、和她一起喝汽水的幸福說道：

「孩子一定有預感我們會拍電影，你會成為明星……」

「也就是說你真的要出錢來拍電影了？凱末爾大哥，請別覺得受到冒犯，費利敦不好意思再提起這件事，但容我告訴你，我們已經等得不耐煩了。」

我目瞪口呆地說：「是嗎？」

53 一顆憤怒而破碎的心無益於任何人

整個夜晚，我沒再說一句話。因為我那時經歷的事情在許多其他語言裡也被叫做「心碎」，所以我想我在這裡展出的這個破碎的陶瓷心，比言語更能向每個參觀者表達我的痛苦。像去年夏天那樣，我不再感覺我的愛情之痛是一種慌亂、一種絕望和一種憤怒。現在，這種痛苦已經變成一種更濃稠的物質，在我的血管裡流動。因為我若不是每天見到芙頌，至少隔天也會見到，「看不見她」的痛苦減輕了。「看得見她」的痛苦稍微溫和一點，我也養成的新的習慣去適應這種新的痛苦。這些新的習慣甚至成為我的本能，讓我成為一個不一樣的人。我不再是每天與痛苦搏鬥，而能夠壓下那份痛苦，把它藏起來，或者裝出一副我沒事的樣子。

這份新的痛苦，「看得見她」的痛苦，其實是一種羞辱之痛。我以為，芙頌也在小心不讓我受到傷害，她在遠離那些會傷害我自尊的危險話題和情況。然而在她說了最後的那些粗魯的話後，我明白自己再也無法裝做若無其事了。

一開始，儘管這些話在我腦海不斷迴盪（「真的要出錢……我們已經等得不耐煩了」），我還是試圖假裝沒聽到，但我給她的囁囁嚅嚅的回應（「是嗎？」）卻證明我聽到了。也於是，我無法裝出絲毫沒有受到冒犯的樣子。再說，誰會看不出來我滿臉不悅？我的表情明顯流露出我受到羞辱的心情以及瞬間跌到谷底的情緒。當那些羞辱的話在我腦海裡不斷重複時，就像什麼也沒發生那樣，我拿著汽水瓶，坐回自己的座位上。因為痛苦，我舉步維艱。最糟的不是那些尖銳的話，而是芙頌顯然察覺到我受到羞辱，而且因此而難過了。

我強迫自己去想一些別的事情，平常的事情。我記得，就像兒時和少年時因為煩躁不安而陷入玄思那樣，我問自己：「現在我在想什麼？我認為我在想什麼嗎？」將這個句子默默想過幾遍之後，我果斷地轉身對芙頌說：「他們要回收空瓶。」我拿起她手裡的空瓶站了起來，另外一隻手拿著我自己的瓶子，瓶裡的汽水還沒有喝完。我誰也不看，把自己瓶子裡的汽水倒進芙頌的空瓶裡，隨後把我的空瓶還給了賣汽水的小弟。拿著我在這裡展出的芙頌的瓶子，我回到座位上坐了下來。

芙頌在和丈夫說話，他們沒發現我回來了。接下來那部電影演了什麼，我完全沒有印象。因為芙頌嘴唇剛碰過的瓶子現在握在我顫抖的手中。我不願意去想別的事情，只想回到我自己的世界，我的那些物件裡。這個瓶子，多年來我一直小心翼翼地放在邁哈邁特大樓的床頭。注意到瓶子形狀的參觀者，會想起這是在故事剛開始時上市的梅爾泰姆汽水的瓶子，但裡面的汽水已不是紮伊姆引以為豪的梅爾泰姆汽水了。因為儘管這個第一大民族品牌的汽水已經賣遍大半個土耳其，但市面上出現了很多劣質的仿製品。這些地下的本地小生產商，把自家工廠生產出來的廉價色素汽水，灌進從雜貨店裡收來的空梅爾泰姆汽水瓶裡，然後拿出去賣。回去的路上，看見我不時把瓶子放到嘴邊，對我和芙頌去買汽水時的對話一無所知的費利敦先生說：「大哥，這梅爾泰姆汽水真的很好喝，是吧？」我告訴他，汽水不是「真的」。他立刻明白過來，附和著說：「巴克爾柯伊的巷弄裡有一個祕密的煤氣灌裝點。他們把廉價的煤氣灌進阿伊嘎茲[16]的空煤氣罐裡。我們也在那裡灌過一次。凱末爾大哥，比真的還好燒。」

16 **Aygaz**，土耳其最大的私有企業之一考奇集團創辦人維赫比·考奇（Vehbi Ko，一九〇一—一九九六）在一九六二年成立的土耳其第一家，也是最大的一家液化石油氣公司。

我小心地把瓶子放到嘴邊說：「這瓶汽水味道也更好。」

昏暗的街燈下，汽車在靜悄悄的街道上顛簸前行，樹木和樹葉的影子在擋風玻璃上忽隱忽現地閃動著。我坐在切廷的旁邊，發現心碎的感覺痛徹心扉，我沒回頭朝後面看過一次。像往常那樣，我們談論起電影來。很少加入這類談話的切廷，也許是因為不喜歡車裡的沉默，所以打開了這個話匣子。他說電影裡的某些部分根本是亂演，因為一個伊斯坦堡的司機怎麼樣都不會像電影裡那樣去責罵女老闆，即便是禮貌的責備。

女婿費利敦說：「但他不是司機，是著名的演員阿伊罕．厄謝克。」

切廷說：「先生，您說的沒錯。我也是因此才喜歡這部片的。它也富有教育意義……我非常喜歡今年夏天看的這些電影，一方面是因為有趣，另一方面是因為學到了一些人生的道理。」

芙頌沉默著，我也沒說話。讓我感到更加痛苦的是切廷說到的「今年夏天」，因為這幾個字提醒我們，美好的夏夜結束了；我將不能再和芙頌在露天電影院看電影；在繁星下和她並肩坐著的幸福來到盡頭了。為了不讓芙頌發現我的痛苦，我想隨便說些什麼，但我什麼也沒說，我陷入一種將持續很久的苦澀裡。

我不想再見芙頌了。事實上，我不想見任何一個為了要我資助她丈夫拍電影，換言之，就是為了錢而和我往來的人。更何況，她甚至已不再試圖對我隱瞞這個事實。這樣的一個人對我來說已不再有吸引力，我覺得自己可以輕易地離開她。

那天夜裡把他們送回家後，不同於以往，我沒再和他們約定下一次看電影的時間，接下來的三天也沒和他們聯絡。那些天，先是腦子的一角，隨後以一種日益疊加的形式，我開始表現出了另外一種氣惱。被我稱之為「外交氣惱」的這種氣惱，與其說來自於心碎的痛苦，不如說來自於一種迫不得已。因為對於一個虧待我們的人，為了不讓他再那麼做，我們也應該給他一個懲罰來維護我們的尊嚴。我給芙頌的懲罰，當然就是不資助她丈夫拍電影，這樣她想成為電影明星的夢想也就泡湯了。我對自己說：「讓她去想想，如果電影拍不成會怎麼樣！」於是，當我頭一天發自內心地生氣時，從第二天起我開始仔細幻想懲罰是如何讓芙頌痛心的。儘管我很清楚見不到我對他們來說只是物質上的損失，但我還是在幻想，讓芙頌傷心的不是因為拍不成電影，而是因為不能見到我。也許這不是一個錯覺，是真的。

幻想芙頌後悔的樂趣，從第二天起開始超越了我那真正的氣惱。第二天晚上，當我和母親在蘇阿迪耶別墅安靜地吃飯時，我感到自己已經開始想念芙頌，我那發自內心的氣惱早就結束了。我明白，只有想到我的氣惱會讓芙頌傷心，對她將是一種懲罰，我才能繼續氣惱下去。當我試圖以芙頌的立場去想時，我開始替她想到了一件非常現實和無情的事情。我試圖明白，如果我是一個像她那樣年輕漂亮的女人，正當我將在丈夫拍攝的一部電影裡飾演主角而成為明星時，卻因為一些蠢話傷了有錢製片人的心害得自己明星夢碎，這對我來說將會是一種多大的悔恨。但是母親的問話（「你為什麼沒把肉吃完？晚上你要出去嗎？夏天的情趣已經沒有了，如果你願意，別等到月底，明天我們就搬回尼相塔什去。這是第幾杯酒了？」）阻止我繼續這麼想下去。

當我用昏沉沉的腦子試圖去弄清楚芙頌會怎麼想時，我發現了另外一件事情。那就是，其實從我聽到那句難聽的話（「真的要出錢……」）的那一刻起，我的氣惱就變成了一種針對報復的「外交」氣惱。因為他們對我所做的一切，我想報復芙頌，但又因為我對這種欲望感到害怕和羞恥，因此我要讓自己相信，「我不想再見到她了」。這個藉口更加好聽，同時也給了我報復時讓自己感覺清白的機會。我那發自內心的氣惱其實不是真誠的，也不是真實的，只是為了給我的報復欲望賦予一種無辜的深刻，我在誇大自己的心碎。明白這點後，我決定寬恕芙頌去見她。決定去見她後，我又開始更加積極地去想一切事情。但是為了重新去找他們，我必須苦思冥想地去欺騙自己。

晚飯後，我去了十年前年輕的我和朋友們一起蹓躂的巴格達大道（Bağdat Caddesi），當我走在寬闊大街的人行道上時，為了完全搞清楚如果我放棄懲罰，對芙頌來說將意味什麼時，我努力將自己放到芙頌的位置上。沒過多久我的腦子裡閃出一個念頭：像她這樣一個聰明、漂亮，知道自己要什麼的年輕女人，如果花一點工夫，立刻就能找到另外一個可以資助丈夫的製片人。一種強烈的嫉妒和悔恨之痛在我心裡掠過。第二天下午，我讓切廷去貝西克塔什的露天電影院看看那裡在放什麼電影，當我決定那是「一部我們必須看的重要電影」後，我打了電話給他們。當我在沙特沙特的辦公室裡，從貼在耳朵上的聽筒裡聽到芙頌家裡的電話鈴聲時，我的心快速跳了起來，我明白不管是誰來接電話，我都將無法自然地說話。

這種不自然是因為，我被擠在一個夾縫裡，夾縫的一邊是自己繼續在靈魂的某個角落隱藏的氣惱，另一邊是因為芙頌的不道歉導致我感覺不得已而為之的「外交」氣惱。就這樣，我和芙頌還有她的丈夫在露天電影院裡，沒得到多大樂趣，沒說太多的話，假裝生氣地度過了夏天的最後幾個夜晚。我的壞情緒當然也傳染給了芙頌。即使在內心不想那麼做的時候，因為迫不得已，我還是會對芙頌生氣，這下我就真的生氣了。一段時間過後，我在芙頌身邊表現出來的這第二種個性，開始慢慢取代了我的真正個性。我一定是在那些日子裡第一次開始感覺到，人生，對於多數人來說，不是一種應該真誠去體驗的幸福，而是在一個由各種壓力、懲罰和必須去相信的謊言構成的狹窄空間裡，不斷去扮演一個角色的狀態。

而事實上，我們去看的所有土耳其電影都在暗示，只有用「真實」才可能走出這個「充滿謊言的世界」。但是在觀眾日漸稀少的露天電影院裡，我已無法再去相信我們看的那些電影，無法再讓自己走進那個充滿情感的世界了。夏末，貝西克塔什的星星電影院變得門可羅雀，因為坐在芙頌的身邊會顯得奇怪，所以我在我倆中間空出了一個位子，我那假裝的氣惱，和涼爽的晚風一起，變成了一種像冰塊那樣讓我心寒的悔恨。四天後我們去了費利柯伊的俱樂部電影院，我們沒看到電影，卻欣喜地從躺在床上穿著禮服、板著臉的孩子和包著頭巾的阿姨們那裡明白了，區政府正在為窮孩子舉辦一場有魔術和肚皮舞表演的割禮。但當留著小鬍子、胖墩墩的區長感覺到我們的欣喜，邀請我們參加割禮時，完全因為我和芙頌還在假裝生氣，因此我們婉言謝絕了。她也用假裝的生氣來回敬我的生氣，但又做得讓她的丈夫無法察覺，這讓我氣壞了。

我忍著六天沒打電話給他們。但我還是生氣，因為即便不是芙頌，她的丈夫也沒有打過一次電話。如果電影也不拍了，我找什麼藉口打電話給他們？如果我想見他們的話，我就必須給她，給她的丈夫出錢，我看見並接受了這個難以承受的事實。

最後一次，在十月初，我們去了在潘加爾特的皇家花園電影院。那天天很熱，電影院也並不冷清。我在內心裡希望，我們將愉快地度過也許是夏日裡的這最後一個夜晚，我們的氣惱也將就此結束。但在我們入座前發生一件事，我遇到一個兒時夥伴的母親傑米萊女士。傑米萊女士同時還是母親的牌友，晚年她好像是變窮了。就像那些因為變窮而感到羞慚和愧疚的有錢人那樣，我們用「你來這裡幹什麼」的眼神互相看了一眼。

傑米萊女士用一種坦白的口吻說：「我來是想看看穆凱利姆女士她們家。」

我沒太明白這句話的意思。我以為從電影院花園望出去可以看見裡面的一棟老宅邸裡，住著一個叫穆凱利姆的有趣女人，為了和傑米萊女士一起看這棟宅邸的裡面，我坐到了她的身邊。芙頌和她的丈夫走到我們前面六七排的地方坐下。電影開始後我明白，穆凱利姆女士的家就是電影裡的那棟房子。位於艾蘭柯伊（Erenköy）的這棟房子曾經是一個帕夏兒子的著名宅邸，兒時我會騎著自行車經過那裡。窮困潦倒後的這些老房子的主人們，就像母親認識的其他一些帕夏兒子那樣，把房子作為拍攝場地租給綠松塢的電影公司。那天放映的是《比愛情還痛苦》，電影裡那些靈魂醜惡的新貴就住在這樣的一棟老宅邸裡。原來傑米萊女士是為了看帕夏宅邸裡那些木質鑲嵌房間才來看電影的。我應該起身離開傑米萊女士，坐到芙頌的身邊去，但我沒那麼做，我感到一種奇怪的羞慚。就像一個在電影院裡不願意和父母坐在一起的小夥子那樣，我也壓根不想知道我為什麼會感到羞慚。

甚至在多年後我都不想去知道原因的這種羞慚，是和我的氣惱融為一體的。電影結束後，我跑到了被傑米萊女士仔細瞄了一眼的芙頌和她丈夫的身邊。芙頌的臉拉得比往常還要長，我除了假裝生氣也別無選擇。回家的路上，在車裡那種無法忍受的沉默裡，為了能夠從我那不得已而為之的生氣角色裡走出來，我幻想開一個荒唐的玩笑，或者瘋狂地大笑一下，但我什麼也沒做。

連著五天我沒找他們。我高興地幻想芙頌後悔了，馬上就要來求我原諒了。在我的幻想裡，我說一切都是她的錯來回應芙頌的那些表示悔恨的話語和哀求，我是那麼發自內心地相信了她的那些被我一一歷數的過錯，以至於我常常感到一個受委屈的人的憤怒。

看不到她的那些日子，對我來說變得越來越難過了。我開始慢慢地重新在靈魂深處，感到過去一年半裡我不得不忍受的那種深切而強烈的痛苦。因為做錯一件事，再次受到見不到芙頌的懲罰是非常可怕的。完全因為這個原因，我必須向芙頌隱藏自己的氣惱。而這會把我的氣惱，變成一種只讓自己受傷害的東西，變成一種我給自己的懲罰。我的氣惱和心碎無益於任何人。想著這些，獨自一人走在滿是落葉的尼相塔什的一個夜晚，我明白，對我來說最幸福，也因此是最有希望的解決辦法就是，一星期見芙頌三、四次（至少兩次）。只有在沒過多點燃心裡那份無望之戀的強烈痛苦之前，我才能夠回到自己的日常生活中去。我已經明白，無論是她給我一個懲罰，還是我試圖要給她一個懲罰，見不到芙頌的一段痛苦時間後將把我的生活變得無法承受的艱難。如果我不想再經歷去年所經歷的一切，那麼我應該像在讓潔依達轉交的信上承諾的那樣，把父親的珍珠耳墜也給芙頌送去。

第二天中午去貝伊奧魯吃午飯時，我把裝著珍珠耳墜的盒子放進口袋。一九七六年十月十二日星期二，一個陽光燦爛、晴空萬里的日子。街上各色櫥窗亮閃閃的。當我在哈吉·薩利赫吃午飯時，我對自己是誠實的，因為我沒對自己隱瞞，我來這裡，是為了能夠立刻去蘇庫爾庫瑪和內希貝姑媽見上半個小時。從餐廳走到蘇庫爾庫瑪只需六、七分鐘。剛才路過時我看了一眼，薩拉伊電影院下午一點四十五分有一場電影。如果去看電影，我會在散發出黴味和潮濕氣味的黑暗裡忘記一切，至少我會因為能暫時進入一個完全不同的世界而放鬆一點。在一點四十分，我付了錢，開始朝蘇庫爾庫瑪走去。我的肚子裡有午飯，脖子上有陽光，腦子裡有愛情，靈魂裡有慌亂，心裡則有一絲刺痛。

內希貝姑媽下樓來開了門。

我說：「不，我不上去了，內希貝姑媽。」我從口袋裡拿出了裝著珍珠耳墜的盒子。「這是芙頌的。是我父親送給她的一件禮物。我路過這裡就拿來了。」

「凱末爾，我馬上煮杯咖啡給你喝，芙頌回來之前我有話要跟你說。」

她說這話的語氣是那麼神祕，以至於我沒扭捏就立刻跟她上了樓。房間裡灑滿了陽光，金絲雀檸檬也在陽光下快樂地在籠子裡輕聲叫著。我看見內希貝姑媽的縫紉用品、剪刀、布片遍布客廳的每個角落。

「這陣子我不提供到府服務了，但在她們的一再堅持下，我們在趕製一件晚禮服。芙頌也在幫忙，過一會兒她就回來了。」

為我端來咖啡後，她直接進入主題。「聽說發生了一些不必要的氣惱和傷心，這我理解。凱末爾先生，我的女兒因此很痛苦，也很難過。您要容忍她的壞脾氣，要討她的歡心……」

我用一種見多不怪的語氣說：「當然，當然……」

「該怎麼做您比我更清楚。您要去討她的歡心，讓她盡快從這條錯誤的道路上走出來。」

我皺起眉頭，不解地看了她一眼，我想知道芙頌走上的是什麼樣的一條錯路。

「您訂婚前，訂婚的當天，特別是訂婚後，她痛苦了好幾個月，哭了很久。她不吃不喝，不出去，什麼也不做。這個孩子就每天過來安慰她。」

「費利敦嗎？」

「是的，但你別擔心，他不知道你的事。」

她說，她不知道女兒因為痛苦和悲傷做了什麼，讓芙頌結婚是塔勒克先生的主意，芙頌最終同意和「這個孩子」結婚了。她還說，費利敦從十四歲起就認識芙頌，他很愛芙頌，但芙頌從不理睬他，甚至還用冷漠折磨他很多年。現在費利敦已不再像以前那樣愛芙頌了（她微微皺起眉頭，像是在說「這對你來說是個好消息」那樣笑了笑）。她說，費利敦晚上也不在家裡待著，他一心只想著電影和那些拍電影的朋友。他放棄卡德爾加的學生宿舍，也好像不是因為要和芙頌結婚，而是要靠近貝伊奧魯的電影人茶館。她說，當然現在就像那些媒人介紹結婚的健康年輕人那樣，他們的血已經融在了一起，但我不必對這些太認真。她還說，他們認為經歷了那些事情後，芙頌立刻結婚是對的，他們也沒因此後悔……

她用一種不存在任何疑問，外帶一些懲罰樂趣的眼神讓我感覺到，她所謂的「那些事情」，除了芙頌對我的愛情、糟糕的入學考試，更是指婚前和我上床的事情。如果芙頌和別人結婚，她就可以擺脫這個污點，而我當然是要為此負責的！

內希貝姑媽說：「不僅是她，我們所有人都知道，費利敦不會有什麼出息，他不能給芙頌一個美好的人生。但他是芙頌的丈夫！他想讓妻子成為電影明星，他是一個誠實、善良的孩子！如果您愛我的女兒，您就幫幫他們。我們認為與其讓芙頌嫁給一個因為她不是處女而鄙視她的有錢老頭，還不如嫁給費利敦。他要讓她走進電影圈。你則要保護她，凱末爾。」

「當然，內希貝姑媽。」

她說，如果芙頌知道她把這些祕密告訴了我，她將會給我們倆「很大的懲罰」（她似笑非笑地笑了笑）。「凱末爾，芙頌當然對你和茜貝爾女士解除婚約，為她這麼傷心深受感動。這個一心想著拍電影的孩子有一顆金子般的心，但芙頌不久就會明白他有多麼無能，她會拋棄他的。當然如果你能一直在她身邊，給她信心的話……」

「內希貝姑媽，我想彌補對她造成的傷害，修補她那顆被我打碎的心。為了重新得到芙頌的愛，請您幫助我。」說著我拿出了父親的耳墜盒子。「這是芙頌的。」我說。

「謝謝……」她說著接過了盒子。

「內希貝姑媽，還有我第一次來這裡的那天晚上，我拿來了她的一隻耳墜，但她說沒看見，您知道這件事嗎？」

「我一點也不知道。要不還是你自己把禮物交給她吧。」

「不，不。再說那耳墜也不是禮物，本來就是她的。」

內希貝姑媽問道：「哪個耳墜？」看到我在猶豫，她說：「如果所有的事情靠一對耳墜可以解決就好了。芙頌生病時費利敦也來了我們家。我女兒那時傷心得連走路的力氣也沒了，他挽著她的手臂甚至帶她去了貝伊奧魯的電影院。每晚沒去茶館找他的那些電影人朋友之前，他來和我們一起吃飯，看電視，關心芙頌……」

「內希貝姑媽，我能夠做得比這更多。」

「但願如此，凱末爾先生。晚上我們等你來。代我們向你母親問好，別讓她傷心。」

當她朝房門看一眼，暗示我應該在芙頌回來之前離開時，我平靜地離開了他們家。從蘇庫爾庫瑪向貝伊奧魯走去時，我幸福地明白，自己的氣惱已經完全結束了。

54 時間

整整七年十個月，我為了看芙頌固定去蘇庫爾庫瑪吃晚餐。第一次是在內希貝姑媽說「我們晚上等你來」後第十一天，也就是一九七六年十月二十三日星期六。我和芙頌還有內希貝姑媽最後一次在蘇庫爾庫瑪吃晚飯是在一九八四年八月二十六日星期天。這樣算來其間一共是兩千八百六十四天。我將向大家敘述在這四百零九個星期裡發生的故事，根據我的筆記來看，我一共去了他們家一千五百九十三次。這意味著我一星期平均去他們家四次，但也別認為我每星期都一定會去四次。

有時候我每天見到他們，有時候我會因為生氣或者以為能夠忘記芙頌而沒去。然而沒有芙頌的日子（我的意思是沒有見到芙頌）從來沒超過十天，因為十天後，我的痛苦就會達到一九七五年秋天時那種無法忍受的程度，因此可以說在這七年多的時間裡我是固定會去芙頌他們家的（我想用他們的姓凱斯金來稱呼他們）。他們也會固定等我去吃晚飯，我要去的那些晚上他們都預料到了。很快地，他們對我在晚飯時間的拜訪，以及我對他們對我的等待，多多少少都習慣了。

凱斯金他們不會喊我去吃晚飯，因為餐桌邊總留著我的位子。而這總會讓我每天晚上在去不去見他們的問題上掙扎一番。有時我會想，如果我再去，是不是會太打擾他們，但如果不去，除了那天晚上要忍受見不到芙頌的痛苦，我還會因為自己的「失禮」，或是他們對我的缺席可能有所誤會而煩惱。

我對他們家的頭幾次造訪，就是帶著這些煩惱，在熟悉他們家、和芙頌的對視、適應他們家的氣氛中度過的。我想用眼神告訴芙頌「你看，我來了，我在這裡」。這就是我第一次造訪時的心情。頭幾分鐘裡，我會為自己最終戰勝了不安和害羞而祝賀自己。如果在芙頌身邊可以讓我如此幸福，那麼我為什麼還要給自己找那麼多煩惱呢？你看，芙頌不也一切正常，彷彿對我的造訪很滿意那樣在甜甜地笑嗎？

很可惜，在頭幾次的造訪裡，我們很少有機會獨處。但我依然每次都能找到一個機會對她輕聲說「我太想你了」之類的話，芙頌則會透過眼神告訴我，她很喜歡我說的這些話。環境不允許我們有更進一步的接觸。

讀者一定對我在八年時間裡不斷造訪芙頌他們家（我就是不習慣說凱斯金家）感到驚奇，對我能夠輕鬆地談論這麼一大段時間、近三千個日子感到訝異。對於這樣的讀者，我很想能夠稍微說一下時間是多麼具有欺騙性的一樣東西，很想能夠展示一下時間的雙重性，那就是一個是我們自己的時間，另一個是我們和所有人分享的「官方」時間。這不僅對於我贏得那些讀者的尊重，對於了解芙頌他們家的生活也是重要的。讀者諸君可能會因為我連續八年走進芙頌他們家，把我看做是一個怪異、癡迷、恐怖的人。

讓我從他們家裡那面德國製造、裝在一個優雅木盒子裡、附有鐘擺、玻璃鏡面、會發出噹噹聲響的掛鐘說起。掛在芙頌他們家大門邊的這面掛鐘不是用來衡量時間的，而是用來讓家裡所有人感覺家和人生的延續性，提醒大家外面的那個「官方」世界的。最近幾年裡，因為電視和廣播能夠以一種更有趣的方式來完成顯示時間的任務，因此這面掛鐘，就像城裡其他十幾萬隻掛鐘那樣失去了它們的重要性。

比這更華麗、更笨重的掛鐘，在十九世紀末，首先在伊斯坦堡那些西化的帕夏和有錢的非穆斯林宅邸風靡一時，到了二十世紀初，共和國剛建立，這種時尚很快在那些西化的中層家庭流行起來。兒時，在我們家和其他我去過的很多人家裡，類似或者更加笨重的木雕掛鐘會掛在大門面對的門廳或是走廊的牆壁上，但現在已經沒有太多人會去看它們了，它們正在被遺忘。因為到一九五〇年代，幾乎「所有人」，即便是孩子都會配戴手表，而所有家裡都會有一個從早到晚開著的收音機。直到電視螢幕改變了家裡的聲音和人們的作息，也就是到了我們這個故事開始的一九七〇年代中期，儘管沒什麼人會再去看它們，但這些掛鐘仍然一如往常在繼續滴答地走著。我們家因為在臥室和客廳聽不到掛鐘的滴答聲以及每隔半小時、一小時的噹噹聲，所以它從未打擾過任何人。因此這麼多年誰也沒想到要讓它停下來，總會有人站上椅子給它上發條！因為思念芙頌，喝了很多酒的一些夜晚，當我半夜醒來為了抽菸去客廳經過走廊時，我會因為聽到掛鐘發出的整點鐘聲而感到幸福。

固定去吃晚飯才第一個月，我就發現芙頌他們家的那面掛鐘時走時停，我立刻習慣了這種情況。夜晚，當我們在看電視上的土耳其電影，或是唱著老歌的嬌媚女歌手，抑或是因為糟糕的翻譯和配音，再加上被我們的說說笑笑打斷，因此不太明白的一部羅馬劍士和獅子的歷史電影時，不時會有某個瞬間，大家一片沉默，而就在此時，門邊那面被人遺忘的掛鐘響了起來。我們中的一個，多數時候是內希貝姑媽，有時是芙頌，會以一種意味深長的眼神扭頭看一眼掛鐘，而塔勒克先生則會說：「又是誰上的發條？」

掛鐘有時會被上發條，有時則會被遺忘。即便在上了發條正常運作的情況下，有時鐘聲也會沉寂幾個月，有時只在半點敲一下，有時則會跟著屋裡的沉默連著幾個星期不出聲。那時，我會感到家裡沒人時一切竟變得如此恐怖，我會因此不寒而慄。不管是否發出滴答聲或噹噹聲，反正誰也不會為了想知道時間去看它一眼，然而是否有人上了發條，是否有人碰過鐘擺，常常會成為爭論的話題。有時塔勒克先生會對妻子說：「就讓它滴答走著吧，又不妨礙任何人，它提醒我們這裡是一個家。」我想，自己、芙頌、費利敦，甚至是偶爾來訪的客人都會同意這個觀點吧。從這個角度來說，這面掛鐘，不是為了用來記住時間，讓人不時思考一下事物都在改變的，恰恰相反，是為了用來感覺並相信任何事情都是一成不變的。

在頭幾個月裡，我做夢也不會想到，一切都沒改變，也不會改變，我就這樣坐在芙頌他們家的餐桌邊看電視、聊天度過八個年頭。在頭幾次的造訪裡，芙頌的每句話，她臉上出現的每個表情，她在家裡的走動，一切對我來說都是新鮮和不同的，無論掛鐘走還是不走，我都不會去在意。重要的是，和她坐在同一張餐桌邊，看見她，當我的幽靈親吻她時，我一動不動坐在那裡感受幸福。

總是發出同樣滴答聲的掛鐘，即使我們並非時時刻刻都注意到它的聲響，依然會讓我們感到家、家具、坐在餐桌邊吃飯的我們，都是一成不變的，它會給予我們安寧。掛鐘這個讓我們忘記時間的功能，以及提醒當下和我們與別人之間關係的另外一個功能，八年裡，也成為塔勒克先生和內希貝姑媽之間時常爆發的冷戰的話題。內希貝姑媽在一片寂靜中突然發現掛鐘重新運作時會說：「又是誰為了半夜不讓我們睡覺給它上了發條！」塔勒克先生在一九七九年十二月，一個颳風的夜晚說：「如果它不走，會覺得家裡缺了點什麼……」他補充道：「它在以前那個家裡也一直敲的。」內希貝姑媽說：「塔勒克先生，你還沒習慣蘇庫爾庫瑪的這個家嗎？」她說這話時，會帶著一種更加慈祥的微笑（有時她會叫丈夫「塔勒克先生」）。

夫妻之間持續多年的這種溫和的諷刺、拌嘴、反駁，會因為我們在出乎意料的一個時刻發現掛鐘的滴答聲，或是聽到重新敲響的鐘聲而變得激烈起來。內希貝姑媽會說：「塔勒克先生，你存心想讓我也失眠才又給它上了發條吧？芙頌，親愛的，去讓它停下來。」不管上了多少發條，只要用手擋一下鐘擺，掛鐘就會停下來，但芙頌會先笑著看看父親，塔勒克先生有時會使出一個「好吧，你去讓它停下來」的眼神，有時則會固執地說：「我沒碰過它。是它自己走起來的，別管它，讓它自己停下來。」當看見有些鄰居或是不常來的孩子們對這些神祕的對話感到詫異時，塔勒克先生和內希貝姑媽就會用雙關語開始爭論。內希貝姑媽說：「魔鬼又讓我們的鐘走起來了。」塔勒克先生會皺起眉頭，以威脅的口吻說：「千萬別去碰它，會撞邪的，裡面有魔鬼。」「我們對魔鬼的滴答聲無所謂，只希望它別像喝醉了的敲鐘人敲出的鐘聲那樣讓人頭痛。」塔勒克先生會說：「不會的，不會的，反正忘了時間的日子還過得更安逸。」在這裡，「時間」指的是「現代世界」、「我們生活的時代」。這個「時間」是一個在不斷變化的東西，而我們聽著掛鐘不斷發出的滴答聲，卻在試圖遠離這個變化。

凱斯金一家在日常生活中用來判斷時間的工具是那台永遠都開著的電視機，就像五、六〇年代我們家裡的收音機那樣。那些年在廣播節目的中間，音樂、辯論、數學課，不管是什麼節目，想知道時間的人們，都會在整點和半點聽到輕輕的一聲「嗶」。而這樣的一個標記在我們晚上看的電視上就沒必要了，因為多數時候，人們為了知道電視上在放什麼節目才會去好奇是幾點鐘。

我在這裡展出芙頌的一隻手表。在八年時間裡，我看見塔勒克先生用過很多塊懷表。芙頌和塔勒克先生為了調整時間，或是再一次確認表是否準時，每天都會看一次他們的表。每晚七點，唯一的電視頻道ＴＲＴ播放新聞的前一分鐘，螢幕上都會出現大大的一個鐘表，他們就是看著這個鐘表來對時間的。芙頌總是坐在餐桌邊，看著螢幕上的大鐘，皺起眉頭，抿著嘴角，孩子般認真地和她父親對時。而我總是饒有興致地看著她。芙頌在我頭幾次的造訪裡就發現了我的這個興致。她知道在她對時時我會癡情地看著她，所以對好時間她就會朝我笑一笑。那時我就會問她：「把時間調準了嗎？」她則會露出更甜美的微笑對我說：「是的，調準了！」

就像在這八年裡我慢慢明白的那樣，每天晚上我去凱斯金家，不僅是為了看見芙頌，還為了在她生活、呼吸的那個世界裡待上一段時間。這是一個「時間之外」的世界。當塔勒克先生對妻子說「你把時間忘了吧」，指的就是這個。我希望好奇的博物館參觀者，看著凱斯金家的所有舊家具，壞掉的、生銹的、多少年來一直停在那裡的鬧鐘還有手表時，能夠發現這「時間之外」的怪異，或者這些東西在它們之間組成的特殊時間。這特殊的時間，就是那麼多年我在芙頌他們家呼吸到的靈魂。

在這特殊靈魂的外面，有一個我們從廣播、電視、祈禱的召喚裡知道的外面的「時間」。我會覺得，打聽時間，就意味著安排我們和外面那個世界的關係。

在我看來，芙頌之所以要去對時，不是因為她在過一種需要分秒不差的生活，也不是因為她必須趕著去上班或是赴約，就像她退休的父親那樣，只是出於她對從安卡拉乃至於土耳其傳來的一種依循標準表示的尊重。我們看著螢幕上的鐘表的眼神和在節目結束時看著螢幕上伴隨《獨立進行曲》[17]出現的國旗的眼神是相似的，因為我們會在自己的角落，在開始吃晚飯時，或在關掉電視、結束一天的生活時，感到正在和我們做著同樣事情的上百萬個家庭的存在，感到稱之為大眾的人們，稱之為國家的力量和我們自己的渺小。當看到這些土耳其的時鐘（廣播裡不時會報時）、國旗以及和阿塔圖爾克有關的節目時，我們也會感到，家裡那雜亂無章的生活是在國家官方形式之外的。

在《物理學》一書中，亞里斯多德對那些被他稱之為「現在」的一個個時刻和時間做了區分。一個接一個的時刻，就像亞里斯多德的原子一樣是不可分割的。而時間，則是將這些不可分割的時刻連接在一起的直線。即便有塔勒克先生「忘了吧」的忠告，也不管我們多努力，除了那些傻瓜和失意的人，誰都不能完全忘記時間，那將許許多多的現在連在一起的直線。就像我們所有人做的那樣，人們只能努力去爭取幸福，努力去忘記時間。我對芙頌的愛情，我在他們家度過的八年時間教會了我很多東西，也讓我看到了這些。對我的這些觀察報以冷笑的讀者，請你們不要把忘記時間和忘記鐘點、日期混為一談。鐘點和日期，不是為了讓我們想起被遺忘的時間，而是為了安排我們和別人的關係，事實上也就是為了安排整個社會而設立的，也是這麼被使用的。每天晚上，新聞前，當我們看著螢幕上出現的那個黑白鐘表時，我們想起的不是時間，而是其他的家庭、其他的人、我們和他們的約會以及安排這件事情的鐘點。看著電視上的鐘表，芙頌的臉上會露出幸福的微笑，這微笑不是因為她想起了時間，而是因為她的手表分秒不差，或是因為她「準確」地調好了時間，也可能是因為她知道我在癡情地看著她。

生活讓我懂得，想起時間，也就是亞里斯多德說的那條把一個接一個的時刻連在一起的直線，對於我們多數人來說是一件非常痛苦的事情。想像那條把時刻，或是像在我們的博物館裡那樣，把那些攜帶著時刻的物件連在一起的直線，會讓我們傷心，因為我們會想起直線那不可逃避的結局——死亡，還因為隨著年齡的增長，我們會痛苦地認識到那條直線的本身——很多時候就像我們感覺到的那樣——並沒有太多的意義。然而被我們稱之為「現在」的那些時刻，就像在我開始去蘇庫爾庫瑪吃晚飯的那些日子裡一樣，因為芙頌的一個微笑，有時能夠給予足夠我們享用一個世紀的幸福。在一開始，我就明白，自己是為了得到足夠我享用餘生的幸福才去凱斯金家的，為了珍藏這些幸福的時刻，我從他們家拿走了芙頌觸摸過的大大小小的物件。

在我去他們家的第二年裡，有天晚上我們坐到很晚，電視節目結束後，我聽塔勒克先生說起他在卡爾斯高中任教時的回憶。有限的工資、孤獨的生活、和許多惡勢力打鬥的不愉快經歷，在塔勒克先生的眼裡卻變成了甜蜜的回憶，其中的原因，並不是像很多人以為的那樣，隨著時間的流逝，即便是不愉快的回憶也會變得美好，而是他只喜歡去記住並訴說那些美好的時刻。注意到這種矛盾後，不知為什麼，他想起並給我看了一只從卡爾斯買來的「東—西懷表」[17]，懷表一面寫著阿拉伯字母，另一面寫著拉丁字母。

我也用自己來舉一個例子：一看見這只芙頌從一九八二年四月開始戴的布倫牌[18]手表，我的眼前就會閃現出她二十五歲生日那天我把表送給她的情景。從盒子裡拿出手表後，芙頌趁她父母看不到的空檔（她丈夫

17 土耳其國歌。

18 Buren，瑞士品牌，一八七三年成立，一九七二年遭到清算。

費利敦不在家），在敞開的廚房門後親吻了我的臉頰。在餐桌前，她滿心歡喜地向父母展示了她的手表，她那早就把我當成家庭裡奇怪的一分子的父母向我表示了感謝。幸福對於我來說，就是能夠重溫像這樣的一個難忘時刻。如果我們學會把我們的人生看成這樣的一個個時刻，而不是像亞里斯多德的時間那樣的一條直線，那麼在我們情人的餐桌邊等待八年，在我們看來，就不會像是可能被嘲笑的一種怪異行徑、一種癡迷，而會像是在芙頌他們家的餐桌度過的一千五百九十三個幸福的夜晚，就像現在，多年後我想到的這樣。今天我把在蘇庫爾庫瑪度過的每一個夜晚——即便是最艱難、最絕望、最難堪的——都當成一種莫大的幸福來回憶。

55 明天再來，我們一起坐一會兒

晚上，是切廷開著父親的雪佛蘭送我去芙頌他們家的。八年來，除了下雪交通堵塞，淹水，切廷生病、休假，車子壞了等臨時原因，我一直在注意不去破壞這個規則。幾個月過後，切廷在周圍的咖啡館和茶館結交了一些朋友。他不會把車停在他們家門口，而是停在像黑海咖啡館、傍晚茶館那樣的地方附近，他會在其中的一個茶館裡，一邊看我們在芙頌家看的電視節目，一邊看報紙，或是和人聊天，有時他也會和人玩十五子棋遊戲或是看別人玩碰對牌戲。據說頭幾個月過後，這一帶的鄰居都知道他和我是什麼人了。如果切廷沒有誇大其詞的話，據說他們把我看成一個有良心、謙遜的人，還都喜歡上了我，因為我不斷去拜訪一個遠房的窮親戚。

當然在這八年時間裡，也有人說我是一個不懷好意的人。在這些不值得計較的傳聞裡，有說我要廉價買下這一帶的破舊房子，在上面蓋新大樓的，有說我在為我們的工廠尋找廉價勞工的，有說我在逃避兵役的，還有說我是塔勒克先生的私生子的（也就是芙頌的哥哥）。多數理智的鄰居，則從內希貝姑媽小心翼翼透露的消息上得知，我是芙頌的一個遠房親戚，我在和她那「電影人」丈夫商談一部將讓她成為明星的電影。多年來我從切廷說的那些話裡明白，我的這個角色被認為是合乎情理的，即便他們不是特別喜歡我，但還是對我心存好感的。事實上，從第二年起，我就開始被當做半個蘇庫爾庫瑪人了。

各式各樣的人居住在這個區域：加拉塔碼頭的工人；在貝伊奧魯巷弄間開小店、小飯館的人；飯館裡的服務生；從托普哈內過來的吉卜賽人；來自通傑利省（Tunceli）的阿拉維庫爾德人；曾經在貝伊奧魯或銀行大道（Bankalar Caddesi）做過文書的希臘人、義大利人、黎凡特人的敗落兒孫們；就像這些人那樣，始終無法離開伊斯坦堡的最後的希臘人；在倉庫和麵包店工作的人；計程車司機；郵遞員；在雜貨鋪打工、半工半讀的窮大學生……所有這些人，不會像在法提赫、維法和考賈穆斯塔法帕薩那樣的傳統穆斯林區域裡的人那樣團結。但從他們對我表現出來的保護、關照的行為上，從年輕人對過往的高檔車表現出來的興趣上，從消息的快速傳播上，我明白，這一帶的人們還是團結的，至少在他們內部存在著一股活力。

芙頌家（凱斯金家），在蘇庫爾庫瑪大道（Çukurcuma Caddesi）（老百姓習慣稱之為「大坡」）和窄小的達爾戈奇街（Dalgıç Sokak）交會的角落上。就像從地圖上也可以看到的那樣，從這裡走十分鐘，爬上一段蜿蜒的陡坡就可以到達貝伊奧魯和獨立大道（İstiklal Caddesi）。有些晚上回家時，切廷會沿著蜿蜒的坡路開上貝伊奧魯，我則在後座一邊抽菸，一邊看路邊的人家、商店和行人。在這些鋪著鵝卵石的窄小街道上，那些向人行道傾斜、似乎快要倒塌的破舊木房子，遷徙去希臘的希臘人遺棄的空房子，非法住進空屋的庫爾德人向窗外伸出的暖爐管道，在夜晚呈現出令人恐懼的景象。貝伊奧魯附近的那些黑暗的小娛樂場所，酒館，號稱只是「喝酒場所」的低級夜總會，速食店，賣三明治的雜貨鋪，體育彩券的銷售點，可以在裡面找到毒品、走私美國香菸、威士忌的菸草店，甚至是賣唱片、卡帶的小店，一律都到半夜才打烊，儘管所有這些地方看起來都很悲涼，但卻會讓我感到一種勃勃的生機和活力。當然如果我心緒安寧地離開芙頌家，我才會有這樣的感覺。很多夜晚，我會懷著不再去那裡、這是最後一次的想法離開他們家，因為難過，我會昏厥般地躺在汽車後座。這些不幸的夜晚最常發生在頭幾年裡。

切廷會在晚上七點左右到尼相塔什接我，在哈爾比耶、塔克西姆和沙拉塞爾維我們會被堵上一會兒，然後蜿蜒穿行在吉汗基爾和費魯紮（Firuzağa）的巷道間，經過蘇庫爾庫瑪浴池往下走。路上，我會讓車停在商店門前，下車去買吃的或是一束鮮花。不是每次，但平均每隔一次我會送芙頌一件小禮物，有時是開玩笑的一塊口香糖，有時是我在卡帕勒大市集（Kapalıçarşı）或是貝伊奧魯找到的蝴蝶造形胸針或是首飾。

一些嚴重堵車的晚上，我們也會從道爾馬巴赫切開到托普哈內，然後往右拐到博阿茲凱山大道（Boğazkesen Caddesi）上。在這八年時間裡，每當汽車拐進凱斯金家的那條街道時，就像小學那些年早上走進學校所在的街道時那樣，我的心跳會加快，我會感到一種介於幸福和慌亂之間的不安。

塔勒克先生因為厭倦了交房租才用存款買下了蘇庫爾庫瑪的這棟小樓。凱斯金家的大門在二樓。在這八年時間裡，一樓那戶房產屬於他們的小公寓裡，住過很多與我們的故事毫不相干、幽靈般神出鬼沒的房客。因為日後將成為純真博物館一部分的這戶小公寓的入口面向達爾戈奇街，所以我很少會碰到住在那裡的人家。我聽說樓下有段時間住著一個名叫阿伊拉的女孩，女孩的母親是個寡婦，未婚夫在服兵役，芙頌和她成為朋友，她們會一起去貝伊奧魯看電影，但芙頌從來沒和我提起她的朋友。

當我摁響面向蘇庫爾庫瑪大道的大門門鈴時，頭幾個月都是內希貝姑媽來開門的，為此她要從上面走一段樓梯下來。而事實上，在其他類似的情況下，即使門鈴晚上響起，他們也總是會讓芙頌下去開門的。而這，從第一天開始，就讓我感覺到所有人都知道我為什麼要去。但有時我也會覺得，芙頌的丈夫費利敦確實沒有對任何事情產生懷疑。而塔勒克先生因為生活在完全不同的一個世界裡，因此他很少會讓我覺得不安。

我感覺任何時候對一切都瞭若指掌的內希貝姑媽，每次為了打破開門後的尷尬沉默，總會設法說些什麼。多數時候，她會說一些和電視新聞有關的話，比如說「一架飛機被劫持了，您聽說了嗎」，「他們照實播出了公車出車禍的畫面，很血腥」，「我們在看總理訪問埃及」。如果我去時新聞還沒開始，那麼內希貝姑媽每次都會說：「您來的正是時候，新聞馬上要開始了！」有時她也會說「有您喜歡的春捲」，或是「今天上午，我和芙頌做了葡萄葉包飯，您一定會喜歡」。如果我認為這是為了掩飾難堪而說的一句話，我就會因為害羞而無語。多數時候，我會對她說「是嗎」或者「好啊，我來的正是時候」，然後上樓走進他們家，看到芙頌時，為了掩飾我內心的雀躍和羞赧，我會用一種誇張的興奮重複我說的話。

有一次我說：「好啊，讓我也來看看飛機事故。」

芙頌應答道：「凱末爾大哥，飛機事故是昨天的事情。」

冬天，脫大衣時，我也可以說「唉，真冷啊」或是「有小扁豆湯嗎？太好了……」之類的。到了一九七七年二月，因為在樓上就可以「自動」打開樓門，所以要等我走上樓梯、走進房間後才可以說開場白，這就更難了。任何時候都比表面上顯得更加細膩、更加慈愛的內希貝姑媽，如果覺得我的開場白不合適就會立刻說上幾句話來幫我解圍，比如「凱末爾先生，快坐下，別讓您的餡餅涼了」，或是「那傢伙不但用機關槍掃射了茶館，還要不知羞恥地炫耀」。

我會皺著眉頭立刻坐到餐桌邊。我帶來的那些東西，對我克服進門後的難堪是有幫助的。頭幾年裡，這些東西會是芙頌愛吃的東西，比如開心果蜜餅，從尼相塔什有名的拉提夫餡餅店買來的乳酪餡餅，醃金槍魚和魚子醬。我會特意說些關於它們的話，然後隨意地把它們交給內希貝姑媽。內希貝姑媽總會說：「唉，您不用這麼客氣！」隨後我會拿出芙頌的禮物給她，或是把禮物放到一個她看得見的地方，同時我還會對內希貝姑媽說：「經過餡餅店時，我聞到了裡面的香味，忍不住就買了！」接著再說上一兩句關於那家餡餅店的話，並且像一個遲到的學生那樣，躡手躡腳地立刻坐到我的座位上，在剎那間我會感覺很好。過一會兒，突然我會和芙頌的目光相遇。這些都是異常幸福的時刻。

入座後我們第一次對視的時刻，對我來說既是非常幸福的一個時刻，也是我立刻感覺到當晚將會如何度過的一個特殊時刻。如果我在芙頌的眼裡——即使她皺著眉頭——看到了一種幸福和輕鬆，那麼，那晚也會是幸福和輕鬆的。如果她的眼神是不快和不安的，那麼那晚也會是那樣的。如果她不笑的話，我也不會笑得太多，頭幾個月裡我不會去逗她笑，只會默默地坐著。

芙頌和塔勒克先生分別坐在長餐桌的左右兩頭，我面對電視坐在餐桌的右角，內希貝姑媽的對面。如果費利敦在家會坐在我左邊，如果他不在家，有時難得來的客人會坐我旁邊。晚飯剛開始時，內希貝姑媽為了方便出入廚房，會背對電視坐著，吃到一半，等廚房裡的事情忙完後，她會坐到我的左邊、芙頌的右手邊，這樣她就能舒舒服服地看電視了。我和內希貝姑媽就這樣肘靠肘地坐了八年時間。內希貝姑媽坐到我身邊後，長餐桌的另一邊就空出來了。這個空出來的地方，有時費利敦晚上回來後會坐在那裡。那時芙頌就會坐到丈夫的身邊，而內希貝姑媽會去坐到芙頌的位子上。在那種情況下，看電視就會變得很困難，但到了那個時候節目本來就已結束，電視也早就關掉了。

在一個重要電視節目的當中，如果爐子上還有東西在燒，需要有人進出廚房，那麼內希貝姑媽有時會讓芙頌去做這件事。當芙頌拿著盤子、端著鍋子出入廚房時，她就會不斷地在我和電視之間來回走動。當她的父母專注地看著螢幕上的電影、智力競賽、天氣預報、發動軍事政變的帕夏發表的一篇措辭激憤的演講、巴爾幹摔角錦標賽、馬尼薩梅西爾糖膏節、阿克謝希爾城解放六十週年慶祝會時，我會興致勃勃地看我的美人來回走動，我知道這就是我要看的東西，而不像她的父母那樣覺得她是擋在電視前的一個障礙。

在我去凱斯金家的一千五百九十三個夜晚裡，大多數時間我都是坐在餐桌邊看著電視度過的。但是我無法用說出八年裡去了那裡多少次的輕鬆，說出每次我在那裡待了多長時間。因為這個問題讓我感到害羞，所以我會讓自己相信，我回去的時間其實遠遠早於我離開他們家的時間。讓我們想起時間的東西，當然就是電視節目的結束。在TRT那持續四分鐘的節目閉幕式上，當邁著統一步伐的士兵升起國旗、向國旗敬禮時，《獨立進行曲》會隨之響起。如果算我平均七點到他們家，等到電視節目結束，也就是夜裡十二點左右離開，那麼可以得出每次我在芙頌他們家待了五個小時的結果，但其實我待的時間比這更長。

我去他們家四年後，也就是一九八〇年九月，又發生了一次新的軍事政變，頒佈了戒嚴令，實施了宵禁。因為晚上十點開始戒嚴，很長一段時間我不得不在九點四十五分，在還沒看夠芙頌時就離開他們家。那些夜晚在回家的路上，在宵禁開始前十幾分鐘迅速變空的黑暗街道上，我坐在疾駛的車裡，會感到晚上沒能看夠芙頌的痛苦。現在，多年以後，每當我在報紙上看見軍人們不滿國家的現狀，一場新的軍事政變又可能發生時，作為軍事政變的壞處，我最先想到的就是沒能看夠芙頌。

我和凱斯金一家人的關係，多年裡當然經過了各種階段。我們的交談、期盼和沉默，我們在那裡所做的事情，在我們的腦海裡彷彿一直在變。對我而言唯一始終不變的是我去那裡的原因：芙頌。我假定芙頌和她的家人對此也是滿意的。因為芙頌和她的家人無法公開接受我去那裡看芙頌的事實，因此我們有了一個被我們大家都接受的原因：我是去那裡，去芙頌他們家「作客」的。但因為即便是這個含糊的詞都不太可信，那麼我們會帶著一種本能選擇另外一個將給我們更少不安的詞：我每星期四個晚上是去凱斯金家「坐坐」的。

「坐坐」這個詞，就像土耳其讀者很清楚，但外國參觀者無法立刻明白的那樣，儘管字典上未被強調，卻具有廣泛的含義，比如「來作客」，「順路過來看看」，「一起打發時間」，這個詞特別是內希貝姑媽經常用。晚上離開時，內希貝姑媽總會客氣地對我說：「凱末爾先生，明天再來，我們一起坐一會兒。」

這句話的意思並不是說，晚上除了坐在餐桌邊，別的我們什麼也不做。我們看電視，有時一直沉默著，有時談得很投機，當然我們還吃飯，喝拉克酒。內希貝姑媽為了告訴我晚上他們在等我，頭幾年裡，即使很少她還會提到一些活動——「凱末爾先生，明天我們等您過來，我們吃您喜歡的櫛瓜鑲肉」，或是「明天我們來看實況轉播的花式滑冰比賽」。她說這些話時，我會朝芙頌看一眼，我會希望在她的臉上看到一種認可的表情，一個微笑。如果內希貝姑媽說「您來，我們一起坐坐」，芙頌也認可的話，那麼我會想這些單詞沒有欺騙我們，我們做的事情就是一起待在同一個地方，是的，也就是一起坐坐。因為它以最淳樸的形式觸碰到了我去那裡的真正原因，也就是和芙頌待在同一個地方，因此「坐坐」這個詞是非常恰當的。我絕不會像一些把鄙視人民作為己任的知識分子那樣，得出在土耳其每晚「坐在一起」的幾百萬人其實什麼也沒做的結論，恰恰相反，我會想到，在因為愛、友情，甚至到底是什麼他們也不知道的一些更加深切的本能而彼此依賴的人們之間，「一起坐坐」是一種需求。

為了對那八年作個介紹和表示尊重，我在博物館的這個位置上，展出芙頌他們家在蘇庫爾庫瑪居住的那棟樓的二樓，也就是他們家的模型。樓上還有內希貝姑媽和塔勒克先生以及芙頌和她丈夫的兩個臥室，一個浴室。

博物館參觀者仔細看模型時，立刻就會發現我在餐桌右角上的位置。讓我來為那些沒能參觀博物館的好奇讀者描述一下：電視在我的左前方，廚房則在我的右前方。我的身後是一個擺滿了物品的展示櫃，裡面有水晶杯、純銀和陶瓷的糖罐、利口酒酒具、從來沒用過的咖啡杯、在伊斯坦堡每個中產階級家庭展示櫃裡都有的鸚鵡眼睛[19]、小花瓶、舊表、一個點不著的純銀打火機和一些其他小玩意兒。有時我椅子的後腿會撞到櫃子上，裡面所有東西就會隨著櫃門上的玻璃一起震動。

就像餐桌邊的所有人一樣，那麼多年來，晚上我都坐在那裡看電視，但只要把目光稍微往左斜一點，我就能輕鬆地看到芙頌。為此我根本不需要動一下或者把頭轉向她。這就給了我看電視時只要轉一下眼珠子，就能在不被任何人察覺的情況下欣賞芙頌的機會。我總那麼做，我已精通此道。

在我們看的那些電影最煽情、最激烈的時刻，或者是螢幕上開始放一則讓我們所有人都很激動的新聞時，欣賞芙頌臉上的表情對我來說是一種極大的樂趣。在以後的幾天，幾個月裡，那部電影裡最感人的畫面會伴隨著芙頌臉上的表情一起出現在我的腦海裡。有時我的眼前會首先浮現出芙頌臉上的表情（這表示我想芙頌，我該去他們家吃晚飯了），隨後才是電影裡的那個畫面。八年來，在凱斯金家餐桌邊看的電影裡最激烈、最感人和最奇怪的畫面，以及伴隨那些畫面出現在芙頌臉上的各種表情，一起鐫刻在我的腦子裡了。八年時間裡，我對芙頌的眼神，她臉上那與電影裡的情節相對應的各種表情是那麼瞭若指掌，以至於即使我不認真看電影，也可以從芙頌的表情上明白我們正在看的那一幕發生了什麼。有時因為喝太多酒，勞累，或因為我和芙頌又在互相鬥氣，我會無法專心看電視，但我僅僅從芙頌的眼神裡就能明白電視裡放的東西。

餐桌的左邊，有一個燈罩總是歪斜地蓋在上面的落地燈，它的旁邊是一個L形的長沙發。某些因為吃、喝、說笑讓我們疲勞的晚上，內希貝姑媽會說「讓我們去沙發上坐一會吧」或是「等你們離開餐桌後我泡咖啡給你們」。那時，我就會去坐在沙發靠近展示櫃的那頭，內希貝姑媽會坐到沙發的另一頭，而塔勒克先生則會坐到凸窗前面向大坡的沙發上。為了能從我們坐的地方清楚看見螢幕，必須調整電視的角度，這個任務通常由依然坐在餐桌邊的芙頌來完成。有時芙頌調完電視角度後會坐到長沙發的另一頭，她母親的身邊，那時母女倆就會互相靠著看電視。有時內希貝姑媽會一邊看電視，一邊撫摸女兒的頭髮、後背，就像在鳥籠裡饒有興致看著我們的檸檬那樣，我會用餘光去欣賞母女之間的這種幸福的親近，並從中得到一種特殊的快感。

當我好好地靠在L形沙發上時，隨著夜色加深，也由於我和塔勒克先生喝的拉克酒的作用，有時我會覺得睏。當我用一隻眼睛看電視時，我的另外一隻眼睛則彷彿在看著我靈魂的深處。我會為人生把我帶到的這個奇怪地方感到羞慚，我會想要憤怒地立刻起身離開。我會在自己不滿意芙頌的眼神，她很少對我笑，沒有給我希望，冷漠地對待我的手、手臂和身體，以及因為巧合，不小心碰到她的那些糟糕、黑暗的夜晚有這樣的感覺。

在那些時刻，我會站起來，走到凸窗前，微微拉開凸窗中間或是右邊的窗簾，朝蘇庫爾庫瑪大道張望。在潮濕、下雨的日子裡，街上的鵝卵石路面上會閃爍出路燈的光亮。有時我會去關照一下待在凸窗當中籠子裡，正在慢慢衰老的金絲雀檸檬。塔勒克先生和內希貝姑媽會一邊看電視，一邊說一些關於檸檬的話，比如

19 一種土耳其特有的帶藍色螺旋紋的玻璃器皿，靈感來自於鸚鵡眼睛的顏色和線條。

「餵過牠了嗎」、「要給牠換水嗎」、「今天牠大概不太開心」。

他們家的一樓後面還有一個附陽臺的小房間。這個房間白天較常使用，內希貝姑媽會在那裡做縫紉活，如果塔勒克先生在家會在那裡看報紙。我記得，第一個半年過後，當我在餐桌邊感到不安，想要來回走走時，如果房間裡的燈也亮著的話，我會經常走進那個房間，站在陽臺的窗前往外看，我喜歡站在縫紉機、裁縫用具、舊報紙、雜誌、開著的櫃子和雜物堆裡，迅速地往口袋裡塞一樣可以在一段時間裡減輕我對芙頌的思念的物件。

從這個房間的陽臺窗戶上，我既能看見反射在玻璃上的、裡面那個我們吃飯的房間，又能看到窗外毗連在窄小街道上的那些窮人房子的裡面。有幾次，我在其中一戶人家裡看見了一個胖女人，她穿著厚睡衣，每晚臨睡前會從一個藥盒裡拿出一片藥錠，然後仔細閱讀盒子裡面的一張紙。我從有天晚上來到這個房間的芙頌那裡得知，這個女人就是在我父親的工廠裡工作了很多年、有一隻假手的拉赫米的妻子。

芙頌輕聲告訴我，她來這個房間是因為好奇我在那裡幹什麼。我和她在黑暗中，並排站在窗前朝窗外看了一會兒。因為那時我在內心深切地感到我持續八年的造訪在她心裡產生的疑問，要我說的話，是在世界的這個角落作為男人和女人在她心裡產生的疑問，所以我要來細細地說一說。

要我說的話，那天夜裡，芙頌是為了向我表示親近才離開餐桌到我身邊來的。她靜靜地站在我身邊和我一起看這平常的街景也說明了這點。當我看著完全因為她的出現才顯得富有詩意的瓦塊和鋅板屋頂、冒著青煙的煙囪、亮著燈光的人家時，我很想把手放到芙頌的肩上，很想擁抱她，觸摸她。

但是，我在他們家頭幾個星期裡得到的有限經驗告訴我，如果我那麼做的話，芙頌就會非常冷漠、生硬地對待我（就像幾乎被騷擾了那樣），她會推開我，或者索性轉身離開，她的這些動作會帶給我巨大的痛苦，我們會對彼此玩一段時間的慪氣遊戲（一種我們已經慢慢精通的遊戲），也許甚至我將會有一段時間不去凱斯金家吃晚飯。儘管我知道這些，但來自於靈魂深處的一樣東西在有力地推我去觸摸她，親吻她，至少從旁邊靠近她。當然我喝下的拉克酒在這裡也產生了一些作用。但如果我不喝酒，我也會在內心痛苦而強烈地感覺到這種進退兩難的窘境。

如果我克制自己不去碰她——我很快學會了這點——那麼芙頌就會更向我靠近，也許她會輕輕地，「不小心」地觸碰到我，也許還會再說上一兩句好聽的話，抑或她會像幾天前那樣說「有什麼事讓你心煩了嗎」。那時，芙頌說：「我非常喜歡夜裡的這種寂靜，非常喜歡在屋頂上遊盪的小貓。」而我在內心幾乎懷著痛苦又感到了同樣的進退兩難。現在我可以觸摸她，抓住她，親吻她嗎？我非常想這麼做。但是在頭幾個星期，頭幾個月裡——就像後來我想了很多年那樣——她沒有表示任何歡迎我這麼做的意思，只禮貌、客氣地說了一些一個讀完高中、有教養、聰明的女孩應該對一個富有、愛上自己的遠房親戚說的話。

帶著我說的這種進退兩難的窘境，八年裡我一定想過很多，也很沮喪過。我們朝窗外的夜景最多看了兩到兩分半鐘，我在這裡展出描繪這個夜景的一幅畫。博物館參觀者看這幅畫時，請感受一下我那進退兩難的窘境，也別忘記芙頌在這個問題上非常細膩、優雅的行為。

最後我說：「因為你在我的身邊，我才會覺得這個夜景如此美麗。」

芙頌說：「快進去吧，爸爸他們要擔心了。」

我說：「只要你在我身邊，這樣的一個夜景我可以幸福地看上很多年。」

「飯菜要冷掉了。」說完芙頌就走回了餐桌。

她知道自己說的話有多冷漠。等我也坐回餐桌後不久，芙頌終於鬆開了緊皺的眉頭。她發自內心甜美地笑了兩次，隨後當她把這個日後也被我加進收藏的鹽瓶遞給我時，她還讓她的手指重重地觸碰到了我的手。於是一切的不愉快也就過去了。

56 檸檬電影公司

三年前，當塔勒克先生得知女兒在她母親的支持和同意下參加了選美比賽後曾大發雷霆，但因為愛芙頌，沒能經得住她的哭鬧和哀求，聽到事後的那些反應時，又因為自己寬容了這件醜事而後悔不已。在他看來，在阿塔圖爾克時期，也就是共和國成立之初那些年舉辦的選美比賽是件好事，因為穿著黑色泳衣的女孩們走上伸展台，既證明了她們對土耳其歷史和文化的關注，也向全世界證明了她們有多現代。但是到了一九七〇年代，那些低俗的、沒有一點文化和修養的歌手和準模特兒參加的比賽就完全不同了。因為在以前的那些比賽上，當主持人用一種紳士風度詢問參賽的小姐們今後夢想嫁給一個什麼樣的人時，會斯文地表示她們還是處女的。而現在，當他們詢問「她們在男人那裡尋找什麼」時（正確答案是：性格），會像哈康・塞林康那樣油腔滑調地傻笑。塔勒克先生對住在家裡的電影人女婿也多次明確說過，絕不希望女兒再次進入這樣的冒險。

芙頌，因為害怕父親也反對她成為電影明星，害怕他為此設置各種祕密和公開的障礙，因此總是用一種塔勒克先生聽不到的方式談論丈夫即將拍攝的「藝術電影」，至少我們在像這樣地耳語。在我看來，塔勒克先生因為喜歡我對他的家人表現出來的關心，喜歡和我一起喝酒、聊天，因此他對這個話題充耳不聞。因為「藝術電影」這個話題，在頭幾年對於遮掩我每星期四個晚上為什麼去他們家，內希貝姑媽也十分清楚的真正原因是一個可信的藉口。在頭幾個月裡，每當我看到女婿費利敦那張善意、可愛的臉時，我會以為他對一切一無所知，但後來我開始想到，他也是心知肚明的，但他信任自己的妻子，甚至不把我當回事地在背後嘲笑我，當然為了拍電影他十分需要我的資助。

快到十一月底時，在芙頌的引導下，費利敦寫完了他的劇本。一天晚飯後，費利敦為了要我告訴他們最後的決定，在樓梯口，在芙頌皺著眉頭的目光注視下，很正式地將他的劇本交給了我這個準製片人。

芙頌說：「凱末爾，我希望你認真看一看。我相信這個劇本，也信任你。別讓我失望。」

「我絕不會讓你失望的，親愛的。這（我指著手上的稿紙）是因為你將成為演員，還是因為它將是一部『藝術電影』（一九七〇年代在土耳其出現的一個特殊概念）才這麼重要？」

「兩者都是。」

「那樣的話你就當電影已經拍好了。」

在名為《藍色的雨》的劇本裡，沒有會給芙頌、我，或是我們的愛情和故事帶來一個新亮點的任何東西。因為我不知道，我欣賞他的睿智和聰明分析的費利敦，今年夏天向我一一歷數的那些達到一定文化和教育水準、十分希望向西方人那樣拍攝「藝術電影」，卻始終未能如願的土耳其電影人所犯的錯誤（模仿、造作、道德說教、粗製濫造、情節劇、商業民粹主義，等等），為什麼現在他也犯了？讀著乏味的劇本時，我想到他的藝術熱情，就像愛情一樣，是一種讓我們的腦子遲鈍、讓我們忘記原本知道的東西，向我們隱藏真相的疾病。費利敦因為商業擔憂，在劇本裡為芙頌設計的三場脫戲（一次在做愛時，一次在法國「新波浪」式泡沫浴缸裡若有所思地抽菸時，還有一次在她夢裡的一個天堂花園裡遊蕩時）也是毫無品位和完全不必要的！

原本我就壓根不信任這個電影劇本，現在由於這三場脫戲我就更加反對了。我在這個問題上的態度，比塔勒克先生可能有的還要強硬。當我堅決地做出必須為難這件事一陣的決定後，我立刻告訴芙頌和她的丈夫，劇本寫得很好，我決定開始行動，為此「作為一個製片人」（我在這裡擺出了一副不拿自己當回事的製片人的樣子）——就像費利敦建議的那樣——我準備和技術人員以及演員候選人見面。

於是入冬時，我們三人開始去貝伊奧魯的那些「俱樂部」，製片人辦公室，二等演員、準明星、跑龍套的演員、影視城工人們去的茶館，我們去的最多的則是製片人、導演、有點名氣的演員從傍晚到深夜待在那裡喝酒、吃飯的酒吧。我們不時去的所有這些地方，離凱斯金家只有十分鐘的路程，有時這條路會讓我想起，內希貝姑媽說的費利敦是為了靠近這些地方才和芙頌結婚的話。有些晚上我會在門口接他們，有些晚上和她的父母吃完飯後，我們三人，我、費利敦和挽著他手臂的芙頌，會一起走去貝伊奧魯。

佩魯爾酒吧是我們最常去的地方，同時也是希望在那裡遇見電影明星和想成為電影明星的女孩，在伊斯坦堡立業、喜歡尋歡作樂的農村地主的子弟，小有名氣的記者，電影評論家和娛樂作家經常出入的地方。整個冬天，我們結識了許多在夏天看的那些電影裡扮演配角的人（其中包括費利敦那個在電影裡扮演背信棄義會計的留著細長小鬍子的朋友），我們也成了由這些可愛、憤怒、仍然對未來抱有希望的人組成的社團的一部分，這些人會無情地說彼此的壞話，喜歡對所有人講述他們的人生故事和電影劇本，每天還都必須見上一面。

費利敦是個很受歡迎的人，他崇拜那裡的某些人，給某些人當過助手，他想和所有人友好相處，因為他會去這些電影人的桌邊坐上好幾個小時，因此我和芙頌常常會單獨待在一起，但這並不是讓我感覺幸福的特殊時刻。因為當費利敦在我們身邊時，芙頌很少會放下那種說著「凱末爾大哥」的半純真、半虛偽的語言和個性，即便和我真誠交談，她說的那些話，也會是一個和過來與我們聊天的那些人以及她未來的電影生涯有關、我也應該注意的警告。

我喝多的一天晚上，當我們又單獨坐在一起時，我對芙頌的那些電影幻想和小盤算感到了厭煩，一時間我以為自己看見了一個也將影響她的事實，我真心感到她也會贊成我要說的那些話。我對她說：「親愛的，挽起我的手臂，讓我們現在立刻離開這個糟糕的地方。我們去巴黎，或是地球的另外一個角落，巴塔哥尼亞。讓我們忘記所有這些人，讓我們倆永遠幸福地在一起。」

芙頌卻說：「凱末爾大哥，這怎麼可能呢？我們的人生已經走上了不同的道路。」

那些每天去酒吧、稱自己「我們是這裡的老班底」的醉鬼們，幾個月後把芙頌看做了他們年輕而漂亮的兒媳或是弟媳，把我則當成了一個想拍藝術電影的「善意、愚蠢的百萬富翁」。但是那些不認識我們的人，儘管認識卻依然想在追求芙頌的問題上試試運氣的醉鬼，一個個酒吧遊盪過來後遠遠看見她的人，狂熱地希望別人知道他們人生故事的人（這樣的人非常多），很少會讓我們單獨待在一起。我喜歡那些拿著拉克酒杯過來和我們說話的陌生人把我當做芙頌的丈夫。而芙頌每次都會用一種讓我心碎的一絲不苟笑著說，她丈夫「是坐在那張桌邊的胖子」。而這樣的結果就是，陌生人也不把我放在眼裡開始無望地追求她。

每個人的追求方式各不相同。有些人會說，他們正在為寫真書尋找像她那樣的「土耳其式清純美女」；有些人會立刻請她在即將拍攝的一部新的《先知亞伯拉罕》電影裡扮演女主角；有些人會什麼話也不說，盯著她看上好幾個小時；有些人會在一切都變成物質的這個金錢世界裡，談論一些任何人都不會發現的小情調和雅趣；當一些人在背誦鋃鐺入獄的詩人寫的關於愛情、思念的詩句時，別張桌子的客人要麼會為我們付賬，要麼會給我們送來一盤水果。由於我的為難和不情願，在那些我們冬末很少去的貝伊奧魯場所，每次我們都會碰上一個在電影裡扮演兇惡看守、壞女人侍女的膀大腰圓的女人。她會邀請芙頌去在她家舉辦的「許多像芙頌那樣上過學、有文化的年輕女孩」參加的舞會；一個穿背帶褲、戴領結、挺著啤酒肚的矮個老評論家，則會把他那隻蠍子般的手放在芙頌的肩上，說「一個極大的聲譽」正在等著她，她可能成為第一個聞名於世的土耳其電影明星，他還會告誡她要注意自己邁出的每一步。

不論是對還是錯，也不管是認真還是荒唐，芙頌都會用心地去對待所有那些請她演電影、拍攝寫真書和當模特兒的邀請，她會記住每個人的名字，會用一種我認為是她在當售貨員時學來的過分誇張，甚至低俗的讚美之詞，讚揚那些她認識的所有有名、沒名的電影演員，她會一方面試圖讓所有人都滿意，另一方面則在做一件完全與此相反的事情，試圖讓所有人覺得她有趣，她會要求我們更多地去這些地方。當我對她說，不該把電話給每個向她發出邀請的人，如果她父親知道會很不安時，有一次她先說知道自己在幹什麼，隨後生氣地說，如果費利敦的電影遇到麻煩拍不成的話，她要去另外一部電影裡扮演角色。等我傷心地去了另外一張桌子後不久，她拉著費利敦來到我身邊，說「像去年夏天那樣，我們仨去吃飯吧」。

我帶著一些羞慚在慢慢地習慣成為其中一員的這個電影和酒吧團體裡交了兩個新朋友，我從他們那裡得到各種傳聞。其中一個是蘇罕丹．耶爾德茲，作為第一批土耳其整容手術的嘗試者，她的鼻子被整成了一個怪異而醜陋的形狀，但因這個鼻子所賦予的「壞女人」身分，她變成了一個有名的中年女演員。另外一個是薩利赫．薩熱勒，「性格演員」。他演了多年有威信的軍官和員警後，現在為了養家餬口在國產色情電影裡做配音，他用呼哧呼哧的聲音笑著、咳著告訴我這陣子發生在他身上的趣事。

在幾年時間裡，就像人們得知自己多數朋友是祕密組織的成員那樣，我驚訝地得知不單單是薩利赫．薩熱勒，我們在佩魯爾酒吧結識的大部分演員都在國產的色情電影裡工作。看上去像貴婦的中年女明星，像薩利赫先生那樣有性格的男演員，為了養家餬口，為那些不太下流的外國電影做配音，在那些做愛的場景裡，他們會用誇張的聲音來表現電影裡沒能完全表現出來的細節。多數結了婚、有了孩子、以嚴肅著稱的演員，會跟他們的朋友說，在經濟不景氣的時候，這麼做是為了「不離開電影界」，但剛開始時，他們會向所有人隱瞞這件事，包括他們的家人。但他們的那些影迷，特別是小城市裡的熱情影迷還是會從他們的聲音裡認出他們，寫信給他們表示厭惡或是恭維。一些大膽、拚命想掙錢的演員和多數是佩魯爾酒吧常客的製片人，在那些日子裡拍攝了國產的色情電影，這些電影應該作為「第一批穆斯林色情電影」載入史冊。大多數這樣的電影是把色情和幽默混在一起的，電影裡的做愛場景裡依然會出現俗套、誇張的叫喊聲，從走私來的歐洲書本上學來的所有做愛姿勢會被一一模仿，但所有男女演員，就像小心、謹慎的處女那樣，絕不會脫掉他們的內褲。

在我們一起去貝伊奧魯，電影人經常出入的那些場所時，特別是在佩魯爾酒吧，當芙頌和費利敦為了認識更多的人，也為了了解市場行情而輾轉在一張張桌邊時，我會聽兩個中年朋友，特別是蘇罕丹女士講的那些「提醒我注意」的事情。比如，那個戴著黃領帶、穿著輕薄襯衫、留著一撮小鬍子、看上去像個紳士的製片人，即便是和芙頌講話，我也要禁止，因為這個著名的製片人在阿特拉斯電影院頂樓的辦公室裡，只要和三十歲以下的任何一個女人單獨在一起，就會立刻鎖上門姦污這個女人，隨後他會答應讓這個哭泣的女人在他的電影裡擔任女主角，但等到電影開拍時，他承諾的主角就會變成一個三流的角色，比如說，在一個好心的土耳其富人家裡製造是非，讓所有人都反目為仇的德國保母。她還要我小心她的前任老闆，那個允諾要給費利敦的藝術電影提供技術支援，因此費利敦不斷去他身邊和他開玩笑的製片人穆紮菲爾，她叫我至少要警告費利敦。因為這個無恥的傢伙，大概在兩個星期前，還是在佩魯爾酒吧，還是在同一張桌子邊，和兩個一直與他處於商業競爭中的中等電影公司老闆，為在未來的幾個月裡弄到芙頌打了賭，賭注是一瓶走私的法國香檳酒（作為西方人和基督教徒的一個奢侈品，香檳拜物主義經常會出現在那個時期的電影裡）。多年來一直在電影裡扮演壞女人（不是惡魔似的），被娛樂新聞稱為土耳其民族的叛徒蘇罕丹，一邊跟我講這些故事，一邊用手裡的長毛線針為三歲的可愛外孫織一件三色的毛衣，她還給我看了在《布林達》雜誌上的毛衣樣子。對於那些嘲笑她抱著紅、綠、藍三色毛線團坐在酒吧的人，她會說「我在這裡等新片約時不會像你們這些醉鬼那樣無所事事地坐著」，她會瞬間輕鬆地放下貴婦的架子破口大罵。

像在佩魯爾那樣的一些地方，晚上八點以後當所有知識分子、電影人和明星喝得酩酊大醉時，不可避免地會發生這樣粗暴的事情。看到我對這樣的事情感到不安的薩利赫·薩熱勒，會用一種讓人想起他多年扮演的公正和理想的員警角色的浪漫姿態，避開我的目光，直勾勾地看著說笑著坐在遠處一張桌邊的芙頌，他說，如果他是一個像我這樣很有錢的商人，絕不會為了要讓漂亮的親戚成為演員而把她帶到這種地方來。這當然傷了我的心。為此，我把這位演員朋友的名字加到了「對芙頌不懷好意的男人」名單裡。蘇罕丹有一次則說了一句我一直沒能忘記的話。她說，我的漂亮親戚芙頌，就像生下她外孫的女兒一樣，是一個能夠成為好母親的人，同時也是一個非常可愛的好人，但你們在這裡做什麼？

因為我也日漸有了這樣的一些憂慮，因此在一九七七年的年初，我讓費利敦感覺到，他應該在技術團隊上做出一個決定了。在過去的每個星期裡，芙頌都在貝伊奧魯的酒吧裡，在電影人出入的場所裡，不斷結交新的朋友。這些朋友因為對她的仰慕，向她發出了拍電影、拍寫真書和廣告的邀請。而我幾乎每天，帶著一種現實的心境在想，芙頌會在短時間裡離開費利敦。從芙頌那甜美、友好的微笑，趴在我耳邊輕聲告訴我一些有趣故事的行為裡，我感覺這個日子不會太遠。我對自己說，離開費利敦後我要立刻和她結婚的芙頌，不要太涉入這個電影世界，對她來說也會是好的。不需要和這些人來往，我們也可以讓她成為演員的。在那些日子裡，我們認為費利敦和芙頌在辦公室裡處理這些事情會更好。前期的商談已經足夠，為了費利敦要拍的電影，我們要成立一家公司。

在芙頌的提議下，我們笑著給公司起了我們的金絲雀檸檬的名字。我們把檸檬的照片也印在名片上，從這張小名片上可以看出，檸檬電影公司的辦公室就在新天使電影院的旁邊。

我讓有我一個特別帳號的農業銀行貝伊奧魯分行，每月初向檸檬電影公司投入一千兩百里拉。這個數字比沙特沙特公司拿最高薪金的兩個經理的工資總和還要多一些，費利敦作為公司的經理拿其中的一半，剩下的一半用於支付房租和電影的費用。

57 無法起身告辭

我日益相信根本不用著急拍電影，但是在開機拍攝前，就透過檸檬電影公司給費利敦錢，我的內心舒坦了很多。去芙頌家時我也更少感到羞慚了。或者更準確地說，有些晚上，當我感到想見芙頌的那種無法抵抗的強烈欲望時，同時一種同樣強烈的羞慚在我靈魂深處被喚醒時，我會對自己說，我已經給他們錢了，因此我不必再感到羞慚了。想見芙頌的欲望讓我的腦子變得如此愚鈍，以至於我甚至不去問自己，我給的錢是用哪種邏輯來減輕我的羞慚的。我記得一九七七年春天裡的一天，快到吃晚飯的時間，我和母親在尼相塔什的家裡一起看電視，我的內心被同樣的欲望和同樣的羞慚撕裂，我在沙發上（父親坐的地方）像塊石頭那樣，一動不動地坐了半個小時。

母親說了晚上看見我在家時總要說的那句話：

「你在家待一個晚上，讓我們好好吃一頓飯。」

「不行，親愛的媽媽，我要出去……」

「這個城市裡怎麼會有這麼多的娛樂，每天晚上你都要去趕場？」

「朋友們非要我去，親愛的媽媽。」

「我不該是你的媽媽，而該是你的朋友。就剩下我孤苦伶仃的一個人了……你看我要說什麼來著……馬上讓貝寇里去樓下的卡澤姆那裡買點羊排，讓他給你做煎羊排。你和我一起吃飯。吃了羊排，你再去見你的那些朋友……」

在廚房裡聽到母親說話的貝寇里說：「我現在就去肉鋪。」

我編造道：「不，媽媽，這是卡拉罕他們家兒子的一個重要派對。」

母親帶著一種合乎情理的狐疑說：「我怎麼一點也沒聽說？」我經常去芙頌家的事情不知道母親和奧斯曼了解多少？我壓根不願意去想這些事情。去芙頌家的一些晚上，完全因為不想讓母親產生懷疑，我會先在家裡和母親吃一頓晚飯，然後去芙頌家再吃一次。這樣的晚上，內希貝姑媽會立刻明白我的肚子是飽的，她會說：「凱末爾，今晚你一點沒胃口，你不喜歡什錦菜嗎？」

有時我也會在家裡和母親一起吃晚飯，如果我能熬過最想芙頌的那幾個小時，我會以為那晚我可以克制自己留在家裡，但晚飯後一小時，喝下兩杯拉克酒後，我的思念會變得如此強烈，以至於母親也會察覺到。

「你又開始抖腿了，要不就出去走走吧。但別走得太遠，現在街上也變得危險了。」

作為「冷戰」的一個延續，虔誠的民主主義者和虔誠的左派分子之間不斷在伊斯坦堡的大街小巷發生衝突。那些年裡，街上不斷有人被殺害，半夜裡茶館會遭掃射，大學校園每隔一天會發生一次類似占領——抵制的事件，炸彈爆炸，銀行被武裝分子搶劫。城裡的所有牆壁因為刷上了一層又一層的口號而變得五顏六色。就像絕大多數的伊斯坦堡人那樣，我對政治一點也不感興趣，我會認為街上彼此殺戮的戰事對誰也沒好處，我會覺得政治是一些拉幫結派，和我們完全不同、無情、特殊的人們的消遣。當我讓等候在外面的切廷小心開車時，我會談起政治，彷彿談論像地震或是水災那樣的一次自然災害，彷彿我們這些普通的公民除了讓自己遠離它別無選擇。

無法待在家裡的每個晚上——多數晚上都是這樣的——我不是非去凱斯金家不可的。有時我會真的去參加派對，有時我會希望結識一個可以讓我忘記芙頌的可愛女孩，有時我也會開心地和朋友們喝酒、聊天。在紮伊姆帶我去的一個聚會上，或是在新近踏入上流社會的一個遠房親戚家裡遇到麥赫麥特和努爾吉汗時，或是在塔伊豐拽我去的一個夜總會裡半夜遇到老朋友，一邊聽著多數從義大利和法國歌曲翻唱來的土耳其流行歌曲，一邊又打開一瓶威士忌時，我會錯誤地以為，自己正在慢慢地回到以前那種正常的生活裡去。

我最容易從夜晚和他們一起吃完飯，看完電視，回家的時刻到來時陷入的呆鈍和猶豫裡明白自己的煩惱有多深，多嚴重，而不是從去他們家之前感到的猶豫和羞慚裡。在這八年時間裡，除了因為對自己的境遇應該感到並充分感到的羞慚之外，我還和另外一種特殊的羞慚較上了勁，這就是有些晚上我無論如何就是無法起身離開她家的羞慚。

電視節目，每晚會在十一點半到十二點左右，伴隨著國旗、阿塔圖爾克陵墓和土耳其士兵的圖像結束，隨後再盯著螢幕上出現的模糊圖像——就像一個新節目可能會因錯出現一樣——再看上一陣後，塔勒克先生會說「芙頌，我的女兒，可以去把它關掉了」，或者芙頌會主動去關掉電視。現在我要解析的特殊痛苦就會在那一刻開始，這是一種如果不立刻起身離開我將會過多打擾他們的感覺。我無法去思考這是一種多麼合理或是不合理的感覺，我會立刻對自己說「再過一會兒我就走」，因為我經常聽見他們用帶刺的語言在背後說那些電視節目一結束，連「晚安」也不說就走掉的客人，和因為家裡沒電視、跑來看電視、看完電視就立刻離開的鄰居。我不想成為像他們那樣的人。

當然他們知道，晚上我來不是為了看電視，而是為了接近芙頌，但是為了賦予我的造訪一種正式的氛圍，有時我會打電話給內希貝姑媽說「今晚我去和你們一起看電視，有《歷史的篇章》」。既然我那麼說了，那麼當《歷史的篇章》一結束我就應該起身離開了。因此電視關掉後，我會再坐一會兒，隨後我會開始越來越強烈地意識到自己該走了，但我無論如何就是沒走，就像被黏在椅子或是L形長沙發上一樣，一動不動地坐在那裡。當我因為羞慚微微出汗時，那些時刻會一個接著一個地過去，掛鐘的滴答聲也會變成一種讓人不安的噪音，我會對自己重複四十遍「現在我就走」，但我依然不能付諸行動，還是呆坐在那裡。

甚至在多年以後，我還是無法滿意地解釋這種呆鈍的真正原因——就像我經歷的愛情一樣——那個時候我會想到以下一些擊垮我的意志的其他原因。

一、每次說完「我要走了」，不是塔勒克先生，就是內希貝姑媽肯定會說「再坐一會兒，凱末爾先生，我們談得多開心啊」，他們會挽留我。

二、如果他們沒這麼說，芙頌會一邊甜美地笑著，一邊用一種神祕的眼神看著我，把我的腦子搞得更亂。

三、正想說要走時，有人肯定會開始講一個新故事或是打開一個新話題。因為不聽完這個新故事便起身告辭會顯得不禮貌，於是我會不安地再坐上二十分鐘。

四、此間，遇上芙頌的目光，我會忘記時間，等我再偷偷看表時，我會慌亂地發現四十分鐘已經過去，我依然會說「我要走了」，但依然還是無法讓自己站起來。那時，我會對自己的行為憤怒，我會感到一種深切的羞慚，這種羞慚會把那個時刻變得無法承受的沉重。

五、那時，我會去尋找一個再坐一會兒的新藉口，會再給自己一點時間。

六、塔勒克先生又給自己倒了一杯拉克酒，也許我該陪陪他。
七、等時間到十二點整，如果我說「十二點了，我要走了」，那麼我的離開會變得容易些。
八、也許現在切廷在茶館裡正和人聊得起勁，我可以稍微再等他一會兒。
九、附近的年輕人正坐在下面的大門前抽菸、聊天，如果這時出去，他們會說我閒話的。（進出凱斯金家時，我碰見的那些年輕人表現出來的沉默，多年來一直讓我感到不安，但因為看見我和費利敦相處融洽，因此他們也就無法擺出一副捍衛鄰居的姿態了。）

不管費利敦在還是不在，都會增加我的不安。從芙頌的眼神裡我也明白自己的窘境。更難的是，芙頌用她的眼神給予我希望，那是在延長我的痛苦。想到費利敦十分信任妻子時，我會得出他們擁有一段美滿婚姻的結論，我會加倍痛苦。

最好的辦法是，用禁忌和傳統來解釋費利敦的無動於衷。在我們這樣的一個國家裡，別說是當著父母的面追求一個已婚女人，即使斜眼看一下，在那些窮人和小城市的人中都有可能招來殺身之禍，因此費利敦會認為，我根本不會想到在一個幸福家庭的氛圍裡看電視時和芙頌調情，其實我也覺得費利敦的這個想法是合乎情理的。我的愛情和我們所坐的家庭餐桌被那麼多的細節和禁止包圍著，即使我所做的一切表明我深愛芙頌，但我們都有義務「做出」一副似乎確實知道這樣的愛情是不可能的樣子。我們還確信，我們將可以永遠承擔這個義務。當我發現這點時，我才明白，正是因為有這麼多敏感的禁止和習俗，我才能如此頻繁地見到芙頌。

為了讓故事的這個要點引起注意，我再來舉另外一個例子：在一個男女關係更加開放，不需要蒙面紗，沒有男女授受不親的現代西方社會裡，如果我每星期去凱斯金家四次，那麼所有人最終不得不接受我去那裡見芙頌的事實。那時，嫉妒的丈夫將不得不來阻止我。因此在那樣的一個國度裡，我既無法見到他們，也無法讓我對芙頌的愛情以這種形式存在。

如果那天晚上費利敦在家，時間一到便起身告辭對我來說不會太難。如果費利敦出去找他的電影人朋友了，那麼關掉電視後，我還會坐在那裡，無法去想「再喝一杯茶」，或是「凱末爾先生，請您再坐一會兒」的話完全是出於禮貌，我會對自己說，我將根據費利敦回來的時間決定自己離開的時間。但在這八年裡，我甚至沒能完全明白自己到底是該在費利敦回來之前，還是在回來之後離開。

頭幾個月，頭幾年裡，我覺得在費利敦回來之前離開會更好。因為在費利敦一進門，我們四目相視的那個時刻，我會感覺自己十分糟糕。在那樣的夜晚，回到家後，為了能夠入睡，我至少還要再喝三杯拉克酒。另外，如果費利敦一回來我就走，那就意味著我不喜歡他，我去那裡只為了見芙頌。所以等費利敦回來後，我至少還要再坐半個小時，而這會讓我手足無措，會平添我內心的羞慚。費利敦回來前離開則意味著我承認自己的罪過和羞慚，我在逃避他。我覺得這是不得體的。在歐洲的小說裡，那些和伯爵夫人調情的不體面的花花公子會在伯爵回來之前匆匆逃離城堡，我是不可能像他們那樣做的！也就是說，為了能在費利敦回來之前離開，我走的時間和他回來的時間之間必須有一段很長的間隔。這也就意味著我要早早地離開凱斯金的家。這是我無法做到的。很晚了我都無法起身告辭，早就更不可能了。

我一動不動地坐在沙發上，就像一艘觸礁的輪船，堆滿了無能和羞慚。我試圖直視芙頌，試圖讓自己感覺稍微好一點。當我在腦子清醒的一個時刻認識到，我將無法起身告辭，就像我認為的那樣，即使再過一會兒我也將無法離開時，我會為自己的滯留找到一個新藉口。

十、我對自己說，讓我等費利敦回來和他談談劇本上的那個問題。費利敦回家後，我這樣嘗試了幾次，我努力去和他交談。

有一次，我說：「費利敦，據說有辦法可以更快地從審查機構得到消息。你知道嗎？」即使不完全是這句話，我對他說了一句類似的話，瞬間桌邊的人立刻都沉默了。

費利敦說：「我在帕納堯特茶館見過愛爾賴爾電影公司的人了。」

隨後，他像美國電影裡丈夫下班回家用一個半是真誠、半是習慣的動作親吻妻子那樣，親了親芙頌。有時，從芙頌對他的擁抱裡我明白這些親吻是真誠的，我的情緒會因此變得一團糟。

費利敦多數晚上會和電影界的作家、畫家、影城的工人、攝影師們待在茶館裡，或是去參加在家裡舉辦的聚會，他和這些因為各種原因多數彼此有爭執的人們分享著一種社團生活。費利敦很看重這些和自己一起吃喝玩樂的人們的奮鬥和幻想，就像他很容易因為這些電影人朋友的暫時快樂而開心一樣，他也會因為他們的沮喪而瞬間變得痛苦不堪。在看到這些時，在去他們家的那些夜晚，我覺得自己在白白地為芙頌沒能和丈夫一起出去而煩惱。事實上在我沒去他們家的那些夜晚，每星期一到兩次，芙頌總會穿上一件時髦的襯衫，戴著我送給她的一個胸針，和丈夫一起去貝伊奧魯。他們會在像佩魯爾、佩爾黛那樣的地方坐上好幾個小時。隨後，我會從費利敦那裡打聽到那天晚上的所有細節。

無論是費利敦，我，還是內希貝姑媽都非常清楚，芙頌非常想盡早進入電影界。另外我們也知道，當著塔勒克先生的面談論這件事是不合適的。儘管塔勒克先生無聲地站在「我們」這一邊，但我們還是不該讓他去面對這些事情。儘管這樣，我還是希望塔勒克先生知道我在資助費利敦。直到檸檬電影公司成立一年後，我才從費利敦那裡得知他的老丈人知道了我對他女婿的資助。

在這一年時間裡，我和費利敦在凱斯金家之外，建立起了一種工作上的朋友關係，甚至是一種私人朋友關係。費利敦是一個愛交際、理智和十分真誠的人。我們不時會在檸檬電影公司的辦公室裡見面，談論劇本、審查委員會出的難題以及男主角的人選問題。

已經有兩個英俊的知名男演員表示，他們準備在費利敦的藝術電影裡扮演男主角，但我和費利敦都對他們表示懷疑。我們根本不相信這些在歷史題材的電影裡殺死拜占庭牧師、一巴掌打翻四十個暴徒的狂妄好色之徒，我們知道他們會立刻追求芙頌的。留著小鬍子的這些厚顏無恥的演員都有一個重要的職業技能，那就是用雙關語來暗示，他們已經和拍戲的女演員，甚至是還不到十八歲的影星上床了。像「電影裡假戲真做的親吻」或是「綠松塢之戀」那樣的報紙標題，因為既可以讓演員出名，又可以把觀眾吸引到電影院，因此是電影業重要的組成部分，但是費利敦和我決心讓芙頌遠離這些醜聞。當我們做出這樣一種保護芙頌的共同決定後，考慮到費利敦因此將遭受的損失，我讓沙特沙特又給檸檬電影公司的預算追加了一些錢。

那些日子裡芙頌的行為也讓我很擔心。一天晚上，當我去他們家時，內希貝姑媽道歉似地對我說，費利敦和芙頌一起去了貝伊奧魯。我將憂傷深埋心底，不動聲色地陪塔勒克先生和內希貝姑媽一起看了電視。兩個星期後的一個晚上，當我再次看見芙頌和她丈夫出去後，我請費利敦吃了一頓午飯，我告訴他芙頌太常和這些電影人混在一起對我們的藝術電影是不會有好處的。費利敦必須以我去他們家為藉口，要求芙頌夜裡留在家裡。我還語重心長地對費利敦說，這對家庭、對我們即將拍攝的電影都會更好。

我的警告沒有得到足夠的重視也讓我很擔憂。一天晚上當我又沒看見他們時，我明白即便不像以前那樣頻繁，但費利敦和芙頌依然還會去像佩魯爾那樣的地方。那天晚上我又沉默地和內希貝姑媽、塔勒克先生看了電視。直到夜裡兩點以後芙頌和費利敦回到家，就像忘記了時間那樣，我和內希貝姑媽、塔勒克先生一起坐著，告訴他們我去讀了幾年大學的美國是一個什麼樣的地方。我跟他們說，美國人很勤奮，同時也很單純善良；晚上他們睡得很早；即便是有錢人家的孩子，也會在父親的逼迫下一大早騎車挨家挨戶地送報紙或是牛奶。他們笑著但又好奇地聽我說，好像我在開玩笑一樣。隨後，塔勒克先生問了一個他十分好奇的問題。他說，美國電影裡的電話鈴聲和我們這裡的完全不同。他問，美國的電話鈴聲是不是都是那樣的，還是那只是電影裡的電話鈴聲？他的問題瞬間把我搞糊塗了，我發現自己早已忘記美國的電話鈴聲是什麼樣的了。而這，在後半夜裡給了我一個已經將青春以及一種在美國體驗到的自由情感拋諸腦後的印象。塔勒克先生模仿了美國電影裡的電話鈴聲，他還說如果是警匪片，那麼鈴聲會更加強硬，他也模仿了警匪片裡的鈴聲。兩點過了，我們還在抽菸，喝茶，說笑。

即便是在今天我也說不清，我坐到那麼晚是為了讓芙頌在我去他們家的晚上不要出門，還是因為那晚如果我見不到芙頌會很不開心。但在我再次嚴肅地和費利敦談了這個問題，堅持跟他說我們應該一起保護芙頌，讓她遠離那些電影人之後，我去的那些晚上，芙頌和費利敦再也沒有一起出去過。

作為一種對芙頌將要演藝術電影的支持，我和費利敦第一次在那些日子裡開始考慮拍攝一部商業片。可能這個電影草案也讓芙頌同意晚上不出去了。作為報復，有些晚上，沒等我去他們家，芙頌就去樓上睡覺了。從中，我得出她在跟我生氣的結論。但她也從沒放棄成為電影明星的夢想，等我下次再去時，她對我會比任何時候都熱情，她會無緣無故地問起我的母親，或是主動往我的盤子裡舀一勺飯，於是乎我又無法起身告辭了。

儘管我和費利敦之間的友情日益加深，但這一點也不阻礙我晚上在他回來之前陷入無法起身告辭的危機。費利敦一回來，我會感覺自己在那裡是一個「多餘的人」。就像在夢裡一樣，我不屬於那個我看見的世界，但我卻執意想成為其中的一分子。一九七七年三月，在電視新聞不斷播出政治會議，茶館被轟炸，反對派政客被槍殺的一個夜晚，在很晚的時候（因為羞愧，我沒能去看表），費利敦回到了家裡，我無法忘記他看見我時臉上的表情。這是一個真心為我擔憂的好人的憂傷眼神——但另外一方面——他的臉上，還有在我看來讓費利敦成為一個謎團的那種以平常心對待一切的充滿溫和、樂觀和善意的單純表情。

一九八〇年九月十二日軍事政變後，晚上十點以後開始的宵禁，給我那無法起身離開的煩惱帶來了一個限制。但是我的煩惱沒有因為宵禁而結束。只彷彿被擠在很短的一段時間裡而變得更濃更重了。實行宵禁的那些夜晚，我那無法起身離開的危機從九點半開始慢慢加重，儘管每個時刻我都在氣憤地對自己說「我現在就走」，但我依然還是無法站起來。因為逐漸減少的時間甚至不給我一個喘息的機會，因此到九點五十分左右，我的慌亂便會變得無法忍受。

最終當我跑上大街，鑽進雪佛蘭時，我和切廷便陷入是否能在十點以前趕回家的慌亂；而每次我們都會晚三到五分鐘。軍人們在十點（後來這個時間被延長到十一點）過後的頭幾分鐘裡，從不會去攔下在大街上疾駛的汽車。回家的路上，我們看見宵禁前像瘋子一樣疾駛的汽車在塔克西姆廣場、哈爾比耶、道爾馬巴赫切出的車禍，我們還看見那些下車後大打出手的司機。記得有一次，我們在道爾馬巴赫切皇宮的後面，看見一個從一輛冒著藍煙的普利茅斯車裡走出來，帶著狗、酩酊大醉的先生。還有一次，我們看見一輛水箱破裂的計程車，像賈阿爾奧盧浴池（Cağaloğlu Hamamı）那樣冒出一股蒸氣。回家的路上，小巷裡那令人髮指的黑暗、昏暗大街上的空曠讓我們感到恐懼。終於回到家，臨睡前喝上最後一杯拉克酒時，記得有天晚上我祈求真主讓我回到正常的生活裡去。然而我是否真的願意擺脫這份愛情，擺脫對芙頌的迷戀，即便是現在，這麼多年後我也沒能完全搞清楚。

臨走前我聽到的任何一句好聽的話，芙頌或是她的家人說我的幾個甜美、樂觀的單詞，即便是含糊的，也會讓我產生一種幻覺，在瞬間讓我感到，我將能夠重新贏得芙頌，我所有的造訪沒有白費，於是，我能夠不太費勁地起身離開他們家。

坐在餐桌邊時，在最出人意料的一個時刻芙頌對我說的一句美言，比如她說的「你去理髮了，頭髮剪得好短，但挺好」（一九七七年五月十六日），或是她帶著憐愛對她母親說的關於我的一句話「他就像小男孩一樣喜歡吃肉丸，是吧？」（一九八〇年二月十七日），抑或是一年後下雪的一天晚上，我剛進門她就說「凱末爾，因為等你，我們還沒開飯，我們說但願今晚他會來」，她的這些話會讓我感覺無比幸福，無論那天晚上我是帶著怎樣的一種悲觀情緒去的，也不管看電視時我感到了哪種不祥的預感，只要時間一到，我就會毫不猶豫地站起來，快步走到門邊，拿下掛在衣架上的大衣，毫不拖延地走出門。先穿大衣，隨後對他們說：「告辭，我走了！」這會讓出門變得很輕鬆。如果我早離開了他們家，那麼在回家的路上，在切廷開的車裡，我會感覺自己很好，我會去考慮第二天要做的事情，不去想芙頌。

經過所有這些嘈雜混亂後的一、兩天，我再次去他們家時，一看見芙頌，我立刻明白了吸引我去那裡的兩樣東西。

一、如果我遠離芙頌，世界，就會像一個沒有頭緒的謎團讓我感到不安。一看見芙頌，我感覺謎團，所有的一切在瞬間變得有條不紊，我會想起世界是一個有意義、美好的地方，我會因此感到輕鬆。

二、晚上在他們家和她四目相對時，每次我的心裡都會升起一股勝利的喜悅。儘管所有那些令人失望、讓人感覺丟臉的跡象，是一種那天晚上我也能夠去那裡的勝利，多數時候我也會在芙頌的眼裡看到這種幸福的光彩。或是我那麼認為，我感到自己的執著和堅定影響了她，我相信自己的生活是美好的。

58 通姆巴拉遊戲

我是在凱斯金家玩著通姆巴拉迎來一九七七年的。想起這件事可能是因為前面提到了「生活的美好」。然而，作為除夕的娛樂去凱斯金家，對於展示我人生中不可否認的變化也是重要的。離開茜貝爾，讓我不得不遠離自己的朋友圈，每星期去凱斯金家四、五次又讓我放棄了許多老習慣，但直到那年的除夕，我一直在試圖讓自己和親人們相信，我仍然在繼續原來的生活，或是隨時都能夠回到那種生活中去。

為了遠離茜貝爾，為了不讓不好的回憶傷害任何人，也為了擺脫解釋為什麼銷聲匿跡的麻煩，我從紮伊姆那裡打聽沒見面的熟人的消息。我和紮伊姆在富爺大廳、加拉齊，或是新開的一家上流社會餐廳見面，我們會像兩個渴望談論生意的嚴肅朋友那樣，津津有味地談論人生和別人的事情。

紮伊姆已經對和芙頌一般大的年輕情人阿伊謝感到不滿了。他說，就像她太幼稚，無法和他分擔煩惱和擔憂一樣，她和我們的那幫朋友也始終合不來。在我的一再追問下，他堅持說還沒有新情人或是情人候選人。從他的敘述中我明白，紮伊姆和阿伊謝的親密只停留在接吻上，女孩十分小心、矜持，在沒對紮伊姆的誠意完全確信前，就會保護自己。

紮伊姆說這些時問道：「你笑什麼？」

「我沒笑。」

紫伊姆說：「不，你笑了。但我不介意。讓我來告訴你一件更好笑的事情。努爾吉汗和麥赫麥特一星期幾乎有七天在約會，他們出入於各個餐廳和俱樂部。麥赫麥特帶努爾吉汗去夜總會，讓她聽老歌和古典土耳其歌曲。他們還找到以前在電臺唱歌的七、八十歲的老歌手，和他們交朋友。」

「是嗎？我不知道努爾吉汗對音樂那麼感興趣。」

「愛屋及烏嘛。其實麥赫麥特也不太懂那些老歌。現在為了影響努爾吉汗，他也在學習。他們一起去薩哈夫拉爾買書，去跳蚤市場找舊唱片……晚上他們去馬克沁、貝貝克夜總會聽穆澤燕·塞納爾[20]唱歌……但他們從來不一起聽唱片。」

「什麼意思？」

紫伊姆小心翼翼地說：「他們每晚都去夜總會，但從不獨處，還沒上床過。」

「你怎麼知道的？」

紫伊姆說：「他們能到哪幽會？麥赫麥特還跟他父母住在一起。」

「在馬奇卡的小巷裡，不是有一個他帶女人去的地方嗎？」

紫伊姆說：「他也帶我去喝過威士忌。那裡完全就是一個和情人幽會的地方。如果努爾吉汗是個聰明人，就絕不會去那種糟糕的地方，如果去了，她就會明白麥赫麥特將因此不和他結婚。連我都覺得怪怪的，因為鄰居們會從門上的貓眼去看他今夜是否又帶回了妓女。」

「麥赫麥特怎麼辦？單身男人想在城裡租房子容易嗎？」

紫伊姆說：「他們可以去希爾頓。或是在一個好的地段買房子。」

20 Müzeyyen Senar，一九一九—，土耳其國寶級藝術家，被譽為土耳其藝術音樂的皇后。

「麥赫麥特喜歡和父母一起過家庭生活。」

紫伊姆說：「你也喜歡。讓我友好地和你說一件事好嗎？但你不能生氣。」

「我不生氣。」

「你和茜貝爾偷偷摸摸地在辦公室約會，還不如把她帶去你和芙頌約會的邁哈邁特大樓，那樣的話，今天你們就不會分手了。」

「是茜貝爾告訴你的嗎？」

紫伊姆說：「不是，親愛的，茜貝爾不會和任何人說這種事情，你別擔心。」

我們沉默了一會兒。有趣的閒聊突然轉到了我的煩惱上，像是我遭遇了一場災難那樣說起我經歷的那些事情，讓我覺得很掃興。因為紫伊姆發現了這點，於是他接著說，有天夜裡在貝伊奧魯的羊肚湯店裡，他碰到了麥赫麥特、努爾吉汗、塔伊豐和「老鼠法魯克」。後來他們開著兩輛車一起去博斯普魯斯海峽玩了。還有一個晚上，當他和阿伊謝在埃米爾崗坐在車裡喝茶、聽音樂時，他們碰上了「私生子希爾米」和其他一些人，隨後他們開著四輛車，先去了在貝貝克新開的帕里茲夜總會，然後又去了有銀色葉子樂隊演出的鬱金香花園夜總會。

一方面為了吸引我回到過去的生活，另一方面是他對夜生活的沉醉，紫伊姆津津有味地告訴我這些娛樂活動的所有細節，當我聽他講這些時並沒想太多，但後來當我在凱斯金家時，我發現自己在幻想這些娛樂活動。但讀者們也別認為，我因為沒能和老朋友一起繼續從前的玩樂生活而沮喪了。只是，有時，當我坐在凱斯金家的餐桌邊時，我會產生一種世界上沒發生任何事情，即使發生了也離我很遙遠的感覺，僅此而已。

一九七七年的除夕夜我也一定沉浸在這樣一種感覺裡，因為我記得在遊戲當中的一瞬間，自己在想紫伊姆、茜貝爾、麥赫麥特、塔伊豐、老鼠法魯克和其他一些朋友在做什麼。（據說紫伊姆在夏天的別墅裡找人裝了電暖器，還派管理員去點了壁爐，正在那裡舉辦一個邀請了「所有人」的盛大派對。）

芙頌說：「凱末爾，快看，抽到二十七了，你有的！」看見我的心思沒在遊戲上，她拿起一顆乾扁豆，放到我的通姆巴拉紙牌上，遮住了二十七。她笑著說：「專心點！」有那麼一瞬間，她用小心、擔憂，甚至是憐愛的眼神看了我一眼。

當然，我是為了從芙頌那裡得到這樣的關注才去他們家的。我感到異常幸福。但這種幸福是來之不易的。為了不讓他們傷心，為了不讓母親和哥哥知道我將在凱斯金家過除夕夜，我先在家和他們一起吃了晚飯。隨後，奧斯曼的兒子，我的侄兒們說：「快，奶奶，讓我們來玩通姆巴拉吧！」於是我又和他們玩了一輪遊戲。我記得，在我們全家一起玩通姆巴拉的時候，當我和貝玲的目光相遇時，她像是在懷疑這種幸福家庭畫面的做作，皺起眉頭，投來「你怎麼了」的眼神。

我對貝玲輕聲說：「沒什麼，我們不是玩得很開心嗎？」

隨後我說該去參加紮伊姆的派對了，當我匆忙離開前，我又看到貝玲那洞察一切的眼神，但我什麼也沒表露。

當切廷開車向凱斯金家疾駛時，我既慌亂又幸福。因為他們一定在等我吃晚飯。是我告訴內希貝姑媽要和他們一起過除夕的，有一次我在門口告訴她，我一定會來的。這話的意思就是「請別讓芙頌那天晚上和丈夫出去找朋友」。因為在我那麼好心支持他們的所有電影夢想，感覺自己和他們那樣親近時，芙頌在我去他們家的夜晚出去，在內希貝姑媽看來是一件非常不好意思的事情，也是一種不懂事的行為。內希貝姑媽說，她覺得費利敦在我去的夜晚出門也是「不懂事」。但因為沒人對此有抱怨，因此這是一種被我們無聲忽視的孩子氣。因為他不在家時，有時內希貝姑媽不是也用「孩子」來提到費利敦的嗎？

離開我們家之前，我拿了一套母親為贏得通姆巴拉遊戲的人準備的獎品。到凱斯金家之後，我快步跑上樓梯，一進門——當然像往常一樣，在我感受到和芙頌目光相遇的幸福之後——就從塑膠袋裡拿出了母親的獎品，一邊高興地說「這是通姆巴拉遊戲獲勝者的獎品」，一邊把它們放在餐桌上。就像母親從我們兒時起在除夕夜裡做的那樣，內希貝姑媽也準備了很多小獎品。我們把她準備的獎品和母親的那份混在一起。那天晚上我們玩得那麼開心，以至於在後來的幾年裡，在除夕夜，把我拿去的獎品和內希貝姑媽準備的獎品混在一起玩通姆巴拉，成了我們不可改變的習慣。

我在這裡展出我們連續八年除夕夜裡玩過的通姆巴拉用具。在我們家裡，從一九五〇年代末到一九九〇年代末的四十年時間裡，母親在除夕夜，也是用同樣的一套通姆巴拉用具先是讓我、哥哥和堂兄弟們，後來又讓她的孫子們開心的。內希貝姑媽也像母親那樣，在遊戲結束，獎品發完，孩子、鄰居們開始打呵欠、打瞌睡時，開始小心翼翼地收拾通姆巴拉用具，她會把從天鵝絨袋子裡一塊塊抽出來的數字塊（共九十塊）數一遍，把寫著數字的紙牌用蝴蝶結捆起來，把我們用來遮住紙牌上數字的乾扁豆放進袋子裡，然後把布袋收起來等待第二年的除夕。

現在，多年以後，當我忙著用全部的真誠，將一切一一展現出來向人訴說自己的愛情時，我感到，我們在除夕夜一起玩通姆巴拉，深刻觸及了那些神奇、怪異年份的靈魂。通姆巴拉作為一種義大利人在平安夜全家聚在一起玩的那不勒斯遊戲，就像很多除夕夜的儀式和習慣那樣，在阿塔圖爾克實行年曆改革後，通過黎凡特和義大利人家庭傳到了伊斯坦堡，並在短時間裡成為很多家庭除夕夜娛樂中不可或缺的一部分。一九八〇年代，一些報紙會在年底向讀者贈送用廉價硬紙板做的、塑膠數字的通姆巴拉用具。那些年，城市的街道上還出現了數以千計的通姆巴拉小販，他們手拿一個黑布袋，用走私美國菸或是威士忌作為獎品來引誘路人。大街上的這些通姆巴拉小販，會用一種可以被稱做「迷你通姆巴拉」的遊戲和一個其中有詐的布袋，把大街上隨時準備試試運氣的人們的錢騙到手裡。通姆巴拉這個單詞，帶著「抽籤和試運氣」的含義，就是在那些年，在我每星期去芙頌他們家四、五次的時候進入土耳其語的。

我用一個真正的博物館創始人的興奮，從母親和內希貝姑媽準備的各種獎品裡精心挑選出了一些樣品，一一介紹這些物件來訴說我對芙頌的愛。

內希貝姑媽每年一定會在獎品裡放上一塊小女孩或是小男孩的手帕，母親也那麼做。這是否有這樣的一個含義呢？那就是「除夕夜玩通姆巴拉，是專屬於小女孩的一種快樂，但我們成年人也會在那夜像孩子一樣快樂」。兒時在我們家，除夕夜裡如果一個年長的客人得到了一件為孩子買的禮物，那他（她）一定會說：「啊，我正需要這樣的一塊手帕！」父親和他的朋友們說完這話後，就像他們在孩子面前說了一句雙關語那樣，會互相做一些擠眉弄眼的動作。看到這些動作，我會覺得大人們是帶著一種玩笑的態度來玩通姆巴拉的，我會因此而不安。很多年以後，一九八二年除夕夜，當我在凱斯金家第一個把紙牌上的第一行數位全部對上，像個孩子一樣大叫「賓果」時，內希貝姑媽邊說「恭喜，恭喜，凱末爾先生」，邊給了我這塊手帕。就是在那時，我說道：「我正需要一塊這樣的手帕！」

內希貝姑媽極為嚴肅地說：「這是芙頌小時候用過的一塊手帕。」

那時，那個夜晚，我明白在凱斯金家，就像鄰居的孩子們那樣，我是用自己全部的純真來玩通姆巴拉的。無論是在芙頌、內希貝姑媽，還是在塔勒克先生的身上多少都有一種玩笑的態度，有一種模糊的「假裝那麼做」的樣子，但我始終是真誠的。看見我現在不時用一種接近調侃的口吻來講述自己愛情故事的讀者和博物館參觀者們，請記住，我是帶著全部的真誠去經歷那些時刻的，任何時候我都是善意的。

母親每年會把幾雙童襪放進獎品裡，這讓我們感覺獎品是一些家裡本該買的東西。儘管這種感覺減少了獎品的獎勵性，但同時，即便是在很短的一段時間裡，也會讓我們像對待珍貴的東西那樣去看待我們的襪子、手帕、核桃夾子，或是在阿拉丁小店裡買來的一把便宜的梳子。但在凱斯金家，所有人，甚至是孩子，遊戲結束時，不會因為襪子，而是因為贏了遊戲而開心。現在，多年以後，我想其中的原因，就像這襪子一樣，在凱斯金家，物件不是屬於每個個人的，而彷彿是屬於整個家和家庭的，但這也不完全對，因為我會不斷感到，樓上有芙頌和她丈夫分享的一個房間，一個櫃子，有他們自己的東西，我會經常帶著幻想和痛苦去想那個房間、裡面的東西和芙頌的衣服。但在除夕夜，就是為了不讓自己去想這些我們才玩通姆巴拉的。有時，在凱斯金家的餐桌上，當我喝下兩杯拉克酒後，我會感到，我們看電視也是為了感受（我們在玩通姆巴拉時感受到的）那種純真的情感。

玩通姆巴拉時，或是在平常的一個夜晚，當我們安寧地看著電視時，當我把凱斯金家裡的一個物件（比如多年後達到一個可觀數字的、帶著芙頌手上味道的勺子）裝進口袋時，內心裡那種稚氣單純的情感會消失一段時間，那時我會感到一種自由，我明白自己將可以隨時起身離開那裡。

一九八〇年的除夕夜，我把在訂婚那天的最後一次約會上，自己和芙頌一起喝威士忌的古董杯子（我外公艾特黑姆・凱末爾留下的紀念品），作為一個製造驚喜的獎品拿去了他們家。一九七九年以後，我從凱斯金家拿走一些小玩意兒，然後再帶一些更貴重的禮物去給他們，因為就像我對芙頌的愛那樣，這成為了一件不言而喻被接受的事情，因此在筆、襪子、肥皂那樣的小禮物中間出現一個只有在拉斐・珀爾塔卡爾的古玩店裡買得到的貴重杯子，也就不足為奇了。然而讓我傷心的是，當塔勒克先生贏了通姆巴拉，內希貝姑媽拿出獎品時，芙頌竟然沒發現這個帶著我們愛情最悲傷日子印記的杯子。還是她想起來了，但因為氣我的魯莽（費利敦和我們一起過了那個除夕夜）而假裝不知道呢？

在此後的三年半時間裡，只要塔勒克先生喝拉克酒時拿起那個杯子，我就想去回憶和芙頌最後一次做愛時的幸福，但就像不能去想一個被禁問題的孩子一樣，在凱斯金家的餐桌邊，當我和塔勒克先生坐在一起時，我當然是不能那麼做的。

物件的力量，以及積澱在其中的回憶，當然也取決於我們的幻想力和記憶力的表現。別的時候我絕不會對它們感興趣，甚至會覺得這些低俗的放在籃子裡的埃迪爾內肥皂，用肥皂做的葡萄、梨子、杏子和草莓，因為成為了遊戲的獎品，才會讓我想起除夕夜感到的深切安寧和幸福；我在凱斯金家餐桌上度過的那些神奇時光是我人生中最美好的時光；我們人生那慢慢流淌的溫和的音符。但我真誠而樸實地相信，這些情感不單單屬於我，多年後見到這些物件的博物館參觀者也會有同樣的感受。

為了給我的這個信念再舉一個例子，我在這裡展出那些年除夕夜開獎的新年特別彩券。內希貝姑媽也像母親那樣，每年買一張在十二月三十一日晚上開獎的彩券，把它當做通姆巴拉的一個獎品。無論是在我們家，還是在凱斯金家，對於得到那張彩券的人大家會異口同聲地說：

「太好了，今晚你真幸運……看看，說不定你還能中大獎呢。」

一九七七年到一九八四年的八年除夕夜裡，因為莫名的巧合，芙頌竟然六次得到了彩券。但等到收音機和電視宣布當晚抽獎結果後，依然因為莫名的巧合，她沒中過任何的獎金，包括最小的「保本」獎。無論在我們家，還是在凱斯金家，在賭博、運氣和人生的問題上（特別是塔勒克先生和客人們玩紙牌時）有一句總會被重複的警句。這句話同時也是對輸家的調侃和安慰。

「賭場失意，情場得意。」

所有人都會在合適時機說的這句話，我是在一九八二年的除夕夜，電視直播並由安卡拉第一公證處公證的抽獎結果宣布後，在芙頌仍然沒中任何獎金時，帶著醉意和不假思索說出來的。

「鑒於您在賭場的失意，芙頌女士，」我模仿著我們在電視裡看到的那些優雅英國紳士的口吻說：「您將在情場上得意！」

芙頌也像電影裡的某個聰明、文雅的女主角那樣，毫不猶豫地說：「凱末爾先生，對此我沒有任何懷疑！」

一九八一年底，因為我相信，橫亙在我們愛情前面的障礙幾乎被我跨越了一半，因此一開始我認為這是一句可愛的玩笑話，但第二天上午，一九八二年的第一天，當我徹底從酒精裡清醒過來，和母親一起吃早飯時，我恐懼地想到，也許事實上芙頌說的是一句雙關語。因為「情場得意」所暗示的幸福，很顯然並不是芙頌日後離開丈夫和我在一起生活的幸福，而是別的東西，從她那調侃的語氣裡我明白了這點。

後來，我又認為自己是因為過分的猜疑而想到了一些錯誤的東西。讓芙頌（和我）說這些沒水準的雙關語的東西，當然是那句把愛情和賭博聯繫在一起、不斷被重複的話。

紙牌遊戲、新年彩券的抽獎、通姆巴拉以及餐廳和娛樂場所裡的那些大告示，把除夕夜日益變成了一個僅僅是喝酒、賭博的放蕩之夜。像《民族報》、《翻譯》和《每天》那樣的保守派報紙上，出現了許多關於這些問題的激憤文章。我記得，生活在希什利、尼相塔什和貝貝克的一些有錢的穆斯林家庭在年前，會像電影裡的基督徒在平安夜所做的那樣，買一棵松樹來裝扮，這些松樹還會拿到大街上展示。母親對此也感到不舒服，儘管她沒有像宗教媒體那樣說一些買松樹的熟人「墮落」或是「異教徒」，但她說他們「沒腦子」。母親有一次在餐桌上對奧斯曼那個想買松樹的小兒子說：「我們本來就沒太多的森林，別再去破壞松樹林了！」

除夕前，伊斯坦堡的大街小巷會出現成千上萬賣新年彩券的人，他們中的一些人打扮成聖誕老人的模樣走進富人住的區域。一九八〇年十二月裡的一個傍晚，當我在挑選通姆巴拉獎品時，我看見四、五個剛放學的男女高中學生，在捉弄一個在我們家對面街上賣彩券的聖誕老人，他們說笑著撕扯他那用棉花做成的白鬍子。走近後我明白，扮成聖誕老人的是我們對面那棟大樓的管理員。當孩子們撕扯著他的白鬍子羞辱他時，哈伊達爾拿著手上的彩券低下了頭。又過幾年，塔克西姆的馬爾馬拉酒店裡的蛋糕店，為迎接新年擺了一棵巨大的聖誕樹，宗教主義者放在那裡的一顆炸彈爆炸後，保守派對賭博、酗酒的除夕娛樂的憤怒也更加激烈地顯露了出來。我記得，凱斯金他們一家人對這起爆炸事件的重視不亞於除夕夜將在國家電視臺出現的肚皮舞娘。儘管保守派的報紙上刊登了許多激憤的批判文章，但在一九八一年，那時的著名肚皮舞娘塞爾塔普還是出現在電視上，只是她讓我們，讓所有人都大吃一驚。因為TRT的管理者讓身段優美的塞爾塔普穿上了一層又一層的衣服，別說是那「舉世聞名」的肚子和酥胸了，就連她的腿也看不見。

塔勒克先生說：「你們這些可恥的小丑，還不如讓女孩裹著床單上臺呢！」其實塔勒克先生看電視時很少生氣的，不管喝了多少酒，他都不會像我們那樣對螢幕上的人品頭論足。

有些年，作為通姆巴拉的獎品，我給內希貝姑媽他們帶去了從阿拉丁小店買來的掛曆。一九八一年的除夕夜，芙頌贏了掛曆，那年在我的堅持下，掛曆被掛在電視和廚房之間的牆上，但我不在的那些日子裡，誰也不會去撕掛曆。而事實上每張掛曆上都會有一首詩、歷史上的今天介紹和做禮拜的時間，另外掛曆上還有一個讓不識字的人明白禮拜時間的鐘面，還有為那天推薦的菜譜以及烹調方法、歷史故事和笑話，外加一句關於人生的警句。

有天晚上我說：「內希貝姑媽，你們又忘記撕掛曆了。」那時電視節目已經結束，士兵們邁著正步已把國旗升起，我們也都喝了很多拉克酒。

「又過去了一天，」塔勒克先生說：「感謝真主讓我們有飯吃，有房子住，我們的肚子飽飽的，我們有一個溫暖的家。人生還能有什麼奢求？」

不知道為什麼我很喜歡夜晚結束前塔勒克先生說的這些話，儘管我一來就發現掛曆沒被撕去，但我還是會到臨走前才說起這事。

內希貝姑媽會接著說：「而且是和我們愛的人在一起。」說完這話，她會探過身去親吻芙頌，如果芙頌不在身邊，她會叫道：「來，過來，我任性的女兒，過來讓你媽媽親親你。」

有時，芙頌會像一個小女孩那樣，坐到她母親的懷裡，內希貝姑媽會長久地撫摸她，親吻她的手臂、脖子和臉頰。無論母女的關係是好還是壞，八年時間裡，她們從未放棄過這種讓我深受感動的示愛儀式。她們笑著互相親吻時，儘管芙頌非常清楚我在看她們，但她從來不會朝我看一眼。當我看見她們那種幸福的樣子時，我會感覺自己很好，會不太為難地立刻起身告辭。

有時聽到「我們愛的人」這句話，不是芙頌坐到她母親的懷裡，而是日益長大的鄰居孩子阿里坐到芙頌的懷裡，芙頌親吻他一陣後會對他說：「你快走吧，要不你爸媽會怪我們不放你走了。」有時，芙頌會因為上午和母親吵過架而生氣，當內希貝姑媽說「女兒，過來」時，她會說：「行了，媽媽！」那時內希貝姑媽就會說：「那就去把掛曆撕了吧，別讓我們搞不清日子。」

那時芙頌會一下子高興起來，撕下掛曆後會笑著高聲朗讀上面的詩歌和菜譜。內希貝姑媽會說「對啊，讓我們用葡萄乾和梨子做水果羹吧，好久沒做了」，或是「是啊，朝鮮薊出來了，但巴掌大的朝鮮薊是不會好吃的」一類的話。有時她也會問一個讓我緊張的問題：「我做菠菜餡餅，你們要吃嗎？」

如果塔勒克先生沒聽到這句問話或是那晚他不開心，他就不會作答，那時芙頌也會什麼話都不說，直愣愣地看著我。我明白芙頌是因為殘忍和好奇才這麼做的，因為她知道我不能像是凱斯金家的一員那樣對內希貝姑媽說該燒什麼。

「芙頌很喜歡餡餅，內希貝姑媽，您一定要做！」我會這麼說來擺脫困境。

有時塔勒克先生會叫芙頌撕下掛曆，然後把那天歷史上發生的重要事件讀一下，芙頌也會讀。

「一六五八年九月三日，今天奧斯曼軍隊開始包圍道皮奧城堡」，或是「一〇七一年八月二十六日，今天的曼濟科特廣場戰役後，阿納多盧的大門向土耳其人打開了」。

塔勒克先生會說：「嗯。拿來給我看看……他們把道皮奧寫錯了。拿走吧，現在再給我們念一下今天的警句……」

芙頌念道：「家就是填飽肚子、心有所繫的地方。」當她嘻嘻哈哈地念著時，她的目光突然和我相遇了，她立刻變得嚴肅起來。

瞬間我們都沉默了，彷彿大家都在思考這句話的深刻含義。在凱斯金家的餐桌邊出現過很多神奇的沉默時刻，像人生的意義、我們在這個世界上的存在形式、我們為什麼而活那樣，許多在別的地方我不會想到的問題，會在他們家餐桌邊心不在焉地看電視、用餘光看芙頌、和塔勒克先生閒聊時想起。我喜歡這些神奇的沉默時刻，隨著歲月的流逝，我明白這些讓我們感到人生神祕的時刻，是因為我對芙頌的愛情才變得那麼深刻和特別的，我小心翼翼地珍藏著讓我想起它們的那些東西。那天芙頌念完後扔到一邊的這張掛曆，就是我用再看一遍的藉口拿來，隨後趁別人不注意時裝進口袋藏起來的。

當然不是每次我都這麼輕鬆。從凱斯金家拿東西時我也碰到過很多尷尬的時刻，我不想說它們來延長我的故事，也不想讓它們來把我的故事變得可笑，但我要說一九八二年的除夕夜發生的一件小事：在我帶著從通姆巴拉贏來的手帕離開前，開始日益仰慕芙頌的鄰居孩子阿里走到我身邊，除了一貫的調皮還多了另外一種神態：

「凱末爾先生，剛才您不是贏了一塊手帕嗎？」

「是的。」

「那是芙頌小時候用過的手帕。我能再看一眼嗎？」

「親愛的阿里，我不知道把它放哪兒去了。」

「我知道，」那小子說：「您把它放進這個口袋了，一定在那裡。」

他幾乎要把手伸進口袋了。我往後退一步。外面在嘩嘩地下著雨，所有人都聚到窗前，沒人聽見孩子在說什麼。

「親愛的阿里，很晚了，但你還在這裡。待會兒你爸媽要怪我們了。」

「我馬上就走，凱末爾先生。您會把芙頌的手帕給我嗎？」

我皺起眉頭，輕聲說道：「不會，我要用。」

59 讓劇本通過審查

為了讓費利敦的劇本得到審查委員會的批准，我們費了很多周折。很多年前從報紙新聞和別人講的故事裡我就知道，無論是國外的，還是本國的，在電影院公映的所有電影都必須經過審查委員會的批准。但直到檸檬電影公司成立後，我才發現審查委員會在電影業的重要性。報紙上，只有當一部在西方備受重視、在土耳其也有所耳聞的電影被完全禁放後才會提到審查委員會的那些決定。比如，《阿拉伯的勞倫斯》，因為含有褻瀆泛突厥主義的內容被禁演，《巴黎最後的探戈》，因為剪掉了所有的性愛場景，因此變成了一部比原版還要「藝術和無聊」的電影。

在審查委員會任職多年、佩魯爾酒吧的合夥人和我們桌的常客「愛做夢哈亞提」先生，有天晚上對我們說，其實他比歐洲人更相信思想自由和民主，但他絕不會允許那些試圖利用土耳其藝術電影來欺騙樸實善良民眾的人。同時還是導演與製片人的「愛做夢哈亞提」說，就像許多其他佩魯爾的常客那樣，他同意在審查委員會任職，是為了「讓其他人發瘋」，隨後，像在開玩笑時那樣，他會對芙頌眨眨眼。眨眼的一個目的就是對侄女年齡的小女孩說「親愛的，我在開玩笑」，另外一個目的就是微微的挑逗。「愛做夢哈亞提」知道我是芙頌的「一個遠房親戚」，他用我這個身分的人能夠寬容的尺度來追求芙頌。他的外號是佩魯爾酒吧的常客給起的，因為他在講日後準備拍攝的電影時（他不停地在每張桌子邊交際，要麼說他的電影，要麼收集各種閒話），會不斷地使用「夢想」這個詞。每次他都會來和芙頌坐一會兒，他兩眼盯著芙頌，不厭其煩地跟她講他的一個電影夢想，每次他都要她「絕不考慮商業因素」，「立刻、真心」地說是否喜歡他的電影主題。

每次芙頌都會說：「非常好的一個主題。」

「愛做夢哈亞提」也每次都會說：「拍的時候，您一定要同意演出。」他總會擺出一副憑本能和傾聽心聲來做任何事情的樣子，隨後他還會補充道：「其實，我是一個非常現實的人。」坐在桌邊時，如果他不時也看我一眼，我會覺得他這麼做是因為知道總是看著芙頌講話會顯得不禮貌，我則努力做出友好的姿態，朝他笑笑。我們發現和芙頌一起開始我們的第一部電影還有待時日。

在「愛做夢哈亞提」看來，除了一些關於伊斯蘭教、阿塔圖爾克、土耳其軍隊、宗教人士、總統、庫爾德人、亞美尼亞人、猶太人和希臘人的不受歡迎的評論和不雅的性愛場面，土耳其電影其實還是自由的。但他自己也知道這是不對的，有時他會笑著承認。因為在半個世紀裡，審查委員會的委員們，不單單是那些國家要禁止、讓掌權者們感到不安的主題，凡是他們不喜歡的電影，都會習慣地用各種理由來禁止，像「愛做夢哈亞提」那樣的人，他們非常熱衷於用一種發自內心的樂趣和幽默來隨意使用這種權力。

哈亞提先生還是一個愛講笑話的人，他會像個獵人說起捕獲黑熊的樂趣，講那些年他們是如何禁放電影的故事，這些故事也都會把我們給逗樂。比如，用諷刺手法來反映一個工廠守衛冒險經歷的電影，用的是「有辱土耳其守衛形象」的藉口；講述一個已婚、有孩子的母親對另外一個男人愛情的電影，「因為對為母之道不敬」；講述翹課孩子快樂歷險的電影，用「誤導孩子不上學」的理由禁止上映。他說，如果我們也熱愛電影事業，想讓無辜的土耳其觀眾看到我們的電影，那麼我們必須學會和審查委員會的委員們打好關係，他們中的一些人不時也來光顧佩魯爾，但他們全都是他的好朋友。說這些話時他一直看著我，從中我明白他想以此來吸引芙頌。

然而，我們也無法知道劇本審查的事能對哈亞提先生抱多大的希望。因為哈亞提先生離開審查委員會後拍的第一部電影，也由於「一個私人恩怨」被禁放了。一談到這件事，哈亞提先生就火冒三丈。他花了一大筆錢拍攝的那部電影裡，一個暴躁的父親，因為多喝了點酒發現沙拉裡沒有加醋，就對妻子和孩子們大發雷霆，這個畫面導致了電影的禁放，理由是「為了保護社會根基的家庭制度」。

哈亞提在佩魯爾用委屈的口吻告訴我們，這個畫面以及另外兩個讓審查委員會生氣的家庭爭吵畫面來自他的生活，其實，最讓他生氣的是審查委員會那些老朋友禁了他的電影。據說，一天夜裡，他和他們一直喝到酩酊大醉，如果傳聞正確的話，那就是天快亮時，因為一個女孩的問題，他和審查委員會裡一個最好的朋友在一條街上打了起來。是貝伊奧魯警察局的員警把他們從泥濘的街道上拽起來的，兩個老朋友沒有彼此抱怨，在員警的鼓勵下和解了。據說哈亞提為了讓自己的電影能在電影院公演，也為了擺脫破產的困境，仔細地從電影裡剪掉了所有破壞家庭制度的爭吵畫面；而一個膀大腰圓的哥哥，在信徒母親的鼓勵下打弟弟耳光的場景，卻經審查委員會的批准保留了下來。

哈亞提這樣對我們解釋道，國家認為不合適的鏡頭經審查被剪去，「其實還是好的」。因為被剪過的電影還能在電影院放映，如果還能讓人明白，那就能掙回本錢。最大的災難就是拍好的一部電影被完全禁放。為了解決這個問題，也在聰明的土耳其製片人的建議下，國家帶著善意把審查分成了兩個步驟。

首先需要把電影劇本送去審查委員會，電影的主題和畫面要得到他們的認可。在土耳其，就像準備做任何一件事情的公民在得到國家「批准」時面對的所有情況一樣，在這裡也滋生出一種複雜的許可和賄賂的官僚作風，為應付這些困難，又催生出了那些讓公民的申請通過官僚機構審查的中間人和公司。我記得，一九七七年春天，我和費利敦在檸檬電影公司的辦公室，討論了很多次找誰來讓我們的《藍色的雨》通過審查的事情。

有個外號叫「打字機德米爾」、非常受歡迎、勤奮的希臘人。他讓審查委員會通過劇本的方法，就是把每個寫好的劇本用他那有名的打字機和風格重新打一遍。這個膀大腰圓的老業餘拳擊手，是一個靈魂優雅、細膩的人。他會把劇本裡的那些尖角磨圓，用純真來緩和富人和窮人、工人和老闆、強姦者和受害人、好人和壞人之間的對立，他會巧妙地用一些帶著旗子、祖國、阿塔圖爾克和真主的動聽語言，來平衡主人公在電影最後說的那些會讓審查者抓住，然而卻是觀眾喜歡的憤怒、強硬和批判的話語。他真正的能耐，則是把劇本裡每個粗暴、過激的點，用幽默、輕鬆和可愛，變成一種神奇的人生細節。那些經常賄賂審查委員的大電影公司，即便是不會有任何問題的劇本，也為了要沾上他那可愛、神奇、稚氣的氣息，把劇本交給「打字機德米爾」修改。

得知夏夜裡讓我們深受感動的神奇土耳其電影裡那無與倫比的詩意歸功於「打字機德米爾」後，在費利敦的建議下我們帶芙頌去了「劇本醫生」在科特留斯（Kurtuluş）的家裡。在一面巨大的掛鐘發出滴答聲響的這個地方，我們看見了一台被賦予傳奇色彩的舊雷明頓打字機，我們感到了電影裡那特別而神奇的氛圍。德米爾先生禮貌地接待了我們，他讓我們先把劇本留下，他說，如果他喜歡劇本，就會用打字機把劇本重新打一遍以便通過審查，他指著那堆放在烤肉和水果盤中間的文件說，但這需要一段時間，因為手頭還有很多案子。他指著身邊一對二十幾歲、長著貓頭鷹眼睛的近視眼雙胞胎姊妹說，是女兒幫他一起修改劇本的，他誇讚「她們比我做得更好」。女孩中稍胖的一個認出了芙頌，提到她在四年前舉辦的土耳其選美比賽中打進了決賽，這讓芙頌十分開心。可惜的是，很少有人記得這些了。

然而，重新寫好，也是專門為芙頌打造的劇本，三個月後才由同一個女孩說著特別讚美和仰慕的話送了回來（她說：「我爸爸說這完全是一部歐式的藝術電影。」）。我從芙頌板著的面孔，不時說出的一些惱怒的話裡明白，她對此很不滿意，我也試圖告訴她，她丈夫也比較拖拉。

晚上在凱斯金家，我和芙頌離開餐桌能夠單獨說話的機會是很有限的。每晚，晚飯結束前，我們會走到檸檬的籠子前去給牠餵食、添水，看它用嘴啄墨斗魚的骨頭（那是我從埃及市場買來的）。但那裡離餐桌很近，我們之間很難有親暱行為。除非耳語，或是過分大膽。

更合適的一條途徑，則是在後來的日子裡自然產生的。芙頌平常除了去找那些向我隱瞞的鄰居朋友（多數是未婚的女孩或是剛結婚的女人），和費利敦一起去電影人出入的場合，做家務，給依然還在接縫紉活的母親幫忙，剩下的時間就是「自學」畫鳥。「自學」是她自己的說法。但我會感到這種業餘消遣後面的激情，因為這些畫我更愛她了。

這個愛好是因為一隻烏鴉開始的，那隻烏鴉就像在邁哈邁特大樓那樣，停在屋後陽臺的鐵欄杆上，而且牠看見芙頌也不飛走。那隻烏鴉還來過很多次，牠停在欄杆上，用那明亮而令人恐懼的眼睛斜視芙頌，牠甚至讓芙頌懼怕了。有一天，費利敦為烏鴉拍了一張照片，芙頌就照著這張我在這裡展出的黑白小照片，用水彩慢慢地畫了一張我很喜歡的畫。隨後又有一隻鴿子和麻雀停在陽臺的欄杆上，她又繼續畫了牠們的畫。

費利敦不在的夜晚，飯前或是電視上放長長的廣告時，我會問芙頌：「你的畫怎麼樣了？」碰上她高興的時候，她會說「走，我們一起去看看」，我們會一起去那因內希貝姑媽的縫紉用具、剪刀和布塊而顯得零亂的後面房間，在小吊燈昏暗的光線下看她畫的那些畫。

我總會發自內心地說：「非常好，真的非常好，芙頌。」同時我會感到一種想去觸摸她，觸摸她的後背和手的強烈欲望。我從錫爾凱吉的那些賣進口文具的文具店裡，給她買了漂亮的「歐洲進口」的圖畫紙、本子和水彩用具。

芙頌會說：「我要把伊斯坦堡的所有鳥都畫下來。費利敦拍了一張麻雀的照片。後面接著畫麻雀。我就這麼自己畫著玩。你覺得貓頭鷹會飛到陽臺上來嗎？」

有一次我說：「等到有一天，你一定要辦一個畫展。」

芙頌說：「其實我想到巴黎去看那些博物館裡的畫。」

碰到她不開心的時候，她會說：「凱末爾，最近幾天我沒法畫畫。」

我當然知道她不開心的原因，那就是別說電影的開拍，即便是劇本，我們都還沒能把它變成一個可以拍攝的劇本。有時儘管她的畫沒太多進展，但芙頌完全會為了和我說電影的事情而去後面房間。

有一次她說：「費利敦不喜歡打字機德米爾的修改，他在重寫。我已經跟他說了，也請你跟他說說，別再拖了。讓我們開始拍我的電影吧。」

「好的。」

三個星期後的一天夜裡，我們又去了後面房間。芙頌畫完了烏鴉，在慢慢地畫一隻麻雀。

我盯著圖畫看了很久後說：「真的畫得很好。」

芙頌說道：「凱末爾，現在我明白了，要拍費利敦的藝術電影還要等好幾個月。那樣的東西審查委員是不會輕易批准的，他們會懷疑的。但前天在佩魯爾，穆紮菲爾先生來我們這桌，他請我去演一個角色。費利敦跟你說過嗎？」

「沒有。你們去了佩魯爾？芙頌，你要小心，那些人全都是色狼。」

「別擔心，費利敦很小心，我們倆都很小心。你說得沒錯，但這是一個非常認真的提議。」

「你看過劇本嗎？是你喜歡的劇本嗎？」

「我當然沒看過劇本。據說如果我接受，他們會請人寫一個劇本。他們想找我談談。」

「電影的主題是什麼？」

「凱末爾，電影的主題重要嗎？還不是一部穆紮菲爾先生風格的愛情片。我想接受他們的提議。」

「別著急。他們都是些壞人。讓費利敦去和他們談，他們的用意可能不好。」

芙頌問：「怎麼不好？」

但我沒再說什麼，心煩意亂地回到了餐桌邊。

不難想像，像穆紮菲爾先生這樣一個能幹的導演推出芙頌拍攝的一部商業劇情片，是會讓芙頌立刻紅遍整個土耳其的。坐在用煤爐取暖、令人窒息的電影院裡的人群，翹課的學生，無業遊民，愛幻想的家庭主婦和暴躁的單身男人，自然會迷戀上芙頌的美麗和人性。我情不自禁地想到，一旦芙頌成名，她對我，對費利敦都不會有好氣，也許甚至還會拋棄我們。當然我無法把芙頌想像成一個為了名利可以不顧一切、和娛樂專欄作家保持討價還價關係的人；然而，從那些去佩魯爾酒吧的人的眼神裡我明白，很多人為了讓她離開我——我用這個詞是因為我首先想到了它——會不遺餘力地去做任何事情。一旦芙頌成為明星，很遺憾，我會更加愛她，但同時我失去她的恐懼也會變得更大。

我記得，那天晚上，當我看到芙頌那憤怒的眼神時，我再次意識到，其實我那美人的心思既不在我身上，也不在她丈夫身上，她沉浸在成為電影明星的幻想裡，我為此感到擔憂，甚至是慌亂。很早我就意識到，如果芙頌和出入這些酒吧的一個製片人或是一個名演員私奔，眼睜睜地拋棄我和她丈夫，那麼我的痛苦將遠遠大於一九七五年夏天我所忍受的。

費利敦對於我們面前的這些危險知道多少？他對那些商業製片人試圖將他妻子拖進一個糟糕世界的想法也是略知一二的，但我還是一有機會就提醒他——用一種隱晦的語言——注意這些危險，我還向他暗示，一旦芙頌在那些糟糕的劇情片裡扮演角色，他將拍攝的藝術電影對我來說會毫無意義。然而半夜當我坐在父親的沙發上，獨自一人喝著拉克酒時，我會擔心是否和費利敦說了太多的話。

五月初，電影開拍之前，哈亞提去了檸檬電影公司，他說，一個小有名氣的年輕女演員被她嫉妒的情人打傷了，如果芙頌來演她的角色會很合適，這對於像芙頌這樣一個漂亮、有文化的女孩來說是一個很好的機會。十分清楚我的那些擔憂的費利敦禮貌地拒絕了他，我認為他甚至壓根沒跟芙頌提起這件事……

60 在安寧餐廳度過的海峽夜晚

我們為了讓芙頌遠離她一去佩魯爾酒吧就聚集過來的蒼蠅所做的事情，有時不會讓我們煩惱，反而會讓我們發笑，甚至開心。讀者們應該還記得那個出現在我訂婚儀式上的小報記者「白色康乃馨」吧，當我得知他準備為芙頌寫一篇「一顆新星即將誕生」的文章後，我告訴芙頌，這人不可信。隨後，像玩捉迷藏那樣我們一起迴避著他。一坐到芙頌的桌邊，頃刻間就會把心裡的愛情詩句寫到餐巾紙上，用感人的語言向她表白的詩人記者的作品，也在我的努力下，在沒讓任何一個讀者看到之前，就被佩魯爾的老服務生塔亞爾扔進了垃圾桶。我、費利敦、芙頌，當我們三人隨後單獨在一起時，我們會笑著將其中的一些故事（不是全部）講給彼此聽。

我們在佩魯爾酒吧以及類似的酒吧和酒館裡碰到的多數電影人、記者和藝術家，喝多了酒就會開始顧影自憐而哭起來，芙頌卻完全相反，她喝下兩杯拉克酒後會像個俏皮的女孩那樣，興高采烈、一派天真、嘰嘰喳喳地說個不停。有時，我也會覺得，就像夏天我們去看電影，去海峽邊吃飯時那樣，芙頌是因為她、我和她丈夫，我們三人在一起而開心的。因為厭煩了那些譏諷和傳聞，我很少去佩魯爾，如果在那裡就會監視芙頌周圍的那些人，多數時候我會說服芙頌和費利敦去海峽吃晚飯。因為我們早早離開了佩魯爾，芙頌一開始會不高興，但在路上和切廷一起聊天時她會變得那麼開心，以至於我覺得，我和他們——就像我們一九七六年夏天時做的那樣——更常一起去餐廳對我們大家都比較好。為此，我首先要說服費利敦。因為芙頌和我，我們兩個人，當然是不能像兩個情人那樣一起去任何一家餐廳的。因為讓費利敦離開他的電影人朋友會很困難，因此有一次我說服了內希貝姑媽，然後我和芙頌還有她丈夫去薩勒耶爾的烏爾江餐廳吃了竹莢魚。

一九七七年夏天，因為塔勒克先生也沒太反對，甚至很情願地加入了我們的行列，因此在凱斯金家看電視的我們——一起坐著切廷開的車——開始去海峽邊的餐廳了。因為我想讓參觀博物館的每個人用我記住的幸福來記住我們的這些出遊，因此我要來細細地說一說。小說和博物館的目的，不正是真誠地講述我們的回憶，讓我們的幸福變成別人的幸福嗎？那年夏天，在很短的時間裡，一起去海峽的一家酒館吃晚飯，成了我們的一個好習慣。在隨後的幾年裡，無論是什麼季節，我們會經常——每月一次——坐上車，像去參加婚禮那樣說笑著出發，要麼去一家海峽邊的餐廳，要麼到一家有名的大夜總會去聽塔勒克先生喜歡的老歌。別的一些時候，則會因為芙頌和我之間的緊張關係、一些不確定的東西、我們的電影始終無法拍攝等煩惱，讓我們忘記這個樂趣。然而不開心的幾個月過後，當我們又一起坐上車時，我們會發現，其實我們在一起能夠玩得很開心，其實我們已經習慣了彼此，愛上了彼此。

那時，塔拉拜雅（Tarabya）是去海峽遊玩的伊斯坦堡人最鍾愛的一個地方，那裡鱗次櫛比的酒館外面的人行道擺滿了桌子，桌旁坐滿了人，通姆巴拉小販、牡蠣小販和杏仁小販、拍完照一小時後拿來照片的攝影師、賣冰淇淋的小販、多數餐廳都有的土耳其小樂隊和民歌手不停地在桌子周圍轉來轉去（那時周圍還看不到一個遊客）。車子穿行在馬路兩邊餐廳中間的窄小街道上，托著裝滿了冷菜碟子托盤的服務生則不停地穿梭在車子和客人中間。我記得我們每次去那裡，內希貝姑媽都會驚訝於那些服務生的速度和勇氣。

我們去的是一個名叫「安寧」的不太引人注意的餐廳。去海峽的第一個晚上，因為有空位我們進了這家餐廳，塔勒克先生也很喜歡，因為他可以「遠遠地免費」欣賞從旁邊的寶石夜總會傳來的土耳其音樂和老歌。另外一次，當我說如果去寶石夜總會我們可以好好地聽老歌時，塔勒克先生立刻說：「行了，凱末爾先生，別去給那蹩腳樂隊和烏鴉嗓子的女人送錢！」但吃飯時，他更仔細，也更津津有味和憤憤不平地聽了旁邊傳來的音樂。他說歌手們的「嗓子不好、耳朵不靈」，他會高聲地糾正他們的錯誤，會在歌手之前把歌唱完以此來顯示他知道所有的歌詞，喝下三杯拉克酒後，他會帶著一種深沉和憂鬱，閉上眼睛、搖頭晃腦地跟著音樂打拍子。

當我們離開蘇庫爾庫瑪的那個家，坐車去海峽遊玩時，彷彿大家都可以稍微放下一些在家裡所扮演的角色。我非常喜歡去海峽吃飯的另外一個原因就是芙頌可以坐在我的身邊。在那些擁擠的桌子中間，誰也看不見她的手臂貼上了我的手臂，當她父親聽音樂，她母親欣賞海峽周圍搖曳的燈光、薄霧繚繞中的黑暗時，我倆會在嘈雜聲中，像兩個剛認識、剛學會歐式男女朋友關係的羞怯的年輕人那樣，小心翼翼、輕聲地談論我們的飯菜、夜晚的美麗和她父親的可愛。在父親面前抽菸總會感到不自在的芙頌，在海峽邊的餐廳裡，會像一個自食其力的歐洲女人那樣，大大方方、毫無顧忌地吞雲吐霧。我記得，我們從戴著墨鏡、粗魯的通姆巴拉小販那裡買來紙牌試了運氣，什麼也沒贏到後互相看著對方說「我們在賭場失意了」，隨後我們為此害羞，接著又感到幸福。

這不僅是從家裡出來，古典奧斯曼詩歌裡描繪的喝著葡萄酒和情人並肩坐著的幸福，也是和街上的人群在一起的幸福。當餐廳之間的窄路被車堵住時，坐在車裡的人和餐廳裡的客人之間會瞬間爆發「你不看路，看她幹什麼」，「你為什麼把菸頭扔到我身上」的爭吵。酒過三巡後，醉鬼們會開始唱歌，客人們的掌聲和喧譁聲會讓氣氛一下活躍起來。那時，如果車燈照到了奔波在各家餐廳表演「東方舞」的舞娘那綴滿金色亮片的舞衣和被陽光曬得黝黑的皮膚，汽車的喇叭就會像十一月十日[21]輪船發出的汽笛那樣，開始發自內心地響起來。隨後，在炎熱夜晚的當中，風會突然轉向，扔在碼頭和鵝卵石路面上的榛子殼、瓜子殼、玉米、西瓜皮、紙張、報紙、汽水瓶蓋、海鷗和鴿子的糞便以及塑膠袋上面的塵土會瞬間被風吹起，剎那間還能聽到從街道另一邊的樹上傳來的沙沙聲，那時，內希貝姑媽會捂著面前的盤子說：「孩子們，起風了，小心你們的飯菜！」過一會兒，風瞬間又會轉向，東北風會從黑海帶來一陣夾帶著海藻味的涼爽。

夜晚結束前，當「這飯錢為什麼那麼貴」的爭吵出現時，餐廳裡會響起一陣陣歌聲，我和芙頌的手、手臂和腿會貼得更近，甚至彼此纏繞，以至於有時我會以為自己將會幸福地暈倒。有時我開心得會喊來攝影師為我們拍照，讓吉卜賽女人給我們大家看手相。有時我會感覺彷彿第一次和她相識。在那裡，坐在芙頌的身邊，當我的手臂碰到她的手臂時，我會想自己將和她結婚；看著月光時，我會沉浸在幸福的幻想裡。那時，我會再喝一杯加了冰塊的拉克酒，隨後就像在夢裡一樣，我會帶著一種恐懼的歡愉發現那裡硬邦邦地挺了起來，但我不會因此驚慌失措，就像我們在天堂裡的祖先那樣，我會感到自己、我們進入了一種完全從罪惡和罪孽裡淨化出來的精神世界，我會任由自己沉浸在幻想、歡愉和坐在芙頌身邊的幸福裡。

我不知道，在外面，在擁擠的人群裡，在她父母的鼻子底下，我們為什麼能夠如此親近，而在蘇庫爾庫瑪的家裡卻從來不能這樣。但在那些夜晚，我明白，日後我們將能夠成為一對和諧、幸福的夫妻，用娛樂新聞的話來說「我們很速配」。甚至我倆都會在心裡感到這一點。我十分幸福地記得，當我們愉快地談天說地時，因為她說「你想嘗嘗嗎」，我用自己的叉子從她的盤子裡叉了一個黝黑的小肉丸，還有一次，依然在她的鼓勵下，我用叉子從她的盤子邊上叉起幾顆橄欖扔進了自己嘴裡，我在這裡展出那些橄欖核。另外一個晚上，我們側著身子和隔壁桌一對像我們的情侶（男人三十多歲、棕色頭髮，女孩二十歲，白皮膚，黑頭髮）

21 土耳其國父凱末爾阿塔圖爾克逝世紀念日。

友好地交談了很長時間。

那天夜裡臨走前，我碰上了從寶石夜總會出來的努爾吉汗和麥赫麥特，我們站在路邊沒提及任何老朋友，認真地討論了一番「在夜裡這個時候，海峽邊開著的冰淇淋店哪家最好」。告別時，我遠遠地指著正在上車的芙頌和她父母說，我帶親戚來海峽邊玩了。我想告訴日後去我博物館的參觀者，一九五、六〇年代，伊斯坦堡還只有少數的私人轎車，從美國或是歐洲買來轎車的富人，常常會開車帶熟人、親戚出去兜風。兒時我經常聽到母親問父親：「薩黛特女士想和丈夫和孩子們坐車出去玩玩，你要去嗎？還是我和切廷（母親有時也會說『和司機』）帶他們去？」父親則回答道：「我沒辦法，你帶他們出去吧，我很忙。」

回家的路上，我們會一起在車裡唱歌。每次唱歌都是塔勒克先生開的頭。一開始，他會哼著去回想一首老曲子和歌詞，隨後他會讓我們打開收音機去找一首老歌，或者當我們還在尋找時，他就開始唱一首剛才從寶石夜總會聽到的老歌。有時我們會從收音機裡聽到一些外國的奇怪語言，我們會瞬間安靜下來。那時，塔勒克先生會用一種神祕的語氣說「莫斯科電臺」。熱身階段過後，塔勒克先生會先開個頭，然後內希貝姑媽和芙頌加入其中。在車裡，聽著由老歌組成的一個音樂會，在海峽路邊高大的楓樹和黑暗的樹蔭下回家時，我會在前座上朝他們轉過身，努力跟著他們唱居爾泰金．切奇的《老朋友》，儘管我因為不知道全部的歌詞而害羞。

無論是在車裡一起唱歌，還是在海峽邊的餐廳裡有說有笑地吃飯，其實我們當中最開心的是芙頌。儘管如此，能夠出門的那些夜晚，芙頌還是喜歡和佩魯爾酒吧裡的電影人待在一起。因此，為了一起去海峽邊吃飯，我會先去說服內希貝姑媽，因為內希貝姑媽從不願意放過讓芙頌和我待在一起的機會。另外一條途徑就是勸說費利敦。因此，有天晚上，我們把費利敦無法離開的攝影朋友雅尼也帶去了。費利敦利用檸檬電影公司的條件在和雅尼一起拍廣告片，我也不去干涉他們，我贊成他們去賺錢。有時我會問自己，如果有一天費利敦賺了錢，帶著妻子離開丈母娘和老丈人搬出去住，我要怎麼見到芙頌。我害羞地感到，有時我也是為此想和費利敦友好相處的。

那天晚上塔勒克先生和內希貝姑媽沒去，我們在塔拉拜雅既沒聽旁邊的夜總會裡傳來的歌聲，也沒能在回家的路上一起唱歌。芙頌坐到丈夫身邊，一直在說電影界裡的傳聞。

因為那天夜裡我不開心了，所以在另外一個晚上，當我和費利敦還有芙頌從佩魯爾酒吧出來時，我對費利敦另外一個想和我們一起去的朋友說，車上沒位子了，因為待會兒我們要接芙頌的父母去海峽邊。大概我說話時有點粗暴，因為我看見那個寬額頭的人驚訝甚至是憤怒地瞪大了深綠色的眼睛，但我沒在意。隨後，我們去蘇庫爾庫瑪，在芙頌的協助下，騙內希貝姑媽和塔勒克先生又和我們一起去了塔拉拜雅的安寧餐廳。

我記得，坐下開始喝酒後不久，我感到了不安，從芙頌那拘束、緊張的神態裡，瞬間我想到自己沒能從流淌的夜色裡得到樂趣。為了能夠找到讓我們開心的通姆巴拉小販和賣新鮮核桃的小販，我轉身朝後面看了一眼，我在兩張桌子的後面，看見了有同樣一對深綠色眼睛的男人。他和一個朋友坐在後面的一張桌子，正在看著我們喝酒。費利敦發現我看見了他們。

我說：「你的朋友坐上車，跟來了。」

費利敦說：「塔希爾．湯不是我的朋友。」

「離開佩魯爾時，在門口想跟我們一起來的人不是他嗎？」

「是的，但他不是我的朋友。他是模特兒，拍一些寫真書，演一些暴力、武打片。我不喜歡他。」

「他們為什麼跟著我們？」

一時間，我們都沉默了。坐在費利敦身邊的芙頌也聽到了我們的對話，她緊張起來。塔勒克先生在聽音樂，但內希貝姑媽在聽我們講話。沒過多久，我從芙頌和費利敦的眼神裡明白，那人在朝我們走來，我轉過身去。

「對不起，凱末爾先生，」塔希爾．湯對我說：「我的目的不是來打擾你們。我想和芙頌的父母談談。」

他的臉上出現了一個在一場軍官的婚禮上邀請一個喜歡的女孩跳舞之前，徵求女孩父母同意的文雅、英俊小夥子的表情，就像報紙上那些關於禮儀和禮貌專欄上寫的那樣。

他靠近塔勒克先生說：「對不起，先生，我想和您說件事。芙頌的電影……」

內希貝姑媽說：「塔勒克，這人在跟你說話呢。」

「我也跟您說。您是芙頌的母親吧？您是她的父親。你們聽說了嗎？土耳其電影界的兩位重要製片人穆紮菲爾先生和哈亞提先生，邀請你們的女兒演出重要角色。但聽說因為電影裡有接吻鏡頭，你們拒絕了。」

費利敦冷靜地說：「沒這回事。」

像往常一樣，塔拉拜雅的噪音很大。塔勒克先生要麼是真沒聽見，要麼就是裝做沒聽見，就像在這種情況下很多土耳其父親所做的那樣。

塔希爾．湯用一種流氓的語氣說：「什麼沒這回事？」

我們全都明白，他喝多了，想鬧事。

「塔希爾先生，」費利敦小心翼翼地說：「今晚我們一家人來這裡坐坐，我們壓根不想說電影的事情。」

「但我想說……芙頌女士，您為什麼要害怕？您快告訴他們，您想演電影。」

芙頌迴避他的目光，鎮定地抽著菸。我和費利敦同時站了起來。我們和那人走到桌子中間。其他桌的客人都把頭扭向我們。我們一定是擺出了土耳其男人打架前擺出的、讓人想起公雞打架的動作以及流氓的架勢，因為不想錯過打架場面的好奇觀眾、想看熱鬧的醉鬼們在向我們靠近。塔希爾的朋友也起身走了過來。一個熟知酒館鬥毆的老經驗服務生立刻走過來說：「好了，先生們，別聚在一起，快散開吧。大家都喝了酒，發生一點摩擦是正常的。凱末爾先生，我們在你們的桌上放了一盤煎牡蠣，還有一盤鯖魚。」

我要對幾百年後來參觀我們博物館的未來的幸福人們說，那時土耳其男人會用一個微不足道的藉口，在任何地方，任何情況下大打出手，比如茶館，在醫院排隊時，交通堵塞時，足球賽上。懼怕打架而退縮被認為是最大的恥辱。希望他們別誤解我們。

塔希爾的朋友從後面走過來，把手放到了他的肩上，擺出一副「你是紳士」的樣子把他拽走了。費利敦也抓住我的肩膀，用「一點也不值得」的表情讓我坐了下來。因為他這麼做了，我要感激他。

夜色中，當一艘輪船的探照燈在隨著東北風起伏的波浪上晃動時，芙頌仍然在抽菸，就像什麼也沒發生過一樣。我盯著她的眼睛看了很久，她也絲毫不逃避我的目光。當她用一種幾乎是挑釁的驕傲眼神看著我時，瞬間我感到，最近兩年他們經歷的事情、他們對生活的期待，遠比這個喝醉的演員製造的小麻煩要大得多，也危險得多。

後來，塔勒克先生神情凝重地搖著頭，也晃著手上的拉克酒杯，和著從珍寶夜總會傳來的歌聲，唱起了塞拉哈廷．皮納爾的《我怎麼愛上了那個殘忍的女人》，我們知道分享歌曲的憂傷會很好，於是也跟著一起唱了起來。過了很久，半夜，在回家的路上，當我們在車上一起唱歌時，我們彷彿完全忘記了前面發生的事情。

61 看

而事實上我根本沒忘記芙頌的背叛。很顯然塔希爾．湯在佩魯爾看著看著愛上了芙頌，是他要哈亞提和穆紮菲爾先生邀請她去演電影的。或者更合理的解釋是，哈亞提和穆紮菲爾先生因為看到了塔希爾．湯對芙頌的好感，於是向她提出了邀請。塔希爾．湯走開後，芙頌的樣子就像一隻打翻了牛奶的小貓，從中我明白至少她給了他們希望。

一九七七年夏天，自從在安寧餐廳發生了那件事情後，芙頌不再被允許去貝伊奧魯電影人出入的場所，特別是佩魯爾，這是我在事後第一次去凱斯金家時，從芙頌氣惱和憤怒的眼神裡感覺到的。後來，在檸檬電影公司見面時，費利敦告訴我，內希貝姑媽和塔勒克先生事後很慌亂，這陣子芙頌想去佩魯爾很難，即使和鄰居朋友見面也有限制，出門前，她必須像未婚女孩那樣得到母親的批准。我記得，這些沒有維持太久的強硬措施讓芙頌很難過。為了安慰芙頌，費利敦會用一些誇大的言辭說自己也不會去佩魯爾了。我和費利敦都很清楚，我們應該盡快開拍費利敦的藝術電影，只有這樣才能讓芙頌開心。

然而，劇本還沒修改到可以讓審查委員通過的程度，同時我還感到費利敦也無法在短時間裡做到這點。從我們在後面房間的談話裡我明白，芙頌也十分清楚並且痛苦地感到了這點，我為此很傷心。因為我不喜歡聽芙頌的憤怒質問，也不願意看見她據理力爭的樣子，所以我很少問她「畫畫得怎麼樣了」。只有在我知道芙頌那天很高興，我們在後面房間會真的談論圖畫時，才會問她這個問題。

多數時候，我見她都不開心，因此從不問「海鷗畫得怎麼樣了」，我可以從眼神裡感覺到她的憤怒。當我深切地感到她在用眼神和我交流時，芙頌也會用一種更加特殊的眼神來看我。即便我們去後面房間三、五分鐘，夜晚的絕大多數時間都會在對視中，在給它們賦予含義中過去。蘇庫爾庫瑪的晚餐上，多數時候，我會試圖從芙頌的眼神裡解讀她對我、對自己人生的看法和她的情感。曾經我鄙視用眼神來交流的方式，但在短時間裡我很快成了這方面的專家。

年輕時，當我和朋友們去一家電影院，或是一起坐在餐廳，抑或是坐船去島上春遊時，總會有人說：「先生們，那邊的幾個女孩在看我們！」我們的一些朋友會因此興奮起來，而我向來是對此抱有懷疑態度的。因為其實在人多的地方，女孩們很少會去看周圍的男人，即使看了，一旦她們的目光和男人的相遇，她們會像撞見一團火那樣，立刻恐懼地移開視線，不會再朝那個方向看一眼。在我剛開始去凱斯金家的頭幾個月裡，當大家一起坐在餐桌邊看電視時，一旦我們的目光在不經意間相遇，芙頌就會像這樣，像撞見一團火那樣逃避我的目光。我認為這是一個土耳其女孩在街上碰到一個陌生人時做出的舉動，我一點也不喜歡。但後來，我開始想，芙頌是為了挑逗我才這麼做的。我開始懂得對視的藝術。

以前，無論是在伊斯坦堡的街道上，還是在商店、市場裡，也不管她們是否包著頭巾，我很少看見女人看男人——即便是在貝伊奧魯——就更別說女人和別的男人對視了。但另一方面，除了那些依媒妁之言結婚的人，我也聽到過很多彼此看見後結識、隨後結婚的人說「我們是一見鍾情的」。儘管他們是依媒妁之言結婚的，但母親甚至也宣稱，她和父親是在阿塔圖爾克也去了的一個舞會上遠遠看到彼此而喜歡上的，他們什麼話也沒說，是一見鍾情。父親儘管從來沒讓母親難堪，但有一次他告訴我，他們是和阿塔圖爾克去了同一場舞會，但很可惜，那晚他根本沒看見穿著時尚、戴著白手套的十六歲的母親，他根本不記得有那麼一回事。

在像我們這樣一個女人和男人在家庭之外根本無法結識、見面的社會裡，目光對視的意義——也許是因為我在美國度過了一段青年時光——我是在三十歲後，因為芙頌才明白的……但我非常清楚我明白的這樣東西的價值，我也一直在內心深處感到了它的深刻含義。芙頌總是像古代伊朗細密畫裡的女人，或是當時的寫真書和電影畫面裡的女人那樣看我。在餐桌邊坐在她的斜對面，我的任務不是去看無聊的電視，而是去解讀我的美人的眼神。但過了一段時間後，也許是因為她發現了我的這個樂趣並想懲罰我，因此當我們的目光相遇時，芙頌會像害羞的女孩那樣開始瞬間移開她的目光。

我想，她不願意在家庭餐桌邊回憶或是想起我們在一起經歷的事情，另外還在因為我們沒能讓她成為電影明星而生氣，剛開始我會認同她。但一段時間過後，和我的眼神接觸她都如此逃避，在我們那些幸福的性愛後，她做得像個羞澀的處女和一個壓根不認識的陌生男人對視那樣，開始讓我憤怒。沒有人會來管我們，也就是當大家在吃飯，或是茫然地看著電視時，抑或是完全相反，當我們被感人的連續劇裡分手的畫面感動得熱淚盈眶時，不經意間的對視，會讓我非常幸福，我會欣喜地明白，那夜我去那裡是為了那眼神的交會。但芙頌卻逃避我的目光，彷彿根本沒感到眼神交會時的幸福，這讓我心碎。

難道她不知道我是因為無法忘記我們曾經擁有的幸福才去那裡的嗎？帶著這樣的想法，隨後我會感到她從我的眼神裡明白了我對她的怨恨。或者大概這只是我的幻想。

感覺和幻想開啟的這個曖昧世界，成了我在芙頌的幫助下慢慢學習對視藝術的微妙時得到的第二大發現。對視，當然就是不說話，只用眼神來向對方傾訴的一條途徑。然而，無論是被傾訴的東西，還是被理解的東西，其實都帶著一種讓我們喜歡的深刻的曖昧。我無法完全明白芙頌用眼神表達的東西是什麼，一段時間以後，我明白被表達的東西其實就是眼神本身。剛開始時，即便很少，我會從芙頌那瞬間變得凝重、充滿表情的眼神裡感到她的憤怒、決心和靈魂深處的風暴，瞬間我的腦子會一片混亂，在她面前我彷彿會退縮。隨後，當電視裡出現了一個勾起我們幸福回憶的畫面，比如像我們那樣接吻的一對情侶出現在電視上，我想看到她的眼睛時，她卻會毫不妥協地避開我的目光，甚至索性轉過身去，這會讓我造反。就是在那時我養成了目不轉睛、執意盯著她看的習慣。

我會直視著她的眼睛，長久、專注地看著她。當然，在家庭餐桌邊，我的這種注視多數時候不會超過十到十二秒，最長、最大膽的會達到半分鐘。未來現代、自由的人們有理由認為，我在這段時間裡所做的事情是一種「騷擾」。因為我那執意的目光，我把芙頌想隱藏，甚至是想忘記的我們以往共同的祕密、我們的愛情搬到家庭餐桌上了。當然喝酒或是我的醉意不能成為一個藉口。但如果連這都不能做的話，我大概會發瘋，也無法在自己身上找到去凱斯金家的力量了。

多數晚上，當芙頌從我們的第一次對視、我那放肆的堅持裡明白，我處在這樣憤怒和癡迷的一個夜晚，我將會不斷去看她時，她不會驚慌失措。就像把無視男人們那騷擾、讓人不安的眼神變成一種本事的所有土耳其女人那樣，她會坐在我的對面不再看我一眼。那時我會像瘋子那樣，對她更生氣，更直勾勾地看著她。著名專欄作家傑拉爾．薩利克在《國民》報的專欄上警告過城市街道上那些憤怒的男人們，很多次他在文章中寫道：「看見一個漂亮女人時，別像要吃掉她那樣兩眼直勾勾地盯著她看。」芙頌因為我的目光，把我看做傑拉爾．薩利克筆下的那種男人，會把我激怒。

茜貝爾以前經常跟我說，那些從小城市來到伊斯坦堡的男人，看見一個沒戴頭巾、化了妝、抹了口紅的漂亮女人，就會仰慕地，直愣愣地看個不停，這種行為對於女人來說就是一種騷擾。就像在城市裡經常發生的那樣，這類男人中的一些，隨後會跟蹤被他們看了很久的女人，有的會用騷擾者的姿態表明他們的存在，有的則像幽靈那樣無聲無息，遠遠地跟著女人幾個小時，甚至是幾天。

一九七七年十月的一個夜晚，塔勒克先生「因為身體不適」早早上樓睡覺去了。芙頌和內希貝姑媽在甜蜜地交談著，而我則在若有所思地——我自認如此——看著她們，突然我和芙頌的目光相遇了。就像那些天我經常做的那樣，我狠狠地看了她一眼。

芙頌說：「別那樣！」

剎那間我驚呆了。芙頌惟妙惟肖地模仿了我的眼神。一開始因為害羞我沒能接受當時的窘境。

我嘟囔道：「你什麼意思？」

「我的意思是你別這麼看。」說著芙頌更加誇張地模仿了我的眼神。因為她的這個模仿，我明白自己也像寫真書裡的模特兒那樣在看她。

就連內希貝姑媽都忍不住笑了。隨後看到我的樣子她害怕了。她說：「我的女兒，別像小孩那樣去模仿所有人，所有東西。你已經不是小孩了。」

我鼓起全身的力氣說：「不，內希貝姑媽，我很理解芙頌。」

我真的理解芙頌嗎？當然重要的是理解我們所愛的人。如果我們做不到這點，至少以為我們理解了也是一件好事。我承認，即便是以為理解給予的滿足感，在八年時間裡我也很少體會到。

我感覺自己快要陷入無法從沙發上站起來的危機了。我使出全身的力氣站起來，嘟囔著時間不早了就離開了那裡。回到家，想著自己將永遠不再去凱斯金家，我一直喝到爛醉。母親在旁邊的房間裡痛苦呻吟般地，卻又是十分健康地打著呼嚕。

就像讀者猜到的那樣，我又生氣了，但沒持續太久。十天後，我又若無其事地敲響了凱斯金家的門。一走進他們家，一和芙頌的目光相遇，我就從她眼中的光芒明白，看見我她很開心。在同一個時刻，我也變成了世上最幸福的人。然後我們還是坐到餐桌邊，繼續對看起來。

隨著時間的流逝，我從坐在凱斯金家的餐桌邊，一邊看電視，一邊和塔勒克先生和內希貝姑媽的聊天——多數時候芙頌也在旁邊加入我們的談話——得到了從未嘗過的樂趣。對此我也可以說，我為自己找到了一個新家庭。那些夜晚不僅僅是因為和芙頌面對面坐著，也因為加入了凱斯金家的交談，我會沉浸在一種輕鬆、樂觀的情緒裡，彷彿忘記了去那裡的原因。

當我沉浸在這樣的情緒裡時，在夜晚一個平常的時刻，當我和芙頌的目光不經意相遇時，剎那間我彷彿會重新想起那個晚上讓我去那裡的真正原因，那就是我對芙頌無盡的愛，瞬間我會像是從夢中醒來那樣振奮和興奮不已。在那些時刻，我希望芙頌也能感到同樣的興奮。剎那間如果她也能像我這樣從這純真的夢境中醒來，她就會想起我們曾經一起體會過的那更深刻、更真實的世界，就會在不久的將來離開丈夫和我結婚。但我沒能在芙頌的眼神裡看到這樣的一個「想起」、一個「覺醒」，我只感到了一種結果是無法起身告辭的心碎。

在電影的事情始終沒有結果的那段時間裡，芙頌表現得好像記得我們曾經擁有過的幸福，但卻幾乎不看我一眼。她的眼神會變得很茫然，好像對電視節目很感興趣那樣盯著電視，或是對某個鄰居的傳聞很感興趣那樣聽人講話，她做出一副彷彿人生的意義和目的就是坐在父母的餐桌邊聊天說笑的樣子。那時，瞬間我會陷入一種極度空虛和一切毫無意義的失落感裡，彷彿我和芙頌根本不可能有未來，她也根本不可能離開丈夫和我在一起。

多年後，我把芙頌那幾個月裡氣惱的眼神和其他那些有意義的眼神，比做土耳其電影裡那些女演員的眼神。但這裡沒有任何模仿，像土耳其電影裡的女主人公那樣，芙頌在她父母和男人們身邊也無法傾訴自己的煩惱，她只能用眼神來表達她的憤怒、願望和情感。

62 為了打發時間

固定去見芙頌讓我的工作也上了正軌。因為晚上睡得好，每天上午我很早就去辦公室（哈爾比耶那棟樓的側牆上英格還在笑吟吟地喝著梅爾泰姆汽水，但據紮伊姆說，廣告對汽水的銷售已沒太多幫助了）。因為腦子不再被芙頌盤據，因此我不但能夠專心工作，還能發現別人設下的圈套，做出應對的決定。

奧斯曼委託肯南管理的泰克亞伊，就像預料的那樣，很快成為沙特沙特的競爭對手。但這不是由於肯南和哥哥的成功管理，而是因為每次想到他的野馬轎車、工廠和他對芙頌的愛都會讓我憂傷的紡織品商人圖爾蓋先生——不知為什麼我已經一點也不嫉妒他了——把他自己一部分產品的銷售留給了泰克亞伊。圖爾蓋先生用他一貫的優雅似乎已經忘記了沒被邀請去訂婚儀式的事情，現在和奧斯曼還開始了家庭間的往來。冬天他們一起去烏魯達山滑雪，一起去巴黎、倫敦購物，還訂閱了相同的旅遊雜誌。

我對日益壯大的泰克亞伊的侵略性感到驚訝，但也無計可施。肯南毫無顧忌地用高薪把幾個新近被我招進公司、雄心勃勃的管理者（當中兩個中年主管因為他們的勤奮和誠實多年來一直是沙特沙特的中流砥柱）挖去了他的公司。

有幾次吃晚飯時，我對母親抱怨哥哥對我的欺詐和他為了賺錢針對父親創建的沙特沙特所做的那些事情。但母親以「別讓我介入你們的事情」為由，沒有幫我。我認為因為奧斯曼的灌輸，母親從我離開茜貝爾的事情上，私生活中那些神祕的怪異上，以及我以為她對我去凱斯金家的事情略有所聞上得出了一個結論，那就是我無法好好地管理父親留下的公司。

在這兩年半時間裡，我對凱斯金家的造訪、我和芙頌的對視、我們的晚飯和交談、冬夜也會開車去海峽邊的遊玩，所有這一切彷彿都達到了一種時間以外的平凡（和美麗），一種總是在重複彼此的連貫。我們始終無法開始費利敦的藝術電影，但我們一直在準備，就像過幾個月即可開拍。

芙頌要麼是已經明白，藝術電影還需時日，商業片則會把她一人獨自留在危險的街道上，要麼是做出一副明白的樣子。因為她用眼神向外宣洩的憤怒還沒有完全消失。有些晚上，當我們的目光在家裡的餐桌上交會時，她不再像一個羞澀的女孩那樣逃避我的目光，而會用一種讓我想起自己所有缺點的憤怒直視我的雙眼。那時，我會因為她釋放了內心的憤怒而憂傷，但同時我也會感到幸福，因為我明白她感到和我更親近了。

晚飯結束前，我又開始問她：「芙頌，畫畫得怎麼樣了？」費利敦在家時我也這麼問。自從安寧餐廳那晚後，費利敦晚上也更少出去了，他在家和我們一起吃晚飯。反正電影業也不景氣。我記得，有一次我們三人起身離開餐桌，去後面房間看了很久芙頌那陣子正在畫的鴿子。

我耳語般地說：「芙頌，我很喜歡你這麼慢慢地耐心畫畫。」

費利敦用同樣耳語的聲音說：「我也是這麼說的。讓她開個畫展！但她不好意思……」

芙頌說：「我畫畫只是為了打發時間。最難畫的是鴿子頭上那些羽毛的光澤。你們看見了嗎？」

我說：「是的，我們看見了。」

一陣沉默。我認為費利敦那天晚上是因為要看《體育時間》才留在家裡的，因為一聽到電視裡傳來的進球聲，他就跑出去了。我和芙頌什麼話也沒說。我的真主，和她一起靜靜地看她畫的畫，給了我莫大的幸福。

「芙頌，我希望有一天能和你一起去巴黎，看那裡的畫，參觀所有的博物館。」

這句大膽的話，是一種可以導致板臉、皺眉，甚至是不說話和生氣懲罰的罪過，但芙頌很自然地接受了。

「我也想去，凱末爾。」

像很多孩子那樣，我也在上學時對圖畫產生了濃厚的興趣，國、高中時，有段時間我在邁哈邁特大樓的套房裡「自學」畫畫，夢想日後要成為一名畫家。那時，我懷著有一天去巴黎看畫的童稚夢想。一九五、六〇年代初，土耳其既沒有一個展示畫作的博物館，也沒有那些可以帶著天真的樂趣翻看的圖畫和複製品書籍。但我和芙頌對繪畫藝術的發展一點不感興趣，讓我們開心的是把黑白照片上的鳥放大著色的樂趣。

我在凱斯金家越來越常嘗到這種天真幸福的奇怪樂趣，隨著這種樂趣的日益增加，他們家之外的世界，伊斯坦堡的街道對我來說就變得更加無聊了。和芙頌一起去看她畫的畫，跟蹤畫上的細微進展，每星期一次，甚至兩次在後面房間輕聲談論接下來她要畫哪種鳥，是斑鳩、老鷹，還是海鷗，會讓我感到異常幸福。

但是，在這裡僅用「幸福」這個詞是不夠的。我要用另外一種形式來訴說我在那間後屋體會到的詩意，那三、五分鐘給予我的深切滿足感：這是一種時間停止、一切將永不改變的情感。伴隨著這種情感的是一種被保護、持久和在家的愉悅。另外還有一種關於世界是簡單和美好的信念，這種信念讓我的心靈得以放鬆，如果用更誇張的辭藻來說，那就是一種世界觀。這種安寧的感覺，當然來自芙頌優雅的美麗和我對她的愛情。在後面房間能夠和她交談三、五分鐘，本身就是一種幸福。但這種幸福，也來自於我們身處的場所——那個房間。如果我可以在富爺大廳和她一起吃飯，我也會很幸福，但那會是另外一種幸福。和地點、場所、精神狀態有關的這種深切安寧，會和我在周圍看見的那些東西，芙頌慢慢畫著的畫、地上鋪的地毯的磚紅色、布塊、鈕釦、舊報紙、塔勒克先生的老花眼鏡、菸灰缸和內希貝姑媽織毛衣的工具一起，混合在我的腦海裡。我會深深地吸一口房間裡的空氣，出去前拿起一個小東西塞進口袋，隨後在邁哈邁特大樓的房間裡，就由頂針、扣子或是線團來回味一切，延長我的幸福。

每次吃完晚飯，內希貝姑媽把鍋子、盤子收進廚房，把剩菜放進冰箱後（博物館參觀者一定要好好看看凱斯金家的冰箱，因為我一直覺得這個冰箱很神奇），會去後面房間拿她那個織毛衣用的又大又舊的塑膠袋，或者會讓芙頌去拿。因為這剛好也是我們去後面房間的時間，她會對芙頌說：「女兒，順便帶我的毛線袋過來！」因為她喜歡一邊看電視一邊織毛衣、聊天。儘管內希貝姑媽不反對我們單獨待在後面房間，但我認為因為她懼怕塔勒克先生，所以為了不讓我們待得太久，她會進來說：「我來拿毛線袋，《秋風》就要開始了，你們不來看嗎？」

我們會去看的。八年時間裡，我在芙頌他們家一定看了上百部的電影和連續劇。儘管我能夠十分清晰地記住和芙頌、他們家有關的各種小細節，即便是最荒唐的東西，但我很快就會完全忘記這些電影、連續劇、節日裡的那些政論節目（「伊斯坦堡的攻克在世界歷史上的地位」、「突厥主義是什麼又應該是什麼」、「我們如何更了解阿塔圖爾克」……）和其他各式各樣的節目。

我們在電視上看到的那些東西，一段時間過後，我多半只能記得它們中的某些時刻（這是時間理論家亞里斯多德喜歡的一樣東西）。這個「時刻」會和一個畫面結合在一起並永遠留在我的記憶裡。我腦海裡那些難忘畫面中的一半是電視上的圖像，或者只是那個圖像的一個部分。比如，電影裡一個跑上樓梯的美國偵探的鞋子和褲管；攝影師不想拍，卻不知為什麼被拍進畫面裡的一根煙囪；一個接吻畫面上（餐桌邊的我們會變得很安靜）女人的頭髮和耳朵；在上千個看足球比賽、留著小鬍子的男人中間，一個依偎在父親懷裡的小女孩（大概是家裡沒有別人）；坎迪爾之夜[22]跪拜在清真寺的人群中一隻穿著襪子的腳；土耳其電影背景裡一艘從海面上開過去的輪船；壞人吃的辣椒鑲肉的罐頭盒子。這些東西在我腦海裡會和我斜眼看見的，當時正在看著那個畫面的芙頌臉上的一個細節或她的某個動作連在一起，比如她的嘴角、挑起的眉毛、她握著手的樣子、她不經意地將手上的叉子放到盤子邊上的樣子、她皺著眉頭不耐煩地熄掉香菸的樣子。有時這些畫面就像我們後來想起的夢境那樣，會時常出現在我的腦海裡。為了能在純真博物館展出這些由疑問和圖畫構成的幻想，我跟畫家們說了很多次，但我始終沒能為自己的那些疑問找到一個完整的答案。芙頌看到那一幕為什麼會那麼激動？是什麼讓她那麼投入劇情？我很想問她這些問題，但凱斯金一家人看完電影後的交談，更多是和電影的道德結論有關的，而不是電影對他們的影響。

比如，內希貝姑媽會說：「可恥的傢伙終於得到了懲罰，但我還是可憐那個孩子。」

塔勒克先生會說：「行了，他們壓根就把孩子給忘了。這些傢伙一心只想著錢。芙頌去把電視關掉。」這些傢伙——電影裡的奇怪歐洲男人，持槍美國歹徒，那個怪異和可恥的家庭，甚至是拍出這部電影的編劇和導演——隨著芙頌按下按鈕，會瞬間進入一個永久的黑洞——就像從浴缸的下水口流出的髒水那樣——消失在螢幕裡。

電視一關掉，塔勒克先生馬上會說：「啊！這下可好，我們終於擺脫它們了！」它們，是指電視裡的國片或是外國片、公開論壇，也可能是知識競賽節目裡自以為是的主持人和愚蠢的選手！這話會增加我內心的安寧，我會感到似乎他們也發現了我在這裡和他們待在一起是一件最重要的事情。那時，我會想待得更久，我明白，自己那麼想不僅僅是因為和芙頌待在同一個房間，坐在同一張餐桌邊的樂趣，也是因為和凱斯金一家人同處在這個家、這棟樓裡的深切情感。那裡，是一個博物館參觀者像在時光裡流連那樣漫步的神奇地方。我希望博物館參觀者們特別記住，我對芙頌的愛，慢慢地蔓延到了她的整個世界，和她有關的一切，她所有的時刻和物件。

看電視時我感到的那種時間以外的情感，這種把我在八年裡對凱斯金家的造訪和我對芙頌的愛情變為可能的深切安寧，唯一會在看新聞時被破壞。因為國家正在被拖向一場內戰。

一九七八年，夜裡在這個區域也會有炸彈爆炸了。通往托普哈內和卡拉柯伊（Karaköy）方向的那些街道處在民族主義者和理想主義者的控制之下，據說很多犯罪計畫都是在這兒的茶館裡誕生的。沿著蘇庫爾庫瑪大道往上，通向吉汗基爾的那些蜿蜒曲折的小街上則居住著庫爾德人、阿拉維派教徒、親近各種左翼派系

---

22 伊斯蘭教曆中五大神聖夜晚，在那些夜晚清真寺的宣禮塔會被全部點亮。

的小公務員、工人和學生。他們也喜歡使用武器。有時，這兩派為了一條街道、一個茶館、一個小廣場的統治權，會發生武裝衝突；有時，隨著情報機關和國家指派的炸彈客放置的一枚炸彈的爆炸，雙方會發生激戰。多數時候切廷會處在雙方的戰火之中，不知該把雪佛蘭停在哪裡，在哪家茶館門口等我，他在這段時間裡受了很多罪。然而有幾次當我說晚上可以自己去凱斯金家時，他卻堅決反對。我離開凱斯金家時，蘇庫爾庫瑪、托普哈內和吉汗基爾的街道還都不會空下來。甚至在我們開車回家時，還會看見那些掛海報、貼告示或是往牆上寫口號的人，我們會恐懼地互相看上幾眼。

因為晚上的新聞總在報導爆炸、殺戮和屠殺的事情，因此凱斯金他們一方面會因為在家而感到安寧，但另一方面卻會為未來陷入不安。因為所有新聞都糟糕得讓人難以忍受，因此那段時間，相對於新聞來說，我們更喜歡談論報新聞的漂亮主播阿伊塔奇．卡爾杜茲的姿勢和面部表情。和西方那些看起來輕鬆自在的女主播相反，阿伊塔奇．卡爾杜茲不但很拘謹，還從來不笑，她總是像一根蠟燭那樣一動不動地快速念著紙上的新聞。

塔勒克先生會不時地說：「停一停，孩子，喘口氣，你會給憋死的。」

儘管這句玩笑話也許已經說過上百次，但我們依然會笑，就像第一次聽到那樣，因為很守紀律、很喜歡自己的工作、很害怕讀錯的女主播，有時不念完一句話就不會停下來喘口氣；句子一長，為了不憋死就會越讀越快；那時她的臉就會紅起來。

塔勒克先生說：「唉，她的臉又紅起來了。」

內希貝姑媽說：「孩子，稍微停一停，至少吞口口水……」

阿伊塔奇．卡爾杜茲好像聽到了內希貝姑媽說的話，瞬間會從紙上抬起眼睛，朝坐在餐桌上半焦急、半高興的我們看一眼，同時，就像剛剛動過割除扁桃腺的手術似的，費勁地吞一口口水。

內希貝姑媽說：「孩子，你真棒！」

貓王在他位於孟菲斯的豪宅中去世了，紅軍旅劫持並殺害了義大利前總理阿爾多．莫羅，記者傑拉爾．薩利克在尼相塔什的阿拉丁小店前和他妹妹一起被槍殺了，這些消息我們都是從這位女主播口中得知的。

看電視時，凱斯金一家人就是用這種方式在世界和他們之間設下一段讓我感覺很安寧的距離，他們設下距離的另外一條途經則是，把螢幕上出現的那些人比做我們周圍的人，並在吃飯時爭論這種比喻有多恰當。我和芙頌也會真誠地加入這些爭論。

我記得，一九七九年底，當我們在看蘇聯占領阿富汗的那些畫面時，我們花很長時間爭論阿富汗新總統巴布拉克．卡爾邁勒是不是很像一個在附近麵包店工作的人。話題是內希貝姑媽打開的，她和塔勒克先生一樣喜歡這樣的比較。一開始，我們誰也沒能明白她說的是麵包店裡的哪個人。因為有些晚上，我會讓切廷在麵包店前停車，然後跑去買新鮮的熱麵包，所以我對在麵包房工作的那些庫爾德人的面孔還是有些熟悉的，因此我完全贊同內希貝姑媽的觀點。而芙頌和塔勒克先生卻執意說，收錢的那人一點也不像阿富汗新總統。

有時，我覺得芙頌完全是為了和我作對才持相反意見的。比如我說——就像我們這裡的帕夏一樣——在體育場的貴賓席上觀看閱兵時被殺害的埃及總統安瓦爾．薩達特，幾乎和那個在蘇庫爾庫瑪大道和博阿茲凱山大道角落上賣報的人長得一模一樣，芙頌卻說一點也不像。因為薩達特被害的消息在電視上出現了好幾天，因此我和芙頌之間的這場爭論，變成一種我一點也不喜歡的神經質的激戰。

如果一個比喻在凱斯金家的餐桌上被廣泛接受，那麼談起螢幕上的重要人物時，比如安瓦爾．薩達特，就會把他說成是雜貨店的巴赫里。在我去凱斯金家吃晚飯的第五年，我們把做被子的納齊夫比做法國性格演員尚．嘉賓（我們看過很多他的電影）；把樓下和母親住在一起的阿伊拉比做晚上在電視上報氣象的膽怯播報員；把去世的拉赫米比做每晚在電視上宣讀強硬聲明的政黨主席；把電工埃菲比做星期天晚上講一週賽事的著名體育記者；把切廷（特別是因為他的眉毛）比做美國的新總統雷根。

當這些著名的人物出現在螢幕上時，我們都會在心裡產生一種開玩笑的欲望。內希貝姑媽會說：「快來，孩子們，快看巴赫里的美國老婆，多漂亮！」

有時，我們會努力琢磨螢幕上的一個名人像誰。比如，對於努力為巴勒斯坦的衝突尋求解決方案、我們經常在電視上看到的聯合國祕書長庫爾特·瓦爾德海姆，內希貝姑媽會問：「你們看，這個人像誰？」在我們為這個問題尋找答案時，餐桌上會一陣沉默。這種沉默在螢幕上的那個名人消失，新的新聞、廣告或別的畫面出現後也會持續下去。

就在這個時候，突然間，我會聽到從托普哈內、卡拉柯伊方向傳來的輪船汽笛聲，我會想起城市的喧譁和人群，當我想像著輪船靠岸的畫面時，我會不情願地發現，自己竟然深深地融入了凱斯金家的生活，我在這張餐桌邊竟然度過了那麼多時間，在汽笛聲中我竟然一點沒發現歲月的流逝。

63 娛樂專欄

國家正在被拖向一場內戰，爆炸的炸彈，街上的衝突，不僅讓晚上去看電影的人減少了很多，也讓電影工業受到了衝擊。但佩魯爾酒吧和其他電影人聚集的場所還是像往常那樣萬頭攢動，但因為晚上沒人上街了，所有人都在為能夠在廣告或是每天都在拍新片的色情片和武打片裡軋上一角而掙扎。因為大製片人不再投資兩年前我們在露天電影院觀看的那類電影，所以我感覺在佩魯爾的那些電影人中間，作為給電影投資、資助檸檬電影公司的富有電影愛好者，我的重要性凸顯了出來。一天傍晚，在費利敦的堅持下我又去了很久未去的佩魯爾酒吧，在那裡我看到了比以往更多的人，隨後我從那些喝醉的人那裡得知，失業給電影人酒吧帶來了好處，因為「整個綠松塢都在喝酒」。

那天夜裡我也和那些不幸的電影人一起喝到天亮。我記得，那夜我和在安寧餐廳對芙頌表示好感的塔希爾·湯也愉快地聊了天。我和年輕、可愛的帕派特亞也是在那夜，用她的話來說「成為朋友」的。幾年前在家庭題材的電影裡，扮演賣麵包圈照顧失明母親，或是含淚忍受繼母折磨的無辜小女孩的帕派特亞，現在像所有人那樣，因為夢想的無法實現、失業和幫國產色情片配音而抱怨，為了能讓費利敦也感興趣的一個劇本拍成電影，她需要我的幫助。我模糊地發現費利敦對她很關心，他們之間用娛樂記者的話來說「走得很近」，更有甚者，我驚訝地發現費利敦因為帕派特亞在跟我吃醋。天快亮時，我們三人一起離開佩魯爾，在黑暗的街道上，在醉鬼們撒過尿、年輕人寫過激進口號的黑暗牆壁之間，朝帕派特亞和她在便宜夜總會唱歌的母親居住的位於吉汗基爾的家走了一段時間。在寒冷的街道上，當那些具有威脅性的野狗尾隨著我們時，我把送帕派特亞回家的任務交給費利敦，我則回到了和母親一起生活的尼相塔什家裡。

在那些喝醉了的夜晚，在半睡半醒之間，我會痛苦地想到，青春已逝，就像所有土耳其男人那樣，不到三十五歲我的人生就已定型，今後在我的人生裡不會也不可能有什麼幸福可言了。儘管我的心裡還有很多熱情和愛的欲望，但在我看來自己的未來卻在日益變得狹窄和黑暗，我感覺這是一種來自於政治謀殺、無休止的衝突、昂貴的物價和破產消息的錯覺所導致的，有時我會這麼安慰自己。

有時，因為晚上去蘇庫爾庫瑪見了芙頌，因為看著她的眼睛和她說了話，因為從凱斯金家的餐桌和家裡偷了那些日後可以讓我想起她的物件，也因為在邁哈邁特大樓裡把玩了那些物件，我會覺得自己似乎根本就不可能不幸福。有時我會像欣賞一幅畫和紀念品那樣，欣賞我從凱斯金家餐桌上拿來的芙頌用過的勺子和叉子。

有時，我又會強烈地感到另外一個地方有一種更好的生活，為了不為此痛苦，我會努力去想一件別的事情，尋找一些別的藉口。當我見了紮伊姆，聽說了上流社會的各種傳聞後，我會覺得遠離朋友們那種令人厭煩的生活，對我來說也不是一個太大的損失。

紮伊姆認為，努爾吉汗和麥赫麥特交往了三年還從沒做過愛。但他們說決定結婚了。這是最大的新聞。紮伊姆看來，儘管包括麥赫麥特在內的所有人都知道努爾吉汗和法國男人在巴黎談過戀愛做過愛，但努爾吉汗在婚前堅決不和麥赫麥特上床。努爾吉汗開玩笑說，在一個穆斯林國家，一段長久、真正、幸福和安寧的婚姻的首要條件不是富有，而是婚前不做愛。麥赫麥特也喜歡這樣的玩笑，他們會在講那些祖先的睿智、古典音樂的美麗、具有伊斯蘭教苦行僧性情的大師們的禁欲故事時開這些玩笑。紮伊姆認為，努爾吉汗和麥赫麥特對奧斯曼帝國和我們祖先的好奇，根本沒達到他們在上流社會面前表現出來的那種虔誠。其中一個原因，紮伊姆認為，是他們倆在派對上的酗酒。但同時紮伊姆帶著敬意說，儘管他們喝得酩酊大醉，卻從未有失他們的禮貌和優雅。麥赫麥特一喝葡萄酒，就會激動地認為奧斯曼古詩裡的玫伊和巴代[23]不是隱喻，而是真正的葡萄酒，他會朗誦誰也不知道是對還是錯的奈迪姆和富祖里[24]的詩句，看著努爾吉汗的眼睛，為對真主的愛舉起手中的酒杯。紮伊姆認為，這些玩笑在上流社會從未被質疑，甚至有時被尊重地接受的一個原因就是，我和茜貝爾解除婚約之後，在上流社會的年輕女孩們中間掀起的一股強烈的慌亂之風。可以看出，我們的案例，在一九七〇年代的伊斯坦堡上流社會成為一個年輕女孩在婚前過分信任男人的警示，據說當媽媽的還會因為我們的事情告誡她們的女兒要加倍小心，但別讓我過分地看重自己。因為伊斯坦堡的上流社會是一個非常小和脆弱的世界，就像在一個小家庭裡那樣，人們不會因為發生在自己身上的事情感到太深的羞愧。

再者，一九七九年後，我完全習慣了在家、辦公室、芙頌他們家和邁哈邁特大樓之間建立起來的新生活，無論是物質還是精神上的。當我在邁哈邁特大樓的房間裡想著和芙頌度過的幸福時光，沉浸在幻想中時，我會帶著一種介於困惑和驚訝之間的情感注視那些日積月累的「收藏品」。不停累積的這些物件，慢慢變成了展示我那濃烈愛情的標誌。有時，它們對我來說，不是一種讓我想起和芙頌度過的幸福時光的慰藉，而像是在我靈魂深處掀起的一陣風暴的有形的延伸物。有時，我會為自己累積的這些物品感到害羞，不願意讓別人看見，我會恐懼地想到，照這樣下去，用不了幾年這些不斷增加的東西將把邁哈邁特公寓裡的所有房間填滿。我從凱斯金家拿來這些物品，並不是因為打算日後用來做什麼，而只是因為它們能讓我想起過去。我也從沒想過它們會不斷增加以至於將塞滿房間和整戶公寓。因為這八年當中的大部分時間，我都是在幻想著幾個月之內（頂多六個月）說服芙頌和我結婚中度過的。

一九七九年十一月八日的《晚報》，在題為《社會》的娛樂專欄上刊登了一篇文章，我在這裡展出一份剪報。

電影和上流社會：一則謙卑的忠告

如果說繼好萊塢和印度之後，土耳其是世界上拍攝電影第三多的國家，我們大家都會很高興。但很可惜，現在的情況不同了，因為讓民眾害怕晚上出門的左、右派恐怖分子和色情電影，讓我們的家庭遠離了電影院的大廳。尊敬的土耳其電影人們也無法找到拍電影的資金和看電影的觀眾。因此土耳其電影業目前比任何時候都更需要願意去綠松塢投資「藝術電影」的富有商人。以前，這些喜歡藝術的電影愛好者是那些來自於小城市、想結識漂亮女演員的新貴。許多讓我們的評論家讚不絕口的「藝術電影」，事實上既沒能在西方的電影院上映，也沒能在歐洲貧窮小鎮舉辦的電影節上得到過一個安慰獎，然而它們卻為我們很多新貴和年輕女「藝術家」的結識、談情說愛提供了幫助。但這是老話了。現在則開始了一種新的時尚……富有的藝術愛好者去綠松塢不再是為了和漂亮女演員談情說愛，而是為了讓他們早已愛上的女孩成為演員。他們中最後的一個便是伊斯坦堡上流社會最受歡迎的單身青年K先生（他的名字在此保留）。他瘋狂地愛上了一個據他說是「遠房親戚」的已婚年輕女人，還為她十分嫉妒，以至於現在無法同意開拍他自己請人寫的「藝術電影」。據說，他不僅表示「我無法忍受她和別人接吻」，還如影隨形地跟著那個年輕女人和她的導演丈夫。他自己手拿拉克酒杯在綠松塢的酒吧、海峽邊的酒館出

---

23 玫伊（Mey）和巴代（Bade），前者指酒，後者指葡萄酒。在奧斯曼古詩裡比喻愛情賦予的沉醉。

24 奈迪姆（Nedim），十八世紀奧斯曼土耳其文學的偉大抒情詩人。富祖里（Fuzuli，一四九五—一五五六），著名突厥詩人。

入，卻連漂亮、年輕、已婚的演員候選人出門都要嫉妒。幾年前這位富人和一個退休外交官的女兒訂了婚，他在希爾頓舉辦了一場整個上流社會出席、我們也在本專欄上寫過的隆重訂婚儀式。後來為了他現在說「我要讓你成為演員」的漂亮親戚而不負責任地解除了婚約。這個不負責任的富家子弟繼那個在索邦讀過書的外交官女兒之後，現在又要來毀掉讓花花公子垂涎三尺的漂亮演員候選人F的未來，對此我們是不會答應的。因此我們要向厭倦了說教語錄的讀者們致歉，給上流社會的K先生一個忠告：先生，在美國人登上了月球的這個現代社會裡，沒有接吻鏡頭的一部「藝術電影」是不可能的！您首先要做出一個決定，要麼和一個包著頭巾的農村姑娘結婚，忘記西方電影和藝術，要麼放棄讓那些您對別人看她們的目光都會嫉妒的漂亮女孩成為演員的夢想。當然如果您的用意只是「讓她們成為演員」。

——BK

《晚報》上的這篇文章，我是在和母親吃早飯時讀到的。母親每天會把送到家裡的兩份報紙從頭讀到尾，尤其不會放過上流社會的緋聞。趁她去廚房，我把登載著文章的那頁報紙撕下，疊好，塞進口袋。離開家時，母親問我：「你又怎麼了？沒精打采的！」在辦公室，我試圖裝得比任何時候都要開心，我講了一個有趣的笑話給澤伊內普女士聽，吹著口哨在走廊來回溜達，還和沙特沙特那些日益變得沒精打采、因為沒事做而拿《晚報》上的字謎遊戲來打發時間的老員工們說笑。

但是午休後，我從他們的表情裡，從祕書澤伊內普女士那過分憐惜——還有一些懼怕——的眼神裡明白，所有沙特沙特員工都已讀過那篇文章。隨後我又對自己說，也許是我多慮了。午飯後母親打電話來說，她本來等著我回去吃午飯，我沒回去讓她傷心了。她用一貫的聲音，卻用一種比以往任何時候都要憐惜的語氣問道：「親愛的，你還好嗎？」我立刻明白，她聽說了文章的事情，找來報紙看了，哭了（她的聲音裡有一種哭過後的深沉），她還從撕掉的報紙上明白我也看到了那篇文章。母親說：「我的孩子，世界上充滿了壞心腸的人。你不要在意。」

我說：「親愛的媽媽，您在說什麼呀？我一點也不明白。」

母親說：「我什麼也沒說，孩子。」

如果那時我像心裡想的那樣去和她推心置腹地談，我確信在表達了對我的愛和理解之後，她一定會說我也有錯，她會想知道關於芙頌的所有細節。也許，她還會哭著說有人對我施了巫術。她可能會說：「有人在家裡的一個角落，在米缸或是麵粉罐裡，還是辦公室的抽屜下面藏了讓你愛上一個人的符咒，你要立刻把它找出來燒掉！」但我感覺因為沒能分擔我的憂傷，更重要的是因為沒能打開話題，她掃興了。但她對我的狀況還是予以尊重。這會是我的狀況嚴重性的一個表現嗎？

此刻，讀了《晚報》的人們會多麼鄙視我，多麼笑話我那愚蠢而貪婪的戀愛狀態，他們對文章的細節又會相信多少？我一邊在不斷地想這些，一邊又在想芙頌看了會多傷心。母親打完電話後，我想打電話給費利敦，告誡他要讓芙頌和她父母遠離今天的《晚報》。但我沒那麼做。第一個原因是我害怕說服不了費利敦。第二個，也是更深刻的原因則是，儘管文章裡充滿了對我的詆毀，把我當成一個傻瓜，但事實上我對文章還是滿意的。我向自己隱藏了這種滿意，但現在，多年之後我清楚地看到這點：我和芙頌的關係，我對她的親近——不管是什麼——最終上了報紙，從某種意義上來說，就是被社會接受了！整個伊斯坦堡上流社會關注的專欄上的文章——尤其是像這樣一篇嘲諷、刻薄的文章——會被議論好幾個月。我試圖去相信，這些傳聞過不了多久就會成為我和芙頌結婚並重回上流社會的一個開端，至少我可以去幻想這樣的一個幸福解決辦法。

但這些都是因為絕望產生的安慰自己的幻想。我感覺自己因為上流社會的傳聞、偽造的錯誤消息在慢慢地變成另外一個人。我還記得，我感覺彷彿不是因為自己的激情，自己的決定而變成一個生活怪異的人，而是因為這篇文章變成一個被社會排擠的人。

當然文章下面的署名BK，就是「白色康乃馨」。我對請他去訂婚儀式的母親生氣，也對我認為將這個謠言散布給他的塔希爾．湯（「我無法忍受她和別人接吻」）充滿了憤怒。我多麼想和芙頌單獨坐在一起談談這些事情，和她一起咒罵我們的敵人，多麼想去安慰她，也多麼希望她來安慰我。我要做的事情就是立刻和芙頌公然出現在佩魯爾酒吧。費利敦也必須和我們一起去！只有這樣，我們才能證明這篇文章是一個多麼卑劣的謊言，也只有這樣，我們才能把醉醺醺的電影人、帶著極大樂趣看這篇文章的上流社會人士的嘴巴堵上。

然而文章刊登的那天晚上，儘管我用了全部的意志，但還是沒能去凱斯金家。我確信內希貝姑媽會來安慰我，塔勒克先生會裝出一無所知的樣子，但我無法確認和芙頌的目光交會時會怎麼樣。我們的目光一旦交會，自然會互相體會到文章在她和我的靈魂裡產生的風暴。而這，不知為什麼是可怕的。另外，我還立刻意識到，目光交會時我們明白的其實不是我們靈魂裡的風暴，而是那篇充滿謊言的文章其實是「真實」的！

是的，文章中的許多細節，如讀者所知是錯誤的，我不是為了要讓芙頌成為一個明星才和茜貝爾解除婚約的，我也沒請費利敦寫劇本。但這些只是細節。報紙的讀者和議論這件事的所有人將會明白的事情，就是一個簡單的事實——我愛芙頌。因為我為芙頌所做的一切，我蒙羞了！所有人都在嘲笑我，揶揄我的處境，最善意的人在可憐我。伊斯坦堡上流社會的窄小，大家的彼此熟悉，就像這些人沒有很大資產和公司那樣，他們也根本沒有不可放棄的原則和理想，這一切沒有減少我的恥辱，恰恰相反，在我的眼裡放大了我的無能和愚蠢。因為我的愚蠢，我錯過了真主很少施捨給世人的一種真正體面、幸福的生活！我明白，能夠擺脫這種狀態的唯一途徑就是和芙頌結婚，讓我的事業走上正軌，賺很多錢帶著勝利重回上流社會，然而我既無法在自身找到能夠實現這一幸福計畫的力量，也憎恨那個我所說的「上流社會」。更有甚者，我還知道，凱斯金家的氣氛在這篇文章之後也根本不適合我的那些幻想了。

在愛情和羞辱把我帶入的這個地方，除了躲進自己的內心和保持沉默，我別無選擇。整整一星期，每晚我都獨自去看電影，我在考納克、希泰和坎特電影院看了很多美國電影。電影，尤其對像我們這樣不幸的人們，必須製造一個可以讓我們散心、讓我們開心的新世界，而不是真實地展現現實和我們的不幸。看電影時，如果我能夠把自己放到某個主人公的位置上，那麼我會覺得我誇大了自己的煩惱。我還會想到，自己誇大了報上那篇文章的作用，只會有少數人明白文章影射的人是我，這件事很快就會被忘記，因此我會感到輕鬆。而要從修正謊言的偏執中擺脫出來卻是困難的，因為一想到它們我就會變得軟弱，我耿耿於懷地想像整個上流社會正在興高采烈地議論這件事，一些人會做出傷心的樣子，添油加醋地向不知道這件事情的人們轉述報上的文章，所有人都會笑著相信那些謊言，比如我對芙頌說「我要讓你成為演員」，隨後和茜貝爾解除婚約。那種時刻，我因為自己無能到成了娛樂專欄的嘲弄話題而責怪自己，但文章裡的一些謊言連我自己也開始去相信了。

在那些謊言裡，我想最多的是我對芙頌說的那句「我不能忍受你在電影裡和別人接吻」。情緒不好時，我會想到，大家最有可能嘲笑這句話，我最想修正的也正是這句話。聲稱我是一個不負責任解除婚約的浮誇富家子弟也讓我生氣，但我想認識我的人對此是不會相信的。而事實上他們是可以相信「我不能容忍你和別人接吻」這句話的，因為儘管我看起來很歐化，我確實是個會說這種話的男人，而我甚至不確定自己是不是真的對芙頌說過這種話，無論那是一句玩笑話或醉話。因為，事實上，就算是為了藝術的緣故，我也絕對不願意讓芙頌和別人接吻。

64 博斯普魯斯海峽之火

一九七九年十一月十五日淩晨，我和母親在尼相塔什的家裡被一聲巨大的爆炸聲驚醒，我們惶恐地跳下床在走廊上抱成一團。整棟樓也像在地震那樣左右搖晃了一下。我們以為那些天扔在茶館、書店、廣場上的炸彈這次扔在泰什維奇耶大道了，但我們卻看見從海峽另一邊、于斯屈達爾方向升起的熊熊火焰。因為早已習慣了暴動和炸彈，因此看了一段時間遠處的大火和變紅的天空後，我們又回去睡覺了。

據說是一艘裝滿石油的羅馬尼亞油輪在海達爾帕薩（Haydarpaşa）水域與一艘希臘小船相撞，油輪和外漏的石油因為爆炸而燃燒起來。早上緊急加印的所有報紙和整座城市都在說這件事，所有人都指著像一把黑傘那樣籠罩在伊斯坦堡上空的濃煙說海峽在燃燒。在沙特沙特的一整天，那把熊熊大火彷彿延燒到我心裡，而且我感覺公司裡那些年長的女員工和疲憊的主管們也是如此。我試圖說服自己，這是晚上去凱斯金家吃飯的一個好藉口。我在凱斯金家的餐桌邊可以不停地說大火的事情，一句都不要提起那篇文章。但就像對於所有伊斯坦堡人那樣，博斯普魯斯海峽之火在我的腦海裡和暴動、通貨膨脹、排隊、國家貧困潦倒的狀態等讓所有人不開心的災難連在一起，成為了它們的一個標記和形象。看著報紙上關於大火的新聞時，我其實想到了自己的災難，甚至我發自內心地去關心大火的消息也是基於這個原因。

晚上我去了貝伊奧魯，我對獨立大道上的冷清感到驚訝，我在那裡走了很久。像薩拉伊、菲塔什那樣上映廉價色情電影的大電影院門口除了一兩個不安的男人之外竟然別無他人。走到加拉塔薩拉伊廣場（Galatasaray Meydanı）時，我想到自己離芙頌他們家已經很近了。就像夏天的一些晚上他們一家人出來吃冰淇淋那樣，他們可能會來貝伊奧魯，我可能會碰到他們。但我在街上既沒看見任何一個女人，也沒看見任何一個家庭。走到土內爾時，因為害怕重新靠近芙頌他們家，害怕陷入她對我的魔力之中，我走向相反的方向。經過加拉它塔（Galata Kulesi）後，我從約克塞克卡爾德勒姆（Yüksekkaldırım）一直走下去。妓院所在的街道和約克塞克卡爾德勒姆這一區交會的地方，依然聚集著很多不幸的男人。他們也像城裡的所有人那樣，仰頭看著天空上的黑雲和黑雲下面的橙色光亮。

我和從遠處看大火的人群一起走過了卡拉柯伊大橋（Karaköy Köprüsü）。在橋上用魚線釣竹莢魚的人們也在看大火。我不由自主地跟著人群走到了居爾哈內公園（Gülhane Parkı）。公園裡的路燈，就像伊斯坦堡的多數路燈那樣，要麼被石塊砸碎了，要麼因為停電不亮了，但不僅僅是公園，托普卡帕宮（Topkapı

Sarayı）、博斯普魯斯海峽的入口處、于斯屈達爾、薩拉賈克（Salacak）、貞女塔，所有地方都被油輪的火焰照得像白天一樣。一大堆躁動的人群在看大火，公園裡的光亮既直接來自於油輪上的火焰，同時又折射到公園上空的黑雲上，像一盞照亮歐式客廳的落地燈那樣散發出柔和的光暈，讓人群顯得幸福而安寧，也或許是看熱鬧讓所有人開心了。這是從城市的各個角落開車、搭公共汽車、步行而來的，由富人、窮人、好奇和癡迷的人組成的人群。我看見包著頭巾的奶奶，抱孩子、摟丈夫的年輕母親，著魔似地看著火焰的無業遊民，奔跑的孩子，坐在汽車和卡車裡邊看火焰邊聽音樂的人，從城市的各個角落跑來叫賣麵包圈、芝麻蜂蜜糖、牡蠣鑲飯、炸羊肝、土耳其薄餅的小販和端著托盤來回走動的賣茶人。阿塔圖爾克塑像的周圍，賣烤肉丸、香腸的小販，點起了手推車上的煤爐，四周瀰漫著帶有烤肉味的濃煙。叫賣阿伊讓和汽水（沒有梅爾泰姆）的孩子們，把公園變成了市場。我買了一杯茶，在長凳空出來的地方坐下，和身邊一位沒牙的貧窮老人一起幸福地看著熊熊燃燒的火焰。

直到大火熄滅，整個星期我每晚都去公園。有時當火焰變得很微弱時，突然又會因為一團新的火焰而像第一天那樣劇烈燃燒起來，那時既驚訝又恐懼地觀看大火的人們臉上會閃爍著橙色的光影，不僅僅是海峽的入口，就連海達爾帕薩火車站、塞利米耶軍營、卡德柯伊海灣，也會被時而是橙色、時而是黃色的火光照亮。我和人群一起著魔般一動不動地看著眼前的景色，一會兒傳來一聲爆炸聲，灰燼灑落或是火焰無聲地慢慢變小，觀眾們也會放鬆下來，開始喝茶、聊天。

一天夜裡，我在居爾哈內公園的人群中看見了努爾吉汗和麥赫麥特，我趕緊溜走，沒讓他們看見。一天傍晚，當我以為影子像他們的一個三口之家是他們時，我明白到我很想在那裡看見芙頌和她的父母，也許我就是為此才每晚去那裡的。就像在一九七五年夏天——已經過去四年了——那樣，當我看見一個像芙頌的女人時，我的心跳還會加快。我認為凱斯金一家是那種相信患難與共的力量的家庭，因此我應該在「獨立號」羅馬尼亞油輪的大火熄滅之前去他們家，和他們一起度過這場災難，他們的情誼將幫助我忘記種種不愉快。

這場大火對我來說可能會是一段新生活的開始嗎？

另外一天晚上，當我在公園的人群中尋找可以坐下的地方時，我碰到了塔伊豐和斐甘。由於轉眼間我已走到他們面前，所以我沒能逃開。他們既沒談起《晚報》上的文章，也沒談到上流社會發生的事情，更重要的是他們對傳聞竟然一無所知，這讓我極為高興，我和他們一起離開了公園（大火正在熄滅），坐上他們的車，和他們一起去了一家在塔克西姆後面新開的酒吧，一直喝到天亮。

第二天，星期天晚上我去了凱斯金家。我睡了一上午，在家裡和母親吃了午飯。晚上，我是樂觀、高興、滿懷希望，甚至是幸福的。但一到他們家，一看見芙頌的眼睛，我所有的幻想都破滅了，因為她是鬱鬱寡歡、絕望和懊惱的。

「凱末爾，你還好嗎？」她模仿著幻想中的一個成功、幸福的貴婦口氣問道。但還在我的美人這麼模仿時，我就無法相信她。

我老練地說：「一點也不好。工廠、公司、生意上的事情太多了，我沒能過來。」

土耳其電影裡，當年輕男主角和女主角之間產生一種親近的感覺時，為了讓最粗心的觀眾明白這點並為之感動，總會有一個善解人意的阿姨欣喜地對他們看上一眼……內希貝姑媽就是用這種眼神看了我和芙頌一眼，但隨即把目光轉向別處，因此我明白那篇八卦文章後，家裡人經歷了很多痛苦，就像我訂婚後那樣，芙頌又哭了好幾天。

塔勒克先生說：「女兒，給客人倒拉克酒。」

因為三年來他一直裝做一無所知，只把我當做晚上去作客的親戚那樣誠心誠意地招待我，因此我對塔勒克先生一直是充滿敬意的。但現在我對他很生氣，因為面對女兒也深切感到的痛苦、我的無奈、生活把我們帶到的這個境地，他竟然能夠如此無動於衷。現在讓我來說一下我甚至對自己都隱藏的無情觀察：塔勒克先生很可能知道我為什麼去他們家，但因為來自老婆的壓力，他認為知而不言「對家庭」會更有益。

我也像她父親那樣，用一種半造作的語氣說：「是的，芙頌女士，像往常那樣請您給我倒上拉克酒，讓我好好享受一下最終回到家的幸福。」

即便在今天，我也不知道自己為什麼會說那句話，指的是什麼，目的又是什麼。只能說我的不幸讓我不知所云。但芙頌明白了隱藏在這句話背後的情感，我以為她的眼淚會瞬間奪眶而出。我發現了籠子裡的金絲雀。我想起了過去、自己的人生、時間的流逝和以往的歲月。

我們經歷過的最糟糕的時刻就是那幾個月，那幾年。一方面芙頌不能成為電影明星，另一方面我也不能更接近她。雪上加霜的是我們還丟了臉，遭到了羞辱。就像夜晚「我無法起身告辭」那樣，我知道我們也將很難擺脫這種困境。只要我每星期去見芙頌四、五次，無論是她還是我，就都不可能會過一種不同的生活，這點我們兩人都感到了。

那天的晚飯結束前，我習慣，但更加真誠地說：「芙頌，過了這麼久，你的斑鳩畫得怎麼樣了？我很好奇。」

她說：「斑鳩早畫完了。費利敦找到一張很好看的燕子照片，現在我在畫燕子。」

內希貝姑媽說：「畫得最好的就是這隻燕子。」

我們去了後面房間。那是一隻優雅的燕子，就像那些停在陽臺欄杆、窗臺和煙囪上的其他伊斯坦堡鳥兒一樣，它被成功地畫在餐廳面向大坡的凸窗前。因為採取了一種奇怪而幼稚的透視畫法，所以鳥的身後可以看見鵝卵石路面的蘇庫爾庫瑪大坡。

我說：「我為你感到驕傲。」儘管我十分真誠，但我的聲音裡有一種深切的挫敗感。我說：「整個巴黎都應該看見這些畫！」其實就像我往常想說的那樣，我真正想說的是：「親愛的，我很愛你，很想你，遠離你是一種巨大的痛苦，看見你又是一種莫大的幸福！」但是彷彿圖畫世界裡的缺憾變成了我們世界裡的缺憾，當我憂愁地看著燕子圖畫上的輕鬆、簡單和單純時看見了這點。

我感到了一種來自內心的痛楚，我小心翼翼地說：「芙頌，畫得非常好。」

如果我說畫裡有一種韻味，這種韻味讓人想起受英國繪畫影響的印度細密畫、日本和中國的花鳥畫、奧特朋[25]的仔細，甚至是伊斯坦堡商店裡出售的一種巧克力威化餅乾裡的系列鳥畫，請記住我愛她。

我們看了芙頌在鳥兒身後描繪的城市風景。它們在我內心喚醒的不是喜悅，而是憂愁。我們非常愛這個世界，我們屬於它，也因此我們彷彿留在這些圖畫的單純裡。

「下次你用更鮮豔的顏色畫城市和鳥身後的那些房子吧……」

芙頌說：「無所謂，親愛的，我只是在打發時間。」

她把拿起來給我看的畫放到一邊。我看了看那些非常吸引我的顏料、畫筆、瓶子和染上了五彩顏料的抹布。就像那些鳥兒的圖畫一樣，所有東西都是整整齊齊的。前面放著內希貝姑媽的布塊和幾個頂針。我把一個彩色陶瓷的頂針、一根芙頌剛才煩躁地拿在手上的橘黃色蠟筆扔進口袋。我們在一九七九年底經歷的最黑暗的幾個月，也是我從凱斯金家偷最多東西的時期。這些物品，不再僅僅是我經歷的一個時刻的標誌，一樣讓我想起那個美好時刻的東西，對我來說也是那個時刻的一部分。比如我在純真博物館裡展出的火柴盒……這裡的每個火柴盒都被芙頌的手觸摸過，都留著她手上的味道和隱約的玫瑰香水味。就像我在博物館裡展出的其他物品一樣，當我在邁哈邁特大樓的公寓裡拿起這些火柴盒，我就能重溫和芙頌坐在同一張桌子旁，和她四目相視的樂趣。但當我拿起火柴盒不經意似地放進口袋時，我在心裡感到的幸福還有另外一層意思，那就是：從我癡迷地愛著卻「無法得到」的人身上，取得了即便是一個很小部分的幸福。

「取得」這個詞暗示的東西，當然是我們所愛之人神聖軀體的一個部分。但對我來說，三年時間裡，她的父母、我們吃晚飯的餐桌、暖爐、煤桶、電視上面的小狗擺設、古龍水瓶、香菸、拉克酒杯、糖罐，蘇庫爾庫瑪家裡的所有東西，在我腦海裡都慢慢變成了芙頌的一部分。就像每星期能夠看見芙頌三、四次感到的幸福那樣，因為能從凱斯金家——也就是從芙頌的生活中——拿（偷是個錯誤的詞）三、四件，有時六、七件，甚至像在那些最不幸的時候那樣十到十五件東西去邁哈邁特大樓，我會沉浸在一種勝利的喜悅裡。芙頌的一件物品，比如她若有所思看電視時拿在手上的鹽瓶，眨眼工夫被我塞進口袋，聊天、慢慢喝著拉克酒時，知道鹽瓶在我口袋裡，我已經擁有了她，會給我一種如此大的幸福，以至於最後我能不太費勁地從沙發上站起來。被我塞進口袋的那些東西，一九七九年夏天後，在一定程度上減輕了我那無法起身告辭的危機。

那些年不僅僅對芙頌，對我來說也是最不快樂的歲月。多年後，當生活讓我遇見伊斯坦堡的那些癡迷、怪異、不幸的收藏家時，當我去他們那被紙張、垃圾、盒子、照片塞滿的家裡拜訪他們時，當我試圖去明白我的這些兄弟在累積汽水瓶蓋或是演員照片時的感受，明白每件新物品對他們意味著什麼時，我想起了自己從凱斯金家拿東西時的感受。

65 小狗擺設

在我訴說的這些事件的很多年後，在我為了看遍世界上所有博物館而去的旅行中，我會在祕魯、印度、德國、埃及和許多其他國家的博物館裡花幾天去看裡面的收藏品、成千上萬個奇怪的小物件，晚上我會喝上一、兩杯酒，然後獨自在街上走幾個小時。在利馬、加爾各答、漢堡、開羅和許多其他城市裡，我會透過窗戶或是窗簾的縫隙，看那裡的人家吃晚飯時是怎麼看電視的，又是怎麼說笑、聊天的，我會找各種藉口走進他們家裡，甚至和主人們一起合影。也因為這樣，我發現了世界上絕大多數人家的電視上都放著一個小狗擺設。無論是在世界的哪個角落，上百萬個家庭，為什麼都覺得有必要在電視上放一個小狗擺設呢？

這個問題，在一個更小的範圍裡，第一次我是在凱斯金家問自己的。第一次去芙頌他們在尼相塔什的庫

---

25 John James Audubon，一七八五—一八五一，美國著名鳥類學家、畫家。

于魯．鮑斯坦街上的家時，我就立刻發現了一隻陶瓷狗，隨後我得知，在電視機傳入土耳其之前，那隻狗是放在晚上他們一起收聽的收音機上面的。就像我在大不里士、德黑蘭、一些巴爾幹城市、拉合爾和孟買的很多人家裡看見的那樣，凱斯金家也在小狗的下面放了一塊手工鉤織的小墊子。有時狗的旁邊會放一個小花瓶，一個海螺（有一次，芙頌微笑著把海螺放到我的耳邊，讓我聽海螺裡的海洋的嗡鳴聲），有時狗會挨著一個菸盒放，狗就成了菸盒的警衛。擺在桌上的小狗，有時是根據菸灰缸和菸盒的位置來調整的。讓我感覺小狗會搖頭，甚至會撲向菸灰缸的這些神奇安排，我一直以為是內希貝姑媽做的，但一九七九年十二月的一個晚上，當我仰慕地看著芙頌時，我看見她去挪動了電視機上的小狗。在沒有任何東西可以引起對小狗，甚至是對電視機的注意時，她這麼做也許只是一種不耐煩的舉動，因為我們都在餐桌邊等待她母親上菜。但這，還是沒解釋為什麼要把狗放在那裡。在以後的幾年裡，電視機上還放過另外一個架起菸盒的小狗。有一陣子，電視上還出現過兩隻真的會搖頭的塑膠狗，那些年經常能在計程車和小巴士後車窗上看見這樣的狗，但它們隨後又消失了。很少談論的這些小狗的行蹤，當然是和我對凱斯金家物品的興趣息息相關的。在電視機上面的小狗快速變化的這段時間裡，內希貝姑媽和芙頌已經感覺或是知道，就像別的那些物品一樣，它們都是被我「拿走」的。

其實我根本不願意和別人分享「我的收藏」，也不願意別人知道我累積物品的癖好，因為我對自己所做的一切感到羞恥。像火柴盒、芙頌的菸頭、鹽瓶、咖啡杯、髮夾那樣不難拿也不會引起注意的第一批東西到手後，我開始拿更會引起注意的像菸灰缸、茶杯和拖鞋那樣的東西，同時，我也開始買來新物品去代替那些被我拿走的東西。

「前天我們不是說到那隻電視機上的小狗嗎！在我那裡。我們的法特瑪女士在收拾東西時不小心把它摔壞了。我買來了這個，內希貝姑媽。我是在埃及市場給檸檬買鳥食時，在那裡的一家店看見的。」

「啊，這隻黑耳朵狗好漂亮，完全就是一隻野狗……你這個黑耳朵！快坐下。它給人安寧，我可憐的小狗……」內希貝姑媽說。

她從我手上接過小狗，把它放到電視機上頭。一些電視機上的小狗，就像掛鐘的滴答聲那樣，會給我們安寧。一些狗的樣子是猙獰的，一些則是醜惡、討人嫌的，但它們讓我們感覺自己居住在一個有狗看護的地方，也許正是因為這個原因，我們覺得很安心。因為夜裡在臨近街道上會不時響起暴動的槍聲，因此家之外的世界讓我們越來越覺得可怕了。黑耳朵野狗，是八年時間裡在凱斯金家電視上待過的十幾隻小狗中最可愛的一隻。

一九八〇年九月十二日，發生了一次新的軍事政變。那天早上我本能地比誰都早起，我看見泰什維奇耶大道的其他小街上空無一人，立刻明白又發生了自我兒時起每十年發生一次的軍事政變。街上不時有載滿士兵的卡車經過，士兵總是唱著進行曲。我立刻打開電視，看了一會兒閱兵式的畫面和奪取政權的帕夏們的致詞後，我去了陽臺。我喜歡泰什維奇耶大道的空曠、城市的寧靜、清真寺天井裡栗子樹葉在微風中發出的沙沙聲。五年前，和茜貝爾一起辦夏末聚會後，我也是在這個陽臺上，也是在早上的這個時間，看過同樣的風景。

聽著電視裡一個留著濃密鬍子的歌手唱戰爭和英雄題材的民歌時，母親說：「這下可好了，國家正面臨災難。但他們為什麼要讓這個粗魯、難看的人上電視呢？貝寇里今天是來不了了，法特瑪你做飯，冰箱裡有什麼？」

戒嚴令實施了一整天。看著不時從街上快速開過的卡車，我們知道政客、記者，很多人被帶走了，我們為從未參與過這樣的事情而感到慶幸。所有報紙都出了新版，都表示歡迎政變。直到晚上，我和母親都待在家裡，我們收看了電視上不斷重播的軍事政變的聲明、阿塔圖爾克的老影像，讀了報紙，看了窗外空無一人的街道。我擔心芙頌，擔心他們家裡和蘇庫爾庫瑪的狀況，因為據說在有些區域，就像一九七一年的軍事政變那樣，軍人們挨家挨戶進行搜查。

母親說：「這下我們可以輕輕鬆鬆地上街了。」

然而因為晚上十點以後實行宵禁，所以軍事政變讓芙頌他們家的晚飯失去了原有的滋味。在全國觀看的唯一電視頻道上，帕夏們因為過去的老習慣，每晚在新聞上不單單喝斥政治家，還喝斥所有的民眾。很多參與了恐怖活動的人，作為警示被急急忙忙地處死了。在凱斯金家的餐桌上，每當看見這些死刑消息時我們都會沉默。那時，我會感覺自己離芙頌更近了，我成了他們家的一分子。不僅僅是政治家、反對派的知識分子，連詐欺犯、違反交通規則的人、往牆上寫政治標語的人、經營妓院的人、拍攝和放映色情電影的人以及賣走私香菸的通姆巴拉小販也都被關進了監獄。沒像前一次軍事政變時那樣，軍人在街上抓那些留著長髮和「嬉皮」大鬍子的年輕人去理髮，但他們立刻驅逐了很多大學老師。佩魯爾酒吧也人去樓空了。我則做出了軍事政變後讓自己的生活走上正軌、少喝酒、讓自己不要因為愛情丟臉、把我拿東西的習慣控制在一個適當程度裡的決定。

軍事政變後沒兩個月，一天晚飯前我單獨和內希貝姑媽待在廚房裡。為了能夠有更多時間看見芙頌，晚上我開始提早去他們家。

她說：「我的孩子，凱末爾先生，電視上面您拿來的那個黑耳朵小狗失蹤了……我們的眼睛已經習慣了，所以立刻發現了。沒了就沒了吧，我一點也不覺得奇怪，也許是小狗自己想離開的。」說完她哈哈笑了起來，但看見我臉上僵硬的表情後，她隨即變嚴肅了。她說：「怎麼辦呢？塔勒克先生總在問『小狗怎麼沒了？』」

「我會解決的。」

晚上我一句話也沒說。但儘管我在沉默——或許正是因為這個原因——我又無法起身告辭了。在接近宵禁開始的時刻，我經歷了一次嚴重的「無法起身告辭的危機」。我覺得，芙頌和內希貝姑媽也感到了危機的嚴重性。內希貝姑媽有幾次不得不說「無論如何千萬別晚了」。十點五分，我終於離開了他們家。

回家的路上，沒人把我們擋下來。平安到家之後，我想了很久這些小狗的意義，以及為什麼我要帶小狗去凱斯金家，之後又把它們帶走。事實上，小狗的消失他們是在十一個月後才發現的，雖然內希貝姑媽卻以為他們是馬上就發現了。很有可能，所有那些睡在、坐在他們家電視上面的小狗擺設其實都是收音機時代留下的。一起聽廣播時，思緒會不由自主地轉向收音機，那時眼睛就會在那裡尋找一樣有趣、讓人鎮靜的東西。當電視取代收音機成為家裡的壁龕後，他們就讓小狗晉升到了電視機的上面，但因為現在眼睛全盯在螢幕上，因此誰也發現不了這些小動物。於是我就能夠隨心所欲地把它們拿走了。

過兩天，我帶了兩隻陶瓷小狗去凱斯金家。

我說：「今天我在貝伊奧魯的日本商店的櫥窗裡看見它們。它們好像就是為了放在我們的電視機上面而被製作出來的。」

「啊，它們太可愛了。凱末爾先生，您何必破費呢？」內希貝姑媽說。

我說：「我很難過黑耳朵不見了。其實真正讓我傷心的是它在電視機上的孤獨。看見這兩隻狗開心、友好的樣子，我想這次讓兩隻快樂、幸福的小狗待在電視機上面就好了。」

內希貝姑媽問：「凱末爾先生，小狗的孤獨真的讓您傷心了嗎？您真是個有趣的人。我們就是因為您是這樣的一個人而喜歡您。」

芙頌在對我甜美地微笑著。

我說：「被丟棄在一邊的東西會讓我很傷心。中國人相信所有東西都是有靈魂的。」

「前幾天電視上說，我們土耳其人沒從中亞過來之前和中國人打過很多交道。」內希貝姑媽說：「那天晚上您不在，芙頌，那個節目叫什麼名字來著？啊，您把小狗放在那裡很好。是讓它們這麼面對面待著，還是朝向我們，我現在也沒主意了。」

突然塔勒克先生說：「讓左邊的那個朝向我們，右邊的那個面對左邊那個坐著。」

有時在談話最奇怪的地方，在我們認為他根本沒在聽我們說話的時候，塔勒克先生會突然插話，他會說一些表明他比我們更清楚細節的明白話。

他接著說道：「那樣的話，它們既可以交朋友，不至於心煩，又可以看著我們，成為家裡的一分子。」

即便我很想擁有它們，但一年多時間裡我沒去動那兩隻狗。我是在一九八二年把它們拿走的，那時每當我從凱斯金家拿走東西，我要麼會在一邊留下一些錢，要麼會第二天立刻去買一樣更貴的東西來給他們。在最後的這段時間裡，電視機上既出現過針墊和狗，也出現過狗和卷尺那樣奇怪的組合。

66 這是什麼？

軍事政變後四個月，一天夜裡，我在宵禁前十五分鐘離開凱斯金家，路上我和切廷在沙拉塞爾維大道上被檢查身分證的軍人攔了下來。當時我平靜、舒坦地坐在後座，因為我什麼也不缺。然而，當拿著我身分證的士兵看我一眼、把目光停留在我身邊的刨刀上時，我感到了不安。

刨刀是我因為老習慣剛才在凱斯金家趁沒人注意時本能地帶走的。這讓我開心得沒太掙扎就早早離開了他們家。懷著一種獵人想不時驕傲地看一眼剛剛捕獲的鵪鳥的衝動，我從大衣口袋裡拿出刨刀，把它放到我的旁邊。

晚上一到凱斯金家，我就立刻聞到了瀰漫在家裡的香甜梨子醬味。聊天時，內希貝姑媽說下午她和芙頌一起用小火熬了梨子醬，母女倆一邊熬果醬一邊聊天。我還幸福地從她的描述裡想像芙頌用木勺慢慢攪拌果醬的樣子。

有時，軍人檢查了車和乘客的身分證後就會放行。有時，則會叫車上的所有人下來，從頭到腳地把車子和乘客檢查一遍。他們也叫我們下車了。

我和切廷下了車。他們仔細地檢查了我們的身分證。我們按照命令像電影裡的罪犯那樣張開雙臂趴在車身上。兩個軍人檢查了置物箱、車座下面和車上的每個角落。被周圍高高的大樓擠在當中的沙拉塞爾維大道上的人行道是潮濕的，我記得，幾個路人經過時朝執行任務的軍人和我們這些被檢查的人看了幾眼。宵禁馬上就要開始，人行道上空無一人。前面就是曾幾何時幾乎我們所有高三學生都去過、麥赫麥特認識其中很多女孩的著名妓院六十六（房子的門牌號）。那裡所有的窗戶都是漆黑的。

一個軍人問道：「這東西是誰的？」

「我的……」

「這是什麼？」

瞬間，我感覺自己將無法說出那是一個用來刨梨子的刨刀。因為我以為，如果我說了，他們就會立刻明白我對芙頌的癡迷；那麼多年為了見一個已婚的女人，我每星期去她和父母同住的家裡三、四次；情況的糟糕和我的絕望；其實我是一個又怪又壞的人。因為和塔勒克先生碰杯喝下的拉克酒，我的腦子迷迷糊糊的，但多年後的今天，我也根本不認為自己因此做了錯誤的判斷。我只是覺得，梨子的刨刀，一個剛才還在芙頌他們家廚房裡的物品，現在卻落到一個我認為是善意的特拉布宗[26]人士兵手裡是奇怪的，但問題不僅僅如此，更為深刻的是，它關乎我在這個世界上的生存。

「先生，這個東西是您的嗎？」

「是的。」

「兄弟，這是什麼？」

我又陷入一陣沉默。一種像無法起身告辭那樣的降服和無奈在慢慢包圍我，在我沒說出罪狀之前，我希

26 Trabzon，土耳其北部的一個黑海沿岸城市。

望我的軍人兄弟能理解我，但不行。

上小學時，我們有一個非常古怪也有點愚蠢的同學。當老師把他叫到黑板前，問他是否做了數學作業時，他就會像我這樣一聲不吭地站著，既不說沒做，也不說做了，只是一臉內疚和無能，一會兒靠著右腳站，一會兒又改成以左腳站著，不斷變換著站姿，在我們面前一直站到把老師氣瘋為止。在教室裡驚訝地看著他時，我是無法明白，人一旦開始沉默就不可能再開口了，這種沉默甚至會持續很多年，上百年。兒時，我是幸福和自由的。但多年後的那天夜裡，在沙拉塞爾維大道上，我明白了什麼是開不了口。我還模糊地感到，我對芙頌的愛最後也變成了這樣一種執拗、自閉的故事。我對她的愛，我的癡迷，不管是什麼，無論如何也走不到我和她自由分享這個世界的道路上。還在一開始我就在靈魂深處明白，在我描述的這個世界上，這是不可能的，所以我走上了在內心裡尋找芙頌的道路。我認為，芙頌也知道我會在內心裡找到她。最後一切都會沒事的。

切廷說：「長官，那是一個刨刀。您知道的，就是刨梨子用的刨刀。」

切廷是怎麼一下子認出刨刀的？

「那他為什麼不說？」他轉向了我，「你看，在實行戒嚴令……你聾了嗎？」

「長官，凱末爾先生這陣子很難過。」

「為什麼？」軍人問道，但他的工作是不允許這樣一種憐憫的。他嚴厲地說：「過去，去車上等著！」

他拿著刨刀和我們的身分證走開了。

在我們後面排隊的一輛小車明亮的燈光下，我看見刨刀閃了一下，隨後被扔進前面的一輛軍用小卡車裡。

我和切廷開始在雪佛蘭車裡等起來。接近宵禁時間時，街上的車都在加速。遠處，我們看見急速在塔克西姆廣場轉彎的車子。我和切廷都不說話，我感到了老百姓在面對員警搜查時感到的那種恐懼和犯罪感。我們聽到了車上鐘表的滴答聲，為了不出聲，我們一動不動地坐在那裡。

我想到，刨刀在車上一個中尉的手裡，我為此感到不安。靜靜地等待時，我越來越擔憂地想到，如果軍人沒收了刨刀，我會非常痛苦，因為擔憂的強烈，多年後我還記得當時的感受。切廷打開了收音機。廣播裡在宣讀戒嚴司令部的各種聲明。逮捕令上的名單、各種禁令和被捕人員的名單……我請切廷轉到別臺。一陣刺耳噪音後，我們聽到一些從一個遙遠國度傳來的東西，那些東西正好切合我當時的精神狀態。當我在享受著傾聽時，外面飄起的一陣小雨一點一滴地打濕我們的擋風玻璃。

宵禁開始後二十分鐘，一個士兵朝我們走過來，把身分證還給我們。

「好了，你們可以走了。」他說。

切廷問道：「他們不會因為宵禁後我們還在街上再把我們攔下來吧？」

「你們就說剛剛臨檢過了。」軍人回答說。

切廷發動了汽車。軍人把路讓開。但我下了車，走到軍車前面。

「長官，我母親的刨刀……」

「你看，原來你既不是聾子，也不是啞巴，你不是很會說話嗎？」

另外一個軍人說：「先生，這是一件鋒利的東西，禁止帶在身上！」這人的軍階更高。「拿去吧，但別再帶在身上了。你是做什麼的？」

「我是商人。」

「沒有逃漏稅吧？」

「沒有。」

他們沒再說什麼。儘管我有點傷心，但因為重新得到了刨刀，我是幸福的。回家的路上，當切廷小心翼翼在街上行駛時，我明白自己是幸福的。伊斯坦堡那些除了野狗便空無一人的黑暗小巷，白天因為醜陋和破舊讓我難過、被水泥大樓包圍的大街，現在卻顯得充滿了詩意和神祕。

67 古龍水

一九八〇年一月的一天，我和費利敦在雷江斯餐廳吃了一頓午飯，我們喝了拉克酒，吃了竹莢魚，談了電影的事情。費利敦正和在佩魯爾酒吧結識的攝影師雅尼一起拍廣告片。儘管我對此毫無異議，但他還是不安地說：「我們是為了錢才拍的！」任何時候看起來都很輕鬆的費利敦，是一個年紀輕輕就輕而易舉、毫不費力地得到了生活樂趣的人，他會為這類道德問題而痛苦，著實令我費解，然而我所經歷的一切讓我早早地成熟了，這也讓我懂得，很多人其實是表裡不一的。

費利敦說：「有一個現成的劇本，如果我要為錢拍東西，我就拍它，那會更好。雖然有點低俗，但卻是一個好機會。」

「現成」或是「萬事俱備的一個劇本」，是我不時在佩魯爾聽到的一句話，它的意思就是一個劇本已經通過了審查，拍攝需要的所有許可都已得到。在很少有觀眾喜歡的劇本能夠通過審查的那段時間裡，每年必須拍一、兩部電影的製片人和導演，為了不鬧著會去選擇一個其實他們根本沒研究過的現成劇本來拍攝。因為審查委員會，多年來砍掉了每個有趣、不同想法的尖銳棱角，讓所有電影都彼此雷同，因此對於多數導演來說，不知道電影的主題是不會有任何問題的。

「電影的主題對芙頌適合嗎？」我問費利敦。

「一點也不適合。但對於帕派特亞來說是合適的。是個非常輕浮的角色，女演員需要演一些脫戲。男主角也一定要是塔希爾．湯。」

「塔希爾．湯不行。」

於是，我們花了很久討論塔希爾・湯，好像我們的主題不是讓帕派特亞替代芙頌來演出我們的第一部電影。費利敦說，我們應該忘記塔希爾・湯在安寧餐廳製造的事端，他說：「我們不應該感情用事！」有一刻，我們的目光相遇了。他替芙頌想過多少？我問了電影的主題。

「一個有錢人，勾引了一個漂亮的遠房親戚女孩，隨後又拋棄了她。失去了貞潔的女孩為了報復當了歌手……那些歌本來就是為帕派特亞寫的……電影本來是愛做夢哈亞提要拍的，但因為帕派特亞拒絕成為他的奴隸，一氣之下他就放棄了。劇本就這樣閒置下來。這對我們來說是一個難得的機會。」

劇本、歌曲、整個電影，別說是芙頌，就是對費利敦來說也極為糟糕。因為想到不管怎樣，我的美人晚飯時總會對我瞪眼、板面孔，那麼至少讓費利敦高興也是一件好事，因此也帶著拉克酒給予的勇氣，我同意了為電影投資。

一九八一年五月，費利敦開始拍攝「現成的劇本」。片名用的是哈利特・齊亞[27]八十年前寫的愛情和家庭題材小說《破碎的生活》。然而，敘述奧斯曼帝國末期西化的優秀富人和中產階級的小說，和敘述發生在一九七〇年代泥濘街道上和夜總會裡的劇本是風馬牛不相及的。那個為了給失去的貞潔復仇，帶著巨大的仇恨和意志力，因為唱情歌而一舉成名的歌手，和我們這部小說裡的女主角相反，不是因為結了婚，而是因為沒能結婚而非常不幸。

電影是在老的佩麗電影院開拍的，有段時間所有以播放傳統音樂的夜總會為背景的電影都是在那裡拍攝的。撤掉了座椅的電影院，擺上桌子後就變成了一家夜總會。電影院寬敞的舞臺，即使比不上那時最大的馬克沁夜總會和位於耶尼柯伊的恰克爾夜總會，但也夠大了。在顧客們一邊吃喝，一邊觀看舞臺上的歌手和幽默主持人以及像雜技和魔術那樣的其他「綜藝節目」的夜總會裡，從一九五〇年代到七〇年代末，既可以聽

27 Halid Ziya Uşaklıgil，一八六六—一九四五，土耳其文學史上第一個寫西方定義上的小說的作家。

到土西結合的土耳其音樂，也拍攝了很多音樂劇。電影中的那些夜總會場景，主人公們首先會用一種誇張的語言介紹自己和他們的痛苦，但多年後，就像從觀眾和顧客瘋狂的掌聲和激動的淚水中也能明白的那樣，他們仍將是在夜總會獲得人生的成功。

在群眾為歌手鼓掌的場景中，往往必須雇用大批臨時演員。費利敦向我透露綠松塢的製片人為了降低成本而採用的各種方法：從前，因為像澤齊．繆然[28]和艾美爾．薩英[29]那樣真正的歌手，多半會在電影裡扮演他們自己，因此只要戴領帶、穿西裝和舉止文雅的人都會獲准進入拍攝現場來演一個觀眾。夜總會的桌子會被那些想免費觀看明星的人坐滿，這樣不花一分錢，臨時演員的問題也就解決了。而最近幾年，像帕派特亞那樣鮮為人知的演員取代了那些歌唱家。（在電影裡，扮演遠比自己更加有名的歌唱家的這些小明星，會在一、兩部電影後變得和他們扮演的角色一樣有名，於是又會有更加沒名的窮歌手在電影裡扮演他們的角色。有一次穆紮菲爾先生告訴我，土耳其觀眾厭倦那些無論在現實生活，還是在電影裡都有名和富有的人。一部電影的神祕力量，來自它的明星在現實生活和電影裡的地位差距。而電影故事原本就是為了縮小這一差距的。）因為沒人會穿著體面地去布滿灰塵的佩麗電影院聽一個無名歌手唱歌，因此就給那些扮演觀眾的戴領帶、穿西裝的男人和不戴頭巾的女人提供免費烤肉。以前，塔伊豐喜歡在朋友聚會上調侃他在露天電影院裡看過的土耳其電影，在他模仿了那些吃飽了肚子擺出富人架勢、戴領帶的窮演員的造作姿態後，他會帶著一種受委屈之人的真誠惱怒憤憤不平地說，其實土耳其富人根本不是這樣的。

我從費利敦拍攝前，用他在當助理時的例子跟我說的那些事情裡知道，便宜的臨時演員除了錯誤地宣傳富人，還可能會製造出更大的麻煩。一些人吃了烤肉，不等拍攝結束就要離開；一些人在桌邊看報紙；一些人當明星歌手唱到最感人的歌詞時，和其他臨時演員說笑（其實這和現實生活是相符的）；一些人則疲於等待而在桌上睡著了。

第一次去《破碎的生活》拍攝現場時，我看見「劇務主任」因為生氣，正在滿臉通紅地訓斥那些看著鏡頭的臨時演員。就像一個真正的電影製片人、一個老闆那樣，我靜靜地站在遠處看了一會兒。正在那時，我聽到了費利敦的聲音，於是一切在瞬間被賦予了土耳其電影那一半是神話，一半是低俗的魔力，帕派特亞手拿麥克風開始走在延伸到觀眾席間的高臺上。

五年前，我、芙頌和費利敦在厄赫拉莫爾城堡附近的一個花園電影院看過帕派特亞演的一部電影，帕派特亞飾演一個能幹、機靈又善良的小女孩，這女孩因誤會而分手的父母在她的促成之下和好了。而現在（帶著一種標示所有土耳其孩子命運的速度），帕派特亞卻變成了一個疲於奔命、憤怒和沉浸在痛苦之中的犧牲品。失去了土耳其電影的悲劇色彩和純真，因此命中註定會早死的不幸女人的樣子，對於帕派特亞來說就像是一件合身的衣服那樣合適。當我想起帕派特亞兒時的純真時，我可以明白她現在的狀態；而從她在舞臺上那疲憊和憤怒的狀態裡，我可以看到她兒時的純真。在一個不存在的樂隊的伴奏下——費利敦將使用從別的電影人那裡拿來的音樂——帕派特亞像一個模特兒那樣走著，她帶著一種絕望的反抗走到了對真主造反的邊緣，她那復仇的渴望，因為讓人想起了她所忍受的強烈痛苦，因此讓我們黯然神傷。在和那裡的所有人一起拍攝這個鏡頭時，我們在帕派特亞身上感到一種彌足珍貴的東西，即便有些低俗。打瞌睡的臨時演員打起了精神，就連那些送烤肉的服務生也駐足觀看。

帕派特亞像拿著鑷子那樣拿著手裡的麥克風。那些年，大明星們都有反映各自特點的拿麥克風的姿勢，而帕派特亞卻為此帶來了一種全新和原創的風格，我在佩魯爾認識的一個記者認為，這是不久後她將成為大明星的佐證。在那些年的夜總會裡，固定在一個三腳支架上的麥克風已被淘汰，取而代之的是拖著長長電線的移動麥克風，這讓歌星有機會走下舞臺，走近觀眾。然而它帶來的問題是，歌星一方面要用悔恨和憤怒的

28 Zeki Müren，一九三一—一九九六，土耳其藝術音樂的泰斗，被譽為土耳其的「藝術太陽」。

29 Emel Sayın，一九四五—，土耳其藝術音樂女歌唱家、電影演員。

動作，有時用眼淚來強調歌曲的情感，另一方面不得不去注意那根長長的線，就像家庭主婦為了不讓吸塵器的長線繞到桌腿上而忙碌。因為在放錄音帶，所以帕派特亞其實沒在真唱，麥克風的電線也沒連在、繞在任何地方，但帕派特亞卻做出一副電線纏住了什麼的樣子，用一個非常優雅和柔和的動作解決了這個問題。後來還是同一個記者充滿仰慕地對我說，這些動作就像一個為跳繩的夥伴搖繩子的小女孩的動作。

快速進行的拍攝告一段落時，我去祝賀費利敦和帕派特亞，我對他們說一切都進行得很順利。這些話一出口，我就感覺自己儼然成了報紙和娛樂版上的那些製片人了。也許是因為記者們在旁邊的緣故！但是費利敦身上也出現了一種完全像報紙上說的那種導演的氣質：拍攝的速度和忙亂帶走了他身上的稚氣，彷彿他在兩個月裡一下長了十歲。他身上出現了一種有始有終、堅決、強大、略微帶點殘酷的男人氣概。

那天我感覺到，帕派特亞和費利敦之間產生了情愫，但我還不能完全確信。因為當身邊有記者時，大小明星都會做出一副他們之間發生了祕密戀情的樣子。或是在那些娛樂和電影版的記者眼裡有一種散發出禁忌、罪孽和罪過味道的東西，而演員和電影人也在配合著他們那麼做。記者拍照時，我遠離了鏡頭。因為芙頌每星期會在某個地方找來像《聲音》、《週末》那樣上面有許多電影界新聞的雜誌來看。我覺得她會在這些雜誌上看到有關費利敦和帕派特亞的緋聞。而帕派特亞也有可能會暗示，她和男主角塔希爾．湯，甚至和我——「和製片人！」——發生了戀情。然而，其實不需要任何人去暗示什麼，因為那些準備娛樂和電影版面的人，一旦認定哪條消息會大賣就會編造這條消息，然後再加油添醋地寫出來。有時他們會在一開始就誠實地告訴演員那是假消息，而演員也會配合擺出必要的「親密姿勢」。

我既為芙頌遠離這種生活和這些人而感到高興，同時又因為她沒能經歷這些喧譁和有趣的事情而為她感到惋惜。事實上，在電影和生活中——兩者在觀眾的眼裡是相同的——扮演各類墮落女人、歷經波折後成為一個女明星的人，轉眼間變成一個道德高尚的淑女繼續她的演藝生涯也是可能的。芙頌可能也在幻想這個嗎？為此她需要為自己找一個黑社會的「大哥」，或是那種關係上的一個膽大妄為的流氓有錢人。這些流氓一旦和明星建立了關係，就會立即禁止她們在電影裡演接吻和裸露的戲。裸露指的僅僅是——未來的讀者和博物館參觀者不要誤會——小腿和肩膀的裸露。明星若得到一個「大哥」的庇護，那麼關於她的那些低俗、嘲諷和無恥的新聞也會被立刻封殺。曾經有一個對此類禁令不知情的年輕記者，因為寫了一個在赫赫有名的某「大哥」庇護下的女明星高中當舞女時被著名大廠主包養的消息，腿上便挨了一槍。

看電影拍攝時，我一邊自得其樂，一邊又痛苦地想到，芙頌在離佩麗電影院步行十分鐘的家裡無所事事地坐著。拍攝一直持續到宵禁開始。晚飯時，我會想到，如果凱斯金家餐桌邊我的位子是空的，那麼芙頌會認為我放棄她而選擇了拍電影，我會為此而慌亂。於是，晚上，我會懷著愧疚和一種幸福的承諾從佩麗電影院沿著鵝卵石路面走下大坡去凱斯金家。芙頌最終會是我的。我讓她遠離電影是對的。

有時我會想到，我們之間的情誼，是一種基於挫敗的同病相憐之情。而這，有時會比愛情更讓我感覺幸福。感到這點時，城市街道上的夕陽、從破舊的希臘人公寓散發出來的潮濕和陳舊的味道、叫賣鷹嘴豆飯和炸羊肝的小販、在鵝卵石路面的小巷裡踢足球的孩子們踢過來的足球、我用力將滾到腳邊的足球高高踢出而得到的嘲笑掌聲，所有這一切都會讓我開心不已。

那些日子，無論從電影拍攝現場到沙特沙特的走廊，還是從茶館到凱斯金家，所有人都在議論一件事，那就是一夜屋銀行家們給出的高額利息。因為通貨膨脹快要接近百分之一百了，所有人都想找個地方把錢存起來。凱斯金他們在晚飯前也會議論這個話題。塔勒克先生說，他從不時去的茶館裡聽說，有些人為了讓錢保值去黃金市場買了黃金，有些人則把錢交給了支付百分之一百五十利息的各式各樣的銀行家，很多人把手裡的黃金兌換成現金，還有人取出了銀行裡的所有存款。他會煩躁地說這些事來徵求我這個商人的意見。

費利敦以拍電影和宵禁為由很少回家，他也不從我給檸檬電影公司的錢裡拿出一分錢來給芙頌。從前，我從他們家拿走東西後會買去新的東西，但在那些日子裡，我開始留錢而不再買東西了。這是一個月前，從我拿走塔勒克先生的一副舊紙牌後開始的。

我知道芙頌為了打發時間會用紙牌算命。塔勒克先生和內希貝姑媽玩牌時會用另外一副牌，內希貝姑媽難得和鄰居玩牌時也從來不會拿出這副牌。我「偷」的這副牌裡有幾張的邊角已經破損，牌的背面還有污漬，有幾張已經折斷了。芙頌曾經笑著說，因為這些標記和污漬她認識某些紙牌，因此用這副牌算命容易算準。我拿起紙牌仔細地聞了聞，除了舊紙牌上那特有的香水、潮濕和灰塵的味道，我還聞到了芙頌手上的味道。紙牌上的味道讓我感到一陣暈眩，因為內希貝姑媽也發現了我對紙牌的興趣，因此我堂而皇之地把牌放進了口袋裡。

我說：「我母親也算命，但從來算不準。據說用這副牌算命的人會轉運。認識這些污漬和破損後，我母親的運氣也會好起來的。最近她很煩躁。」

內希貝姑媽說：「向維吉黑大姊問好！」

當我說要從阿拉丁的小店買一副新牌過來時，內希貝姑媽一開始一直說「不要你破費」。但在我的一再堅持下，她說起了一副在貝伊奧魯看到的新牌。

芙頌那會兒在後面房間。我把從口袋裡拿出來的一疊紙鈔羞愧地放到一邊。

「內希貝姑媽，您能去買兩副新牌嗎？一副給你們，一副給我母親。從這個家裡拿去的紙牌會讓我母親高興的。」

內希貝姑媽說：「當然。」

十天後，我拿走了一瓶新開的佩雷嘉牌古龍水，我在放古龍水瓶子的地方，又懷著一種奇怪的愧疚留下了一疊紙鈔。我確信在頭幾個月裡，芙頌對這些錢物交易是一無所知的。

其實那麼多年我不斷從凱斯金家拿走古龍水瓶。但那些都是空瓶子，或是馬上要用完，即將被丟棄的瓶子。除了拿空瓶子來玩的小孩，沒人會去注意那些空瓶子的。

我會帶著渴望，甚至是希望把晚飯後很久才招待大家用的古龍水像一種聖水那樣，塗抹到我的手上、額頭上和臉頰上。我也總會著魔般地看芙頌和她父母用古龍水時的動作……塔勒克先生會在看電視時慢慢擰開古龍水的瓶蓋，而我們也知道過一會兒放第一個廣告時，他會把瓶子交給芙頌說：「問問有人要古龍水嗎？」芙頌首先會往她父親的手上倒古龍水，塔勒克先生會像得到一種醫療救助那樣把古龍水塗到手腕上，還會像一個克服呼吸困難的人那樣深深地將香味吸進肺裡，隨後還會不時地聞一聞手上的餘香。內希貝姑媽只要一點點古龍水，她會用我在母親那裡看到的優雅動作，慢慢地搓手掌，就好像在手心裡滾一塊肥皂讓它出泡沫那樣。如果在家，費利敦會從妻子那裡要最多的古龍水，他會像一個就要渴死的人那樣張開手掌，貪婪地把古龍水塗到臉上。我會從所有這些動作裡，從古龍水給予的香味和涼爽裡（因為在寒冷的冬夜裡，也會有同樣的古龍水儀式）感到它完全不同的一個含義。

就像乘坐客運車旅行前，乘務員往每個乘客的手裡倒古龍水一樣，古龍水也讓每晚聚在電視周圍的我們感到大家在一起做同一件事的美好，我們是一個團體，我們在分享同樣的命運（這也是電視新聞強調的一種情感），儘管我們每晚在同一個屋簷下看電視，但人生是一種冒險。

輪到我時，當我迫不及待地張開手掌，等待芙頌來倒古龍水時，我們的目光會相遇。那時我們會像一對一見鍾情的情侶那樣深情凝望彼此。當我去聞手上的古龍水時，我根本不會去看自己的手掌，而是始終看著芙頌的眼睛。有時我眼神裡濃烈、堅定的愛意會讓她忍不住笑起來。那似有似無的笑意會在她的嘴角停留很久。在那個微笑裡，我會看見一種對於人生、我的癡戀、我每晚的拜訪的憐愛和嘲諷，但我不會因此心碎。恰恰相反，我會在剎那間更愛她，會想把古龍水的瓶子拿回家。在隨後的一次造訪裡，當我發現古龍水快要用完時，我會瞬間趕緊把瓶子塞進掛在衣架上的大衣口袋裡。

在《破碎的生活》拍攝的那些日子裡，晚上七點左右，天黑之前，當我從佩麗電影院朝蘇庫爾庫瑪走去時，有時我會有一種那個時刻的生活片段其實以前已經經歷過的感覺。完全相同的人生我將重新經歷一次，而那前世裡既沒有太大的不幸，也沒有太大的幸福。但這前世裡有一種讓我感覺非常沉重的憂傷……也許這是因為我看見了故事的結局，知道既沒有什麼勝利，也沒有什麼幸福在等待我的緣故。因此，在愛上芙頌的第六個年頭結束時，我從一個認為人生是一次充滿未知、有趣冒險的人，正在變成一個對人生心懷不滿，自閉、憂傷的人。人生中不再會有什麼好事發生的感覺慢慢占據我的內心。

在那些春天的夜晚，我會說：「芙頌，我們去看看你畫的白鶴好嗎？」

而芙頌會沒精打采地說：「不，沒什麼新進展。」

有一次，內希貝姑媽插話道：「啊，你為什麼要這麼說……白鶴從我們的煙囪上飛了起來，凱末爾先生，牠飛到的地方可以看見整個伊斯坦堡。」

「我很好奇。」

有時芙頌會誠實地說：「今晚我心情不好……」

那時我會看見塔勒克先生的心在顫抖，他慈愛地想保護女兒，他在為此憂傷。感到芙頌的這句話不僅僅是今晚，也是人生窘境的一個表述，我會因此傷心，於是我決定從此不再去《破碎的生活》的拍攝現場。（這個決定我很快就身體力行了。）而另一方面，我也會覺得芙頌的這個回答，是她多年來對我發動的戰爭的一部分。從內希貝姑媽的眼神裡，我也會感到，她既在為我的，也在為芙頌的態度而煩惱。就像托普哈內上空的烏雲籠罩了天空一樣，當我們感到人生的困境和煩惱籠罩心頭時，我們會陷入一陣沉默，像往常那樣我們會去做三件事：

一、看電視。

二、再倒一杯拉克酒。

三、再點上一根菸。

68 四千兩百一十三個菸頭

在我去凱斯金家吃晚飯的八年裡，我累積了芙頌的四千兩百一十三個菸頭。這些碰到過芙頌那玫瑰般的嘴唇，進入她的嘴巴，有時就像我摸到過濾嘴時明白的那樣因為碰到了她的舌頭而被浸濕，以及多數時候被塗抹在她嘴唇上的口紅染上了一層可愛紅色的菸頭，全都是帶著深切痛苦和幸福回憶的非常特殊和私密的東西。九年時間裡，芙頌一直在抽本土的薩姆松牌香菸。開始去凱斯金家吃晚飯後不久，我也在芙頌的影響下，放棄萬寶路開始抽薩姆松了。我是從在街上賣走私香菸的小販和通姆巴拉小販那裡買來清淡型萬寶路的。我記得，有天夜裡，我們談到清淡型萬寶路和薩姆松都是味道濃烈的香菸。芙頌說，薩姆松更會讓人咳嗽，而我則說，美國人不知道往菸草裡添加了哪些毒素和化學物質而把萬寶路變成了一個非常有害的東西。因為塔勒克先生還沒坐到餐桌邊，因此當我們的目光相遇時，我們互相讓了菸。在這八年裡，像芙頌那樣，我也像煙囪般吞雲吐霧地抽了很多薩姆松，但是為了不給未來的人們樹立一個壞榜樣，我不會在故事裡過多地說那些經常出現在老電影和小說裡的抽菸細節。

在保加利亞社會主義共和國生產，透過走私船和漁船運入土耳其的假冒萬寶路，也和美國的真萬寶路一樣，一旦點著就能燒到最後。而薩姆松卻不能自己從頭燒到尾，因為菸草既潮濕又粗糙。因為有時裡面會出現沒有完全磨碎，像木屑一樣的菸葉梗、菸葉的粗經脈和潮濕的菸草塊，因此芙頌抽菸前會用手指先將香菸搓軟。我也從她那裡學來了這個動作，點菸之前就像芙頌那樣，我會用手指自動地把菸轉著捏一捏。如果那時她也在那麼做，那麼和芙頌對視會是件非常愜意的事情。

我去凱斯金家的頭幾年裡，芙頌抽菸時會做出不能在父親面前抽菸的樣子。她會把菸倒捏在手心裡，就像把手上的菸藏起來那樣，她也不會把菸灰點到她父親和我用的屈塔希亞菸灰缸裡，而是「不讓任何人看見」地彈到咖啡杯的小碟裡。她父親、我和內希貝姑媽會毫無顧忌，隨意地吐出嘴裡的煙，而芙頌則會像課堂上跟身邊同學急急忙忙說一句悄悄話那樣，瞬間把頭轉向右邊，朝著遠離餐桌的一個地方，匆忙地把肺裡的藍色煙霧從嘴裡吐出來。我非常喜歡這個讓我想起我們那些數學課的動作，喜歡她臉上那種假裝害羞以及慌亂和犯了錯的表情，我會想到，今生自己會永遠愛她。

為了在父親面前遵守類似不抽菸、不喝酒、不蹺二郎腿的傳統家規所做的所有這些表示「尊敬」的動作，在隨後的幾年裡都慢慢消失了。塔勒克先生當然看見女兒抽菸了，但他沒有像一個傳統的父親那樣做出應有的反應，他因為芙頌的那些表示尊敬的動作而滿足。看這些「假裝那麼做」的儀式、這些人類學家根本無法理解的複雜細節，會讓我感到異常地幸福。我從不認為「假裝那麼做」是虛偽的；當我看著芙頌那些可愛、迷人的動作時，我會提醒自己，我之所以能夠見凱斯金一家人，完全是因為每晚我們都在「假裝那麼做」。因為我並不是作為一個戀人，像真實的我一樣坐在那裡。我只有裝做一個去他們家作客的遠房親戚，才能夠看見芙頌。

我不在時，芙頌會把煙一直抽到濾嘴那裡。我會從去他們家之前被掐滅在菸灰缸裡的菸頭上明白這點。我能夠立刻從菸灰缸裡分辨出芙頌的菸頭，這不僅和香菸的牌子，也和芙頌掐滅菸頭的動作和她當時的心情有關。而我去他們家的那些夜晚，就像抽纖長、優雅的美國女士菸的茜貝爾和她的朋友那樣，芙頌幾乎抽到半截就會把菸掐滅。

有時，她會用一個生氣的動作把菸掐滅。有時這會是一個不耐煩的姿態，而不是一個生氣的動作。我也見過很多次她憤怒地掐滅菸頭的動作，我會為此感到不安。某些日子，她會用非常小而執著的動作，把菸頭在菸灰缸底部點幾下來熄滅它。有時，在誰也不注意時，她會像在慢慢地踩踏一個蛇頭那樣，用勁、慢慢地把菸頭摁滅在菸灰缸裡。那時，我會想到，她是在把心裡所有的憤怒發洩到菸頭上。看電視、聽別人聊天時，她也會若有所思，看也不看地就把菸掐滅在菸灰缸裡。我還經常看見她為了騰出手去拿勺子或是水罐，急急忙忙一下就把菸掐滅的動作。在她開心、幸福的那些時候，就像不造成任何痛苦就把一個動物殺掉那樣，她會用食指尖輕輕地把菸摁滅在菸灰缸裡。在廚房忙碌時，就像內希貝姑媽那樣，她會讓菸頭瞬間碰到水龍頭流出的水，然後把它扔進垃圾桶。

所有這些不同的方法，賦予了每個出自芙頌之手的菸頭一個特殊的形狀和靈魂。我會在邁哈邁特大樓裡把它們從口袋裡拿出來仔細查看，我會把它們每一個比做一樣不同的東西，比如，脖子和腦袋被踩扁、駝背、受了委屈的黑臉小人兒，或是令人恐懼的奇怪問號。有時我會把那些菸頭比做渡船的煙囪，或是海裡的小蟲。有時，我會把它們當做警示我的感嘆號，來自未來的一種危險的信號，難聞的垃圾，或是一種表達芙頌靈魂的東西，甚至是這個靈魂的一個部分。我會輕輕地舔一下濾嘴上的口紅印，沉浸在關於人生和芙頌的沉思裡。

我在博物館裡展出自己在這八年時間裡留下的四千兩百一十三個菸頭，我在每個菸頭下面注明了我拿到它的日期。看到這些的參觀者們，千萬別認為我在用沒用的東西充斥展櫃，因為每個菸頭的形狀都帶有芙頌掐滅它時的心情。比如，一九八一年五月十七日，也就是《破碎的生活》在佩麗電影院開拍的那天，我從芙頌的菸灰缸裡拿來的這三個被用勁折彎的菸頭，不僅會讓我想起那幾個糟糕的月份，還會讓我想起芙頌那天的沉默、她離電影的遙遠以及她若無其事的樣子。

這裡還有兩個被狠狠掐滅的菸頭，它們是在我們看電視上播的電影《虛假的幸福》時被掐滅的。電影裡的男主角，我們在佩魯爾酒吧結識的艾克雷姆（就是曾經也扮演過先知亞伯拉罕的著名演員艾克雷姆・居齊魯）說道：「努爾坦，人生最大的錯誤，就是要更多的東西，試圖得到幸福！」他那一貧如洗的情人努爾坦無聲地低下了頭。芙頌就是在這個時候掐滅了其中的一個菸頭，而另外一個則是在那個鏡頭過後十二分鐘掐滅的。（芙頌平均九分鐘抽完一根薩姆松。）

我記得，一些看起來還齊整的菸頭上的污漬，來自於芙頌在一個炎熱的夏夜吃的櫻桃冰淇淋。夏天的夜晚，推著三輪小車在托普哈內和蘇庫爾庫瑪小巷裡，邊喊「冰淇淋」邊搖鈴慢慢經過的卡米爾，冬天則會叫賣哈瓦糕[30]。有一次，芙頌告訴我，卡米爾的手推車，也是讓從小給她修自行車的貝希爾修的。

看到另外一、兩個菸頭和它們下面的日期，我想起在炎熱的夏夜裡，我們吃過的油炸茄子、優酪乳以及我和芙頌一起看著窗外的情景。在那種時候，芙頌會拿一個小菸灰缸在手上，然後不時往菸灰缸裡彈菸灰。那時，我會把她想像成一個去出席一場豪華舞會的女人。抑或是和我站在窗前聊天時，她會模仿這樣的一個女人。如果願意，她可以像我，或是像所有土耳其男人那樣，把菸灰彈到窗外，在窗邊把菸掐滅後把菸頭扔下去，或者用手指直接把燃著的菸頭彈出去，然後看菸頭在黑暗中旋轉著落下。但芙頌從來不會那麼做，她文明、優雅的舉止也為我樹立了榜樣。遠遠看著我們的人，可能會以為我們是一對情侶，在一個沒有男女授受不親的西方國家，在一個舞會上，為了互相認識躲到一個安靜的角落文雅地交談。看著窗外時，我們會說笑著談論剛才在電視上看到的電影結局、夏日夜晚的悶熱、在街上玩捉迷藏的孩子們。而那時，博斯普魯斯海峽的方向會吹來一陣輕風，和著海藻味和金銀花醉人的清香，輕風會為我帶來芙頌頭髮和肌膚的芳香，以及這香菸的好聞煙味。

有時，當芙頌正要掐滅菸頭時，我們的目光會在不經意間相遇。在電視上看一部悲淒的愛情片時，或是跟隨著沉重的音樂，被一部關於「二戰」的紀錄片中那些令人震驚的事件影響時，芙頌會冷漠地把菸掐滅。就像在這個例子裡一樣，如果那個時刻我們的目光碰巧相遇，那麼我們之間會瞬間產生一股電流，我們倆就會想起我為什麼會坐在他們家的餐桌旁，那時被掐滅的菸頭就會帶有一種奇怪的形狀，就像當時混亂的腦子一樣。隨後，我會聽到從遠處的一艘大船上傳來的汽笛聲，我會用那艘船上的人們的眼光來思考世界和自己的人生。

有些夜晚我只拿一個，有些夜晚則會拿幾個菸頭去邁哈邁特大樓，當我隨後把它們一個個拿到手上時，我會想起屬於過去的一些「時刻」。那些菸頭，讓我清楚地明白，其實我累積的所有物件，正好就一一對應了亞里斯多德所說的那些時刻。

不用把我在邁哈邁特大樓裡累積的物件拿到手上，即便僅僅看它們一眼，我就已經能夠想起和芙頌一起擁有的過去，晚上我們在餐桌旁坐著的樣子。一個陶瓷的鹽瓶、一副小狗形狀的裁縫卷尺、一個開罐器，或是芙頌他們家廚房裡永遠不會缺少的巴塔納伊葵花子油瓶，我用物件把它們連在一起的一個個時刻，隨著時間的流逝在我的記憶裡彷彿擴散成一段久遠的時間。就像看著菸頭那樣，看著那些在邁哈邁特大樓裡日積月累的物件，我就會一幕幕地想起我們坐在芙頌他們家餐桌旁時所做的一切。

69 有時

有時，我們什麼也不做，只默默地坐著。有時，塔勒克先生會像我們那樣討厭電視上的節目，那時他就會用餘光看報紙。有時，一輛車會按著喇叭從坡上下來，我們都會停止說話，豎起耳朵去聽車開過。有時，下雨了，我們就會去聽雨點打在窗戶上的劈啪聲。有時，我們會說「天氣真熱啊」。有時，內希貝姑媽會忘記放在菸灰缸裡的菸，走進廚房後再點上一根。有時，不讓任何人發現，我會盯著芙頌的手看個十五到二十秒，越看越愛慕她。有時，電視的廣告裡會出現一個女人介紹我們那時正在吃的一樣東西。有時，遠處會傳來一聲爆炸聲。有時內希貝姑媽，有時芙頌，會起身離開餐桌，往暖爐裡添上一、兩塊煤。有時，我會想下次來不送髮夾給芙頌，送她一個手鐲。有時，我竟然會忘記我們正在看的一部電影的主題，一邊看電視，一邊回憶在尼相塔什上小學時的那些日子。有時，內希貝姑媽會說「我去煮點花茶來喝吧」。有時，芙頌會忘我地打呵欠，以至於我會想到，她忘記了整個世界，她在從自己的靈魂深處打出一段更加安寧的人生，就像

30 Helva，一種由芝麻粉、奶油、蜂蜜等食材製成的土耳其甜食。

夏天從一口清涼的井裡打出一桶水那樣。有時，我會對自己說，別再坐下去了，該走了。有時，對面大樓一樓那家開到很晚的理髮店在送走最後一個顧客後，店主會快速拉下鐵捲門，那聲音在寂靜的夜色裡迴盪。有時會停水，一停就是兩天。有時，從燒煤的暖爐裡，除了火焰我們還會聽到別的聲響。有時，完全因為內希貝姑媽說「你喜歡吃我今天做的橄欖油四季豆，明天您再來吃」，於是第二天我還會去他們家。有時，我們會談起美蘇鬥爭、冷戰、夜裡經過海峽的蘇聯戰艦、馬爾馬拉海域的美國潛艇。有時，內希貝姑媽會說「今天晚上太熱了」。有時，從芙頌的表情我會明白她沉浸在自己的幻想裡，我會想去她幻想的那個國度，但是，我會覺得自己、我的人生、我的沉重、我坐在餐桌旁的樣子完全是絕望的。有時，餐桌上的東西在我眼前會變成山脈、低谷、山峰、高原和盆地。有時，我們會看著電視上好笑的情節，一起笑起來。有時，我們會同時聚精會神地去看電視上的一個節目，在我看來，這彷彿是對我們的一種侮辱。有時，看見鄰居孩子阿里在芙頌的懷裡爬上爬下，我會很生氣。有時，我會和塔勒克先生，神情狡猾地輕聲談論經濟形勢上的敏感問題。有時，芙頌會去樓上，好久也不下來，這會讓我不開心。有時，電話鈴響了，但卻是打錯的。有時，內希貝姑媽會說「下週二，我給你們做南瓜甜食」。有時，三、四個年輕人唱著足球歌，叫嚷著從坡上下來，走向托普哈內的方向。有時，我會幫芙頌給暖爐添煤塊。有時，我會看見一隻蟑螂慌亂地跑在廚房的地板上。有時，我會感覺到芙頌在桌下把腳擱在拖鞋上面。有時，巡夜的人會正好在我們的門前吹響哨子。有時我，有時芙頌，會起身去把忘記撕掉的掛曆一張張撕去。有時，趁沒人注意，我會再去舀一勺哈瓦糕。有時，電視上的圖像會變模糊，塔勒克先生說「女兒，你去調一調」，芙頌會去調電視後面的一個按鈕，而我則會從後面看著她。有時，我會說「我再抽根菸，然後就走」。有時，我會完全忘記時間，就像躺在一張柔軟的床上那樣，舒坦地躺在「現在」裡。有時，我會認為自己發現了地毯裡面的細菌、蟲子和寄生蟲。有時，在兩個電視節目中間，芙頌會從冰箱裡拿來冰水，塔勒克先生則會去樓上上廁所。有時做了南瓜、番茄、茄子和柿子鑲飯，我們會連著吃兩天。有時，吃完晚飯，芙頌會離開餐桌去和檸檬說話，我會以為她在和我說話。有時，夏夜裡，一隻從凸窗外飛進來的飛蛾，會像瘋子那樣圍著燈打轉。有時，內希貝姑媽會說起一個她新近聽到的舊傳聞，比如，電工埃菲的父親曾經是個出了名的土匪。有時，我會忘記自己身在何處，忘我、深情、久久地看著芙頌，就像只有我們倆那樣。有時，一輛小車會靜悄悄地經過，以至於我們只能從玻璃的震動才會感覺到。有時，會從費魯紮清真寺（Firuzağa Camii）傳來禱告的召喚。有時，芙頌會動不動就離開餐桌，跑到面向大坡的窗前，彷彿帶著一種深切的思念等待一個人那樣，久久地看著窗外，這會讓我心碎。有時，看著電視的我會去想完全不同的事情，比如，我會幻想我們是在輪船餐廳裡相遇的乘客。有時，夏夜裡，內希貝姑媽會把在樓上房間裡用的滅蠅噴霧劑拿到樓下來，在餐廳裡「轉著噴一下」，蒼蠅會應聲落地。有時，內希貝姑媽會說起古時的伊朗皇后蘇雷亞，她會跟我們講這個因為不能生育而離婚的女人所經歷的痛苦和她在歐洲上流社會的生活。有時，塔勒克先生會看著電視說：「他們怎麼又讓這個無恥的傢伙上電視了！」有時，芙頌會連續兩天穿同樣的衣服，但它們依然會讓我覺得不同。有時，內希貝姑媽會問：「有人要吃冰淇淋嗎？」有時，我會看見對面樓上的一個人站在窗前抽菸。有時，我們會吃油炸鳳尾魚。有時，我看見凱斯金他們真誠地相信世上是有公道的，罪犯必將會在今生或來世得到懲罰。有時，我們會沉默很長一段時間。有時，不僅是我們，彷彿整座城市都在沉默。有時，芙頌會說：「爸爸，開飯前請你別先偷吃！」那時我會感到，因為我的緣故，他們甚至在餐桌邊都不能輕鬆自在。有時，我卻不這麼想，我會發現所有人都很自在。有時，聚精會神看電視的內希貝姑媽，點著菸後會忘記把火柴吹滅，直到火快燒到她的手。有時，我們會吃焗麵。有時，一架飛向耶希爾柯伊機場方向，準備降落的飛機在夜色中會從我們上空呼嘯而過。有時，芙頌會穿一件露出細長脖子和乳溝的襯衫，看電視時，我會注意不讓自己的目光總停留在她那白皙的脖頸上。有時，我會問芙頌：「你的畫畫得怎麼樣了？」有時，電視預報說「明天下雪」，但到了第二天並沒有下雪。有時會傳來一艘大油輪發出的慌亂汽笛聲。有時遠處會傳來槍聲。有時，旁邊鄰居會用力地撞上樓門，那時，我身後展示櫃裡的茶杯會顫抖。有時，電話鈴響了，檸檬會誤以為是一隻雌鳥的叫聲而激動地鳴叫，我們大家都會笑它。有時，會有一對夫婦來作客，我會有點不好意思。有時，塔勒克先生會跟著電視上的于斯屈達爾女聲合唱團一起唱老歌。有時，兩輛小車會在窄小的街道上相遇，兩方司機固執地不肯讓路，他們會因此爭執、對罵，隨後走下車大打出手。有時，家裡、街上、整個區域一片寂靜。有時，晚上，除了餡餅和醃金槍魚，我還會給他們帶去鯖魚乾。有時，我們會說：「今天可真冷啊！」有時，塔勒克先生晚飯後會笑著從口袋裡拿出清爽牌薄荷糖，請我們每人吃一粒。有時，門外的兩隻貓會先野蠻地叫上一陣，隨後開始尖叫打架。有時，芙頌會立刻戴上那天我送她的耳墜或是別上胸針，吃飯時我會悄悄地告訴她她很漂亮。有時，我們會深深地被電視上愛情片裡的重逢和接吻鏡頭打動，我們會忘記自己身在何處。有時，內希貝姑媽會說：「今天菜裡的鹽我放少了，想加的隨便加。」有時，遠處在閃電，打雷。有時，一艘舊的輪船發出的尖細汽笛聲，會帶著憂傷直刺我們的心窩。有時，我們在佩魯爾認識的一個演員會出現在電視上的一部電影、一個連續劇或是廣告裡，那時我很想看見芙頌的眼睛，而她卻會逃避我的目光。有時，停電了，我們會在黑暗中看見火紅的菸頭。有時，會有人吹著一首老歌的口哨從門前走過。有時，內希貝姑媽會說：「唉，今天晚上我菸抽得太多了。」有時，我的眼睛會盯在芙頌的脖子上，為了整個晚上不去過多地看那裡，我會不太難地就管住自己。有時，剎那間會出現一陣深沉的寂靜，內希貝姑媽會說：「在什麼地方有一個人死了。」有時，塔勒克先生的一個新打火機會點不著火，我會想是時候送他一個新的了。有時，內希貝姑媽會去廚房冰箱裡拿一些吃的過來，回來後她會問我們剛才電影裡發生了什麼。有時，我們對面的住家會傳來夫妻吵架聲，丈夫打了妻子，我們會聽到慘叫聲。有時，冬天的夜晚，賣米酒的小販會搖著鈴，叫喊著「維法的米——酒」經過門口。有時，內希貝姑媽會對我說：「今天您很開心！」有時，為了不探過身去撫摸芙頌，我會艱難地克制自己。有時，特別是在夏夜，會突然颳起一陣風，門會被撞上。有時，我會想到紮伊姆、茜貝爾和我的一些老朋友。有時，蒼蠅會停在我們的飯菜上，內希貝姑媽會很生氣。有時，內希貝姑媽會從冰箱裡為塔勒克先生拿來礦泉水，她會問我：「您也要嗎？」有時，還不到十一點，巡夜的人就會吹著口哨從門口經過。有時我會感到一種強烈的欲望想對她說：「我愛你！」但我只能用我的打火機為她把菸點燃。有時，我發現自己上次拿來的紫丁香還在花瓶裡。有時，又會出現一陣沉默，鄰居家的一扇窗戶會被打開，有人會往樓下扔一袋垃圾。有時，內希貝姑媽會問：「最後這個肉丸子誰吃？」有時，看著電視裡的帕夏，我會想起服兵役的日子。有時，我會深切地感到不單單是自己，我們所有人都是微不足道的。有時，內希貝姑媽會問：「猜猜看，今天晚上的甜點是什麼？」有時，塔勒克先生會劇烈地咳嗽，芙頌會起身為她父親拿來一杯涼水。有時，芙頌會別上很多年前我送她的一個胸針。有時，我會開始以為電視上的圖像和解說是風馬牛不相及的。有時，芙頌會問我一個關於電視上的話劇演員、文學家或是教授的問題。有時，我也會幫著把餐桌上的髒盤子拿去廚房。有時，因為我們的嘴裡塞滿了食物，餐桌上會出現一陣沉默。有時，一個人打了呵欠，隨後其他人也都跟著打呵欠，當我們發現這個現象後會笑著談論這個話題。有時，芙頌會完全沉浸在電視上的電影裡，那時我會希望自己是電影裡的主人公。有時，烤肉的味道會一直散不去。有時，我會想到，完全因為我坐在芙頌的身邊才會這麼幸福。有時，我會說：「找個晚上，我們去海峽邊吃晚飯吧。」有時，我會認為，人生不在別處，正好就在那裡，在那張餐桌上。有時，完全因為電視上在說那個話題，我們就會去爭論一些我們根本不懂的問題，比如，在阿根廷消失的國王墓地、火星上的地心引力、人不呼吸可以在水裡待多久、摩托車在伊斯坦堡為什麼是危險的、于爾居普的「精靈煙囪」[31]是怎麼形成的。有時，颳來的一陣強風會在窗戶上呼嘯，暖爐管道裡也會發出一種奇怪的聲響。有時，塔勒克先生會想起五百年前法提赫[32]讓戰艦上岸經過五十米外的博阿茲凱山大道，隨後再讓戰艦下海進入哈里奇

31 位於土耳其中部的卡帕多西亞有一大片被風化的岩石，岩石由火山灰沉積而成，因圓錐形的岩石形狀像一根根煙囪，故得名「精靈煙囪」。

32 指一四五三年攻克君士坦丁堡（現伊斯坦堡）的法提赫蘇丹邁赫邁特。

灣的事情，他說：「那時他才剛十九歲啊！」有時，芙頌吃完飯會起身離開餐桌去看檸檬，過一會兒我也會走去她的身邊。有時，我會對自己說：「幸虧今天晚上我又來了！」有時，塔勒克先生會讓芙頌去樓上幫他拿老花鏡、報紙或是彩券，那時內希貝姑媽會對她說：「下來時別忘了關燈！」有時，內希貝姑媽說，我們能趕上在巴黎的遠房親戚的婚禮。有時，塔勒克先生會大叫一聲：「別說話！」為了讓我們能夠聽見家裡的窸窸窣窣聲，他會用眼睛示意一下天花板，那時，我們都會伸長耳朵去聽樓上那一開始我們無法明白到底是老鼠還是小偷發出的窸窣聲。有時，內希貝姑媽會問丈夫：「親愛的，電視的音量可以嗎？」因為隨著年紀越來越大，塔勒克先生的耳朵也越來越不靈了。有時，我們之間會出現一陣很長的沉默。有時，下雪了，雪花會積在窗臺和人行道上。有時，放煙火了，我們大家都會離開餐桌，去看那綻放在夜空中的五彩煙火，隨後，我們會聞到從窗外飄進來的火藥味。有時，內希貝姑媽會問：「凱末爾先生，要我給您把水加滿嗎？」有時，我會說：「芙頌，我們去看看你的畫好嗎？」有時我們會去看，那時，我明白，和芙頌一起看她的畫時，我是幸福的。

70 破碎的生活

宵禁時間推遲到十一點後一星期，一天晚上，離宵禁時間還有半小時，費利敦回來了。很長一段時間，他以電影為由，說夜裡睡在片場就不回家了。他喝得酩酊大醉，顯然他的情緒很壞，很痛苦。看見坐在餐桌旁的我們後，他勉強說了一些客套話，但沒能堅持很久。當他的目光和芙頌相遇時，像從一場曠日費時的艱苦戰爭中潰敗而回的士兵那樣，他沒說太多話就去了樓上的臥室。芙頌本該立刻起身跟丈夫上樓的，但她沒那麼做。

我直視她的眼睛，仔細觀察著她的一切。她也知道我在觀察她。她點上一根菸，像什麼事也沒發生那樣慢慢地抽著。（她不再因為怕塔勒克先生看到而扭頭往旁邊吐煙了。）她若無其事地掐滅了菸。而我也陷入了無法起身告辭的危機。我以為已經被我拋在身後的這個毛病又嚴重復發了。

再過九分鐘就是十一點，當芙頌又把一根薩姆松——用一種稍微變沉重的動作——放到嘴上時，她仔細地盯著我的眼睛看了一眼。我們用眼神瞬間向對方訴說了如此之多的東西，以至於我覺得我們彷彿已經交談了一整夜。於是，我不由自主地伸出手，用我的打火機為她點著了菸。芙頌用土耳其男人只有在外國片裡才會看見的動作，瞬間握住了我拿打火機的手。

我也點了一根菸，就像沒發生任何異常的事情那樣，我慢慢地抽完了菸。時時刻刻我都感到宵禁時間的逼近。內希貝姑媽也意識到了這點，但她因為對事情的嚴重性感到害怕，所以一聲也沒吭。塔勒克先生當然也察覺到這種不尋常的狀況，只是不知道該對什麼視而不見。十一點十分，我離開了他們家。我認為，就是在那天夜裡我明白自己將和芙頌結婚的。因為明白芙頌最終會選擇我，我是那麼開心，以至於我忘記了宵禁後上街會讓我和切廷都陷入危險。切廷在泰什維奇耶的家門口讓我下車後，會把車停到前面的詩人・尼伽爾街上的一個車庫裡，隨後從暗巷不讓任何人看見走回附近的一夜屋區域的家裡。那夜，我像個孩子，幸福得無法入眠。

七個星期後，《破碎的生活》在貝伊奧魯的薩拉伊電影院舉辦首映式，那晚我在蘇庫爾庫瑪和凱斯金一家在一起。其實，芙頌作為導演的妻子，我作為製片人（檸檬電影公司的大半股份在我手裡）是應該去出席首映式的，但我們倆都沒去。芙頌本來也不需要藉口，因為她和費利敦一直在吵架。她的丈夫整個夏天很少回家，很有可能是和帕派特亞生活在一起。他每隔兩星期回到蘇庫爾庫瑪的家裡一次，每次也都是為了回來拿一、兩件東西，襯衫或是書。這些情況我是間接從內希貝姑媽一些含蓄的談話裡知道的，儘管我很好奇，但我從來沒敢提這個「諱莫如深」的話題。我從芙頌的眼神和狀態裡明白，她禁止當著我的面說這些事情。但我還是從內希貝姑媽那裡得知，有一次費利敦回來時和芙頌吵架了。

我猜想，如果我去了首映式，芙頌一定會在報紙上看到這條消息，她會為此很傷心，一定會懲罰我。然而，另外一方面，作為電影的製片人，我當然是應該去出席首映式的。那天吃完午飯，我的祕書澤伊內普女士打了電話到檸檬電影公司，她說我母親病得很厲害，那天我不能出門。

在《破碎的生活》即將第一次和伊斯坦堡的電影愛好者和記者們見面的時刻，外面在下著雨。我沒讓去泰什維奇耶家裡接我的切廷走托普哈內，而是繞道塔克西姆和加拉塔薩拉伊再去凱斯金家。當車從薩拉伊電影院前面經過時，透過被雨打濕的車窗，我看見了幾個為去首映式而打著雨傘、穿著時尚的人，用檸檬電影公司的錢做的一、兩張海報，但這些一點也不像我幾年前幻想的那場為芙頌主演的電影舉辦的首映式。

晚飯時，在凱斯金家的餐桌上沒人說到這件事。塔勒克先生、內希貝姑媽、芙頌和我一直不停抽菸，我們吃了義大利肉醬麵、黃瓜沾優格、番茄沙拉和白乳酪。我們還吃了我到尼相塔什從奧馬爾店裡買來、一進門就把它放進冰箱冷凍的冰淇淋。我們還不時走到窗前去看外面下的雨和從蘇庫爾庫瑪大坡上傾瀉而下的雨水。一整夜，好幾次我都想要問芙頌，她的畫畫得怎麼樣了，但從她那生硬的表情和緊皺的眉頭上我覺得，現在不是問這個的好時機。

儘管評論家們發表了一些嘲諷、鄙視的言論，但《破碎的生活》在伊斯坦堡和其他城市都得到觀眾的好評，還創下票房紀錄。帕派特亞用兩首憤怒而哀怨的歌來抱怨悲慘命運的最後幾幕，特別讓小城市裡的女人們為之落淚，無論年輕還是年老，很多人帶著哭腫的眼睛走出那些潮濕而滯悶的電影院。倒數第二幕也得到了一致好評，在那一幕，帕派特亞開槍打死了那個不斷向她求饒、幾乎在孩提時就欺騙並玷污了她的惡富人。那一幕的影響力是如此巨大，以至於扮演富人的——他還扮演過拜占庭的神父和亞美尼亞的民兵——我們在佩魯爾的朋友艾克雷姆先生，因為厭倦了街上那些企圖對他吐口水、打耳光的人，一段時間沒敢出門。在被稱為「恐怖年代」的軍事政變之前的時期，人們遠離了電影院，《破碎的生活》另外一個成功之處就在於最終又把人們拉進了放映大廳。不僅是電影院，佩魯爾酒吧也復甦了。看見電影事業活躍起來的電影人，也開始願意每天去佩魯爾露個臉了。十月底，風雨交加的一個夜晚，宵禁開始前兩小時，當我在費利敦的堅持下去了佩魯爾時，我看見自己在那裡的聲望高了許多，用那些日子的話來說，我是春風得意。《破碎的生活》票房大賣讓我變成了一個成功——甚至是精明和狡猾的——製片人，而這也讓來我桌邊小坐、想和我交朋友的人明顯增多，他們中既有攝影師，也有著名的演員。

我記得，那天夜裡到最後，我的腦子被恭維、關注和拉克酒弄得昏昏沉沉，有段時間，愛做夢哈亞提、費利敦、我、帕派特亞和塔希爾．湯坐在同一張桌子。和我一樣醉的艾克雷姆先生，提起報紙上重複出現的強姦鏡頭的照片，對帕派特亞開了下流的玩笑。而帕派特亞則笑著說，她對「沒有市場」的「窮」男人不感興趣。有一會兒帕派特亞慫恿費利敦去教訓一下隔壁桌那個「自命不凡」的評論家，那人評價《破碎的生活》是「一部粗俗的劇情片」，並以此來取笑她，但這事後來也被忘記了。

艾克雷姆先生說，電影放映後他得到了很多拍銀行廣告的邀請，而事實上壞人是拍不了廣告的，他對此百思不得其解。那時的熱門話題，是那些給百分之二百利息的銀行掮客。銀行掮客利用綠松塢的著名面孔在報紙和電視上大做廣告，因此他們在電影界很受歡迎。佩魯爾酒吧裡那些腦子昏沉的常客，把我看做一個成功、現代的（愛做夢哈亞提曾經說過「一個熱愛文化的商人是現代的」）商人，因此一談到這類話題就會表示尊敬地安靜下來，多數時候還會來徵求我的意見。《破碎的生活》獲得票房成功後，人們開始認為我是一個高瞻遠矚和「無情的資本家」，多年前我為了讓芙頌成為明星而去佩魯爾的事情也被遺忘了，同時被遺忘的還有芙頌。想到人們竟然能夠如此迅速地忘記芙頌，我的內心就會因我對她的愛而燃燒起來，我會想立刻見到她；我感到，因為她能夠出淤泥而不染，我會更加愛她；我會再次想到，因為讓她遠離這些心懷不軌的人，我做了一件大好事。

帕派特亞在電影裡唱的那些歌，是她母親的朋友、一個名不見經傳的老歌手唱的。因為電影的成功，帕派特亞也想自己唱一遍並做成唱片。那天晚上，作為檸檬電影公司，我們決定支持她的這個想法並續拍《破碎的生活》。其實，續拍電影不是我們的決定，而更多的是阿納多盧的那些放映大廳和影片經銷商的決定。那麼多人堅持要我們拍續集，以至於費利敦說，說不就意味著「違背事物的本性」（這是那時的另外一句俗套話）。帕派特亞，在電影的末尾，就像所有那些失去童貞的女孩那樣，沒能得到一個幸福的家庭就死去了。為了拍續集，我們決定，帕派特亞其實並沒有死，她只是被子彈打傷了，但為了躲避那些壞人，她只能裝死。第二部電影將在醫院裡開拍。

帕派特亞在三天後刊登在《國民報》上的一篇採訪裡，宣布了第二部電影即將開拍的消息。有關她的報導每天都會出現在報紙上。電影剛開始放映的頭幾天，很多報紙暗示帕派特亞和塔希爾．湯假戲真做陷入熱戀，但這個話題已經枯竭了，現在帕派特亞否認這段戀情。費利敦那些天打電話告訴我，現在連最有名的男演員都願意和帕派特亞拍電影，塔希爾．湯的分量已經不夠了。而帕派特亞也在最新的採訪中說，她和男人除了接吻，沒有更親近的體驗。最讓她無法忘懷的記憶就是，在一個蜜蜂嗡嗡飛舞的葡萄園裡，和一個男人、一個青春時期戀人的初吻。可惜的是，這個小夥子後來在賽普勒斯和希臘人打仗時犧牲了，帕派特亞從此之後沒有和任何一個男人親近過。是的，愛情的痛苦依然只有一個中尉才能夠讓她忘記。費利敦說，其實他不喜歡這類虛假採訪，帕派特亞則爭辯說，她做這一切是為了讓新電影能夠通過審查。費利敦也不向我隱瞞他和帕派特亞的關係。我對他那種與世無爭，不為瑣事煩惱，任何時候都能夠保持單純、看似真誠的狀態羨慕不已。

帕派特亞的第一張名為《破碎的生活》的唱片，在一九八二年一月的第一週面世，儘管沒有像電影那樣受到追捧，但依然還是很受歡迎的。軍事政變後，城裡被塗上石灰的牆壁貼出了宣傳單，報紙上也登了一些廣告。因為土耳其的唯一電視頻道、在國家監控之下的ＴＲＴ的審查團（其實它的名字更優雅：音樂審查委員會），認為她的唱片輕浮，因此帕派特亞的聲音既沒能在電臺，也沒能在電視上出現過。儘管如此，唱片依然讓帕派特亞接受了一系列的採訪，在這些採訪裡出現的那些一半真實、一半事先安排好的辯論則更讓她名聲大噪。帕派特亞參加了許多爭論，比如「阿塔圖爾克主義的現代土耳其女孩，應該先考慮嫁人，還是工作」；她在臥室裡的鏡子前（她買了一套半流行、半土式的現成家具），邊玩玩具熊邊說，很遺憾她還沒能結識夢中的白馬王子；當她和一副正經家庭主婦模樣的母親在廚房做菠菜餡餅時——芙頌他們家的廚房裡也有同樣的搪瓷鍋——她強調說，自己遠比電影裡那個受傷和憤怒的主人公賴爾贊要正派、無瑕和幸福得多。（但她也說過：「當然，我們每個人都是賴爾贊！」）費利敦有一次驕傲地對我說，帕派特亞其實非常專業，她一點也不在乎報紙、雜誌上的那些採訪以及新聞裡說的那些事。他說，帕派特亞，不像我們在佩魯爾認識的某些非專業、愚蠢的明星和小明星那樣，因為擔心一條虛假的娛樂新聞會讓大眾誤解自己而煩惱，她會一開始就主動說謊來掌控話題。

71 凱末爾先生，您很久沒來了

那些日子裡，我們的國產汽水梅爾泰姆在和可口可樂及一些類似的外國大公司進行艱難的競爭，當梅爾泰姆決定在夏初的廣告宣傳活動中找帕派特亞來代言時——廣告片也將由費利敦來拍攝——我和早已遠離但沒有任何過節的老朋友圈發生了最後一次、讓我傷心的衝突。

紮伊姆當然知道帕派特亞是屬於檸檬電影公司的。為了談論相關事宜，我和紮伊姆在富爺大廳吃了一次午飯。

紮伊姆說：「可口可樂讓他們的經銷商貸款，還免費提供店面招牌、掛曆和行銷贈品，我們沒法應付。年輕人本來就像猴子，一看見馬拉度納（那個時期的足球明星）手上的可口可樂，也不管梅爾泰姆是不是更便宜、更健康的本國產品，非要喝可樂。」

「你也別生氣，如果難得喝一次，我也喝可樂。」

「我也是……別去管我們喝什麼了，帕派特亞會讓我們在小城市裡更有競爭力。但她是怎樣的一個女人？我們可以信任她嗎？」

「我不知道。她是個有野心的貧窮女孩。她的母親，是一個退休的小夜總會歌手……爸爸沒見過。你擔心什麼？」

「我們投入那麼多錢。以後她若是去拍色情片，或者和一個已婚男人攪在一起……小城市裡的人是無法接受的。據說她和你的芙頌的丈夫在一起。」

他用「你的」來說芙頌，還有那時他臉上出現的「你和他們走得很近」的表情，讓我很不高興。我問道：「難道梅爾泰姆在小城市裡更受歡迎嗎？」崇尚現代和歐派的紮伊姆，用英格和西方的廣告宣傳活動向市場推出的梅爾泰姆汽水，不再像他希望的那樣在有錢的伊斯坦堡人當中和大城市裡得到推崇，這讓他產生了一種不安的情緒。

「是的，在小城市裡我們更受歡迎。因為他們的口味還沒被破壞，因為他們是更純正的土耳其人！但你也別一不高興就借題發揮……我非常理解你對芙頌的情感。在這個年代，你多年堅守的這份愛情是非常值得尊重的，別去管別人怎麼說。」紮伊姆說。

「誰說什麼了？」

紮伊姆小心翼翼地說：「沒人說什麼。」

這話意味著「上流社會已經把你忘記了」。我們倆都對此感到不舒服。我喜歡紮伊姆是因為他不但說實話，還從不願意讓我受到任何傷害。

紮伊姆也看到了我眼裡的愛意。他用一種十分友好和可信的神情笑了笑，隨後皺起眉頭問道：「怎麼了？」我可以不去在乎這個話題，紮伊姆也會理解。但被老朋友們忘記，不知為什麼還是讓我心煩。

我說：「一切都很好。我會和芙頌結婚。我會帶著她重新回到上流社會……當然，如果我能原諒那些說三道四的人。」

「親愛的，別去管他們。一切都會在三天裡被忘記。從你的表情和情緒上可以看出來你很好。聽說了費利敦的事情後，我就明白芙頌也會慢慢清醒過來的。」

「你從哪聽說費利敦的事？」

紮伊姆說：「也別去管它了。」

我轉換話題問道：「那你最近怎麼樣？要結婚嗎？有新情人嗎？」

紮伊姆看著走進餐廳的那些人說：「私生子希爾米和他老婆奈斯麗汗來了。」

「噢噢噢，看看誰在這裡！」希爾米說著來到我們身邊。奈斯麗汗也很時尚。私生子希爾米不相信貝伊奧魯的裁縫，衣服全是從義大利買來的，他對自己的衣著很講究。我喜歡他身上的時尚和富有感。但我也明白，自己不可能把一切當做玩笑，若無其事地像他們希望的那樣對他們微笑。剎那間，我覺得奈斯麗汗像是有點恐懼地看著我。我和他們握了手，但對他們很冷淡，更有甚者，我的腦子一直在想剛才的事情並為此煩惱。我覺得，剛才因為受到母親看的那些雜誌和娛樂新聞的影響，用一個像「上流社會」那樣奇怪的詞，自負地對紮伊姆說要重回那裡很荒唐，現在我在為此感到羞愧。我想去蘇庫爾庫瑪，想去那個我和芙頌一起生活的世界。富爺大廳依然那麼火爆，我饒有興致地像看一個美好的回憶那樣，看了看花瓶裡的仙客來、空空的牆壁和漂亮的燈具。但是富爺大廳在我眼裡變老了，不知為什麼一下子變舊了。有一天我和芙頌會不再為任何事煩惱，完全帶著生活和在一起的幸福來這裡吃飯嗎？完全有可能。我想道。

「你在想什麼好事？」紮伊姆問。

「沒有，我在為你想帕派特亞的事情。」

「鑒於她要為梅爾泰姆拍廣告，今年夏天將成為梅爾泰姆的代言人，那麼這個女人應該去出席我們的會議和邀請什麼的。你認為如何？」

「你想知道什麼？」

「她會好好表現吧？她知道該怎麼做嗎？」

「她為什麼會不知道？她是一個演員，而且是一個明星。」

「我也這麼認為……土耳其電影裡不是有那類扮演富人的做作的人嗎……別讓我們像他們那樣。」

紮伊姆用從他母親那裡得到的修養說了「別讓我們那樣」，而事實上他要說的當然是「別讓她那樣」。不僅僅是帕派特亞，他看下層社會的每個人都會用這種眼光。但坐在富爺大廳時，我的腦子是清醒的，足以明白為紮伊姆的狹隘生氣而讓自己掃興是一件非常不明智的事情。

我問餐廳的領班薩迪要為我們推薦哪種魚。

他說：「凱末爾先生，您很久沒來了。您母親也是。」

「自從父親去世後，我母親就失去了上餐館的興致。」

「凱末爾先生，請您帶老夫人來吧。我們會讓她開心的。卡拉汗家的孩子自從他們的父親去世後，每星期帶他們的母親來這裡吃三次午飯，他們讓她坐在靠窗的位置。老夫人既可以吃牛排，還可以看著路邊的行人打發時間。」

「那女人是從後宮出來的……」紮伊姆說：「她是切爾克斯人，綠眼睛，儘管已經七十歲了，依然很漂亮。你給我們推薦什麼魚？」

薩迪的臉上有時會出現一種猶豫不決的表情。他會把魚一一數一遍，然後眉飛色舞地把每種魚的新鮮程度和美味介紹一遍。有時他也會立刻做出決定。

「紮伊姆先生，今天我給你們上油炸鱸魚。今天我就不推薦別的魚了。」

「搭配什麼？」

「馬鈴薯泥，芝麻菜，您想要什麼都可以。」

「之前給我們吃什麼？」

「今年的醃金槍魚。」

紮伊姆看著菜單說：「配菜給我們紅洋蔥吧。」他翻開寫著「飲料」的最後一頁，責備道：「好啊，百事可樂、安卡拉汽水，竟然還有埃爾萬，卻沒有梅爾泰姆！」

「紮伊姆先生，你們的人送完一次貨後就不再來了。空瓶子在後面的箱子裡已經放好幾個星期了。」

紮伊姆說：「你說得不錯，我們伊斯坦堡的物流很糟糕。」他轉身對我說：「你最懂這個了，沙特沙特都是怎麼做的？我們怎麼才能讓物流好起來？」

我說：「別提沙特沙特了。奧斯曼和圖爾蓋先生開了一家新公司，把我們弄慘了。我父親去世後，奧斯曼變得野心十足。」

紮伊姆不願意讓薩迪聽到我們失敗的事情。他說：「你最好去給我們每人拿一杯雙份的俱樂部拉克酒和冰塊。」薩迪走後，他皺起眉頭說：「你親愛的哥哥奧斯曼還想和我們做生意。」

我說：「這事我不管。我不會因為你和奧斯曼做生意就對你生氣。你想怎麼做就怎麼做。還有什麼別的新聞？」

紮伊姆從「新聞」這個詞裡立刻明白我指的是上流社會，為了讓我高興，他跟我說了很多有趣的事情。他說，沉船者居萬這次又在圖茲拉和巴伊拉姆奧盧之間的岸邊，讓一艘生銹的貨船擱淺了。居萬從國外用廢鐵的價錢買來一些腐爛、生銹、停運和污染環境的船隻；隨後用文字遊戲把這些船隻像真實、昂貴的船隻那樣呈報給官僚機構，在政府和國家機關裡的熟人幫助下，靠賄賂從「土耳其海運發展基金會」獲得無息貸款；隨後把船弄沉，從國家的巴夏克保險那裡得到巨額賠款；最後再把擱淺的鏽船賣給做鋼鐵生意的朋友，不用離開辦公桌就能賺到大錢。居萬，在俱樂部喝下兩杯酒後會驕傲地說：「我是一個一生從未上過船的大船主。」

「當然這是醜聞。但事情的敗露並不是因為那些欺騙手段，而是因為他把船沉在他買給情婦的別墅前面。居萬把船沉在別墅房子的花園和沙灘之間後，這下所有人因為海水污染而去起訴他。據說他的情婦整天在抹眼淚。」

「別的呢？」

「據說，阿馮杜克家和曼格爾里家都把錢給了掮客戴尼茲，錢都有去無回了。阿馮杜克夫婦因此急急忙忙去把他們的女兒從錫安聖母院帶了回來，要讓她結婚。」

我說：「那女孩很醜，不值錢。再說怎麼可以相信掮客戴尼茲呢？他應該是這些掮客中最窮的一個……我連他的名字都沒聽說過。」

紮伊姆問道：「你有錢在掮客手上嗎？你相信一個聽說過他名字的有名掮客嗎？」

我們都知道這些掮客是無法承受那麼高的利息的，更何況他們中的一些人以前是賣烤肉、卡車輪胎，甚至是新年彩券的。但是，一些大做廣告、快速發跡的掮客在破產之前還是堅持了一段時間。據說，就連在報紙上嘲諷、批判那些掮客，對這些騙子嗤之以鼻的經濟教授也禁不起高額利息的誘惑，說「至少可以存一、兩個月」，就把錢給了掮客。

我說：「沒有一個掮客手裡有我的錢。我們公司的錢也不在掮客手裡。」

「他們給的利息那麼高，以至於讓人覺得正經做生意的人都是傻瓜。如果我把投到梅爾泰姆的錢交給掮客卡斯泰爾利，今天就翻兩倍了。」

現在，多年後，當我再次想起我們在富爺大廳的那些談話，我感到了人生的空虛和荒誕，我記得當時也有這種感覺。只是，現在我是用自己描述的這個世界的愚蠢，或者用一種更加文雅的表述，用這個世界的荒謬來為此作解釋的，而當時則是用一種可悲的輕浮，我並沒為此感到太多的煩惱，甚至還笑著、驕傲地接受了它。

「梅爾泰姆真的一點也不賺錢嗎？」

我說這話時沒經過大腦，紮伊姆不高興了。

他說：「我們只能相信帕派特亞了，但願她不會丟我們的臉。在麥赫麥特和努爾吉汗的婚禮上，我想讓帕派特亞唱梅爾泰姆的廣告歌。因為所有媒體都會在那裡，在希爾頓。」

我沉默了一會兒，因為我對麥赫麥特和努爾吉汗要在希爾頓結婚的事情竟然一無所知。我很生氣。

紮伊姆說：「我知道他們沒請你。我以為你已經知道了。」

「他們為什麼不請我？」

「這個問題他們爭論了很多次。就像你能猜到的那樣，茜貝爾不想看見你。她說『如果他來，我就不去』。茜貝爾是努爾吉汗最好的朋友。另外她還是努爾吉汗和麥赫麥特的媒人。」

我說：「我也是麥赫麥特最好的朋友。我也可以算是他們的媒人。」

「別為這事不開心了。」

我說：「為什麼非要聽茜貝爾的？」但說這話時我也自認理虧。

紮伊姆說：「所有人都認為茜貝爾很委屈。因為訂婚後，你和她在海峽邊的別墅裡，住在同一個屋簷下，睡在同一張床上後拋棄了她。所有人都在說這件事。做母親的用你們的事情來嚇唬她們的女兒。儘管她一點也不在乎，但所有人都在為茜貝爾抱屈。他們對你當然也很生氣。所以現在你也別怪他們站在茜貝爾那邊了。」

我說：「我不怪他們。」但我其實很在意。

我們喝著拉克酒，開始默默地吃起魚來。我和紮伊姆頭一次這樣吃飯時誰也不說話。我注意到了那些來回穿梭的服務生的腳步聲。餐廳裡有一種由笑聲、講話聲和刀叉聲組成的持續的嘈雜聲。我憤怒地決定，以後再也不來富爺大廳了。但還在那麼想時我就明白，我喜歡這裡，我沒有另外一個世界。

紮伊姆剛才在說，今年夏天他想買一艘快艇，快艇需要一個安裝在尾部的大馬達，但他在卡拉柯伊的店家裡什麼也沒找到。

「行了，別再板著臉了。」他突然說：「沒人會因為不能去參加在希爾頓舉辦的婚禮就這麼生氣。難道你從來沒去過嗎？」

「我不喜歡朋友們因為茜貝爾而排斥我。」

「沒人排斥你。」

「那麼，如果讓你決定，你會怎麼做？」

紮伊姆做作地說：「什麼決定？噢，我明白了。我當然非常希望你能去。我們在婚禮上會玩得很開心。」

「問題不在玩樂，在更深層。」

紮伊姆說：「茜貝爾是個非常可愛、特別的女孩。你傷了她的心。更有甚者，你讓她在人前陷入了困境。凱末爾，你能這麼板著臉惡狠狠地看著我，還不如承認自己的過錯。那樣回到從前的生活，忘記一切不愉快，對你來說會更容易些。」

我說：「也就是說，你也覺得我錯了，是嗎？」明明知道繼續這個話題我可能會後悔，但我還是繼續了。我說：「如果童貞依然那麼重要，那麼我們為什麼還要做出歐派和現代的樣子？還不如誠實一些。」

「大家都很誠實……你錯在認為童貞只是你自己的問題。對你、對我來說，也許並不重要……但無論多麼歐派和現代，問題在這個國家，對於一個女孩來說卻是非常重要的。」

「你不是說茜貝爾不在乎嗎？」

紮伊姆說：「即使茜貝爾不在乎，但社會在乎。我確信你也不在乎，但是白色康乃馨寫了那篇關於你的荒唐文章後，所有人都在議論這件事。儘管你其實一點也不在意，但你還是因此傷心了，不是嗎？」

我認為紮伊姆特意選擇了那些讓我憤怒的細節，比如「你從前的生活」。如果他要讓我傷心，那麼自然我也可以讓他傷心。儘管我對自己說，要克制，因為喝了兩杯拉克酒我才這麼說的，以後會後悔的，但我是真的生氣了。

我說：「親愛的紮伊姆，其實我覺得讓帕派特亞在婚禮上唱梅爾泰姆的廣告歌太商業化了，非常不合適。」

「可那女人正在為廣告活動和我們簽協議。行了，行了，別跟我生氣了……」

「會很低俗……」

紮伊姆自信地說：「我們選擇帕派特亞，就是因為她的低俗。」我以為他會說，是我出資拍的電影把這種低俗推向了市場，但紮伊姆是個好人，這樣的話他想也不會想到。他說，他們會管好帕派特亞的。他嚴肅地說：「但是作為朋友我要對你說，親愛的凱末爾，那些人沒有排斥你，是你在排斥他們。」

「我做什麼了？」

「你把自己封閉起來。你覺得我們的世界既沒趣也不好玩。你做了一件自認為是深沉、有意義的事情。這個愛情成了你炫耀自己的一樣東西。你別對我們生氣……」

「就不可能是更簡單的一件事嗎？我們的性愛很美好，然後我就迷上她了……愛情就是這樣的一種感覺。另外，你還會感到更深的意義，是屬於這個世界的。但是是和你們無關的！」

「和你們」是我脫口而出說出來的。剎那間，我感到紮伊姆在從很遠的地方看我，他早就對我絕望了。他已無法再和我單獨處在一起。聽我說話時，他注意的不是要對我說什麼，而是日後怎麼和朋友們說。我從他的臉上已經看到了這點。而事實上，紮伊姆是個聰明人，他會注意這些事情的，也就是說，他對我還抱有一種怨恨的情緒。這點我也感到了。看著他那種遠離我的眼神，瞬間我也在自己的眼裡，遠離了自己的過去和紮伊姆。

紮伊姆說：「你很重感情。因為這我很愛你。」

「麥赫麥特是什麼態度？」

「你知道，他很愛你。但是他和努爾吉汗在一起很幸福，那種幸福是你、我無法理解的。他不希望任何事情、任何煩惱來破壞這種幸福。」

「我明白了。」我決定停止談論這個話題。

紫伊姆立刻明白了這點。他說：「你不要感情用事，要理智些！」

我說：「好的，我會理智的。」直到午飯結束，我們沒再說什麼值得一提的話。

紫伊姆有一、兩次為了讓我高興試著說了一些上流社會的傳聞，他也試圖和來跟我們打招呼的私生子希爾米夫婦開玩笑來緩和氣氛，但都沒成功。希爾米和他老婆的優雅服飾在我看來也變得做作，甚至虛偽。我脫離了自己的朋友圈。也許，我在為此傷心，但心裡卻有一種更深的怨恨和憤怒。

飯錢是我付的。在富爺大廳門口，就像兩個知道因為一次長期旅行將多年不見的老朋友那樣，我和紫伊姆真誠地擁抱了一下並親吻了對方的臉頰。隨後我們走向了不同的方向。

兩個星期後，麥赫麥特打電話到沙特沙特，為沒邀請我去他們在希爾頓的婚禮道歉，他告訴我，紫伊姆和茜貝爾在一起已經很久了。他以為我也知道眾所皆知的這件事情。

72 人生也就像愛情一樣……

一九八三年初的一天晚上，當我在凱斯金家正要準備坐上餐桌時，我覺得餐廳裡有一種陌生和一種空缺感。我仔細環顧了一下四周，儘管沙發的位置沒有改變，電視機上也沒被放上一隻新的小狗擺設，但房間的牆壁就像塗了一層黑漆那樣，一種陌生感在我心裡油然而生。那些天，我在內心深處越來越強烈地感到，我所經歷的並不是自己選擇並堅決要經歷的人生——就像愛情一樣——而是一種發生在我身上、夢境般的東西。為了既不和這種悲觀的人生觀抗爭，也不完全向它屈服，我只能做出一副腦子裡沒有這種意識的樣子。也可以說，我已經決定讓一切順其自然了。我也用同樣的邏輯來對待餐廳在我內心喚醒的不安，我決定不去理會它。

那些天，為了紀念格蕾絲．凱莉去世兩週年，文藝頻道TRT2在播放她的電影。每週四晚上的《藝術電影》欄目是由我們的朋友、著名演員艾克雷姆念著手上的稿來主持的。因為酗酒，艾克雷姆先生的手會發抖，為此他把手藏在一個裝滿玫瑰的花瓶後面，他念的稿子則出自費利敦的一個舊友（他們的關係因為一篇嘲諷《破碎的生活》的文章而破裂了）、年輕的電影評論家之手。並不十分領會這些華麗、學術性文字的艾克雷姆先生，在抬起頭宣布電影「現在」開始之前，像是透露祕密那樣說道，多年前在一次電影節上，他結識了「優雅的美國明星王妃」，她非常喜歡土耳其男人，他還露出一種浪漫的表情暗示，其實他是可以和漂亮的明星發生一段偉大愛情的。結婚的頭幾年裡，芙頌因為從費利敦和他的年輕評論家朋友那裡聽說了很多關於格蕾絲．凱莉的事情，因此她從不會錯過這些電影。我也不想錯過芙頌看著脆弱、無奈但健康的格蕾絲．凱莉時的樣子，因此每週四晚上，我都會坐在凱斯金家的餐桌旁。

那個星期四，我們看了希區考克的《後窗》。電影不但沒能讓我忘記內心的不安，反而使之加重。因為八年前，我沒和沙特沙特的員工一起吃午飯，獨自去電影院看的就是這部電影，看電影時我想的是和芙頌的吻。用餘光看著芙頌全神貫注看電影的樣子，在她身上找到一些像格蕾絲．凱莉那樣優雅和單純的東西也沒能讓我得到安慰。也許是因為電影的緣故，我再次陷入了在凱斯金家吃晚飯時定期會陷入的一種情緒，這是一種無法從一個令人窒息的夢境中走出來的情緒，就像無法從一間越變越小的房間走出來那樣。時間彷彿變成了一種越變越窄的東西。

為了能夠在純真博物館展示這種無法從夢境裡走出來的情緒，我忙了很久。這種情緒有兩個方面：一來是作為一種被感知的精神狀態，再者用一種錯覺來向我們展示世界。

作為一種被感知的精神狀態，感覺我們在一個夢境裡，有點像喝了酒或是抽了大麻後感到的那樣，但它們又是不同的。這種感覺有點像彷彿無法完全經歷那個時刻、經歷當下的一種東西。在芙頌他們家，在晚飯時，很多次我都感到那個時刻彷彿曾經經歷過……那個瞬間我們在電視上看到的格蕾絲·凱莉的電影或是類似的一樣東西，以前我們也曾看過；我們在吃飯時說的那些話也是彼此相似的，但這種感覺又不是由此產生的。我不會覺得自己正在經歷那個時刻，而彷彿是在遠處看著那個時刻。當我的身體就像別人的身體那樣在話劇舞臺上經歷現在時，我卻會在遠處看著自己和芙頌。我的身體彷彿是在今天，而我的靈魂卻在遠處看著它。我所經歷的那個時刻，是我想起的一件事情。純真博物館的參觀者們，看著我在那裡展出的物件，扣子、杯子、芙頌的梳子和老照片時，不能像看面前現有的東西那樣，而一定要像我的回憶那樣去看。

像一個回憶那樣經歷那個時刻，是一種和時間有關的錯覺。另外，我還感到一種和場所有關的錯覺。與此最近的感覺，就是兒時兒童雜誌上一些和視覺錯覺有關的遊戲給予我的不安，比如找出其中的七個不同之處或是最小的那一個，我在這裡展出它們的一、兩個例子。兒時，類似「請您找出國王藏身的地下通道的出口」、「為了離開森林，兔子該從哪個洞裡出來」的遊戲儘管會讓我不安，同時也會讓我愉悅。而事實上在我去凱斯金家吃晚飯的第七年裡，芙頌他們家的餐桌對我來說開始變成一個越來越沒趣和令人窒息的地方。

那天晚上芙頌也感覺到了這點。

「怎麼了？凱末爾，電影您不喜歡嗎？」

「不，我喜歡。」

「也許是一個你不喜歡的主題……」她小心翼翼地說。

「恰恰相反。」說完我便沉默了。

芙頌對我的心情、情緒和不安表示關注，更何況還是在餐桌上，當著她父母的面那麼做，是那麼特別的一件事，以至於我說了一、兩句關於電影和格蕾絲·凱莉的好話。

芙頌說：「但今晚你一點也不開心，凱末爾，別隱瞞了。」

「好吧，我說……好像這個家裡有什麼東西變了，但是是什麼，我始終沒能搞明白。」

一時間，他們全都笑了起來。

「檸檬被拿到後面房間去了，凱末爾先生，」內希貝姑媽說：「我們還在納悶您怎麼還沒發現呢。」

我說：「是嗎？我怎麼就沒發現呢？而事實上我是那麼喜歡檸檬……」

芙頌驕傲地說：「我們也很喜歡它。我決定畫牠，所以把鳥籠拿到裡面去了。」

「你開始畫了嗎？能讓我看看嗎？」

「當然。」

因為長時間的鬱鬱寡歡，缺乏動力，芙頌已經很久沒畫鳥了。走進後面房間時，我先去看的是芙頌剛剛開始畫的畫，而不是檸檬。

芙頌說：「費利敦也不再拿鳥的照片回來了。我決定畫真實的鳥。」

芙頌的語氣，她的輕鬆，像談起過去的一個人那樣說起費利敦的樣子，立刻讓我感到一陣暈眩，但我還是控制住自己。我說：「芙頌，這幅畫的開筆畫得很好。檸檬將是你最好的一幅畫。因為你非常熟悉牠。據說如果人把自己最喜歡的東西拿來當主題，就會獲得成功。」

「但我不會照實畫。」

「怎麼說？」

「我不畫牠的鳥籠。檸檬將像一隻自由的鳥兒那樣飛到窗前。」

那星期，我又去凱斯金家吃了三次晚飯。每次吃完晚飯，我們都去後面房間，討論畫上的細節。檸檬在畫裡，在籠子外面顯得更加快樂和生動。當我們去後面房間時，我們更關注的是牠的畫，而不是檸檬本身。帶著一種半正式，但卻是真誠的語氣談論完畫上的問題後，每次我們都會說起去巴黎參觀博物館的事情。

星期二晚上，當我看著檸檬的圖畫時，即便像一個高中生那樣激動，我還是說出了事先想好的那些話。

我輕聲說道：「親愛的，我們應該一起離開這個家，告別現在的這種生活。人生是短暫的，一天天、一年年就這麼過去了。我們應該一起去另外一個地方幸福地生活。」芙頌做出一副充耳不聞的樣子，但檸檬卻嘰嘰喳喳地答應了我。「已經沒有什麼要害怕、顧忌的事情了。你和我，我們倆，一起離開這個家去一個別的地方，另外一個家，讓我們在自己的家裡幸福地生活直到生命結束。芙頌，你剛二十五歲，我們面前還有半個世紀的人生。為了得到那五十年的幸福，最近六年裡我們已經受夠了磨難！讓我們倆一起走吧！我們別再鬧彆扭了！」

「凱末爾，我們在鬧彆扭嗎？我怎麼一點沒覺得。別把手放那兒，鳥會害怕的。」

「牠不怕，你看，牠在吃我手上的飼料。我們把檸檬放在家裡最顯眼的地方。」

她用一個知己的語氣友好地說：「現在我爸爸要擔心了。」

第二個星期四，我們看了希區考克的《捉賊記》。整部電影，我看的不是格蕾絲．凱莉，而是芙頌看她時的眼神。從她脖子上青筋的跳動到她的手在餐桌上的擺動，從她整理頭髮的樣子到她拿著薩姆松的姿勢，我都看到了她對明星王妃的關注。

在我們去後面房間看檸檬的畫時，芙頌說：「凱末爾，你知道嗎？據說格蕾絲．凱莉的數學也很糟糕。她也是從模特兒開始演藝生涯的。我只嫉妒她會開車。」

艾克雷姆先生在介紹電影時，像介紹一個十分特別的家人那樣對土耳其的觀眾們說，去年，明星王妃就是在這部電影裡開車經過的路上，甚至是在同一個轉角因車禍而辭世的。

「你為什麼嫉妒？」

「我不知道。開車讓她顯得非常強大和自由。也許是因為這個。」

「如果你願意，我可以馬上教你。」

「不，不，不行。」

「芙頌，我知道你很聰明。我能夠在兩個星期裡教會你，讓你拿到駕照，輕輕鬆鬆地在伊斯坦堡開車。沒什麼好害羞的。我也是在你這個年齡學會開車的（這不是真的），是切廷教我的。只要你有點耐心，要冷靜。」

芙頌自信地說：「我有耐心。」

73 芙頌的駕照

一九八三年四月，我和芙頌開始為駕照考試而忙碌了。從我們第一次半玩笑、半認真地說起並爭論這個話題後，因為猶豫、扭捏和沉默又過去了五個星期。我倆都知道，這不僅意味著要通過駕照考試，我們之間的親近也將通過一次考驗。更何況這將是對我們的第二次考驗，因為我估計真主不會再給我們第三次機會，因此我很緊張。

此外，我也明白這是好好接近芙頌的一次契機，而這個契機是芙頌給我的，為此我很開心。我特別想說的一點就是，在這次的整個過程中，我變得越來越輕鬆、高興和樂觀了。太陽，經過一個黑暗而漫長的冬季，終於慢慢地從雲霧中走了出來。

就在這樣春光明媚的一個日子裡（用我從迪萬買來的一個巧克力蛋糕為她慶祝了二十六歲生日後的第三天，一九八三年四月十五日星期五），為了去上我們的第一節課，中午我開著雪佛蘭到費魯紮清真寺前接芙頌。芙頌坐在我的身旁。她不讓我到蘇庫爾庫瑪他們家門口接她，堅持約在離鄰人好奇目光五分鐘路程以外的坡頂轉角。

整整八年後，我倆第一次單獨去一個地方。當然我很幸福，但又是激動和緊張，以至於無法發現自己的幸福。我感覺不像是和一個我為她受了八年磨難的女孩，在那麼多共同的經歷和痛苦之後的再一次見面，而像是和一個別人為我找到並安排好、堪稱無可挑剔的新娘候選人的第一次見面。

芙頌穿了一條非常適合她的連身裙，白底的連身裙上有橘紅色玫瑰花和綠葉的圖案。就像一個訓練時總穿同樣一身運動服的運動員那樣，每次上駕駛課她都會穿上這條V字領，長度到膝蓋下面的優雅連身裙，就像運動服那樣，上完課後裙子會完全濕透。三年後，當我一看見這條掛在芙頌衣櫃裡的裙子時，就立刻想起了我們那些緊張而令人暈眩的駕駛課，想起我們在星星公園（Yıldız Parkı）和阿卜杜勒哈米德二世王宮前度過的幸福時光，為了能夠重溫那些時刻，我立刻本能地拿起裙子，聞袖子和領口上芙頌那獨一無二的體味。

芙頌的裙子首先會在腋下濕起來，隨後潮濕的印跡會慢慢向胸口、手臂和腹部擴散。有時我們會把車停在公園裡一個有陽光的地方，那時，可愛的陽光就會像八年前我們在邁哈邁特大樓裡做愛時那樣照在我們身上，我們會微微出汗。但是真正讓芙頌和我大汗淋漓的卻是我們在車裡的害臊、緊張和慌亂。當芙頌犯了一個錯誤時，她會生氣，滿臉脹得通紅，開始出汗。比如讓車子的右輪蹭到馬路牙子時，變速器發出刺耳的聲音提醒我們齒輪的存在時，或是引擎熄火時。但真正讓她大汗淋漓的還是在她錯誤地踩離合器的時候。

芙頌在家時已經看過交通法規的書，幾乎爛熟於心，方向盤用得也不錯，但就像很多準司機那樣，她就是學不會用離合器。她會小心翼翼、慢慢地把車開在學車道上，在路口減速，像一個小心的船長讓船靠上碼頭那樣謹慎地向人行道靠近，當我正要說「真棒，我的美人，你真厲害」時，她的腳會過快地離開離合器，那時車子就會像一個咳得喘不過氣來的老人那樣開始向前衝著發抖。我會在像一個打嗝、咳嗽的病人那樣抽搐著搖晃的車裡大聲叫道：「離合器，離合器，離合器！」但是芙頌會因為慌亂不去踩離合器，而是踩上油門或是剎車。踩到油門時，車子那咳喘的狀況會益發劇烈並進入一種危險的狀態，隨後會突然熄火。那時，我會看見汗像水那樣從芙頌通紅的臉、額頭、鼻尖和太陽穴流下來。

芙頌會邊擦汗邊羞愧地說：「行了，夠了，我是學不會開車的，我要放棄了！我天生就當不了駕駛。」

她會快速下車，走向遠處。有時，她則會什麼也不說就下車，邊用一塊手帕擦汗邊走到四、五十步外的地方，獨自猛抽菸。（有一次，兩個以為她獨自一人來公園的男人立刻向她走了過去。）或是在車上立刻點燃一根薩姆松，惱怒地把被汗水浸濕的菸頭掐滅在菸灰缸裡，她會說自己是拿不到駕照的，反正她也沒有這樣一個願望。

那時我會慌亂，就像不單單是她的駕照，我們未來的幸福也會泡湯那樣，為了讓芙頌保持耐心和冷靜下來，我幾乎會求她。

汗濕的洋裝會貼在她身上。就像在我們做愛的那些春日裡那樣，我會久久地看著她那汗濕的優美身體，漂亮的手臂，慌亂的表情，緊皺的眉頭和緊張的樣子。一坐上駕駛座後不久，芙頌的臉就會因為慌亂和生氣而脹得通紅，出汗後她會解開洋裝上面的幾個扣子，但她會出更多的汗。當我看著她那汗津津的脖子、太陽穴和耳朵後面時，我會努力去想像、看見、回憶八年前我把它們放進嘴裡的她那美妙的乳房，那黃色梨子般優美的形狀。（同一天夜裡，當我在自己的房間裡喝下幾杯拉克酒後，我幻想自己還看見了她那草莓色的乳頭。）有時芙頌開車時，我感覺她發現了我陶醉在對她的凝望中，但她並不在意，甚至還喜歡這樣時，我會更加燥熱難耐。當我為了向她演示如何用一個柔和的動作換擋而探身過去時，我的手會碰到她的手、美麗的手臂和大腿，那時我會覺得在車裡我們的靈魂已先於我們的身體融合在一起了。隨後，芙頌的腳又會過早地離開離合器，那時雪佛蘭就會像一匹發燒、可憐的馬兒那樣，瑟瑟發抖地哆嗦起來。隨即引擎熄火了，剎那間，我們會感到公園、前方的宅邸和世界的沉靜。我們會著迷地去聽一隻早於春天開始飛舞的小蟲的嗡嗡聲，我們會發現，生活在春日的公園裡，生活在伊斯坦堡是件多麼美好的事情。

曾經是阿卜杜勒哈米德二世躲避整個世界的皇宮、皇宮裡的大花園和裡面的宅邸，在共和國建立後變成了有錢人家開車遊玩和新手學車的一個公園。阿卜杜勒哈米德二世還曾經在花園的大水池裡像個孩子那樣玩過微型軍艦（青年土耳其黨人也曾經計畫要把他和他的這個微型軍艦一起炸飛上天）。我從像私生子希爾米、塔伊豐，甚至是紮伊姆那樣的朋友那裡聽說，一些沒處可去的勇敢、熱切的情侶，為了接吻，會去公園那些有百年樹齡的楓樹和栗子樹後面的陰暗角落。看見躲在樹後相擁而吻的這些勇敢的情侶，我和芙頌會陷入一陣長久的沉默。

就像我們在邁哈邁特大樓裡做愛時那樣，當最多持續兩個小時、對我來說卻彷彿過了好幾個小時的駕駛課結束時，我們之間會出現一種暴風雨過後的靜默。

開出公園的大門時我會說：「去埃米爾崗喝茶好嗎？」

芙頌會像一個害羞的年輕女孩那樣輕聲答道：「好的。」

我會像一個第一次成功和別人介紹的新娘候選人約會的小夥子那樣激動不已。當我把車開在海峽邊的大馬路上時，在埃米爾崗的水泥碼頭上停車坐在車裡喝茶時，我會幸福地說不出話來。芙頌也會因為對剛才的強烈精神刺激感到疲憊而沉默，抑或只說些和開車及我們的駕駛課有關的話。

喝茶時，有一、兩次我試圖在雪佛蘭霧濛濛的車窗後面去觸摸她、親吻她，但芙頌像一個婚前不希望和異性有任何親密接觸的有原則、守節操的女孩那樣，禮貌地推開了我。看到芙頌並沒有因此不悅，也沒有對我生氣，讓我欣喜若狂。我認為，我的喜悅裡，還有一些小城市的新郎候選人得知自己要娶的年輕女孩「有節操」後感到的那種欣喜。

一九八三年六月，為了準備考駕照所需文件，我和芙頌幾乎跑遍了伊斯坦堡每個角落。因為當時實施的緊急措施，駕照申請者必須到卡瑟姆帕薩軍事醫院（Kasımpaşa Askerî Hastanesi）做神經系統的體檢。一天，我們在醫院領體檢報告的隊伍以及一個暴躁的醫生門口等了半天後，終於拿到一份顯示芙頌神經系統健全、反應能力正常的報告，隨後我們去附近轉了轉，一直走到了皮亞萊帕薩清真寺（Piyalepaşa Camii）。還有一天，當我們在塔克西姆的急救中心排了四小時的隊卻得知醫生已回家後，為了平息內心的憤怒，我們在居穆蘇尤的一家小俄羅斯餐廳裡早早地吃了晚飯。另外一次，因為耳鼻喉科的醫生休假，我們被轉到在海達爾帕薩的醫院，乘船去那兒的路上，我們在後甲板上丟麵包圈給海燕吃。我記得，在恰帕醫學院附屬醫院（Çapa Tıp Fakültesi Hastanesi），為了等待處理我們交去的檔案，我們上街走了很長時間，當我們漫步在鋪著鵝卵石的斜坡和窄小的街道上時，我們經過了法提赫飯店。那是七年前，我在其中一個房間裡為芙頌忍受巨大痛苦、得到父親去世噩耗的飯店，那天，在我看來彷彿在另外一個城市裡。

當我們又準備好一個文件，把它放進沾滿紅茶、咖啡、墨水和油漬的檔案夾時，我們會高興地離開醫院，帶著慶賀成功的激動走進一家小餐廳，有說有笑地吃飯。在那裡，芙頌會輕鬆自如、大大方方、自由自在地抽菸，有時她會伸手拿起我放在菸灰缸上的香菸，用它——就像一個戰友那樣——點燃自己的香菸，用一個渴望娛樂的人的樂觀眼神審視世界。看到我這個已婚、憂傷的情人其實對遊玩、欣賞旁人的生活和街道、感歎城市生活的嫵媚、自由自在地結交朋友是如此開放時，我會更加深愛她。

芙頌會說：「你看見那個男人了嗎？他扛了一面比他人還長的鏡子。」在鋪著鵝卵石的小巷裡，和我一起，帶著一種比我更真誠的喜悅看了踢足球的孩子們後，她會去後面的黑海雜貨鋪買兩瓶汽水（還是沒有梅爾泰姆！）。對於扛著粗鐵棍、拿著唧筒，對著舊木房的柵欄窗戶、水泥陽臺高聲叫道「通下水道」的人，芙頌會帶著孩子般的好奇去關注；在開往卡德柯伊（Kadıköy）的渡船上，她會拿起小販介紹的既能刨南瓜，又能擠檸檬，還能當做切肉刀來用的新式廚具仔細研究一番。隨後，走在馬路上時，她會說：「看見那孩子了嗎？他快要把他弟弟勒死了！」在一個十字路口，發現泥濘的兒童樂園前面的廣場上聚滿了人，我們會說：「怎麼了？他們在賣什麼？」並立刻跑過去。我們會一起去看耍熊的吉卜賽人，在馬路當中層層疊疊扭打在一起的穿著黑色校服的小學生，交尾時糾纏在一起的狗兒（在路人嘲弄的叫喊聲和難為情的眼神下）憂傷的眼神。當保險桿互相擦撞，兩個司機擺出打架的架勢怒氣衝天地走下車時；一隻從清真寺天井裡蹦出來的橙色塑膠球一彈一跳地從坡上滾下時；我們會駐足觀看。我們也會和路人一起看轟鳴著挖大樓地基的挖土機，擺在櫥窗裡正在播放節目的電視機。

就像重新認識彼此一樣，我會從一起發現伊斯坦堡、每天看見城市和芙頌的新變化裡獲得極大滿足。當我們見證醫院的簡陋和無序，看見一大早在門口排隊等候醫生的落魄老人，或遇見在巷弄間的空地上違禁宰殺牲口的慌亂屠夫時，我們會覺得生活中的這些陰暗面正在把我們彼此拉近。我們的故事裡那離奇，甚至是令人厭惡的一面，相對於我們在街上感到的城市和人們的那些可怕的陰暗面來說，也許就不那麼重要了。城市讓我們感到人生的平常，教會我們擺脫罪惡感的陰影，謙遜地生活。走在街上，乘坐公共汽車和小公共汽車時，我內心會感到人群給予的撫慰力量。在渡船上，我會仰慕地去看和旁邊懷抱熟睡孫兒、戴著頭巾的老婦愉快交談的芙頌。

因為有了她，那些天在伊斯坦堡，就像一種無與倫比的消遣那樣，我體會到了和一個不戴頭巾的漂亮女人走在一起的所有樂趣和緊張。當我們走進一家醫院的辦公室，邁進一個國家機關的單位時，所有人都會扭頭去看她。老公務員們會放下高高在上、鄙視窮人和老婦的架子，做出一副忠於職守的樣子，從不看她的年齡，一律尊稱她為「夫人」！就像有人和別的病人說話時用「你」，和芙頌說話時著重強調「您」那樣，也有很多人看也不看她一眼。既有帶著歐洲電影裡那些儒雅紳士的語氣說「我能幫您做什麼嗎」的年輕醫生，也有因為沒發現我的存在而和芙頌攀談的老油條教授……所有這些，都是因為國家機關的工作人員在面對一個不戴頭巾的漂亮女人時感到的慌亂，甚至是恐慌。有些人面對芙頌時會不說正事，一些人會結巴，一些人則會瞠目結舌，會在她身邊尋找一個可以和他們溝通的男人。當他們看見我，認為我是她丈夫時，他們會感到一陣輕鬆，而我也會無奈地和他們分享這種輕鬆。

我會說：「芙頌女士為申請駕照需要一份耳鼻喉科的檢查報告，我們是從貝西克塔什轉過來的。」

在走廊上維持秩序的工作人員會說：「醫生還沒來。」他會打開我們手中的檔案隨便翻一下。「你們去辦公室登記，再去領號，然後等著。」當我們發現他用眼睛示意的病人隊伍有多長時，他會接著說道：「所有人都在排隊，不等是不行的。」

有一天，我想找個藉口往工作人員的手裡塞一點錢，但芙頌卻說：「不行，別人等，我們也等。」排隊時，和工作人員、病人交談時，所有人都以為我是她丈夫，這讓我很受用。我對此的解釋是，他們認為我們很登對，而不是一個女人絕不會和一個不是丈夫的男人去醫院。在醫學院附屬醫院排隊時，我們去傑拉赫帕薩的街上轉了一轉，當我突然找不到芙頌時，一個戴頭巾的阿姨從一棟破舊木房子的窗戶裡探出頭來對我說，「我的妻子」進了旁邊街上的雜貨店。在這些邊遠的街區裡，即便我們引人注目，但我們不會讓任何人感到慌亂。有時孩子們會跟在我們身後，有時我們會被認為是迷路的人，甚至是遊客。有時，一個被芙頌吸引的小夥子，為了能夠看她，即便是遠遠地，會跟著我們走過很多條街，但當我的目光和他不期而遇時，他便會禮貌地走開，不再尾隨我們。常常有人從門口或是窗戶探出身子來問我們，我們在找誰，我們要去哪裡。有一次，一個好心的阿姨看見芙頌要吃剛從路邊攤買來的李子，便說：「等等，姑娘，我幫你洗了再吃！」她立刻拿走我們手上的紙袋，在她家位於一樓的廚房洗好了李子，還為我們煮了咖啡。她問我們是什麼人，在那裡找什麼，當我告訴她，我們是夫妻，想在這一帶找一處漂亮的木房子居住時，她把這個消息告訴了所有鄰居。

在這期間，我們一方面在星星公園裡揮汗如雨地繼續令人疲乏和沮喪的練車，另一方面在準備駕照筆試。有時，為了打發時間在茶館喝茶時，芙頌會從皮包裡拿出《簡易駕駛手冊》和《駕照考試習題》之類的書，笑著給我念一、兩個問題或是答案。

「公路是什麼？」

「是什麼？」

「公路是指用於公眾通行的道路和場所。」答案的一半芙頌已經能夠背出來，一半還要看著書來念。「那麼，交通是什麼呢？」

「交通是行人和動物們……」我會結結巴巴地說出這個以前經常聽到的答案。

芙頌會說：「當中沒有『和』。交通是行人、動物、機動車在公路上的狀態和行動。」

我喜歡這種一問一答的對話，想起中學的時光、所有那些需要死記硬背的功課、上面寫著分數的成績單也讓我開心。一高興我也會問芙頌一個問題。

「愛情是什麼？」

「是什麼？」

「愛情就是，芙頌在公路、人行道、家裡、花園和房間裡活動時，在茶館、餐廳和家裡的餐桌旁坐著時，看著她的凱末爾所感到的一種依賴的情感。」

芙頌會說：「嗯……回答得很好。那麼看不到我時，你就不愛了嗎？」

「那時就會變成一種糟糕的癡迷，一種病態。」

芙頌會說：「我一點也不知道，這對駕照考試有什麼用？」她會露出一副讓我感到婚前不能太常開這類玩笑的表情，而我那天也不會再去開一個類似的玩笑。

駕照考試是在貝西克塔什的一個小皇宮裡舉行的。那裡曾經是阿卜杜勒哈米德二世的瘋兒子努曼王子為了打發時間聽後宮女孩彈烏德琴、畫印象派海峽風景畫的地方。共和國成立後，這裡變成了一個暖氣始終燒不熱的政府機構辦公大樓。當我在門口等芙頌時，我再次後悔地想到，八年前，當她在大學入學考試上流汗時，我也應該在技術大學的門口等她的。如果我取消和茜貝爾在希爾頓的訂婚儀式，派我母親去提親的話，那麼在這八年裡我們就會有三個孩子了。但是如果近期結婚，我們依然還有足夠的時間生三個，甚至更多的孩子。對此我也是那麼地確信無疑，以至於當芙頌高興地跑出來說「我全答出來了」時，我差點要問她今後我們要幾個孩子，但最終還是控制住了自己。晚上我們還是得在家裡和芙頌的父母一起老老實實地吃晚飯、看電視。

芙頌以滿分的成績通過了駕照筆試，但卻沒能通過第一次路考。儘管參加路考的所有人，因為要讓他們明白事情的嚴肅性，第一次考試時都不會通過，但我們對此還是沒有足夠的準備。據說，考試很快就結束了。芙頌是和三個男考官一起坐上雪佛蘭的，她成功地發動汽車，稍微往前開了一會兒後，一個坐在後面、聲音洪亮的考官說：「您沒看後視鏡！」芙頌回頭問道：「您說什麼？」於是他們就立刻讓她停車、下車。因為駕駛人在開車時是不能回頭的。考官們彷彿不想在如此糟糕的一位駕駛的車裡冒生命危險般慌亂下了車，而芙頌因為他們的這種鄙視而惴惴不安。

他們讓芙頌在四週後，也就是七月底去參加第二次路考。那些清楚交管部門的官僚作風和駕訓班受賄情況的人們看見我們那憂傷、被羞辱的樣子都覺得好笑，在一個由一夜屋改建的茶館裡（牆上掛著四幅阿塔圖爾克的照片和一面大鐘），他們友好地告訴我們得到駕照的必要途徑。他們說，如果我們報名一個由退休員警授課的昂貴駕訓班（我們並不需要去上課），那就可以通過路考，因為很多考官和員警是駕訓班的合夥人。上這類駕訓班的人，路考時可以開一輛經過特殊準備的舊福特轎車。這輛車上緊挨著駕駛座的地方，挖開了一個顯示路面的大洞。被要求在一個窄小地方停車的應考人，透過那個洞可以看見路面上的彩色標記；如果同時還可以看到掛在後視鏡上的停車指南，那就可以明白在哪個顏色的標記上需要把方向盤向左打到底，在哪裡需要打倒檔，這樣就能夠不出差錯地把車停好了。如果不報駕訓班，那麼我們還可以直接交一大筆錢。作為一個商人，我清楚有時行賄是不可避免的。但因為芙頌發誓說，她不會給那些不讓她通過考試的員警一分錢，於是我們只好在星星公園繼續練車。

交通規則手冊上，規定了開車時必須遵守的上百種小規則。在考官面前，考生僅僅規矩地開車是不夠的，同時還要用誇張的動作來證明自己遵守了這些規則，比如說，看後視鏡時，還必須用手去扶一下鏡子表示看了。這是一個在駕訓班和路考上熬白了頭髮、和藹的老員警用一種十分友善的語氣告訴芙頌的。他說：「孩子，路考時你既要開車，還要做出開車的樣子。第一點是為你自己，第二點是為了國家。」

練完車，在太陽開始失去威力的時分，和她一起去埃米爾崗，在岸邊停車，喝咖啡、汽水，或是坐在魯梅利希撒爾（Rumelihisarı）的一家茶館裡要個俄式茶壺喝茶，這是充滿樂趣的，因此我會覺得相對於這些樂趣來說，考試的煩惱是微不足道的。但讀者們也千萬別認為我們是幸福、快活的戀人。

有一次我說：「我們練車的成績會比數學更好！」

芙頌謹慎地說：「到時候就知道了。」

喝茶時，有時我們會像一對結婚多年、所有話題早已說完的夫妻那樣沉默地坐著，就像那些幻想著另外一種生活，另外一個世界的不幸人們那樣，我們會好奇地看著從面前經過的俄羅斯油輪、遠處的黑伊貝里阿達島，甚至是開往黑海方向的薩姆松遊輪。

芙頌第二次路考也沒能通過。這次他們要求她做一件十分困難的事情，那就是在坡上倒著把車停在一個想像中的停車點。當芙頌讓雪佛蘭顫抖地竄了一下後，他們立刻用同樣輕蔑的神情讓她離開了駕駛座。

從替別人寫申請的人到賣茶的人，從退休員警到準備拿駕照的人，有一群男人在和我一起好奇地從遠處看芙頌路考，當其中一人看見駕駛座上依然坐著一個戴眼鏡的考官時，他說：「他們沒讓那女人通過。」有一、兩個人還笑了。

回家的路上，芙頌一句話也沒說。我沒問她就把車停在奧爾塔柯伊。我們坐進市場裡面的一家小酒館，我為自己和她各要了一杯拉克酒。

喝下幾口酒後，我說：「芙頌，其實人生很短暫也很美麗。別讓自己再受這些殘酷的懲罰了。」

「他們為什麼這麼噁心？」

「他們要錢。我們就給他們錢吧。」

「你認為女人就是開不好車嗎？」

「這不是我的觀點，是他們的……」

「所有人都這麼想……」

「親愛的，千萬別在這件事上和自己過不去。」

我幾乎立刻反悔了，希望芙頌沒聽到我說的最後這句話。

她說：「凱末爾，我沒有因為任何事情和自己過不去。只是，當尊嚴被別人踩在腳底下時，人是不應該屈服的。現在我希望你做一件事，請你好好聽，因為我是認真的。凱末爾，我要拿到駕照，但絕不行賄，你千萬別來管這件事。你也別背著我去找後門，我會發現的。如果你做了，我會很傷心。」

我低下頭說：「好的。」

我們又各自喝了一杯拉克酒。傍晚時分，酒館裡空無一人。油炸牡蠣，撒上百里香和孜然的小肉丸子上停著迫不及待和猶豫不決的蒼蠅。為了能夠再次看見那個對我而言有著極為珍貴回憶的小酒館，多年後我又去了奧爾塔柯伊，但整棟樓都拆掉了，酒館的位置和周圍開了一些賣禮品和飾品的小店……

那天晚上，離開酒館上車前，我抓住了芙頌的手臂。

「我的美人，你知道嗎？這是我們八年來第一次單獨在一家酒館裡吃飯。」

「是的。」她說。她眼裡瞬間閃爍的光芒，讓我感到難以置信的幸福。她說：「我還要跟你說件事。把鑰匙給我，我來開車。」

「當然。」

在貝西克塔什和道爾馬巴赫切的那些路口，在大坡上她微微出了一點汗，但儘管喝了酒，她還是順利地把雪佛蘭開到費魯紮清真寺的前面。三天後，為了準備考試，我在老地方接她時，她又要求開車，但因為城裡到處都是員警，我請她放棄了這個念頭。儘管那天很熱，但我們的練習卻十分美滿。

回家的路上，看著海峽裡波浪起伏的海水，我們不約而同地說：「要是帶了泳衣就好了。」

那次以後，芙頌出門前會在連身裙裡穿上我在這裡展出的藍色比基尼。在我們練完車後去的塔拉拜雅海灘，在從碼頭上跳進海水前一刻她才會脫去連身裙。八年後，我才能在一瞬間非常害羞地朝我美人的身體看了一眼。在同一時刻，芙頌會像逃離我那樣跑著跳進海裡。鑽入海水時，她身後出現的海水、泡沫、可愛的一種光亮、海峽的深藍色、她的比基尼，所有這些在我的腦海裡組成了一幅難以忘懷的圖畫和情感。這美妙的情感和幸福的色彩，多年以後，我在老照片、明信片和伊斯坦堡的收藏家們那裡尋找了很多年。

我也立刻跟著芙頌跳進海裡。腦子裡奇怪的一角在對我說，海裡會有妖魔鬼怪襲擊她，我必須追上她，保護她。我記得，在波濤洶湧的海水裡，我帶著一種極端幸福的瘋狂和失去那種幸福的慌亂拚命游，有一瞬間因為慌亂我像要被淹死一樣。但芙頌已經被海峽的激流捲走了！那個瞬間，我也想和她一起去死、立刻死去。正在那時，海峽那愛開玩笑的波濤瞬間平息了，我在面前看到了芙頌。我們倆都氣喘吁吁，像幸福的戀人那樣相視一笑。但是當我想觸摸她、親吻她時，她卻像那些講原則、守節操的女孩那樣對我板起臉，神情冷酷地游開。我也跟在她身後游著蛙式前行。我邊游，邊在水裡欣賞她那美麗雙腿的划水動作和她那圓潤的臀部。過了很久，我感覺我們游了很遠。

「夠了！別再逃了，這裡會有激流把我們捲走，我倆都會淹死。」我說。

轉過身，看見我們游了多遠時，我嚇了一大跳。我們已置身在城市的中央。塔拉拜雅海灣、我們曾經一起去過的安寧餐廳、其他的餐廳、塔拉拜雅飯店、沿著蜿蜒的海岸線前行的汽車、小公共汽車、紅色的公共汽車、後面的小山頂、比于克代雷山脊上的一夜屋，整座城市都被我們拋在身後。

就像看一幅巨大的細密畫那樣，彷彿我不僅僅是在看海峽和城市，也在看我過去的人生。遠離城市和自己的過去有點像在夢境裡。身處城市中央的海峽裡，和芙頌在一起卻如此遠離所有人，是一種像死亡那樣的恐懼感。當波濤洶湧的大海掀起一個大浪嚇到了芙頌時，她發出了一聲輕微的驚叫，隨後她摟住我的脖子和肩膀。我已十分清楚地知道，直到死，我不會離開她。

這烈火般的觸碰後——也可以說是擁抱——芙頌藉口一艘運煤船正在靠近，隨即游走了。她游得很好也很快，我拚命追趕。上岸後，芙頌離開我去了更衣室。我們一點也不像不會因為彼此的身體而感到害羞的情人。恰恰相反，我們像一對奉父母之命、為結婚而認識的年輕人那樣靦腆、沉默和羞怯，我們無法去看對方的身體。

開車往返駕訓班、偶爾在城裡開車，芙頌已經熟練地學會開車了，但還是沒能通過八月初的那場考試。

「我又沒過，但隨它去，讓我們忘記這些壞人吧。我們去游泳好嗎？」芙頌說。

「好。」

就像很多在朋友的陪伴下應試，還彷彿即將入伍似地拍下紀念照卻沒考過的駕照考生一般，芙頌像個粗魯的卡車司機似地邊抽菸邊狂按喇叭，開著車離開了考場。（多年後當我再去那裡時，我看見原來那些光禿禿、滿是垃圾的小山頭變成了一片附有泳池的豪華住宅區。）直到夏末，我們一直在星星公園裡練車，但是駕照已經成為一個我們一起去游泳或是去一家酒館的藉口。有幾次，我們在貝貝克的碼頭邊租了小船，一起把船划到一個遠離水母和柴油污染的地方，隨後和激流抗爭著下了海。為了不被激流捲走，我們會一人抓住小船，另外一人再抓住那人的手。我很喜歡在貝貝克租小船，其中一個原因就是可以抓著芙頌的手。

就像一種疲憊的友情那樣，我們在謹慎地體驗著八年後開花的愛情。在這八年時間裡我們所經歷的一切，把我們心中的愛情推到了一個更深的地方。儘管即便在我們最少關注它的時候，我們都能感到愛情的存在，但當我看見芙頌在婚前根本不想冒險更加親近時，我只能一再壓抑內心裡擁抱她、親吻她的欲望。我開始認為，情侶們婚前失去控制草率做愛非但不能給他們日後的婚姻帶來幸福，反而會帶來失望和煩惱。我想像依然不時會在某些地方看見的私生子希爾米、塔伊豐和麥赫麥特那樣，去妓院並為他們的風流自詡的朋友們是沒有靈魂的。我也幻想，和芙頌結婚後，我將忘記自己的癡迷，快樂而成熟地去擁抱我所有的朋友。

夏末，芙頌再次參加了路考，還是和原來的幾個考官一起，她又一次沒通過。像往常那樣，她抱怨了一陣男人對於在伊斯坦堡開車的女人的成見。一說到這個話題，她臉上就會出現幾年前她說起兒時那些對她動手動腳的可恥大叔時的表情。

一天傍晚，練完車後我們去了薩勒耶爾沙灘（Sarıyer Plajı），當我們坐在一邊喝梅爾泰姆汽水時（可見帕派特亞的廣告還是有點成功的），我們碰見了塔伊豐的朋友法魯克和他的未婚妻，一剎那我感到了一種奇怪的羞慚。這不是因為一九七五年九月法魯克去過阿納多盧希薩爾的別墅，見證了我和西貝爾在那裡的生活，而是因為我和芙頌沉默著喝汽水時，我們看起來並不十分幸福快樂。那天的沉默還因為我們感到那是我們最後一次下海。因為那天傍晚，第一批白鷺從我們頭頂飛過，提醒我們美好的夏季結束了。一星期後，隨著第一場秋雨的降臨，沙灘關閉了，從此以後無論是芙頌，還是我都沒再去星星公園開車。

又考了三次之後，芙頌最終在一九八四年初通過了路考。考官們煩了，也明白她是不會行賄的。為了慶祝，那天晚上，我帶著她、內希貝姑媽和塔勒克先生去貝貝克的塔克西姆夜總會，我們在那裡聽了穆澤燕．塞納爾唱的老歌。

74 塔勒克先生

一起去貝貝克塔克西姆夜總會的那天晚上，我們全都喝醉了。穆澤燕．塞納爾出場後，我們一起跟著她唱了一些歌。當我們異口同聲地唱著副歌時，所有人微笑地看著彼此的眼睛。現在，多年後，我感到，整個夜晚有一種告別儀式的氛圍。其實，相對於芙頌來說，塔勒克先生更喜歡聽穆澤燕．塞納爾唱歌。但我想芙頌也會因為看見父親喝酒唱歌，因為聽穆澤燕．塞納爾唱《沒人像你》那樣的歌而開心的。那天夜晚對我來說還有另外一件難忘的事情，就是不再有人奇怪費利敦的缺席了。那晚，我幸福地想到，我和芙頌還有她的父母竟然一起度過了那麼多時間。

有時，我會從一棟被拆掉的樓房，從一個小女孩變成一個有孩子、快樂、乳房豐滿的女人，或是從一家十分熟悉的商店的歇業上，明白時間的流逝而慌亂。那些天，我痛心地看到香榭麗舍精品店關門了，這不僅是因為它讓我失去了回憶，同時也在瞬間讓我感到自己錯過了人生。九年前我看見珍妮．克隆包的櫥窗裡，現在擺著義大利香腸、乳酪、剛剛進入土耳其市場的歐洲品牌沙拉醬、麵條和碳酸飲料。

那些天吃晚飯時，我從母親那裡聽到的關於婚姻、孩子和家庭的最新消息和傳聞，也會讓我不安，儘管我一直對這類消息很感興趣。當母親羨慕地說，我兒時的朋友「老鼠法魯克」婚後不久（三年了！）已經有第二個孩子，而且還是男孩時，沒能和芙頌共度人生的想法會讓我感到沮喪，然而母親卻什麼也沒察覺，依然不停地說著。

她說，夏齊曼特自從把大女兒嫁給卡拉汗家的兒子後，每年二月就不去烏魯達山，而是帶小女兒和卡拉汗一家去瑞士玩一個月。他的小女兒在那邊的飯店交了一個非常有錢的阿拉伯王子，正當夏齊曼特也要成功地嫁出小女兒時，他們得知那個阿拉伯王子不僅有一個妻子，甚至有一個後宮。母親還從蘇阿迪耶別墅的鄰居艾薩特先生那裡聽說，哈里斯家的大兒子——說到「就是那個下巴最長的」時，母親哈哈笑了起來，我也跟著笑了笑——冬天和德國保母在艾蘭柯伊的別墅裡被抓到了。對於小時候拿著小桶和鏟子和我們一起在公園玩沙子的菸草商馬魯夫的小兒子被恐怖分子綁架、交了贖金後被釋放的事情我一無所知，母親很是詫異。是的，儘管這件事沒被媒體曝光，但因為一開始他們吝嗇不願意給錢，因此被「所有人」議論了好幾個月，我怎麼會不知道呢？

我會因為母親的這個問題後面是否有對我去芙頌他們家的諷刺而煩惱；會想起她對我晚上拿回家的濕泳褲的詢問，她問我去了哪裡，跟誰一起去的，她還叫法特瑪女士也問了相同的問題；我會說「親愛的媽媽，我忙著工作」來轉移話題（而事實上，母親一定知道沙特沙特的混亂狀況）；我會因為九年後別說和母親分享我對芙頌的癡迷，即便含蓄地提起都沒能有而感到不幸；為了忘記我的煩惱，我會讓母親再講一件更有趣的事情。有天晚上母親告訴我，我和芙頌還有費利敦在露天電影院裡碰到過的傑米萊女士，就像母親的另外一個朋友穆凱利姆女士那樣，把她家日益難以維護的八十年木造宅邸出租給拍歷史電影的人，但在拍攝時大宅邸因為電路故障失火了，大家認為其實是他們故意的，目的是要在宅邸的地基上蓋大樓。母親把這件事仔仔細細地講了一遍，從中我明白，她很清楚我和電影界人士的往來。而所有這些細節，一定是奧斯曼告訴母親的。

我在報上看到，老外交部長麥利克罕在一次舞會上被地毯絆倒，兩天後腦溢血去世了。像這種有趣的新聞，母親是從來不會說的，因為那會提起茜貝爾和訂婚儀式。我會從尼相塔什的理髮師巴斯里那兒得到一些母親不想讓我知道的消息。巴斯里告訴我，我父親的朋友法希赫．法西爾和妻子紮利菲在博多魯姆（Bodrum）買了房子；「狗熊薩比赫」其實是個好心腸的人；現在做黃金投資是錯誤的，因為金價會下跌；今年春天的賽馬會有很多黑箱作業；著名富人圖爾蓋先生的頭上儘管一根毛都不剩，但他保持著一種紳士的習慣依然固定來理髮店，兩年前希爾頓邀請他去飯店附設的理髮店，但因為他是一個「講原則」的人（他沒說這原則是什麼），因此拒絕了。隨後他會詢問我的情況，會努力從我嘴裡套一些話出來。我會生氣地感到，巴斯里和他的那些有錢顧客對於我對芙頌的癡迷是有所耳聞的，為了不給他們提供說閒話的材料，有時我會去貝伊奧魯，去父親的老理髮師傑瓦特那裡。從他那裡我會聽到關於貝伊奧魯的那些流氓（現在所謂的黑社會）和電影人的故事。比如，帕派特亞和著名製片人穆紮菲爾在一起的事情，我又從他那裡聽到了一遍。但是所有這些傳播消息和傳聞的人都會對茜貝爾、紮伊姆、麥赫麥特和努爾吉汗的婚禮隻字不提。從中我應該得出所有人都知道我的悲傷和痛苦的結論，但我不這麼想，我會自然地對待他們的這種謹慎，就像為了讓我高興，他們經常一遍又一遍地說起我喜歡的關於揖客破產的話題那樣。

兩年前，我從辦公室員工和朋友那裡聽說了一些關於破產揖客和存錢給他們的儲戶的事情，我之所以喜歡這個話題，是因為它顯示伊斯坦堡的富人有多麼愚蠢。母親也會說「你們過世的父親總是說『不能相信這些陷害別人、圖利自己的揖客』」，她喜歡這個話題是因為我們沒有像其他愚蠢的富人那樣被揖客騙走錢。（有時，我會覺得奧斯曼從新公司賺來的一部分錢被騙走了，但他向所有人隱瞞了這件事。）母親會因為一些她喜歡、和他們有聯繫的人家——比如說，她曾經想讓我娶他們漂亮女兒的「水桶卡德里」家、居內伊特先生和菲伊贊女士他們家、傑夫代特先生家和帕慕克家——讓掮客騙走了錢而傷心，但她會對賴爾贊家幾乎把所有錢交給了他們工廠會計（以前是管理員）的兒子而詫異，她詫異他們只因為「他有一個簡陋的辦公室，拍了電視廣告，在用一家可信銀行的支票」，就能夠把幾乎所有的錢投給這樣一個不久前還住在一夜屋的人（像會驚訝得要暈過去那樣，閉上眼睛，半玩笑、半認真地搖頭），她會說：「至少他們可以選擇一個像和你的那些演員交朋友的卡斯泰爾利那樣的人。」隨後哈哈一笑。但她從來不會在「你的那些演員」問題上停留。我喜歡和母親一起每次帶著同樣的驚訝和高興，對包括紮伊姆在內的如此「聰明、正經」的人怎麼能夠這麼「愚蠢」而驚訝不已。

其中一個被母親認為「愚蠢」的人就是塔勒克先生。塔勒克先生把錢給了我們在佩魯爾結識的請著名演員拍廣告的掮客卡斯泰爾利。兩年前我以為他損失的錢很少，因為塔勒克先生從沒讓我看見過他的憂傷和痛苦。

芙頌拿到駕照兩個月後，一九八四年三月九日星期五，切廷晚上開車送我到芙頌他們家時，我看見所有窗戶都敞開著，窗簾也沒拉上，兩層樓的燈全亮著（而事實上內希貝姑媽在吃飯時會對樓上亮著任何一盞燈生氣的，只要看見有燈光，她就會說：「芙頌，女兒，你們臥室的燈亮著。」芙頌便會立刻上樓去把燈關掉）。

我走上樓梯，做好了面對費利敦和芙頌之間的一場家庭爭吵的準備。然而我看見的是，多年來我們坐著吃飯的餐桌是空的，上面沒有飯菜。打開的電視上，我們的朋友艾克雷姆先生，穿著大臣的衣服正在發表關於異教徒的演說，一個鄰居阿姨和她的丈夫在不知所措地用餘光看電視。

鄰居電工埃菲說：「凱末爾先生，塔勒克先生去世了。請節哀。」

我快步跑上樓，出於本能，我沒走進內希貝姑媽和塔勒克先生的房間，而是芙頌的房間，那個多年來我一直幻想的小房間。

我的美人正蜷曲著身子躺在床上哭泣。看見我後她振作地坐了起來。我坐到她身邊。瞬間，我們緊緊抱在一起。她把頭靠在我的胸前，顫抖地哭起來。

我的真主，把她抱在懷裡是多麼幸福！我感到了世界的深刻、美好和無限。她的胸貼在我的胸上，她的頭靠在我的肩上。我感覺自己不是在擁抱她，而是在擁抱整個世界。她的顫抖讓我傷心、悲哀，但同時又讓我感到莫大的幸福！幾乎像梳頭那樣，我憐愛、小心地撫摸她的髮絲。每當我的手碰到她的額頭，她的秀髮開始的地方，芙頌就會顫抖著又哭了起來。

為了能夠分擔她的痛苦，我想著父親的死。儘管我很愛他，但我和父親之間存在著一種緊張、競爭的關係。而芙頌，就像人們熱愛世界、太陽、街道和家那樣，發自內心地深愛著她的父親。我覺得她的眼淚不僅是在為她父親，也似乎在為整個世界、人生而流。

「親愛的，別擔心，」我在她耳邊輕聲說道：「從此以後一切都會更好，一切都會改善。我們將會很幸福。」

「我什麼也不要！」說著她哭得更厲害。當我感覺著她的顫抖時，我久久地、仔細地看了看房間裡的物品，她的衣櫃、抽屜、小床頭櫃、費利敦的電影書籍和所有一切。八年來，我多麼想走進這個裝著芙頌所有物品和衣服的房間。

當芙頌的抽泣變得更劇烈時，內希貝姑媽進來說：「唉，凱末爾，現在我們怎麼辦啊？沒有他我怎麼活啊？」她坐到床邊開始哭。

我在芙頌家度過了整個夜晚。有時，我到樓下，和前來弔唁的鄰居和熟人坐在一起。有時，我走上樓，去安慰在自己房間裡哭泣的芙頌，撫摸她的頭髮，往她手裡塞一塊乾淨的手帕。當她父親的遺體躺在隔壁房間，樓下鄰居和熟人們喝茶、抽菸、無聲地看電視時，九年後，我和芙頌第一次躺在同一張床上緊緊地抱在一起。我聞了聞她脖子、頭髮和因為哭泣而出汗的肌膚上的味道。隨後我下樓去給客人們續了茶。

對此一無所知的費利敦，那天夜裡沒有回家。現在，多年後我明白，鄰居們不僅自然地看待了我的存在，還像對待芙頌的丈夫那樣來對待我是怎樣的一種禮貌。給所有這些在我出入蘇庫爾庫瑪以及進出芙頌他們家時認識的人準備茶水和咖啡、傾倒他們的菸灰缸、招待他們吃從街角的餡餅店叫來的餡餅外賣，幫我、芙頌和內希貝姑媽打發了時間。有一會兒，這三個人，在坡上有一家小店的木匠，博物館參觀者因為那隻假手應該還記得的拉赫米的大兒子，塔勒克先生某個下午和他玩紙牌的老朋友，在後面房間裡分別擁抱了我，並再次要我節哀順變。儘管我為塔勒克先生哀傷，但我羞愧而深切地感到，內心充滿了一種無限的生活欲望，因為正在靠近一段嶄新的人生，其實那天夜裡我是非常幸福的。

當幫塔勒克先生投資的掮客在一九八二年六月破產逃去國外後，他開始去一個由和自己一樣的「受害儲戶」（這是報紙喜歡用的一個詞）成立的協會。這個協會的目的是用法律手段幫助那些退休人員、小公務員要回被破產掮客騙走的錢，但他們沒能成功。就像塔勒克先生有些晚上笑著、用一種幾乎毫不在乎的語氣說的那樣——他也會說他們是「一群蠢貨」——有時因為無法達成共識，一段時間過後受害儲戶之間就會出現爭吵。這些爭吵會演變成推擠、動拳頭和打鬥……有時，他們會把費了九牛二虎之力寫好的一份申請書送去財政部，或是一家對此沒有絲毫興趣的報社，抑或是一家銀行的門口。那陣子，一些人會向銀行投擲石塊，叫嚷著試圖讓別人知道他們的煩惱，有時銀行職員會受到攻擊。隨後還發生掮客的辦公室和家中被洗劫的事情。塔勒克先生有段時間大概也參與了一起爭鬥，所以遠離了協會，但當我和芙頌為了駕照流汗、下海游泳時，他又開始去協會了。據說，那天下午他在協會為一件事動了肝火，感到胸口疼痛後回了家，就像後來趕來的醫生在一秒鐘內確診的那樣，他死於心肌梗塞。

芙頌還因為父親死時自己不在家而痛苦。塔勒克先生一定是在床上等了女兒和妻子很久。那天，內希貝姑媽和芙頌為了趕做一條裙子去了位於莫達（Moda）的一戶人家。儘管我在資助他們，但我知道內希貝姑媽不時還會拿著她的針線盒去一些人家做活。我不會像別的男人那樣，認為內希貝姑媽的工作對我來說是一種侮辱，相反的，我對她這麼做表示讚賞，儘管沒有任何必要。但每次聽說芙頌不時也跟她一起去時，我就會感到不安。有時我會擔心，我的美人，我唯一的愛在那些陌生人家裡做什麼，但芙頌會像說起一次遊玩或是一次娛樂那樣說起她難得、也越來越少去的那些日子——就像很多年前，她母親去蘇阿迪耶給家母做衣服那樣——她說，她們在去卡德柯伊的渡船上喝了阿伊讓，丟麵包圈給海燕吃。天氣很好，海峽很漂亮。她是那麼地興高采烈，以至於我無法跟她說，結婚後我們將生活在富人的圈子，那時我們倆都不會願意碰到一個她曾經去他們家做針線活的人。

所有人走後，我蜷曲在後面房間的長沙發上睡著了。這是我第一次和她睡在同一個屋簷下……這對我來說是一種莫大的幸福。睡著前，我聽到檸檬在籠子裡發出的聲響，隨後還聽到船隻的汽笛聲。

晨禱的召喚聲響起時，我被從海峽傳來的汽笛聲吵醒。在夢裡，芙頌昨天從卡拉柯伊坐船去卡德柯伊的事情和塔勒克先生的去世連在一起了。

我還不時聽到了報霧的哨聲。霧天特有的一種奇怪的貝殼色光亮籠罩整個房間。就像在一個白色的夢境裡那樣，我輕手輕腳地走上樓。芙頌和內希貝姑媽抱著彼此躺在芙頌和費利敦度過他們婚姻中頭幾個幸福夜晚的床上。我覺得內希貝姑媽聽到了我的腳步聲。當我在門口仔細朝裡望去時，我看見芙頌確實還沒醒，而內希貝姑媽在裝睡。

我走進另外那個房間，輕輕拉起床單，第一次看了看塔勒克先生的遺體。他身上穿著去受害儲戶協會時穿的西裝。他的臉是慘白的，血液聚集在後頸。他臉上的斑點、痣、皺紋，似乎因為死亡在瞬間增多，變大。這是因為他的靈魂走了，還是因為他的軀體從現在起就開始腐爛和改變了？屍體的存在和它所給予的恐懼，遠比我對塔勒克先生的愛更為強烈。現在我不想把自己放到他的位置上去認識塔勒克先生，而是想逃離死亡，但我還是沒走開。

我喜歡塔勒克先生，因為他是芙頌的父親，也因為那麼多年我們坐在同一張餐桌旁喝酒，看電視。但因為他從沒完全真誠地對待過我，我也沒能完全地接受他。儘管我們倆對彼此都不滿意，但我們還是友好地相處了那麼多年。

一想到這裡，我立刻明白其實塔勒克先生從一開始，就像內希貝姑媽那樣知道了我對芙頌的愛情。我應該說是向自己坦白，而不是明白。很有可能在頭幾個月裡他就知道在女兒剛滿十八歲時我就不負責任地和她上了床，他認為我是一個沒心沒肺的有錢人，一個墮落的花花公子。因為我，他把女兒嫁給了一個一文不名的女婿，他當然會因此恨我！但他從沒表露出這種仇恨，抑或是我不願意看到。他既恨我，又原諒了我。我們就像那些把友情建立在互相無視對方缺點和劣行的無賴和小偷那樣對待彼此。而這讓我和塔勒克先生，幾年後，相對於客人和主人來說，更像是共犯了。

看著塔勒克先生僵硬的臉時，來自靈魂深處的一樣東西，讓我想起了父親臨死前臉上出現的那種驚訝和恐懼的表情。而塔勒克先生一定是經歷了長時間的心肌梗塞，他直接面對死亡，還和死神稍微抗爭了一番，因此他的臉上沒有任何驚訝的表情。他嘴角的一邊痛苦地向下歪斜，另一邊則像咧嘴微笑那樣微張。如果是在餐桌旁，他那微微咧開的嘴角上會叼著一根菸，面前則會放著一杯拉克酒。但房間裡充滿的不是已經歷的那些事件的力量，而是死亡和空虛的霧靄。

房間裡的白色光亮，是從左邊的凸窗照射進來的。透過窗戶，我看見了空無一人的窄小街道。因為凸窗延伸到街上，因此我感覺自己彷彿站在空中，路的中央。前方可以模糊地看到小巷和博阿茲凱山大道交會的那個角落。整個鄰近地區都還在濃霧中沉睡，一隻貓在街上自信而緩慢地走著。

塔勒克先生的床頭上，掛著一張在卡爾斯當老師時和學生們的合影，照片是在城裡俄羅斯人留下的著名話劇院裡拍的。床頭櫃和半開的抽屜也以一種奇怪的形式讓我想起了父親。抽屜裡散發出一種可愛的，混雜著灰塵、藥品、咳嗽藥水和變黃報紙的味道。在抽屜上面，我看見了放在一個杯子裡的假牙和塔勒克先生喜歡的雷夏特．埃克雷姆．考楚的一本書。抽屜裡放著舊藥瓶、菸嘴、電報、折疊起來的病歷、報出捐客新聞的報紙、煤氣和電費的發票、舊藥盒、不再流通的舊硬幣和其他許多小雜物。

不等凱斯金家來人我就回到了尼相塔什的家裡。母親已經醒來。她坐在床上正在吃法特瑪女士送來的早飯，她的懷裡放著一個枕頭，枕頭上放著一個裝著烤麵包、雞蛋、果醬和黑橄欖的托盤。看見我她顯得很開心。得知塔勒克先生去世後，她變得憂傷起來。我從她的臉上、狀態上明白，她感受到了內希貝姑媽的悲痛。但除了傷感，我還在她身上感到了另外一種更深的情緒，那就是憤怒。

我說：「我還要去他們家。待會兒讓切廷送你去葬禮。」

「兒子，我不去參加葬禮。」

「為什麼？」

一開始，她說了兩個荒唐的理由。「他們為什麼沒在報上登訃聞？為什麼要這麼著急？」，「他們為什麼不在泰什維奇耶清真寺舉行葬禮？這是不對的。」但另一方面，我也看見她在為以前說笑著為自己做衣服的內希貝憂傷，她還是愛內希貝的。但在她內心的更深處，還有另外一樣更堅決的東西。看到我的堅持和不安，她生氣了。

她說：「你知道我為什麼不去參加葬禮嗎？因為如果我去了，你就會和那女孩結婚。」

「這我知道。我會讓內希貝傷心，但是，兒子，這麼多年來我什麼都知道。如果你堅持要和她結婚，周圍的人會怎麼說？」

「您在說什麼呀？她早就結婚了。」

「親愛的媽媽，周圍人說什麼重要嗎？」

母親說：「你千萬別誤會。」她嚴肅地把手上的烤麵包片和奶油抹刀放到托盤上，直視我的眼睛說：「別人怎麼說當然並不重要。重要的是我們的真實感受。兒子，對此我毫無異議，你愛上了一個女人……她也很漂亮。但她愛你嗎？八年了，她為什麼還沒和她丈夫離婚？」

我羞愧地編造道：「她會離的，我知道。」

「你去世的父親也喜歡上了一個和女兒同齡的可憐女人……他甚至還為她買了房子。但他對所有人隱瞞這件事，沒像你這樣讓自己丟臉。連他最好的朋友都不知道。」她轉身對走進房間的法特瑪女士說：「法特瑪，我們要說一會兒話。」法特瑪女士立刻走出房間，還帶上了房門。「你們去世的父親是一個堅強、聰明、非常紳士的男人，儘管這樣，他也有一時的衝動和許多弱點。」母親說道：「很多年前，你向我要邁哈邁特大樓房子的鑰匙時，我給你了，但因為想到你也會有你父親的弱點，因此我警告你『要小心』，我說了吧？但你根本沒聽我的話。好吧，你會說，這完全是你的錯，內希貝有什麼罪過？十年了，因為她和女兒一起讓你受這份折磨，所以我永遠不會原諒她。」

我沒能更正說，不是十年，是八年。我說：「好的，媽媽，我會對她們說一些您不去的理由。」

「兒子，你和那個姑娘在一起是不會幸福的。如果可以，早就可以了。我也反對你去參加葬禮。」

母親的這番話，非但沒讓我覺得我毀掉了自己的人生，就像這些天我一直感覺到的那樣，而是給我帶來了自己不久將和芙頌幸福生活在一起的喜訊。因此，我一點也不生氣，甚至還微笑著聽她說。我想盡早回到芙頌的身邊。

母親見我不為所動生氣了。她用一種非常自信的語氣說：「在這樣一個女人無法和男人自由結識、見面的國家裡是不會有愛情的。你知道為什麼嗎？因為男人一看見一個合適的女人，根本不管她是好是壞，是漂亮還是難看，就會像餓了幾個星期的動物那樣撲上去。這是所有男人的習慣。然後，他們會以為這是愛情。在這樣的一個地方怎麼會有愛情？千萬別欺騙自己。」

最終母親惹惱我了。我說：「好的，媽媽，我要走了。」

「女人不能去在清真寺裡舉行的葬禮禱告。」她這麼說，好像這是真正的藉口一樣。

兩小時後，當葬禮禱告結束、人群散開時，在人群中也有女人在清真寺前面和內希貝姑媽擁抱告別，但她們的人數確實不多。我記得，我看見了歇業的香榭麗舍精品店的老闆謝娜伊女士和潔依達。在我看見她們時費利敦站在我身邊，他戴著一副誇張的墨鏡。

在以後的那些日子裡，每晚我都早早就去芙頌他們家。但我在餐桌上感到了一種深切的不安。彷彿我和芙頌相處中的嚴肅性和虛假性暴露了出來。在我們中間，無論在對發生的一切視而不見上，還是在「假裝那麼做」上，塔勒克先生都是做得最好的。現在，他不在了，我們既無法變得自然，也無法回到八年來我們在晚餐時保持的那種半真誠、半虛假的輕鬆狀態。

75 珍珠蛋糕店

四月初下雨的一天，上午在家和母親閒聊了一會兒，快到中午時我去了沙特沙特。當我喝著咖啡看報紙時，內希貝姑媽打來了電話。她讓我這段時間別去他們家，因為鄰居間出現了一些令人不快的傳聞，她說現在無法在電話裡把一切講清楚，但它們對我來說是一些好消息。我的祕書澤伊內普女士在旁邊的房間裡能聽到我們講話，因此我不想對內希貝姑媽表現出我的好奇，沒再追問。

因為好奇抓心撓肺地等待了兩天後，還是在同一個時間，內希貝姑媽來了沙特沙特。儘管八年來我和她在一起度過了那麼多時間，但在辦公室看到她，依然讓我覺得很奇怪，以至於我茫然地看了她一會兒，就像看一個為了退換一件有瑕疵的沙特沙特產品，為了拿一個免費的沙特沙特掛曆或是菸灰缸，從伊斯坦堡的邊緣地區或是其他城市跑來，卻又錯誤地走上樓的顧客那樣。

澤伊內普女士，也許是從我的狀態上，也許是因為本來就知道些什麼，早就明白來者是一個對我來說非常重要的人。當她問我們要喝什麼樣的咖啡時，內希貝姑媽對她說：「孩子，如果有土耳其咖啡，我要一杯。」

我關上了房門。內希貝姑媽坐到我的辦公桌對面，盯著我的眼睛看了一會兒。

「一切都解決了。」相對於報喜，她更多的是用一種彷彿在暗示人生其實很簡單的口吻說道：「芙頌和費利敦要分手了。如果你把檸檬電影公司留給費利敦，一切就好辦了。芙頌也希望這樣。但首先你們倆要好好談一談。」

「費利敦和我嗎？」

「不，芙頌和你。」

看到我臉上綻放的喜悅之情後，她點燃香菸，在沙發上蹺起二郎腿，盡興但簡短地講了一下事情經過。她說，兩天前的晚上，費利敦回家，他微微有些醉意，他告訴芙頌說他已經和帕派特亞分手，想回家，回到芙頌身邊，但當然芙頌不要他了。於是他們吵了一架，很遺憾，他們的叫喊聲鄰居們都聽到了，為此他們覺得很丟臉。原來內希貝姑媽就是因此才要我晚上別去他們家的……後來，費利敦打來電話，他和內希貝姑媽在貝伊奧魯見了一面。他告訴她，他們決定離婚了。

一陣沉默後，內希貝姑媽說：「我換掉了下面的門鎖。我們家不再是費利敦的家了。」

剎那間，我以為，不單單是從沙特沙特前面經過的公共汽車沒有了聲音，整個世界都靜默了。見我拿著香菸著魔般地聽她講話，內希貝姑媽又把整個故事仔仔細細地重新說了一遍。她帶著一種一開始就猜到這個結果的自信口吻說：「我沒對那個孩子生過一天氣。是的，他心腸很好，但也很懦弱……哪個母親會願意把女兒嫁給這樣的一個人……」說完她沉默了。我以為接下來她會說「當然，我們是迫不得已」，但她卻說了完全不同的話。

「我自己也經歷過一些這樣的事情。在這個國家，做一個漂亮女人比做一個漂亮女孩更難……男人們，你也知道的，凱末爾，會去傷害那些他們無法得到的漂亮女人，而費利敦讓芙頌免受了所有這些傷害……」

瞬間，我想到自己是不是也是其中一個傷害者。

隨後，她突然說道：「當然，這件事不該拖這麼久。」

就像第一次發現我人生中的那些怪異一樣，我半驚訝半鎮靜地沉默著。

「當然，檸檬電影公司是費利敦的權利！」隨後我說道：「我會和他談的。他生我的氣嗎？」

內希貝姑媽說：「沒有。」她皺起眉頭說：「但芙頌要和你認真談談。當然她有很多話要對你說。你們要好好談談。」

我們隨即決定，三天後，下午兩點，我和芙頌在貝伊奧魯的珍珠蛋糕店見面。內希貝姑媽沒再多說什麼，帶著一種對這種陌生環境感到不安的神情，但又像一個好人那樣，毫不掩飾幸福地走了。

一九八四年四月九日，星期一中午，當我為了和芙頌見面去貝伊奧魯時，我是幸福和激動的，就像一個即將和自己想了好幾個月的高中女孩見面的小夥子那樣。夜裡我沒能睡好，在沙特沙特好不容易熬到中午後，我早早就讓切廷送我去塔克西姆。塔克西姆廣場上滿是陽光，但任何時候都在陰影裡的獨立大道的陰涼、櫥窗、電影院的入口、兒時我們和母親去的那些商場散發出來的潮濕以及灰塵的味道讓我稍微平靜了一點。回憶和一個幸福未來的承諾讓我暈眩。我在分享想去吃點好東西、看一場電影、購物的人群的快樂。

為了買一件禮物給芙頌，我走進了瓦考、貝伊曼和另外兩家商店，但我不知道要買什麼。為了緩解我的緊張，我徑直朝土內爾走去，離見面時間還有半個小時，我竟然在密色爾勒大樓前面看見了芙頌。她穿著一條白底圓點的春裝連身裙，戴著一副挑逗的墨鏡和父親給我的那對珍珠耳墜。因為在看一面櫥窗，她沒發現我。

「太巧了，不是嗎？」我走上前說。

「啊……你好，凱末爾！你好嗎？」

「今天天氣很好，我就從公司跑出來了。我們一起走走好嗎？」我說道，好像半小時後我們沒有約會，完全就是一場偶遇那樣。

芙頌說：「我要先去給我媽買鈕釦。她們一再堅持，所以媽媽在趕做一條裙子，和你見面後我要回去幫她。我們去阿伊納勒市場看看木鈕釦好嗎？」

我們不僅去了阿伊納勒市場，還去了其他市場裡的很多小店。當芙頌在和售貨員說話時，看著那些五顏六色的鈕釦時，邊問邊試圖從那些舊鈕釦中配出一套來時，看著她真是太好了。

她挑出一套舊的木鈕釦後給我看了一下。「你覺得怎麼樣？」

「很漂亮。」

「好吧。」

她付了錢。九個月後，我在她的衣櫃裡找到了這些仍然還包在紙裡的鈕釦。

「好了，讓我們走走吧。八年來我一直幻想我們能在貝伊奧魯遇見一次，然後一起走走。」我說。

「真的嗎？」

「真的……」

我們沉默著走了一段時間。我不時也像她那樣朝路邊的櫥窗看一眼，但我看的不是櫥窗裡展示的東西，而是映照在玻璃上的她那美麗的身影。貝伊奧魯的人群中，不僅男人，女人們也在仔細地看她，芙頌對此沾沾自喜。

「我們找個地方坐下吃蛋糕吧。」我說。

沒等芙頌回答，人群中一個女人欣喜地叫了一聲後抱住她。是潔依達，她身邊跟著兩個兒子，一個八、九歲，一個更小。當她們說話時，兩個穿著短褲、白襪子，和潔依達一樣大眼睛，健康、充滿活力的小孩把我打量了一番。

「看見你們在一起真是太好了！」潔依達說。

「我們也是剛剛碰到的……」芙頌說。

「你們倆太登對了。」潔依達說。隨後她們輕聲說起話來。

「媽媽，好無聊喔，快走吧，拜託。」大孩子說。

我想起八年前，當這個孩子還在她肚子裡時，我和潔依達坐在塔什勒克公園，看著道爾馬巴赫切，談論我的愛情痛苦。但這既沒讓我感動，也沒讓我傷感。

潔依達走後，我們在薩拉伊電影院門口放慢了腳步。裡面正在放映帕派特亞主演的《憂傷的旋律》。如果報上的消息沒錯，那麼在最近十二個月裡，帕派特亞在十七部電影和寫真書裡擔任了主角，並因此創造了世界紀錄。娛樂版面上謊稱好萊塢請她去演主角，而帕派特亞也拿著《朗文入門》說，她在學英語，為了代表土耳其，她將全力以赴。她的這個謊言讓這個話題變得更加沸沸揚揚了。芙頌在看電影院門口的海報時，注意到我在仔細觀察她臉上的表情。

「親愛的，我們快走吧。」我說。

她精明地說：「別擔心，我不嫉妒帕派特亞。」

我們又看著櫥窗繼續沉默地走著。

我說：「你戴墨鏡很好看。我們進去吃夾心酥球好嗎？」

就在我和她母親約好的時間，我們走到了珍珠蛋糕店前面。我們毫不遲疑地走進蛋糕店，就像三天來我幻想的那樣，後面正好有一張空桌子，坐下後我們點了蛋糕店裡最有名的夾心酥球。

芙頌說：「我不是為了好看才戴墨鏡的。因為一想到父親就會流淚，我不想讓別人看見。我也不嫉妒帕派特亞，你明白了嗎？」

「明白了。」

她接著說道：「但我敬佩她。就像電影裡的那些美國人那樣，她一旦拿定主意就會堅持下去，她成功了。我傷心並不是因為自己沒能成為像帕派特亞那樣的電影明星，而是因為沒能像她那樣堅持，我怪我自己。」

「九年來我一直在堅持，但不是只要堅持就可以成功的。」

「可以的。」她冷靜地回答道：「你已經和我母親談過，現在讓我們來談一談。」

她用一個堅定的動作拿出了一根香菸。當我用打火機為她點菸時，我看著她的眼睛再次輕聲地對她說，我很愛她，壞日子已經結束，儘管浪費了很多時間，但我們的面前還有一大段幸福的時光。

她審慎地說：「我也這麼認為。」從她那緊張的動作，一點也不自然的表情上我感到，她的內心正在經歷一場風暴，她在竭力壓抑。因為她在堅定地使用自己的意志來使一切完美無缺，因此我更加愛她，但也對她內心的強烈風暴感到恐懼。

她用一個考第一名的學生談論今後抱負時的堅定語氣說：「等我和費利敦正式離婚後，我要去見你的朋友、你的家人，要和他們交朋友。我不著急，可以慢慢來……我和費利敦離婚後，首先你母親要去我們家提親。你母親和我母親會談得來的。但首先你母親要打電話給我母親，為沒能參加我父親的葬禮而道歉。」

「那天她很不舒服。」

「當然，我知道。」

瞬間，我們沉默著舀了一勺夾心酥球到嘴裡。我帶著比欲望更多的愛意，看了一眼她那被甜甜的巧克力和奶油塞滿的嘴巴。

「我希望你相信並照此去做。在我的整個婚姻期間，我和費利敦之間沒發生過夫妻關係。你必須相信這點！從這個意義上來說，我是處女。此生我也只會和你在一起。我們沒必要去告訴別人九年前我們度過的那兩個月（尊敬的讀者，其實是差兩天一個半月）。就像我們剛認識一樣。也就是像電影裡發生的那樣，我和一個人結了婚，但我依然還是處女。」

最後兩句話她是微笑著說出來的，但因為我看到了她所要求的事情的嚴肅性，因此我皺起眉頭說：「我明白。」

她用一種理智的表情說：「這樣會讓我們更幸福。我還有另外一個要求。這其實不是我的，而是你的主意。我想一起開車去歐洲旅行。我母親也將和我一起去巴黎。我們去博物館，去看畫。結婚前，我也想去那裡買我們家的嫁妝。」

聽到她說「我們家」，我微微地笑了一下。芙頌沒用命令的語氣，而像勝利打完一場持久戰後，用玩笑的語氣、微笑著說出合理要求的儒雅將軍那樣說出了這些要求。隨後，她又嚴肅地皺起眉頭說：「要在希爾頓舉辦一場隆重的婚禮，就像所有人的那樣。一切都要完美無缺。」她說這話時極為平靜，就像她對九年前我在希爾頓舉辦的訂婚儀式好壞沒有任何記憶，只想要一個好的婚禮那樣。

我說：「我也想這樣。」

我們沉默了一會兒。

小小的珍珠蛋糕店是兒時母親帶我們來貝伊奧魯時必到的一個地方，三十年來，蛋糕店沒有任何變化。只是現在人更多，連我們的談話都變得困難了。

剎那間，蛋糕店裡出現了一陣神奇的寂靜，我輕聲對芙頌說，我很愛她，我會滿足她的所有要求，除了餘生和她一起度過，我別無所求。

她用複習數學時的那種天真口吻問道：「真的嗎？」

其實她是堅定、自信的。她用一個認真的動作點燃了一根菸，隨後說出了其他的要求。我不能向她隱瞞任何事情，我要和她分享我所有的祕密，我要誠實地回答她問的關於我過去的所有問題。

我把她說的一切和我看到的一切鐫刻在記憶裡：芙頌堅定的表情，蛋糕店裡的舊冰淇淋機，阿塔圖爾克在照片上就像芙頌他們家那張一樣的緊皺的眉頭。我們決定在去巴黎之前，在家庭內部辦一個訂婚儀式。我們還帶著敬意談到了費利敦。

我們又再次談到了婚前不能有性行為的必要性：

「不要強迫我好嗎？反正你也得不到什麼結果。」

「我知道。其實我也想用媒妁之言的方式來娶你。」

「本來就是那樣的！」她用一種自信的口吻說道。

她說，因為家裡沒有男人，因此我每天晚上（每天晚上！）去他們家會讓鄰居產生誤解。但隨後她又說：「當然，鄰居只是一個藉口。我父親不在了，像從前那樣的談話也就沒有了。我很傷心。」

瞬間我以為她會哭，但她克制住了自己。蛋糕店一推就開的彈簧門因為裡面的擁擠關不上了。一群穿著深藍色西服、繫著歪斜細領帶、吵吵嚷嚷的高中生走進來，一下就把裡面塞滿了。他們互相說笑著，推擠著。沒再多說什麼，我們起身離開了那裡。我享受著在貝伊奧魯擁擠的人群中走在芙頌身邊的樂趣，沉默著一直陪她走到蘇庫爾庫瑪大道的街頭。

76 貝伊奧魯的電影院

我們忠實地按照在珍珠蛋糕店所談之事的精神去做了。我立刻找了一個和我在尼相塔什那幫朋友不相干的、住在法提赫、我服兵役時的一位朋友當芙頌的律師。因為他們夫妻決定協議離婚，因此事情本來就很容易。芙頌笑著說，費利敦為找律師甚至還曾經想要向我諮詢。儘管晚上不能再去蘇庫爾庫瑪見她，但我們隔天會在貝伊奧魯碰頭，然後一起去看電影。

春天，當街上熱起來時，我很喜歡貝伊奧魯的電影院裡的陰涼，兒時我就喜歡。我和芙頌先在加拉塔薩拉伊碰頭，隨後看著海報選擇一家電影院，買好票後走進黑暗、涼爽而冷清的電影院，藉著銀幕上反射的亮光選一個遠離人群的地方坐下，手拉手，帶著擁有無限時光的人們的輕鬆觀看銀幕上的電影。

夏初，在電影院開始一張票同時放映兩部、甚至三部電影的那些日子裡，有一次當我拉了拉褲子坐下，在黑暗中把手上的報紙和雜誌放到旁邊的空座位上，我的手沒能及時找到並抓住芙頌的手時，芙頌那隻漂亮的手隨即像一隻迫不及待的麻雀那樣跳進我懷裡，像是問「你在哪裡」那樣張開著，在同一時刻，我的手帶著快於我的意識的渴望一把抓住了它。

在那些夏天一下子放映兩部（艾邁克、菲塔什、阿特拉斯電影院）甚至三部電影（如雅、阿爾卡紮爾、拉萊電影院）的電影院裡，像在冬天那樣，因為電影沒有中場休息，因此只有在兩部電影中間燈光亮起時，我們才能看見是和怎樣的一群人在看電影。那些時候，我們會在昏暗、滿是黴味的放映大廳裡，看著那些仰面坐在座椅上、手上拿著皺巴巴的報紙、穿著皺巴巴衣服的孤獨男人，坐在角落裡打盹兒的老人，艱難地從電影的夢幻世界回到電影院平庸世界裡來的愛幻想的觀眾，輕聲說些離婚事宜上的最新進展，東扯西拉地隨便聊一會兒。（那時，我們不會手拉手。）八年來我一直盼望的那個結果，她和費利敦正式離婚的消息，就是芙頌在薩拉伊電影院的包廂裡，在兩場電影當中的休息時間輕聲告訴我的。

她說：「律師已經拿到了判決書。我是個離婚的女人了。」

鍍金的天花板，剝落的牆漆，失去了往日輝煌的薩拉伊電影院的昏暗舞臺，幕布，零零落落、昏昏欲睡的觀眾，在那一瞬間刻在我的記憶裡，成為此生我永遠不會忘記的一個景象。像阿特拉斯和薩拉伊那樣的電影院的包廂，直到十年前，就像星星公園那樣，還是那些手拉手、找不到一個接吻角落的情侶們去的地方，但芙頌不會讓我在包廂裡親吻她，只是不反對我把手放在她的腿上、膝蓋上。

我和費利敦的最後一次見面並不壞，但與我希望和以為的相反，那次見面對我來說成了一次糟糕的回憶。芙頌在珍珠蛋糕店聲稱八年來從沒和他做過愛，並要我相信這點，讓我感到震驚。因為就像很多愛上已婚女人的男人那樣，八年來我本來就一直在腦子的一角偷偷地相信這點。完全因為這個信念，這同時也是我故事裡的一個祕密要點，我對芙頌的愛情才得以維持那麼久。

如果我將芙頌和費利敦想成一對擁有幸福性生活的夫妻（我帶著痛苦嘗試了一兩次，隨後就不再想嘗試了），那麼我對芙頌的愛就不會維持那麼久。多年來我欺騙自己相信的事情，當芙頌以篤定的口吻說出來並命令我一定要相信時，我立刻清楚地意識到這不是真的，甚至我感到被欺騙了。但因為在他們婚姻的第六年費利敦本來就已拋棄了她，因此我還能夠接受這個事實。但一想到這點，我立刻對費利敦產生無法忍受的嫉妒和憤怒，我想羞辱他。八年來我從沒對他產生過這種憤怒，而這讓我們幾乎沒發生任何衝突地度過了這段時間。現在，八年後，我非常清楚地認識到，費利敦特別是在頭幾年裡之所以能夠容忍我，原因就是他和妻子之間幸福的性生活。就像每個和妻子過著幸福生活但又喜歡去茶館和朋友閒聊的男人那樣，費利敦晚上想出去。當我看著費利敦的眼睛時，我清晰地意識到，我限制了芙頌在結婚頭幾年裡和丈夫體驗的幸福——這是我對自己隱瞞的另一個資訊——但我沒感到愧疚。

八年來在我內心裡無聲無息潛伏著的嫉妒心，在我和費利敦的最後這次見面時蠢蠢欲動起來。就像我對一些老朋友所做的那樣，我明白，費利敦也是我此生不該再見的一個人。知道多年來我對在我之前愛上芙頌並為此忍受了多年痛苦的費利敦一直抱有兄弟和同志情感的人們，可能無法理解此時我對他的憤怒。我要說的是，現在我開始理解費利敦了，他在我眼裡一直是一個謎。好了，不說這個話題了。

從費利敦的眼睛裡，我則感到了他對我和芙頌未來幸福的一些嫉妒。但在迪萬酒店裡吃的那頓最後的午餐，我們倆都因為喝了很多酒而輕鬆不少，談完檸檬電影公司轉給費利敦的細節後，我們談起一個讓我們輕鬆、高興的新話題。費利敦終於要在近期開拍他的藝術電影《藍色的雨》了。

因為那天我和費利敦喝了太多酒，所以我沒回沙特沙特，直接慢慢走回家睡覺。我記得，睡著前我對因為擔心來到我床前的母親說：「人生太美好了！」兩天後，在一個電閃雷鳴的傍晚，切廷開車把我和母親送去蘇庫爾庫瑪。母親裝出一副似乎已全然忘記不願意參加塔勒克先生葬禮的樣子。但她的內心並不平靜，就像她每次覺得緊張時那樣，一路上她不停說話。快到芙頌他們家時，她說：「啊，這裡的人行道修得多好啊。我一直想來看看這一帶，這個坡好陡，這裡還真不錯。」當我們到他們家時，暴雨前的一陣涼風吹起了路面上的灰塵。

母親此前已經打過電話給內希貝姑媽表示哀悼，她們在電話裡談過幾次。然而我們的「提親」，一開始還是變成了對塔勒克先生的弔唁。但是我們所有人都感到比弔唁更深層的東西。在一番寒暄和「這裡還真不錯，我太想你了，我們大家都很傷心」的客套話之後，內希貝姑媽和我母親抱頭痛哭起來。芙頌則跑上了樓。

當一道閃電在近處劃過時，抱在一起的兩個女人驚訝地直起身子。外面下起雷陣雨，天空轟隆作響，二十七歲的離婚女人芙頌，像一個十八歲接受提親的女孩那樣，動作優雅地端著一個托盤為我們送來咖啡。

「內希貝，芙頌和你長得一模一樣！像你一樣……她笑得多可愛，長得多漂亮！」母親說。

「不，她可比我聰明多了。」內希貝姑媽說。

母親說：「過世的穆姆塔茲也總是說，奧斯曼和凱末爾比他更聰明，但我不知道他是否相信自己說的話。年輕的一代好像是比我們更聰明。」

內希貝姑媽說：「女孩們肯定更聰明。你知道嗎？維吉黑（不知道為什麼，這次她沒說大姊），一生中最讓我後悔的事是……」她說，有段時間她非常想開一家店賣自己做的衣服，讓自己揚名，但卻沒能找到勇氣。隨後，她抱怨道：「那些甚至不會用剪刀、做針線的人現在卻成了著名時裝店的老闆。」

有一會兒，我們一起走到窗前去看外面下的雨，從坡上傾瀉而下的雨水。

坐上餐桌時，內希貝姑媽說：「過世的塔勒克先生很喜歡凱末爾。每天晚上他都會說『我們再等等，興許凱末爾先生會過來』。」

我感到母親對這句話很反感。

母親說：「凱末爾知道自己要什麼。」

內希貝姑媽說：「芙頌也很堅決。」

母親說：「反正他們已經決定了。」

但「提親」的話沒再說下去。

我、內希貝姑媽和芙頌各倒了一杯拉克酒，儘管母親很少喝酒，但她也要了一杯。喝下兩口酒後，就像父親說的那樣，母親立刻因為拉克酒的味道，而不是拉克酒本身高興了起來。她說起和內希貝一起通宵達旦趕做晚禮服的事情。兩位母親都喜歡這個話題，於是她們提起了那時的婚禮和禮服。

內希貝姑媽說：「維吉黑的那條百褶裙可出名了，後來其他一些尼相塔什的女人也要我為她們做同樣的裙子，甚至還有人從巴黎找來同樣的布料放到我面前，但我沒做給她們。」

當芙頌神情莊重地離開餐桌走去看檸檬時，我也跟著站了起來。

母親坐在餐桌旁對我們說：「看在真主的分上，別在吃飯時去玩鳥。別擔心，你們倆有的是時間看對方……等等，等等，不洗手我絕不讓你們上飯桌。」

為了洗手，我上了樓。本可以在下面廚房裡洗手的芙頌也跟了上來。在樓上的樓梯口，我一把抓住芙頌的手臂，看著她的眼睛，帶著渴望親吻了她的嘴唇。這是一次持續了十一到十二秒深沉、成熟、震撼的接吻。九年前，我們像孩子那樣接吻，而這次接吻卻帶著這九年的所有沉重、力量和精神，它離幼稚很遠。芙頌先跑下了樓。

沒再多高興，注意著從嘴裡蹦出的每句話，我們匆匆吃完了飯。雨一停，我們就起身告辭了。

回家的路上，坐在車裡我說：「親愛的媽媽，你忘了提親。」

母親問道：「這些年你去了他們家多少次？」見我一時間無言以對，母親接著說道：「算了，不管你去過多少次了……內希貝的那句話讓我很不高興。可能是因為這麼多年你很少陪我吃晚飯，我有點傷心（她摸了摸我的手臂）。但你放心，兒子，我不介意。但我也不能做得像跟一個高中女孩提親那樣。她是一個離過婚的女人。她很聰明，非常清楚自己在做什麼。既然你們倆已經談妥、決定了，那還有什麼必要去做戲，說些假惺惺的話呢？要我說，訂婚也沒必要……別拖太久，在別人還沒說三道四之前馬上結婚……歐洲也別去了。現在尼相塔什的商店裡什麼都有，你們為什麼還要去巴黎呢？」

見我不言語，她也就不再說什麼了。

臨回房間睡覺前，母親對我說：「你還真有眼光。她確實是一個聰明、漂亮的女人。她會是你的好老婆。但你要小心，她好像吃了很多苦。當然我是不知道的，但是別讓她心裡的憤怒、仇恨，不管是什麼，來毒害你們的生活。」

「不會的！」

相反的，一種把我們和生活、伊斯坦堡、街道、人們，和一切相連的情感正在讓我們慢慢地靠近彼此。當我在電影院裡抓著芙頌的手時，有時我會感到她在輕輕地顫抖。有時她會把她的肩膀，甚至是頭輕輕地靠在我的肩膀上。為了讓她更舒服地靠在我的肩頭，我會斜靠在座椅上，我會握住她的手，有時還會有意無意地去撫摸她的腿。頭幾個星期她不太願意坐在包廂裡，但現在也不再反對了。當我握著她的手看電影時，就像把脈的醫生在指尖感覺病人最隱祕的傷痛那樣，我會感到芙頌對我們看的電影種種的情緒反應，於是，我還會因為帶著她的情緒來看電影得到很大享受。

中場休息時，我們小心翼翼地說起歐洲旅行的準備和慢慢一起出去見朋友的事情，但我從沒提起母親關於訂婚的意見。我知道，訂婚儀式不會順利，會出現很多閒話，甚至在家庭內部都會產生不安，如果人請多了，會因為人多，如果不請又會因為我們沒請任何人而讓別人說三道四，我感覺芙頌也慢慢意識到了這點。我想，她也是因為同樣的擔憂在遠離訂婚問題。於是，幾乎什麼也沒說，我們決定不舉行訂婚儀式，從歐洲回來後直接結婚。這樣一來，在電影中場休息時，在我們坐在貝伊奧魯的蛋糕店裡面對面坐著抽菸時，我倆也就更喜歡幻想歐洲之旅了。芙頌買了一本為土耳其人寫的名叫《開車去歐洲》的書，她會拿著這本書去看電影。我記得，她翻書時，我們討論了歐洲之行的路線。我們決定，在埃迪爾內過完第一夜後，經南斯拉夫和匈牙利去法國。芙頌還喜歡看旅行指南上的巴黎風景照片，她會說：「維也納我們也要去。」有時，當她看著書上那些歐洲風景時，她會沉浸在一種奇怪而憂傷的沉默裡。

我會問：「親愛的，怎麼了？你在想什麼？」

芙頌會說：「不知道。」

因為內希貝姑媽、芙頌和切廷將第一次離開土耳其，因此他們需要辦護照。為了讓他們免受國家機關的折磨和排隊等待的煎熬，我讓在沙特沙特負責這類事情的老警官塞拉米去辦了這件事。（細心的讀者們應該還記得，八年前我曾讓這個退休警官去尋找失蹤的芙頌和凱斯金一家人。）我也因此發現因為愛情我已經九年沒出國了，我沒有了這樣的一個需求。而事實上，以前如果每隔三、四個月不找個藉口出國，我會很不開心的。

於是，為了護照的簽字，我們在一個炎熱的夏日一起去了位於巴比阿利（Babıali）的警察局護照分局。這棟奧斯曼帝國末期，宰相、大臣帕夏們居住的，見證了突襲、政治謀殺、高中歷史課本上的許多恐怖事件的老樓，就像奧斯曼帝國留下的許多雄偉建築那樣，失去了往日的輝煌，變成一個上千人在走廊和樓梯上申請文件、蓋章、簽名隊伍裡疲憊等待，大家互相謾罵的混亂地方。因為天熱和潮濕的空氣，我們手裡的文件一下子就變得軟塌塌的。

快到傍晚時，為了另外一份文件，我們被轉去了位於錫爾凱吉（Sirkeci）的桑薩爾楊商業中心（Sansaryan Hanı）。當我們從巴比阿利大坡（Babıali Yokuşu）往下走時，在老梅塞雷特茶館上面一點，芙頌沒得到我們任何一個人同意就走進一家小茶館，坐了下來。

內希貝姑媽說：「這又是怎麼了？」

當她和切廷在外面等候時，我走進了茶館。

我問道：「怎麼了？親愛的，你累了嗎？」

芙頌說：「我放棄了。我不想去什麼歐洲了。」她點燃一根菸，狠狠地抽著。「你們走吧，去拿你們的護照吧，我跑不動了。」

「親愛的，咬緊牙關，眼看就到終點了。」

她堅持了一會兒，鬧了一會兒彆扭，但最後我的美人不管怎樣還是跟我們一起走了。我們在奧地利領事館辦簽證時又經歷了類似的一次小危機。為了不讓他們在簽證的隊伍裡為難，也為了不讓他們在面簽時受到侮辱，像切廷那樣，我讓人準備了顯示芙頌、內希貝姑媽是沙特沙特高薪聘用的專家級職員的文件。他們批准了三個人的簽證，但懷疑芙頌的年齡，因此喊她去面簽。我也和她一起去了。

因為六個月前，連續幾年被拒簽的一個人，對著瑞士領事館的一個工作人員的頭連開四槍將其擊斃，因此伊斯坦堡的各個領事館簽證處都採取了嚴格的防範措施。申請簽證的人和歐洲的簽證官不再面對面，而是像美國電影裡的死囚那樣，只能隔著防彈玻璃和鐵柵欄以電話交談。領事館前面，聚滿為了能夠靠近簽證處、能夠走進花園和天井而互相推擠的人群。土耳其職員（人們說德國領事館的那些職員「兩天工夫就變得比德國人還要像德國人了」）會因為沒排好隊而責罵、推擠申請簽證的人群，他們還會看著一些人的穿衣打扮說「你就別白費心思了」來做出最初的篩選。能夠得到約見會讓申請人非常高興，在裡面的防彈玻璃前，所有人都會像參加一場艱難考試的學生那樣瑟瑟發抖，像小綿羊那樣安靜而順從。

因為我們找了後門，所以芙頌沒有排隊，微笑著走了進去，但沒過多久她就臉色鐵青地走出來，她看也不看我一眼徑直走到大街上。當她在外面準備點菸而放慢腳步時，我追上她，問她怎麼了，但她不搭理我。當我們走進瓦唐飲料和三明治宮殿坐下時，她說：「我不想去什麼歐洲了，我放棄了。」

「怎麼了？他們不給簽證嗎？」

「他問了我的整個一生，甚至問我為什麼離婚，還問如果我沒有工作又離了婚，那麼我靠什麼來生存。歐洲我也不去了。誰的簽證我都不要了。」

我說：「我會想其他辦法來解決的。或者我們乘船，從義大利過去。」

「凱末爾，歐洲旅行我也放棄了。我又不懂外語。」

「親愛的，我們應該去外面看看……在世界的另外一些地方，還有用另外一種方式生活的幸福人們。我們會手拉手，走在他們的街道上。世界，不僅僅只有土耳其。」

「是不是我應該去見識一下歐洲才能配得上你？那我也放棄和你結婚了。」

「芙頌，在巴黎我們會很幸福的。」

「你知道我有多固執。凱末爾，別再堅持了。那樣我會更固執的。」

但我還是堅持了，多年後當我痛苦地為我的堅持追悔莫及時，我想起自己當時常常偷偷幻想在旅途中的一個飯店房間裡和芙頌做愛。在從奧地利進口紙張的「勢利眼塞利姆」的幫助下，我們在一星期後拿到了芙頌的簽證。在那些日子裡，車子的「臨時入境證」也辦下來了。芙頌的護照因為我們去巴黎要得到經過的所有國家的簽證而變得五顏六色，當我在薩拉伊電影院的包廂裡把護照給她時，我感到一種奇怪的驕傲，一種做丈夫的驕傲。幾年前，當我在伊斯坦堡的各個角落看見芙頌幻影的那些日子裡，其中的一個幻影就是在薩拉伊電影院碰見的。芙頌接過護照，先咧嘴笑了一下，隨後皺起眉頭把那些簽證逐個看了一遍。

透過一家旅行社，我在巴黎的北方飯店預訂了三個房間。一個給我，一個給切廷，還有一個給芙頌和內希貝姑媽。茜貝爾在索邦上大學的那幾年裡，我去看她時會住在別的飯店，但就像那些幻想日後有了錢要去什麼地方的學生那樣，我會幻想有一天自己將在這個像是從電影和回憶裡走出來的老飯店裡度過幸福時光。

「根本沒必要，你們結了婚再去。」母親說：「你和自己心愛的姑娘去享受旅行的樂趣，但內希貝和切廷幹什麼？他們跟著你們去幹什麼？你們先結婚，然後坐飛機去巴黎度蜜月。我去告訴白色康乃馨，他會在兩個娛樂專欄上像一個浪漫的故事、一則人人都喜歡的傳聞那樣把這件事寫出來的，過不了兩天一切都會被忘記。本來那個舊世界也早就沒了。到處都是外來的有錢人。再說，沒有了切廷，我怎麼辦？誰開車送我出去？」

「親愛的媽媽，整個夏天您在蘇阿迪耶的別墅只出去了兩次。別擔心，九月底我們就回來。我答應您，十月初讓切廷把您接回尼相塔什來，內希貝姑媽會在巴黎為您挑選婚禮上穿的禮服。」

77 大塞米拉米斯飯店

一九八四年八月二十七日，十二點一刻，切廷開車和我來到蘇庫爾庫瑪，我們要去歐洲了。從我和芙頌在香榭麗舍精品店遇見到那天已整整過去九年零四個月，但我甚至既沒去想這九年是如何度過的，也沒去想在這段時間裡我的人生和個性是如何改變的。因為母親無休止的告誡和眼淚，也因為交通堵塞，我們遲到了。我想結束人生的這一階段，盡早上路。等了很久，當切廷把芙頌和內希貝姑媽的行李裝上後車廂時，我既對圍觀的孩子、我笑著打招呼的鄰居的目光感到煩躁，又感到了一種甚至對自己都隱藏的驕傲。車子開到托普哈內時，我們看到了踢球回來的阿里，芙頌向他揮了揮手。我想到，不久我和芙頌將會有一個像阿里那樣的孩子。

在加拉塔橋上，我們搖下車窗，幸福地聞了一下混合著海藻、海水、鴿子糞、煤煙、汽車廢氣和椴樹花香的伊斯坦堡的氣味。芙頌和內希貝姑媽坐在後面，我坐在切廷旁邊，就像幾天來幻想的那樣。當車子經過阿克薩拉伊、城牆和邊遠街區，在鋪著鵝卵石的路面上顛簸前行時，我把手臂搭在椅背上，不時幸福地看芙頌一眼。

當車開到城外，巴克爾柯伊後面的一個地方，穿行在廠房、倉庫、新街區和小旅店之間時，九年前我去過的圖爾蓋先生的紡織廠映入眼簾，但我甚至沒能想起那天因為嫉妒忍受的痛苦。車子一開出伊斯坦堡，多年來我為芙頌經受的所有磨難，變成了一個一口氣就能夠概括的甜蜜愛情故事。所有以幸福結束的愛情故事，原本就只配擁有幾句話！越遠離伊斯坦堡，車裡也慢慢越來越安靜了。剛上路時，內希貝姑媽不停開玩笑，老是問「天哪，我們沒忘記那個吧」。她還對窗外的一切——甚至是在空地上吃草的幾匹皮包骨頭的老馬——發表了評論，但沒等車子開到大切克梅傑大橋（Büyükçekmece Köprüsü），她就睡著了。

在恰塔爾加交流道的一個加油站，切廷給車加油時，芙頌和內希貝姑媽下了車。她們從路邊攤買了一包當地的乳酪，然後坐到旁邊露天茶館的桌旁，就著茶和麵包圈津津有味地吃乳酪。我也去和她們坐了一會兒，想到照這個速度，我們的歐洲之旅將持續幾個月，而不是幾個星期。我對此有怨言嗎？沒有！坐在芙頌對面時，我靜靜地看著她，感到自己在青春期的舞會上，或是夏初遇到一個非常漂亮的女孩時所感到的那種甜蜜疼痛在慢慢地向我的腹部和胸口蔓延。這不是深切、灼熱的愛情之痛，而是一種甜蜜的愛情渴望。

七點四十分，照著我們眼睛的太陽在向日葵田間落下了。切廷打開車燈後不久，內希貝姑媽說：「孩子們，看在真主的分上，我們別走夜路了。」

在雙向車道上，卡車司機一路開著遠光燈，直衝著我們駛來。經過巴巴埃斯基（Babaeski）後不久，大塞米拉米斯飯店的紫色霓虹燈在黑暗中眨巴著眼睛，這裡讓我覺得像是個適合過夜的地方。我讓切廷減速，當車子繞過邊上的土耳其石油加油站（一隻狗「汪汪」叫了幾聲），停到飯店前面時，我的心認定八年來我所幻想的事情將會在這裡發生，於是開始狂跳起來。

三層樓的飯店除了名字沒有任何特色，飯店的櫃檯站著一個退休士官（牆上掛著一張他穿著軍裝、拿著槍的快樂照片），我向他為芙頌和內希貝姑媽要了一個房間，為我和切廷各要了一個房間。躺在房間的床上，看著天花板時，我覺得在這漫長的旅途中每晚獨自一人睡在芙頌旁邊的房間裡，對我來說甚至可能會比等待她九年還要艱難。

走進樓下的小餐廳時，我看見芙頌的打扮很符合我為她準備的驚喜。彷彿飯店是一個歐洲某個富裕海濱小鎮裡十九世紀末留下的豪華飯店，彷彿我們去那裡掛著天鵝絨窗簾的精美餐廳吃晚飯，芙頌精心地補了妝，用了幾年前我送給她的黑太陽香水，我在這裡展出它的瓶子，穿了這條和她的口紅顏色一模一樣的大紅色連身裙。裙子的光澤，把她的美麗、烏黑閃亮的黑髮襯托得更加耀眼了。隔壁桌坐著一些從德國回來的勞工家庭，他們好奇的孩子和好色的父親不時轉過身看她一眼。

「今晚你穿這條紅裙子很漂亮……」內希貝姑媽說：「如果在巴黎的酒店、街上穿會顯得更漂亮。但親愛的，晚上別穿出去。」

為了讓我表示贊同，內希貝姑媽朝我看了一眼，但我什麼也沒說。這不僅是因為其實我希望她每晚都穿上這條讓她顯得極為漂亮的裙子，還因為我像那些感到幸福就在眼前，但得到它也將會很困難的年輕戀人那樣緊張，因此我不願意開口說話。我感到坐在對面的芙頌也處在同樣的狀態下，因為她在逃避我的目光，在像一個剛開始抽菸的高中女生那樣笨拙地抽菸，扭過頭吐煙。

當我們看著飯店簡單的菜單時，出現了一陣長時間、奇怪的沉默，彷彿我們在回顧過去的那九年。過了很久，服務生來了，我要了一大瓶拉克酒。

我說：「切廷，今晚你也喝，我們來乾杯。反正吃完飯你不用送我回家。」

「真不簡單，切廷你等了那麼久。」內希貝姑媽用一種發自內心的讚賞說道。她看了我一眼。「只要有耐心和信念，就不會有無法贏得的芳心，不能攻克的城堡，是吧？」

拉克酒來了之後，我倒了很多到芙頌的酒杯裡，倒酒時我朝她的眼睛看了一眼。看見她就像每回生氣、緊張時那樣盯著菸頭抽菸，我很高興。包括內希貝姑媽在內，我們所有人都像喝長生不老水似的，開始饑渴地喝起加了冰塊的拉克酒。沒過多久，我覺得輕鬆很多。

世界其實是美好的，彷彿我剛剛發現一樣。我非常清楚地知道，直到生命結束，我會一直去撫摸芙頌嬌美的身體、細長的手臂、美麗的乳房，會一直把頭埋在她的頸窩裡，聞著她的體香進入夢鄉。

就像我在兒時那些幸福時刻所做的那樣，我「故意」去忘記讓我幸福的事情，覺得周圍的一切都很美好，帶著一種全新的眼光去審視世界：牆上有一張阿塔圖爾克穿著燕尾服的照片；它的旁邊掛著一幅瑞士風景畫和一張海峽大橋的風景照，還有一個九年前的記憶，英格喝著梅爾泰姆汽水的廣告；我還看見了一面顯示著九點二十分的掛鐘，櫃檯牆上寫有「夫妻須出示結婚證」的牌子。

內希貝姑媽說：「今晚有《風中的陡坡》，請他們把電視調一下吧……」

芙頌說：「媽媽，時間還沒到呢。」

一對三十來歲的外國情侶走進餐廳。所有人都扭頭看他們，他們也禮貌地和我們打了招呼。他們是法國人。那些年沒有太多的西方遊客到土耳其來，但來的人多數會開車過來。

時間一到，酒店的主人、他的戴著頭巾的老婆、兩個不戴頭巾的成年女兒——我看見其中一個在廚房裡幫忙——調好電視，背對顧客，靜靜地看起連續劇來。

內希貝姑媽說：「凱末爾先生，你那邊是看不到的，到我們這邊。」

我把椅子塞到內希貝姑媽和芙頌的椅子中間，開始看發生在伊斯坦堡小山坡上的《風中的陡坡》。但我不能說自己看明白了，因為芙頌裸露的手臂緊緊地貼在我的手臂上！我那貼著她手臂的左手臂，特別是左上方，在火中灼燒。我的眼睛在螢幕上，但我的靈魂彷彿已經進入了芙頌的靈魂。

我心裡的另外一隻眼睛，看見了芙頌的脖子、她美麗的乳房、乳房上草莓色的乳頭和她那白淨的肚子。芙頌也在慢慢地把她的手臂靠我靠得更緊。芙頌在一個上面寫有「巴塔納伊葵花子油」的菸灰缸裡把菸頭掐滅，濾嘴上沾滿了紅色的口紅，但我根本沒去管它們。

連續劇一結束，電視就被關掉了。飯店主人的大女兒打開收音機，找到了一段法國人喜歡的甜美、輕快的音樂。我把椅子挪回原地時差點摔倒。我喝得太多了。芙頌也喝了三杯酒，我用餘光數的。

「我們忘記乾杯了。」切廷說。

我說：「是的，我們來乾杯。其實到舉行一個小儀式的時候了。切廷，現在你來為我們戴訂婚戒指。」

我帶著一種製造驚喜的神情，拿出了一星期前我在黃金市場買的戒指，打開了盒蓋。

切廷立刻附和著說：「這才對。不訂婚是不能結婚的。把你們的手伸過來。」

芙頌立刻笑著，但甚至已經激動地伸出了她的手。

切廷說：「這是沒有回頭路可走的。我知道，你們會非常幸福。凱末爾先生，你要伸出另外一隻手。」

他毫不猶豫地在一瞬間為我們戴上了戒指。一陣掌聲響起。隔壁桌的法國人在看我們，另外一、兩個外國人也鼓起了掌。芙頌甜美地笑著，像一個在金店裡挑選戒指的人那樣仔細端詳著戒指。

我問道：「親愛的，戒指合適嗎？」

「合適。」她一點也不掩飾自己的喜悅。

「還很好看。」

「是的。」

「跳舞，跳舞。」法國人叫道。

「是啊，快跳吧！」內希貝姑媽說。

收音機裡的音樂正適合跳舞。我還能夠站穩嗎？

我們倆同時從椅子上站了起來。我摟住芙頌的腰。她一身香氣，我的指尖感到了她的腰、臀和腰椎。

芙頌比我更清醒。她深情地摟著我認真地跳舞。我想輕聲告訴她，我有多愛她，但一時卻說不出話來。

儘管我們倆都醉得很厲害，但我們還是清醒的。稍後我們坐回各自的座位。法國人又為我們鼓掌。

切廷說：「我要上去了。早上我要檢查引擎。我們一早就上路，是吧？」

如果切廷不一下子站起來，也許內希貝姑媽還會繼續坐下去。

我說：「切廷，把車鑰匙給我。」

「凱末爾先生，今晚我們都喝了很多酒，您千萬別去摸方向盤。」

「我的手提包落在車上了，我要去拿我的書。」

我接過他遞來的鑰匙。切廷瞬間振作起來，彎腰做了一個以前向我父親表示尊敬的動作。

芙頌說：「媽媽，你要怎麼把房間的鑰匙給我？」

「我不鎖門，你開門進來就是了。」內希貝姑媽說。

「我這就跟你上去拿鑰匙。」

內希貝姑媽說：「別著急。鑰匙會在裡面的門鎖上。我把鑰匙插在門鎖上，不鎖。你隨便什麼時候上來。」

內希貝姑媽和切廷走後，我們既覺得輕鬆，也覺得緊張。芙頌就像一個第一次和新郎獨處的新娘那樣，害羞地躲避著我的目光。但我覺得這裡面除了害羞還有另外一種情感。我想去觸摸她。我探身過去為她點了菸。

「你要回房間看書嗎？」她像是準備起身離開那樣。

「不，親愛的，我想也許我們可以開車出去兜兜風。」

「我們喝得太多了，凱末爾，不行。」

「我們一起去透透氣。」

「你快上去睡覺吧。」

「你怕我出車禍嗎？」

「不是。」

「那就讓我去開車，讓我們拐到旁邊的路上，消失在森林裡。」

「不行，你快上去睡覺。我要上去了。」

「難道你要在我們訂婚的夜晚讓我一個人坐在這裡嗎？」

「不，我還要坐一會兒，其實我很喜歡坐在這裡。」

法國人遠遠看著我們。我們一定是沉默地在那裡坐了將近半個小時。我們的目光不時交會，但卻從中看不到任何情感。我的腦子裡正在放映一部由回憶、恐懼、欲望和許多其他我根本無法明白含義的圖畫剪接而成的奇怪電影。隨後一隻快速遊走在桌上的大蒼蠅走進了電影。我自己的手、芙頌拿著菸的手、桌上的杯子和法國人也出現在電影裡。儘管我感覺自己已酩酊大醉，但我依然認為腦子裡的電影是非常合乎邏輯的，我想此時讓整個世界知道我和芙頌之間除了愛情和幸福沒有別的任何東西是非常重要的。我必須用蒼蠅在盤子之間盤旋的速度來解決這個問題。我用一種表示我們很幸福的樣子朝法國人笑了一下，他們也對我們報以微笑。

「你也對他們笑一笑。」

芙頌說：「行了，我笑過了。你還要我做什麼，跳肚皮舞嗎？」

我忘記芙頌也醉了，我在意她說的每一句話並為此憂傷。但我的幸福是不會被輕易破壞的。喝著喝著，我進入了人們感覺整個世界是一體的那種深刻的精神狀態。我腦子裡的電影揭示的也正是這個主題。多年來，我為芙頌感受的一切，我為她忍受的所有痛苦，帶著世界的複雜和美好，在我的腦海裡變成一個整體，這種整體和完整的情感不僅讓我覺得異常美好，還給予我一種深切的安寧。正在那時，我的腦子對蒼蠅的腳如何能夠不打結而快速行進產生了興趣。隨後蒼蠅消失了。

我握著芙頌放在桌上的一隻手，我明白我所感到的安寧和美好正從我的手上傳給她，又從她的手上傳給我。芙頌漂亮的左手像一頭疲憊的動物那樣趴在下面，而我的右手像是另外一頭從後面抓住牠並粗暴地爬到牠身上、壓住牠的動物。整個世界都在我的腦海裡，在我們的腦海裡旋轉。

我說：「我們跳舞吧。」

「不要。」

「為什麼？」

芙頌說：「現在我不想跳！這麼坐著對我來說就已經足夠了。」

我明白她指的是我們的手，我笑了笑。時間彷彿停止了，我既覺得我們好像手握手在那裡坐了好幾個小時，又以為我們才剛剛坐下。一瞬間，我忘記我們在那裡做什麼了。隨後，我看見餐廳裡只剩下我們倆。

「法國人走掉了。」

「他們不是法國人。」芙頌說。

「你怎麼知道？」

「我看見了他們的車牌。他們是從雅典過來的。」

「你在哪裡看見了他們的車子？」

「他們要關餐廳了，我們也走吧。」

「我們這不還坐著嗎！」

「沒錯。」

我們又手握手坐了一會兒。

她用右手小心地從菸盒裡拿出一根菸，能幹地用一隻手把點燃，朝我微笑著慢慢把菸抽完。我感覺這彷彿持續了好幾個小時。正當我腦子裡的一部新電影剛要開始，芙頌抽出她的手站了起來。我也跟著站起來。我看著她的紅裙子，沒有任何踉蹌，小心翼翼地走上了樓梯。

芙頌說：「你的房間在這邊。」

「我先送你回房間。」

她輕聲說道：「不，你去你自己的房間。」

「我很傷心，你不信任我。你怎麼和我度過一生？」

「我不知道，去你自己的房間。」

「非常美好的一個夜晚。我很幸福。餘生我們的每一刻都會這樣幸福地度過，相信我。」

看到我要去吻她，她先摟住了我。我使出全身的力氣，幾乎是強吻了她。我們久久地親吻著。有那麼一會兒，我睜開了眼睛，我在狹窄、悶熱的走廊上看到了阿塔圖爾克的照片。我記得，接吻時我哀求她去我的房間。

從一個房間裡傳來了一聲警告我們的假咳聲。一扇門的門鎖響了幾下。

芙頌掙脫了我的摟抱，拐過走廊消失了。

我在她身後絕望地看了幾眼。走進房間後，我和衣一頭倒在床上。

78 夏天的雨

房間並不是漆黑的，埃迪爾內路上以及加油站的燈光照進屋裡。難道遠處有一片森林嗎？我依稀發現了很遠處劃過的一道閃電。我的腦子對整個世界，對一切是開放的。

過了很久，我聽到有人敲門，我爬起來開了門。

芙頌說：「我媽把門鎖上了。」

她試圖在黑暗中看清我。我抓住她的手把她拉進了房間。我和衣躺上床，也讓她躺到我身邊，我摟著讓她靠著我。她像一隻渴望呵護的小貓那樣依偎著我，把頭埋在我的胸前。好像她多靠近我，我們就會多幸福一樣，她一邊用勁拽我，一邊在顫抖。像在神話裡那樣，彷彿我不立刻吻她我們就會死去。我記得，我們接吻了，我們拉扯著脫去了她身上早已變得皺巴巴的紅裙，我們使勁地接吻，吻了很久。因為床在嘎吱作響，我們還不時害羞地放慢了速度，她撒落在我胸前和臉上的頭髮讓我備感刺激。儘管我用了一些類似「我做了」

那樣表示肯定的語言，但別認為我們在有意識地經歷我們所經歷的事情，也別認為我能夠逐一記得每個時刻。

因為喝了太多的酒，也因為興奮和緊張，我只在事後才依稀記得經歷過的每一分、每一秒。不再浪費時間、慌亂地去做我期盼多年的事情，在這個世界上找到幸福的難以置信，我應該從性愛裡得到的享受，瞬間即逝的美好時刻，所有這一切全都混在一起變成了一個總的印象。彷彿發生了一些在我控制之外的事情，但又像在夢裡一樣，我以為這些都是我按照自己的意願來操縱的。

我記得，我們鑽進被子裡，我的肌膚越接觸她的肌膚，就越像火一樣燃燒起來。我還驚訝地感到，伴隨著那些幸福日子裡的其他細節，我在重溫九年前我們性愛中許多我忘記了，甚至不知道忘記了的回憶。內心裡多年來壓抑的幸福欲望，得到想要的東西的（我甚至已經把她的乳房全部含到了嘴裡）成就感，已經和喜悅交織在一起，把我們所經歷的一切變得模糊不清，把時間、情感、滿足彼此混在一起。當我想到自己最終得到了她時，我對芙頌的一切感到愛慕和憐愛，她發出的性愛呻吟、對我像孩子般的摟抱、天鵝絨般肌膚的瞬間閃亮。有一會兒，芙頌坐到了我的懷裡，我清楚地記得，在路邊經過的一輛卡車（疲憊的引擎發出的沉重轟鳴在模仿我們）越來越近的車燈裡，我們快樂而幸福地看著彼此眼睛的那個無與倫比的時刻。隨後出乎意料地颳起一陣強風，瞬間一切都在顫抖，附近的一扇門撞上了，樹葉像在和我們分享一個祕密那樣沙沙作響。遠處一道紫色的閃電瞬間照亮了整個房間。

當我們帶著越來越強的欲望做愛時，我們的過去、將來、回憶和那個時刻迅速增強的幸福快感交織在一起。我們努力克制著叫喊，大汗淋漓地「直達終點」。我對世界、我的人生、一切都非常滿意。一切都是美好、有意義的。芙頌緊緊地依偎著我，我把頭靠在她的脖子上，聞著那誘人的芳香睡著了。

過了很久，我在夢裡看見了一些幸福的圖像。我在這裡為博物館參觀者奉送上這些夢境的圖像。我在夢裡看見的大海，就像兒時那樣是靛藍的。夏初去蘇阿迪耶別墅時，那些關於划艇、衝浪、釣魚的記憶，會伴隨一種美好的渴望充滿我的內心。夢裡那驚濤駭浪的大海，彷彿在內心裡喚醒了夏初時的那些快樂。正在那時，我看見了頭頂上慢慢飄過的綿柔雲朵，其中一朵像父親。我看見了在風暴中慢慢沉沒的一艘輪船，一些讓我想起兒時小人書上的黑白幻影，一些黑暗、模糊、恐懼的圖畫和回憶。在這些東西上有被遺忘和重新被想起的回憶的滋味。老電影裡的伊斯坦堡畫面、覆蓋著白雪的街道和黑白明信片，也在我眼前閃過。

夢境裡的這些圖像，讓我懂得生活的幸福永遠不能離開看見這個世界的樂趣。

隨後，一陣強風啟動了所有這些圖像，吹到我身上，讓我那汗津津的後背打了個寒顫。刺槐樹的葉子像在散發光亮那樣左右轉動，在風中發出一種可愛的沙沙聲。風大時，樹葉的沙沙聲變成了一種恐怖的嗡嗡聲。雷聲不斷在天空迴響。一聲巨大的雷聲把我從夢中震醒。

「你睡得好香。」芙頌說著親吻了我。

「我睡了多久？」

「不知道。我也剛剛被雷聲吵醒。」

「把你嚇著了嗎？」我把她摟進懷裡。

「不，沒有。」

「過一會兒就會下大雨……」

她把頭靠在我的胸前。在黑暗中，我們躺在床上沉默地盯著窗外看了很久。在很遠的一個地方，烏雲密布的天空不時被一道紫紅色的光線照亮。彷彿行駛在伊斯坦堡—埃迪爾內路上的卡車和坐遊覽車旅行的乘客，看不見遠處那風起雲湧的地方，只有我們知道世界那奇怪的角落。

搶在過往車輛的噪音之前進入房間的是它們的遠光燈，它們在我們右邊的牆上無聲無息地擴大並照亮整個房間，在我們聽到車子噪音的瞬間，燈影變換形狀後隨即消失了。

我們不時接吻。像玩萬花筒的孩子一樣，我們依然會去看車燈在牆上玩的遊戲。被子下面，我們的腿就像夫妻那樣挨著伸在那裡。

我們又輕輕、仔細、重新發現般地撫摸起彼此來。因為已經遠離了最初的醉意，因此現在做愛變得更加美好和富有意義。我久久地親吻了她的乳房和芳香的脖子。我記得，在自己發現難以抵禦性欲的青春期，我驚奇而著迷地認為，如果一個男人和一個漂亮女人結婚，那麼他就會從早到晚和她做愛，不會再有時間做別的事情。我想到了同樣幼稚的想法。我們的面前有一段無限的時間。世界離天堂很近，然而是一個半黑暗的地方。

在一輛遊覽車刺眼的遠光燈裡，我看見了芙頌迷人、可愛的嘴唇，她臉上出現的那遠離了這個世界的表情。遊覽車的燈光消失後，我依然長久地沉浸在這種情感裡。隨後我親吻芙頌的肚子。窗外的馬路不時陷入一陣沉寂，我們聽到從近處傳來的知了叫聲。從更遠處是否傳來了青蛙的叫聲，還是越觸摸芙頌，我越發現了世界內部那柔弱的聲音、青草中間的沙沙聲、從泥土深處傳來的深沉的嗡嗡聲、我從沒能發現的大自然那似有似無的呼吸聲？我不知道。我久久地吻著她的肚子，貪婪地舔舐著她天鵝絨般的肌膚，時不時像一隻快樂地從水裡伸出頭的鸊鷉那樣抬起頭，在不斷變換的光線裡，努力去和芙頌的目光交會。房間裡有一隻停在我背上、咬了我的、我們不時能夠聽到嗡嗡聲的蚊子。

我們品嘗著重新發現彼此的快樂。做著相同的動作時，與她重新認識的激動，依然不可磨滅地鐫刻在我的腦海裡，同時還被分了類：

一、我高興地重溫了第一次的幸福體驗，也就是九年前，一九七五年，我和芙頌在四十四天裡做愛時發現的一些她特有的行為。她做愛時的呻吟；她那純真而憐愛的眼神——她會皺起眉頭——我從兩邊用勁抓住她的胯邊時，我們的身體上下重疊在一起時——就像構成一個物件的兩部分那樣——我們身體各部位之間形成的特殊和諧；接吻時她像花兒那樣向我張開的嘴唇。這些都是這九年來我無數次幻想、想起和非常想重溫的東西。

二、很多因為忘記去幻想、重新在芙頌那裡看見時想起、令人驚訝的小細節：她的手指瞬間像鑷子那樣抓住我的手腕；她肩膀後面的黑痣（其他的很多痣在我記得的那些地方）；達到高潮時，瞬間她眼裡出現的憂傷，她的目光聚焦在周圍的一樣小東西上（鑲嵌在床頭櫃上的鐘或是盤繞在天花板上的電線）；緊緊摟著我時她慢慢鬆開雙臂，正當我以為她在遠離我時，又突然更用勁地抓住我。這些我都忘了，又在一夜間想起。九年來因為我的不斷幻想，我們的性愛成為一種虛擬幻想曲，而這些被我遺忘的小脾氣和小動作，立刻把我們的性愛變成一種屬於這個世界的真實活動。

三、芙頌的一些新動作則讓我感到驚訝、擔心和嫉妒。用指甲使勁掐我的後背；做愛最激烈時，像是在衡量得到的快感、所經歷的事情的意義那樣，瞬間停下陷入沉思；或是像突然睡著那樣一動也不動；抑或像要弄疼我那樣，使勁地咬我的手臂和肩膀。這些讓我覺得芙頌已不再是從前的那個芙頌。有那麼一會兒，我想這些新動作也許是因為九年前她沒在我那裡過夜的緣故。但在她那些強硬的動作裡，在她突然陷入自己的深思中，我感到了一種讓我緊張的怒氣。

四、現在她成了另外一個人。那個新的芙頌裡還有十八歲時和我做愛的芙頌，但逝去的歲月，就像一棵樹的樹皮那樣，彷彿把裡面的樹心推到後面的一個地方。相對於九年前我所認識的那個年輕女孩，我更愛現在躺在我身邊的芙頌。我為那些年的流逝，為我們倆都變得更加聰明、深刻、富有經驗而高興。

大大的雨點啪嗒啪嗒地落在窗戶和窗臺上。伴隨著雷鳴開始下起了一陣陣雨。我們摟抱在一起側耳傾聽夏日雷雨的嘩嘩聲。不知不覺中我睡著了。

醒來時雨停了，芙頌不在我身邊。她站著，正在穿她的紅裙子。

「你要回房間嗎？請你別走。」

「我要去找瓶水。我們喝了太多的酒，我渴死了。」

「我也渴了。你坐著，我在樓下餐廳的廚房裡看見水了。」

但等我從床上爬起來，她已經打開門無聲地走了。想著芙頌過一會兒就會回來，我又幸福地睡著了。

79 去往另外一個世界的旅程

過了很久我醒來時，芙頌仍然沒有回來。我想她回她母親那裡了，我下床，看著窗外點了一根菸。太陽還沒出來，天也還沒亮，只有一點朦朧的光。窗外飄來潮濕的泥土芬芳。前方，加油站的霓虹燈，大塞米拉米斯飯店招牌的燈光，映照在路邊潮濕的水泥地面上和停放在前面的雪佛蘭的保險桿上。

我看見我們吃晚飯、訂婚的餐廳有一個面向大路的小花園。那裡的椅子和靠墊全都淋濕了。前面不遠處掛在無花果樹上的一隻燈泡亮著，芙頌坐在燈下的一張長條椅上。她微側身對著我，正在抽著菸等待日出。

我立刻穿上衣服下了樓。「我的美人，早安。」我輕聲說道。

她什麼也沒說，只像一個陷入沉思、十分煩惱的人那樣點了點頭。我在長椅旁的椅子上看見一杯拉克酒。她說：「拿水時我一看，竟然還有一瓶開過的酒！」她的臉上瞬間出現一種讓人想起她是塔勒克先生女兒的表情。

我說：「在世上最美好的早晨不喝酒我們還能做什麼？外面會很熱的，我們可以在車上睡一整天。小女士，現在我能坐到您的身邊嗎？」

「我已經不是小女士了。」

我沒說什麼，靜靜地坐到她身旁。看著對面的風景時，像我們在薩拉伊電影院裡那樣，我抓住了她的手。很長一段時間，我們一句話也沒說，看著周圍的世界慢慢變亮。遠處依然還有紫色的閃電劃過，橙色的雲朵正在讓巴爾幹地區的某個地方下雨。一輛遊覽車呼嘯而過。直到它消失，我們盯著車後的紅燈看了很久。

一條黑耳朵狗友好地搖著尾巴從加油站方向慢慢朝我們走來。那是一條沒有任何特點的普通野狗。牠先聞了聞我，再聞了聞芙頌，牠把鼻子湊到芙頌的懷裡。

我說：「牠愛上你了。」

但芙頌沒理我。

我說：「昨天我們到這裡時，牠也叫過三聲。你發現了嗎？有段時間你們家的電視機上面有一隻和這一模一樣的小狗擺設。」

「是的。」

「不算偷。你的母親、父親，你們所有人第二年就全知道了。」

「你把它也偷走了。」

「他們說什麼了嗎？」

「沒有。我爸爸有點傷心。我媽媽像是無所謂。而我想成為電影明星。」

「你會的。」

她嚴肅地說：「凱末爾，你最後這句話在撒謊，你自己也不信。對此我真的很生氣。你能很輕鬆地說謊。」

「為什麼？」

「你知道自己從此再也不會讓我成為電影明星。這已經沒必要了。」

「為什麼沒必要？如果你真的想，還是可以的。」

「凱末爾，我想了很多年。這點你很清楚。」

狗親熱地朝芙頌撲了一下。

「簡直跟那只小狗擺設一模一樣。更何況還像它那樣，長著淡淡的黃毛，黑耳朵。」

「你拿那些東西去做什麼了？小狗、梳子、鐘表、菸頭……」

「它們讓我感覺好些。」我有點氣憤地說：「現在它們全都在邁哈邁特大樓裡。我的美人，對你我一點也不會害臊。回到伊斯坦堡，我會讓你看的。」

她朝我笑了一下。她的笑裡既有憐愛，也有對我的故事和癡迷的嘲笑。

隨後她說：「你是不是又想把我當情人養起來？」

「這已經沒必要了。」我生氣地重複著她的話說道。

「是的。昨天夜裡你把我騙到了手。結婚前你得到了我最寶貴的東西，你擁有了我。像你這樣的人就不會結婚了。你就是這樣的一個人。」

「對。」我半惱怒、半開玩笑地說：「我為此等了九年，忍受了它的痛苦。我為什麼還要結婚？」

但我們的手依然拉著。為了不讓遊戲過火，我探身過去用勁親吻了她的嘴唇。芙頌先和我接了吻，隨後逃開了。

「其實我想殺了你。」說著，她站了起來。

「因為你知道我有多麼愛你。」

我無法知道她是否聽見了這句話。因為我醉醺醺的美人生氣了，她重重地踩著高跟鞋走了。

她沒進飯店。狗跟著她。他們上了大道，芙頌在前，狗在後，他們開始向埃迪爾內方向走去。我喝掉了芙頌酒杯裡剩下的拉克酒（在芙頌他們家，沒人注意時有時我也會這麼做），注視著他們。因為路是筆直的，幾乎在向無限延伸，天越亮，芙頌身上的紅裙也變得更加顯眼，因此我覺得好像她不可能消失在我的視線裡。

但沒過多久，我聽不到她的腳步聲了。就像綠松塢的那些電影結尾時那樣，走向無限的芙頌的紅點消失時，我不安了。

不一會兒，我重新看到了那個紅點。我那憤怒的美人還在往前走。我的心裡產生了一種異常的憐愛。我們將在一起，像昨夜那樣做愛，像剛才那樣吵嘴去度過餘生。我還是很想少和她吵架，哄她開心，讓她幸福的。

路上的車輛多了起來。司機們是不會讓一個獨自走在路邊、穿著紅裙、長著修長美腿的漂亮女人自在的。為了不讓玩笑變味，我坐上雪佛蘭，去追她了。

開了一公里半，我在一棵楓樹下看見了那隻狗。牠坐在那裡等芙頌。我內心一陣刺痛，心怦怦地狂跳起來。我放慢了車速。

我看見了花園、向日葵田和農家小院。一幅巨大的看板對我說「拿去嘗嘗，番茄」。字母「O」[33]的當中成了靶心，它被從車上射出的手槍子彈打得千瘡百孔。那些洞眼也都生銹了。

一分鐘後，當我在遠處看見紅點時，我幸福地哈哈大笑起來。靠近她時我減慢了車速。她依然表情惱怒地走在路的右邊，看見我也沒停下來。我搖下了車子的右窗。

「快上車，親愛的，我們回去吧，不然會遲到。」

但她沒理我。

「芙頌，今天我們要開很遠的路。」

「我不去了，你們去吧。」她像孩子一樣地說著，一點也沒放慢腳步。

我按照她走路的速度開著車，在駕駛座上叫著和她說話。

「芙頌，親愛的，你看這美妙的世界多美好。用憤怒和吵架來破壞這美好人生是毫無意義的。」

「你什麼也不明白。」

「明白什麼？」

「凱末爾，因為你，我沒能過我想要的生活。我真的想當演員。」

「對不起。」

「對不起是什麼意思？」她分外氣憤地說。

車的速度和她的腳步時而不同步，因此我們無法聽清對方的話。

「對不起。」這次我大聲叫道，以為她沒聽見。

「費利敦和你故意不讓我去演電影。你在為此道歉嗎？」

「難道你真的想成為像帕派特亞、佩魯爾酒吧裡醉醺醺的那些女人嗎？」

「反正我們總是醉醺醺的。再說，我根本不會像她們那樣的。但是，你們，認為我一旦出名就會拋棄你們，所以一直嫉妒地把我關在家裡。」

「你不也一直害怕身邊沒有一個強大男人而獨自走上那條路嗎？芙頌……」

「什麼？」她說。她真的很生氣，我感覺到了。

「親愛的，快上車，晚上我們喝酒時再爭論。我非常、非常愛你。我們的面前有一段美好的人生。快上車。」

「我有一個條件。」她帶著多年前要我把三輪車送回她家時的幼稚神情說。

「什麼？」

「我來開車。」

「保加利亞的交警比我們的還要腐敗。據說會有很多檢查。」

「不，不是……現在，我要開回飯店去。」

我立刻停車，開門下了車。換位時我在車的前面抓住芙頌，使出全身力氣親吻了她。她也使勁摟住我的脖子，把她美麗的乳房緊緊貼在我的胸前抱住我，我感到一陣暈眩。

她坐上了駕駛座，用讓我想起星星公園的認真發動了汽車，仔細地放下手剎車後上路了。就像格蕾絲·凱莉在電影《捉賊記》裡那樣，她把左手肘架在打開的車窗上。

---

33 番茄的土耳其語是 domates。

為了找地方掉頭，我們慢慢向前開去。在一條泥濘村道和主路交會的地方，她想一口氣把車頭掉轉過來，但沒能做到，車子顫抖著停了下來。

我說：「注意離合器！」

她說：「你竟然沒發現我的耳墜。」

「你的哪副耳墜？」

她重新發動了汽車，我們在往回走。

「別開那麼快！什麼耳墜？」

「我耳朵上的……」她用剛從麻醉中清醒過來的人那種半迷糊的聲音呻吟道。

她的右耳上戴著那個曾經遺失過的耳墜。難道我們做愛時也在她耳朵上嗎？我為什麼就沒發現呢？

車子開得飛快。

「慢一點！」我叫道。但她已把油門踩到底了。

遠處，友好的狗彷彿認出了車子和芙頌，站到路中央。我希望狗能發現芙頌換了擋，把油門踩到了底，這樣牠就能退回到路邊去，但牠沒有。

我們的車速很快，車還在加速。為了警告小狗，芙頌開始按喇叭。

我們一會兒往左，一會兒往右，但小狗依然還在原地待著。那時，車子就像風停後在波浪間瞬間挺直的一艘帆船那樣，開始毫不搖晃地直線往前衝，但這是一條微微偏離大路的直線。我明白，我們在全速朝前方路邊的楓樹靠近，車禍是在所難免的。

那時，我在靈魂深處感到，我們走到了幸福的終點，這是離別這個美麗世界的瞬間。我們正在全速朝楓樹衝去。是芙頌為我們鎖定了那個目標。我是這麼感覺的，我也看不到自己有一個有別於她的未來。無論我們要去哪裡，我們都一起去，我們錯過了這個世界上的幸福。儘管很可惜，但這似乎是一件不可避免的事。

但我依然還是出於本能地叫道：「小心！」彷彿芙頌對發生的一切一點也不小心那樣。其實我是因為本能在叫喊，像一個為了能夠從噩夢中醒來而叫喊的人那樣。在我看來，儘管芙頌有點醉，但她根本不需要我的警告。好像很清楚在做什麼那樣，她在用一百零五公里的時速，把車子交付給一棵一百零五年樹齡的楓樹。我明白這是我們人生的終點。

父親那輛用了四分之一個世紀的雪佛蘭，全速、全力地撞到了路左邊的楓樹上。

楓樹後面的向日葵田和田中央的房子，是生產凱斯金家多年使用的巴塔納伊葵花子油的小工廠。車禍前不久，車急速前行時，我和芙頌都發現了這點。

幾個月後，我找到已經變成一堆廢鐵的雪佛蘭，撫摸車身的每個零件以及很多年後我做的一些夢，讓我想起車禍前自己和芙頌的對視。

明白即將死去的芙頌，在我們這持續了兩、三秒的最後對視裡，用哀求我救她的眼神告訴我，她絕對不想死，她依戀生命的每一秒鐘。而我，因為以為自己也要死去，因此我帶著和她一起去另外一個世界的欣喜，對著我那充滿生命力的未婚妻，我一生的愛人微笑了一下。

此後發生了什麼，其實無論是我在醫院裡躺的那幾個月，還是在多年後，我都一點也不記得了，我是從別人的描述、事故報告、幾個月後我在出事地點找到的目擊者那裡得知一切的。

芙頌，在車撞到楓樹六、七秒之後，帶著撞入她胸口的方向盤，卡在像一個罐頭盒那樣被折彎的車廂裡香消玉殞了。她的頭重重地撞到擋風玻璃上（土耳其在十五年後才有在車上必須使用安全帶的規定）。從我在這裡展出的事故報告上來看，她的頭蓋骨塌陷，腦膜撕裂，頸椎重創。除了胸骨上的骨折和額頭上的玻璃劃傷，她美麗的身體，憂鬱的眼睛，美妙的嘴唇，粉色的舌頭，天鵝絨般的臉頰，健康的肩膀，乳房，頸部，肚子上絲綢般的肌膚，修長的雙腿，每次看見都會讓我發笑的雙腳，蜜色、修長的手臂，絲綢般的肌膚上的黑痣，棕色的汗毛，圓潤的臀部以及我任何時候都想在她身邊的靈魂，沒有受到任何傷害。

80 車禍之後

隨後過去的二十多年，我想簡短地說一下來結束我的故事。開車時為了能夠輕鬆地和芙頌講話，我搖下了車窗，在車撞向楓樹前一剎那，我本能地把手臂伸出了窗外，這讓我逃過一死。因為猛烈的撞擊，我的腦子裡有輕微出血，腦組織受損，我昏迷過去。一輛救護車把我送到伊斯坦堡的恰帕醫學院附屬醫院，他們為我裝上了呼吸機。

在醫院的加護病房裡，我什麼也不能說地躺了一個月。我想不起任何單詞，世界凍結了。我永遠不會忘記，嘴裡插著管子躺在床上時，貝玲和母親哭著來看我。甚至連奧斯曼也滿懷憐惜，只是他的臉上依然還不時出現一種「難道我沒說過嗎」的表情。

我的那些像紮伊姆、塔伊豐、麥赫麥特那樣的朋友，也和奧斯曼一樣，半責怪、半憂傷地審視我，那是因為警方的報告裡顯示，車禍的原因是司機酒醉駕駛（狗的因素沒被發現），外加報紙上那些加油添醋的報導。沙特沙特的員工們對我依然是滿懷敬意的，甚至是傷感的。

六個星期後，他們幫我做了復健。重新學習走路就像重新開始生活。在這新的人生裡，我總是在想芙頌。但想芙頌已不是一件像從前那樣和我對未來的想望有關的事情，芙頌已慢慢變成了一種和過去以及回憶有關的幻想。這是十分令人痛心的，因為為她忍受痛苦，不再意味著想得到她，而是意味著可憐我自己。我也是在思考和回憶，在失去的痛苦和失去的意義之間的這些點上，萌生了建博物館的想法。

希望得到一些安慰，於是我讀了普魯斯特和蒙田等作家的書籍。當我和母親看著金色水壺面對面坐著吃晚飯時，我總是若有所思地看電視。在母親看來，芙頌的死和父親的死是一樣的。因為我們倆都失去了所愛的人，因此我們能夠隨心所欲地板起臉，懲罰別人。更何況這兩起死亡的背後都有酒，都有對內心鬱悶的宣洩。母親不喜歡這第二個解釋，而我卻想把一切都說出來。

這個想法，是在出院後的頭幾個月裡，當我去邁哈邁特大樓，坐在我和芙頌曾經做愛的床上，抽著菸看著面前的物品時，在我心裡萌動起來的。我感覺，如果能夠把我的故事講出來，我就能夠減輕自己的痛苦。為此我必須推出我的收藏品。

我很希望和紮伊姆好好談談。但在一九八五年一月，我從私生子希爾米那裡得知，紮伊姆和茜貝爾過得很幸福，他們即將要有一個孩子。私生子希爾米還告訴我，努爾吉汗和茜貝爾為了一件微不足道的事鬧翻了。因為我看重自己的故事，我在所有人的眼神裡看到了這點，我不願意讓別人把我看做一個脆弱的人，因此我不去富爺大廳、加拉齊的常客們去的那些新餐廳和俱樂部。在我第一次也是最後一次去的新開的夏穆丹餐廳裡，為了讓自己顯得高興，我表現得很誇張，我哈哈大笑，窮開玩笑，還和從佩魯爾酒吧過去的老服務生塔亞爾逗樂，而這些行為導致了類似「終於擺脫了那個女孩」的傳聞四起。

有一天，我在尼相塔什的轉角碰到了麥赫麥特，我們約好到博斯普魯斯海峽吃一頓「男人對男人」的晚飯。海峽邊上的酒館不再是什麼考究的地方，而是變成了每晚都能去的地方。麥赫麥特察覺到我的好奇，先跟我說了那些老朋友的事情。他說，他和努爾吉汗還有塔伊豐夫婦冬天一起去烏魯達山；借了美元債務的法魯克（我和芙頌在薩勒耶爾沙灘上碰到的法魯克）通貨膨脹後破產了，但他又從銀行借來錢推遲了破產；儘管他和紮伊姆之間沒有任何矛盾，但因為努爾吉汗和茜貝爾鬧翻了，所以也就見不到他們了。他告訴我，茜貝爾覺得努爾吉汗過分傳統，因為努爾吉汗去夜總會聽像穆澤燕·塞納爾那樣的土耳其歌手唱歌，還有齋戒的習慣（我笑著問道「努爾吉汗齋戒？」）而譏諷她。我直覺感到這不是造成兩位老朋友關係破裂的真正原因。麥赫麥特認定，我想回歸原來的世界，他想把我拉到自己的身邊，但這是一個錯誤的判斷。芙頌死後六個月，我確定自己不可能再走回那個世界了。

喝了一點酒後，麥赫麥特坦言，儘管他很愛、很尊重（現在，這第二種情感變得更重要了）努爾吉汗，但生了孩子後，他無法再像以前那樣覺得努爾吉汗迷人了。他們因愛而結婚，但有了孩子後不久，一切就都變回原來的樣子。麥赫麥特說，有時他獨自去那些新的娛樂場所，有時把孩子放到奶奶那裡，然後和努爾吉汗一起出去。為了讓我高興，麥赫麥特決定帶我去看看有錢人、廣告人去的那些新餐廳、俱樂部和酒吧，他把我帶去了城裡的那些新興地區。

另外一天晚上，努爾吉汗也加入進來。我們去了艾提賴爾後面的一個一年間拔地而起的龐大新興地區，在那裡吃了一些據說是美國食品的亂七八糟的東西。努爾吉汗既沒有提起茜貝爾，也沒有問我失去芙頌之後的感受。但她做了一件讓我深有感觸的事情，飯吃到一半時，她突然說日後我會很幸福，她感覺到了這一點。她的這句話，卻更讓我覺得人生的幸福大門已對我關閉。麥赫麥特還是原來的麥赫麥特，但努爾吉汗似乎是我剛剛認識的一個人，彷彿我們的那些共同回憶全都消失了。我覺得這和餐廳裡的氛圍，也和城裡這些我一點也不喜歡的新街道有關。

這些新街道、如雨後春筍般出現的奇怪的鋼筋水泥新興地區，加深了我出院後立刻感到的東西，那就是芙頌死後伊斯坦堡變成了一個完全不同的地方。現在我可以說，就是這個感覺讓我開始了那些持續多年的漫長旅途。

只有在我去看望內希貝姑媽時，我才會覺得伊斯坦堡還是以前那個我喜歡的伊斯坦堡。在頭幾次我們一起流淚的拜訪之後，有一天晚上，內希貝姑媽直截了當地對我說，我可以上樓去看芙頌的房間，可以隨心所欲地翻所有東西，可以拿走我想要的所有東西。

上樓前，我做了那件長久以來我和芙頌把它變成了一種儀式的事情，我去給檸檬餵了水和飼料。每每想起晚飯時我們所做的事情，看電視時我們的談話，八年來我們一起在餐桌上分享的東西，內希貝姑媽都會潸然淚下。

眼淚……沉默……因為想起芙頌對我們倆都很沉重，因此我會儘快結束上樓去芙頌房間之前要做的事情。我會每兩星期從貝伊奧魯走著去一次蘇庫爾庫瑪；儘量不提起芙頌，和內希貝姑媽沉默著邊看電視邊吃晚飯；餵日漸衰老、安靜的檸檬；一張張地看芙頌的畫；用洗手的藉口上樓；隨後心跳加速地走進芙頌的房間，打開她的櫃子和抽屜。

芙頌把多年來我送給她的所有梳子、小鏡子、蝴蝶形狀的胸針和耳墜，藏在小衣櫃的抽屜裡。在抽屜裡找到我甚至忘記了的手帕、通姆巴拉的獎品襪子、我以為是給她母親買的木鈕釦、髮夾（圖爾蓋先生送她的玩具野馬小汽車）、我讓潔依達轉交給她的情書，會讓我感到一種精神上的疲勞，在那些留有芙頌味道的櫃子和抽屜前，我最多只能待上半個小時。有時，我會坐在床邊，抽菸休息一會兒，有時為了不落淚，我會去看窗外，有時我會拿走一、兩把梳子或是一、兩雙襪子。

儘管我已經明白，應該把和芙頌有關的所有物件，包括九年來一開始我並不知道自己在累積、收集的東西以及她房間裡的東西，甚至是他們家裡的所有東西集中到一個地方去，但我不知道這個地方在哪裡。當我開始逐一去參觀世界上的小博物館時，我終於找到了這個問題的答案。

一九八六年冬天，下雪的一個夜晚，晚飯後，當我再次去看多年來送給芙頌的蝴蝶胸針、耳墜和各種首飾時，我在首飾盒的一角看見了那對出事時芙頌戴著的、多年來她一直說有一隻失蹤的、蝴蝶形狀、刻有F字樣的耳墜。我拿起耳墜下了樓。

我說：「內希貝姑媽，這對耳墜是剛放進首飾盒的吧？」

「親愛的凱末爾，為了不讓你傷心，我把那天芙頌身上的所有東西，紅裙子、鞋子都藏了起來。我說把它們放回原處吧，你就立刻發現了。」

「兩個耳墜都在她耳朵上嗎？」

「我的孩子那天晚上去你房間之前本來也許要在我們房間躺下睡覺的，但她突然從包包裡拿出這對耳墜戴上。我假裝睡著了，她離開房間時我沒出聲。我是希望你們幸福的。」

芙頌告訴我說她母親把門鎖上的話，我甚至沒跟內希貝姑媽說。做愛時我怎麼就沒發現這對耳墜呢？我問自己另外一個問題。

「內希貝姑媽，我曾經問過您，是否看見過一個我第一次來你們家時忘在樓上廁所裡、鏡子前的耳墜。您還記得嗎？」

「我的兒子，我一點不記得了。別再說這些事來讓我哭了。只是，她說過，到巴黎後要戴上一對耳墜讓你驚喜的，但我不知道是哪對耳墜。我親愛的芙頌很想去巴黎。」

內希貝姑媽哭了起來。隨後又因為哭道了歉。

第二天，我在北方飯店訂好了房間。晚上我告訴母親，我要去巴黎，旅行對我會有好處。母親說：「好啊。你也該去管管生意，管管沙特沙特了。別讓奧斯曼擁有了一切。」

81 純真博物館

我沒告訴母親「我去巴黎不是為了生意」。因為如果她問我是為了什麼而去，我不知道該說什麼。我自己也不想知道為什麼。去機場時，我相信這次旅行是我一直執迷地在為自己的種種罪過所尋求的贖罪之道，在這些罪過當中，最嚴重的要屬忽略了芙頌的耳墜。

但一上飛機，我明白自己這趟旅程既是為了遺忘，也是為了能繼續幻想。伊斯坦堡的每個角落都和讓我想起她的標記融合在一起。當飛機還在空中時，我就發現，離開伊斯坦堡，我能夠更加深刻地思考芙頌和我的故事。在伊斯坦堡時，我總是透過自己的癡迷去看她，而在飛機上時，我則旁觀我的癡迷，也旁觀芙頌。

當我在博物館裡漫不經心地遊盪時，我也感到了同樣深刻的理解和安慰。我說的不是像羅浮宮或龐畢度中心那樣宏偉而擁擠的地方，而是那些在巴黎時常出現在我面前、乏人問津的小博物館。比如，一個歌迷建造的、預約後我才能進入的伊迪絲・琵雅芙博物館（Musée Edith Piaf），我看見了各種梳子和泰迪熊；我消磨了一整天的警察博物館（Musée de la Préfecture de Police），或是繪畫和物件以極具原創的方式排列的雅各馬爾安德烈博物館（Musée Jacquemart-André），在那裡我看見了空椅子、吊燈和令人恐懼的空蕩場所。當我去那些地方，獨自一人在展覽廳裡遊盪時，我會感覺自己心情很好。在最裡面的一個展覽廳裡，我會擺脫那些跟著我的博物館警衛的目光，當外面傳來大城市的喧囂、馬路和建築工地上的噪音時，我會感到城市和人群就在身邊，但卻在完全不同的一個世界裡。我會明白，在這另外一個世界的陰森氛圍和靜止的時間感當中，我的痛苦減輕了，我因此得到了安慰。

有時帶著這種安慰，我會覺得我的收藏品也能有一個故事的骨架。我會幸福地幻想著用芙頌遺留下來的物品，把包括母親和哥哥在內每一個人認為我虛度的人生，展示在一座博物館裡，讓所有人引以為鑒。

因為知道創辦者來自伊斯坦堡一個顯赫的猶太家族，我去了尼辛德卡蒙多博物館（Musée Nissim de Camondo），這裡給了我勇氣相信凱斯金家的盤子、刀叉和我這七年來收藏的鹽罐，將讓我有值得驕傲展出的展示品，而這樣的想法讓我放心了。郵政博物館（Musée de la Poste）則讓我明白我還可以展示我寫給芙頌的信件。在失物博物館（Micromusée du Service des Objets Trouvés）時，我又覺得，其實我可以展示所有讓我想起芙頌的東西，比如塔勒克先生的假牙、空藥盒、各種發票。在我坐了一小時計程車去的巴黎近郊的拉威爾博物館（Musée Maurice Ravel）裡，我看見了這位著名作曲家的牙刷、咖啡杯、瓷器擺飾、洋娃娃、玩具和立刻讓我想起檸檬的鐵鳥籠和裡面一隻會唱歌的鐵夜鶯。看見它們差點讓我潸然淚下。當我在巴黎參觀這些博物館時，我不會因為邁哈邁特大樓裡的那些收藏品而害羞。我慢慢地從一個對自己累積的物件感到害羞的收集狂變成了一個自豪的收藏家。

然而，當時我其實尚未想到這些，只是在走進博物館的那一刻會覺得很快樂，並且開始幻想藉由物品來訴說我的故事而已。一天晚上，當我在北方飯店的酒吧裡，一邊自斟自飲，一邊看著周圍的外國人時，就像每個出過國（受過一點教育、有一點錢）的土耳其人那樣，我不禁揣測起這些歐洲人是怎麼看我，又是怎麼看我們的。

最終我想了想要如何把我對芙頌的情感告訴一個不知道伊斯坦堡、尼相塔什和蘇庫爾庫瑪的人。我把自己看成是一個在遙遠國度生活了很多年的人，比方說，我是一個人類學家，在紐西蘭和當地人生活在一起，觀察、記錄他們的習慣和風俗，研究他們如何工作、休息、玩樂（乃至於如何一邊看電視一邊聊天），而我愛上了一個女孩，我的觀察和我經歷的愛情交織在一起。

現在，就像一個人類學家那樣，只有展出我收集的那些物品，鍋碗瓢盆、裝飾擺設、衣服、圖畫，我才能為自己度過的歲月賦予意義。

普魯斯特喜歡並談到過，因此我在巴黎的最後幾天去了古斯塔夫摩洛美術館（Musée Gustave Moreau）。我去那裡既是為了芙頌的那些畫，也是為了打發時間。我無法喜歡摩洛那些風格古典、矯揉造作的歷史畫，但我喜歡他的美術館。畫家莫羅在生命的最後幾年裡，把他度過了人生大部分時間的家變成一個死後將展出上千幅繪畫的博物館。他把自己兩層樓的畫室和旁邊的家變成了展覽廳。當家成為博物館時，它就變成了一個充滿回憶的家，一個「感性」的博物館，裡面的每個物件都會因為富有含義而熠熠生輝。當我踩著嘎吱作響的地板，走在空無一人、所有警衛都在打瞌睡的博物館的展覽廳裡時，我沉浸在一種幾乎能夠稱之為宗教的情懷裡。（在隨後的二十年，我又去這個博物館參觀了七次，每次我都感到同樣的敬畏。）

回到伊斯坦堡後，我立刻去找內希貝姑媽，簡短地告訴她我去巴黎和參觀博物館的事情。坐下吃晚飯後不久，我立刻跟她說了心中的想法。

就像一個久病的人笑對已經能夠擺脫的老毛病那樣，我輕鬆地說：「內希貝姑媽，你們知道這麼多年我一直從這個家裡拿走東西。現在我要拿走這個家，整棟樓。」

「怎麼拿？」

「請您把這整個家和裡面所有東西賣給我。」

「那我怎麼辦？」

我們半玩笑半認真地討論了這個問題。我說了一些動聽的話，類似「為了紀念芙頌，我要在這裡做一些事情」。我也談到了內希貝姑媽獨自一人在這個家不會幸福的話。我還說如果願意，內希貝姑媽可以永遠不離開。內希貝姑媽聽到「獨自一人」後哭了。我告訴她，我在尼相塔什，在他們原來住的庫于魯．鮑斯坦街上為她找到了一戶很不錯的公寓。

「是哪一棟大樓的？」她問。

一個月後，我在庫于魯．鮑斯坦街上最好的地方，在他們以前住的房子前面一點（就在那個曾經對芙頌動手動腳的卑鄙大叔的雜貨鋪正對面），為內希貝姑媽買下了一間大坪數公寓。內希貝姑媽則把蘇庫爾庫瑪的房子連同一樓和所有家具給了我。那個為芙頌打離婚官司的律師朋友建議我去為房子裡的東西做一個公證，我照辦了。

內希貝姑媽一點也不急著搬去尼相塔什的新居。在我的資助下，她像一個慢慢準備嫁妝的年輕姑娘那樣為新家買家具、裝電燈，但每次見我她都會笑著說，她永遠無法離開蘇庫爾庫瑪的家。

她總是說：「凱末爾，我的兒子，我放不下這個家、我的回憶，我們怎麼辦？」

我就對她說：「那麼，內希貝姑媽，我們就把這個家變成一個展示我們回憶的地方。」

因為我出去的時間越來越長，因此我也更少見到她了。我不斷去旅行，是因為我還不完全清楚該如何處理那個家、家具和芙頌的所有那些我甚至不忍心看的東西。

第一次的巴黎之旅為我以後的旅行奠定了模式。每到一個新城市，我都會先去一個早在伊斯坦堡訂好、靠近市中心、老舊但舒適的旅館住下，隨後我會根據事先從書籍、旅遊指南上掌握的資訊，像一個認真完成作業的好學生那樣，不慌不忙、滴水不漏地逛遍城市裡每一個重要的博物館。我去逛跳蚤市場、賣各種小玩意兒和擺設的小店以及古玩店，買下和我在凱斯金家看到的一模一樣的鹽罐、菸灰缸、開瓶器，或是某件我喜歡的東西。無論是在里約熱內盧，還是在漢堡、巴庫、東京，或是里斯本，無論我在哪裡，到了晚飯時間，我都會去偏遠的小巷逛很久，希望能透過開著的窗戶看到屋裡，看見那些坐在電視機前吃飯的家庭。就像在芙頌他們家那樣，我希望能夠看見在廚房裡做飯的母親、孩子、父親、年輕的已婚女人和讓人失望的丈夫，甚至是愛上這家女孩的遠房富親戚。

早上，我會踏踏實實地在旅館裡吃早飯，然後在那些小博物館開門之前，在街上、咖啡館打發時間，給母親和內希貝姑媽各寄一張明信片，從當地的報紙上了解世界各地及伊斯坦堡發生的事情，一到十一點，我就會拿著筆記本，懷著樂觀的情緒開始參觀博物館。

在一個陰冷的下雨天，我去了赫爾辛基城市博物館（Helsingin Kaupunginmuseo），在那裡我發現了在塔勒克先生的抽屜裡看見的舊藥瓶。我在里昂附近的卡澤勒小鎮，參觀了一個由一家舊的帽子工廠改建而成的博物館。當我走在散發著黴味的博物館裡時（只有我一個參觀者），我看見了一些和母親、父親的帽子一模一樣的帽子。在斯圖加特的符騰堡州立博物館（Landesmuseum Württemberg），裡面的紙牌、戒指、項鏈、象棋、油畫給了我靈感，讓我覺得凱斯金家的物件和我對芙頌的愛情也值得以這樣富麗堂皇的方式來展示。在法國南部，被譽為「世界香水之都」的格拉斯，我在香水博物館（Musée International de la Parfumerie）裡回憶著芙頌的氣味度過了一整天。在慕尼黑舊美術館（Alte Pinakothek）裡，我看見了倫勃朗的《亞伯拉罕獻祭親子》，這幅畫讓我想起很多年前我曾說過這個故事給芙頌聽，當時我還說這個故事的精髓在於不求任何回報地獻出我們極為珍愛的東西。在巴黎的浪漫生活博物館（Musée de la Vie Romantique）裡，我盯著喬治·桑的打火機、珠寶、耳墜和釘在一張紙上的一縷頭髮看了很久，不寒而慄。在敘述哥德堡故事的歷史博物館（Göteborgs Stadsmuseum）裡，我耐心地坐在東印度公司運去的瓷器和盤子前面。一九八七年三月，在奧斯陸土耳其使館工作的一個同學的建議下，我去了布列維克城市博物館（Brevik Town Museum），但博物館那天不開門，為了能看看裡面有著三百年歷史的郵局、攝影棚和老藥店，我回奧斯陸過了一夜，第二天又去了一次。在特里埃斯特，前身是一座監獄的海洋博物館（Civico Museo del Mare），提醒了我可以把一個彙聚了芙頌許多回憶的博思普魯斯海峽輪船模型（比如，卡蘭黛爾號）和我收集的其他東西一起展出。為了去洪都拉斯，我為簽證的事忙了很久。在洪都拉斯，加勒比海沿岸城市拉塞瓦的蝴蝶與昆蟲博物館（Butterfly and Insect Museum），當我走在那些穿著短褲的遊客中間時，我想到，可以像展示真的蝴蝶那樣展示多年來我送給芙頌的那些蝴蝶髮夾，甚至還可以用同樣的方式展示凱斯金家裡的蚊子、蒼蠅、馬蠅和別的昆蟲。在中國杭州的中醫藥博物館裡，我覺得好像看到了塔勒克先生的藥盒。在巴黎新開放的菸草博物館（Musée du Tabac）裡，我驕傲地發現，那裡的館藏遠遠趕不上我八年來的收藏。我記得，一個美好春日的上午，在普羅旺斯的艾克斯，我在明亮的保羅·塞尚的畫室博物館（Musée de l'Atelier Paul Cézanne），懷著無限的幸福和仰慕，參觀了裡面的畫架、鍋碗瓢盆、家具和一切。在比利時的安特衛普，在整潔的羅克斯之家博物館（Museum Rockoxhuis），我再次明白，過去就像靈魂那樣附著在物品裡。在那些安靜的小博物館內，我找到了把我和生活維繫在一起的一種美好、一種安慰。然而，為了能夠接受和喜歡邁哈邁特大樓裡我自己的那些收藏，甚至能夠驕傲地展示給別人看，難道我需要去維也納的佛洛伊德博物館（Sigmund Freud Museum），去看這個著名醫生的舊物收藏嗎？在這次旅行途中，每次到倫敦我都要去參觀倫敦博物館（Museum of London）裡的老理髮店，難道是因為對在伊斯坦堡的理髮師巴斯里和傑瓦特的思念嗎？在倫敦一家醫院裡的南丁格爾博物館（Florence Nightingale Museum），我本來希望能看到這位著名護士在克里米亞戰爭期間有關伊斯坦堡的一幅畫或任何物品，但我沒看見任何一件讓我想起伊斯坦堡的東西，卻看到了一個芙頌也有的髮夾。在法國的貝贊松市，在位於一個老皇宮裡的時間博物館（Musée du Temps），我在鐘表之間，傾聽著博物館裡的靜謐，想了一些關於博物館和時間的事情。在荷蘭哈倫的特勒爾博物館（Teylers Museum），當我邊走邊看那些放在木框大櫥窗裡的礦石、化石、獎牌、錢幣、舊工具時，在博物館的寂靜中，剎那間我以為自己能夠一下說出那種給我的人生賦予意義並給予我一種深切安慰的東西了，但就像愛情一樣，我無法表達出把我和這些場所聯繫在一起的東西。在馬德拉斯的聖喬治堡博物館（Fort St. George Museum），那曾經是英國人在印度的第一座城堡，當我在悶熱潮濕的空氣中，徜徉在信件、油畫、錢幣和日常生活用品當中時，我也感到了同樣的幸福。在維羅納的卡斯楚古堡博物館（Museo Civico di Castelvecchio），當我徜徉其中，看到建築師卡洛・斯卡帕在那些雕塑上留下的絲綢般的光澤時，我第一次清楚地意識到，博物館給予我的幸福不僅來自於館內的收藏，還可能來自於繪畫作品、物品排列上的平衡。但在柏林的馬丁・格魯皮烏斯大樓裡的日常生活博物館（Werkbundarchiv-Museum der Dinge），那些曾經被重視、隨後又流離失所的東西讓我知道，與之完全相反的情況也可能是正確的，那就是，可以用智慧和幽默來收集任何東西，我們應該收集我們喜歡的所有東西以及和我們所愛之人有關的所有東西，即使我們沒有一座博物館，但收藏的詩意就將是這些物品的家。在佛羅倫斯的烏菲茲博物館（The Uffizi Gallery），我看見了卡拉瓦喬的《奉獻以撒》，這幅畫首先讓我潸然淚下，因為我沒能和芙頌一起看到這幅畫，隨後它讓我明白，能夠從先知亞伯拉罕的獻牲故事裡得到的啟示，就是可以用另外一樣東西來代替我們所愛的人，這也正是我對自己多年收藏的芙頌的物品如此依戀的原因。每次去倫敦，我都會對約翰・索恩爵士博物館（Sir John Soane's Museum）裡的雜亂和擁擠感到驚訝，對其中的繪畫展示方式感到欽佩。我會獨自一人坐上好幾個小時傾聽著城市的喧囂，我會因為想到有一天自己也將這樣展示芙頌的物件，那時我親愛的情人將在天上向我微笑而幸福。但還是巴賽隆納的弗德列克・馬雷斯博物館（Museu Frederic Marès）最觸動我，這個頂樓展示了髮夾、耳墜、紙牌、鑰匙、扇子、香水瓶、手帕、胸針、項鏈、包包、手鐲的博物館，教我如何去處理芙頌的遺物。在流連五個多月，參觀了兩百七十三家博物館的第一次美洲之旅中，在曼哈頓的手套博物館（Glove Museum），我又想起了那座感性的弗德列克・馬雷斯博物館。在洛杉磯的侏羅紀科技博物館（The Museum of Jurassic Technology），我再度記起何以某些博物館會讓我不寒而慄——他們讓我覺得當所有人類都存在於這個時空中時，我卻留置在另一個時空。在北卡羅來納州史密斯菲爾德城裡的艾娃・加德納博物館（Ava Gardner Museum），我偷了一張著名影星為一套瓷質餐具作廣告的展覽海報。當我在博物館裡看見小艾娃學生時代的照片，她的晚禮服、手套和靴子時，我是那麼悲痛地思念芙頌，以至於想立刻結束旅行回到伊斯坦堡。在納什維爾附近，為了能夠看見那些天剛開放但很快就要關閉的飲料盒和廣告博物館（Museum of Beverage Containers and Advertising）裡的汽水和啤酒罐，我花費了兩天時間，儘管還是想回家，但我找到動力繼續下去了。五個星期後，在佛羅里達州聖奧斯丁（就快要關閉）的美國歷史悲劇博物館（Tragedy in U.S. History Museum），當我看見著名影星珍曼絲菲因為車禍喪生其中的一九六六款別克車，看到車上的鍍鎳儀表盤和開始生銹的車骸時，我終於下定決心要回伊斯坦堡了。我明白，一個真正的收藏家唯一的家應該是他自己的博物館。

我沒在伊斯坦堡待很久。依照切廷的指示，在馬斯拉克（Maslak）後面的街巷間，我找到了雪佛蘭修理商謝夫凱特師傅的修理廠。當我在修理廠後面的一塊空地上，在一棵無花果樹下看到我們的一九五六款雪佛蘭時，突然間因為百感交集而一陣暈眩。後車廂的蓋子是開著的，幾隻從旁邊雞籠裡跑出來的母雞正在生銹的車骸裡遊盪，四周很多孩子在玩耍。據謝夫凱特師傅說，車上的一些零件還保留在原處，但沒在車禍中受損的幾個零件，比如油箱蓋、變速箱和後座車窗的搖桿，已經拆下來裝到別的雪佛蘭上了。我把頭伸進駕駛座，在指標、按鈕和方向盤曾經牢牢待著的地方，聞到了被陽光微微曬熱的座椅套的味道，瞬間我被擊垮了。我本能地撫摸了一下和我的童年一樣陳舊的方向盤。被壓縮在零件裡面的濃重回憶讓我暈眩而疲憊。

「凱末爾先生，您怎麼了？要不要在這裡稍微坐一會兒？」切廷善解人意地說：「孩子們，能拿一杯水過來嗎？」

芙頌去後，我差點第一次當著別人的面落淚。我立刻控制住自己。一個渾身上下像煤炭工那樣漆黑、沾滿油污，但兩隻手乾乾淨淨的小幫工，用一個托盤為我們端來了熱茶，托盤上有賽普勒斯土耳其的商標（我記錄這個細節只是出於習慣，參觀者在純真博物館裡別去找）。我們喝著茶，稍微討價還價一番，我重新買回了父親的車。

「凱末爾先生，現在我們把它放到哪裡去啊？」切廷問道。

「我要永遠和這輛車生活在同一個屋簷下。」我說。

我是笑著說出這句話的，但切廷明白了我這個願望的真誠，他沒像別人那樣說「但是，凱末爾先生，逝者已矣，你的人生不能隨著他們的死停止」。如果他這麼說，我就會告訴他，純真博物館就是為了和一個逝者一起活著而建造的。我準備好的這個回答留在心裡，因此我驕傲地說了另外一句完全不同的話。

「邁哈邁特大樓裡還有很多東西，我要把它們集中到同一個屋簷下，和它們一起生活。」

有很多我的博物館英雄，就像古斯塔夫摩洛那樣，在人生的最後幾年，把他們和裡面的收藏品一起生活的家，變成了死後對公眾開放的博物館。我喜歡他們建的那些博物館。為了去參觀我喜歡的上百個以及我從未參觀過、對它們充滿好奇的上千個博物館，我繼續上路了。

82 收藏家

多年來，我從自己的環球旅行和在伊斯坦堡獲得的經驗裡看到，收藏家有兩種：

一、以自己的收藏為榮並希望把它們展出的驕傲者（主要出自西方文明）。

二、把收集、累積起來的東西藏在一邊的害羞者（一種很不現代的性格）。

驕傲的人們認為，博物館是他們收藏的自然結果。在他們看來，一份收藏，無論開始的原因是什麼，最終都是為了驕傲地在博物館裡展出。我在美國的私人小型博物館看到很多這樣的介紹。比如，在飲料罐和廣告博物館的介紹上寫著，兒時有一天，湯姆放學回家時，從地上撿起了第一個汽水罐。隨後他撿了第二個和第三個並保留起來，一段時間以後，他的目標變成了「收集所有的」汽水罐並在一個博物館展出。

害羞的人們則是為收集而收集。像驕傲的收集者那樣，一開始對他們來說，累積物品——就像讀者們從我的經歷中也能讀懂的那樣——也是對人生的某種痛苦、煩惱、黑暗動機的一種反應，一種安慰，甚至是一劑良藥。然而由於害羞的收藏家們所處的社會不重視收藏和博物館，因此收集被看成一種需要隱藏的恥辱，而不是一種對知識和學習有幫助、值得尊敬的行為。因為收藏在害羞者的國度裡只代表收藏家的傷痛，不代表一種有益的知識。

為了在純真博物館裡展出，我開始尋找我們一九七六年夏天看的那些電影的海報、劇照和電影票。一九九二年初，我結識了伊斯坦堡的電影周邊產品收藏家，他們立刻讓我懂得了收集者的恥辱，隨後我在城裡的許多其他地方也發現了這種黑暗的情感。

經過一番激烈的討價還價，赫夫澤先生把《愛情的磨難到死才會結束》和《兩團火之間》等電影的劇照賣給我。他一再表示，非常高興我對他的收藏表現出興趣，但隨後他流露出一種表示歉意的神情。

他說：「凱末爾先生，儘管我把這些自己非常喜歡的東西賣給您，但是離開它們我很傷心。不過，我要讓那些恥笑我的愛好的人、那些說『你為什麼要用這些垃圾來填滿你家』的人看到，像您這樣一個出身好、有文化的人對它們的賞識。我既不抽菸，也不喝酒，既不賭也不嫖，我唯一的愛好就是收集演員照片和電影劇照……您想要帕派特亞小時候在電影《請聽我母親的吶喊》裡的劇照嗎？那是在卡蘭黛爾船上拍的，她穿著吊帶裙，露著肩膀……如果您願意今晚去寒舍，我可以給您看一些《黑色皇宮》的劇照，由於男主角塔希爾．湯自殺了，所以《黑色皇宮》始終沒能拍完，那些劇照除了我沒有別人看過。另外，我還有德國模特兒英格的照片，她為土耳其第一個國產汽水品牌拍過廣告，後來她在《中央車站》裡演一個好心、熱愛土耳其的德國阿姨，《中央車站》是第一波土德電影浪潮之下的產物。我這裡有一些她和電影裡的戀人艾克雷姆．居齊魯嘴對嘴的照片。」

當我問到還能在其他什麼人那裡找到我要的劇照時，赫夫澤先生告訴我，很多收藏家的家裡堆滿了劇照、膠卷和海報。當電影膠卷、劇照、紙堆、報紙、雜誌堆滿所有房間時，這些收集者的家人（據說他們中的大多數都不會結婚）就會棄家離去，而收集者就會開始更加不知節制地囤積物品，用不了多久就會把家變成一個令人無法進入的垃圾屋。他說，在一些著名的收藏家那裡肯定有我尋找的東西，只是根本無法在這種垃圾屋裡找到想要的東西，因為連走進去都很難。

但赫夫澤先生還是沒能禁得住我一再堅持，他成功地讓我走進了一九九〇年代伊斯坦堡的一些垃圾屋，那些好奇的人們會像傳說那樣說起的垃圾屋。

我在博物館裡展出的很多電影劇照、伊斯坦堡風景畫、明信片、電影票，以及當時我沒想到要收藏的餐廳菜單、生銹的舊罐頭盒、老報紙、印有公司標誌的紙袋、藥盒、瓶子、演員和名人的照片，還有比任何東西都更能反映伊斯坦堡日常生活的照片，都是我自己從那些垃圾屋裡挑出來的。在塔爾拉巴什（Tarlabaşı）的一棟兩層樓舊房子裡，看上去挺正常的屋主坐在一把放在雜物和紙堆裡的塑膠椅子上，驕傲地告訴我他擁有四萬兩千七百四十二件藏品。

我在那裡感到的羞愧，在後來造訪的一個退休煤氣收費員家裡也感到了。這個收藏家和臥床不起的母親生活在一個用煤氣取暖的房間裡（家裡其他幾間冰冷的房間，因為堆滿了雜物根本無法進去，我遠遠地看見了一些舊燈、去污劑的盒子和我兒時也玩過的一些玩具）。讓我感到羞愧的不是那位躺在床上的母親對兒子的不停責罵，而是我知道，所有這些承載著人們回憶的東西，他們的主人都曾經在伊斯坦堡的街道上走過、生活過、多數現在已經辭世了，這些東西將在沒到達任何博物館、沒進行任何分類、沒放進過任何展示櫃和鏡框之前消失。在那些日子裡，我還聽說了一個希臘攝影師的十年悲劇故事。這個攝影師在貝伊奧魯為婚禮、訂婚儀式、慶生會和各種會議拍了四十年照片，因為無處放置，也因為沒人要，他在一棟大樓的壁爐裡燒毀了他收藏的所有底片。即便不要錢也無人問津的這些見證了整座城市的婚禮、娛樂和會議的底片和照片。垃圾屋的主人在大樓和附近鄰居之間會成為被譏諷的對象，因為他們的變態和孤獨，也因為他們去翻垃圾桶、結交撿破爛的人，因此他們令人望而生畏。赫夫澤先生沒過多憂傷，用一種說出人生真諦的神情告訴我說，這些孤獨的人死後，家裡的那些東西會被人們帶著一種也是宗教氣氛的憤怒在街區的一塊空地上（過節宰牲的地方）燒毀，或是送給撿垃圾、收破爛的人。

一九九六年十二月，一個名叫「無名氏阿內」的孤苦伶仃的收集家（收藏家是一個錯誤的用詞），在托普哈內，離凱斯金家步行七分鐘的家裡，被倒塌的紙堆和舊物壓死了，而他的屍體在四個月後才被發現，因為家裡散發出來的惡臭。由於大門也被雜物堵住了，消防員只能從窗戶爬進去。當報紙用一種半調侃、半恐嚇的語言報導了這個消息後，伊斯坦堡人就更懼怕這些收集家了。因為在那些日子裡，我能夠在同一時間想起和芙頌有關的一切，因此我還要告訴讀者一個我希望不被認為繁冗的奇怪細節。那個被雜物和紙堆砸死、屍體在家裡腐爛的「無名氏阿內」，就是我訂婚那天晚上說起招魂時，芙頌提到的、還在那時就以為死了的內吉代特。

在這裡我要向那些為我的博物館做出貢獻的其他收藏家表示感謝，我也從他們的眼睛裡，看到了那種因為做了一件需要隱藏、令人臉紅的事情而感到的羞慚。一九九五到九九年間，我萌生了一個念頭，就是收集我和芙頌去過的每個地區、每條街道的明信片，那時我結識了伊斯坦堡最有名的明信片收藏家「跛子哈利特先生」，在前面的章節裡我已經提到過他。一個不想在我的書裡被提及姓名的收藏家，為我的博物館提供了他收藏的門把和鑰匙。他說，每個伊斯坦堡人（他說的是男人），一生會碰過將近兩萬個不同的門把，他讓我相信，這些門把中的大多數，「我愛的人的手」也一定碰過。我在這裡還要感謝收集家希亞米先生，自從發明了照片，為了得到每艘經過伊斯坦堡海峽輪船的照片，他耗盡了生命的最後三十年。我之所以感謝他，是因為他收藏的照片中倘若有不只一份的，他就將多出來的送給我。他給了我一個展示我想芙頌時、和她一起走路時聽到響著汽笛聲的輪船照片的機會，他像一個西方人那樣，一點也不為向公眾展示自己的收藏而害羞。

我還要感謝另外一個不願意透露姓名的收藏家，他向我提供了一九七五至八〇年間那些在葬禮上被別在胸口、印在紙上的死者照片。他吝嗇地為每張照片討價還價後，帶著一種鄙視的神情，問了那個我從這些人嘴裡聽到過很多次的問題，而我也倒背如流地說出了那個我給所有人的回答：

「因為我要建一座博物館……」

「我沒問那個。我問的是，你為什麼要這些照片？」

這個問題意味著，每個收集、累積物件的人心裡都有一件傷心事，一種深切的煩惱，一處難以啟齒的心靈傷痛。我的煩惱是什麼？是因為我愛的人遠去了，我卻沒能在她的葬禮上把她的照片別在胸口嗎？還是就像問這個問題的人那樣，我的煩惱是一件根本無法啟齒、令人羞慚的事情嗎？

在一九九〇年代的伊斯坦堡，還沒有任何私人博物館，那些因為癡迷而暗自鄙視自己的收集家，也會公開地相互鄙視。這些鄙視還夾雜著收藏家之間的嫉妒，因此會變得更為惡劣。他們聽說，內希貝姑媽搬去了尼相塔什，在建築師伊赫桑的幫助下，我把凱斯金家變成了一座真正的博物館，也就是我建了「一座像歐洲那裡的私人博物館」，他們還知道我很有錢。完全因為這個原因，我曾期望伊斯坦堡的收集家們興許會緩和一下他們的鄙夷態度，因為他們可能會想，我不是因為一個隱祕、深切的心靈傷痛，也就是說，我不是因為像他們那樣腦子出了問題，而是就像在西方那樣，完全因為我有錢，為了揚名建博物館而收藏物品的。

在赫夫澤先生的堅持下，也帶著興許會碰上一、兩件讓我想起芙頌，在故事裡有一席之地的東西的希望，我出席了一次那些天剛成立的「收集愛好者協會」的會議。在協會租用了一上午的婚禮小禮堂裡，我感覺自己好像身處於一群被社會排斥的痲瘋病人中間。一些從前我聽說過名字的協會成員（包括火柴盒收集家「冷酷蘇蒲賽」在內的大多數讀者認識的七個人），用一種比對一個伊斯坦堡收集家更鄙視的態度對待了我。他們很少和我說話，好像我是一個可疑的人、一個間諜、一個陌生人，他們的行為傷害了我。就像赫夫澤先生後來用一種表示歉意的神情解釋的那樣，儘管我很有錢，但我依然在物件上為我的煩惱尋找出路，這在他們那裡喚醒了一種憤怒、厭惡和對生活的絕望。因為他們是一些無辜的人，他們認為一旦有了錢，他們那收集物品的頑疾就會痊癒。當我對芙頌的愛情因為傳聞慢慢被大家知道後，這些伊斯坦堡的第一批認真的收集家不僅後來幫助了我，還讓我分享了他們從地下轉向地上的抗爭。

還沒有把邁哈邁特大樓裡的物品一件件搬到蘇庫爾庫瑪的博物館之前，我為那些堆集在二十年前我和芙頌做愛的房間裡的收藏品拍了一張照片。（從後花園不再傳來踢足球的孩子的叫罵聲，而是一台通風設備的噪音。）當這些東西在蘇庫爾庫瑪的博物館家裡，和其他那些東西，我在旅途上找到的、凱斯金家裡的，我從垃圾屋、協會成員、和故事有關的人們那裡拿來的東西，混在一起時，一個我在國外的旅行途中，特別是在跳蚤市場上產生的想法，像一幅圖畫那樣展現在我的眼前。

物品，所有那些鹽瓶、小狗擺設、頂針、筆、髮夾、菸灰缸，就像每年從伊斯坦堡上空飛過兩次的白鶴群那樣，無聲地遷徙、散落到世界各地。我在雅典和羅馬的跳蚤市場上，看到了和這個我送給芙頌的一模一樣的打火機，在巴黎和貝魯特的商店裡則看到了非常相似的。在凱斯金家的餐桌上待了兩年的這個鹽瓶，產自伊斯坦堡的工廠，我不僅在伊斯坦堡邊陲地區的餐廳裡，在世界各地的其他地方也看見過，比如，新德里的一家穆斯林餐廳、開羅老城區裡一處向窮人施捨食物的地方、巴賽隆納星期天賣舊貨的人在人行道上鋪的帆布上、羅馬的一家賣廚房用具的普通商店裡。很顯然，某個人在某個地方生產出這種鹽瓶，在別的國家，人們弄出它的模子，用類似的材料又生產出很多同樣的鹽瓶。以地中海南部和巴爾幹為中心，這種鹽瓶的上百萬個複製品，隨著時間過去逐漸走進了上百萬個家庭的日常生活。鹽瓶是如何散布到世界每個角落的問題是一個謎，就像遷徙的鳥兒彼此間如何建立聯繫，如何每次都沿著同樣的路線飛行那樣。隨後又會出現另一個鹽瓶的浪潮，就像東南風在岸邊留下很多東西那樣，留下新的一批鹽瓶。大多數人甚至沒發現和這些物品建立起來的情感關係就把它們給遺忘了，即便鹽瓶伴隨著這些人度過了人生中的一段重要時光。

我把自己和芙頌做愛的床、有黴味的床墊和藍色床單，也拿去了被改造成博物館的閣樓。凱斯金一家在這裡生活時，那個閣樓曾經是老鼠、蜘蛛和蟑螂出沒的地方，那裡還放著水箱，黑暗、滿是黴味，現在變成了一個潔淨、明亮和仰望星空的房間。把床放過去之後，在我喝下三杯拉克酒的夜裡，我想和所有那些讓我想起芙頌的物件一起，在它們那濃郁的情感氛圍擁抱裡入睡。春天的一個晚上，我用鑰匙打開了新開在達爾戈奇街上的樓門，走進了內部結構被改造成博物館的家，我像一個幽靈那樣慢慢爬上筆直、幽長的樓梯，一頭倒在閣樓的床上，睡著了。

有些人會用物件來充斥他們生活的地方，臨死前再把他們的家變成博物館。而我在試圖用我的床、我的房間和我的存在，把一個已經變成博物館的家再變回到家的狀態。依戀著這些浸透了深切情感和記憶的物件入眠，還有什麼比這更美好呢？

特別是在春天和夏天的夜晚，我開始更常去閣樓過夜了。建築師伊赫桑在樓的中央設計了一個挑空空間，因此夜晚我可以感到整個空間的深邃，而不僅僅是一個個的物件。真正的博物館，是時間變成空間的地方。

母親對我去博物館閣樓過夜感到不安，但她什麼話也沒說，因為我經常和她一起吃午飯，重新開始和除了茜貝爾與紮伊姆以外的一些老朋友來往，夏天坐遊艇去蘇阿迪耶和王子群島遊玩，她認為只有這樣我才能承受失去芙頌的痛苦。和所有熟人相反，她對我在凱斯金家用我們生活中的物件來建一個訴說我對芙頌愛情的博物館，沒表示任何異議。

她說：「你拿走我櫃子裡那些舊東西吧，還有抽屜裡……那些帽子我是不會再戴了，那些皮包，還有你爸爸的遺物……我織毛線的工具，還有那些鈕子，你也可以拿走，過了七十歲我不會再做針線活了，那樣你就不用花錢了。」

我在伊斯坦堡的日子裡，一個月會去看望內希貝姑媽一次，她看起來對新家和新環境還是滿意的。我興奮地告訴她，我新近在柏林參觀了貝格魯恩博物館（Berggruen Museum），博物館裡展出了他一生累積的收藏，根據海因茨・貝格魯恩和柏林市政府簽署的協定，在他死之前，他將一直生活在博物館的閣樓上。

「人們在參觀博物館時，能夠在其中的一個展覽廳或是樓梯上，碰到那個還活著的收藏家。內希貝姑媽，這很奇怪，是吧？」

「願真主讓您長命百歲，凱末爾先生。」內希貝姑媽說著點燃一根香菸。隨後她又為芙頌哭了一會兒，她叼著香菸，老淚縱橫，對我笑了一下。

83 幸福

一天半夜，在位於蘇庫爾庫瑪的家中，閣樓上那間沒有窗簾的小房間裡，我在一縷柔美的月光下醒來，看著下方博物館空蕩蕩的空間。銀色的月光從有時感覺永遠不會完成的小博物館的窗戶射進來，讓整棟建築物和它內部空無一物的空間顯得更加空曠而駭人。在每層都像一個陽臺那樣向中心延伸的樓下幾層裡，三十年來我所累積的所有收藏品都在陰影裡靜靜等待著。我能夠看見所有的東西，芙頌和凱斯金一家人在這個家裡用過的東西、雪佛蘭生銹的殘骸，從暖器到冰箱，從我們在上面吃了八年晚飯的餐桌到我們看過的電視機。就像一個能夠發現物品靈魂的薩滿巫師那樣，我在感受它們的故事在我心裡的躁動。

那天夜裡我明白，我的博物館需要一個目錄，逐一翔實地介紹所有物件的故事。這當然也將是我對芙頌的愛情故事。

在月光照不到的陰影裡，看似懸在空中的每個物件，就像亞里斯多德那些不可分割的原子般，代表著一個不可分割的時刻。我明白，就像亞里斯多德認為把時刻連在一起的線條是時間一樣，把物件連在一起的線條則將是一個故事。也就是說，必須要是作家才能勝任這份工作，像寫一本小說那樣來為我的博物館編纂目錄。我無意自己動筆，甚至試也不想試。那麼誰能夠為我代勞呢？

我於是找了奧罕・帕慕克先生，他將按照我的敘述、在我的允許下寫這本書。他的父親和叔叔，曾經和我父親、我家裡人做過生意。他來自一個家道中落的尼相塔什家庭，因此我認為他必然能夠領會故事的背景。我還聽說他是一個非常喜歡說故事、做事認真的人。

和帕慕克先生的第一次見面我是有備而來的。沒說芙頌之前，我告訴他，過去十五年來我參觀了世界上一千七百四十三個博物館，保留了它們的門票。為了引起他的好奇，我還提到那些他喜歡的作家的博物館。我想，當得知聖彼德堡杜思妥也夫斯基博物館（Государственный Литературно-мемориальный музей Ф. М. Достоевского）裡唯一一件真品，是一個藏在玻璃罩裡、旁邊寫著「確實是杜思妥也夫斯基的」帽子時，他也許會笑出來。同一座城市還有納博科夫博物館（Музей Набокова в Петербурге），在史達林時期被當地一個審查機構用作辦公大樓，對此他又會作何感想？我告訴他，在伊利耶—貢佈雷（Illiers-Combray）的普魯斯特博物館（Musée Marcel Proust），我看見一些用普魯斯特小說裡的主人公為藍本繪製的肖像，它們讓我認識到的不是小說本身，而是作家生活的那個世界。不，我不認為作家的博物館荒唐。例如，在荷蘭萊因斯堡小鎮的斯賓諾莎故居，集中展出了作家去世後記錄在一份正式報告中的所有書籍，並依照十七世紀的習慣由大到小排列，我認為這樣很好。在泰戈爾博物館，看著作家畫的那些水彩畫，想起早期阿塔圖爾克博物館（Atatürk Müzesi）裡的灰塵和潮濕的味道，漫步在迷宮般的展覽廳裡，聽著加爾各答永不停息的噪音，我度過了多麼幸福的一天！我還談到在西西里島上阿格里真托（Agrigento）的皮蘭德婁故居，我看到的照片感覺就像是我們家的一樣；在斯德哥爾摩的史特林堡博物館（Strindbergsmuseet），我透過窗戶看到的城市風景；在巴爾的摩，愛倫坡和姨媽以及後來和他娶的表妹維吉尼亞居住的四層房屋，讓我感覺似曾相識——這棟現今位於一個偏遠貧窮街區的四層房屋，因它窄小、憂傷的樣子，房間和形狀，在我參觀過的所有博物館裡，是一個最像凱斯金家的地方。我還告訴帕慕克先生，我見過最完美的作家博物館，是在羅馬的朱利亞老街上的馬里奧·普拉茲博物館（Museo Mario Praz）。浪漫主義的偉大歷史學家馬里奧·普拉茲，像喜愛文學一樣喜愛藝術。我建議他，如果他有機會像我這樣事先預約去參觀，他一定要讀一讀那本關於這些精采收藏品背後故事的書，在書中，普拉茲就像寫小說般訴說著收藏品的故事。在盧昂，福樓拜出生的家裡放滿他父親的醫學書籍，因此根本沒必要去福樓拜暨醫學史博物館（Musée Flaubert et d'histoire de la médecine）。

隨後，我盯著作家的眼睛說：「福樓拜在寫《包法利夫人》時，他的情人柯蕾給了他靈感。他們在小鎮的旅館和馬車上做愛，福樓拜把她的一縷頭髮、手帕和拖鞋藏在一個抽屜裡，不時拿出來撫摸，還看著拖鞋幻想她走路的樣子，就像在小說裡那樣。這些您一定從他的書信裡知道了，帕慕克先生。」

「不，我不知道，但很有意思。」

「帕慕克先生，我也深愛過一個女人，我收藏了她的頭髮、手帕、髮夾和所有物件，多年來一直靠它們尋求安慰。能否容我以全部的真誠把我的故事說給您聽？」

「當然。」

在我們第一次見面的鴻卡爾餐廳（它的前身是富爺大廳），我花了三小時亂無章法、跳來跳去地把我的故事全部告訴他。那天我太激動了，喝了三杯雙份的拉克酒，我自認因為太過興奮，反倒把自己的經歷說得平淡無奇了。

「我認識芙頌，我也記得希爾頓的訂婚儀式。對她的早逝我很傷心。她在那邊的精品店裡工作過。在您的訂婚儀式上，我還和她跳了舞。」帕慕克先生說。

「真的嗎？她是一個多麼與眾不同的人，不是嗎？我指的不是她的美麗，而是她的靈魂，帕慕克先生。跳舞時你們聊了些什麼？」

「如果您那裡真的有芙頌的所有物品，我想去看看。」

我帶他去了蘇庫爾庫瑪。對於從一棟舊房子轉變而成的博物館和裡面的收藏，他毫不掩飾自己的感動，表現出真誠的興趣。有時他拿起一個物品，比如我在香榭麗舍精品店第一次見到芙頌時她穿的那雙黃色鞋子，問我它的故事，我就立刻告訴他。

隨後，我們開始更有系統的工作。我在伊斯坦堡時，他會每星期去一次閣樓。他問我，為什麼要把我按序碼放的物件和照片放在博物館裡相同的盒子或展示櫃裡，在小說裡要出現在相同的章節裡，我會愉快地告訴他原因。看他不僅認真聽我說每句話，還做筆記，我很開心，也很自豪。

「您快把小說寫完吧，好讓那些好奇的參觀者拿著書來我的博物館。當他們為了近距離感受我對芙頌的愛，一一看展櫃參觀博物館時，我將穿著睡衣從閣樓上走下來，混入人群。」

「凱末爾先生，但您還沒完成您的博物館呢。」帕慕克先生回答道。

我會笑著說：「世界上還有許多我沒看過的博物館。」我會努力一次又一次地去告訴他，博物館的靜謐對我產生的影響，我也會試圖去讓他明白，在世上一座遙遠的城市裡，在任何一個星期二，避開工作人員的目光，獨自徜徉在偏遠地區裡一座被人遺忘的博物館，為什麼會讓我獲得幸福。一回到伊斯坦堡，我會立刻找帕慕克先生，跟他講自己看過的博物館，給他看門票、導覽手冊、一件從自己特別喜歡的博物館買來的便宜小玩意兒、博物館裡面的路標。

依然在這樣的一次旅行後，我先講了我的故事給他聽，隨後說了說我參觀的那些博物館，最後我問他小說的進展。

帕慕克先生說：「我用第一人稱單數寫書。」

「那是什麼意思？」

「凱末爾先生，在書上，您用『我』來講述您的故事。我在用您的口吻敘述。這些天，為了把自己放到您的位置上，為了成為您，我費了很大勁。」

「我明白了。那麼帕慕克先生，您經歷過這樣的一次愛情嗎？」

「嗯……我們的主題不是我。」說完他沉默了。

工作了很長一段時間後，我們在閣樓上喝拉克酒。跟他講芙頌，講我們經歷的事情讓我感覺很累。他走後，我躺在曾經（四分之一世紀前）和芙頌做愛的床上，想了想在他用我的口吻敘述故事這件事上，讓我感覺怪異的東西。

我不懷疑，故事將是我的故事，他將對此表示尊重，只是我覺得他發出我的聲音很彆扭。這是一種無能為力的表現。一邊給參觀者展示物件，一邊由我來訴說自己的故事，在我看來很正常，甚至我經常在幻想博物館馬上就會開放，而我正在這麼做。但是對於帕慕克先生把他放到我的位置上，用他的聲音來取代我的聲音，我很惱火。

帶著這種情緒，兩天後我問了他和芙頌跳舞的事情。晚上我們還是在博物館的閣樓見面，各自都早已喝下一杯拉克酒。

「帕慕克先生，可否跟我說說那天晚上您和芙頌跳舞的事情？」

他有些不願意，我認為他害羞了。但當我們又喝下一杯酒後，帕慕克先生說出了四分之一個世紀前他和芙頌跳舞的事情，他是那麼真誠，以至於我立刻信任了他，我明白，只有他才能夠用我的口吻把我的故事講給參觀者聽。

也是在那時我覺得，自己的聲音出現得太多了，讓他來結束我的故事會更合適。從後面那段開始直到小說結束，敘述我的故事的人就是帕慕克先生了。我相信，跳舞時他對芙頌表現出來的真誠和認真，也會在這最後的十幾頁裡得到體現。再見！

***

您好，我是奧罕．帕慕克！經凱末爾先生允許，我從和芙頌跳舞開始說起：她是當晚最美麗的女孩，很多男人都在等著和她跳舞。那時我並不是一個足以引起她注意的英俊惹眼的人，甚至——儘管我比她大五歲——還不是一個足夠成熟或是自信的人。何況，腦子裡還有妨礙我從夜晚獲得快樂的倫理學者的思想、書籍和小說。而她也在想著別的事情，這個你們是知道的。

但她還是接受了我的邀請，當我跟著她走向舞池時，我看著她細長的脖子、裸露的手臂、美妙的後背和瞬間的微笑，沉浸在幻想裡。她的手很輕，但很熱。當她把另外一隻手搭在我肩上時，彷彿不是為了跳舞，而是在向我表達一種特殊的親近，瞬間我感到一種自豪。輕輕地搖擺著，慢慢地旋轉時，她的肌膚、她挺直的身體、生動的肩膀和胸脯讓我的腦子一片混亂，越是努力抵抗這種吸引，我試圖壓抑的幻想卻越是不知停息地快速在我眼前閃現：我們手拉手離開舞池走到上面的酒吧，我們瘋狂地愛上了彼此，我們在前面的樹下接吻，我們結婚了！

完全為了沒話找話說，我說的第一句話（「走在人行道上時，有時看見您在店裡。」）極為乏味，只會讓她想起自己是一個非常漂亮的售貨小妹，她甚至沒搭理我。第一支舞曲還不到一半，她就明白我沒戲唱了，她在看來賓，她在注意誰在和誰跳舞，許多對她感興趣的男人在和誰說笑，她也在注意那些漂亮、可愛的女人，她在思考跳完這支舞後要做什麼。

我帶著敬意和享受把右手放在她的腰間，我透過食指和中指的指尖，像感覺一個直至最細微跳動的脈搏那樣，感受著她脊柱的動作。她挺直的身姿既奇怪又讓人暈眩，很多年我一直沒忘記。有些時刻，我在指尖感到了她的骨骼、她身體裡快速流動的血液、她的生動、她瞬間對一件新事物表現出來的關注、她內臟的跳動、她整個骨架的優雅，我艱難地克制自己不去緊緊地抱住她。

舞池變得越來越擁擠，因為後面的一對舞伴撞到我們，瞬間我們的身體貼在一起。那令人震撼的接觸後，我沉默了很久。看著她的脖子和頭髮，我沉浸在她能夠給予我的幸福裡，我感覺自己將可以忘卻書籍和成為作家的夢想。那年我二十三歲，決定要當一名作家，每當尼相塔什的中產階級和朋友們得知我的這個決定，笑著對我說，這個年紀的人還無法了解人生時，我總會很生氣。三十年後，當我在組織這些句子時，我要說，現在我認為這些人的話是千真萬確的。如果我那時了解人生，跳舞時我就會盡我所能去吸引她，我相信她會對我感興趣的，我也不會那麼無奈地看著她從我的懷裡溜走。「我累了。第二支舞曲後我可以坐回去嗎？」她說。我用一種從電影裡學來的禮貌一直陪她走到桌前，瞬間我沒能控制住自己。

我自以為是地說：「多麼乏味的一幫人。我們上去找個地方聊天好嗎？」因為嘈雜聲，她沒完全聽到我說的話，但她立刻從我的臉上明白了我的意圖。「我必須和我母親他們坐在一起。」說完她禮貌地走開了。

聽我說到這裡，凱末爾先生立刻祝賀了我。「是的，這完全是芙頌的所作所為，您對她很了解！那些有損尊嚴的細節您也毫不避諱地說了出來，因此我很感謝您。是的，帕慕克先生，主題是驕傲。我要用我的博物館不僅讓土耳其人民，還要讓世界人民學會，要以我們經歷的人生為榮。我在外面看到，當西方人在驕傲地生活時，世界上的大多數人則在羞愧中生活。而事實上，如果能在一個博物館裡展出我們人生中那些令人羞愧的東西，那麼它們就會立刻變成令人驕傲的東西。」

這是半夜，在博物館的閣樓上，凱末爾先生喝下幾杯拉克酒後，用一種說教的口吻提出的第一個論點。因為在伊斯坦堡，每個看見小說家的人都會帶著一種共同的本能，發表一些說教性的言論，因此我沒覺得太奇怪，然而在往書上寫什麼、怎麼寫的問題上，我的腦子（用凱末爾先生常用的一句話來說）也還是混亂的。

「奧罕先生，您知道是誰讓我懂得博物館真正的主題是驕傲的嗎？」在另外一個夜晚，當我們依然在閣樓上見面時，凱末爾先生說：「當然是那些博物館的工作人員。無論在哪裡，博物館的工作人員都驕傲、熱情地回答我提出的每個問題。在喬治亞共和國的史達林博物館，一個年老的女工作人員用了近一個小時，告訴我史達林是一個如何偉大的人物。在葡萄牙波爾圖市的浪漫主義時代博物館（Museu Romântico），我從一個可愛的工作人員的驕傲敘述中得知，被流放的老薩丁島國王卡洛·阿爾貝托一八四九年在這裡度過了他人生的最後三個月，而這對葡萄牙的浪漫主義產生了深遠的影響。奧罕先生，如果在我們的博物館也有人提問，工作人員必須發自內心驕傲地告訴他們：凱末爾·巴斯瑪基收藏品的歷史，我對芙頌的愛，她的那些遺物的意義。請您把這點也寫進書裡。博物館工作人員的職責，並不是像大家認為的那樣保護館藏（當然，和芙頌有關的一切東西必須永遠被保存！）、制止參觀者喧譁、警告吃口香糖和接吻的人，而是要讓參觀者覺得，他們身處一個像清真寺那樣需要感到謙遜、尊重和敬畏的地方。為了符合收藏品的氛圍和芙頌的審美愛好，純真博物館的工作人員，必須穿深木色的天鵝絨套裝、配粉紅色襯衫、戴我們博物館特製的——繡有芙頌耳墜圖案的——領帶，當然，他們絕不該去干涉那些吃口香糖或是接吻的參觀者。純真博物館的大門，將永遠為那些在伊斯坦堡找不到一個接吻場所的情侶們敞開。」

有時，我會對凱末爾先生喝下兩杯酒後表現出來的、讓人想起一九七〇年代那些自負的政治作家的專橫風格感到厭煩，我會停止做筆記，也不願意在接下來的幾天裡看見他。然而芙頌故事裡的曲折情節，博物館裡物品組成的那種特殊氛圍會吸引我，一段時間以後，我依然會去閣樓，聽這個想起芙頌就喝酒、越喝就會越興奮的疲憊男人滔滔不絕的剖白。

凱末爾先生會說：「奧罕先生，您千萬別忘記我博物館裡的邏輯，那就是在展覽空間的每一點上都可以看見整個收藏和其他的每一個展示櫃。因為從每個地方在同一時刻都可以看見所有的物品，也就是我的整個故事，因此參觀者將忘記時間的概念。人生最大的安慰就是這個。在那些用發自內心的動機建造起來、富有詩意的私人博物館裡，我們之所以會得到安慰，不是因為我們遇到了喜歡的舊物件，而是因為時間的消失。也請您把這寫進書裡。也要讓讀者知道我是怎麼讓您寫這本書的，您又是怎麼來寫的……等書完成後，請您把書的草稿和您的筆記本給我，讓我把它們展示出來。還需要多久？讀者們為了看到芙頌的頭髮、衣服和一切，當然也會想來這裡，像您一樣。請您在小說的最後放上一張地圖，讓那些好奇的人自己在伊斯坦堡按圖索驥來找我們的博物館。知道芙頌和我們的故事的人們，當他們走在街道上，看著伊斯坦堡的風景時，就像我通常所做的那樣，一定就會想起她的。給我們的讀者一次免費參觀的機會，為此最好在書上印一張門票。讓門口的工作人員，用純真博物館的特製印章在書上蓋一個章，然後放他們進去。」

「門票放在哪裡？」

「就放在這裡吧！」

「謝謝。奧罕先生，在最後幾頁再放一個人物索引。也是在您的幫助下，我想起了有那麼多人知道我們的故事，那麼多人見證了我們的故事。連我都很難記住他們的名字。」

其實，凱末爾先生並不樂意我去找那些和故事有關的人，但他贊成我的小說創作。有時他會好奇我找的那些人說了什麼，現在他們在幹什麼，有時他會對他們一點不感興趣，也不明白我為什麼會對他們感興趣。

比如，他不明白我為什麼要寫信給沙特沙特公司在開塞利的經銷商阿卜杜勒凱利姆先生，約他來伊斯坦堡時見面。丟下沙特沙特、轉為奧斯曼和圖爾蓋先生合辦的泰克亞伊公司經銷商的阿卜杜勒凱利姆先生，則像敘述一個導致沙特沙特倒閉的恥辱般，把凱末爾先生的愛情故事說給我聽。

我找到了見證他們在佩魯爾頭幾個月經歷的、曾經飾演壞女人的蘇罕丹．耶爾德茲（「叛徒蘇罕丹」），和她交談了一下。她說，她知道凱末爾先生是一個無奈而孤獨的人，儘管像所有人一樣，她也知道他是多麼地愛芙頌，但她並不很同情他，因為她不喜歡那些為了追求漂亮女孩而和電影人混在一起的有錢人。其實，「叛徒蘇罕丹」真正同情的是芙頌，「因為她為了演電影，為了成為明星，表現出一種近乎慌亂的迫不及待」。她說，即便芙頌成了明星，但和那些色狼在一起，她的結局依然不會很好。她也根本無法理解芙頌為什麼要嫁給「那個胖子」（費利敦）。她說，那時她坐在佩魯爾為外孫織著三色毛衣，外孫現在已經三十歲了，每當他在電視裡看見外婆以前演的電影就哈哈大笑，他也很詫異伊斯坦堡當時的貧窮。

尼相塔什的理髮師巴斯里曾經也是我的理髮師。他還在工作，他帶著愛意和敬意談起了凱末爾的父親穆姆塔茲先生。他說，穆姆塔茲先生是一個愛開玩笑、有趣、大方、好心的人。就像私生子希爾米、他的老婆奈斯麗汗、「愛做夢哈亞提」、佩魯爾的另外一個常客薩利赫．薩熱勒以及肯南，從理髮師巴斯里那裡我也沒能得到什麼有價值的新東西。芙頌向凱末爾隱瞞的樓下鄰居阿伊拉，現在和丈夫以及四個孩子住在貝西克塔什的一條巷子裡，她最大的那個孩子已經上大學了。她說，她很樂意和芙頌做朋友，非常喜歡芙頌的活力、風趣和談話，甚至還模仿她，但可惜的是，芙頌沒像她希望的那樣和她交朋友。她說，她們會穿上漂亮的衣服一起去貝伊奧魯逛街，看電影。因為一個朋友在那裡當帶位員，所以她們會去多爾曼劇院看彩排。然後，她們會去吃三明治，喝阿伊讓，一起對付那些騷擾她們的男人。有時，她們會像真要買東西那樣，走進瓦考或是別的高檔商店，試衣服，照鏡子，尋開心。正當她們興高采烈地說笑，或是電影看到一半時，芙頌會突然想起一件事，她的心情會瞬間變壞，但她從來不會把心事告訴阿伊拉。儘管附近鄰居全都認識凱末爾先生，知道他很有錢，還有點古怪，但誰也沒說起過什麼愛不愛的事情。阿伊拉和蘇庫爾庫瑪這一區的所有人一樣，對芙頌和凱末爾之間多年前發生的事情一無所知，她也早就離開那一區了。

白色康乃馨，在過去的二十年裡，從一個娛樂專欄的記者扶搖直上，成為一家大報社的娛樂副刊主編。另外他還是一家聚焦國內影視明星醜聞和私生活的娛樂雜誌的編輯。就像多數捏造傷害當事人的新聞，甚至給他們的生活投下陰影的記者那樣，他完全忘記了為凱末爾寫的那篇文章，他要我向凱末爾問好，向凱末爾的母親、現在還不時打電話從那裡打聽消息的維吉黑女士轉達最深的敬意。他以為我找他是為了一本描寫演員而因此會大賣的書，他友好地表示，他願意給我一切幫助。他還問我，是否知道曾經的著名影星帕派特亞和製片人穆綮菲爾失敗婚姻的孩子，年紀輕輕就成了德國一家大旅行社的老闆？

費利敦已完全脫離電影界，成立了一家非常成功的廣告公司。得知他為這個新公司取名「藍色的雨」，我知道他還未能放棄年輕時的夢想，但我壓根沒問那部沒有拍攝的電影。費利敦在用國旗和足球，拍攝一些描述讓整個世界都懼怕的土耳其餅乾、牛仔服和剃鬚刀的廣告。他聽說了凱末爾先生要建博物館的打算，但他從我這裡剛得知，我在寫一本「關於芙頌」的書。他異常坦白地告訴我，一生他只愛過一個人，但那時芙頌並不理睬他。他還小心翼翼地說，為了婚後不再經歷同樣的痛苦，他非常小心地不再去愛上她。因為他知道，芙頌是「迫不得已」才和自己結婚的。我喜歡他的坦誠。走出他那考究的辦公室時，他用同樣小心和儒雅的神情「向凱末爾先生」問了好，還皺起眉頭警告我：「奧罕先生，您要知道，如果您寫了任何詆毀芙頌的東西，我是不會放過您的。」隨後，他又換了一副非常適合他的輕鬆神情說，多年來他們一直在為一家很大的名叫梅爾泰姆的汽水公司拍廣告，這次又得到了他們的新汽水寶拉的廣告製作權。他問我，是否可以在廣告裡用我的《新人生》一書裡的第一句話。

切廷用退休金買了一輛計程車，他把車租給了另外一個司機，儘管年紀大了，但有時他也自己當計程車司機開車上街。當我們在貝西克塔什的一個計程車站見面時，他告訴我，凱末爾從小到現在一直都沒變。他說，其實凱末爾是一個熱愛生活、內心開放、像孩子一樣樂觀的人。從這方面來看，他一生苦苦地愛一個人也許有點不可思議，但如果我認識芙頌，我就會明白，就因為凱末爾先生熱愛生活，他才會那麼愛這個女人。他們，芙頌和凱末爾，其實都是非常好、非常單純的人，他們是天生的一對，但真主沒讓他們結合在一起，我們也無權過多質問。

凱末爾先生從一次漫長的旅行回來後，我們又見了面，聽他說完新近參觀的博物館後，我向他轉述了切廷的那些話，還逐字重複了他對芙頌的看法。

他說：「奧罕先生，參觀我們博物館的人，總有一天會知道我們的故事，感覺到芙頌是一個什麼樣的人。」我們立刻開始喝酒，我已經很喜歡和他喝酒了。「當參觀者看著一個個展示櫃、一個個盒子、所有這些物件時，他們會看見那八年的晚上我是怎麼去看芙頌的，我是怎麼去注意她的手、手臂、微笑、捲曲的頭髮、掐滅菸頭的樣子、皺起的眉頭，她的手帕、髮夾、鞋子、拿在手上的勺子的。（我說：『但是凱末爾先生，您沒注意到她的耳墜。』）看到這些，他們就會感到愛情是一種巨大的關注和憐愛……請您趕快把書寫完，還要寫上：博物館裡的每一件物品都必須用來自展示櫃裡的一束柔和的燈光照亮，只有這樣才符合我對它們的在意。參觀者看著這些物品時，會對我和芙頌的愛情肅然起敬，會用他們自己的回憶來和我們的愛情作對比。博物館裡任何時候都不能擁擠，要讓參觀者感受到芙頌的每一件遺物、我們手拉手走過的伊斯坦堡每個角落的照片、所有的收藏品。我禁止在純真博物館裡同時有超過五十名參觀者。團體和學校在參觀前必須預約。奧罕先生，西方的那些博物館正在變得日益擁擠。就像以前星期天我們開車去博斯普魯斯海峽遊玩那樣，歐洲人星期天一起去大博物館。就像星期天我們在海峽邊的酒館裡吃午飯那樣，他們也在博物館的餐廳裡坐著說笑。普魯斯特在他的書上寫道，他阿姨去世後，家裡的家具被賣到一家妓院，每次在這家妓院看見他阿姨的沙發和桌子，他就會覺得那些家具在哭泣。奧罕先生，當星期天的人群在博物館裡閒逛時，那裡的東西都在哭泣。在我的博物館裡，所有東西都將留在它們自己的家裡。我擔心，我們那些沒文化、不自信的有錢人，看見西方的博物館時尚後，會模仿他們，渴望去開一些附餐廳的現代藝術博物館。而事實上，在繪畫藝術上，我們土耳其民族既沒有太多的知識，也不懂得欣賞，更沒有這方面的才能。土耳其人民在自己的博物館裡，應該欣賞自己的人生，而不是西方繪畫的蹩腳模仿。我們的博物館應該展示我們的生活，而不是我們的有錢人感覺自己是西方人的幻想。奧罕先生，我的博物館，是芙頌和我的全部人生，是我們一生的經歷，我跟您說的一切也都是真實的。也許有些事情，對於讀者和參觀者來說可能不夠明瞭，那是因為儘管我用全部的真誠訴說了我的故事和人生，但即便是我自己也不知道我對它到底有多了解。這就讓未來的學者，用他們在我們博物館的雜誌《純真》上發表的文章來詮釋吧。讓他們告訴我們，芙頌的髮夾和梳子和金絲雀檸檬之間有什麼結構關係。後人也許會覺得這些事情很誇張，我的經歷、我忍受的愛情之痛、芙頌的磨難、我們在晚飯上對視並以此來打發時間、我們能夠因為在海灘和電影院手拉手而感到幸福，那麼就讓工作人員告訴他們，我們所經歷的一切全都是真實的。但不用擔心，我們的愛情一定會被後人理解的，對此我毫無疑義。我相信，五十年後，從開塞利坐遊覽車來的快樂大學生、拿著照相機在門口排隊等候的日本遊客、因為迷路走進博物館的孤獨女人、那時伊斯坦堡的幸福情侶們，看著芙頌的衣服、鹽瓶、鐘表、餐廳的菜單、伊斯坦堡的老照片、兒時我們共同的玩具和其他物品時，將深刻地感受到我們的愛情和我們所經歷的一切。但願來純真博物館參觀的人們，也能夠去看看我們的那些臨時展覽，那時，他們將看到我在垃圾屋、協會會議上結識的伊斯坦堡兄弟們保留的輪船照片、汽水瓶蓋、火柴盒、門閂、明信片、演員和名人照片，以及癡迷的耳墜收藏家的收藏。也要用目錄和小說來敘述這些展覽和收藏的故事。看著物品，用敬畏和崇敬的心情來記念芙頌和凱末爾之間愛情的參觀者，也將明白，我們的故事和雷拉和麥基農[34]、侯頌和阿什克[35]一

---

34 阿拉伯傳說中的悲劇愛情故事，由於遭到雷拉父親的反對，麥基農無法和雷拉結為連理，因而發瘋。「麥基農」即阿拉伯文的「瘋子」。

35 土耳其詩人Şeyh Galip筆下的愛情故事，侯頌代表「美」，阿什克代表「愛」。

樣，不僅是情侶們的故事，也是整個世界，也就是伊斯坦堡的故事。奧罕先生，還要再來一杯拉克酒嗎？」

小說的主人公，博物館的建造者凱末爾．巴斯瑪基，在二〇〇七年四月十二日，也就是芙頌誕辰五十週年的那一天，他六十二歲時，在他每次去米蘭下榻的米蘭大飯店面向曼佐尼大道（Via Manzoni）的一個大房間裡，天亮前因為心肌梗塞辭世了。用他自己的話說，為了「感受」被他稱為「我一生中最重要的五座博物館之一」（他一生中參觀了五千七百二十三座博物館）的巴加蒂．瓦爾塞基博物館（Museo Bagatti Valsecchi），他一有機會就去米蘭。（「博物館：一、不是為了參觀，而是為了感受。二、收藏品構成被感知物件的靈魂。三、沒有收藏品的博物館只是一個展覽室。」這是我記錄下來的、他最後說的重要觀點。）由兩兄弟在十九世紀，作為一個十六世紀文藝復興之家而建造的家，二十世紀被改造成博物館。凱末爾先生對這座博物館如此著迷，是因為裡面的收藏品（也就是老的床、燈、文藝復興時期的鏡子和鍋碗瓢盆）全都是兩兄弟在其中生活時使用過的普通日常用品。

大多數我在書後逐一列出他們姓名的人，參加了在泰什維奇耶清真寺舉行的葬禮。凱末爾的母親維吉黑女士則像往常那樣待在她看葬禮的陽臺上，她戴了一塊頭巾。我們這些在清真寺天井裡的人，含著眼淚看到她失聲痛哭為兒子送行的樣子……

凱末爾先生的那些之前不願意見我的熟人，葬禮之後的幾個月裡，按照一種奇怪，然而又是合乎邏輯的順序逐一要求和我見了面。這要歸功於人們錯誤地相信，我在敘述尼相塔什人的那些小說裡無情地詆毀了所有人。很遺憾，大家都在傳說，被我詆毀的不僅僅是我的母親、哥哥、叔叔和他的整個家庭，還有其他許多尼相塔什的重要人物，比如著名的傑夫代特先生、他的兩個兒子和家庭、我的詩人朋友卡，甚至還有我崇拜的被害專欄作家傑拉爾．薩利克、著名商人阿拉丁、許多國家和宗教大人物以及帕夏。紮伊姆和茜貝爾，沒讀我的書就怕我了。比起年輕時代，紮伊姆更富有了。儘管梅爾泰姆汽水消失了，但他的大公司卻挺立著。他們在貝貝克山脊上面對博斯普魯斯海峽的豪宅裡款待了我。他們說為我把凱末爾先生的人生故事（芙頌的親朋好友則說我寫了芙頌的故事）寫成小說而感到驕傲，但他們又說我寫小說不該只聽一面之詞，還應該聽聽他們的意見。

但他們要先跟我說說那次大巧合，也就是四月十一日下午，凱末爾先生去世前半天他們在米蘭的巧遇。（我立刻感到，他們是為此請我的。）紮伊姆和茜貝爾為了帶和我們一起吃了晚飯的一個二十歲（居爾）、另一個十八歲（艾布魯）的漂亮、聰明的女兒出去玩，他們在米蘭待了三天。當這幸福的一家人舔著柳丁、草莓和哈密瓜捲筒冰淇淋，有說有笑地走在大街上時，凱末爾首先只看到了居爾，他詫異地走近那個十分像她母親的女孩，說道：「茜貝爾！茜貝爾！你好啊，我是凱末爾。」

茜貝爾女士驕傲地笑著說：「居爾非常像二十來歲時的我，那天她正好還穿著那些年我穿過的編織披肩。而凱末爾卻顯得很疲憊，不修邊幅，憔悴和鬱鬱寡歡。奧罕先生，看到他那樣我很傷心。不僅是我，紮伊姆也很傷心。曾經和我在希爾頓訂婚的那個熱愛生活，任何時候都可愛、開心、愛開玩笑的人消失了，取而代之的是一個遠離塵世和生活、不苟言笑、嘴上叼著香菸的老頭。如果不是他認出了居爾，我們是不會認出他來的。他不是老了，而是衰敗，垮掉了。我真是太傷心了。何況這不知道是我多少年之後第一次見到他。」

「你們在富爺大廳的最後午餐之後三十一年。」我說。

一陣令人恐懼的沉默。

過了一會兒，茜貝爾痛苦地說：「他把一切告訴了您！」

當沉默還在繼續時，我明白他們真正想告訴我的是什麼了：他們希望讀者知道，他們生活得更幸福，他們過的是一種美好而正常的生活。

但當女孩們回了房間，我們開始喝白蘭地時，我明白他們夫妻倆還有另外一件難以開口的事情。喝第二杯白蘭地時，茜貝爾用一種我欣賞的坦白說出了自己的煩惱。

「一九七五年的夏末，凱末爾向我坦白了他的頑疾，也就是他瘋狂地愛上了芙頌女士，我很同情我的未婚夫並想幫助他。奧罕先生，為了給他治病，我善意地和他在阿納多盧希薩爾的別墅裡生活了一個月（其實是三個月）。其實，這已經不重要了……因為現在的年輕人根本不在乎像童貞那樣的東西（這也是不對的），但我還是懇請您不要在您的書裡提到那些對我來說是羞辱的日子……人們可能會認為這件事不重要，但完全因為她在這件事上說了閒話，我和最好的朋友努爾吉汗鬧翻了。孩子們知道後也不會在意，但是她們的朋友、那些愛說閒話的人……請您不要傷害我們……」

紮伊姆說，他一直都很喜歡凱末爾，他是一個非常真誠的人，他一直都在尋求和想念他的友情。隨後，他帶著半驚訝、半恐懼的神情問道：「凱末爾真的收藏了這個芙頌女士的所有東西，真的在建一座博物館嗎？」

「是的。我也要用我的書來為這個博物館打廣告。」我說。

我和他們談笑到很晚，當我離開時，一剎那我把自己放到了凱末爾的位置上。如果他還活著，如果他和茜貝爾和紮伊姆的友情還在（這也是很有可能的），凱末爾也會像我那樣，因為過著一種孤獨的生活而帶著一種既幸福又愧疚的心情離開那裡。

紮伊姆在門口對我說：「奧罕先生，請您答應茜貝爾的請求。我們也想以梅爾泰姆公司的名義資助博物館。」

那天夜裡，我也明白沒必要再去見其他證人了。因為，我不會像別人看到的那樣來寫凱末爾先生的故事，而是會照他跟我敘述的那樣。

完全因為我的這個堅持，我去了米蘭。在那裡我得知了碰見茜貝爾和紮伊姆那天讓凱末爾傷心的事情。遇見他們之前，凱末爾去了巴加蒂·瓦爾塞基博物館，他看到了博物館的破敗，還得知為了帶來一些收入，博物館的一部分出租給著名品牌珍妮·克隆。據博物館負責人說，一律穿著黑色制服、全部都是女性的工作人員都在為此流淚，而這讓每隔幾年必來博物館一次的土耳其先生傷心欲絕。

即便是這個消息，也足以讓我明白，為了完成小說，我沒必要再去聽別人的閒言碎語了。唯一我非常想見的人就是芙頌，我想聽她的敘述。但是，在她的親朋好友之前，完全是為了和他們一起吃飯的樂趣，我接受了其他一些一再邀請我去他們家、害怕我小說的人們的邀請。

於是，在一次簡短的晚餐上，我從奧斯曼那裡得到了不要寫這個故事的忠告。他說，是的，也許沙特沙特是因為他弟弟的疏忽而破產了，但是由他父親穆姆塔茲建立的所有公司，現在都已成為土耳其的出口明星。他們有很多敵人，這樣一本會招來很多閒話、讓很多人傷心的書，會導致巴斯瑪基公司成為別人的笑柄，當然也會導致歐洲人對我們的嘲笑和鄙視。只是，作為那晚的一個美好回憶，貝玲女士在廚房裡沒讓丈夫看見，塞給我一個凱末爾兒時玩過的玻璃珠。

凱末爾先生之前介紹我認識的內希貝姑媽，在庫于魯街上的公寓裡沒告訴我任何新鮮事。現在，她不僅為芙頌，還不斷為凱末爾哭泣，她稱「他是我唯一的女婿」。她只提到了一次博物館。她說，她有一個舊的梨子刨刀，她想做梨子果醬，卻怎麼也找不到了。難道是落在博物館？她說，您應該知道，下次來能不能把它帶來？送我到門口時，她哭著說：「奧罕先生，您讓我想起了凱末爾。」

和芙頌最親近、知道她所有祕密，我認為也是最理解凱末爾的潔依達，是凱末爾在去世前六個月介紹我認識的。潔依達想認識我的原因之一是她喜歡看小說。她告訴我們，她的兩個三十出頭的兒子都已結婚，都是工程師，她給我們看了她非常喜歡的兩個兒媳的照片，說她們已經為她生了七個孫子。比潔依達老很多的有錢丈夫（塞迪爾基家的兒子！），在我看來像是微微有點醉，微微有點糊塗，他對我們、我們的故事毫無興趣，甚至對凱末爾和我喝了很多酒也視若無睹。

潔依達笑著告訴我們，凱末爾第一次去蘇庫爾庫瑪時忘在廁所裡的那只耳墜，芙頌當晚就看見了，她立刻把這事告訴潔依達，為了懲罰凱末爾，她們共同決定讓芙頌說「沒看見什麼耳墜」。就像芙頌的許多其他祕密那樣，潔依達早在幾年前就已經把這個故事告訴了凱末爾先生。我聽著時，他只痛苦地笑了笑並為我們又各倒了一杯拉克酒。

「潔依達，」隨後，凱末爾說：「為了得到芙頌的消息，我和您不是一直在馬奇卡、塔什勒克見面嗎？您告訴我芙頌的事情時，我總會從馬奇卡看道爾馬巴赫切的外貌。前一陣我看了一下，我的收藏裡有很多這個風景的照片。」

因為談到了照片，我認為還因為我的光臨，潔依達女士說，前天她找到了一張凱末爾先生從未見過的芙頌的照片。這讓我們激動不已。照片是在一九七三年《國民報》舉辦的選美比賽的決賽上拍的。照片上，哈康・塞林康正在後臺輕聲告訴芙頌他將在舞臺上問的文化題。據說，現在已成為一個伊斯蘭黨派議員的著名歌手，當時非常喜歡芙頌。

潔依達說：「奧罕先生，很可惜我們倆都沒有得到名次，但是那晚我和芙頌就像高中女生那樣，一直笑到眼淚流出來。芙頌的這張照片就是在那時拍的。」潔依達一下拿出了那張發黃的照片，把它放到木製茶几上，一看到照片，凱末爾先生的臉一下變得煞白，陷入一陣長久的沉默。

因為潔依達的丈夫對選美比賽的故事很反感，因此我們沒能在那裡多看芙頌的照片。但是像往常那樣善解人意的潔依達，在我們離開前把照片送給了凱末爾先生。

離開潔依達在馬奇卡的家之後，我和凱末爾先生在寂靜的夜色中朝尼相塔什的方向走去。他對我說：「我把您送到帕慕克公寓。今晚我不去博物館，去泰什維奇耶我母親那裡。」

但是，在離帕慕克公寓還有五棟樓，當我們走到邁哈邁特大樓前時，他停下腳步，笑著說：「奧罕先生，我看完了您的小說《雪》。我不喜歡政治。因此，別介意，我看得有點費勁。但我喜歡小說的結局。我也要像書裡的主人公那樣，在小說的最後直接對讀者說話。我有這樣的權利嗎？您的書什麼時候能完成？」

我說：「在您的博物館之後。」這已經成為我們之間的一個共同玩笑。「您最後要對讀者說什麼？」

「我，不會像那個主人公那樣，說讀者無法在遠處理解我們。恰恰相反，我認為，博物館參觀者和您的讀者會理解我們的。但我要說另外一句話。」

說著，他從口袋裡拿出芙頌的照片，在邁哈邁特大樓前昏暗的路燈下，滿懷愛戀地看了看芙頌。我走到他的身邊。

「她很漂亮，是嗎？」就像三十多年前他父親問他的那樣。

兩個男人，帶著驚訝、愛戀和敬意看了看芙頌穿著繡有九號字樣的黑色泳裝照、她蜜色的手臂、憂傷的臉和曼妙的身體。即便在照片拍攝三十四年後，她那充滿了人性的熱情又多愁善感的面容依然令我們為之心動。

我說：「凱末爾先生，請您把這張照片放進博物館。」

「奧罕先生，請您別忘記，我在書的最後要說的是……」

「我不會忘的。」

他滿懷愛戀地親吻了一下芙頌的照片，小心翼翼地把它放進西裝外套的左胸口袋裡。隨後，他帶著勝利的喜悅對我笑了一下。

「讓所有人知道，我的一生過得很幸福。」

二〇〇一—二〇〇二，二〇〇三—二〇〇八

INDEX

人物索引

三劃

四劃

五劃

六劃

七劃

八劃

九劃

十劃

十一劃

十二劃

十三劃

十四劃

十五劃

十六劃

十七劃

十八劃

二十劃

帕慕克作品集
Orhan Pamuk

純真博物館

國家圖書館出版品預行編目資料

純真博物館／奧罕・帕慕克（Orhan Pamuk）著；
陳竹冰譯. -- 二版. -- 臺北市：麥田，城邦文化
出版：家庭傳媒城邦分公司發行, 2023.12
面；　公分. --（帕慕克作品集；6）
譯自：Masumiyet müzesi
ISBN 978-626-310-557-7（平裝）

864.157　　112015626

原著書名・Masumiyet Müzesi
作者・奧罕・帕慕克 Orhan Pamuk
譯者・陳竹冰

總編輯・巫維珍
編輯總監・劉麗真
發行人・凃玉雲
出版社・麥田出版
城邦文化事業股份有限公司
104台北市中山區民生東路二段141號5樓
電話：(02) 25007696　傳真：(02) 25001966
發行・英屬蓋曼群島商家庭傳媒股份有限公司城邦分公司
104台北市中山區民生東路二段141號11樓
書虫客戶服務專線：(02) 25007718｜25007719
24小時傳真服務：(02) 25001990｜25001991
服務時間：週一至週五09:30-12:00｜13:30-17:00
讀者服務信箱：service@readingclub.com.tw
劃撥帳號：19863813　戶名：書虫股份有限公司
麥田部落格・http://blog.pixnet.net/ryefield
香港發行所・城邦（香港）出版集團有限公司
香港灣仔駱克道193號東超商業中心1樓
電話：(852) 25086231　傳真：(852) 25789337
馬新發行所・城邦（馬新）出版集團【Cite(M)Sdn.Bhd.(458372U)
41-3,Jalan Radin Anum, Bandar Baru Sri Petaling, 57000 Kuala Lumpur, Malaysia
電話：(603) 9056-3833　傳真：(603) 9057-6622
印刷・前進彩藝有限公司
2012年1月初版一刷
2023年12月二版一刷
定價550元

ISBN 978-626-310-557-7
EISBN 978-626-310-556-0 (EPUB)
Printed in Taiwan